SIDNEY SHELDON

DIAMANTEN DYNASTIE

SIDNEY SHELDON

DIAMANTEN DYNASTIE

ROMAN

AUS DEM AMERIKANISCHEN VON
CHRISTEL ROST UND GABRIELE CONRAD

GONDROM

Lizenzausgabe für Gondrom Verlag GmbH, Bindlach 1996
Die Originalausgabe erschien unter dem Titel »Master of the game«
bei William Morrow and Company, Inc., New York

Umschlagfoto: Mauritius Bildagentur, Mittenwald
Druck: Graphischer Großbetrieb Pößneck
ISBN 3-8112-1437-3

Für meinen Bruder Richard mit dem Löwenherzen

Miß Geraldine Hunter spreche ich meinen Dank aus
für ihre endlose Geduld und Hilfe
bei der Vorbereitung dieses Manuskripts

»Daher entsteht, daß, wenn, im Herzen, ein Trieb vor andern stärker ist,
Er, so wie dorten Aarons Schlange, die übrigen verschlingt und frißt.«

Alexander Pope
Essay on Man, Epistel 2
(Übs. v. B. H. Brockes, Hamburg 1740)

»... [Diamanten] verrathen sich auf dem Ambosse, indem sie die Schläge so abprallen lassen, daß das Eisen nach beiden Seiten auseinander fährt und sogar selbst der Amboß zerspringt ...
... indem der Diamant mit seiner unbesiegten Kraft, welche die zwei gewaltsamsten Dinge der Natur, das Eisen und das Feuer, verachtet, sich durch Bocksblut sprengen läßt, jedoch nur, wenn er in dieses, solange es frisch und warm ist, eingeweicht wird, und nur durch viele Schläge ...«

Plinius
Historia naturalis
(Hrg. C. R. v. Osiander und G. Schwab, Stuttgart 1856)

PROLOG

Kate
1982

Der große Ballsaal war voll von vertrauten Geistern, die gekommen waren, um ihren Geburtstag mitzufeiern. Kate Blackwell beobachtete, wie sie sich unter die Menschen aus Fleisch und Blut mischten, und vor ihrem geistigen Auge wurde die Szene zu einer traumähnlichen Phantasie, in der die Besucher aus anderen Zeiten und Gefilden mit den arglosen Gästen in Smoking und langen, schimmernden Abendgewändern über den Tanzboden glitten. Zu der Feier im Cedar Hill House in Dark Harbor, Maine, hatten sich hundert Personen eingefunden. *Die Geister nicht eingerechnet,* dachte Kate Blackwell spöttisch.
Sie war schlank, klein und zierlich, wirkte aber durch ihre königliche Haltung größer. Sie hatte ein Gesicht, das man nicht so leicht vergaß – stolze Züge, dämmergraue Augen und ein eigensinniges Kinn, eine Mischung, die sie ihren schottischen und holländischen Vorfahren verdankte. Ihr feines weißes Haar war einst eine üppige schwarze Pracht gewesen, und ihr Kleid aus elfenbeinfarbenem Samt verlieh ihrer Haut jene zarte Durchsichtigkeit, wie sie das hohe Alter manchmal mit sich bringt.
Ich fühle mich nicht wie neunzig, dachte Kate Blackwell. *Wo sind all die Jahre nur hin?* Sie sah den tanzenden Geistern zu. *Sie wissen Bescheid. Sie waren dabei. Sie waren ein Teil jener Jahre, ein Teil meines Lebens.* Sie sah Banda, dessen stolzes schwarzes Gesicht strahlte. Und dort war David, ihr geliebter David, groß und jung und gutaussehend, so wie damals, als sie sich in ihn verliebt hatte. Er lächelte ihr zu, und sie dachte: *Bald, mein Liebling, bald.* Und sie wünschte, David hätte lange genug gelebt, um seinen Urenkel noch sehen zu können.
Kate suchte mit den Augen den Saal ab, bis sie ihn entdeckte. Er stand in der Nähe des Orchesters und sah den Musikern zu. Ein auffallend hübscher Achtjähriger, blond, in schwarzem Samtjackett und Schottenhosen: Robert, seinem Ururgroßvater Jamie McGregor, dessen Bildnis über dem Marmorkamin hing, wie

aus dem Gesicht geschnitten. Als hätte er ihren Blick gefühlt, drehte Robert sich um, und Kate winkte ihn mit einer Bewegung ihrer Hand zu sich, bei der sich die Strahlen des Kristallüsters in dem lupenreinen, zwanzigkarätigen Diamanten an ihrem Finger brachen, den ihr Vater vor beinahe hundert Jahren an einem Sandstrand aufgeklaubt hatte. Mit Freude sah Kate, wie Robert sich seinen Weg durch die Tanzenden bahnte. *Ich gehöre zur Vergangenheit,* dachte Kate, *ihm gehört die Zukunft. Eines Tages wird mein Urenkel Kruger-Brent International übernehmen.* Er trat zu ihr, und sie machte ihm neben sich Platz.

»Gefällt dir dein Geburtstag, Gran?«

»Ja, Robert. Danke.«

»Das Orchester ist super. Und der Dirigent – unheimlich.«

Kate war einen Moment lang verwirrt, dann glättete sich ihre Stirn wieder. »Aha. Das soll wohl heißen, daß er gut ist.«

Robert grinste sie an. »Genau. Du kommst mir wirklich nicht wie neunzig vor.«

Kate Blackwell lachte. »Ganz unter uns: Ich fühle mich auch nicht so.«

Seine Hand stahl sich in ihre, und eine Weile lang saßen sie schweigend und zufrieden da; der Altersunterschied von 82 Jahren ließ ein natürliches inneres Einverständnis zwischen ihnen entstehen. Kate schaute zu, wie ihre Enkelin tanzte. Sie und ihr Mann waren zweifellos das schönste Paar auf der Tanzfläche.

Roberts Mutter sah, daß ihr Sohn bei seiner Großmutter saß, und sie dachte: *Was für eine unglaubliche Frau. Sie ist einfach alterslos. Kein Mensch würde glauben, was sie alles durchgemacht hat.*

Die Musik hörte auf, und der Dirigent sagte: »Meine Damen und Herren, es ist mir eine Freude, Ihnen den jungen Master Robert anzukündigen.«

Robert drückte kurz die Hand seiner Großmutter und stand auf. Mit ernster und gesammelter Miene nahm er am Klavier Platz und ließ seine Finger behende über die Tasten gleiten. Er spielte Skriabin, es war wie im Mondlicht sanft sich kräuselndes Wasser.

Roberts Mutter lauschte dem Spiel und dachte: *Er ist ein Genie. Es wird noch einmal ein großer Musiker aus ihm.* Er war nicht mehr nur ihr Kind. Von nun an würde er der ganzen Welt gehören.

Als Robert seinen Vortrag beendet hatte, erntete er begeisterten und aufrichtigen Beifall.

Das Dinner am frühen Abend war draußen aufgetragen worden. Den weitläufigen, symmetrisch angelegten Garten hatte man mit Laternen, Bändern und Luftballons festlich geschmückt. Musiker spielten auf der Terrasse, während Butler und Serviermädchen leise und geschäftig um die Tische huschten und darauf achteten, daß die Baccarat-Gläser und die Limoges-Schüsseln stets gefüllt waren. Ein Telegramm vom Präsidenten der Vereinigten Staaten wurde verlesen, und ein Richter vom Obersten Gerichtshof brachte den Toast auf Kate aus.

Der Gouverneur hielt die Festrede: ». . . eine der bemerkenswertesten Frauen in der Geschichte dieser Nation. Kate Blackwells Stiftungen zugunsten Hunderter wohltätiger Zwecke auf der ganzen Welt sind schon Legende. Um den verstorbenen Sir Winston Churchill zu paraphrasieren: ›Nie zuvor hatten so viele einem einzigen Menschen so viel zu verdanken.‹ Mir war es vergönnt, Kate Blackwell zu begegnen . . .«

So ein blöder Mist, dachte Kate. *Niemand kennt mich. Das klingt ja, als redete er über eine Heilige. Was würden all diese Leute wohl dazu sagen, wenn sie die Wahrheit über Kate Blackwell wüßten? Gezeugt von einem Dieb und gekidnappt, noch bevor sie ein Jahr alt war. Was würden sie wohl denken, wenn ich ihnen meine Schußnarben zeigte?*

Sie wandte den Kopf und sah den Mann an, der einst versucht hatte, sie zu töten. Ihr Blick schweifte über ihn hinweg und blieb an einer Gestalt im Hintergrund hängen, die ihr Gesicht hinter einem Schleier verbarg. Aus der Ferne vernahm Kate einen Donnerschlag, gerade als der Gouverneur seine Rede beendete und die ihre ankündigte. Sie erhob sich und ließ den Blick über die versammelten Gäste gleiten. Mit klarer und fester Stimme ergriff sie das Wort: »Mein Leben währt nun schon länger als das irgendeines anderen hier. Was ist denn schon dabei, würde die heutige Jugend sagen. Aber ich bin glücklich darüber, daß ich dieses Alter erreicht habe, denn sonst könnte ich nicht mit all meinen lieben Freunden hier zusammensein. Ich weiß, daß etliche von Ihnen aus fernen Ländern angereist sind, um den heutigen Abend mit mir zu verbringen, und daß die Reise Sie ermüdet haben muß. Es wäre ungerecht, wollte ich von jedermann die gleiche Energie erwarten, die ich selbst besitze.« Es gab brüllendes Gelächter und Applaus für sie.

»Ich danke Ihnen dafür, daß Sie diesen Abend für mich zu einem denkwürdigen Ereignis machen. Für diejenigen, die sich zurückzuziehen wünschen, stehen die Zimmer bereits zur Verfügung. Für die anderen wird im Ballsaal zum Tanz aufgespielt.« Ein neuerlicher Donnerschlag. »Ich denke, wir begeben uns besser alle ins Haus.«

Nun waren Dinner und Tanz vorbei, die Gäste hatten sich zurückgezogen, und Kate war allein mit ihren Geistern. Sie saß in der Bibliothek, überließ sich ihren Erinnerungen und fühlte sich plötzlich niedergeschlagen. *Keiner ist mehr da, der mich Kate nennt,* dachte sie. *Sie sind alle gegangen.* Ihre Welt war klein geworden. War es nicht Longfellow gewesen, der sagte: »Die Blätter der Erinnerung rascheln voll Trauer in der Dunkelheit?« Bald würde auch sie in die Dunkelheit übergehen – aber nicht sogleich. *Das Wichtigste in meinem Leben habe ich immer noch zu erledigen,* dachte Kate. *Hab Geduld, David. Bald werde ich bei dir sein.*

»Gran . . .«

Kate öffnete die Augen. Ihre Familie war hereingekommen. Sie sah sie an, einen nach dem anderen, ihr Blick eine erbarmungslose Kamera, der nichts entging. *Meine Familie,* dachte sie. *Meine Unsterblichkeit. Mörder, groteske Gestalten und Irre. Die Blackwell-Leichen. Soll das denn alles sein, was die vielen Jahre voll Hoffnung, Schmerz und Leid eingebracht haben?*

Ihre Enkelin trat zu ihr. »Ist alles in Ordnung mit dir, Gran?«

»Ich bin ein bißchen müde, Kinder. Ich glaube, ich gehe jetzt zu Bett.« Sie erhob sich und ging zur Treppe, und im gleichen Moment ertönte gewaltiges Donnergrollen. Der Sturm brach los, und der Regen trommelte gegen die Fensterscheiben. Die Familienmitglieder sahen zu, wie die alte Frau den obersten Treppenabsatz erreichte – eine stolze, aufrechte Gestalt. Ein Blitz erhellte den Raum, und Sekunden später donnerte es krachend. Kate Blackwell drehte sich um und sah auf sie herab. »In Südafrika«, sagte sie, und aus ihren Worten hörte man den Akzent ihrer Vorfahren heraus, »pflegten wir so etwas einen *donderstorm* zu nennen.«

ERSTES BUCH

Jamie
1883–1906

1

»Das ist, weiß Gott, ein richtiger *donderstorm*!« sagte Jamie McGregor. Er war mit den wilden Stürmen des schottischen Hochlands aufgewachsen, aber so etwas Gewaltiges wie diesen hatte er noch nie erlebt. Am Nachmittagshimmel waren plötzlich riesige Sandwolken aufgezogen und hatten den Tag in Sekundenschnelle zur Nacht gemacht. Der staubige Himmel wurde von zuckenden Blitzen erhellt – *weerling* nannten die Afrikaner das –, die die Luft versengten, gefolgt vom *donderslag*, vom Donner. Dann kam die Sintflut: Regenmassen, die gegen das Heer aus Zelten und Blechhütten klatschten und die Staubstraßen von Klipdrift in wirbelnde Schlammströme verwandelten.

Der Himmel hallte wider von rollenden Donnerschlägen, die aufeinander folgten wie Artilleriefeuer in einem himmlischen Krieg.

Jamie McGregor trat schnell beiseite, als sich ein Haus aus ungebrannten Ziegeln in Schlamm auflöste, und er fragte sich, ob Klipdrift dieses Unwetter überstehen würde.

Klipdrift war keine richtige Stadt. Es war ein wucherndes Zeltdorf, eine brodelnde Masse aus Planen und Hütten und Wagen, die sich am Ufer des Vaal drängten, bewohnt von wild dreinschauenden Träumern, die aus aller Welt nach Südafrika gekommen waren, alle vom gleichen Gedanken besessen: Diamanten zu finden.

Auch Jamie McGregor gehörte zu den Träumern. Er war gerade achtzehn Jahre alt, ein hübscher Bursche, groß und blond, mit verblüffend hellen grauen Augen. Er war von einnehmender Arglosigkeit und bemühte sich, allen zu gefallen, was ihm auch gelang.

Von der Farm seines Vaters im schottischen Hochland aus war er beinahe achttausend Meilen weit gereist, über Edinburgh, London und Kapstadt bis nach Klipdrift. Er hatte auf seinen Anteil an dem Land, das er, seine Brüder und sein Vater gemeinsam bestellt hatten, verzichtet, aber er bereute es nicht. Jamie McGregor wußte, daß er dafür tausendfach entschädigt würde. Er hatte die Sicherheit seines gewohnten Lebens hinter sich gelassen und war an diesen entlegenen, gottverlassenen Ort gekommen, weil er davon träumte, reich zu werden. Einmal war er auf einem Jahrmarkt in Edinburgh gewesen und hatte gesehen, was für Herrlichkeiten man für Geld kaufen konnte. Geld war dazu da, das Leben zu erleichtern, solange man gesund war, und die nötigen Bedürfnisse zu erfüllen, wenn man krank wurde. Jamie hatte zu viele Freunde und Nachbarn in Armut leben und sterben sehen.

Er entsann sich seiner Aufregung, als er zum erstenmal von einem Diamantenlager in Südafrika gehört hatte.

Dort war der größte Diamant der Welt gefunden worden, einfach so im Sand, und es ging das Gerücht, die ganze Gegend dort sei eine Schatzkammer, die nur darauf warte, geöffnet zu werden.

An einem Samstagabend nach dem Essen hatte er seiner Familie von seinen Plänen berichtet.

Fünf Augenpaare hatten ihn angestarrt, als sei er nicht ganz bei Trost.

»Auf Diamantenjagd willst du?« fragte sein Vater. »Du bist ja wohl verrückt, Junge. Das ist doch nur ein Märchen – eine Versuchung des Teufels, der Männer von ihrem ehrlichen Tagwerk abhalten will.«

»Verrätst du uns auch, wo du das Geld dazu hernehmen willst?« fragte sein Bruder Ian. »Das ist die halbe Strecke um die Welt. Du hast kein Geld.«

»Wenn ich Geld hätte«, gab Jamie zurück, »dann hätte ich es auch nicht nötig, nach Diamanten zu suchen, oder? Dort hat sowieso niemand Geld. Mir geht's also nicht anders als den anderen auch. Aber ich hab' Köpfchen und ein breites Kreuz. Ich werd's schon schaffen.«

Seine Mutter nahm wortlos die Platte mit den Resten des dampfenden Haggis vom Tisch und trug sie zum Ausguß.

Spät in dieser Nacht trat sie an Jamies Bett. Behutsam faßte sie ihn an der Schulter, und ihre Kraft übertrug sich auf ihn. »Tu, was du tun mußt, mein Sohn. Ich weiß nicht, ob's dort Diamanten gibt, aber wenn, dann wirst du sie auch finden.« Sie förderte eine abgegriffene Lederbörse zutage. »Ich hab' ein paar Pfund

auf die Seite gelegt. Sag den anderen aber nichts davon. Gott segne dich, Jamie.«
Als er nach Edinburgh aufbrach, hatte er fünfzig Pfund.

Die Reise nach Südafrika war mühselig, und Jamie McGregor brauchte fast ein ganzes Jahr dazu. In Edinburgh fand er eine Stelle als Kellner in einem Arbeiterlokal, wo er blieb, bis er weitere fünfzig Pfund zu den ersten legen konnte. Dann ging es weiter nach London. Die Größe der Stadt, die riesigen Menschenmengen, der Lärm und die großen Pferdebahnen schüchterten Jamie ein. Staunend sah er zu, wie Damen aus Kutschen stiegen, um einen Einkaufsbummel in der Burlington Arcade zu machen, einem verwirrenden Füllhorn voll Silber, Porzellan, Kleidern und Pelzen sowie Töpfereien und Apotheken, mit geheimnisvollen Fläschchen und Tiegeln.
In der Fitzroy Street 32 fand Jamie Unterkunft. Sie kostete ihn zehn Shilling die Woche, war aber weit und breit die billigste. Die Tage verbrachte er an den Docks, wo er ein Schiff suchte, das ihn nach Südafrika bringen sollte; an den Abenden bestaunte er die Wunderdinge in London Town. Doch trotz all der Schönheiten befand sich England in jenem Winter inmitten einer sich stetig verschlimmernden Wirtschaftskrise. Die Straßen waren voll von Arbeitslosen und Hungernden, und es gab Massendemonstrationen und Straßenkämpfe. *Ich muß hier unbedingt weg,* dachte Jamie. *Ich bin schließlich gekommen, um der Armut zu entrinnen.* Am nächsten Tag heuerte er als Steward auf der Walmer Castle mit Zielhafen Kapstadt in Südafrika an.

Die Seereise dauerte drei Wochen, einschließlich der Aufenthalte in Madeira und St. Helena, wo Kohlen für die Maschinen geladen wurden. Es war eine rauhe, stürmische Reise im tiefsten Winter, und Jamie wurde seekrank, sobald das Schiff abgelegt hatte. Doch nie verlor er seine gute Laune, denn jeder Tag brachte ihn seiner Schatzkammer näher, und je näher das Schiff dem Äquator kam, desto wärmer wurde es. Wie durch Zauberhand wurde der Winter zum Sommer, und die Tage und Nächte wurden heiß und schwül.
Die Walmer Castle erreichte Kapstadt in der ersten Morgendämmerung, schob sich vorsichtig durch den engen Kanal, der die große Aussätzigensiedlung auf Robben Island vom Festland trennte, und ging in der Table Bay vor Anker.

Jamie war schon vor Sonnenaufgang an Deck. Fasziniert sah er, wie sich der frühe Morgennebel hob und den Blick auf den grandiosen Tafelberg freigab, der über der Stadt aufragte. Jamie war angekommen.

Sobald das Schiff am Kai anlegte, wurden die Decks überflutet von einer Horde der seltsamsten Menschen, die Jamie je gesehen hatte. Aus allen Hotels waren Werber gekommen: Schwarze, Gelbe und Braune boten ungestüm ihre Dienste als Gepäckträger an, kleine Jungen rannten hin und her und wollten Zeitungen, Süßigkeiten und Früchte verkaufen. Die Luft war voller riesiger schwarzer Fliegen. Seeleute und Gepäckträger bahnten sich stoßend und schreiend ihren Weg durch die Menge, während die Passagiere vergeblich versuchten, ihre Habseligkeiten beisammen und in Sichtweite zu halten. Die Leute redeten miteinander in einer Sprache, die Jamie noch nie gehört hatte. Er verstand kein Wort.

Kapstadt war gänzlich anders als alle Städte, die Jamie kannte. Es gab keine zwei Häuser, die einander ähnelten.
Jamie war fasziniert von den Männern, Frauen und Kindern, die sich in den Straßen drängten. Er sah einen Kaffer, der eine alte 78er Hochländer-Hose trug und einen Sack, den er mit Schlitzen für Kopf und Arme zum Mantel gemacht hatte. Vor dem Kaffer gingen Hand in Hand zwei Chinesen in blauen Arbeitskitteln und mit sorgfältig geflochtenen Zöpfen unter ihren spitzen Strohhüten. Da gab es dicke, rotgesichtige Buren mit sonnengebleichtem Haar, deren Karren mit Kartoffeln, Mais und Blattgemüse beladen waren. Männer in braunen Manchesterhosen und -mänteln, mit breitkrempigen, weichen Filzhüten auf dem Kopf und langen Tonpfeifen im Mund schritten ihren ganz in Schwarz gekleideten *vraws* mit ihren dicken Tüchern und schwarzseidenen Schuten voran. Parsi-Waschfrauen, die riesige Bündel schmutziger Wäsche auf dem Kopf balancierten, schoben sich an Soldaten in roten Mänteln und Helmen vorbei. Es war ein hinreißendes Schauspiel.
Jamie suchte sich als erstes ein preiswertes Logierhaus, das ihm von einem der Seeleute auf dem Schiff empfohlen worden war. Die Wirtin war eine dralle, vollbusige Witwe mittleren Alters. Sie sah sich Jamie von oben bis unten an und lächelte. *»Zoek yulle goud?«*

Er errötete. »Entschuldigung – ich verstehe Sie nicht.«
»Engländer, ja? Sind Sie wegen Gold hier? Oder Diamanten?«
»Wegen Diamanten, Ma'am.«
Sie zog ihn ins Haus. »Es wird Ihnen hier gefallen. Bei mir gibt's alles, was ein junger Mann wie Sie braucht.«
Jamie fragte sich, ob sie zu einer gewissen Sorte gehörte. Hoffentlich nicht.
»Ich bin Mrs. Venster«, sagte sie kokett, »aber meine Freunde nennen mich Dee-Dee.« Sie lächelte, wobei ein Goldzahn sichtbar wurde. »Ich habe das Gefühl, daß wir schon bald sehr gute Freunde sein werden. Sie können mit allem zu mir kommen.«
»Das ist sehr nett von Ihnen«, sagte Jamie. »Können Sie mir sagen, wo ich einen Stadtplan kaufen kann?«

Mit dem Plan in der Hand erforschte Jamie die Stadt. Er spazierte durch das Wohngebiet der Reichen, durch die Strand Street und die Bree Street, und bewunderte die großen, zweistöckigen Gebäude mit ihren flachen Dächern, ihren stuckverzierten Fronten und steilen Terrassen, die zur Straße hin abfielen. Er lief herum, bis ihn schließlich die Fliegen vertrieben, die es offenbar besonders auf ihn abgesehen hatten. Sie waren groß und schwarz und griffen in Schwärmen an. Als Jamie ins Logierhaus zurückkam, sah er, daß sie sogar in die Häuser eindrangen: In seinem Zimmer waren Wände, Tisch und Bett schwarz von Fliegen. Er ging zu seiner Wirtin. »Mrs. Venster, könnten Sie vielleicht etwas gegen die Fliegen in meinem Zimmer tun? Sie sind –«
Sie brach in sattes, glucksendes Gelächter aus und kniff Jamie in die Wange. »*Myn magtig.* Sie werden sich schon noch daran gewöhnen. Warten Sie's ab.«

Die sanitären Anlagen in Kapstadt waren nicht nur primitiv, sondern auch unzureichend, und nach Sonnenuntergang hing ein fürchterlicher Gestank wie eine stickige Glocke über der Stadt. Es war unerträglich. Aber Jamie wußte, daß er es aushalten würde. Bevor er weiterziehen konnte, brauchte er noch mehr Geld. *Auf den Diamantenfeldern kannst du ohne Geld nicht überleben,* hatte man ihn gewarnt. *Da knöpfen sie dir schon fürs bloße Atemholen Geld ab.*
Am zweiten Tag in Kapstadt fand Jamie Arbeit als Kutscher bei einer Spedition. Am dritten Tag fing er in einem Restaurant an,

wo er nach dem Dinner Geschirr abwusch. Er ernährte sich von den Essensresten, die er flink beiseite brachte und mit ins Logierhaus nahm. Er war hoffnungslos einsam. Er kannte niemanden in dieser fremden Stadt, und er vermißte seine Freunde und seine Familie. Jamie war gern allein, diese Einsamkeit hier empfand er jedoch als ständigen Schmerz.

Endlich kam der wunderbare Tag: Seine Börse enthielt die phantastische Summe von zweihundert Pfund. Er war soweit. Am nächsten Morgen würde er Kapstadt verlassen und zu den Diamantenfeldern aufbrechen.

Einen Platz in den Kutschen, die zu den Diamantenfeldern bei Klipdrift fuhren, konnte man bei der Inland Transport Company in einem kleinen Holzmagazin unweit der Docks buchen. Als Jamie um sieben Uhr morgens ankam, drängte sich dort schon eine solche Menschenmenge, daß er nicht einmal in die Nähe des Depots gelangte. Hunderte von Glücksjägern balgten sich um einen Sitz in den Kutschen. Sie schrien in einem Dutzend verschiedener Sprachen herum und flehten die umlagerten Billettverkäufer an, ihnen noch ein Plätzchen zu geben. Jamie sah zu, wie ein stämmiger Ire sich zornig seinen Weg aus dem Büro zum Gehsteig freimachte, indem er sich durch den Mob kämpftc.

»Entschuldigung«, sagte Jamie. »Was geht denn vor da drinnen?«

»Nix«, grantelte der Ire voll Abscheu. »Die verfluchten Karren sind für die nächsten sechs Wochen alle schon ausgebucht.« Er sah den bestürzten Ausdruck auf Jamies Gesicht. »Und das ist noch nicht mal das Ärgste, Freundchen. Diese gottlosen Schweine kassieren fünfzig Pfund pro Nase.«

Es war nicht zu fassen! »Es muß doch noch eine andere Möglichkeit geben, zu den Diamantenfeldern zu kommen.«

»Sogar zwei: Du kannst den Dutch Express nehmen oder zu Fuß gehen.«

»Was ist denn der Dutch Express?«

»'n Ochsenkarren. Der macht zwei Meilen die Stunde. Bis du mit dem ankommst, sind die Diamanten alle weg.«

Jamie McGregor hatte nicht die Absicht, seine Reise aufzuschieben, bis die Diamanten weg waren. Den Rest des Vormittags verbrachte er mit der Suche nach anderen Transportmöglichkeiten. Kurz vor Mittag fand er eine. Er kam an einem Mietstall

vorbei, an dessen Eingang ein Schild besagte: MAIL DEPOT – Poststelle. Einem Impuls folgend, ging er hinein und fand dort den magersten Mann, den er je gesehen hatte, damit beschäftigt, große Postsäcke auf einen Dogcart zu verladen. Einen Moment lang sah Jamie ihm dabei zu.
»Entschuldigen Sie«, sagte er dann. »Bringen Sie auch Post nach Klipdrift?«
»Klar doch. Wird grade verladen.«
Jamie fühlte jäh Hoffnung in sich aufsteigen. »Nehmen Sie auch Passagiere mit?«
»Manchmal.« Der Magere sah auf und betrachtete Jamie prüfend. »Wie alt sind Sie?«
Seltsame Frage. »Achtzehn. Warum?«
»Wir nehmen keinen mit, der älter ist als 21 oder 22. Sind Sie gesund?«
Eine noch seltsamere Frage. »Yes, Sir.«
Der Dünne richtete sich auf. »Ich glaube, Sie sind in Ordnung. Ich fahre in einer Stunde los. Das macht zwanzig Pfund.«
Jamie konnte sein Glück kaum fassen. »Das ist ja herrlich! Ich hole nur meinen Koffer und –«
»Keinen Koffer. Der Platz reicht bloß für ein Hemd und 'ne Zahnbürste.«
Jamie besah sich den Dogcart etwas genauer. Er war klein und nur grob zusammengezimmert. Das Chassis bestand aus einer Wanne, in der die Post untergebracht wurde; darüber befand sich ein schmaler Platz, auf den sich gerade eine Person Rücken an Rücken zum Fahrer setzen konnte. Es würde eine unbequeme Fahrt werden.
»Einverstanden«, sagte Jamie. »Ich hol nur noch mein Hemd und meine Zahnbürste.«
Als er wiederkam, spannte der Fahrer soeben ein Pferd vor den offenen Karren. Daneben standen zwei kräftige junge Männer, einer klein und dunkel, der andere ein großer, blonder Schwede. Sie gaben dem Kutscher Geld.
»Moment mal«, rief Jamie dem Fahrer zu. »Sie haben versprochen, *mich* mitzunehmen.«
»Ich nehme Sie alle mit«, sagte der Fahrer. »Steigen Sie schon ein.«
»Uns alle drei?«
»Genau.«
Jamie hatte keine Ahnung, wie sie alle in den kleinen Wagen

passen sollten. Er wußte nur eins: Wenn es losging, würde er auf Biegen und Brechen drinsitzen.
Jamie stellte sich seinen beiden Mitreisenden vor. »Ich bin Jamie McGregor.«
»Wallach«, sagte der kleine Dunkle.
»Pederson«, sagte der große Schwede.
Jamie sagte: »Wir haben ein Glück, daß wir das hier entdeckt haben, nicht? Nur gut, daß kaum einer davon weiß.«
Pederson sagte: »Ach, die Postkarren sind allgemein bekannt, McGregor. Es gibt nur nicht so viele, die gesund oder verzweifelt genug wären, damit zu fahren.«
Bevor Jamie ihn noch fragen konnte, was er damit meinte, sagte der Kutscher: »Auf geht's.«
Die drei Männer, Jamie in der Mitte, quetschten sich in den Wagen und saßen aneinandergepreßt, mit angezogenen Knien, den Rücken an die harte Holzlehne gedrückt, auf dem Bänkchen. Es war kein Platz mehr übrig, der ihnen erlaubt hätte, sich zu bewegen oder tief zu atmen. *Alles halb so schlimm,* machte Jamie sich Mut.
»Festhalten!« kam es im Singsang vom Fahrer, und schon rasten sie durch die Straßen von Kapstadt und waren auf dem Weg zu den Diamantenfeldern von Klipdrift.
Im vollen Galopp ging es über unebene Straßen und Felder und Pfade mit tiefen Furchen. Der Karren war nicht gefedert, und jeder Stoß hatte etwa die gleiche Wirkung wie ein Pferdetritt. Jamie biß die Zähne zusammen und dachte: *Ich halte durch, bis wir übernachten. Dann esse ich was und schlafe ein bißchen, und morgen früh bin ich wieder auf dem Damm.* Aber als die Nacht hereinbrach, gab es nur einen zehnminütigen Aufenthalt, um Pferd und Fahrer zu wechseln, und schon waren sie wieder in vollem Galopp unterwegs.
»Wann halten wir und essen was?« fragte Jamie.
»Gar nicht«, brummte der Kutscher. »Wir fahren durch. Wir befördern schließlich die Post, Mister.«
Durch das ständige Rütteln war Jamies Körper bald mit Prellungen und blauen Flecken übersät. Er war todmüde, aber an Schlaf war nicht zu denken: Sobald er eindösen wollte, wurde er sofort wieder wachgeschüttelt. Er fühlte sich elend, und sein Körper war steif, aber es gab nicht genügend Platz, um sich auszustrekken. Er hatte Hunger und war reisekrank. Er hatte keine Ahnung, wie viele Tage vergehen würden, bis er wieder etwas zu

essen bekäme. Die Fahrt ging über 600 Meilen, und Jamie McGregor wußte nicht, ob er sie lebend überstehen würde. Er wußte nicht einmal, ob er sie überstehen wollte.
Nach zwei Tagen und zwei Nächten war aus dem Elend Verzweiflung geworden. Jamies Reisegefährten befanden sich im gleichen mitleiderregenden Zustand und waren nicht einmal mehr in der Lage, sich zu beklagen. Jamie begriff jetzt, warum die Gesellschaft ausdrücklich Wert darauf legte, daß die Passagiere jung und kräftig waren.
In der nächsten Morgendämmerung fuhren sie in die Große Karoo hinein, wo die Einöde erst richtig anfing. Das furchtbare Buschland dehnte sich bis ins Unendliche, eine weite, abweisende Ebene unter einer erbarmungslosen Sonne. Die Passagiere erstickten fast in Hitze, Staub und Fliegen.

Erst als der Postwagen den Oranje-Fluß überquert hatte, wandelte sich das bisher tödlich monotone Bild der Steppe. Das Buschwerk wurde allmählich höher und war mit Grün durchsetzt. Die Erde war jetzt von kräftigerem Rot, und ein leichter Wind strich über Grasdecke und Dornenbäume.
Ich werde es schaffen, dachte Jamie dumpf. *Ich werd's schaffen.*
Und er fühlte, wie sich in seinem erschöpften Körper wieder Hoffnung zu regen begann.
Als sie am Stadtrand von Klipdrift anlangten, waren sie vier Tage und Nächte lang ununterbrochen unterwegs gewesen.
Der junge Jamie McGregor hatte keine klare Vorstellung von Klipdrift gehabt, und die Szenerie, die sich jetzt vor seinen müden, blutunterlaufenen Augen auftat, überstieg alles, was er sich hätte ausmalen können: Die Stadt bestand aus einem unübersehbaren Meer von Zelten und Wagen, die die Hauptstraßen und die Ufer des Vaal säumten. Der staubige Fahrdamm wimmelte nur so von Menschen: Kaffer, die bis auf ihre grellfarbenen Jacken nackt waren; bärtige Digger; Metzger, Bäcker, Diebe, Lehrer. Im Zentrum von Klipdrift standen reihenweise Holz- und Blechhütten, die als Läden, Kantinen, Billardsäle, Speisehäuser, Büros für Diamantenkäufer und als Anwaltspraxen dienten. An einer Straßenecke stand das baufällige Royal Arch Hotel.
Jamie stieg aus dem Dogcart – und fiel prompt zu Boden, denn seine verkrampften Beine versagten ihm den Dienst. In seinem Kopf drehte sich alles, und er lag da, bis er genügend Kraft ge-

sammelt hatte, um sich wieder aufzurappeln. Er taumelte auf das Hotel zu und schob sich irgendwie durch die lärmende Menschenmenge, die sich auf Straßen und Gehsteigen drängte. Das Zimmer, das man ihm gab, war klein, zum Ersticken heiß und voller Fliegen. Aber Jamie sah nur das Bett. In voller Montur ließ er sich darauf fallen – und war sofort eingeschlafen. Er schlief achtzehn Stunden lang.

Beim Erwachen war Jamies Körper unglaublich steif und wund, doch seine Seele jubilierte: *Ich bin angekommen! Ich hab's geschafft!* Heißhungrig machte er sich auf die Suche nach etwas zu essen. Im Hotel wurden keine Mahlzeiten serviert, aber auf der anderen Straßenseite gab es ein kleines, überfülltes Restaurant, wo er gebratenen *snook,* einen großen, hechtähnlichen Fisch, hinunterschlang, gefolgt von *Karbonaatje,* dünnen, über einem Holzfeuer am Spieß gegrillten Hammelscheiben, einer *bok*-Keule und schließlich *koeksister* zum Nachtisch, einem in schwimmenden Fett gebackenen und in Sirup getränkten Krapfen.
An den Tischen um ihn herum saßen überall Digger und sprachen aufgeregt über das, was sie einzig und allein beschäftigte: über Diamanten.
Jamie war so aufgeregt, daß er seinen großen Becher Kaffee kaum austrinken konnte. Die Rechnung warf ihn fast um: zwei Pfund und drei Shilling für eine einzige Mahlzeit! *Ich muß sehr vorsichtig sein,* dachte er, als er auf die überfüllte, laute Straße hinaustrat. »Hast du noch immer vor, reich zu werden, McGregor?« hörte er eine Stimme hinter sich.
Jamie drehte sich um. Es war Pederson, der Schwede, der mit ihm im Dogcart angekommen war.
»Gewiß doch«, gab Jamie zurück.
»Na, dann laß uns doch mal zu den Diamanten gehen.« Er deutete auf den Fluß. »Zum Vaal geht's da lang.«
Sie machten sich auf den Weg.
Klipdrift lag in einer von Hügeln umgebenen Senke, und so weit das Auge reichte, war alles kahl, ohne einen einzigen Grashalm oder Busch. Dichter roter Staub stieg in die Luft und erschwerte das Atmen. Der Vaal war eine Viertelmeile entfernt, und als sie näher kamen, spürten sie, daß es hier kühler war. Hunderte von Diggern hatten sich an beiden Ufern des Flusses niedergelassen; manche buddelten nach Diamanten, andere siebten Kies durch rüttelnde Schwingtröge, wieder andere sor-

tierten Steine an wackeligen Tischchen. Die Ausrüstungen reichten von raffinierten Apparaturen zum Ausschlämmen der Erde bis zu alten Bottichen und Eimern. Die Männer waren sonnenverbrannt, unrasiert und nachlässig, ja absonderlich gekleidet, alle trugen breite Ledergürtel mit Taschen für Diamanten oder Geld.
Jamie und Pederson gingen bis ans Flußufer und sahen zu, wie sich ein Junge und ein älterer Mann abmühten, einen riesigen Findling aus Eisenstein wegzuwälzen, um an den Kies unter ihm zu gelangen. Ihre Hemden waren völlig durchgeschwitzt. Gleich daneben beluden zwei andere eine Karre mit Kies, der in einem Schwingtrog durchgesiebt werden sollte. Einer der Digger hielt den Trog in Bewegung, während der andere eimerweise Wasser hineingoß, um den Sand auszuschwemmen. Dann wurden die großen Kiesel auf einen wackeligen Sortiertisch geschüttet und aufgeregt inspiziert.
»Das sieht leicht aus.« Jamie grinste.
»Verlaß dich nicht drauf, McGregor. Ich hab' mich mit ein paar Diggern unterhalten, die schon eine Weile hier sind. Weißt du, wie viele Schürfer hier reich werden wollen? Zwanzigtausend, verdammt noch mal! Für alle gibt's gar nicht genügend Diamanten, Kumpel. Und selbst wenn, dann frag ich mich immer noch, ob das den ganzen Aufwand überhaupt lohnt. Im Winter schmorst du, im Sommer frierst du, ersäufst fast in diesen dämlichen *donderstormen* und plagst dich ständig mit Staub und Fliegen und Gestank ab. Baden kannste nicht, und ein ordentliches Bett kriegste auch nicht, und dann gibt's noch nicht mal Klos in diesem Kaff. Jede Woche fischen sie Leichen aus dem Vaal. Bei manchen ist's ein Unfall, aber ich hab' mir sagen lassen, daß es für viele die einzige Möglichkeit ist, aus dieser Hölle rauszukommen. Ich weiß auch nicht, warum die es hier so lange aushalten.«
»Ich weiß es schon.« Jamie beobachtete den erwartungsvollen Jungen in dem durchgeschwitzten Hemd.
Doch auf ihrem Weg zurück in die Stadt mußte sich Jamie eingestehen, daß Pederson nicht ganz unrecht hatte. Sie kamen an den Kadavern geschlachteter Ochsen, Schafe und Ziegen vorbei, die vor den Zelten gleich neben offenen Latrinengräben verfaulten. Es stank zum Himmel. Pederson musterte Jamie. »Was wirst du jetzt tun?«
»Mir eine Schürferausrüstung besorgen.«

In der Stadtmitte gab es einen Laden, an dem ein rostiges Schild hing mit der Aufschrift: SALOMON VAN DER MERWE. GEMISCHTWARENHANDLUNG. Vor dem Geschäft war ein großgewachsener Mann damit beschäftigt, einen Karren zu entladen. Er war ungefähr in Jamies Alter, breitschultrig und muskulös – einer der schönsten Männer, die Jamie je gesehen hatte. Er hatte kohlrabenschwarze Augen, eine Adlernase und ein stolzes Kinn. Eine gewisse Würde und vornehme Zurückhaltung umgaben ihn. Er hievte eine schwere Holzkiste voller Gewehre auf die Schulter, und als er sich umdrehte, rutschte er auf einem Blatt aus, das aus einer Kiste mit Kohlköpfen gefallen war. Unwillkürlich streckte Jamie die Hand aus, um ihn zu stützen. Doch der Schwarze nahm nicht einmal Notiz von ihm, drehte sich um und ging in den Laden. Ein Bure – ein Digger, der gerade sein Maultier aufzäumte – spuckte aus und sagte angewidert: »Das ist Banda vom Stamm der Barolong. Arbeitet bei van der Merwe. Ich weiß auch nicht, warum der diesen hochnäsigen Schwarzen behält. Diese beschissenen Bantu glauben alle, die Erde gehört ihnen allein.«
Im Laden war es kühl und dunkel – eine willkommene Erholung von der heißen, hellen Straße –, und exotische Düfte erfüllten den Raum. Staunend ging Jamie im Laden herum. *Wer das alles besitzt,* dachte Jamie, *der muß ein reicher Mann sein.*
»Womit kann ich Ihnen dienen?« fragte hinter ihm eine sanfte Stimme.
Jamie drehte sich um und stand einem jungen Mädchen gegenüber. Sie hatte ein interessantes Gesicht, zart und herzförmig, mit keckem Näschen und tiefgrünen Augen. Ihr Haar war dunkel und lockig. Als er ihre Figur betrachtete, entschied Jamie, sie müsse ungefähr sechzehn sein.
»Ich bin Schürfer«, verkündete er. »Ich möchte einiges für meine Ausrüstung kaufen.«
»Was brauchen Sie denn?«
Aus irgendeinem Grunde meinte Jamie, bei dem Mädchen Eindruck schinden zu müssen. »Ich – äh – Sie wissen schon, das Übliche.«
Sie lächelte, und in ihren Augen blitzte der Schalk. »Was ist denn das Übliche, Sir?«
»Nun ja . . .« Er zögerte. »Eine Schaufel.«
»Ist das dann alles?«
Jamie sah, daß sie ihn neckte. Er grinste und gestand: »Um die

Wahrheit zu sagen, ich bin ganz neu dabei. Ich weiß gar nicht, was ich alles brauche.« Sie lächelte ihn an, und diesmal war ihr Lächeln das einer erwachsenen Frau. »Das hängt davon ab, wo Sie schürfen wollen, Mr. – –?«

»McGregor, Jamie McGregor.«

»Ich bin Margaret van der Merwe.« Sie warf einen nervösen Blick in den hinteren Teil des Ladens.

»Ich freue mich, Sie kennenzulernen, Miß van der Merwe.«

»Sind Sie gerade erst angekommen?«

»Jawohl. Gestern, mit dem Postwagen.«

»Die hätten Sie davor warnen sollen. Bei dem Geschäft sind schon einige umgekommen.« Sie wirkte zornig.

Jamie grinste. »Ich kann's niemandem verdenken. Aber ich bin noch sehr lebendig, Gott sei Dank.«

»Und jetzt wollen Sie *mooi klippe* suchen gehen.«

»Mooi klippe?«

»Das ist unser holländisches Wort für Diamanten. Hübsche Steine.«

»Sind Sie Holländerin?«

»Meine Familie stammt aus Holland.«

»Ich komme aus Schottland.«

»Das habe ich mir gedacht.« Wieder sah sie sich vorsichtig um. »Es gibt schon Diamanten hier, Mr. McGregor, aber Sie sollten genau aufpassen, wo Sie danach suchen. Die meisten Digger drehen sich nur im Kreis und bringen es zu nichts. Wenn einer einen guten Fund tut, machen die anderen sich über die Reste her. Wenn Sie reich werden wollen, müssen Sie schon irgendwo der erste sein.«

»Und wie soll ich das anstellen?«

»Mein Vater könnte Ihnen dabei vielleicht helfen. Er weiß einfach alles. In einer Stunde können Sie mit ihm reden.«

»Dann komme ich zurück«, versicherte Jamie. »Vielen Dank, Miß van der Merwe.«

Er trat hinaus in den Sonnenschein, und ein Hochgefühl überkam ihn. Seine Wunden und Schmerzen waren vergessen. Wenn Salomon van der Merwe ihm einen Tip gab, wo Diamanten zu finden waren, dann konnte nichts mehr schiefgehen. Er würde allen den Rang ablaufen. Er lachte laut heraus vor lauter Freude darüber, jung und am Leben zu sein und auf dem besten Wege, reich zu werden.

Jamie ging die Hauptstraße hinunter, vorbei an einer Schmiede, einem Billardsaal und einem Dutzend Saloons. Vor einem Schild an einem heruntergekommenen Hotel blieb er stehen. Darauf stand:

R-D MILLER, HEISSE UND KALTE BÄDER.
GEÖFFNET TÄGLICH VON 6 BIS 20 UHR.
GEPFLEGTER UMKLEIDERAUM STEHT ZUR VERFÜGUNG.

Jamie dachte: *Wann habe ich eigentlich zum letztenmal gebadet? Richtig, auf dem Schiff habe ich mich über einem Eimer Wasser gewaschen. Das war* – Jäh kam ihm zu Bewußtsein, wie er riechen mußte. Kurzentschlossen betrat er das Bad. Drinnen gab es zwei Türen, eine für Frauen, eine für Männer. In der Männerabteilung wandte Jamie sich an den ältlichen Aufseher. »Was kostet ein Bad?«

»Ein kaltes zehn Shilling, ein heißes fünfzehn.«

Jamie zögerte. Ein heißes Bad nach der langen Reise kam ihm beinahe unwiderstehlich vor. »Ein kaltes«, sagte er. Er konnte es sich nicht leisten, sein Geld für derartigen Luxus hinauszuwerfen, er mußte schließlich noch seine Schürferausrüstung kaufen.

Der Aufseher reichte ihm ein kleines Stück gelber Kernseife und ein fadenscheiniges Handtuch und deutete auf eine Tür. »Da geht's rein, Kumpel.«

Jamie wartete, bis er allein war, bevor er sich auszog. Er sah an seinem schmutzbedeckten Körper herab und setzte einen Fuß in die Wanne. Das Wasser war, wie nicht anders zu erwarten, kalt. Jamie biß die Zähne zusammen und tauchte unter. Er seifte sich kräftig von Kopf bis Fuß ein, und als er schließlich aus der Wanne stieg, war das Wasser schwarz. So gut es ging, trocknete er sich mit dem abgenutzten Leinenhandtuch ab und zog sich wieder an. Hose und Hemd starrten vor Dreck; nur mit Widerwillen zog er sie an. Er würde sich Kleider kaufen müssen, und das erinnerte ihn erneut daran, wie wenig Geld er besaß. Und hungrig war er auch schon wieder.

Jamie verließ das Badehaus und bahnte sich seinen Weg durch die Menge. In einem Saloon, der The Sundowner hieß, bestellte er Bier und etwas zu essen: Lammkoteletts mit Tomaten, Würstchen mit Kartoffelsalat und eingelegtes Gemüse. Beim Essen lauschte er den zuversichtlichen Gesprächen um ihn herum.

An der Bar stand ein Gast mit kragenlosem Flanellhemd und

Kordhosen und spielte mit seinem großen Glas. »Ich bin in Hebron ausgenommen worden«, vertraute er dem Barmixer an. »Ich muß mir 'ne neue Ausrüstung besorgen.«
Der Barmixer war ein großer, fleischiger Kahlkopf mit einer schon mal gebrochenen, schiefen Nase und Frettchenaugen. Er lachte. »Mann, wem passiert das nicht? Warum, glauben Sie, steh ich hier am Tresen? Sobald ich genug Geld beisammen hab', zisch ich ab zum Oranje.« Er wischte mit einem schmuddeligen Lappen über die Theke. »Aber ich kann Ihnen sagen, was Sie am besten tun, Mister. Gehen Sie zu Salomon van der Merwe. Dem gehört hier der Laden gegenüber und die halbe Stadt dazu.«
»Und was hab' ich davon?«
»Wenn er Sie mag, greift er Ihnen vielleicht unter die Arme.«
Der Gast sah ihn an. »Ach? Glauben Sie das wirklich?«
»Ich kenn ein paar Burschen, mit denen hat er das schon gemacht. Sie machen die Arbeit, er gibt das Geld. Und dann macht ihr halbe-halbe.«
Jamie McGregors Gedanken überschlugen sich. Er hatte darauf vertraut, daß die 120 Pfund, die er noch besaß, reichen würden, um die zum Überleben notwendigen Geräte und Nahrungsmittel zu kaufen, aber die Preise in Klipdrift waren erschreckend hoch. Da würde sein Geld nicht lange reichen. *Mein Gott,* dachte Jamie. *Zu Hause könnten wir ein ganzes Jahr lang von dem leben, was hier drei Mahlzeiten kosten.* Aber wenn es ihm gelang, von einem wohlhabenden Mann wie Mr. van der Merwe unterstützt zu werden ...
Jamie zahlte hastig sein Essen und eilte in das Geschäft hinüber.
Salomon van der Merwe stand hinter dem Ladentisch und packte die Gewehre aus der Holzkiste. Er war ein kleiner Mann mit schmalem, verkniffenem Gesicht, das von einem Kaiserbart eingerahmt wurde. Er hatte sandfarbenes Haar, kleine schwarze Augen, eine Knollennase und dünne Lippen. *Seine Tochter muß der Mutter nachgeraten sein,* dachte Jamie. »Entschuldigen Sie bitte, Sir ...« Van der Merwe sah auf. »Ja?«
»Mr. van der Merwe? Ich bin Jamie McGregor, Sir. Ich komme aus Schottland und will hier Diamanten suchen.«
»Ja? So?«
»Ich habe gehört, daß Sie manchmal einem Digger aushelfen.«
Van der Merwe knurrte: »*Myn magtig*! Wer erzählt denn so was?

Ich brauche bloß ein paar Diggern zu helfen, und schon denkt jeder, ich sei der Weihnachtsmann.«
»Ich habe 120 Pfund gespart«, sagte Jamie mit ernster Miene. »Aber wie ich sehe, kann man hier nicht viel dafür kaufen. Wenn mir nichts anderes übrigbleibt, ziehe ich auch nur mit einer Schaufel in den Busch, aber ich glaube, meine Chancen stünden wesentlich besser, wenn ich einen Maulesel und eine ordentliche Ausrüstung hätte.«
Van der Merwe betrachtete ihn eingehend mit seinen kleinen schwarzen Augen. *»Wat denk ye?* Was bringt Sie auf den Gedanken, ausgerechnet *Sie* könnten Diamanten finden?«
»Ich bin um die halbe Welt gereist, Mr. van der Merwe, und ich gehe hier nicht wieder weg, bevor ich nicht reich geworden bin. Wenn es hier Diamanten gibt, dann finde ich sie auch. Und wenn Sie mir helfen, werden wir alle beide reich.«
Van der Merwe grunzte, kehrte Jamie den Rücken zu und packte weiter seine Gewehre aus. Jamie stand verlegen herum und wußte nicht, was er noch sagen sollte. Van der Merwes nächste Frage traf ihn völlig unvorbereitet. »Sie sind hier im Ochsenwagen angekommen, ja?«
»Nein. Im Postwagen.«
Der alte Mann drehte sich um und sah den Jungen an. Schließlich sagte er: »Wir sprechen noch daruber.«

Die Besprechung fand noch am gleichen Abend beim Essen statt, und zwar im Hinterzimmer des Ladens, wo van der Merwe wohnte. Es war ein kleines Zimmer, das als Küche, Eßplatz und Schlafstelle diente; zwei Betten waren hinter einem Vorhang. Die untere Hälfte der Wände bestand aus Lehm und Stein, die obere Hälfte war mit Pappe von alten Warenkartons beklebt. Aus der Mauer war ein quadratisches Loch geschlagen worden, das nun als Fenster diente. Bei feuchtem Wetter konnte man es schließen, indem man ein Brett davor stellte. Der Eßtisch bestand aus einer langen, über zwei Holzkisten gelegten Planke. Eine große Kiste diente als Geschirrschrank. Jamie vermutete, daß van der Merwe zu den Leuten gehörte, die sich nicht leicht von ihrem Geld trennen.
Van der Merwes Tochter ging leise umher und bereitete das Essen zu. Von Zeit zu Zeit warf sie einen raschen Blick auf ihren Vater, während sie kein einziges Mal in Jamies Richtung sah. *Warum ist sie so verängstigt?* fragte sich Jamie.

Als sie am Tisch saßen, hub van der Merwe an: »Lasset uns beten. Wir danken Dir, o Herr, für die Gaben, die wir aus Deiner Hand empfangen haben. Wir danken Dir dafür, daß Du uns unsere Sünden vergibst und uns den rechten Weg weist und uns erlösest von den Versuchungen des Lebens. Wir danken Dir für ein langes und fruchtbares Leben und dafür, daß Du all jene niederstreckst, die gegen Dein Gesetz verstoßen. Amen.« Und ohne auch nur einmal Luft zu holen, sagte er: »Reich mir das Fleisch« zu seiner Tochter.
Nachdem sie ihre Mahlzeit beendet hatten, sagte van der Merwe:
»Das war gut, meine Tochter«, und dabei klang seine Stimme stolz. Dann wendete er sich an Jamie: »Kommen wir zum Geschäftlichen, ja?«
»Ja, Sir.«
Van der Merwe nahm eine lange Tonpfeife von einer Holztruhe. Er stopfte sie mit Tabak aus einem Lederbeutelchen und setzte sie in Brand. Hinter seinen Rauchwolken nahmen seine scharfen Augen Jamie genauestens ins Visier.
»Die Digger hier in Klipdrift sind Narren. Zu wenig Diamanten, zu viele Schürfer. Hier kann sich einer ein Jahr lang totschuften und hat am Ende doch nichts anderes als *schlenters* vorzuweisen.«
»Ich – ich fürchte, Sir, dieses Wort ist mir nicht geläufig.«
»Narrendiamanten. Wertlos. Verstehen Sie?«
»Ich – ja, Sir, ich denke schon. Aber was ist die Lösung?«
»Die Griquas.«
Jamie sah ihn verwirrt an.
»Das ist ein afrikanischer Stamm im Norden. *Die* finden Diamanten – große Diamanten –, und manchmal bringen sie sie mir, und ich gebe ihnen Waren dafür.« Der Holländer senkte die Stimme zu einem verschwörerischen Flüstern. »Ich weiß, wo sie sie finden.«
»Und warum gehen Sie nicht selber dorthin, Mr. van der Merwe?«
Van der Merwe seufzte. »Unmöglich. Ich kann das Geschäft nicht allein lassen. Die Leute würden alles mitgehen lassen, was nicht niet- und nagelfest ist. Ich brauche jemanden, auf den ich mich verlassen kann, der hingeht und die Steine holt. Wenn ich den richtigen Mann finde, rüste ich ihn mit allem aus, was er dazu braucht.« Er machte eine Pause und nahm einen langen

Zug aus der Pfeife. »Und außerdem verrate ich ihm, wo die Diamanten sind.«
Jamie sprang auf. Sein Herz hämmerte wild. »Mr. van der Merwe – ich bin genau der Mann, den Sie suchen. Glauben Sie mir, Sir, ich werde Tag und Nacht arbeiten.« Seine Stimme schnappte fast über vor Aufregung. »Ich werde Ihnen mehr Diamanten bringen, als Sie zählen können.«
Van der Merwe musterte ihn schweigend, und Jamie kam es wie eine Ewigkeit vor. Und als er endlich den Mund auftat, sagte er nur ein einziges Wort: »Ja.«

Am nächsten Morgen unterschrieb Jamie den Vertrag, der in Afrikaans abgefaßt war.
»Das muß ich Ihnen erklären«, sagte van der Merwe. »Hier steht, daß wir gleichberechtigte Partner sind. Ich stelle das Kapital zur Verfügung, Sie die Arbeitskraft. Wir teilen alles gerecht.«
Jamie betrachtete den Vertrag in van der Merwes Hand. Inmitten all der unverständlichen Worte konnte er nur eine Zahl entziffern: *2 Pfund.*
Jamie deutete darauf. »Was hat das zu bedeuten, Mr. van der Merwe?«
»Das heißt, daß Sie zusätzlich zu Ihrem eigenen Anteil an den gefundenen Diamanten noch zwei Pfund pro Arbeitswoche bekommen, für Ihre Arbeit.«
Das war wirklich mehr als gerecht. »Danke, danke vielmals, Sir.« Jamie hätte ihn umarmen können.
Van der Merwe sagte: »Dann werden wir Sie jetzt mal ausrüsten.«

Sie brauchten zwei Stunden, um alles auszusuchen, was Jamie mit in den Busch nehmen wollte. Banda, der schwarze Diener, half Jamie schweigend, alles in Rucksäcken zu verstauen. Der riesige Mann würdigte Jamie keines Blickes und sprach kein Wort. *Er kann kein Englisch,* folgerte Jamie.
Margaret war im Laden und bediente Kunden, doch wenn sie Jamies Anwesenheit überhaupt wahrnahm, so ließ sie es sich nicht anmerken.
Van der Merwe trat zu Jamie. »Ihr Maultier steht vor dem Haus«, sagte er. »Banda wird Ihnen beim Aufladen helfen.«
»Danke sehr, Mr. van der Merwe«, sagte Jamie. »Ich –«

Van der Merwe studierte ein Stück Papier, das mit Zahlen vollgeschrieben war. »Das macht 120 Pfund.«
Jamie sah ihn entsetzt an. »Wie – wie bitte? Das gehört doch zu unserem Vertrag Wir –«
»Wat bedui'di?« Van der Merwes Gesicht lief dunkel an vor Wut. »Erwarten Sie etwa, daß ich Ihnen das alles *schenke*?! Daß ich Ihnen ein prima Maultier gebe, Sie zum Teilhaber mache und Ihnen obendrein noch zwei Pfund die Woche zahle? Wenn Sie meinen, Sie kriegen hier was umsonst, dann sind Sie bei mir an der falschen Stelle.« Er fing an, die Rucksäcke wieder auszupakken.
»Nein!« sagte Jamie schnell. »Bitte, Mr. van der Merwe. Ich – ich hatte das nur nicht verstanden. Es hat schon alles seine Richtigkeit. Ich habe das Geld dabei.« Er griff in seine Börse und legte den Rest seiner Ersparnisse auf den Ladentisch.
Van der Merwe zögerte. »In Ordnung«, sagte er dann widerwillig. »Vielleicht war's ein Mißverständnis, *nah*? In dieser Stadt gibt es lauter Betrüger. Ich muß schon aufpassen, mit wem ich mich einlasse.«
»Ja, Sir. Natürlich müssen Sie das«, stimmte Jamie ihm zu. In seiner Aufregung mußte er die Abmachung falsch verstanden haben. *Ich kann von Glück sagen, daß er mir noch eine Chance einräumt,* dachte er.
Van der Merwe förderte aus seiner Tasche einen kleinen, zerknitterten, von Hand gezeichneten Plan zutage. »Hier ist die Stelle, wo Sie *mooi klippe* finden können. Nördlich von hier in Magerdam, am Nordufer des Vaal.«
Jamie studierte die Karte, und sein Herz begann rascher zu schlagen. »Wie viele Meilen sind es bis dahin?«
»Hier messen wir Entfernungen in Tagen. Mit dem Maultier sollten Sie es in vier oder fünf Tagen schaffen. Zurück brauchen Sie länger – die Diamanten wiegen ja einiges.«
Jamie grinste. *»Ja«,* sagte er auf holländisch.

Als Jamie McGregor wieder auf die Straßen von Klipdrift hinaustrat, war er kein Tourist mehr. Er war nun ein Schürfer, ein Digger auf seinem Weg ins Glück. Banda hatte mittlerweile die restlichen Sachen auf den Rücken eines schwächlich wirkenden Maultiers gepackt, das an einem Pfosten vor dem Laden angebunden war.
»Danke.« Jamie lächelte.

Banda drehte sich um und sah ihm in die Augen, dann ging er wortlos weg. Jamie nahm die Zügel vom Pfosten und sagte zu dem Maultier: »Auf geht's, mein Freund. Zeit für *mooi klippe.*« Sie zogen nach Norden.

Bei Einbruch der Nacht schlug Jamie sein Lager in der Nähe eines Flusses auf, entlud den Maulesel, tränkte und fütterte ihn und gönnte sich selbst eine Mahlzeit aus getrocknetem Rindfleisch, gedörrten Aprikosen und Kaffee. Die Nacht hallte wider von unbekannten Geräuschen. Er hörte das Knurren, Heulen und Tappen der wilden Tiere, die zur Wasserstelle kamen. Schutzlos, umgeben von den gefährlichsten Viechern der Welt, befand er sich in einem fremden, unzivilisierten Land. Bei jedem Geräusch fuhr er hoch.

Am nächsten Morgen, als Jamie erwachte, war das Maultier tot.

2

Er konnte es nicht fassen. Er suchte nach einer Wunde, dachte, der Maulesel müsse während der Nacht von einem wilden Tier angegriffen worden sein, aber er fand nichts. Das Biest war im Schlaf gestorben. *Mr. van der Merwe wird mich dafür verantwortlich machen,* dachte Jamie. *Aber wenn ich ihm Diamanten bringe, ist es nicht so schlimm.*

Er würde ohne das Maultier nach Magerdam weiterziehen. Ein Geräusch in der Luft ließ ihn aufblicken. Riesige schwarze Geier zogen hoch über ihm ihre Kreise. Jamie zitterte. So schnell wie möglich suchte er seine Sachen zusammen, entschied dabei, was er zurücklassen mußte, packte alles, was er tragen konnte, in einen Rucksack und brach auf. Als er fünf Minuten später noch einmal zurückschaute, hatten sich die großen Vögel bereits auf dem toten Tier niedergelassen. Ein langes Ohr war alles, was man noch von ihm sah. Jamie beschleunigte seinen Schritt.

Es war Dezember, also Sommer in Südafrika, und der Marsch durch die Grassteppe unter der riesigen orangeroten Sonne war ein einziger Alptraum.

Jamie kampierte immer dort, wo er ein Wasserloch fand, und

seinen Schlaf begleiteten die unheimlichen nächtlichen Laute der wilden Tiere. Er hatte sich an sie gewöhnt. Sie waren ein Beweis dafür, daß es Leben in dieser elenden Hölle gab, und mit ihnen fühlte er sich weniger einsam.
Er brauchte fast zwei Wochen, um das Veld zu durchqueren. Mehrmals war er drauf und dran aufzugeben. Er fragte sich, ob er die Strapazen überhaupt überleben würde. *Ich bin ein Idiot. Ich hätte nach Klipdrift zurückgehen und Mr. van der Merwe um ein neues Maultier bitten sollen. Aber wenn van der Merwe dann den Handel rückgängig gemacht hätte? Nein, ich hab's schon richtig gemacht.*
Jamie stapfte also weiter. Eines Tages sah er aus der Ferne vier Gestalten auf sich zukommen. *Ich spinne ja,* dachte Jamie. *Das kann nur eine Fata Morgana sein.* Aber die Gestalten kamen näher, und vor Schreck fing Jamies Herz an, wie wild zu schlagen. *Menschen! Es gibt tatsächlich Menschen hier!* Er bezweifelte, ob er überhaupt noch einen Ton herausbrachte. Er probierte seine Stimme aus, und in der Nachmittagsluft klang sie, als gehöre sie einem längst Verstorbenen. Die vier Männer erreichten ihn. Es waren Digger, die sich müde und geschlagen nach Klipdrift zurückschleppten.
»Hallo«, sagte Jamie.
Sie nickten nur. Dann sagte einer von ihnen: »Da vorne ist nichts, Junge. Wir ham's gesehen. Du verschwendest bloß deine Zeit. Kehr lieber um.«
Und fort waren sie.

Jamie ließ keinen Gedanken mehr an sich heran. Er konzentrierte sich nur noch auf die unwegsame Einöde. Die grelle Sonne hatte Jamie schon fast blind gemacht. Seine helle Haut war verbrannt und wund, und ihm war ständig schwindelig. Bei jedem Atemzug schienen seine Lungen bersten zu wollen. Er ging nicht mehr, er stolperte nur noch, setzte einen Fuß vor den anderen, taumelte kopflos vorwärts. Eines Nachmittags, als die Sonne auf ihn niederbrannte, streifte er seinen Rucksack ab und stürzte zu Boden, zu erschöpft, um auch nur noch einen Schritt zu tun. Er schloß die Augen und träumte, er befände sich in einem großen Schmelztiegel und die Sonne wäre ein riesiger, heller Diamant, der auf ihn niederflammte, ihn zerschmolz. Mitten in der Nacht erwachte er, zitternd vor Kälte. Er zwang sich, ein paar Bissen Trockenfleisch zu essen, und trank lauwarmes Wasser dazu. Er wußte, daß er aufstehen und sich fortbewegen mußte, bevor die Sonne aufging, solange Erde und Luft noch kühl waren. Er versuchte es, aber die Anstrengung ging über seine Kräfte. Wie leicht wäre es, für immer dort liegenzubleiben und nie mehr einen einzigen Schritt tun zu müssen. *Nur noch ein bißchen weiterschlafen dürfen,* dachte Jamie. Aber eine Stimme in seinem Innersten sagte ihm, daß er dann nie mehr aufwachen würde. Man würde seinen Körper hier draußen finden wie schon Hunderte zuvor. Die Geier fielen ihm ein, und er dachte: *Nein, nicht meinen Körper – meine Knochen.* Langsam und mühselig stand er wieder auf, zwang sich dazu. Sein Rucksack war so schwer, daß er ihn nicht heben konnte. Er setzte sich wieder in Bewegung, schleifte den Rucksack hinter sich her. Er registrierte nicht mehr, wie oft er in den Sand fiel und sich wieder aufrappelte. Einmal, noch vor Morgengrauen, schrie er in den Himmel: »Ich bin Jamie McGregor, und ich werde es schaffen. Ich werde leben. Hörst du mich, Gott? Ich werde leben . . .« In seinem Kopf dröhnten Stimmen.

Zwei Tage später stolperte Jamie in das Dorf Magerdam. Sein Sonnenbrand hatte sich längst entzündet, und aus seinen Wunden quollen Blut und Wasser. Beide Augen waren fast völlig zugeschwollen. Mitten auf der Straße brach er zusammen, ein Häufchen Elend, das lediglich an seiner ramponierten Kleidung noch als Mensch zu erkennen war. Als mitleidige Digger versuchten, ihn von seinem Rucksack zu befreien, schlug Jamie mit dem bißchen Kraft, das noch in ihm steckte, wie besessen um sich: »Nein! Hände weg von meinen Diamanten! Bleibt ja weg von meinen Diamanten . . .«

Drei Tage später kam er in einem kargen Zimmerchen wieder zu sich, nackt bis auf die Verbände, die man ihm angelegt hatte. Das erste, was er sah, als er die Augen aufschlug, war eine dralle Frau mittleren Alters, die neben seiner Pritsche saß.

»W-w-?« Seine Stimme war nur ein Krächzen. Er brachte kein Wort heraus.

»Sachte, mein Lieber. Sie sind noch krank.« Behutsam hob sie seinen verbundenen Kopf an und ließ ihn aus einer Blechtasse einen Schluck Wasser trinken.

Jamie stützte sich mühsam auf seinen Ellbogen.

»Wo –?« Er schluckte und versuchte es noch einmal. »Wo bin ich?«

»Sie sind in Magerdam. Ich bin Alice Jardine. Ich habe ein Lo-

gierhaus. Sie werden bald wieder wohlauf sein. Sie müssen sich nur ordentlich ausruhen. Legen Sie sich wieder hin.«
Jamie fielen die Fremden ein, die ihm seinen Rucksack hatten wegnehmen wollen, und panische Angst überkam ihn. »Wo – meine Sachen –?« Er versuchte aufzustehen, aber die sanfte Stimme der Frau ließ ihn innehalten.
»Keine Sorge, mein Sohn, es ist alles in Ordnung.« Sie deutete auf eine Ecke, in der der Rucksack stand.
Jamie legte sich zurück auf die sauberen weißen Laken. *Ich bin angekommen. Ich hab's geschafft. Jetzt kann nichts mehr schiefgehen.*

Alice Jardine war ein wahrer Segen, nicht nur für Jamie McGregor, sondern für halb Magerdam. Für die Abenteurer, die diese Minenstadt bevölkerten und die alle dem gleichen Traum nachhingen, war sie Köchin, Pflegemutter und Seelentrösterin.
Sie hielt Jamie weitere vier Tage im Bett, fütterte ihn, wechselte seine Bandagen und half ihm, wieder zu Kräften zu kommen. Am fünften Tag konnte Jamie endlich aufstehen.
»Ich möchte, daß Sie wissen, wie dankbar ich Ihnen bin, Mrs. Jardine. Ich kann Ihnen nichts dafür bezahlen – noch nicht. Aber eines Tages, bald schon, werden Sie einen großen Diamanten von mir bekommen. Das verspreche ich Ihnen, so wahr ich Jamie McGregor heiße.«
Sie lächelte über die Unbeirrbarkeit dieses netten Jungen. Er hatte immer noch zwanzig Pfund zuwenig auf den Knochen, und in seinen grauen Augen spiegelten sich noch immer die Schrecken, die er durchgemacht hatte. Gleichzeitig aber steckte eine Kraft in ihm, eine Entschlossenheit, vor der einem angst und bange werden konnte. *Er ist anders als die anderen,* dachte Mrs. Jardine.

In seinen frischgewaschenen Kleidern ging Jamie aus, um den Ort zu erkunden. Er war wie Klipdrift, nur kleiner: die gleichen Zelte und Wagen und staubigen Straßen, die irgendwie zusammengeschusterten Läden und die Massen von Diggern. Als Jamie an einem Saloon vorbeikam, hörte er brüllendes Gelächter von drinnen und ging hinein. Eine lärmende Menge hatte sich um einen rotbehemdeten Iren geschart.
»Was ist denn los?« fragte Jamie.
»Er will seinen Fund begießen.«
»Er will was?«

»Er hat ganz schön was gefunden, und jetzt hält er den ganzen Saloon frei. Er zahlt alles, was die durstigen Kehlen hier drin schlucken können.«
Jamie kam mit ein paar verdrossenen Schürfern ins Gespräch, die um einen runden Tisch saßen.
»Wo bist'n her, McGregor?«
»Schottland.«
»Na, ich weiß ja nicht, was für 'n Mist sie dir in Schottland erzählt haben, aber die Diamanten in diesem beschissenen Land reichen noch nicht mal fürs Nötigste.«
Alle Digger erzählten die gleiche Geschichte: Von Monaten härtester Knochenarbeit, in der sie Gesteinsbrocken gewälzt, im harten Boden gegraben und am Flußufer gehockt und den Schlamm auf der Suche nach Diamanten durchgesiebt hatten. Die Stimmung im Ort war eine seltsame Mischung aus Optimismus und Pessimismus. Die Optimisten kamen an, die Pessimisten gingen. Jamie wußte, auf welcher Seite er stand.
Er näherte sich dem rotbehemdeten Iren, der jetzt schon triefäugig vor Alkohol war, und zeigte ihm van der Merwes Landkarte.
Der Mann sah sie flüchtig an und warf sie Jamie wieder zu. »Wertlos. Die ganze Gegend ist schon durchwühlt worden. An deiner Stelle würd' ich's mit Bad Hope versuchen.«
Jamie konnte es kaum glauben. Schließlich war es van der Merwes Karte, deretwegen er gekommen war, sein Leitstern, der ihn reich machen würde.

An diesem Abend sagte Alice Jardine beim Essen: »Das ist wie in der Lotterie, Jamie: Ein Ort ist so gut wie der andere. Suchen Sie sich Ihren eigenen Platz aus, hauen Sie Ihre Spitzhacke rein und beten Sie. Etwas anderes machen diese sogenannten Experten auch nicht.«

Nach einer schlaflosen Nacht entschied er sich, van der Merwes Karte außer acht zu lassen. Entgegen jedermanns Rat würde er den Modder River entlang nach Osten gehen. Am folgenden Morgen verabschiedete er sich von Mrs. Jardine und machte sich auf den Weg.
Er marschierte drei Tage und zwei Nächte hindurch, und als er einen Platz fand, der ihm geeignet schien, stellte er sein kleines Zelt auf. Zu beiden Seiten des Flusses lagen große Findlinge,

und Jamie schaffte sie mit Hilfe von dicken Ästen, die er als Hebel ansetzte, mühselig aus dem Weg, um an den Kies unter ihnen zu gelangen.
Von Sonnenaufgang bis Sonnenuntergang grub er, auf der Suche nach gelber Tonerde oder blauem, diamantenträchtigem Boden. Aber der Boden gab nichts her. Eine Woche lang schaufelte er, ohne einen einzigen Stein zu finden. Am Ende der Woche zog er weiter.
Auf seinem Marsch erblickte er eines Tages etwas, das in der Sonne glitzerte und aus der Ferne aussah wie ein silbernes Haus. *Ich werde blind,* dachte Jamie. Aber beim Näherkommen sah er, daß er auf ein Dorf zuging, dessen Häuser alle aus Silber gebaut zu sein schienen. Jamie fielen vor Staunen fast die Augen aus dem Kopf. Die in der Sonne gleißenden silbernen Häuser waren aus Marmeladeblechbüchsen gemacht, die man flachgeklopft, aneinandergefügt und auf die rohen Bretterhütten genagelt hatte. Als er eine Stunde später zurückblickte, konnte er noch immer das Dorf glitzern sehen.
Jamie folgte dem Fluß, an dessen Ufern er Diamanten vermutete, und er grub, bis seine Arme die schwere Hacke nicht mehr heben konnten, dann siebte er den nassen Kies durch ein Handsieb. Wenn es dunkel wurde, schlief er wie betäubt ein.
Am Ende der zweiten Woche zog er weiter flußaufwärts. An einer Flußbiegung rastete er und bereitete sich ein Mahl aus *Karbonaatje,* das er an einem Spieß über dem Holzfeuer briet, und kochte sich Tee. Dann saß er vor seinem Zelt und schaute in den weiten Sternenhimmel. Zwei Wochen lang war er keiner Menschenseele begegnet. *Was, zum Teufel, tu ich eigentlich hier?* fragte er sich. *Da sitze ich wie ein Idiot in dieser verdammten Wüste herum, zerschlage Felsbrocken und schaufle im Dreck und bringe mich fast um dabei. Auf der Farm war ich besser dran. Bis Samstag noch. Wenn ich dann immer noch keinen Diamanten gefunden habe, gehe ich heim.* Er sah zu den gleichgültigen Sternen auf und schrie: »Hört ihr mich, ihr verdammten Dinger?« *Jesusmaria,* dachte er, *ich werde verrückt.*

Da saß Jamie und ließ achtlos den Sand durch seine Finger rinnen. Sie schlossen sich um einen großen Stein, den er einen Moment lang ansah und dann wegwarf. In den vergangenen Wochen hatte er schon Tausende solcher wertlosen Steine gesehen. Wie hatte van der Merwe sie noch genannt? *Schlenters.* Trotzdem. An dem einen da war aber irgendwas gewesen, das im nachhinein Jamies Aufmerksamkeit erregte. Er stand auf und klaubte ihn wieder aus dem Sand. Dieser Stein hier war viel größer als die anderen und merkwürdig geformt. Er wischte ihn an seinem Hosenbein ab und untersuchte ihn genauer. Er *sah aus* wie ein Diamant. Das einzige, was Jamie dabei nicht ganz geheuer vorkam, war seine Größe. Er war fast so groß wie ein Hühnerei. *O Gott. Wenn das ein Diamant ist...* Fast blieb ihm die Luft weg. Er griff sich die Laterne und fing an, den Boden um sich herum abzusuchen. Nach einer Viertelstunde hatte er noch vier weitere solcher Steine gefunden. Keiner von ihnen kam an den ersten heran, doch waren sie alle groß genug, um ihn in wilde Aufregung zu versetzen.

Schon vor Morgengrauen war er wieder auf den Beinen, grub wie ein Irrer und hatte bis zum Mittag ein weiteres halbes Dutzend Diamanten gefunden. Die folgende Woche verbrachte er wie im Fieber, grub tagsüber Diamanten aus und verscharrte sie des Nachts an einem sicheren Ort.

Am Ende der Woche machte sich Jamie Zeichen auf seine Karte und steckte sein Claim ab, indem er die Grenzen sorgfältig mit der Hacke markierte. Er grub seinen versteckten Schatz aus, packte ihn umsichtig ganz unten in den Rucksack und machte sich auf den Rückweg nach Magerdam.

Auf dem Schild an dem Häuschen stand

DIAMANT KOOPER.

Jamie ging ins Büro – ein kleiner, stickiger Raum – und fand sich jäh von Zweifeln gepackt. Er hatte Dutzende von Geschichten über andere Digger gehört, deren Diamanten sich als wertlose Steine erwiesen hatten. *Und wenn ich mich nun geirrt habe? Was ist, wenn –?*

Auf dem Schreibtisch des Gesteinsprüfers in dem winzigen Büro herrschte ein fürchterliches Durcheinander. »Kann ich was für Sie tun?« Jamie holte tief Luft. »Yes, Sir. Ich möchte das hier gern schätzen lassen.«

Unter den wachsamen Augen des Schätzers legte Jamie einen Stein nach dem anderen auf den Tisch. Insgesamt waren es 27 Stück, und der Schätzer starrte sie erstaunt an.

»Wo – wo haben Sie die gefunden?«

»Das erzähle ich Ihnen, wenn Sie mir gesagt haben, ob's echte Diamanten sind.«

Der Gesteinsprüfer pickte sich den größten heraus und sah ihn durch seine Diamantenlupe an. »Mein Gott!« sagte er. »Das ist der größte Diamant, den ich je gesehen habe!« Jetzt erst merkte Jamie, daß er den Atem angehalten hatte. Am liebsten hätte er laut gejuchzt vor Freude. »Woher«, flehte der Mann, »woher haben Sie die?«

Jamie grinste. »Wenn Sie in einer Viertelstunde in die Kantine kommen, erzähl ich's Ihnen.«

Er sammelte die Diamanten wieder ein, steckte sie in seine Taschen und schlenderte hinaus. Zwei Häuser weiter betrat er wieder ein Büro. »Ich möchte ein Claim anmelden«, sagte er. »Auf die Namen Salomon van der Merwe und Jamie McGregor.«

Und der bettelarme Farmjunge verließ das Büro als Millionär.

In der Kantine wartete der Schätzer schon auf ihn. Offenbar hatte er die Neuigkeit bereits verbreitet, denn als Jamie hereinkam, verstummten alle respektvoll. Eine einzige, unausgesprochene Frage beherrschte alle Gemüter. Jamie marschierte zum Tresen und sagte zum Barkeeper: »Ich will meinen Fund begießen.« Dann wandte er sich den anderen zu. »Paardspan«, sagte er.

Alice Jardine trank gerade Tee, als Jamie ihre Küche betrat. Als sie ihn erblickte, strahlte sie übers ganze Gesicht. »Jamie! Oh, Gott sei Dank! Sie sind wohlbehalten zurück!« Dann erst bemerkte sie seinen liederlichen Aufzug und sein rotes Gesicht. »Sie haben kein Glück gehabt, nicht wahr? Na, machen Sie sich nichts draus. Kommen Sie, mein Lieber, trinken Sie eine Tasse Tee mit mir. Danach werden Sie sich besser fühlen.«

Jamie faßte wortlos in seine Tasche und zog einen großen Diamanten heraus, den er Mrs. Jardine in die Hand drückte.

»Ich hab' mein Versprechen gehalten«, sagte er.

Lange starrte sie auf den Stein, und ihre blauen Augen wurden feucht. »Nein, Jamie, nein«, sagte sie leise. »Ich möchte ihn nicht haben. Verstehen Sie denn nicht, mein Kind? Er würde alles verderben . . .«

Jamie bereitete seine Rückkehr nach Klipdrift in großem Stil vor. Einen der kleineren Diamanten tauschte er gegen ein Pferd und eine Kutsche ein. Sorgfältig notierte er seine Ausgaben, um seinen Partner nicht zu hintergehen. Die Reise nach Klipdrift war nun bequem, und Jamie konnte kaum noch glauben, welche

Höllenqualen er auf dem Hinweg durchlitten hatte. *Das ist der Unterschied zwischen arm und reich,* dachte er. *Die Armen gehen zu Fuß, die Reichen fahren mit der Kutsche.*

3

Klipdrift hatte sich nicht verändert, aber Jamie McGregor war ein anderer geworden. Als er durch die Stadt fuhr und vor van der Merwes Laden hielt, wurde er angestarrt. Das lag nicht an dem teuren Gespann – es lag an der triumphalen Haltung des jungen Mannes. Er war nicht der erste Digger, der sein Glück gemacht hatte, aber jedes derartige Ereignis erfüllte die Menschen hier mit neuer Hoffnung. Sie standen da und sahen zu, wie Jamie aus der Kutsche sprang.

Der große Schwarze war noch immer da. Jamie grinste ihn an. »Hallo! Hier bin ich wieder.«

Kommentarlos schlang Banda die Zügel um einen Pfosten und ging in den Laden. Jamie folgte ihm.

Salomon van der Merwe bediente gerade einen Kunden. Er sah auf und lächelte, und Jamie merkte, daß der kleine Holländer die Neuigkeit schon auf irgendeinem Wege erfahren hatte. Die Kunde von einem großen Diamantenfund verbreitete sich gewöhnlich auf unerklärliche Weise wie ein Lauffeuer im ganzen Land. Als der Kunde gegangen war, deutete van der Merwe mit dem Kopf auf den rückwärtigen Raum. »Kommen Sie, Mr. McGregor.«

Jamie folgte ihm.

Van der Merwes Tochter stand am Herd und bereitete das Mittagessen. »Hallo, Margaret.«

Sie errötete und sah weg.

»Ich glaube, Sie bringen mir eine gute Nachricht, was?« Van der Merwe strahlte.

»Das stimmt, Sir.« Stolz zog Jamie einen großen Lederbeutel aus seiner Jackentasche und schüttete die Diamanten auf den Küchentisch. Van der Merwe starrte sie wie hypnotisiert an, nahm einen nach dem anderen in die Hand, schob sie dann zu einem Häufchen zusammen und steckte sie in einen Chamoislederbeutel, den er zu einem großen Stahlsafe im Eck trug und einschloß.

»Sie haben gute Arbeit geleistet, Mr. McGregor. Sehr gute Arbeit, wirklich.« Aus seiner Stimme klang tiefe Befriedigung.
»Danke, Sir. Aber das ist erst der Anfang. Es liegen noch Hunderte dort. Ich wage gar nicht daran zu denken, wieviel sie wert sind.«
»Und Sie haben das Claim ordnungsgemäß abgesteckt?«
»Jawohl, Sir.« Jamie zog den Registerauszug aus seiner Tasche. »Es ist auf uns beide eingetragen.«
Van der Merwe sah den Schein genau an, dann steckte er ihn in seine Tasche. »Sie haben sich eine Prämie verdient. Warten Sie hier.« Er ging zu der Tür, die in den Laden führte. »Komm mit, Margaret.« Unterwürfig folgte sie ihm, und Jamie dachte: *Sie wirkt wie ein verängstigtes Kätzchen.*
Ein paar Minuten später kam van der Merwe allein zurück. »Bitte sehr.« Er öffnete seinen Geldbeutel und zählte genau fünfzig Pfund ab.
Jamie sah ihn verwirrt an. »Wofür ist das, Sir?«
»Das ist für Sie, mein Sohn. Alles für Sie.«
»Ich – ich verstehe nicht.«
»Sie waren 24 Wochen lang unterwegs. Bei zwei Pfund die Woche macht das 48 Pfund, und 2 Pfund kriegen Sie von mir noch als Prämie obendrauf.«
Jamie lachte. »Ich brauche keine Prämie. Ich habe doch meinen Anteil an den Diamanten.«
»Ihren Anteil an den Diamanten?«
»Aber ja, Sir. Meine fünfzig Prozent. Wir sind doch Partner.«
Van der Merwe starrte ihn an. »Partner? Wie kommen Sie denn darauf?«
»Wie ich –?« Bestürzt sah Jamie den Holländer an. »Wir haben doch einen Vertrag gemacht.«
»Das stimmt. Haben Sie ihn auch gelesen?«
»Nun – nein, Sir. Er ist doch auf afrikaans, aber Sie sagten, wir seien Teilhaber auf Halbe-halbe-Basis.«
Van der Merwe schüttelte den Kopf. »Sie haben mich mißverstanden, Mr. McGregor. Sie haben lediglich für mich gearbeitet. Ich habe Sie ausgerüstet und damit beauftragt, für mich Diamanten zu suchen.«
Jamie spürte, wie langsam Wut in ihm aufstieg. »Gar nichts haben Sie mir gegeben. 120 Pfund habe ich Ihnen für diese Ausrüstung gezahlt.«
Der alte Mann zuckte die Achseln. »Ich mag meine kostbare Zeit

nicht mit Wortklaubereien verschwenden. Hören Sie: Ich gebe Ihnen noch einmal fünf Pfund dazu, und die Sache ist erledigt. Ich denke, das ist ein sehr großzügiges Angebot.«

Jetzt kochte Jamie vor Wut. »Damit ist gar nichts erledigt! Ich habe ein Anrecht auf die Hälfte des Claims. Und ich werde sie bekommen. Ich habe es auf Ihren *und* meinen Namen eintragen lassen.«

Van der Merwe lächelte dünn. »Dann haben Sie versucht, mich zu betrügen. Ich könnte Sie dafür einsperren lassen.« Er warf das Geld auf den Tisch. »Nehmen Sie Ihren Lohn und verschwinden Sie.«

»Ich werde Sie verklagen!«

»Haben Sie denn das Geld für einen Rechtsanwalt? Das sind alles *meine* Leute hier, mein Junge.«

Das darf doch nicht wahr sein, dachte Jamie. *Das muß ein Alptraum sein.* Die Qualen, die er durchlitten hatte, die Wochen, ja Monate in der heißen Steppe, die körperlichen Torturen von Sonnenaufgang bis Sonnenuntergang – auf einmal war ihm alles wieder gegenwärtig. Er sah van der Merwe in die Augen. »So kommen Sie mir nicht davon. Ich werde Klipdrift nicht verlassen. Jedem hier werde ich erzählen, was Sie getan haben. Und ich werde meinen Anteil an den Diamanten bekommen.«

Van der Merwe wandte sich ab, um nicht die Wut in den blaßgrauen Augen sehen zu müssen. »Sie sollten besser zum Arzt gehen, mein Junge«, murmelte er. »Ich fürchte, die Sonne hat Ihnen das Gehirn ausgedörrt.«

Im nächsten Moment war Jamie auf den Beinen und stand vor van der Merwe, den er drohend überragte. Er packte den dünnen Alten beim Schlafittchen und stierte ihn an. »Sie werden es noch bereuen, daß wir uns begegnet sind. Dafür werde ich schon sorgen.« Er ließ van der Merwe fallen, fegte das Geld vom Tisch und stürmte hinaus.

Der Sundowner Saloon war fast leer, als Jamie hereinkam, denn die meisten Digger hatten sich auf den Weg nach Paardspan gemacht. In Jamie tobten Wut und Verzweiflung. *Es ist unglaublich,* dachte er. *Erst bin ich reich wie ein Krösus und eine Minute später schon total pleite. Van der Merwe ist ein Dieb, und ich muß unbedingt eine Möglichkeit finden, ihn zu bestrafen. Aber wie?* Jamie konnte sich nicht einmal einen Rechtsanwalt leisten. Er war hier fremd, van der Merwe hingegen ein angesehenes Mitglied der Gesell-

schaft. Jamies einzige Waffe war die Wahrheit. Er würde jedermann in Südafrika wissen lassen, was van der Merwe ihm angetan hatte.
Smit, der Barmixer, begrüßte ihn. »Willkommen zu Hause. Ich gebe einen aus, Mr. McGregor. Was darf's denn sein?«
»Ein Whisky.«
Smit schenkte einen doppelten Whisky ein und stellte das Glas vor Jamie hin, der es in einem Zug leerte. Er war keinen Alkohol gewöhnt, und der Schnaps brannte ihm im Magen wie Feuer.
»Noch einen bitte.«
»Sofort. Ich hab' schon immer gesagt, daß die Schotten jeden unter den Tisch trinken können.«
Beim zweiten Whisky ging's schon leichter. Jamie fiel ein, daß es der Barmann gewesen war, der einen Digger zu van der Merwe geschickt hatte. »Wußten Sie, daß der alte van der Merwe ein Betrüger ist? Er will mich um meine Diamanten bringen.«
Smit gab sich mitfühlend. »Was? Das ist ja schrecklich. Das tut mir aber leid für Sie.«
»Aber damit kommt er nicht so ohne weiteres davon.« Jamies Aussprache wurde undeutlich. »Die Hälfte der Diamanten gehört mir. Er ist ein Dieb, und ich werde schon dafür sorgen, daß das alle erfahren.«
»Sachte, sachte. Van der Merwe ist ein einflußreicher Mann hier«, warnte der Barmixer. »Wenn Sie gegen ihn vorgehen wollen, werden Sie Hilfe brauchen. Ich weiß sogar genau den Richtigen. Er haßt van der Merwe ebenso wie Sie.« Er sah sich verstohlen um und vergewisserte sich, daß ihn niemand hören konnte. »Am Ende der Straße ist eine alte Scheune. Überlassen Sie alles mir. Sie brauchen nur heute abend um zehn zu kommen.«
Jamie bedankte sich. »Das werde ich Ihnen nicht vergessen. Danke.«
»Um zehn Uhr. In der alten Scheune.«

Die Scheune war eine notdürftig zusammengeschusterte Wellblechbude in unmittelbarer Nähe der Hauptstraße am Stadtrand. Als Jamie um zehn Uhr dort ankam, war es schon dunkel. Da er draußen niemanden sah, ging er hinein. »Hallo . . .«
Er bekam keine Antwort. Undeutlich nahm er Schatten von Pferden wahr, die sich in ihren Boxen unruhig bewegten. Dann hörte er ein Geräusch hinter sich, und als er sich umdrehen

wollte, krachte eine Eisenstange auf seine Schulterblätter herunter und schlug ihn zu Boden. Knüppelschläge prasselten auf seinen Kopf, und eine riesige Hand zerrte ihn in die Höhe und hielt ihn fest, während Fäuste und Füße seinen Körper malträtierten. Als die Schmerzen unerträglich wurden und er das Bewußtsein verlor, schüttete ihm jemand kaltes Waser ins Gesicht. Er blinzelte nur und glaubte, flüchtig Banda, van der Merwes Diener, zu sehen, bevor die Prügelei von neuem begann. Jamie spürte, wie seine Rippen brachen. Irgend etwas krachte in sein Bein, und er hörte das Splittern seiner Knochen.
Dann verlor er das Bewußtsein.

Sein Körper brannte wie Feuer. Jemand zerkratzte ihm das Gesicht mit Sandpapier, und er versuchte vergeblich, eine Hand zu heben und sich dagegen zu wehren. Mit aller Kraft bemühte er sich, die Augen aufzukriegen, aber sie waren zugeschwollen. Jamie lag da und versuchte sich zu erinnern, wo er war. Jede Faser seines Körpers tat ihm höllisch weh. Er bewegte sich, und das Kratzen begann von neuem. Blind streckte er die Hand aus und bekam Sand zu fassen. Sein zerschlagenes Gesicht lag im heißen Sand. Langsam zog er sich hoch und kam auf die Knie - die kleinste Bewegung war eine Tortur. Mit seinen geschwollenen Augen versuchte er sich umzusehen, nahm jedoch alles nur verschwommen wahr. Er befand sich irgendwo inmitten der unwegsamen Karru, und er war nackt. Es war noch früh am Morgen, aber er spürte, wie die Sonne allmählich seinen Körper zu versengen begann. Blind tastete er um sich, auf der Suche nach etwas zu essen oder nach einer Feldflasche mit Wasser. Nichts. Sie wollten ihn hier verrecken lassen. *Salomon van der Merwe. Und natürlich Smit, der Barkeeper.* Jamie hatte van der Merwe gedroht, und der hatte sich gewehrt und ihn wie ein kleines Kind bestraft. *Aber der soll noch sehen, daß ich kein Kind bin,* gelobte sich Jamie. *Kein Kind mehr. Ich werde mich an ihnen rächen. Das zahle ich ihnen heim. Das sollen sie mir büßen.* Der Haß verlieh ihm die Kraft, sich aufzusetzen. Das Atmen war eine Qual. Wie viele Rippen hatten sie ihm gebrochen? *Ich muß vorsichtig sein, damit sie mir nicht die Lungen durchbohren.* Jamie versuchte, auf die Füße zu kommen, und fiel mit einem Schrei wieder um. Sein rechtes Bein war gebrochen und stand in einem unnatürlichen Winkel von seinem Körper ab. Gehen konnte er nicht mehr.
Aber er konnte noch kriechen.

Jamie McGregor hatte keine Ahnung, wo er sich befand. Sie hatten ihn wahrscheinlich weggeschleppt, irgendwohin in die unwegsame Einöde, wo ihn niemand finden würde. Mit Ausnahme der Wüstenpolizei – der Hyänen und Geier. Die Wüste war ein riesiges Beinhaus. Jamie hatte Skelette gesehen, deren Knochen bis auf den letzten Fetzen Fleisch abgefressen waren. Noch während er daran dachte, hörte er das Rauschen der Schwingen über sich und das durchdringende Gezisch der Geier. Eine Welle von Entsetzen erfaßte ihn. Er war blind. Er konnte sie nicht einmal sehen. Er konnte sie nur riechen. Er fing an zu kriechen.

Er zwang sich, sich auf die Schmerzen zu konzentrieren. Sein ganzer Körper schien in Flammen zu stehen, und die kleinste Bewegung verursachte ihm Höllenqualen. Veränderte er seine Lage auch nur geringfügig, um das gebrochene Bein zu entlasten, so spürte er, wie sich seine Rippen aneinanderrieben. Stillzuliegen war eine unerträgliche Tortur, sich fortzubewegen eine nicht auszuhaltende Pein.

Er kroch weiter.

Er hörte, wie sie über ihm ihre Kreise zogen, mit ihrer uralten, stoischen Geduld auf ihn warteten. Sein Geist irrte ab. Er glaubte sich in der kühlen Kirche in Aberdeen. Er trug seinen sauberen Sonntagsanzug und saß zwischen seinen beiden Brüdern. Seine Schwester Mary und Annie Cord trugen wunderschöne weiße Sommerkleider, und Annie Cord sah ihn lächelnd an. Jamie wollte aufstehen und zu ihr gehen, aber seine Brüder hielten ihn zurück und fingen an, ihn zu kneifen. Die Kniffe verwandelten sich in marternde Pfeilspitzen, und wieder kroch er durch die Wüste, nackt, mit gebrochenen Gliedern. Die Schreie der Geier wurden jetzt lauter und ungeduldig.

Gewaltsam versuchte Jamie seine Augen zu öffnen. Er wollte sehen, wie nahe sie schon waren. Aber er erkannte nur vage schimmernde Gegenstände, die in seiner entsetzten Phantasie zu wilden Hyänen und Schakalen wurden. Den Wind, der über sein Gesicht strich, hielt er für ihren heißen, stinkenden Atem.

Er kroch weiter, weil er wußte, daß sie sich auf ihn stürzen würden, sobald er liegenblieb. In ihm brannten Fieber und Schmerz, und sein Körper wurde vom heißen Sand aufgerieben. Und doch: Er konnte nicht aufgeben. Nicht, solange van der Merwe straflos ausging – solange van der Merwe noch am Leben war.

Er versank in Bewußtlosigkeit und erwachte von einer Pein, so gräßlich, daß sie nicht auszuhalten war. Etwas bohrte sich in sein Fleisch, und Jamie brauchte eine Sekunde, bis ihm einfiel, wo er war und was mit ihm geschah. Er brachte eines seiner geschwollenen Augen auf. Ein gewaltiger Kappengeier hackte in sein Bein, zerrte wild an seinem Fleisch, fraß ihn mit seinem scharfen Schnabel bei lebendigem Leibe auf. Jamie sah seine runden, glänzenden Augen und die schmuddelige Krause um seinen Hals. Er roch den fauligen Gestank, den der auf ihm sitzende Vogel ausströmte. Jamie versuchte zu schreien, doch kein Ton kam aus seiner Kehle. Wild warf er sich vorwärts und spürte, wie das Blut warm an seinem Bein herunterfloß. Schemenhaft sah er die Riesenvögel um sich herum, die nur darauf warteten, ihm den Rest zu geben. Eins war ihm klar: Verlor er wieder das Bewußtsein, so war es das letzte Mal. Im selben Moment, in dem er still liegenblieb, würden sich die Aasgeier wieder auf sein Fleisch stürzen. Kriechend hielt er sich in Bewegung. Im Fieberwahn schwanden ihm die Sinne. Er hörte die lauten Flügelschläge der näherkommenden Vögel, die ihn einkreisten. Er war jetzt zu schwach, sie wegzuscheuchen, hatte keine Widerstandskraft mehr. Er hörte auf zu kriechen und lag still im brennendheißen Sand.

Die Riesenvögel versammelten sich um ihr Mahl.

4

Der Sonnabend war Markttag in Kapstadt, und die Straßen waren voll von Liebespärchen und Leuten, die auf der Suche nach einem Gelegenheitskauf herumbummelten und sich mit Freunden und Bekannten trafen. Buren und Franzosen, Soldaten in farbenprächtigen Uniformen und englische Damen in Volantröcken und Rüschenblusen spazierten vor den Basaren auf den Marktplätzen in Braameonstein, Park Town und Burgersdorp. Samstags war Kapstadt ein einziger lauter, überfüllter Jahrmarkt.

Banda ging langsam durch die Menge, sorgfältig darauf bedacht, jeden Blickkontakt mit Weißen zu meiden. Es war zu gefährlich. Auf den Straßen wimmelte es von Schwarzen, Indern und anderen Farbigen, aber die weiße Minderheit war an der

Macht. Banda haßte sie. Dies war sein Land, die Weißen waren nichts als *uitlanders.* Es gab viele Stämme im Süden Afrikas: die Basuto, Zulu, Betschuana, Matabele – alles Bantu. Das Wort *Bantu* selbst kam von *Abantu* und hieß »die Menschen«. Die Barolong jedoch – Bandas Stamm – repräsentierten den Adel. Banda erinnerte sich noch an die Geschichten seiner Großmutter über das große schwarze Königreich, das einst Südafrika regiert hatte. *Ihr* Königreich, *ihr* Land. Und nun wurden sie von einer Handvoll weißer Schakale versklavt. Die Weißen hatten sie in immer kleinere Gebiete abgedrängt, bis von ihrer Freiheit fast nichts mehr übrig war. Und nun konnte ein Schwarzer nur noch durch *slim* leben: Indem er sich, insgeheim listig und klug, nach außen hin unterwürfig gab.
Banda wußte nicht, wie alt er war, denn Eingeborene besaßen keine Geburtsurkunde. Ihr Alter wurde an den Stammesüberlieferungen gemessen: an Kriegen und Schlachten, Geburten und Toden großer Häuptlinge, an Kometen und Sandstürmen und Erdbeben, an Adam Koks Treck, am Tod von Chaka und an der Rindermord-Revolution. Aber die Anzahl seiner Lebensjahre spielte keine Rolle: Banda wußte, daß er ein Häuptlingssohn und dazu bestimmt war, etwas für sein Volk zu tun. Er würde dafür sorgen, daß sich die Bantu wieder erhoben und herrschten.
Banda eilte ostwärts zu den Randgebieten der Stadt, die man den Schwarzen zugewiesen hatte. Die großen Wohnhäuser und ansehnlichen Läden wichen allmählich Wellblechhütten, Schuppen und Baracken. Er ging eine staubige Straße entlang, sah dabei über die Schulter zurück und vergewisserte sich, daß niemand ihm folgte. Er erreichte eine Holzhütte, sah sich ein letztes Mal um, klopfte zweimal an die Tür und ging hinein. Eine magere Schwarze saß in der Ecke des Raumes auf einem Stuhl und nähte an einem Kleid. Banda nickte ihr zu und ging weiter in das angrenzende Schlafzimmer.
Nachdenklich betrachtete er die Gestalt auf dem Feldbett.

Sechs Wochen zuvor hatte Jamie McGregor das Bewußtsein wiedererlangt und entdeckt, daß er in einem fremden Haus im Bett lag. Erinnerungen überfluteten ihn: Wieder lag er im Sand, mit gebrochenen Gliedern, hilflos. Die Geier ...
Dann war Banda in den winzigen Schlafraum getreten. Jamie wußte, daß er gekommen war, um ihn umzubringen. Van der

Merwe hatte irgendwie erfahren, daß Jamie noch lebte, und hatte seinen Diener ausgeschickt, um ihm den Garaus zu machen. »Warum ist dein Herr nicht selber gekommen?« krächzte Jamie.
»Ich habe keinen Herrn.«
»Van der Merwe. Hat er dich nicht geschickt?«
»Nein. Wenn er Bescheid wüßte, brächte er uns beide um.«
Das ergab alles keinen Sinn. »Wo bin ich? Ich möchte gern wissen, wo ich bin.«
»Kapstadt.«
»Unmöglich. Wie bin ich hierhergekommen?«
»Ich habe Sie hergebracht.«
Jamie starrte eine ganze Weile lang in die schwarzen Augen, bevor er fragte: »Warum?«
»Ich brauche Sie. Ich will mich rächen.«
»Du –«
Banda kam näher. »Nicht meinetwegen. Um mich geht's nicht. Van der Merwe hat meine Schwester vergewaltigt. Sie starb, als sie sein Kind gebar. Meine Schwester war elf Jahre alt.«
Jamie fiel aufs Bett zurück. »Mein Gott!« sagte er bestürzt.
»Seit dem Tage, an dem sie starb, suche ich nach einem Weißen, der mir hilft. An dem Abend, als ich half, Sie zusammenzuschlagen, habe ich ihn gefunden, Mr. McGregor. Ich hatte den Auftrag, Sie umzubringen. Den anderen habe ich erzählt, Sie seien tot, und dann bin ich, sobald ich konnte, zurückgegangen, um Sie zu holen. Beinahe wäre ich zu spät gekommen.«
Jamie konnte ein Schaudern nicht unterdrücken. Wieder roch er den Fäulnisgestank, den der Aasgeier ausströmte, als er in sein Fleisch hackte.
»Die Vögel fingen schon an zu fressen. Ich trug Sie zum Karren und versteckte Sie bei meinen Leuten im Haus. Einer unserer Doktoren verband Ihre Rippen, richtete Ihr Bein wieder ein und versorgte Ihre Wunden.«
»Und danach?«
»Verwandte von mir fuhren auf einem Karren nach Kapstadt. Wir haben Sie mitgenommen. Die meiste Zeit über waren Sie ohne Bewußtsein. Jedesmal, wenn Sie einschliefen, fürchtete ich, Sie würden nie mehr aufwachen.«
Jamie sah dem Mann, der ihn beinahe umgebracht hatte, in die Augen. Er mußte nachdenken. Er traute diesem Menschen nicht – und doch hatte er ihm das Leben gerettet. Banda wollte durch

ihn an van der Merwe herankommen. *Das kann für uns beide klappen,* entschied Jamie. Van der Merwe sollte dafür büßen, was er ihm angetan hatte – das war Jamies größter Wunsch.
»In Ordnung«, sagte er zu Banda. »Ich werde herausfinden, wie wir alle beide mit van der Merwe abrechnen können.«
Es war das erste Mal, daß er Banda lächeln sah, ein dünnes Lächeln. »Wird er sterben?«
»Nein«, sagte Jamie. »Er wird leben.«

An diesem Nachmittag verließ Jamie zum erstenmal das Bett, noch benommen und schwach. Sein Bein war noch immer nicht ganz verheilt, und er hinkte leicht.
Banda wollte ihn stützen.
»Laß mich in Ruhe. Das kann ich allein.« Banda sah zu, wie sich Jamie vorsichtig durchs Zimmer bewegte.
»Ich hätte gern einen Spiegel«, sagte Jamie. *Ich muß schauderlich aussehen,* dachte er. *Wie lange habe ich mich eigentlich schon nicht mehr rasiert?*
Banda kam mit einem Handspiegel wieder, den sich Jamie vors Gesicht hielt. Ein völlig Fremder sah ihm entgegen. Sein Haar war schneeweiß geworden, und er hatte einen wirren, weißen Vollbart. Seine Nase war gebrochen gewesen und durch einen hervorstehenden Knochenwulst schief geworden. Er schien um zwanzig Jahre gealtert. Tiefe Furchen zogen sich durch seine hohlen Wangen, eine bläuliche Narbe quer über sein Kinn. Am meisten jedoch hatten sich seine Augen verändert. Diesen Augen war das Zuviel an Schmerz, an Empfindungen und Haß anzusehen.
»Ich gehe ein Stück spazieren«, sagte Jamie.
»Tut mir leid, Mr. McGregor, aber das geht nicht.«
»Warum nicht?«
»In diesen Stadtteil kommen keine Weißen, ebensowenig wie Schwarze in die weißen Gebiete kommen. Meine Nachbarn wissen nicht, daß Sie hier sind. Wir haben Sie in der Nacht hergebracht.«
»Und wie komme ich hier wieder weg?«
»Ich schmuggle Sie heute nacht hinaus.«
Jetzt erst dämmerte Jamie, wieviel Banda für ihn aufs Spiel gesetzt hatte. Verlegen sagte er: »Ich habe kein Geld. Ich brauche Arbeit.«
»Ich habe einen Posten auf der Werft angenommen. Dort su-

chen sie immer Leute.« Er holte etwas Geld aus seiner Tasche. »Hier.«
Jamie nahm das Geld. »Ich werde es dir zurückzahlen.«
»Sie werden es meiner Schwester zurückzahlen«, sagte Banda zu ihm.

Es war Mitternacht, als Banda Jamie aus der Hütte führte. Jamie sah sich um. Sie befanden sich inmitten einer schäbigen Vorstadt. Es hatte geregnet, und von dem matschig gewordenen Boden stieg übler Gestank auf. Jamie fragt sich, wie es solch stolze Menschen wie Banda ertragen konnten, ihr Leben an einem derartigen Ort zu fristen. »Gibt es hier denn nicht irgend –?«
»Bitte sprechen Sie nicht«, flüsterte Banda. »Meine Nachbarn sind neugierig.« Er führte Jamie aus dem Lager hinaus und zeigte ihm den Weg. »Die Stadtmitte liegt in dieser Richtung. Ich treffe Sie dann auf der Werft.«

Jamie mietete sich in dem gleichen Logierhaus ein, in dem er nach seiner Ankunft aus England gewohnt hatte. Mrs. Venster stand an der Empfangstheke.
»Ich hätte gern ein Zimmer«, sagte Jamie.
»Gewiß, Sir.« Sie lächelte und entblößte dabei ihren Goldzahn. »Ich bin Mrs. Venster.«
»Ich weiß.«
»Wie können Sie das denn wissen?« fragte sie kokett. »Haben Ihre Freunde etwa aus der Schule geplaudert?«
»Mrs. Venster, erinnern Sie sich denn nicht an mich? Ich habe voriges Jahr hier gewohnt.«
Prüfend betrachtete sie sein narbiges Gesicht, die gebrochene Nase, den weißen Bart und schien ihn nicht im geringsten wiederzuerkennen. »Ich vergesse niemals ein Gesicht, Herzchen. Und Ihres hab' ich noch nie gesehen. Aber das muß ja nicht gleich heißen, daß wir nicht gute Freunde werden, oder? Meine Freunde nennen mich Dee-Dee. Und wie heißen Sie, mein Lieber?«
Und Jamie hörte sich sagen: »Travis. Ian Travis.«

Am nächsten Morgen ging Jamie auf Arbeitsuche zur Werft. Der vielbeschäftigte Vorarbeiter sagte: »Wir brauchen kräftige Männer. Sie dürften vielleicht ein bißchen zu alt sein für diese Arbeit.«

»Ich bin erst neun – –«, begann Jamie und schwieg rasch wieder. Er erinnerte sich an das Gesicht im Spiegel. »Versuchen Sie's mit mir«, sagte er.

Er arbeitete als Schauermann für neun Shilling am Tag, be- und entlud Schiffe, die im Hafen ankerten. Er erfuhr, daß Banda und die anderen schwarzen Schauerleute sechs Shilling am Tag bekamen.

Bei der ersten Gelegenheit zog Jamie Banda beiseite und sagte: »Wir müssen miteinander reden.«

»Nicht hier, Mr. McGregor. Am Ende der Docks steht ein verlassenes Lagerhaus. Treffen wir uns dort, wenn die Schicht zu Ende ist.«

Banda wartete bereits, als Jamie dort ankam.

»Erzähl mir von Salomon van der Merwe«, sagte Jamie.

»Was wollen Sie wissen?«

»Alles.«

Banda spuckte auf den Boden. »Er kam aus Holland nach Südafrika. Man erzählt sich, seine Frau sei häßlich, aber wohlhabend gewesen. Sie starb an irgendeiner Krankheit, und van der Merwe ging mit ihrem Geld nach Klipdrift. Dort hat er den Laden aufgemacht und ist reich geworden, indem er Digger betrog.«

»So wie er mich betrogen hat?«

»Das ist nur eine von seinen Methoden. Digger, die einen guten Fund machen, bitten ihn um Geld, um ihr Claim zu bearbeiten, und ehe sie noch wissen, wie ihnen geschieht, gehört alles van der Merwe.«

»Hat denn noch nie einer versucht zurückzuschlagen?«

»Wie sollen sie das denn machen? Der Stadtsyndikus steht auf seiner Gehaltsliste. Das Gesetz besagt, daß ein Claim, auf dem 45 Tage lang nicht geschürft wird, wieder frei zugänglich ist. Der Syndikus gibt van der Merwe einen Tip, und der schnappt sich das Claim. Und dann hat er noch einen andern Trick auf Lager. Claims müssen an jeder Grenzlinie mit aufrecht stehenden Pfosten abgesteckt werden. Fallen die Pfosten um, kann jeder andere Anspruch auf das Claim erheben. Na, und wenn van der Merwe ein Auge auf ein bestimmtes Claim geworfen hat, schickt er nachts jemanden hin, und am Morgen liegen die Grenzpfähle am Boden.«

»Jesus!«

»Er ist mit dem Barmixer im Bunde, mit Smit. Der schickt vielversprechend aussehende Digger zu van der Merwe, die unterzeichnen einen Teilhabervertrag, und wenn sie Diamanten finden, nimmt ihnen van der Merwe alles ab. Wenn sie Schwierigkeiten machen, hat er eine Menge Leute, die seine Befehle ausführen.«

»Darüber weiß ich Bescheid«, sagte Jamie grimmig. »Und was noch?«

»Er ist ein religiöser Fanatiker. Dauernd betet er für das Seelenheil der Sünder.«

»Was ist mit seiner Tochter?« Die war bestimmt in alles verwikkelt.

»Miß Margaret? Die hat eine Todesangst vor ihrem Vater. Wenn sie auch nur einen Mann ansähe, brächte van der Merwe alle beide um.«

Jamie kehrte Banda den Rücken und ging zur Tür, wo er eine Weile stehenblieb und über den Hafen schaute. Er hatte eine Menge zu überlegen. »Wir unterhalten uns morgen noch mal.«

In Kapstadt wurde Jamie klar, wie tief die Kluft zwischen Schwarzen und Weißen war. Die Schwarzen hatten keinerlei Rechte außer den wenigen, die ihnen die Herrschenden zugestanden. Sie lebten zusammengepfercht in Gettos, die sie nur verlassen durften, um für die Weißen zu arbeiten.

»Wie hältst du das nur aus?« fragte Jamie Banda eines Tages.

»Der hungrige Löwe zieht seine Krallen ein. Eines Tages werden wir das alles ändern. Der Weiße akzeptiert den Schwarzen nur, weil er dessen Muskelkraft braucht, aber er muß lernen, auch seine Intelligenz anzuerkennen. Je mehr er uns in die Enge treibt, desto mehr fürchtet er uns, weil er weiß, daß die Diskriminierungen und Demütigungen eines Tages zurückgezahlt werden könnten. Diesen Gedanken kann er nicht ertragen. Aber wir werden überleben, und zwar mit Hilfe von *isiko*.«

»Wer ist *isiko*?«

Banda schüttelte den Kopf. »Kein *Wer*, ein *Was*. Das ist schwierig zu erklären, Mr. McGregor. *Isiko*, das sind unsere Wurzeln. Es ist das Gefühl, zu einer Nation zu gehören, die ihren Namen dem großen Sambesi-Fluß gegeben hat. Vor Generationen sind meine Vorfahren nackt in den Sambesi gestiegen und haben ihre Herden vor sich hergetrieben. Die schwächsten unter ihnen gingen dabei verloren, wurden eine Beute der Wasserstrudel oder der hungrigen Krokodile, aber die Überlebenden gingen

stärker und männlicher aus den Wassern hervor. Wenn ein Bantu stirbt, verlangt *isiko* von seiner Familie, daß sie sich in den Wald zurückzieht, so daß der Rest der Gemeinschaft ihre Trauer nicht teilen muß. *Isiko* ist die Verachtung, die man für unterwürfige Sklaven empfindet, der Glaube, daß ein Mensch jedermann frei ins Gesicht schauen kann, daß er nicht mehr und nicht weniger wert ist als alle anderen Menschen. Haben Sie schon von John Tengo Jabavu gehört?« Voll Ehrfurcht sprach er den Namen aus.
»Nein.«
»Dann werden Sie noch von ihm hören«, versprach Banda. »Bestimmt.« Und dann wechselte er das Thema.

Jamie bewunderte Banda von Tag zu Tag mehr. Zu Beginn waren beide Männer auf der Hut voreinander. Jamie mußte erst lernen, einem Menschen zu vertrauen, der ihn beinahe getötet hätte, und Banda mußte lernen, einem uralten Feind zu trauen – einem Weißen. Er war, im Gegensatz zu den meisten Schwarzen, die Jamie getroffen hatte, gebildet.
»Wo bist du zur Schule gegangen?« fragte Jamie.
»Nirgends. Ich habe schon als kleiner Junge gearbeitet. Meine Großmutter hat mich erzogen. Sie hat bei einem Buren gearbeitet, einem Schullehrer. Bei dem hat sie Lesen und Schreiben gelernt, und das hat sie mir beigebracht. Ihr verdanke ich alles.«

An einem Samstagnachmittag nach der Arbeit hörte Jamie zum erstenmal von der Namib-Wüste im Großen Namaqualand. Er und Banda saßen in dem verlassenen Lagerhaus bei den Docks und aßen gemeinsam Impala-Gulasch, das Bandas Mutter gekocht hatte. Dann legte er sich auf ein paar alte Säcke und fragte Banda aus.
»Wann bist du van der Merwe zum erstenmal begegnet?«
»Als ich an der Diamantenküste in der Namib-Wüste gearbeitet habe. Der Strand gehört ihm und zwei Kompagnons. Er hatte gerade einem armen Digger seinen Anteil gestohlen und war dort, um ihn sich anzuschauen.«
»Wenn van der Merwe so reich ist, warum arbeitet er dann immer noch in seinem Laden?«
»Der Laden ist sein Köder. Damit fängt er neu angekommene Digger ein. Und dabei wird er immer reicher.«
Jamie fiel ein, wie leicht er sich selbst hatte hereinlegen lassen.

Er sah Margarets herzförmiges Gesicht vor sich, wie sie sagte: *Mein Vater könnte Ihnen vielleicht helfen.* Er hatte sie für ein Kind gehalten, bis ihm ihre Brüste aufgefallen waren, und – Jamie sprang plötzlich auf und lächelte, wobei sich die bläuliche Narbe an seinem Kinn verzerrte.
»Erzähl mir, wie du dazu gekommen bist, für van der Merwe zu arbeiten.«
»Er kam eines Tages mit seiner Tochter zum Strand – sie war damals ungefähr elf Jahre alt. Ich nehme an, sie fand es langweilig, nur im Sand herumzusitzen, und so ist sie ins Wasser gewatet, wo sie von der Flut mitgerissen wurde. Ich bin reingesprungen und hab' sie rausgezogen. Ich war damals noch ein Junge, aber van der Merwe hätte mich beinah umgebracht.«
Jamie starrte ihn an. »Warum denn?«
»Weil ich die Arme um sie gelegt hatte. Nicht, weil ich schwarz war – weil ich ein *Mann* war. Den Gedanken, irgendein Mann könne seine Tochter berühren, kann er nicht ertragen. Irgendwer hat ihn damals schließlich beruhigt und daran erinnert, daß ich ihr ja immerhin das Leben gerettet hatte. Dann hat er mich als Diener mit nach Klipdrift genommen.« Banda zögerte einen Moment lang, dann fuhr er fort: »Zwei Monate später hat mich meine Schwester dort besucht.« Seine Stimme war ganz ruhig. »Sie war im gleichen Alter wie van der Merwes Tochter.«
Jamie fiel nichts ein, was er darauf hätte sagen können.
Schließlich brach Banda das Schweigen. »Ich hätte in der Namib-Wüste bleiben sollen. Das war leichte Arbeit. Wir krabbelten den Strand entlang, hoben Diamanten auf und steckten sie in Marmeladenbüchschen.«
»Moment mal. Willst du damit sagen, daß die Diamanten dort so einfach im Sand rumliegen?«
»Genau das, Mr. McGregor. Aber das können Sie gleich wieder vergessen. Niemand kommt an das Feld heran. Es liegt am Ozean, und die Wellen dort sind fast zehn Meter hoch. Eine Menge Leute haben schon versucht, sich vom Meer her einzuschleichen. Sie sind alle an den Wellen oder an den Riffen zugrunde gegangen.«
»Es muß doch noch einen anderen Weg geben.«
»Nein. Die Namib-Wüste reicht bis hinunter an die Meeresküste.«
»Wie steht's mit dem Eingang zum Diamantenfeld?«
»Da gibt's einen Wachtturm und einen Zaun aus Stacheldraht.

Hinter dem Zaun sind Wachen mit Gewehren und Hunden, die jeden Eindringling in Stücke reißen. Und dann haben sie einen neuartigen Sprengstoff, der wird Landmine genannt. Die haben sie auf dem ganzen Feld vergraben. Wenn man keinen Plan hat, auf dem die Landminen verzeichnet sind, wird man in die Luft gesprengt.«

»Wie groß ist das Diamantenfeld?«

»Es dürfte sich so auf 35 Meilen belaufen.«

Fünfunddreißig Meilen voller Diamanten, einfach so im Sand...

»Meine Güte!«

»Sie sind nicht der erste, der bei dem Gedanken an die Diamantenfelder im Namib aus dem Häuschen gerät, und Sie werden auch nicht der letzte sein. Ich habe dort zusammengelesen, was von den Leuten übrig war, die versucht haben, mit dem Boot einzudringen, und die an den Riffen zerschellt sind. Ich habe gesehen, was die Landminen anrichten, wenn einer einen falschen Schritt tut, und ich habe zugesehen, wie die Hunde einem die Kehle zerfleischen. Schlagen Sie sich das aus dem Kopf, Mr. McGregor.«

In dieser Nacht konnte Jamie nicht schlafen. Immer wieder stellte er sich die 35 Meilen mit Diamanten übersäten Sands vor, die van der Merwe gehörten. Er hatte keine Angst vor der Gefahr, keine Angst vor dem Sterben. Er hatte nur eine Angst: zu sterben, bevor er mit Salomon van der Merwe abgerechnet hätte.

Am nächsten Montag ging Jamie zu einem Kartographen und erwarb eine Karte vom Großen Namaqualand. Dort lag die Küste, am Südatlantik, zwischen Lüderitz im Norden und der Mündung des Oranje-Flusses im Süden. Das Diamantenfeld war rot gekennzeichnet: SPERRGEBIET.

Ein ums andere Mal unterzog Jamie jede Einzelheit des Gebietes auf der Karte einer genauen Prüfung. Er begriff, warum der Strand nicht bewacht wurde: Die Riffe verhinderten jede Landung.

Jamie wendete seine Aufmerksamkeit dem Eingang vom Land her zu. Banda zufolge war das Gebiet mit Stacheldraht umzäunt, an dem rund um die Uhr bewaffnete Wächter patrouillierten. Direkt am Eingang stand ein bemannter Wachtturm. Und selbst, wenn es einem irgendwie gelang, an diesem Wachtturm vorbei

und auf das Diamantenfeld zu schlüpfen, so gab es immer noch die Landminen und die Wachhunde.
Am nächsten Tag, als Jamie Banda traf, fragte er: »Hast du nicht gesagt, es gäbe einen Plan von den Landminen auf dem Feld?«
»In der Namib-Wüste? Diese Pläne haben die Aufseher, und die führen die Digger zur Arbeit. Sie gehen alle im Gänsemarsch, so daß niemand in die Luft gesprengt wird.« Sein Blick wurde schwermütig bei der Erinnerung. »Eines Tages ging mein Onkel vor mir; er stolperte über einen Stein und fiel auf eine Landmine. Es war nichts von ihm übrig, das man seiner Familie hätte heimbringen können.«
Jamie schauderte.
»Und dann ist da noch der *mis,* Mr. McGregor. Er zieht vom Ozean her und wallt quer durch die Wüste bis zu den Bergen, wobei er alles verschlingt, was ihm in die Quere kommt. Wenn Sie in einen *mis* geraten, wagen Sie nicht, sich zu rühren. Dann taugen auch die Landminen-Pläne nichts, weil man nicht sieht, wohin man tritt. Alle sitzen einfach still, bis der *mis* sich hebt.«
»Wie lange dauert denn so etwas?«
Banda zuckte die Achseln. »Mal ein paar Stunden, mal ein paar Tage.«
»Banda – hast du jemals so einen Landminen-Plan zu Gesicht bekommen?«
»Sie werden streng geheimgehalten.« Sein Gesicht nahm einen besorgten Ausdruck an. »Ich sag's Ihnen noch mal: So, wie Sie sich das denken, klappt das nicht. Hin und wieder versucht ein Arbeiter, einen Diamanten hinauszuschmuggeln. Dann hängen sie ihn an einen extra dafür bestimmten Baum – als Abschreckung für die anderen, damit niemand die Gesellschaft bestiehlt.«
Die ganze Sache schien aussichtslos. Selbst wenn er irgendwie auf van der Merwes Diamantenfeld gelangte, so gab es doch keinen Weg, der wieder hinausführte. Banda hatte recht. Er mußte es sich aus dem Kopf schlagen.

Am nächsten Tag fragte er Banda: »Wie hindert van der Merwe die Arbeiter daran, Diamanten mitgehen zu lassen, wenn sie von ihrer Schicht kommen?«
»Sie werden durchsucht. Man zieht sie splitterfasernackt aus und guckt ihnen von oben bis unten in jede Körperöffnung. Ich hab' Arbeiter erlebt, die sich in die Beine geschnitten haben und

versuchten, in den Wunden Diamanten hinauszuschmuggeln. Manche bohren sich die Backenzähne auf und stecken Diamanten in die Löcher. Sie haben schon alle Tricks ausprobiert, die man sich nur denken kann.« Er sah Jamie an und sagte: »Wenn Sie leben wollen, sollten Sie dieses Diamantenfeld endlich vergessen.«
Jamie versuchte es. Aber der Gedanke daran verfolgte ihn.

In dieser Nacht fiel Jamie die Lösung ein. Er konnte seine Ungeduld kaum bezähmen, bis er Banda traf. Ohne jede Einleitung sagte er: »Erzähl mir von den Booten, mit denen sie probiert haben zu landen.«
»Was ist damit?«
»Was waren das für Boote?«
»Alles, was man sich denken kann. Schoner. Schlepper. Große Motorboote. Segelboote. Vier Männer haben es sogar mit einem Ruderboot versucht. In der Zeit, in der ich dort gearbeitet habe, gab es ein halbes Dutzend Versuche. Die Boote sind einfach an den Riffen zerschellt. Die Leute sind alle ertrunken.«
Jamie holte tief Luft. »Hat es schon mal einer mit einem Floß versucht?«
Banda starrte ihn an. »Einem *Floß*?«
»Ja.« Jamie wurde immer aufgeregter. »Denk nur mal darüber nach. An die Küste ist noch keiner gelangt, weil die Klippen ihren Booten den Kiel weggerissen haben. Aber ein *Floß* – das wird über die Riffe weggleiten und an der Küste landen. Und auf dem gleichen Weg kommt es auch wieder weg.«
Banda sah ihn lange an. »Wissen Sie, Mr. McGregor«, sagte er dann, und seine Stimme klang völlig verändert, »da könnte sogar was dran sein . . .«

Es fing als Denkspiel an, als mögliche Lösung für ein unlösbares Puzzle. Doch je öfter Jamie und Banda darüber sprachen, desto mehr wurden sie von der Idee gepackt. Was als müßiges Gespräch begonnen hatte, nahm allmählich konkrete Formen an, wuchs sich langsam zu einem Plan aus. Da die Diamanten einfach im Sand herumlagen, war keinerlei Werkzeug erforderlich. Sie konnten ihr Floß mit einem Segel bauen, vierzig Meilen südlich des Sperrgebiets an der frei zugänglichen Küste, und bei Nacht unbeobachtet in See stechen.
»Vor Morgengrauen können wir schon wieder auf dem Rück-

weg sein«, sagte Jamie, »die Taschen voll mit van der Merwes Diamanten.«
»Wie kommen wir wieder raus?«
»So wie wir reinkommen. Wir paddeln das Floß über die Riffe auf die offene See, setzen das Segel und kommen unbehelligt heim.«

Jamies überzeugende Argumente ließen Bandas Zweifel verstummen. Er versuchte, den Plan zu durchlöchern, und jedesmal, wenn er einen Einwand fand, hatte Jamie eine Antwort darauf. Ihr Plan *konnte* Erfolg haben. Das Schöne an ihm war, daß er so simpel war und nichts kosten würde – nur starke Nerven.
»Alles, was wir brauchen, ist eine große Tasche für die Diamanten«, sagte Jamie. Seine Begeisterung war ansteckend.
Banda grinste. *»Zwei* große Taschen.«

In der folgenden Woche gaben sie ihre Arbeit auf und bestiegen einen Ochsenkarren nach Port Nolloth, dem Küstendorf vierzig Meilen südlich des Sperrgebiets, in das sie letztendlich wollten.
In Port Nolloth stiegen sie aus und sahen sich um. Das Dorf war klein und primitiv. Der weiße Strand schien bis ins Unendliche zu reichen. Hier gab es keine Riffe, und die Wellen schlugen sanft plätschernd ans Ufer. Genau der richtige Ort, um ihr Floß zu Wasser zu lassen.
Es gab kein Hotel, aber ein kleines Geschäft vermietete Jamie ein Hinterzimmer. Banda fand eine Unterkunft im schwarzen Viertel des Dorfes.
»Wir müssen einen Platz finden, wo wir das Floß heimlich bauen können«, sagte Jamie zu Banda. »Schließlich wollen wir nicht, daß uns irgend jemand bei den Behörden verpfeift.«
Am gleichen Nachmittag fanden sie einen alten, leerstehenden Lagerschuppen.
»Das ist genau das, was wir brauchen«, entschied Jamie. »Fangen wir mit dem Floßbau an.«
»Noch nicht«, sagte Banda zu ihm. »Warten wir noch. Kaufen Sie eine Flasche Whisky.«
»Wozu?«
»Das werden Sie schon sehen.«

Am nächsten Morgen erhielt Jamie den Besuch des Distriktpolizisten, eines rotgesichtigen, schwerfälligen Mannes mit einer großen Nase, deren Säuferadern für sich sprachen.

»Morgen«, begrüßte er Jamie. »Ich hab' gehört, wir haben einen Besucher. Dachte, ich schau mal rein und sag guten Tag. Ich bin Konstabler Mundy.«

»Ian Travis«, antwortete Jamie.

»Soll's nach Norden gehen, Mr. Travis?«

»Nach Süden. Mein Diener und ich sind auf dem Weg nach Kapstadt.«

»Aha. Ich war auch mal in Kapstadt. Ist mir verdammt zu groß, verdammt zu laut.«

»Da haben Sie recht. Darf ich Ihnen was zu trinken anbieten, Konstabler?«

»Ich trinke nie im Dienst.« Konstabler Mundy machte eine Pause, faßte einen Entschluß. »Na ja, dies eine Mal kann ich schon eine Ausnahme machen, denke ich.«

»Schön.« Jamie zog die Whiskyflasche hervor und fragte sich, wie Banda das gewußt haben konnte. Er goß zwei Fingerbreit in ein schmutziges Zahnputzglas und reichte es dem Konstabler.

»Danke, Mr. Travis. Und Sie?«

»Ich darf nichts trinken«, sagte Jamie bedauernd. »Malaria. Deshalb geh ich nach Kapstadt in ärztliche Behandlung. Hier leg ich nur ein paar Tage Pause ein. Das Reisen kommt mich ziemlich hart an.«

Konstabler Mundy musterte ihn prüfend. »Sie sehen doch ganz gesund aus.«

»Sie sollten mich mal erleben, wenn ich meine Fieberanfälle kriege.«

Der Konstabler hatte sein Glas geleert. Jamie füllte es wieder.

»Danke. Sie haben doch wohl nichts dagegen.« Er leerte das zweite Glas in einem Zug und stand auf. »Ich mach mich besser wieder auf die Socken. Sie wollen sich also in ein oder zwei Tagen mit Ihrem Mann wieder auf den Weg machen?«

»Sobald ich mich wieder besser fühle.«

»Dann komm ich am Freitag noch mal und seh nach Ihnen«, sagte Konstabler Mundy.

In dieser Nacht fingen Jamie und Banda in dem verlassenen Lagerschuppen mit dem Floßbau an.

»Banda, hast du schon mal ein Floß gebaut?«

»Na ja, Mr. McGregor – ehrlich gesagt: noch nicht.«

»Ich auch noch nicht.« Die beiden Männer starrten sich an. »Ob das wohl schwierig ist?«

Sie klauten vier leere 200-Liter-Ölfässer aus Holz, die sie hinter dem Markt fanden, schleppten sie in den Schuppen und legten sie zu einem Quadrat zurecht.
Danach suchten sie sich vier leere Kisten, die sie jeweils über einem der Ölfässer anbrachten.
Banda sah sich das zweifelnd an. »Das sieht mir überhaupt nicht nach einem Floß aus.«
»Wir sind ja auch noch nicht fertig«, versicherte Jamie.
Da sie keine Planken fanden, bedeckten sie die oberste Schicht mit allem, was ihnen in die Hände fiel: mit Ästen von Stinkbäumen und Kapbuchen, großen Palmblättern einer Marula. Mit dickem Hanfseil zurrten sie alles zusammen und knüpften jeden einzelnen Knoten sorgfältig und fest.
Als sie fertig waren, betrachtete Banda ihr Werk. »Es sieht noch immer nicht aus wie ein Floß.«
»Wenn wir erst mal das Segel draufhaben, wird es besser aussehen«, versprach Jamie.
Aus einem umgestürzten Gelbholzbaum zimmerten sie einen Mast und nahmen zwei flache Äste als Paddel.
»Jetzt brauchen wir nur noch ein Segel. Und das schnell. Ich möchte heute nacht hier wegkommen. Morgen kommt Konstabler Mundy wieder.«
Banda war es, der das Segel fand. Spät an diesem Abend kam er mit einem großen Stück blauen Tuchs. »Wie wär's denn hiermit, Mr. McGregor?«
»Perfekt. Wo hast du das her?«
Banda grinste. »Fragen Sie mich bloß nicht. Wir haben schon genug auf dem Kerbholz.«
Sie zogen ein quadratisches Segel auf, darunter einen Querbaum, dann eine Topprah – und endlich war das Floß fertig.
»Um zwei Uhr morgens, wenn das ganze Dorf schläft, segeln wir los«, sagte Jamie zu Banda. »Legen wir uns solange noch ein bißchen aufs Ohr.«
Aber keiner von beiden konnte schlafen. Das Abenteuer, das vor ihnen lag, ließ sie vor Aufregung nicht zur Ruhe kommen.

Um zwei Uhr morgens trafen sie sich im Lagerschuppen. Beide waren voller Eifer, voller unausgesprochener Befürchtungen.

Sie traten eine Reise an, die ihnen entweder Reichtum oder den Tod bringen würde. Eine dritte Möglichkeit gab es nicht.
»Es ist soweit«, verkündete Jamie.
Sie gingen hinaus. Nichts rührte sich. Die Nacht war ruhig und friedlich. Ihr Zeitplan wurde dadurch kompliziert, daß sie das Dorf bei Nacht verlassen mußten, damit niemand ihre Abreise bemerkte, an der Diamantenküste aber erst in der nächsten Nacht ankommen durften, damit sie auf das Feld schleichen und noch vor Morgengrauen wieder sicher auf See sein konnten.
»Die Benguela-Strömung dürfte uns irgendwann am Nachmittag zu den Diamantenfeldern treiben«, sagte Jamie. »Aber wir können dort nicht bei Tageslicht rein. Wir müssen uns bis zum Einbruch der Dunkelheit auf See und außer Sichtweite halten.«
Banda nickte. »Wir können uns auf einem der Inselchen vor der Küste solange verstecken.«
»Was für Inseln sind das?«
»Es gibt Dutzende – Mercury, Ichabod, Plum Pudding ...«
Jamie sah ihn befremdet an. *»Plum Pudding?«*
»Eine heißt sogar Roast Beef Island.«
Jamie zog seine zerknitterte Karte hervor und studierte sie. »Hier ist keine davon drauf.«
»Es sind Guano-Inseln. Die Briten holen von dort Vogelmist als Dünger.«
»Sind die Inseln bewohnt?«
»Geht nicht. Der Gestank ist zu schlimm. Mancherorts liegt der Guano dreißig Meter hoch. Die Regierung läßt ihn von Deserteuren und Strafgefangenen sammeln. Manche sterben auf so einer Insel, und die Leichen werden einfach liegengelassen.«
»Dort werden wir uns verstecken«, entschied Jamie.
Leise öffneten die beiden Männer die Speichertür und versuchten, das Floß zu heben. Es war zu schwer. Schwitzend zerrten und zogen sie – vergeblich.
»Moment mal«, sagte Banda.
Er eilte hinaus. Eine halbe Stunde später kam er mit einem großen, runden Baumstamm zurück. »Den nehmen wir. Ich hebe das Floß am einen Ende an, und Sie schieben den Stamm darunter.«
Als der Schwarze das Floß hochstemmte, staunte Jamie über Bandas Kraft. Rasch schob er den Stamm unter. Gemeinsam hoben sie das andere Floßende an, und nun rollte es leicht über den Stamm. Sobald das Floß am anderen Ende des Baumstamms an-

gelangt war, wiederholten sie die Prozedur. Es war eine mühselige Arbeit, und als sie den Strand endlich erreichten, waren sie beide in Schweiß gebadet. Das Ganze hatte viel länger gedauert, als Jamie vorausberechnet hatte. Es war schon fast Morgen. Sie mußten fort sein, bevor die Dorfbewohner sie entdeckten und meldeten. Jamie brachte schnell das Segel an und vergewisserte sich, daß alles richtig funktionierte. Plötzlich lachte er laut heraus.
Banda sah ihn verwirrt an. »Was ist denn so komisch?«
»Wenn ich bisher auf Diamantensuche ging, hab' ich eine Tonne Ausrüstung mit mir rumgeschleppt. Jetzt hab' ich bloß einen Kompaß dabei. Es kommt mir zu leicht vor.«
Banda sagte ruhig: »Ich glaube nicht, daß wir ausgerechnet damit Probleme haben werden, Mr. McGregor.«
»Allmählich solltest du mich Jamie nennen.«
Banda schüttelte verwundert den Kopf. »Sie kommen wirklich aus einem ganz anderen Land!« Er grinste und zeigte seine ebenmäßigen weißen Zähne. »Ach, zum Teufel – sie können mich nur einmal aufhängen.« Er übte den Namen lautlos mit den Lippen, dann sprach er ihn aus: »Jamie.«
»Los, gehen wir uns die Diamanten holen.«

Sie schoben das Floß vom Sand ins seichte Wasser, dann sprangen sie beide auf und begannen zu paddeln. Sie brauchten ein paar Minuten, bis sie sich an das Schlingern und Schwanken ihres seltsamen Gefährts gewöhnt hatten. Jamie hißte das Segel und steuerte das offene Meer an. Als die Dorfbewohner erwachten, war das Floß schon am Horizont verschwunden.
»Wir haben's geschafft!« sagte Jamie.
Banda schüttelte den Kopf. »Es ist noch nicht vorbei.« Er hielt eine Hand in die kalte Benguela-Strömung. »Es fängt gerade erst an.«
Sie segelten weiter, genau nach Norden, vorbei an der Alexander Bay und der Oranjemündung. Sie hatten Rindfleischdosen, gekochten kalten Reis, Früchte und zwei Kanister Wasser an Bord, waren aber zu aufgeregt zum Essen. Jamie wollte sich in seiner Phantasie nicht mit den Gefahren beschäftigen, die noch vor ihnen lagen, doch Banda konnte nicht anders. Er erinnerte sich an die brutalen Wachtposten mit ihren Gewehren, an die Hunde und an die menschenzerfetzenden Landminen, und er fragte sich, wie er sich hatte überreden lassen können, bei die-

sem verrückten Abenteuer mitzumachen. Er sah zu dem Schotten hinüber und dachte: *Er ist der größere Narr. Wenn ich sterbe, dann für meine kleine Schwester. Aber wofür stirbt er?* Gegen Mittag kamen die Haie. Es war ein halbes Dutzend, und ihre Flossen durchpflügten das Wasser, als sie auf das Floß zuhielten.
»Schwarzflossenhaie«, verkündete Banda. »Das sind Menschenfresser.«
Jamie beobachtete, wie die Flossen näher auf das Floß zuglitten. »Was sollen wir tun?«
Banda schluckte nervös. »Ehrlich, Jamie, das ist mein allererstes Erlebnis dieser Art.«
Einer der Haie stieß mit dem Rücken an das Floß und brachte es beinahe zum Kentern. Die beiden Männer hielten sich am Mast fest. Jamie packte eins der Paddel und stieß damit nach einem der Tiere. Sekunden später war es in zwei Teile gebissen. Die Haie hatten das Floß jetzt umzingelt, schwammen träge im Kreis, wobei ihre riesigen Körper immer wieder das kleine Gefährt streiften. Bei jedem Stoß kippte das Floß auf einer Seite gefährlich ab.
»Wir müssen sie loswerden, bevor sie uns versenken.«
»Loswerden womit?« fragte Banda.
»Gib mir eine von den Rindfleischdosen.«
»Du machst wohl 'n Witz. Denen reicht doch eine Dose Rindfleisch nicht. Die wollen *uns*!«
Ein neuerlicher Stoß, und das Floß legte sich auf die Seite.
»Das Fleisch!« schrie Jamie gellend. »Mach schon!«
Eine Sekunde später drückte Banda eine Dose in Jamies Hand. Das Floß schlingerte bedenklich.
»Mach sie halb auf. Schnell!«
Banda zog sein Taschenmesser heraus und brach die Dose oben zur Hälfte auf. Jamie nahm sie ihm ab. Er fuhr mit dem Finger über die aufgebrochene, scharfe Metallkante.
»Halt dich fest!« warnte Jamie.
Er kniete sich an den Rand des Floßes und wartete. Einen Augenblick später näherte sich ein Hai dem Floß, das Maul weit offen, lange Reihen bösartig grinsender Zähne entblößend. Jamie zielte auf die Augen. Kraftvoll holte er mit beiden Händen aus, stieß den zackigen Metallrand ins Auge des Hais und riß es auf. Der Hai bäumte sich auf, und sekundenlang stand das Floß auf der Kippe. Jäh färbte sich das Wasser rot. Ein Riesenwellenschlag entstand, als sich die Haie auf ihren verwundeten Ge-

fährten stürzten. Das Floß war vergessen. Jamie und Banda sahen zu, wie die großen Tiere ihr hilfloses Opfer zerfleischten, während sich das Floß immer weiter entfernte.
Banda holte tief Luft und sagte gelassen: »Eines Tages werde ich das meinen Enkeln erzählen. Meinst du, sie werden mir glauben?« Und sie lachten beide, bis ihnen die Tränen übers Gesicht liefen.

Am späten Nachmittag sah Jamie auf seine Taschenuhr. »Um Mitternacht sollten wir an der Diamantenküste sein. Die Sonne geht um 6.15 Uhr auf. Das heißt, daß wir vier Stunden zum Diamantensammeln haben und zwei Stunden, um wieder aufs Meer und außer Sicht zu kommen. Werden vier Stunden reichen, Banda?«
»Das, was wir in vier Stunden auflesen, können hundert Leute in ihrem ganzen Leben nicht ausgeben.« *Ich hoffe bloß, daß wir lange genug leben, um die Dinger überhaupt auflesen zu können . . .*

Den Rest des Tages über segelten sie stetig nach Norden, getragen vom Wind und von der Strömung. Gegen Abend tauchte eine kleine Insel vor ihnen auf. Als sie näher kamen, wurde der ätzende Ammoniakgeruch intensiver und trieb ihnen die Tränen in die Augen. Jamie verstand jetzt, warum niemand hier lebte. Der Gestank war überwältigend. Aber bis zum Einbruch der Nacht würde die Insel ein perfektes Versteck für sie abgeben. Jamie ließ die Leinen los, und das kleine Floß stieß an die felsige Küste der flachen Insel. Banda machte es fest, und die beiden Männer gingen an Land. Die ganze Insel schien mit Millionen von Vögeln bedeckt zu sein: mit Kormoranen, Pelikanen, Tölpeln, Pinguinen und Flamingos. Die schwere Luft war so ekelhaft, daß das Atmen beinahe unmöglich wurde. Nach ein paar Schritten standen sie bis zu den Hüften im Guano.
»Gehen wir aufs Floß zurück«, japste Jamie.
Banda folgte ihm wortlos.
Als sie sich umdrehten, flog eine Schar Pelikane auf und gab ein Stück Boden frei. Drei Männer lagen dort. Es war schwer zu sagen, wie lange sie schon tot waren. Der Ammoniakgehalt der Luft hatte ihre Leichen vollkommen konserviert und ihr Haar hellrot gefärbt.
Eine Minute später waren Jamie und Banda wieder auf dem Floß und stachen in See.

Mit eingeholtem Segel lagen sie vor der Inselküste und warteten.

»Bis Mitternacht bleiben wir hier draußen. Dann gehen wir an Land.«

Schweigend saßen sie beisammen, jeder auf seine Weise damit beschäftigt, sich auf ihr Vorhaben einzustellen. Die Sonne stand niedrig am westlichen Horizont, tauchte den erlöschenden Himmel in die wilden Farben eines besessenen Malers. Und dann waren sie plötzlich in Dunkelheit gehüllt.

Sie warteten zwei Stunden, dann hißte Jamie das Segel. Das Floß fing an, Fahrt zu machen. Schon konnten die beiden Männer in der Ferne einen undeutlichen Fleck erkennen: die Küste. Der Wind wurde stärker, riß an ihrem Segel und jagte das Floß mit ständig zunehmender Geschwindigkeit aufs Land zu. Bald konnten sie deutlich die Küstenlinie ausmachen, eine gigantische Felsenbrüstung. Selbst aus dieser Entfernung war zu hören, wie die großen weißen Wellen auf die Riffe donnerten und sich daran brachen. Es war schon jetzt ein furchteinflößender Anblick, und Jamie fragte sich, wie es wohl aus der Nähe sein würde.

»Weißt du genau, daß die Küste unbewacht ist?« Unwillkürlich flüsterte er.

Banda gab keine Antwort. Er zeigte auf die Riffe vor ihnen.

Jamie wußte, was er meinte: Sie waren tödlicher als jede von Menschen gelegte Falle. Sie waren die Wächter des Meeres, und sie schliefen nie, ließen nie nach in ihrer Wachsamkeit. Sie lagen da und warteten geduldig, bis ihre Beute zu ihnen kam. *Gut,* dachte Jamie. *Wir werden euch übertölpeln. Wir treiben einfach über euch hinweg.*

So weit hatte sie das Floß nun schon getragen. Es würde auch den Rest des Weges schaffen. Die Küste schien nun auf sie zuzufliegen, und sie bekamen die schwere Dünung der gigantischen Brecher zu spüren. Banda hielt sich am Mast fest.

»Wir sind ganz schön schnell.«

»Keine Sorge«, versicherte ihm Jamie. »Wenn wir näher kommen, ziehe ich das Segel ein. Das wird unsere Geschwindigkeit vermindern. Dann gleiten wir ganz sachte über die Riffe.«

Wind und Wellen nahmen an Stärke zu und warfen das Floß gegen die tödlichen Klippen. Jamie schätzte rasch die ihnen bleibende Entfernung ab und schloß, daß die Wellen sie ohne Unterstützung des Segels an die Küste tragen würden. Eilig zog er es ein, doch ihre Geschwindigkeit nahm nicht im geringsten ab. Das Floß war jetzt gänzlich dem Spiel der Wellen ausgeliefert, schleuderte ziellos von einem Wellenkamm zum anderen. Es schwankte so gewaltig, daß sich die Männer mit beiden Händen festklammern mußten. Jamie hatte erwartet, daß die Landung nicht leicht sein würde, doch auf diesen wilden, brodelnden Strudel vor ihnen war er nicht gefaßt. Erschreckend deutlich türmten sich die drohenden Riffe vor ihnen auf. Sie konnten sehen, wie die Wellen gegen die gezackten Felsen anstürmten und dort in riesigen, wütenden Fontänen explodierten. Der ganze Erfolg des Unternehmens hing letztendlich davon ab, ob sie das Floß heil durch die Klippen bringen würden. Ohne das Floß waren sie so gut wie tot.

Von der entsetzlichen Gewalt der Wellen getrieben, stürzten sie jetzt auf die Riffe zu. Der Wind heulte ohrenbetäubend. Plötzlich wurde das Floß von einer großen Woge in die Luft gehoben und auf die Felsen zu geschleudert.

»Halt dich fest, Banda!« brüllte Jamie. »Wir sind gleich da!«

Der Riesenbrecher hob das Floß, als wäre es eine Streichholzschachtel, und trug es auf die Küste zu, über das Riff hinweg. Beide Männer klammerten sich verzweifelt fest, um die heftigen Stöße abzufangen, die drohten, sie ins Wasser zu fegen. Jamie schaute hinunter und erhaschte einen Blick auf die rasiermesserscharfen Riffe unter ihnen. Im nächsten Moment würden sie darüber hinwegsegeln und an die Küste getragen werden wie in einen sicheren Hafen.

Im gleichen Augenblick jedoch gab es einen heftig zerrenden Ruck, und eines der Fässer am Unterboden des Floßes wurde von einer Klippe erwischt und weggerissen. Das Floß schlingerte hin und her, und ein weiteres Faß ging verloren, dann noch eines. Jamie und Banda spürten, wie das dünne Holz unter ihren Füßen zu splittern begann.

»Spring!« schrie Jamie.

Er tauchte an einer Floßseite ins Wasser, und eine hohe Woge erfaßte ihn und katapultierte ihn auf den Strand zu. Die Elemente hatten ihn in unvorstellbar machtvollem Zugriff gepackt. Er hatte keinerlei Einfluß auf das Geschehen. Er war ein Teil der Woge – sie war über ihm, unter ihm, in ihm. Sein Körper drehte sich und wirbelte herum, und seine Lungen wollten schier bersten. In seinem Kopf explodierten Lichter. Jamie dachte: *Ich ertrinke.* Und dann wurde sein Körper an den Sandstrand geschleudert. Jamie lag da und keuchte, rang um Atem, pumpte die kühle, frische Seeluft in seine Lungen. Brust und Beine hatte ihm der Sand aufgescheuert, und seine Kleider waren nur noch Fetzen. Langsam setzt er sich auf und sah sich nach Banda um, der zehn Meter von ihm entfernt saß und Wasser spuckte. Jamie rappelte sich hoch und ging zu ihm hinüber. »Alles in Ordnung mit dir?«

Banda nickte. Zitternd holte er tief Luft und sah zu Jamie auf. »Ich kann nicht schwimmen.«

Jamie half ihm auf die Füße. Die beiden Männer drehten sich um und betrachteten das Riff. Von ihrem Floß war nichts mehr zu sehen. Das wilde Meer hatte es in Stücke gerissen. Sie waren in den Diamantenfeldern angekommen.

Und es gab keinen Weg mehr hinaus.

5

Hinter ihnen tobte die aufgewühlte See. Vor ihnen erstreckten sich, vom Meer bis zu den Ausläufern der in weiter Ferne liegenden zerklüfteten, violett schimmernden Berge des Richterfeld-Hochplateaus, Schluchten, Canyons und bizarre Gipfel im fahlen Licht des Mondes. Am Fuß der Berge befand sich das Hexenkessel-Valley, ein kahler Windfang. Alles in allem eine urzeitliche, öde Wüstenei. Das einzige Anzeichen dafür, daß jemals ein menschliches Wesen dieses Gebiet betreten hatte, war ein in den Sand getriebenes Schild. Im Mondlicht lasen sie die ungelenke Aufschrift:

VERBODE GEBIED
SPERRGEBIET

Ein Zurück aufs Meer war unmöglich. Ihre einzige Chance lag darin, die Namib-Wüste zu durchqueren.

»Wir müssen es riskieren und versuchen, da durchzukommen«, sagte Jamie.

Banda schüttelte den Kopf. »Die Wachen werden uns sofort abknallen oder aufknüpfen. Und selbst wenn wir Glück haben und an den Wachen mit den Hunden vorbeikommen – durch die Landminen sind wir dann immer noch nicht. Wir sind verloren.« Nicht, daß er Angst hatte, aber er hatte sich mit seinem Schicksal abgefunden.

Jamie betrachtete Banda, und Schuldgefühle stiegen in ihm auf. Er hatte den Schwarzen in diese Lage gebracht, und nicht ein einziges Mal hatte Banda sich beklagt.
Jamie drehte sich um und warf einen Blick auf die Brandung, ein Wall sich wütend ans Ufer werfender Wogen; ein Wunder, daß sie überhaupt so weit gekommen waren, ging es ihm durch den Kopf. Es war zwei Uhr morgens, noch vier Stunden bis zum Sonnenaufgang. *Verflucht noch mal, ich geb nicht auf,* dachte er.
»Laß uns anfangen, Banda.«
Banda blinzelte. »Mit was?«
»Diamanten zu holen, wie wir's vorhatten. Also los.«
Banda starrte auf diesen wildentschlossenen Mann, dem das weiße Haar am Schädel klebte und dessen triefende Hosenbeine in Fetzen an ihm herunterhingen. »Wovon redest du eigentlich?«
»Du hast doch gesagt, sie knallen uns sofort ab, oder? Dann kann es uns eigentlich auch egal sein, ob sie uns mit Diamanten oder als arme Schlucker erwischen. Es ist schon ein Wunder, daß wir überhaupt bis hierher gekommen sind. Vielleicht passiert noch eins und wir kommen hier wieder raus. Und wenn wir hier schon wieder rauskommen, dann, verdammt noch mal, nicht mit leeren Taschen.«
»Du bist verrückt«, sagte Banda leise.
»Sonst wären wir nicht hier«, erinnerte ihn Jamie.
Banda zuckte mit den Achseln. »Was soll's. Ich hab' sowieso nichts anderes zu tun, bis sie uns finden.«
Jamie zog sein zerfleddertes Hemd über den Kopf. Banda verstand und tat das gleiche.
»Na also, wo sind denn jetzt die dicken Steinchen, von denen du mir erzählt hast?«
»Überall«, versicherte Banda und fügte hinzu: »Genau wie die Wachen und ihre Hunde.«
»Um die können wir uns später kümmern. Wann kommen sie zum Strand herunter?«
»Wenn es hell wird.«
Jamie dachte einen Moment lang nach. »Gibt es irgendwo ein Stück Strand, wo sie *nicht* hinkommen, irgendwas, wo wir uns verstecken können?«
»Gibt's nicht. Kein Fleckchen Strand, wo sie nicht hinkämen. Hier kannst du nicht mal 'ne Fliege verstecken.«
Jamie klopfte Banda auf die Schulter. »Na denn, auf geht's.«

Er beobachtete, wie Banda langsam auf allen vieren über den Strand zu kriechen begann und dabei den Sand durch seine Finger rieseln ließ. Nach kaum zwei Minuten hielt er einen Stein hoch.
»Ich hab' einen.«
Jamie bückte sich ebenfalls und tat es ihm nach. Die ersten beiden Steine, die er fand, waren klein, der dritte hingegen hatte wohl mehr als fünfzehn Karat. Er setzte sich auf und betrachtete ihn lange. Unglaublich, daß man ein solches Vermögen so einfach aufklauben konnte. Und das alles gehörte Salomon van der Merwe und seinen Kompagnons. Jamie kroch weiter.
In den folgenden drei Stunden sammelten die beiden Männer über vierzig Diamanten im Gewicht von zwei bis dreißig Karat.
»Es fängt an zu dämmern«, sagte Jamie. »Sehen wir zu, daß wir noch mehr Diamanten finden.«
»Wir erleben es sowieso nicht mehr, daß wir *die hier* noch ausgeben können. Du willst wohl *sehr* reich sterben, nicht wahr?«
»Ich will überhaupt nicht sterben.«
Sie nahmen die Suche wieder auf, wühlten, ohne nachzudenken, einen Diamanten nach dem anderen aus dem Sand. Die Diamantenhäufchen wuchsen an, bis sechzig Steine in ihren zerrissenen Hemden lagen.
»Willst du, daß ich sie trage?« fragte Banda.
»Nein, wir können ja beide –« Und dann ging Jamie ein Licht auf, was Banda eigentlich meinte. Derjenige von ihnen, der mit den Diamanten erwischt wurde, würde langsamer und qualvoller sterben. »Ich nehm sie schon«, sagte Jamie. Er wickelte die Steine in den Fetzen Stoff, der von seinem Hemd übriggeblieben war, und verknotete ihn sorgfältig.
Am Horizont graute langsam der Morgen, und im Osten erschienen einzelne Farbflecke, die die aufgehende Sonne ankündigten.
Was nun? Das ist die Frage! Und die Antwort darauf? Sie konnten einfach hierbleiben und sterben, sie konnten aber auch landeinwärts gehen, auf die Wüste zu, und dort sterben.
»Gehn wir.«
Jamie und Banda bewegten sich langsam Seite an Seite landeinwärts.
»Wo fängt das verminte Stück an?«
»Ungefähr hundert Meter vor uns.« In der Ferne hörten sie einen Hund bellen. »Ich glaub nicht, daß wir uns noch um die Mi-

nen kümmern müssen. Die Hunde kommen auf uns zu, die Frühschicht geht zur Arbeit.«

»Wie lange brauchen die bis hierher?«

»Eine Viertelstunde, vielleicht zehn Minuten.«

Inzwischen war es fast hell geworden. Was vorher noch kaum auszumachende, schimmernde Formen gewesen waren, verwandelte sich nun in kleine Sanddünen und weit entfernte Berge. Verstecken konnte man sich nirgends.

»Wie viele Wachleute hat eine Schicht?«

Banda dachte einen Moment lang nach. »Ungefähr zehn.«

»Zehn Leute sind nicht gerade viel für einen so großen Strand.«

»*Ein* Wachmann ist schon einer zuviel. Sie haben Gewehre und Hunde. Und außerdem sind sie nicht blind und wir nicht unsichtbar.«

Das Hundegebell kam jetzt näher. »Banda, es tut mir leid«, sagte Jamie. »Ich hätte dich niemals in diese Sache hineinziehen sollen.«

»Hast du nicht.«

Und Jamie verstand, was gemeint war.

Aus der Ferne hörten sie, wie die Wachen sich etwas zuriefen.

Jamie und Banda erreichten eine kleine Düne. »Und wenn wir uns im Sand eingraben?«

»Auch schon probiert worden. Die Hunde finden uns auf jeden Fall und beißen uns die Kehlen durch. Ich will schnell sterben. Die sollen mich zuerst sehen, dann fang ich an zu rennen und sie können mich abknallen. Ich – ich will nicht, daß die Hunde mich kriegen.«

Jamie packte Banda am Arm. »Auch wenn wir sterben müssen, wir werden nicht dem Tod *entgegenrennen,* verdammt noch mal. Die sollen sich anstrengen dafür.«

Jetzt waren aus der Entfernung schon einzelne Wörter zu unterscheiden. »Vorwärts, bewegt euch, faules Pack«, schrie eine Stimme. »Mir nach . . . in der Reihe bleiben . . . Ihr habt genug gepennt . . . Jetzt geht's an die Arbeit . . .«

Jamie merkte, daß er trotz seiner forschen Worte unwillkürlich vor der Stimme zurückwich. Er drehte sich um und schaute noch einmal aufs Meer. *Ist Ertrinken ein angenehmerer Tod?* Plötzlich sah er etwas, das hinter der Brandung lag. Aber er konnte nicht erkennen, was es war.

»Banda, guck mal . . .«

Weit draußen auf dem Meer stand eine undurchdringliche

graue Wand, die sich langsam, vorangetrieben durch starke Westwinde, auf sie zubewegte.
»Das ist der *mis*«, rief Banda. »Der kommt zwei- oder dreimal die Woche vom Meer herein.«
Während sie noch sprachen, kam der *mis* näher, fegte wie ein gigantischer grauer Vorhang über den Horizont und löschte den Himmel aus.
Auch die Stimmen waren näher gekommen. »*Den dousant*! Verfluchter *mis*! Schon wieder eine Verzögerung. Die Bosse werden nicht begeistert sein . . .«
»Das ist unsere Chance!« meinte Jamie. Er flüsterte nur noch.
»Was für eine Chance?«
»Der *mis*! Jetzt können sie uns nicht mehr sehen.«
»Das hilft uns auch nicht weiter. Irgendwann hebt der *mis* sich wieder, und dann stehen wir immer noch hier rum. Wenn die Wachen nicht durch das verminte Gebiet kommen, schaffen wir es auch nicht. Versuch du mal, bei dem *mis* durch die Wüste zu gehen. Du kommst keine zehn Meter weit – in tausend Stücke wirst du gerissen. Du wartest wohl wieder auf eins deiner Wunder.«
»Da hast du verdammt recht«, sagte Jamie.

Über ihnen wurde der Himmel dunkler. Der *mis* war nähergerückt, bedeckte das Meer, schickte sich an, auch die Küste zu verschlucken. Der Nebel wirkte schaurig und bedrohlich, aber Jamie frohlockte innerlich. *Der wird uns retten!* Plötzlich rief eine Stimme. »He! Ihr zwei! Was, zum Teufel, treibt ihr da?«
Jamie und Banda drehten sich um. Auf dem Kamm einer Düne, ungefähr hundert Meter von ihnen entfernt, stand ein Uniformierter mit einem Gewehr. Jamie schaute zurück zur Küste. Der *mis* kam immer schneller herein.
»He! Ihr zwei da! Herkommen!« schrie der Wachmann. Er hob das Gewehr.
Jamie nahm seine Arme hoch. »Ich hab' mir den Fuß verstaucht«, rief er. »Ich kann nicht mehr gehen.«
»Bleibt, wo ihr seid«, befahl der Wachmann. »Ich komme euch holen.« Er ließ sein Gewehr sinken und kam auf sie zu. Ein flüchtiger Blick zurück zeigte, daß der *mis* den äußersten Rand der Küste erreicht hatte und schnell landeinwärts zog.
»Lauf!« wisperte Jamie. Er drehte sich um und spurtete zum Strand, Banda dicht hinter ihm.

»Halt!«

Sekunden später hörten sie das metallische Klicken des Gewehrschlosses, und der Sand vor ihnen wirbelte auf. Sie rannten weiter, in die große dunkle Nebelwand hinein. Ein weiterer Schuß, näher diesmal, und noch einer, und im nächsten Moment befanden sich die beiden Männer in totaler Dunkelheit. Als wären sie in Watte begraben. Nichts war mehr zu sehen.

Die Stimmen klangen jetzt gedämpft und weiter entfernt, brachen sich am *mis* und kamen aus allen Richtungen. Sie konnten andere Stimmen unterscheiden, die sich etwas zuriefen.

»Kruger! ... Ich bin's, Brent ... Kannst du mich hören?«

»Ja, Kruger ...«

»Es sind zwei«, schrie der erste. »Ein Weißer und ein Schwarzer. Sie sind am Strand. Verteil deine Männer. *Skiet hom!* Scharf schießen.«

»Mir nach«, flüsterte Jamie.

Banda ergriff seinen Arm. »Wohin willst du?«

»Raus hier.«

Jamie hielt sich den Kompaß dicht vor die Augen. Trotzdem konnte er kaum etwas erkennen. Er drehte sich, bis die Nadel ihm zeigte, wo Osten lag. »Hier lang ...«

»Warte! Wir können nicht weiter. Selbst wenn wir nicht in einen Wachmann oder in einen Hund reinrennen, können wir immer noch eine Mine hochgehen lassen.«

»Du hast gesagt, es sind noch hundert Meter bis zum Minengürtel. Wir müssen vom Strand weg.«

Sie bewegten sich auf die Wüste zu, langsam und unsicher, Blinde im Niemandsland. Jamie zählte seine Schritte. Jedesmal, wenn sie in dem weichen Sand zu Fall gekommen waren, rappelten sie sich wieder auf und gingen weiter. Alle paar Meter hielt Jamie inne, um die Richtung anhand des Kompasses zu überprüfen. Als sie nach seiner Schätzung ungefähr hundert Meter zurückgelegt hatten, hielt er an.

»Hier müssen die Minen anfangen. Sind die nach einem bestimmten System angeordnet? Fällt dir irgendwas ein, was uns jetzt weiterhelfen könnte?«

»Beten«, antwortete Banda. »Noch nie ist jemand durch diese Minen gekommen, Jamie. Sie sind über das gesamte Gebiet verteilt und ungefähr zwanzig Zentimeter tief vergraben. Bis der *mis* verschwindet, müssen wir schon hierbleiben und uns dann ergeben.«

Jamie lauschte den wattegedämpften, am *mis* abprallenden Stimmen um sie herum.
»Kruger! Bleib in Hörweite . . .«
»Klar, Brent . . .«
»Kruger . . .«
»Brent . . .«
Körperlose Stimmen, die sich im alles verschluckenden Nebel etwas zuriefen. In Jamies Kopf arbeitete es fieberhaft. Blieben sie stehen, wo sie jetzt waren, würden sie getötet, sobald sich der Nebel lichtete; gingen sie weiter durch das Minenfeld, würden sie in Stücke gerissen.
»Hast du diese Minen jemals gesehen?« flüsterte Jamie.
»Ein paar davon habe ich selber mitvergraben.«
»Was bringt sie zur Explosion?«
»Das Gewicht eines Menschen. Alles, was über achtzig Pfund wiegt, läßt sie hochgehen. Dadurch sind sie keine Gefahr für die Hunde.«
Jamie holte tief Luft. »Banda, vielleicht habe ich doch einen Weg gefunden. Möglich, daß es nicht klappt. Willst du dich drauf einlassen?«
»An was denkst du?«
»Wir werden das Minengebiet auf dem Bauch überwinden. Auf diese Weise können wir unser Gewicht auf den Sand verteilen.«
»O Gott!«
»Was hältst du davon?«
»Daß ich verrückt gewesen sein muß, als ich Kapstadt verließ.«
»Machst du mit?« Im *mis* konnte er Bandas Gesicht kaum ausmachen.
»Es bleibt uns ja kaum was anderes übrig, oder?«
»Na, dann komm.«
Jamie legte sich vorsichtig in den Sand. Banda betrachtete ihn einen Augenblick, holte tief Luft und tat es ihm nach. Langsam begannen die beiden Männer, über den Sand zu robben, auf das Minengebiet zu.
»Verlager dein Gewicht nicht auf die Hände oder Beine, wenn du dich bewegst«, flüsterte Jamie. »Gebrauch deinen ganzen Körper.«
Er bekam keine Antwort. Banda war vollauf damit beschäftigt, sich am Leben zu erhalten.

Sie befanden sich in einem wabernden, grauen Vakuum, das es unmöglich machte, irgend etwas zu erkennen. Jeden Moment konnten sie auf einen Wachmann oder einen Hund stoßen, eine der Minen auslösen. Sie kamen entsetzlich langsam vorwärts. Keiner von beiden trug ein Hemd, und bei jedem Zentimeter scheuerte der Sand an ihren Bäuchen, und selbst wenn es ihnen gelingen sollte, die Wüste zu durchqueren, ohne erschossen oder in Stücke gerissen zu werden, so würden sie auf der anderen Seite auf den Stacheldrahtzaun und die Bewaffneten im Wachtturm am Eingang treffen. Und außerdem war es ungewiß, wie lange der *mis* noch bleiben würde. Er konnte sich jeden Moment lichten und ihnen seinen Schutz entziehen.

Sie krochen weiter, rutschten vorwärts, ohne nachzudenken, verloren dabei jegliches Zeitgefühl. Sie wußten nicht, wie lange sie schon so unterwegs waren. Sie mußten den Kopf dicht über den Boden halten, und Sand drang ihnen in Augen, Ohren und Nase. Atmen wurde zur Anstrengung.

In der Ferne echoten nach wie vor die Stimmen der Wachmänner.

»Kruger ... Brent ... Kruger ... Brent ...«

Jamie und Banda hielten alle paar Minuten an, ruhten sich etwas aus, überprüften die Richtung anhand des Kompasses, bewegten sich dann weiter, setzten ihre endlose Kriecherei fort. Die Versuchung, sich schneller zu bewegen, war nahezu überwältigend; aber das würde auch heißen, mehr Druck auf den Boden auszuüben, und Jamie konnte sich nur zu gut vorstellen, wie die Stahlfragmente unter ihm explodieren und sich in seinen Leib fressen würden. Er behielt das langsame Tempo bei. Von Zeit zu Zeit konnten sie Stimmen anderer Leute um sich herum wahrnehmen, aber der Nebel dämpfte die Laute, und es war unmöglich festzustellen, woher sie kamen.

Aus dem Nichts sprang ihn plötzlich ein gewaltiges, haariges Etwas an. Es ging so schnell, daß es Jamie völlig unvorbereitet traf. Er fühlte, wie sich die Zähne des riesigen Schäferhundes in seinen Arm schlugen. Er ließ das Bündel mit den Diamanten fallen und versuchte, die Kiefer des Hundes aufzustemmen, aber da er nur eine Hand frei hatte, war es unmöglich. Er spürte, wie ihm das warme Blut den Arm herunterlief. Der Hund senkte seine Zähne noch tiefer in sein Fleisch, lautlos und tödlich. Jamie fühlte, wie ihm langsam die Sinne schwanden. Er hörte einen dumpfen Schlag, dann noch einen, der Zugriff des Hundes löste

sich. Betäubt vom Schmerz sah Jamie, wie Banda mit dem Diamantensack auf den Schädel des Hundes einschlug, der noch einmal aufwimmerte und dann still liegenblieb.
»Alles in Ordnung?« flüsterte Banda besorgt.
Jamie konnte nicht sprechen. Er lag nur da, wartete, daß die Schmerzen, die ihn in Wellen überfielen, nachlassen würden. Banda riß einen Streifen aus seiner Hose und band ihn fest um Jamies Arm.
»Wir müssen weiter«, sagte Banda warnend. »Wenn schon einer hier ist, sind auch noch mehr da.« Jamie nickte. Langsam ließ er seinen Körper nach vorne gleiten, kämpfte gegen den fürchterlich pochenden Schmerz in seinem Arm.
Später konnte er sich nicht mehr daran erinnern, wie er den Rest der Strecke bewältigt hatte. Er bewegte sich nur noch automatisch. Die Qualen schienen kein Ende nehmen zu wollen. Banda hatte nun den Kompaß übernommen, und sobald Jamie die falsche Richtung einschlug, brachte er ihn auf den richtigen Weg zurück. Sie waren von Wachmännern, Hunden und Minen umzingelt, und der *mis* bedeutete ihre einzige Sicherheit. Sie machten weiter, krochen um ihr Leben, bis keiner mehr die Kraft hatte, sich auch nur noch einen Zentimeter weiterzubewegen. Sie schliefen ein.
Als Jamie die Augen öffnete, hatte sich etwas verändert. Steif und schmerzgepeinigt lag er im Sand und versuchte, sich daran zu erinnern, wo er war. Zwei Meter weiter entdeckte er den schlafenden Banda, und dann fiel ihm alles wieder ein. Das an den Riffen zerschellende Floß ... der *mis* ... Aber irgend etwas stimmte nicht. Jamie setzte sich auf, bemühte sich herauszufinden, was es war. Und dann drehte sich ihm beinahe der Magen um. *Er konnte Banda sehen! Das war es, was nicht stimmte. Der mis lichtete sich.* Jamie vernahm Stimmen in der Nähe und äugte durch die dünnen Schleier des davonziehenden Nebels. Sie waren bis nahe an den Eingang des Diamantenfeldes gekrochen, und er konnte den hohen Wachtturm und den Stacheldrahtzaun ausmachen, von denen Banda erzählt hatte. Ungefähr sechzig schwarze Arbeiter bewegten sich von den Diamantenfeldern her auf das Tor zu. Sie hatten ihre Arbeit beendet, und die nächste Schicht war im Anmarsch. Jamie rutschte auf den Knien hinüber und schüttelte Banda, der sofort wach wurde und sich aufrichtete. Er ließ seine Augen über den Wachtturm und das Tor wandern.

»Verdammt noch mal!« sagte er ungläubig. »Fast hätten wir's geschafft.«
»Wir *haben* es geschafft! Gib mir die Diamanten!«
Banda reichte ihm das zusammengeknotete Hemd. »Was willst du –«
»Komm mit.«
»Die Wachmänner da am Tor mit ihren Gewehren«, sagte Banda leise, »die wissen schon, daß wir hier nichts verloren haben.«
»Das will ich hoffen«, erwiderte Jamie.
Die beiden Männer gingen auf die Wachen zu, schlängelten sich durch die Reihen der ankommenden und weggehenden Arbeiter, die laut und fröhlich miteinander flachsten.
»Mann, o Mann, ihr müßt jetzt schuften, daß die Schwarte nur so kracht. Bei dem *mis* haben wir erst mal 'n Nickerchen gemacht . . .«
»Ihr habt euch den *mis* wohl bestellt, ihr Halunken . . .?«
»Wir haben 'nen guten Draht zum lieben Gott. Auf euch hört er ja nicht. Dazu habt ihr zuviel auf dem Kerbholz . . .«
Jamie und Banda hatten sich bis zum Tor vorgearbeitet. Zwei bullige, bewaffnete Wachmänner dirigierten die Arbeiter, die ihre Schicht beendet hatten, zu einer kleinen Blechhütte, wo sie genauestens durchsucht werden sollten. *Man zieht sie splitterfasernackt aus und guckt ihnen von oben bis unten in jede Körperöffnung.*
Jamie drängte sich durch die Reihe der Arbeiter und ging auf einen der Wachleute zu. »Entschuldigung, Sir«, sagte Jamie, »an wen müssen wir uns wenden, wenn wir hier arbeiten wollen?«
Banda starrte ihn an, wie versteinert vor Schreck.
Der Wachmann drehte sich zu Jamie um. »Was, in Teufels Namen, habt ihr innerhalb der Absperrung verloren?«
»Wir sind reingekommen, weil wir Arbeit suchen. Ich habe gehört, daß eine Stelle als Wachmann frei ist, und mein Diener hier könnte graben. Ich dachte –«
Der Wachmann betrachtete die beiden abgerissenen, nicht eben vertrauenerweckenden Gestalten. »Verpißt euch!«
»Das geht aber nicht«, protestierte Jamie. »Wir brauchen einen Job, und man hat mir gesagt –«
»Das ist Sperrgebiet hier, Mister. Habt ihr die Schilder nicht gesehen? Raus! Alle beide!« Er deutete auf einen großen Ochsenkarren außerhalb der Umzäunung, der sich langsam mit Arbeitern füllte, die ihre Schicht beendet hatten. »Der Wagen dort

bringt euch nach Port Nolloth. Wenn ihr einen Job sucht, dann müßt ihr euch dort im Firmenbüro bewerben.«
»Ach so. Danke, Sir«, sagte Jamie. Er gab Banda ein Zeichen, und die beiden Männer traten durch das Tor in die Freiheit.
Der Wachmann glotzte ihnen nach. »Vollidioten.«

Zehn Minuten später waren Jamie und Banda unterwegs nach Port Nolloth. Bei sich trugen sie Diamanten im Wert von einer halben Million Pfund.

6

Die teure, von einem Gespann prächtig aufeinander abgestimmter Rappen gezogene Kutsche rollte langsam über die staubige Hauptstraße von Klipdrift. Die Zügel hielt ein schlanker, athletisch gebauter Mann mit schneeweißem Haar und weißem Vollbart. Er trug einen modischen, maßgeschneiderten grauen Anzug, ein Rüschenhemd und eine schwarze Krawatte mit Diamantnadel. Auf dem Kopf hatte er einen grauen Zylinder, an seinem kleinen Finger einen großen, blitzenden Brillantring. Er schien fremd in der Stadt, aber der Eindruck täuschte.
Klipdrift hatte sich, seit Jamie McGregor den Ort vor einem Jahr verlassen hatte, stark verändert. Man schrieb das Jahr 1884, und aus dem ehemaligen Lager war ein richtiges Städtchen geworden. Die Stadt war noch belebter als in Jamies Erinnerung, und auch die Bewohner schienen sich geändert zu haben. Zwar gab es immer noch viele Digger, doch dazu waren jetzt Geschäftsleute und gutgekleidete Matronen gekommen, die in den Läden ein und aus gingen. Klipdrift hatte sich eine Aura von Respektabilität zugelegt.
Jamie passierte drei neue Tanzhallen und ein halbes Dutzend neuer Saloons, fuhr an einer neu gebauten Kirche und einem Friseurladen vorbei und kam schließlich zu einem großen Hotel, dem Grand. Er hielt vor einer Bank, stieg ab und drückte die Zügel einem kleinen einheimischen Jungen in die Hand.
»Gib ihnen Wasser.«
Jamie betrat die Bank und teilte dem Direktor laut und vernehmlich mit: »Ich möchte hier einhunderttausend Pfund einzahlen.«

Wie Jamie richtig vorausgesehen hatte, verbreitete sich die Nachricht in Windeseile, und als er schließlich die Bank verließ und den Sundowner Saloon betrat, war er schon zum Mittelpunkt des allgemeinen Interesses geworden. Die Einrichtung des Saloons war unverändert. Er war voll, und neugierige Blicke begleiteten Jamie auf seinem Weg zur Bar. Smit nickte dienstbeflissen. »Was darf es sein, Sir?« Nichts in seinem Gesicht deutete darauf hin, daß er Jamie erkannte.

»Whisky. Den besten, den Sie haben.«

»Bitte sehr, mein Herr.« Er schenkte ein. »Sie sind neu hier?«

»Ja.«

»Auf der Durchreise, ja?«

»Nein. Ich habe gehört, daß man in dieser Stadt sein Geld gut anlegen kann.«

Das Gesicht des Barkeepers hellte sich auf. »Eine bessere können Sie nicht finden! Ein Mann mit hundert-, ein Mann mit Geld ist hier am richtigen Platz. Übrigens, ich könnte Ihnen vielleicht behilflich sein, Sir.«

»Wirklich? Wie denn?«

Smit beugte sich vor, seine Stimme bekam einen verschwörerischen Klang. »Ich kenne den Mann, der hier in der Stadt das Sagen hat. Er ist Kreisratsvorsitzender und leitet das Bürgerkomitee. In dieser Gegend ist er der wichtigste Mann. Er heißt Salomon van der Merwe.«

Jamie trank einen Schluck. »Nie von ihm gehört.«

»Er ist der Besitzer des großen Geschäfts gleich gegenüber. Von dem können Sie ein paar wirklich gute Tips bekommen. Wäre bestimmt nicht schlecht, sich mit ihm in Verbindung zu setzen.«

Jamie McGregor nahm noch einen Schluck Whisky. »Lassen Sie ihn rüberkommen.«

Der Barkeeper warf einen verstohlenen Blick auf den großen Brillantring an Jamies Hand und seine Diamantnadel. »Jawohl, Sir. Und welchen Namen darf ich nennen?«

»Travis. Ian Travis.«

»Gut, Mr. Travis. Ich bin sicher, daß Mr. van der Merwe erfreut sein wird, Sie kennenzulernen.« Er schenkte noch einmal nach. »Das wird Ihnen die Wartezeit verkürzen. Geht auf Rechnung des Hauses.«

Jamie saß an der Bar und nippte an seinem Whisky in dem Bewußtsein, daß jeder im Saloon ihn beobachtete. Es hatte man-

chen gegeben, der Klipdrift als reicher Mann verlassen hatte, aber niemals war einer mit solch offensichtlichen Reichtümern hier angekommen. Das war eine völlig neue Erfahrung für sie.
Eine Viertelstunde später kehrte der Barmixer in Begleitung von Salomon van der Merwe zurück.
Van der Merwe trat auf den bärtigen, weißhaarigen Fremden zu, streckte seine Hand aus und lächelte. »Ich bin Salomon van der Merwe, Mr. Travis.«
»Ian Travis.«
Jamie wartete auf ein Zeichen des Wiedererkennens. Nichts. *Aber warum auch?* dachte Jamie. Nichts war von dem naiven, idealistischen achtzehnjährigen Jungen, der er einmal gewesen war, übriggeblieben. Smit führte die beiden Männer dienernd zu einem Ecktisch.
Sobald sie Platz genommen hatten, begann van der Merwe: »Wenn ich richtig verstanden habe, suchen Sie nach Anlagemöglichkeiten in Klipdrift, Mr. Travis.«
»Vielleicht.«
»Ich könnte Ihnen eventuell behilflich sein. Es ist besser, Vorsicht walten zu lassen. Es gibt hier eine ganze Menge unehrlicher Leute.«
Jamie schaute ihn an und sagte: »Davon bin ich überzeugt.«
Es hatte etwas Unwirkliches an sich, wie er hier höflich plaudernd mit dem Mann an einem Tisch saß, der ihn um ein Vermögen betrogen und dann versucht hatte, ihn umzubringen. Sein Haß auf van der Merwe hatte ihn im vergangenen Jahr fast aufgefressen, allein sein Durst nach Vergeltung hatte ihn am Leben erhalten. Und jetzt sollte van der Merwe seine Rache zu spüren bekommen.
»Nehmen Sie es mir nicht übel, Mr. Travis, aber wie hoch ist die Summe, die Sie investieren wollen?«
»Ach, ungefähr hunderttausend Pfund für den Anfang«, sagte Jamie obenhin. Er sah zu, wie van der Merwe sich die Lippen leckte. »Und später vielleicht noch einmal drei- oder vierhunderttausend.«
»Äh – damit sollten Sie schon gute Geschäfte machen können, in der Tat, sehr gute. Bei richtiger Beratung, natürlich«, fügte er schnell hinzu. »Wissen Sie schon, wo Sie investieren wollen?«
»Nun, ich dachte, ich sehe mich erst einmal um, was es hier für Möglichkeiten gibt.«
»Das ist sehr klug von Ihnen«, van der Merwe nickte weise mit

dem Kopf. »Würden Sie vielleicht heute abend zu mir zum Essen kommen, damit wir darüber reden können? Meine Tochter ist eine ausgezeichnete Köchin. Es wäre mir eine Ehre, Sie bei uns begrüßen zu dürfen.«

Jamie lächelte. »Gerne, Mr. van der Merwe.« *Du weißt gar nicht, wie gerne,* dachte er bei sich.

Das Spiel hatte begonnen.

Die Reise von den Diamantenfeldern im Namib nach Kapstadt war ohne weitere Zwischenfälle verlaufen. Jamie und Banda hatten sich ins Landesinnere durchgeschlagen, wo ein Arzt in einem kleinen Dorf Jamies Arm versorgte, und schließlich waren sie von einem Wagen mitgenommen worden, der nach Kapstadt unterwegs war. In Kapstadt ging Jamie ins protzige Royal-Hotel in der Plein Street – *Unter der Schirmherrschaft Seiner Königlichen Hoheit, des Herzogs von Edinburgh* – und wurde in die königliche Suite geleitet.

»Schicken Sie nach dem besten Friseur der Stadt«, befahl Jamie dem Hoteldirektor. »Und dann brauche ich noch einen Schneider und einen Stiefelmacher.«

»Sofort, Sir«, sagte der Direktor.

Phantastisch, was Geld alles bewirkt, dachte Jamie.

Das Bad in der königlichen Suite war himmlisch. Jamie legte sich im heißen Wasser zurück. War es wirklich erst Wochen her, seit er und Banda das Floß gebaut hatten? Es kam ihm vor, als seien es Jahre gewesen. Er dachte an das Gefährt, mit dem sie zum Sperrgebiet gesegelt waren, an die Haie, die tödlichen Wogen und die Riffe, an denen ihr Floß zerschellt war; an den *mis* und die Kriecherei durch den Minengürtel, den Riesenhund über ihm ... die unheimlichen, gedämpften Rufe, die er bis an sein Lebensende im Ohr haben würde: *Kruger ... Brent ... Kruger ... Brent ...*

Vor allem aber dachte er an Banda, seinen Freund.

Als sie in Kapstadt angekommen waren, hatte er Banda gedrängt, bei ihm zu bleiben.

Banda hatte gelächelt, seine strahlend weißen Zähne gezeigt. »Das Leben ist zu langweilig mit dir, Jamie. Ich will irgendwo was Aufregenderes finden.«

»Was hast du jetzt vor?«

»Nun ja, dank dir und deiner wundervollen Idee, daß es eigent-

lich ganz einfach sein müßte, mit einem Floß über die Riffe zu kommen, werde ich jetzt eine Farm kaufen, eine Frau suchen und einen Haufen Kinder in die Welt setzen.«
»Na gut. Dann laß uns zum *dimant kooper* gehen, damit ich dir deinen Anteil auszahlen kann.«
»Nein«, sagte Banda. »Will ich nicht.«
Jamie runzelte die Stirn. »Was redest du denn da? Die Hälfte der Diamanten gehört dir. Du bist Millionär.«
»Nein. Vergiß meine Hautfarbe nicht, Jamie. Sobald ich Millionär bin, ist mein Leben keinen Pfifferling mehr wert.«
»Du kannst ja ein paar von den Diamanten verstecken. Du kannst –«
»Ich brauche nur genug, um einen Morgen Farmland und zwei Ochsen kaufen zu können, die ich dann für eine Frau eintausche. Zwei oder drei kleine Diamanten reichen, um alles zu kriegen, was ich mir je wünschen kann. Der Rest gehört dir.«
»Das ist unmöglich. Du kannst mir nicht einfach deinen Anteil schenken.«
»Freilich kann ich das. Denn du wirst mir Salomon van der Merwe schenken.«
Jamie sah Banda eine ganze Weile lang an. »Das verspreche ich dir.«
»Dann also auf Wiedersehen, mein Freund.«
Die beiden Männer wechselten einen festen Händedruck.
»Wir hören voneinander«, sagte Banda. »Aber fürs nächste Mal solltest du dir etwas *wirklich* Aufregendes einfallen lassen.«
Dann ging er, mit drei kleinen Diamanten in der Tasche, fort.
Jamie schickte eine Geldanweisung über zwanzigtausend Pfund an seine Eltern, kaufte die schönste Kutsche samt Gespann, die er finden konnte, und machte sich auf nach Klipdrift.
Die Zeit der Rache war gekommen.

Als Jamie McGregor an jenem Abend van der Merwes Laden betrat, ergriff ihn ein derartiger Widerwille, daß er innehalten mußte, um seiner wieder Herr zu werden.
Van der Merwe eilte ihm aus dem hinteren Teil des Geschäftes entgegen, und als er sah, wen er vor sich hatte, setzte er ein breites Lächeln auf. »Mr. Travis!« sagte er. »Seien Sie mir willkommen.«
»Danke sehr, Mr. – äh – es tut mir leid, aber ich habe Ihren Namen vergessen . . .«

»Van der Merwe. Salomon van der Merwe. Kein Grund, sich zu entschuldigen, ich weiß, daß holländische Namen schwer zu behalten sind. Das Abendessen ist fertig. Margaret!« rief er, während er Jamie in das Hinterzimmer führte. Dort hatte sich nichts verändert.

Mit dem Rücken zu ihnen stand Margaret gerade am Herd und hantierte mit einer Bratpfanne.

»Margaret, dies ist der Gast, von dem ich dir erzählt habe – Mr. Travis.«

Margaret drehte sich um. »Angenehm.«

Kein Anzeichen des Wiedererkennens.

»Ganz meinerseits«, nickte Jamie.

Die Ladenglocke läutete, und van der Merwe entschuldigte sich. »Ich bin gleich zurück. Fühlen Sie sich ganz wie zu Hause, Mr. Travis.« Eilends verschwand er.

Margaret trug dampfende Schüsseln mit Gemüse und Fleisch zum Tisch, und während sie zum Ofen lief und das Brot holte, stand Jamie schweigend da und betrachtete sie. Sie war in dem Jahr, seit er sie zum letztenmal gesehen hatte, aufgeblüht. Sie war eine Frau geworden und strahlte eine Sinnlichkeit aus, die damals noch nicht vorhanden gewesen war.

»Ihr Vater sagt, Sie seien eine ausgezeichnete Köchin.«

Margaret errötete. »Ich – hoffentlich, Sir.«

»Es ist lange her, daß ich in den Genuß guter Hausmannskost gekommen bin. Ich freue mich schon darauf.« Jamie nahm ihr eine große Butterschale ab und stellte sie auf den Tisch. Diese Geste überraschte Margaret so sehr, daß ihr fast die Teller aus der Hand fielen. Das hatte sie noch nie erlebt, daß ein Mann bei der Hausarbeit half. Sie sah ihn verdutzt an. Eine gebrochene Nase und eine Narbe fielen in diesem Gesicht, das ansonsten zu schön gewesen wäre, aus dem Rahmen. Seine hellgrauen Augen waren intelligent und verrieten eine starke Persönlichkeit. Das weiße Haar ließ darauf schließen, daß er nicht mehr der Jüngste war, und doch hatte er etwas sehr Jugendliches an sich. Er war groß und stark und – Margaret drehte sich, durch seinen intensiven Blick in Verlegenheit gebracht, weg.

Van der Merwe kam zurückgehastet und rieb sich die Hände. »Ich habe das Geschäft geschlossen«, sagte er. »Laßt uns zu Tisch gehen und das Essen genießen.«

Jamie bekam den Ehrenplatz am Tisch zugewiesen. »Laßt uns das Tischgebet sprechen«, sagte van der Merwe.

Sie schlossen die Augen. Margaret öffnete die ihren verstohlen wieder, um noch einmal einen prüfenden Blick auf den eleganten Fremden zu werfen, während die Stimme ihres Vaters ertönte. »Wir alle sind Sünder vor Deinen Augen, o Herr, und verdienen unsere Strafe. Schenke uns die Kraft, um auf dieser Erde unser Kreuz zu tragen, so daß wir die himmlischen Früchte des Jenseits genießen können, wenn wir gerufen werden. Dank sei Dir, Herr, daß Du all denen unter uns beistehst, deren Wohlstand verdient ist. Amen.«
Salomon van der Merwe begann, das Essen zu reichen. Diesmal waren die Portionen, die er Jamie zukommen ließ, mehr als großzügig bemessen. Sie unterhielten sich während des Essens.
»Sind Sie zum erstenmal in dieser Gegend, Mr. Travis?«
»Ja«, antwortete Jamie. »Zum erstenmal.«
»Ich nehme an, Ihre Frau ist nicht mitgekommen?«
»Ich habe keine Frau. Ich habe noch keine gefunden, die mich haben wollte.« Jamie lächelte.
Welche Frau könnte schon so dumm sein, ihm einen Korb zu geben? fragte Margaret sich.
»Klipdrift ist eine Stadt mit großen Möglichkeiten, Mr. Travis. Sehr großen Möglichkeiten.«
»Ich lasse sie mir gerne zeigen.« Dabei sah er auf Margaret, die errötete.
»Wenn Ihnen diese Frage nicht zu persönlich ist, Mr. Travis, aber darf ich wissen, wie Sie Ihr Vermögen erworben haben?«
Margaret machten die direkten Fragen ihres Vaters verlegen, aber der Fremde schien sich nicht daran zu stören.
»Ich habe es von meinem Vater geerbt«, sagte Jamie leichthin.
»Aha. Aber gewiß verfügen Sie über genügend eigene Geschäftserfahrung.«
»Nur sehr wenig, fürchte ich. Ich brauche eine Menge Hilfestellung.«
Van der Merwe strahlte. »Das Schicksal hat uns zusammengeführt, Mr. Travis. Ich habe ein paar sehr lukrative Verbindungen. Sehr lukrativ, wirklich. Ich kann Ihnen fast garantieren, daß ich Ihr Vermögen in nur wenigen Monaten verdoppeln kann.« Er beugte sich zu Jamie hinüber und tätschelte dessen Arm. »Ich habe das Gefühl, dies ist ein großer Tag für uns beide.«
Jamie lächelte nur.
»Ich nehme an, Sie wohnen im Grand-Hotel?«
»Genau.«

»Sündhaft teuer. Aber ich darf annehmen, daß ein Mann mit Ihrem Vermögen . . .« Er strahlte Jamie an.
»Ich habe gehört«, sagte Jamie, »daß die Gegend hier sehr interessant sein soll. Ist es zuviel verlangt, wenn ich Sie darum bitte, daß Ihre Tochter mir morgen etwas davon zeigt?«
Margaret spürte, wie ihr Herzschlag für eine Sekunde aussetzte.
Van der Merwe runzelte die Stirn. »Ich weiß nicht. Sie –«
Es gehörte ja zu Salomon van der Merwes eisernen Regeln, niemals einem Mann zu gestatten, mit seiner Tochter allein zu sein. Im Falle von Mr. Travis jedoch entschied er, daß es nicht zu seinem Schaden sein würde, einmal eine Ausnahme zu machen. »Ich kann Margaret für kurze Zeit im Geschäft entbehren. Wirst du unseren Gast ein bißchen herumführen, Margaret?«
»Wenn du es wünschst, Vater«, sagte sie ruhig.
»Das wäre also geklärt.« Jamie lächelte. »Sagen wir morgen früh um zehn Uhr?«

Nachdem der hochgewachsene, elegant gekleidete Gast das Haus verlassen hatte, räumte Margaret wie betäubt den Tisch ab und spülte das Geschirr. *Er muß mich für dämlich halten.* Immer und immer wieder rief sie sich ins Gedächtnis zurück, was sie zur Unterhaltung beigesteuert hatte. Nichts. Ihre Zunge war wie gelähmt gewesen. Warum eigentlich? Hatte sie nicht schon Hunderte von Männern im Geschäft bedient, ohne sich dermaßen albern anzustellen? Natürlich hatten die sie nie so angesehen wie dieser Ian Travis. *Die Männer haben alle den Teufel im Leib, Margaret.* Wie aus der Ferne hörte sie die Worte ihres Vaters. War es das vielleicht? Die Schwäche und das Zittern, die sie empfunden, als der Fremde sie angeschaut hatte? Führte er sie in Versuchung? Sie wünschte, ihre Mutter wäre noch am Leben. Ihre Mutter hätte sie verstanden. Margaret liebte ihren Vater, aber manchmal konnte sie sich des Gefühls nicht erwehren, seine Gefangene zu sein. Es beunruhigte sie, daß er nie einen Mann in ihrer Nähe duldete. *Ich kann niemals heiraten,* dachte Margaret. *Nie. Solange er lebt nicht.* Sie bekam ein schlechtes Gewissen ob dieser aufmüpfigen Gedankengänge und verließ eilends das Zimmer, um in den Laden zu gehen, wo ihr Vater an einem Tisch über seinen Büchern saß.
»Gute Nacht, Vater.«
Van der Merwe nahm seine goldgeränderte Brille ab und rieb

sich die Augen, bevor er die Arme ausbreitete, um seine Tochter zum Gute-Nacht-Sagen zu umarmen. Margaret konnte sich nicht erklären, weshalb sie sich ihm entzog.
Als sie schließlich in dem durch einen Vorhang abgetrennten Alkoven, ihrem Schlafplatz, allein war, betrachtete sie ihr Gesicht in dem kleinen, runden Spiegel an der Wand. Sie machte sich keine Illusionen über ihr Aussehen. Hübsch war sie nicht, allenfalls interessant. Ganz nette Augen, hohe Wangenknochen, eine gute Figur. Was hatte Ian Travis gesehen, als er sie betrachtete? Sie begann, sich auszuziehen. Und Ian Travis schien neben ihr im gleichen Zimmer zu stehen, sie zu beobachten, mit brennenden Augen. Sie zog den Schlüpfer und das Leibchen aus und stand nackt vor ihm. Langsam liebkoste sie mit den Händen ihre schwellenden Brüste und spürte, wie sich ihre Brustwarzen versteiften. Ihre Finger glitten hinunter zu ihrem flachen Bauch, und seine Hände trafen sich mit den ihren, vereinigten sich, bewegten sich weiter nach unten. Jetzt waren sie zwischen ihren Beinen, eine sanfte Berührung, streichelnd, reibend, stärker jetzt, und schneller und schneller, bis sie in einem irrsinnigen Strudel von Empfindungen gefangen war, der ihr Inneres explodieren ließ. Schwer atmend stieß sie seinen Namen aus und fiel aufs Bett.

Sie fuhren in Jamies Kutsche aus, und aufs neue überraschten ihn die Veränderungen in der Stadt. Wo früher nur ein Meer von Zelten gestanden hatte, gab es jetzt feste Häuser aus Holz mit Wellblech- oder Strohdächern.
»Klipdrift scheint zu wachsen und zu gedeihen«, sagte Jamie, während sie die Straße entlangfuhren.
»Für einen Neuankömmling ist es sicherlich interessant«, sagte Margaret und dachte: *Bisher habe ich es nicht ausstehen können.*
Sie verließen die Stadt und fuhren hinüber zu den Diggerlagern an den Ufern des Vaal. Die jahreszeitlich bedingten Regenfälle hatten die Landschaft in einen riesigen, bunten Garten mit üppigen Renosterbüschen und Heide- und Diosmaspflanzen verwandelt, die es sonst nirgends auf der Welt gab. Als sie an einer Gruppe von Diggern vorbeikamen, fragte Jamie: »Hat es hier in der letzten Zeit größere Diamantenfunde gegeben?«
»O ja, einige. Und jedesmal, wenn es bekannt wird, kommt ein ganzer Schwarm neuer Diamantenschürfer. Die meisten von ihnen gehen arm und verzweifelt wieder weg.« Margaret hatte das

Gefühl, ihn vor den Gefahren warnen zu müssen. »Vater würde das bestimmt nicht gerne von mir hören, Mr. Travis, aber ich denke, daß es ein schreckliches Geschäft ist.«
»Für manche sicher«, stimmte Jamie ihr zu. »Für manche.«
»Wollen Sie länger bleiben?«
»Ja.«
Margarets Herz jubilierte. »Gut.« Schnell fügte sie hinzu: »Vater wird sich freuen.«

Sie fuhren den ganzen Morgen in der Gegend herum, und von Zeit zu Zeit hielten sie an, und Jamie schwatzte mit den Diggern. Viele von ihnen erkannten Margaret und verhielten sich ehrerbietig.
Margaret strahlte eine Wärme und ungekünstelte Freundlichkeit aus, die ihr zu fehlen schien, solange ihr Vater in der Nähe war.
Als sie weiterfuhren, sagte Jamie: »Jeder scheint Sie hier zu kennen.«
Sie errötete. »Das liegt daran, daß sie mit Vater Geschäfte machen. Er rüstet die meisten Schürfer aus.«
Jamie sagte nichts dazu. Was er sah, interessierte ihn außerordentlich. Die Eisenbahnlinie, die inzwischen fertiggestellt worden war, hatte enorm viel verändert. Ein neues Firmenkonsortium, nach dem Farmer De Beers benannt, auf dessen Feldern zuerst Diamanten gefunden worden waren, hatte den Besitz seines Hauptrivalen Barney Barnato aufgekauft und war nun damit beschäftigt, Hunderte kleiner Schürferanteile unter einem Dach zusammenzufassen. Nicht weit von Kimberley war kürzlich Gold entdeckt worden, außerdem hatte man Mangan- und Zinkfunde gemacht. Jamie war überzeugt, daß dies nur der Anfang war, daß Südafrika eine riesige Schatzkammer voller Mineralien darstellte.
Jamie und Margaret kamen erst am späten Nachmittag zurück. Jamie brachte seine Kutsche vor van der Merwes Laden zum Halten und sagte: »Es wäre mir eine Ehre, wenn Sie und Ihr Vater heute zum Abendessen meine Gäste sein wollten.«
Margaret strahlte. »Ich werde Vater fragen. Ich hoffe sehr, daß er ja sagt. Vielen Dank für den wunderschönen Tag, Mr. Travis.«
Und sie flüchtete.

Die drei trafen sich zum Abendessen in dem großen, quadratischen Speisesaal des neuen Grand-Hotel.
Er war voll, und van der Merwe grummelte:
»Ich verstehe nicht, wie es sich diese Leute leisten können, hier zu essen.«
Jamie warf einen kurzen Blick auf die Speisekarte. Ein Steak kostete ein Pfund vier Shilling, eine Kartoffel vier Shilling und ein Stück Apfelkuchen zehn Shilling.
»Halsabschneider sind das!« klagte van der Merwe. »Wenn man hier ein paarmal ißt, landet man glatt im Armenhaus.«
Jamie fragte sich, was wohl passieren müßte, um Salomon van der Merwe ins Armenhaus zu bringen. Genau das wollte er herausfinden. Als sie bestellten, bemerkte er, daß van der Merwe sich die teuersten Gerichte auf der Speisekarte ausgesucht hatte. Margaret bestellte nur eine Fleischbrühe. Sie war viel zu aufgeregt, um etwas zu essen. Sie betrachtete ihre Hände, erinnerte sich, was sie am vergangenen Abend getan hatten, und fühlte sich schuldig.
»Ich kann mir das Abendessen hier leisten«, neckte Jamie sie. »Bestellen Sie, worauf Sie Lust haben.«
Sie wurde rot. »Danke, aber ich – ich bin eigentlich gar nicht hungrig.«
Van der Merwe bemerkte ihr Erröten, und sein Blick wanderte mißtrauisch von Margaret zu Jamie. »Meine Tochter ist ein ganz besonderes Mädchen, Mr. Travis, ein ganz besonderes Mädchen.«
Jamie nickte. »Da stimme ich Ihnen voll und ganz zu, Mr. van der Merwe.«
Seine Worte machten Margaret so glücklich, daß sie noch nicht einmal ihre Suppe essen konnte, als serviert wurde.
»Haben Sie heute irgend etwas Interessantes gesehen?« fragte van der Merwe Jamie.
»Nein, eigentlich nicht«, sagte Jamie beiläufig.
Van der Merwe beugte sich vor. »Denken Sie immer an meine Worte, Sir: In dieser Gegend wird es eine der schnellsten Entwicklungen auf der ganzen Welt geben. Ein cleverer Geschäftsmann investiert jetzt. Die neue Eisenbahnlinie wird aus diesem Ort ein zweites Kapstadt machen.«
»Nun, ich weiß nicht so recht«, sagte Jamie zweifelnd. »Ich habe schon von allzu vielen Eintagsfliegen gehört. Ich bin nicht daran interessiert, mein Geld in eine Geisterstadt zu stecken.«

»Aber das gilt nicht für Klipdrift«, versicherte van der Merwe. »Ununterbrochen werden Diamanten gefunden. Und Gold.«
Jamie zuckte mit den Schultern. »Und wie lange wird das anhalten?«
»Nun, das kann natürlich niemand mit Gewißheit sagen, aber –«
»Genau.«
»Fassen Sie keine übereilten Entschlüsse«, drängte van der Merwe. »Ich würde es nicht gerne sehen, wenn Sie eine großartige Gelegenheit verpaßten.«
Jamie dachte darüber nach. »Vielleicht bin ich ein wenig voreilig. Margaret, würden Sie morgen noch einmal meine Fremdenführerin spielen?«
Van der Merwe machte schon den Mund auf, um zu protestieren, schloß ihn dann aber wieder. Die Geldgier trug den Sieg davon. »Natürlich will sie.«

Am nächsten Vormittag zog sich Margaret für die Ausfahrt mit Jamie ihr Sonntagskleid an. Ihr Vater wurde rot vor Wut, als er hereinkam und sie erblickte. »Willst du, daß dieser Mann denkt, du bist ein gefallenes Mädchen – ziehst dich an, um zu kokettieren? Hier geht's um Geschäfte, Mädchen. Zieh das Ding aus und deine Alltagssachen an.«
»Aber, Papa –«
»Tu, was ich dir sage!«
Sie widersprach nicht mehr. »Ja, Papa.«

Van der Merwe beobachtete, wie Margaret und Jamie zwanzig Minuten später wegfuhren. Er fragte sich, ob er nicht im Begriff stand, einen Fehler zu machen.

Dieses Mal lenkte Jamie die Kutsche in die entgegengesetzte Richtung. Überall machten sich vielversprechende Fortschritte bemerkbar. *Wenn weiterhin so viele Bodenschätze entdeckt wurden,* dachte Jamie – und es gab keinen Grund, daran zu zweifeln –, *dann ist hier mehr Geld mit Grund und Boden als mit Diamanten und Gold zu machen. Klipdrift wird mehr Banken, Hotels, Saloons, Geschäfte und Freudenhäuser brauchen . . .* Eine endlose Liste ungeahnter Möglichkeiten.
Jamie wurde sich bewußt, daß Margaret ihn anstarrte. »Stimmt was nicht?« fragte er.

»O nein«, sagte sie und schaute schnell weg.
Jamie betrachtete sie jetzt genauer und erkannte, was in ihr vorgehen mußte. Er erriet ihre Gefühle.
Gegen Mittag verließ Jamie die Hauptstraße und steuerte ein kleines Wäldchen in Flußnähe an, wo er unter einem riesigen Flaschenbaum haltmachte. Vom Hotel hatte er sich für unterwegs einen Lunch mitgeben lassen. Margaret öffnete den Picknickkorb, breitete das Tischtuch aus und packte das Essen aus. Es gab kalten Lammbraten, gebratene Hühnchen, gelben Safranreis, Quittenmarmelade und Mandarinen, Pfirsiche und *soetekoekjes,* Gewürzplätzchen mit Mandelüberzug.
»Das ist ja ein Festmahl!« rief Margaret aus. »Ich glaube nicht, daß ich das verdient habe, Mr. Travis.«
»Sie haben noch viel mehr verdient«, versicherte Jamie ihr.
Margaret wandte sich ab und machte sich an den Schüsselchen zu schaffen. Jamie nahm ihr Gesicht in seine Hände. »Margaret . . . sieh mich an.«
»Oh, bitte. Ich –« Sie zitterte.
»Sieh mich an.«
Langsam hob sie den Kopf und schaute ihm in die Augen. Er zog sie in seine Arme, ihre Lippen trafen sich, und er hielt sie fest, preßte ihren Körper an seinen.
Einen Augenblick später befreite sie sich aus seinen Armen, schüttelte den Kopf und sagte: »O Gott, wir dürfen nicht. Oh, wir dürfen es nicht tun. Dafür kommen wir in die Hölle.«
»In den Himmel.«
»Ich habe Angst.«
»Du brauchst vor nichts Angst zu haben. Siehst du meine Augen? Sie können direkt in dich hineinsehen. Und du weißt genau, was ich dort sehe, nicht wahr? Du willst, daß ich mit dir schlafe. Und genau das werde ich tun. Und du brauchst nichts zu befürchten, weil du zu mir gehörst. Das weißt du doch, nicht wahr? Du gehörst zu mir, Margaret. Sag es. Ich gehöre zu Ian. Na los. Ich – gehöre – zu – Ian.«
»Ich gehöre – zu Ian.«
Wieder waren seine Lippen auf ihren, und er begann, die Häkchen im Rücken ihres Mieders zu öffnen. Einen Moment später stand sie nackt in der sanften Brise, und er bettete sie behutsam auf die Erde. *Daran werde ich mein Leben lang zurückdenken,* dachte Margaret. An das Laubbett und die warme, schmeichelnde Brise auf ihrer nackten Haut, an den Flaschenbaum, der bunte Schat-

ten auf ihre Körper zeichnete. *Noch nie hat eine Frau so geliebt, wie ich diesen Mann liebe,* dachte sie.
Dann, als sie erschöpft waren, hielt Jamie sie in seinen starken Armen, und sie wünschte sich, für immer darin bleiben zu können. Sie schaute zu ihm auf und wisperte: »Was denkst du?« Er grinste und wisperte zurück: »Daß ich verdammten Hunger habe.«
Sie lachte, und sie standen auf und aßen ihr Mittagessen im Schatten der Bäume. Danach gingen sie schwimmen und legten sich zum Trocknen in die heiße Sonne. Noch einmal nahm Jamie Margaret, und sie dachte: *Wenn doch dieser Tag niemals zu Ende ginge.*

Am gleichen Abend saßen Jamie und van der Merwe zusammen an einem Ecktisch im Sundowner. »Sie hatten ganz recht«, verkündete Jamie. »Die Möglichkeiten hier sind vielleicht doch größer, als ich ursprünglich gedacht hatte.«
Van der Merwe strahlte. »Ich wußte doch, daß Sie viel zu klug sind, um das nicht früher oder später zu erkennen, Mr. Travis.«
»Was genau würden Sie mir vorschlagen?« fragte Jamie.
Van der Merwe schaute kurz in die Runde und sagte mit gesenkter Stimme: »Gerade heute habe ich von großen Diamantenfunden nördlich von Pniel erfahren. Dort sind noch zehn Claims zu haben, die wir unter uns aufteilen könnten. Ich stelle fünfzigtausend Pfund für fünf Parzellen und Sie ebenfalls fünfzigtausend Pfund für die restlichen fünf zur Verfügung. Wir können Millionen im Schlaf verdienen. Was halten Sie davon?«
Jamie wußte genau, was er davon zu halten hatte. Van der Merwe würde sich die lukrativen Anteile sichern und ihm den Rest überlassen. Außerdem wäre Jamie jede Wette eingegangen, daß van der Merwe keinen schäbigen Shilling einsetzen würde. »Klingt ganz gut«, meinte Jamie. »Wie viele Digger sind daran beteiligt?«
»Nur zwei.«
»Und warum ist es dann so teuer?« fragte er scheinheilig.
»Ja, das ist eine gute Frage.« Van der Merwe beugte sich in seinem Stuhl weit vor. »Sehen Sie, die wissen auch, was das Land wert ist, haben aber nicht das Geld, um es auszubeuten. Genau da stoßen wir beide in die Lücke. Wir geben denen hunderttausend Pfund und überlassen ihnen zwanzig Prozent des Landes.«

Die zwanzig Prozent baute er so geschickt ein, daß man sie kaum bemerkte. Jamie war sicher, daß die Schürfer um ihre Diamanten und ihr Geld betrogen werden sollten. Das alles würde in van der Merwes Tasche wandern.
»Wir müssen uns schnell entscheiden«, sagte van der Merwe warnend. »Sobald irgend jemand davon Wind bekommt –«
»Wir sollten das unbedingt im Auge behalten«, drängte nun auch Jamie.
Van der Merwe lächelte. »Keine Sorge, ich werde die Verträge sofort aufsetzen lassen.«
In Afrikaans, dachte Jamie.
»Nun, es gibt da noch ein paar überaus interessante Geschäfte, Ian.«

Da er seinen neuen Partner unbedingt bei guter Laune halten wollte, brachte van der Merwe keine weiteren Einwände vor, wenn Jamie um Margarets Begleitung auf seinen Ausfahrten bat. Margaret liebte ihn von Tag zu Tag mehr. Ihm galt ihr letzter Gedanke am Abend, bevor sie einschlief, und ihr erster am Morgen, wenn sie aufwachte. Es war, als ob sie plötzlich entdeckt hätte, wofür ihr Körper geschaffen war, und all das, dessen sie sich früher hatte schämen müssen, wurde zum wunderbaren und erregenden Geschenk für Jamie und sie selbst. Die Liebe war ein herrliches Land, das darauf wartete, erforscht zu werden.
In der Weite der Landschaft war es einfach, abgelegene Plätze zu finden, wo sie sich lieben konnten, und für Margaret war es immer wieder aufregend wie beim erstenmal.
Allerdings plagten sie die alten Schuldgefühle ihrem Vater gegenüber. Salomon van der Merwe gehörte zu den Kirchenältesten der Holländischen Reformierten Kirche, und Margaret war gewiß, daß er ihr nie verzeihen würde, sollte er je herausfinden, was sie tat. In dieser Welt hier gab es nur zwei Sorten von Frauen: nette Mädchen und Huren. Und ein nettes Mädchen ließ keinen Mann an sich heran, wenn sie nicht mit ihm verheiratet war. Damit wäre sie für alle Zeiten als Hure abgestempelt. *Das ist so ungerecht,* dachte sie. *Liebe zu geben und zu empfangen, ist zu schön, um etwas Schlechtes zu sein.* Aber ihre wachsende Beunruhigung ließ sie schließlich Jamie gegenüber das Thema Heirat anschneiden.
Sie fuhren am Vaal entlang, als Margaret ihn darauf ansprach.

»Ian, du weißt, wie sehr ich –« Sie wußte nicht weiter. »Also, ich meine, du und ich –« Verzweifelt stieß sie hervor: »Was hältst du vom Heiraten?«
Jamie lachte. »Ich habe nichts dagegen, Margaret. Nicht das geringste.«
Sie stimmte in sein Gelächter ein. Es war der glücklichste Moment ihres Lebens.

Am Sonntagmorgen lud Salomon van der Merwe Jamie ein, ihn und Margaret zur Kirche zu begleiten. Die Nederduits Hervormde Kerk war ein großes, imposantes Gebäude in Pseudogotik, mit einer Kanzel am einen und einer riesigen Orgel am anderen Ende. Als sie durch die Tür traten, wurde van der Merwe äußerst respektvoll gegrüßt.
»Am Bau dieser Kirche habe ich mitgewirkt«, erzählte er Jamie stolz. »Ich bin hier Kirchenpfleger.«
Die Predigt war Zeter und Mordio, und van der Merwe saß hingerissen da, nickte eifrig, jede Silbe des Pastors in sich aufnehmend.
Am Sonntag ist er ein Gottesmann, dachte Jamie, *und für den Rest der Woche hat er sich dem Teufel verschrieben.*

Am gleichen Abend stattete Jamie dem Sundowner Saloon einen Besuch ab. Smit stand hinter der Bar und schenkte aus. Sein Gesicht erhellte sich, als er Jamie sah.
»Guten Abend, Mr. Travis. Was darf es sein, Sir? Das Übliche?«
»Heute nicht, Smit. Ich muß mit Ihnen sprechen, im Hinterzimmer.«
»Natürlich, Sir.« Smit roch Geld. Er drehte sich zu seiner Aushilfe um und sagte: »Mach du weiter.«
Das Hinterzimmer des Sundowner war nicht viel größer als eine Abstellkammer, gewährleistete jedoch die nötige Diskretion. Um einen runden Tisch herum standen vier Stühle, in der Mitte des Tisches eine Lampe, die Smit anzündete.
»Setz dich«, sagte Jamie.
Smit zog sich einen Stuhl heran. »Ja, Sir. Kann ich Ihnen behilflich sein?«
»Ich wollte dir behilflich sein, Smit.«
Smit strahlte. »Wirklich, Sir?«
»Ja.« Jamie zog ein langes, dünnes Zigarillo hervor und zündete es an. »Ich habe beschlossen, dich am Leben zu lassen.«

Ein Schatten von Unsicherheit huschte über Smits Gesicht. »Ich – ich verstehe nicht, Mr. Travis.«
»Nicht Travis. Ich heiße McGregor, Jamie McGregor. Erinnerst du dich jetzt? Vor einem Jahr noch hattest du es auf mein Leben abgesehen. Vor dem Schuppen. Im Auftrag von van der Merwe.«
Smit runzelte die Stirn, plötzlich hellwach. »Ich weiß nicht, was –«
»Halt's Maul und hör mir zu.« Jamies Stimme kam wie ein Peitschenschlag. Jamie sah, wie es in Smits Kopf arbeitete. Smit versuchte, das Bild des weißhaarigen Mannes vor ihm mit dem des eifrigen Jungen von vor einem Jahr in Übereinstimmung zu bringen.
»Ich bin noch am Leben, und ich bin reich – reich genug, um dich und diese Spelunke von ein paar Leuten niederbrennen zu lassen. Ist dir das klar, Smit?«
Smit wollte schon wieder den Unwissenden spielen, doch als er in Jamie McGregors Augen sah und die Gefahr darin erkannte, sagte er vorsichtig: »Ja, Sir . . .«
»Van der Merwe bezahlt dich dafür, daß du ihm Digger rüberschickst, die er dann nach Strich und Faden übers Ohr haut. Interessante kleine Geschäftsverbindung. Wieviel zahlt er dir dafür?«
Keine Antwort.
»Wieviel?«
»Zwei Prozent«, gab Smit widerstrebend zu.
»Ich gebe dir fünf. Von nun an schickst du jeden potentiellen Digger zu mir. Ich finanziere ihn dann. Mit dem Unterschied, daß jeder von euch seinen gerechten Anteil kriegt. Denkst du etwa, van der Merwe hätte dir wirklich zwei Prozent von seinem Gewinn abgegeben? Du bist ein Dummkopf.«
Smit nickte. »In Ordnung, Mr. Trav-, Mr. McGregor. Ich verstehe.«
Jamie erhob sich. »Nicht ganz.« Er beugte sich über den Tisch. »Du willst zu van der Merwe gehen und ihm von unserer kleinen Unterhaltung erzählen, damit du bei uns beiden kassieren kannst. Die Sache hat nur einen Haken, Smit.« Er senkte die Stimme. »Wenn du das machst, kannst du dich begraben lassen.«

7

Jamie zog sich gerade an, als er es vorsichtig an der Tür klopfen hörte. Er horchte. Es klopfte noch einmal. Er ging zur Tür und öffnete. Es war Margaret.

»Komm rein, Maggie«, sagte er. »Ist was passiert?« Es war das erste Mal, daß sie ihn in seinem Hotelzimmer besuchte. Sie trat ein, fand es aber schwierig, jetzt, da sie ihm gegenüberstand, zu reden. Sie hatte die ganze Nacht wachgelegen und sich den Kopf zerbrochen, wie sie es ihm sagen sollte. Sie hatte Angst, daß er sie nie wieder sehen wollte.

Sie schaute ihm in die Augen. »Ian, ich bekomme ein Kind von dir.«

Sein Gesicht blieb unbewegt, und Margaret wurde von der panischen Angst befallen, ihn verloren zu haben. Urplötzlich jedoch hellte sich seine Miene auf und zeigte solche Freude, daß alle Zweifel in ihr schwanden. Er packte sie am Arm und sagte: »Herrlich, Maggie! Wunderbar! Hast du es deinem Vater schon gesagt?«

Margaret wich erschrocken zurück. »O nein! Er –« Sie ging zu dem viktorianischen grünen Plüschsofa hinüber und setzte sich. »Du kennst Vater nicht. Er – er würde das nie verstehen.«

Jamie zog sich schnell ein Hemd über. »Komm, wir sagen es ihm zusammen.«

»Bist du sicher, daß alles in Ordnung kommen wird, Ian?«

»Ich war in meinem ganzen Leben noch nie so sicher.«

Salomon van der Merwe war gerade damit beschäftigt, Trockenfleischstreifen für einen Schürfer abzuwiegen, als Jamie und Margaret zu ihm in den Laden spazierten.

»Ah, Ian. Ich komme sofort.« Er fertigte seinen Kunden rasch ab und kam dann zu Jamie hinüber. »Und wie geht es Ihnen an diesem wunderschönen Tag?« fragte van der Merwe.

»Es könnte mir gar nicht besser gehen«, erwiderte Jamie strahlend. »Ihre Maggie bekommt ein Kind.«

Plötzlich war es ganz still geworden. »Ich – ich verstehe nicht«, stotterte van der Merwe.

»Ganz einfach. Ich habe sie geschwängert.«

Jegliche Farbe wich aus van der Merwes Gesicht. »Das – das ist doch nicht wahr?« Ein Strudel widersprüchlichster Empfindungen packte ihn, ein fürchterlicher Schock darüber, daß seine kostbare Tochter ihre Jungfräulichkeit verloren hatte... schwanger geworden war... Er würde zum Gespött der ganzen Stadt werden. Aber Ian Travis war ja ein sehr reicher Mann. Und wenn sie nur schnell genug heirateten.

Van der Merwe wandte sich an Jamie. »Sie werden sie natürlich sofort heiraten.«

Jamie schaute ihn erstaunt an. »*Heiraten*? Sie würden Maggie wirklich erlauben, einen dummen Jungen zu heiraten, den Sie nach Strich und Faden ausgenommen haben?«

In van der Merwes Kopf drehte sich alles. »Wovon sprechen Sie, Ian? Ich habe niemals...«

»Ich heiße nicht Ian«, sagte Jamie brüsk. »Ich bin Jamie McGregor. Hast mich nicht wiedererkannt, was?«

Er bemerkte van der Merwes verwirrten Gesichtsausdruck. »Nein, natürlich nicht. Der Junge ist tot. Du hast ihn umgebracht. Aber ich bin nicht nachtragend, van der Merwe. Deshalb schenke ich dir auch was. Meinen Samen im Bauch deiner Tochter.«

Und Jamie drehte sich um und ging, ließ Vater und Tochter, die ihm fassungslos nachstarrten, stehen.

Margaret hatte nur ungläubig zugehört. Das konnte unmöglich wahr sein, was er gerade gesagt hatte. *Er liebt mich doch! Er –*

Salomon van der Merwe drehte sich wutentbrannt zu seiner Tochter um. »Du Hure!« brüllte er. *»Hure! Raus hier! Mach, daß du rauskommst!«*

Margaret stand wie versteinert da, unfähig zu begreifen, was da eigentlich mit ihr geschah. Ian machte sie für etwas verantwortlich, was ihr Vater ihm angetan hatte. Ian dachte, sie sei in etwas Böses verwickelt. *Wer ist Jamie McGregor? Wer –?*

»Raus!« Van der Merwe schlug sie mitten ins Gesicht. »In meinem ganzen Leben will ich dich nicht wiedersehen.«

Margaret stand wie angewurzelt, ihr Herz pochte wild. Ihr Vater war wie ein Wahnsinniger. Sie drehte sich um und rannte fluchtartig aus dem Laden.

Salomon van der Merwe schaute ihr nach, wie sie wegging, von Verzweiflung gepackt. Oft genug hatte er miterlebt, was mit solchen Töchtern geschehen war. Sie hatten in der Kirche aufstehen müssen und waren öffentlich angeprangert und schließlich aus der Gemeinde ausgeschlossen worden. Genau das, was sie verdient hatten. Aber seine Margaret war anständig und gottes-

fürchtig erzogen worden. *Wie konnte sie mir so etwas antun?* Van der Merwe stellte sich den nackten Körper seiner Tochter vor, sah, wie sie sich mit diesem Mann vereinigte, wie sie sich wie brünstige Tiere wanden; und er bekam eine Erektion.
Er hängte das Schild GESCHLOSSEN an die Eingangstür des Ladens und ließ sich kraft- und willenlos auf sein Bett fallen.
Er würde zum allgemeinen Gespött werden, sobald die Geschichte in der Stadt die Runde gemacht hatte. Er mußte dafür sorgen, daß keiner davon erfuhr. Er würde diese Hure für immer aus seiner Umgebung verbannen. Er kniete nieder und betete: *O Gott! Wie konntest Du mir, Deinem gehorsamen Diener, so etwas antun? Warum hast Du mich verlassen? Laß sie sterben, o Herr. Laß sie beide sterben ...*

Im Sundowner Saloon herrschte mittägliche Betriebsamkeit, als Jamie hereinkam. Er ging an die Bar und drehte sich dann zu den Anwesenden um. »Ich bitte um Ihre Aufmerksamkeit!« Das Stimmengewirr verebbte. »Eine Runde für alle.«
»Was gibt's?« fragte Smit. »Wieder fündig geworden?«
Jamie lachte. »In gewisser Weise schon, mein Freund. Salomon van der Merwes unverheiratete Tochter ist schwanger. Und Mr. van der Merwe wünscht, daß wir ihm alle helfen, dies gebührend zu feiern.«
»O Gott!« flüsterte Smit.
»Gott hatte nichts damit zu tun. Nur Jamie McGregor.«

Eine Stunde später wußte jeder in Klipdrift Bescheid: Daß Ian Travis in Wirklichkeit Jamie McGregor war, und daß er van der Merwes Tochter geschwängert hatte; daß Margaret van der Merwe die ganze Stadt an der Nase herumgeführt hatte.
»Sie sieht gar nicht wie so eine aus, nicht wahr?«
»Stille Wasser gründen tief, sagt man.«
»Ich würde zu gerne wissen, wer wohl alles noch seinen Docht in dem Brunnen abgekühlt hat.«
»Sie hat 'ne gute Figur. So eine hätte ich gerne selber mal.«
»Warum fragst du sie nicht? Kleinlich ist sie ja nicht.«
Und die Männer lachten.

Als Salomon van der Merwe an jenem Nachmittag seinen Laden verließ, hatte er sich genau überlegt, wie er mit dieser fürchterlichen Katastrophe fertig werden wollte. Mit der nächsten Postkutsche würde er Margaret nach Kapstadt schicken. Da sollte sie dann ihren Bastard kriegen, und niemand in Klipdrift würde irgend etwas von seiner Schande erfahren. Van der Merwe trat auf die Straße hinaus.

»Tag, Mr. van der Merwe. Ich habe gehört, Sie haben 'ne Extraladung Babysachen bestellt.«

»Guten Tag, Salomon. Hab' gehört, daß du bald 'ne kleine Hilfe für deinen Laden kriegst.«

»Hallo, Salomon. Ein Vogelkundler erzählte mir gerade, daß er eine neue Art unten am Vaal gesichtet hat. Einen Storch, stellen Sie sich vor!«

Salomon van der Merwe machte kehrt und taumelte wie blind in sein Geschäft zurück, wo er die Tür hinter sich verriegelte.

Im Sundowner Saloon trank Jamie seinen Whisky und lauschte dem Klatsch um sich herum. Dies war der größte Skandal in der Geschichte von Klipdrift, und sämtliche Bewohner weideten sich daran. *Ich wünschte,* dachte Jamie, *Banda wäre hier, er hätte seine Freude daran.* Jetzt bezahlte Salomon van der Merwe für das, was er Bandas Schwester angetan hatte, was er ihm selbst, Jamie, angetan hatte – und wie vielen anderen noch? Aber dies sollte nur der Anfang sein. Jamies Rachezug würde erst vollkommen sein, wenn Salomon van der Merwe am Boden zerstört war.

Was Margaret betraf, so hatte er keinerlei Mitleid mit ihr. Sie war mitschuldig. Was hatte sie noch am ersten Tag ihrer Bekanntschaft gesagt? *Mein Vater könnte Ihnen dabei vielleicht helfen. Er weiß einfach alles.* Sie war schließlich auch eine van der Merwe, und Jamie hatte sich vorgenommen, beide zu vernichten.

Smit kam zu Jamie an den Tisch. »Kann ich mal 'nen Moment mit Ihnen sprechen, Mr. McGregor?«

»Was gibt's?«

Smit räusperte sich verlegen. »Ich kenne da ein paar Digger, die zehn Claims in der Nähe von Pniel haben. Die finden Diamanten da, haben aber nicht das Geld für 'ne richtige Ausrüstung. Die suchen einen Partner. Ich dachte, Sie wären vielleicht daran interessiert.«

Jamie musterte ihn. »Das sind die Leute, über die du mit van der Merwe gesprochen hast, nicht wahr?«

Smit nickt überrascht. »Ja, Sir. Aber ich habe über Ihren Vorschlag nachgedacht und würde lieber mit Ihnen Geschäfte machen.«

Jamie griff nach einem langen, dünnen Zigarillo, und Smit gab ihm eilfertig Feuer. »Erzähl weiter.« Und das tat Smit.

Anfangs war die Prostitution in Klipdrift eine mehr zufällige Begleiterscheinung gewesen. Die Freudenmädchen waren zumeist Schwarze, die in schmuddeligen Puffs in irgendwelchen Nebenstraßen arbeiteten. Die ersten Prostituierten weißer Hautfarbe in der Stadt traten abends als Bardamen auf, aber mit der steigenden Zahl von Diamantenfunden und dem damit verbundenen zunehmenden Wohlstand mehrte sich auch die Zahl der weißen Liebesdienerinnen.

Inzwischen gab es etliche Freudenhäuser am Rande von Klipdrift, hölzerne Eisenbahnhütten mit Wellblechdächern. Die einzige Ausnahme bildete das Etablissement der Madame Agnes, ein ansehnliches, zweistöckiges Haus, so gelegen, daß der weibliche Teil der Stadtbevölkerung nicht daran vorbeigehen und daran Anstoß nehmen mußte. Frequentiert wurde es von den Ehemännern dieser ehrbaren Frauen und vor allem von Fremden, die es sich leisten konnten. Es war nicht gerade billig, aber die Mädchen waren jung und ihr Geld wert. Die Drinks wurden in einem einigermaßen geschmackvollen Empfangsraum serviert, und Madame Agnes hatte es sich zur Regel gemacht, niemals einen Kunden zu drängen oder übers Ohr zu hauen. Sie selbst war ein heiterer, robuster Rotschopf Mitte Dreißig. Früher hatte sie in einem Bordell in London gearbeitet, aber die vielen Geschichten über Städte wie Klipdrift, wo das Geld auf der Straße liegen sollte, hatten sie nach Südafrika gezogen.

Madame Agnes war stolz darauf, daß ihr die Männer nichts vormachen konnten; Jamie McGregor war ihr ein Rätsel. Er kam oft, war großzügig und immer umgänglich, aber er schien in sich zurückgezogen und unerreichbar zu sein. Seine Augen faszinierten Agnes am meisten: helle, unauslotbare Seen, aber kalt. Ganz im Gegensatz zu den anderen Kunden ihres Hauses sprach er nie über sich oder seine Vergangenheit. Madame Agnes hatte vor einigen Stunden gehört, daß Jamie McGregor absichtlich die Tochter Salomon van der Merwes geschwängert und sich dann geweigert hatte, sie zu heiraten. *Dieser Scheißkerl!* dachte sie. Aber sie mußte zugeben, daß er ein recht attraktiver Scheißkerl war. Sie beobachtete, wie er gerade die mit rotem Teppich ausgelegte Treppe herunterkam, höflich gute Nacht wünschte und das Haus verließ.

Als Jamie ins Hotel zurückkam, fand er Margaret in seinem Zimmer. Sie starrte aus dem Fenster, und als er hereinkam, drehte sie sich um.
»Hallo, Jamie«, sagte sie mit zittriger Stimme.
»Was machst du denn hier?«
»Ich muß mit dir reden.« – »Ich wüßte nicht, worüber.«
»Mir ist klar, warum du das tust. Du haßt meinen Vater.« Margaret ging auf ihn zu. »Aber du sollst wissen, daß ich keine Ahnung davon hatte, was er dir angetan hat. Glaub mir, bitte – ich flehe dich an, hasse mich nicht. Ich liebe dich so sehr.«
Jamie musterte sie kalt. »Das ist *dein* Problem.«
»Bitte, guck mich nicht so an. Du liebst mich doch auch ...«
Er hörte ihr nicht zu. Noch einmal machte er in Gedanken die fürchterliche Reise nach Magerdam durch, auf der er fast gestorben war ... wälzte bis zum Umfallen die schweren Felsbrokken von den Flußufern ... und endlich, wie durch ein Wunder, fand er Diamanten ... gab sie van der Merwe und hörte ihn sagen: *Sie haben mich mißverstanden, Mr. McGregor. Sie haben lediglich für mich gearbeitet ... Ich fürchte, die Sonne hat Ihnen das Gehirn ausgedörrt.* Und dann die wüste Schlägerei ... Wieder roch er die Geier, fühlte, wie sich ihre scharfen Schnäbel in sein Fleisch bohrten ...
Wie aus weiter Entfernung drang Margarets Stimme an sein Ohr. »Erinnerst du dich nicht? Ich – gehöre – zu – dir ... Ich liebe dich.«
Er schüttelte seine Erinnerungen ab und schaute sie an. *Liebe.* Dieses Wort war ihm fremd geworden. Van der Merwe hatte jedes Gefühl aus ihm herausgebrannt. Nur Haß war übriggeblieben. Er lebte vom Haß, er war sein Lebenselixier. Haß hatte ihn am Leben erhalten, als er mit den Haien kämpfte und die Riffe überwand, als er über die Minen in den Diamantenfeldern der Namib-Wüste kroch. Dichter schrieben über die Liebe, Sänger besangen sie, und vielleicht gab es sie ja auch wirklich. Aber Liebe war für andere Menschen da, nicht für Jamie McGregor.
»Du bist Salomon van der Merwes Tochter. Das ist sein Enkel, den du in deinem Bauch trägst. Mach, daß du rauskommst.«

Margaret konnte sich nirgendwohin wenden. Sie liebte ihren Vater und wollte, daß er ihr verzieh, aber sie wußte auch, daß er dies niemals tun würde oder tun könnte. Er würde ihr das Leben zur Hölle machen, aber sie hatte ja keine Wahl.

Margaret verließ das Hotel und ging zum Geschäft ihres Vaters. Sie bemerkte, daß jeder, der ihr begegnete, sie anstarrte. Einige Männer grinsten sie vielsagend an, aber sie ging erhobenen Hauptes an ihnen vorbei. Sie zögerte, bevor sie den Laden betrat. Er war leer, ihr Vater kam aus dem Hinterzimmer.

»Vater . . .«

»Du!« Die Verachtung in seiner Stimme war wie ein Schlag ins Gesicht. Er kam näher, und sie konnte seine Whiskyfahne riechen. »Ich will, daß du aus der Stadt verschwindest. Sofort. Heute nacht noch. Und komm mir nie mehr in die Nähe. Verstehst du mich? Nie mehr!« Er zerrte ein paar Geldscheine aus der Tasche und warf sie auf den Boden. »Nimm das und hau ab.«

»Ich trage dein Enkelkind unter dem Herzen.«

»Das Balg des Teufels trägst du!« Er kam noch näher, seine Hände zu Fäusten geballt. »Jedesmal, wenn man dich irgendwo wie eine Hure herumstreichen sieht, werden die Leute hier an meine Schande erinnert. Wenn du weg bist, vergessen sie es.«

Sie schaute ihn lange an, erkannte, wie aussichtslos alles war, drehte sich dann um und stolperte wie blind aus der Tür.

»Dein Geld, du Hure!« schrie er. »Du hast das Geld vergessen!«

Am Rande der Stadt gab es ein preiswertes Logierhaus, und dorthin machte sich Margaret, immer noch total verwirrt, auf den Weg. Sobald sie angekommen war, schaute sie sich nach Mrs. Owens um, der Besitzerin, eine stämmige, freundlich blikkende Frau in den Fünfzigern, deren Ehemann sie kurz nach ihrer Ankunft in Klipdrift sitzengelassen hatte. Jede andere Frau wäre verloren gewesen, aber Mrs. Owens war zum Überleben geboren. Sie hatte schon eine ganze Menge verzweifelter Menschen in dieser Stadt erlebt, aber niemals jemanden, der so schlimm dran war wie das siebzehnjährige Mädchen, das jetzt vor ihr stand.

»Sie wollten mich sprechen?«

»Ja. Ich wollte fragen, ob – ob Sie vielleicht eine Stelle für mich hätten.«

»Eine Stelle? Als was?«

»Irgend etwas. Ich kann gut kochen. Oder servieren. Oder die Betten machen. Ich – ich würde –« Ihre Verzweiflung war deutlich herauszuhören. »O bitte«, flehte sie, »irgend etwas!«

Mrs. Owens betrachtete das zitternde Mädchen vor ihr, und es brach ihr fast das Herz. »Ich denke schon, daß ich noch eine Hilfe brauchen könnte. Wann könnten Sie anfangen?« Sie sah, wie sich Margarets Miene erhellte. »Sofort.«

»Ich kann Ihnen aber nur –« Sie dachte sich einen Betrag aus und legte noch etwas dazu – »ein Pfund, zwei Shilling und elf Pence im Monat geben, außerdem Unterkunft und Verpflegung.«

»Das wird mir reichen«, erwiderte Margaret dankbar.

Salomon van der Merwe ließ sich nur noch selten auf den Straßen von Klipdrift blicken. Immer häufiger kam es vor, daß seine Kunden das Schild GESCHLOSSEN an seiner Ladentür vorfanden. Es dauerte nicht lange, und sie tätigten ihre Geschäfte anderswo.

Doch nach wie vor ging Salomon van der Merwe jeden Sonntag zur Kirche, nicht, um zu beten, sondern um von Gott zu verlangen, daß Er das schreckliche Unrecht, das über Seinen gehorsamen Diener gekommen war, räche. Hatten die anderen Gemeindemitglieder ihm aufgrund seines Reichtums und seiner Macht immer den gebührenden Respekt gezollt, so merkte er nun, daß hinter seinem Rücken getuschelt wurde. Die Familie im Kirchenstuhl neben dem seinen suchte sich einen anderen, van der Merwe wurde zum Paria. Was ihn endgültig demoralisierte, war eine donnernde Predigt des Pastors, in der dieser kunstvoll den Auszug der Kinder Israel aus Ägypten, den Propheten Hesekiel und ein Zitat aus den Büchern Mose miteinander verknüpfte:

> »Ich, der Herr, dein Gott, bin ein eifriger Gott, der da heimsucht der Väter Missetat an den Kindern. Darum, du Hure, höre des Herrn Wort! Weil du denn so milde Geld zugibst, und deine Blöße durch deine Hurerei gegen deine Buhlen aufdeckest ... Und der Herr redete mit Moses und sprach: Du sollst deine Tochter nicht zur Hurerei halten, daß nicht das Land Hurerei treibe und werde voll Lasters ...«

Von diesem Sonntag an setzte van der Merwe keinen Fuß mehr in die Kirche.

Im gleichen Maße, in dem Salomon van der Merwes Geschäfte zurückgingen, blühten die Jamie McGregors auf. Da die Kosten für das Schürfen von Diamanten sich um so mehr erhöht hatten, je tiefer nach ihnen gegraben werden mußte, war es den Diggern immer weniger möglich, sich die dafür benötigte komplizierte Ausrüstung zu leisten. So sprach es sich schnell herum, daß Jamie McGregor sie im Austausch gegen einen Anteil an den Minen finanzierte. Jamie legte sein Geld in Grund und Boden und Beteiligungen in Gold an.

In der Stadt gab es zwei Banken, von denen eine wegen der Unfähigkeit ihrer Manager in Schwierigkeiten geriet. Jamie kaufte sie auf.

Alles, was er anfaßte, schien vom Erfolg gekrönt – er war erfolgreicher und wohlhabender, als er es sich jemals in seinen Jugendträumen hätte ausmalen können. Doch es bedeutete ihm nicht viel. Der Maßstab, den er dabei anlegte, war der Niedergang Salomon van der Merwes. Seine Rache hatte eben erst begonnen.

Von Zeit zu Zeit begegnete er Margaret auf der Straße. Er nahm keine Notiz von ihr.

Jamie hatte keine Ahnung davon, wie sich diese Zufallsbegegnungen auf Margaret auswirkten. Sein Anblick raubte ihr den Atem, und sie mußte stehenbleiben, um sich wieder zu fangen. Sie liebte ihn noch immer, war ihm verfallen, und nichts konnte daran etwas ändern. Er hatte ihren Körper benutzt, um ihren Vater zu strafen, aber Margaret wußte auch, daß sich das als zweischneidiges Schwert für ihn erweisen konnte. Bald würde Jamies Baby zur Welt kommen, und wenn er es erst einmal sah, sein eigen Fleisch und Blut, würde er sie heiraten und dem Kind seinen Namen geben. Margaret würde Mrs. Jamie McGregor, und das war alles, was sie vom Leben noch erwartete. Jeden Abend vor dem Schlafengehen berührte sie ihren Leib und flüsterte: »Unser Sohn.« So glaubte sie, Einfluß auf das Geschlecht des Kindes nehmen zu können, denn schließlich wünschte sich jeder Mann einen Sohn.

Je mehr ihr Leib an Umfang zunahm, desto ängstlicher wurde sie. Sie war allein, umgeben von Fremden, und weinte nachts um sich selbst und um ihr ungeborenes Kind.

Jamie McGregor hatte ein zweistöckiges Haus mitten in Klipdrift erworben und benutzte es als Zentrale für seine expandierenden Unternehmen, und eines Tages führte sein Hauptbuchhalter, Harry McMillan, die folgende Unterredung mit ihm:

»Wir legen Ihre Firmen zusammen«, teilte er Jamie mit, »und wir brauchen einen Konzernnamen. Haben Sie einen Vorschlag?«

»Ich werde darüber nachdenken.«

Und Jamie dachte darüber nach. Immer noch hörte er im Geiste de lange verwehten Echos, die den *mis* über den Diamantenfeldern in der Namib-Wüste durchdrangen, und er wußte, daß nur ein Name in Frage kam. Er zitierte den Buchhalter zu sich. »Wir werden die neue Gesellschaft Kruger-Brent nennen, Kruger-Brent Limited.«

Alvin Cory, Jamies Bankdirektor, schaute kurz herein. »Es ist wegen Mr. van der Merwes Krediten«, sagte er. »Er ist sehr weit im Rückstand. Bisher war es kein großes Risiko, aber nun hat sich seine Situation drastisch verändert, Mr. McGregor. Ich finde, wir sollten ihm den Kredit kündigen.«
»Nein.«
Cory sah Jamie überrascht an. »Er kam heute morgen, um noch mehr Geld aufzunehmen –«
»Geben Sie es ihm. Geben Sie ihm so viel, wie er will.«
Der Manager erhob sich. »Wie Sie wünschen, Mr. McGregor. Ich werde ihm mitteilen, daß Sie –«
»Sie teilen ihm gar nichts mit. Sie geben ihm nur das Geld.«

Margaret stand jeden Morgen um fünf Uhr auf, backte große Laibe gutriechenden Brotes und Sauerteigplätzchen und bediente die Logiergäste, die zum Frühstück ins Eßzimmer herunterkamen, mit Haferbrei, Schinken und Eiern, Buchweizenkuchen, Brötchen, dampfendem Kaffee und *naartje*. Die meisten der Gäste waren Digger, die zu ihren Claims unterwegs waren oder gerade daher kamen. Normalerweise blieben sie gerade lange genug in Klipdrift, um ihre Diamanten schätzen zu lassen, ein Bad zu nehmen, sich einmal zu besaufen und in den Puff zu gehen, meistens genau in dieser Reihenfolge. Zumeist waren sie rauhe, ungebildete Abenteurer.
In Klipdrift galt das ungeschriebene Gesetz, daß anständige Frauen nicht belästigt werden durften. Wenn ein Mann Sex wollte, ging er zu einer Hure. Margaret van der Merwe war allerdings eine Herausforderung, weil sie in keine der beiden Kategorien paßte. Anständige, unverheiratete Mädchen wurden nicht schwanger, und es ging die Rede, daß Margaret, da sie es ja einmal gemacht hatte, nun eifrig darauf erpicht sei, jeden anderen Mann ebenfalls in ihr Bett zu kriegen. Die Männer brauchten nur zu fragen. Und das taten sie.
Einige Schürfer waren offen und geradeheraus, andere gaben sich eher hinterhältig und lauernd. Margaret behandelte sie alle

mit ruhiger Würde. Aber eines Abends, als Mrs. Owens sich gerade bettfertig machte, hörte sie Schreie aus Margarets Zimmer im hinteren Teil des Hauses. Die Wirtin riß die Tür auf und stürzte in den Raum. Einer der Gäste, ein betrunkener Digger, hatte Margaret das Nachthemd vom Körper gerissen und sich über sie aufs Bett geworfen.

Wie eine Furie stürzte sich Mrs. Owens auf ihn. Mit einem Bügeleisen schlug sie auf ihn ein. Vor Wut bebend schlug sie den Digger bewußtlos, schleifte ihn in die Eingangshalle und von dort auf die Straße. Danach kehrte sie eilends in Margarets Zimmer zurück. Margaret wischte sich gerade das Blut von den Lippen, in die der Kerl sie gebissen hatte. Ihre Hände zitterten.

»Alles in Ordnung, Maggie?«

»Ja. Ich – danke Ihnen, Mrs. Owens.«

Gegen ihren Willen kamen ihr die Tränen. In einer Stadt, in der kaum jemand das Wort an sie richtete, gab es einen Menschen, der sogar freundlich zu ihr war.

Mrs. Owens betrachtete Margarets angeschwollenen Leib und dachte: *Arme Träumerin. Jamie McGregor wird sie niemals heiraten.*

Der Zeitpunkt der Niederkunft rückte näher. Margaret ermüdete jetzt immer sehr schnell, und das Bücken und Aufrichten wurde zur Anstrengung. Ihre einzige Freude war es, wenn sie spürte, wie sich das Baby bewegte. Stunde um Stunde redete sie mit ihm und erzählte ihm von all dem Wunderbaren, das das Leben für es bereithielt.

Eines späten Abends erschien, gleich nach dem Essen, ein junger Schwarzer im Logierhaus und überreichte Margaret einen versiegelten Brief.

»Ich soll auf Antwort warten«, sagte er zu ihr.

Margaret las den Brief, las ihn sehr langsam noch einmal. »Ja«, sagte sie. »Die Antwort lautet ja.«

Am nächsten Freitag erschien Margaret pünktlich zu Mittag vor Madame Agnes' Bordell. Auf einem Schild an der Eingangstür stand GESCHLOSSEN. Margaret klopfte vorsichtig an und übersah die erstaunten Blicke der Passanten. Sie fragte sich, ob es falsch gewesen war, hierherzukommen. Die Entscheidung war ihr nicht leichtgefallen, und sie hatte die Einladung nur angenommen, um dieser fürchterlichen Einsamkeit zu entrinnen. Der Brief hatte gelautet:

Liebe Miß van der Merwe!
Es geht mich zwar nichts an, aber meine Mädchen und ich haben über Ihre unglückliche und unverschuldete Lage gesprochen und halten es für eine verdammte Schweinerei. Wir möchten Ihnen und dem Baby gerne helfen. Wenn Sie es nicht in Verlegenheit bringt, würden wir uns sehr freuen, wenn Sie zum Mittagessen kämen. Würde Ihnen Freitag mittag passen?

Hochachtungsvoll
Madame Agnes

PS. Sie können sich auf unsere Diskretion verlassen.

Margaret fragte sich gerade, ob sie nicht lieber kehrtmachen solle, als Madame Agnes die Tür öffnete.
Sie nahm Margaret am Arm und sagte: »Kommen Sie herein, Liebes. Diese verdammte Hitze ist nichts für Sie.«
Sie führte Margaret in den Salon, der mit viktorianischen Plüschmöbeln und Tischen und Stühlen ausstaffiert war. Der Raum war mit Bändern und Schleifen und sogar mit knallbunten Luftballons dekoriert. Pappschilder hingen von der Decke, auf denen zu lesen stand: WILLKOMMEN, BABY ... ES WIRD EIN JUNGE ... HERZLICHEN GLÜCKWUNSCH ZUM GEBURTSTAG.
Acht von Madame Agnes' Mädchen, alle unterschiedlich alt, von verschiedener Größe und Hautfarbe, befanden sich im Salon. Sie hatten sich unter der Aufsicht von Madame Agnes dem Anlaß entsprechend gekleidet, trugen schlichte Tageskleider, waren nicht geschminkt.
Sie sehen anständiger aus, dachte Margaret verwundert, *als die meisten Frauen in der Stadt.*
Margaret starrte die Prostituierten unschlüssig an. Ein paar der Mädchen, die sie schon im Geschäft ihres Vaters bedient hatte, erkannte sie wieder. Einige waren jung und sehr schön, andere älter und mollig und mit offensichtlich gefärbtem Haar. Aber alle hatten sie eins gemeinsam – sie besaßen *Mitgefühl.* Sie waren freundlich, warmherzig und liebenswürdig und wollten sie glücklich machen.
Unsicher schlichen sie um Margaret herum, ängstlich darauf bedacht, nichts Falsches zu sagen oder zu tun. Sie fühlten sich durch Margarets Kommen geehrt und waren fest entschlossen, diese Party so schön wie möglich für sie zu gestalten. »Wir ha-

ben Mittagessen gemacht, Süße«, sagte Madame Agnes. »Ich hoffe, daß Sie Hunger haben.«
Sie wurde ins Eßzimmer geführt, wo der Tisch festlich gedeckt war, und eine Flasche Champagner auf Margarets Platz stand. Als sie durch den Flur gingen, warf Margaret einen Blick auf die Treppe, die nach oben in den ersten Stock zu den Schlafzimmern führte. Sie wußte, daß Jamie hier verkehrte, und fragte sich, welches Mädchen er sich aussuchte. Vielleicht jedesmal eine andere. Und sie betrachtete die Mädchen noch einmal und fragte sich, was Jamie an ihnen fand, das sie ihm nicht geben konnte.
Das Mittagessen entpuppte sich als regelrechtes Festmahl. Es begann mit einer exquisiten kalten Suppe und Salat, gefolgt von frischem Karpfen. Danach gab es Lamm und Ente mit Kartoffeln und Gemüse, zum Nachtisch weingetränkten Mandelkuchen mit Eiercreme, Käse, Obst und Kaffee. Margaret war selbst überrascht davon, wie herzhaft sie zulangte und wie sehr sie sich amüsierte. Sie saß am Kopf des Tisches, Madame Agnes zu ihrer Rechten und Maggie, ein wunderschönes, blondes Mädchen von höchstens sechzehn Jahren, zu ihrer Linken. Anfangs verlief die Unterhaltung recht gestelzt.
Plötzlich sagte Maggie, die hübsche Blondine: »Jamie hat gerade ein neues Diamantenfeld gefunden in –« Und als es plötzlich still wurde im Raum und sie ihren Fauxpas bemerkte, fügte sie nervös hinzu: »Ich meine meinen Onkel Jamie. Er – er ist mit meiner Tante verheiratet.«
Der heftige Anfall von Eifersucht, der sie überkam, überraschte Margaret; Madame Agnes wechselte schnell das Thema.
Nach dem Mittagessen erhob sich Madame Agnes und sagte: »Hier lang, Süße.«
Die Mädchen und Margaret folgten ihr in einen zweiten Salon, den sie bisher noch nicht gesehen hatte. Dort waren Dutzende von Geschenken aufgebaut, allesamt wunderschön verpackt. Margaret traute ihren Augen kaum.
»Ich – ich bin sprachlos.«
»Schauen Sie ruhig rein«, sagte Madame Agnes zu Margaret.
Zum Vorschein kamen eine Wiege, selbstgemachte Schühchen, Strampelsäcke, bestickte Häubchen, ein langer, bestickter Hausmantel aus Kaschmirwolle, französische Kinderstiefelchen, eine silberne Kindertasse mit Goldrand, ein Kamm und eine Bürste mit Griffen aus massivem Sterlingsilber, dazu Lätzchennadeln

aus solidem Gold mit Perlen an den Enden, eine Kinderrassel sowie ein Schaukelpferd, das wie ein Apfelschimmel angemalt war. Außerdem noch Spielsoldaten, farbige Bauklötzchen und, am schönsten von allem, ein langes, weißes Taufkleidchen.
Es war wie Weihnachten und übertraf alles, was Margaret erwartet hatte, und sie fing an zu schluchzen.
Madame Agnes legte den Arm um sie und sagte zu den Mädchen: »Geht hinaus.«
Still verließen sie den Raum. Madame Agnes führte Margaret zu einem Sofa und hielt sie fest, bis das Schluchzen nachließ.
»Es – es tut mir so leid«, stammelte Margaret. »Ich – ich weiß nicht recht, was über mich gekommen ist.«
»Ist schon recht, Süße. Dieses Zimmer hat schon eine ganze Menge Probleme kommen und gehen sehen. Und wissen Sie, was ich daraus gelernt habe? Irgendwie renkt sich am Ende alles wieder ein. Wird schon alles gut werden für Sie und Ihr Baby.«
»Danke«, flüsterte Margaret. Sie deutete auf den Stapel Geschenke. »Wie kann ich Ihnen und Ihren Freundinnen jemals dafür danken –«
Madame Agnes drückte Margarets Hand. »Ist nicht nötig. Sie glauben gar nich', wieviel Spaß die Mädchen und ich hatten, das alles zusammenzutragen. Wir haben nich' gerade oft Gelegenheit, so was zu tun. Wenn eine von uns schwanger wird, dann ist das 'n beschissenes Drama.« Rasch hielt sie die Hand vor den Mund und sagte: »Oh, entschuldigen Sie!«
Margaret lächelte. »Sie sollen wissen, daß dies einer der schönsten Tage in meinem Leben ist.«
»Wir fühlen uns durch Ihren Besuch sehr geehrt, Süße. Was mich betrifft, so sind Sie mehr wert als alle Frauen dieser Stadt zusammen. Diese verdammten Huren! Dafür, wie sie Sie behandeln, könnte ich sie glatt umbringen. Und nehmen Sie's mir nicht übel, aber Jamie McGregor ist ein verdammter Esel.« Sie stand auf. »Männer! Wie schön wäre die Welt, wenn wir ohne diese Scheißkerle leben könnten. Oder vielleicht auch nicht. Wer weiß?«
Margaret hatte ihre Fassung wiedergewonnen. Sie erhob sich und nahm Madame Agnes' Hände in die ihren. »Solange ich lebe, werde ich Ihnen das niemals vergessen. Eines Tages, wenn mein Sohn alt genug ist, werde ich ihm davon erzählen.«
Madame Agnes runzelte die Stirn. »Glauben Sie wirklich, daß Sie das tun sollten?«

Margaret lächelte. »Ja, das glaube ich wirklich.«
Madame Agnes begleitete Margaret zur Tür. »Ich werde einen Wagen bestellen, der Ihnen die Geschenke in das Logierhaus bringt, und – Ihnen alles Gute.«
»Danke, o danke.«
Madame Agnes stand einen Augenblick da und beobachtete, wie Margaret ein wenig schwerfällig die Straße hinunterging. Dann trat sie wieder ins Haus und rief laut: »Na, denn mal los, Ladys, an die Arbeit.«

8

Es war an der Zeit, die Falle endgültig zuschnappen zu lassen. Während der vergangenen sechs Monate hatte Jamie McGregor stillschweigend die Anteile von van der Merwes Teilhabern aufgekauft. Aber er war besessen von der Idee, van der Merwes Diamantenfelder im Namib an sich zu bringen. Für dieses Land hatte er schon hundertfach mit seinem Fleisch und Blut bezahlt, und um ein Haar sogar mit seinem Leben. Die Diamanten, die er und Banda dort gestohlen hatten, hatte er dazu benutzt, um ein Wirtschaftsimperium aufzubauen, von dessen Höhe herab er Salomon van der Merwe zerschmettern konnte. Jetzt wollte er die Sache zu Ende bringen.
Van der Merwe hatte sich immer mehr verschuldet. Keiner in der Stadt wollte ihm noch Geld leihen – außer der Bank, die Jamie gehörte.
Mittlerweile war der Laden beinahe ständig geschlossen. Van der Merwe fing schon am frühen Morgen an zu trinken und begab sich nachmittags zu Madame Agnes, wo er manchmal auch die Nacht verbrachte.
Eines Tages stand Margaret morgens beim Fleischer, um das Hühnchen abzuholen, das Mrs. Owens bestellt hatte, als sie aus dem Fenster blickte und ihren Vater das Bordell verlassen sah. Sie konnte diesen heruntergekommenen Mann, der da die Straße entlangschlurfte, kaum erkennen. *Das habe ich ihm angetan. O Gott, vergib mir, das habe ich getan!*
Salomon van der Merwe begriff nicht, wie ihm geschah. Er wußte, daß sein Leben irgendwie, ohne eigenes Verschulden, zerstört wurde. So wie Er einst Hiob erwählt hatte, so hatte Gott

nun ihn ausersehen, um seinen Glauben auf die Probe zu stellen. Van der Merwe war sich sicher, daß er am Ende über seine unsichtbaren Feinde triumphieren würde. Alles, was er brauchte, war ein wenig Zeit – Zeit und mehr Geld. Mittlerweile hatte er seinen Laden, die Anteile an sechs kleineren Diamantenfeldern und sogar sein Pferd und seine Kutsche als Sicherheiten verpfändet. Schließlich blieben ihm nur noch die Diamantenfelder im Namib, und am gleichen Tag, da er sie als Sicherheit anbot, schlug Jamie zu.

»Er muß seine gesamten Schuldverschreibungen einlösen«, wies Jamie seinen Bankdirektor an. »Geben Sie ihm vierundzwanzig Stunden Zeit, andernfalls verfallen sie.«

»Mr. McGregor, diese Summe kann er unmöglich aufbringen. Er –«

»Vierundzwanzig Stunden.«

Genau um vier Uhr am folgenden Nachmittag erschien der zweite Direktor zusammen mit einem Vollstreckungsbeamten und einer gerichtlichen Verfügung im Geschäft Salomon van der Merwes, um dessen weltliche Besitztümer zu konfiszieren. Jamie beobachtete, wie van der Merwe aus seinem Laden hinausgewiesen wurde. Der alte Mann blieb draußen stehen, blinzelte hilflos in die Sonne, unschlüssig, was er tun oder wohin er sich wenden sollte. Jamies Rache war vollzogen. *Wie kommt es,* fragte sich Jamie, *daß ich keine Genugtuung verspüre?* Er fühlte sich innerlich leer. Der Mann, den er zerstört hatte, hatte ihn selbst schon lange zuvor zerstört.

Als Jamie an diesem Abend zu Madame Agnes kam, sagte sie: »Haben Sie schon gehört, Jamie? Salomon van der Merwe hat sich vor einer Stunde eine Kugel in den Kopf gejagt.«

Das Begräbnis fand auf dem düsteren, windgepeitschten Friedhof außerhalb des Ortes statt. Außer den Totengräbern nahmen nur zwei Menschen daran teil: Margaret und Jamie McGregor. Margaret trug ein weites, schwarzes Kleid, um ihren unförmigen Leib zu verstecken; sie war blaß und sah schlecht aus. Jamie, groß und elegant, wirkte in sich gekehrt und unnahbar. Die beiden standen an entgegengesetzten Enden des Grabes und beobachteten, wie der einfache Holzsarg in die Grube gelassen wurde. Große Erdklumpen polterten auf den Sarg, und für Margaret hörte es sich an wie *Hure*! ... *Hure*! ...

Über das Grab ihres Vaters hinweg schaute sie auf Jamie, und ihre Blicke trafen sich. Seine Augen waren kalt und unpersön-

lich. In diesem Moment haßte ihn Margaret. *Da stehst du und fühlst nichts, dabei bist du genauso schuldig wie ich. Wir haben ihn auf dem Gewissen, du und ich. Vor Gott bin ich deine Frau, aber vor dem Teufel sind wir Komplizen.* Sie schaute in das offene Grab hinab und beobachtete, wie der Sarg mit einer letzten Schaufel Dreck bedeckt wurde. »Ruh dich aus«, flüsterte sie, »ruhe in Frieden.«
Als sie wieder aufsah, war Jamie gegangen.

Als die Zeit der Niederkunft heranrückte, engagierte Mrs. Owens für Margaret eine schwarze Hebamme namens Hannah. Die Wehen setzten um drei Uhr morgens ein.
»Nur mitpressen«, instruierte Hannah sie. »Den Rest überlassen wir der Natur.«
Die ersten Schmerzen brachten ein Lächeln auf Margaretes Lippen. Sie würde einen Sohn gebären und ihm einen Namen geben. Sie würde dafür sorgen, daß Jamie McGregor sein Kind anerkannte. Ihr Sohn sollte nicht bestraft werden.
Die Wehen dauerten Stunde um Stunde.
»Wird es ein Junge?« keuchte Margaret.
Hannah wischte Margarets Stirn mit einem feuchten Tuch ab. »Ich sage Ihnen Bescheid, sobald ich seine Ausstattung zu Gesicht kriege. Pressen Sie jetzt. Ganz stark! Kräftig! Noch stärker!«
Die Wehen kamen in kürzeren Abständen, und der Schmerz schien Margarets Körper zu zerreißen. *O mein Gott, irgend etwas stimmt nicht,* dachte Margaret.
»Pressen Sie!« sagte Hannah. Aber plötzlich bekam ihre Stimme einen alarmierenden Klang. »Es liegt verkehrtherum«, rief sie. »Ich – ich kann es nicht holen!«
Wie durch einen roten Nebel sah Margaret, wie Hannah sich herunterbeugte, ihren Körper drehte. Das Zimmer verschwand, und plötzlich hatte sie keine Schmerzen mehr. Sie schwebte durch den Raum und sah am Ende eines Tunnels ein helles Licht und eine Gestalt, die ihr zuwinkte. Es war Jamie. *Ich bin es, Maggie, Liebling. Du wirst mir einen prächtigen Sohn schenken.* Er war zu ihr zurückgekehrt. Sie haßte ihn nicht mehr. Sie wußte, daß sie ihn nie gehaßt hatte. Sie hörte eine Stimme sagen: »Es ist gleich vorbei«, und sie spürte ein fürchterliches Ziehen, das sie laut aufschreien ließ.
»Jetzt!« sagte Hannah. »Es kommt.«
Und Sekunden später hörte Margaret Hannahs triumphieren-

den Ausruf. Sie hielt ihr ein rotes Bündel entgegen und sagte: »Willkommen in Klipdrift. Sie haben einen Sohn, Kleine.«
Sie nannte ihn Jamie.

Margaret wußte, daß Jamie bald von dem Baby erfahren würde, und sie wartete auf seinen Besuch oder eine Einladung von ihm. Nach mehreren Wochen, in denen sie nichts von ihm gehört hatte, schickte sie ihm eine Nachricht. Nach einer halben Stunde war der Bote zurück.
Margaret fieberte vor Ungeduld. »Hast du Mr. McGregor angetroffen?«
»Ja, Ma'am.«
»Und ihm die Nachricht übergeben?«
»Ja, Ma'am.«
»Was hat er denn gesagt?« wollte sie wissen.
Der Junge wurde verlegen. »Er – er sagte, er habe keinen Sohn, Miß van der Merwe.«
Den ganzen Tag und die ganze Nacht schloß sie sich mit dem Baby in ihrem Zimmer ein. »Dein Vater ist im Augenblick ein bißchen böse auf uns, Jamie. Er glaubt, deine Mutter hätte ihm etwas getan. Aber du bist sein Sohn, und wenn er dich sieht, wird er uns in sein Haus aufnehmen und uns beide sehr, sehr liebhaben. Du wirst schon sehen, Liebling, es wird alles gut werden.«

Als Mrs. Owens am nächsten Morgen an die Tür klopfte, öffnete Margaret. Sie schien seltsam ruhig zu sein.
»Alles in Ordnung, Maggie?«
»Ja, danke.« Sie zog Jamie frische Sachen an. »Ich werde ihn heute morgen im Kinderwagen spazierenfahren.«
Dieser Kinderwagen von Madame Agnes und ihren Mädchen war ein Prachtstück aus feinstem Schilfrohr. Die Polsterung war aus importiertem Brokat, und an seiner Rückseite war ein Sonnenschirm mit üppigem Volant befestigt.
Margaret schob den Kinderwagen auf dem schmalen Bürgersteig die Loop Street hinunter. Ab und zu blieb ein Fremder stehen und lächelte das Baby an, nur die Frauen aus der Stadt wandten ihre Augen ab oder gingen vorher auf die andere Straßenseite, um nicht mit Margaret zusammenzutreffen.
Margaret nahm keine Notiz von alldem, sie hatte nur einen Menschen im Sinn. An jedem schönen Tag zog sie dem Baby

nun einen seiner hübschen Anzüge an und fuhr es im Kinderwagen spazieren. Als sie Jamie am Ende der Woche noch nicht ein einziges Mal auf der Straße begegnet war, wurde ihr klar, daß er sie bewußt mied. *Nun ja, wenn er nicht kommt, um seinen Sohn zu sehen, dann wird sein Sohn ihn besuchen,* beschloß sie.
Am nächsten Morgen sagte sie im Salon zu Mrs. Owens: »Ich werde für kurze Zeit verreisen, Mrs. Owens. Ich bin in einer Woche zurück.«
»Das Baby ist noch zu klein für eine Reise, Maggie. Es –«
»Das Baby bleibt in der Stadt.«
Mrs. Owens runzelte die Stirn. »Sie meinen hier?«
»Nein, Mrs. Owens. Nicht hier.«

Jamie McGregor hatte sein Haus auf einem *koppie,* einem der Hügel oberhalb von Klipdrift, erbaut. Das Haus war mit baumbestandenem grünem Rasen und einem üppigen Rosengarten umgeben. Dahinter lagen die Remise und die Dienstbotenquartiere. Als Wirtschafterin fungierte Eugenia Talley, eine energische Witwe gesetzteren Alters, deren sechs erwachsene Kinder in England lebten.
Margaret kam um zehn Uhr morgens mit ihrem kleinen Sohn im Arm dort an, zu einer Zeit, da sie sicher sein konnte, daß Jamie im Büro war.
Mrs. Talley öffnete und starrte Margaret und das Kind überrascht an. Wie jeder andere im Umkreis von hundert Meilen wußte sie, wer die beiden waren.
»Es tut mir leid, aber Mr. McGregor ist nicht zu Hause«, sagte die Wirtschafterin und machte Anstalten, die Tür zu schließen.
Margaret fuhr dazwischen. »Ich bin nicht gekommen, um Mr. McGregor zu besuchen, ich bringe ihm nur seinen Sohn.«
»Es tut mir leid, aber davon weiß ich nichts. Sie –«
»Ich werde nur eine Woche wegbleiben, dann hole ich ihn wieder ab.« Sie hielt Mrs. Talley das Baby hin. »Es heißt Jamie.«
Mrs. Talley sah sie entsetzt an. »Sie können ihn doch nicht hierlassen! Herrje, das wäre Mr. McGregor –«
»Sie haben die Wahl«, teilte Margaret ihr mit. »Entweder nehmen Sie das Baby gleich mit ins Haus, oder ich lasse es hier auf der Türschwelle liegen. *Das* wäre Mr. McGregor bestimmt auch nicht recht.«
Ohne ein weiteres Wort drückte sie der Frau das Baby in die Arme und ging weg.

»Warten Sie! Sie können doch nicht –! Kommen Sie zurück! Miß –!«
Margaret drehte sich nicht einmal mehr um. Mrs. Talley stand da mit dem Bündel im Arm und dachte: *Ach du meine Güte, Mr. McGregor wird fuchsteufelswild werden!*

So hatte sie ihn noch nie erlebt. »Wie konnten Sie nur so *dumm* sein?« brüllte er. »Sie hätten ihr nur die Tür vor der Nase zuschlagen müssen!«
»Dazu gab sie mir keine Gelegenheit, Mr. McGregor. Sie –«
»Ich will ihr Kind nicht in meinem Haus haben!«
Aufgebracht rannte er hin und her, hielt ab und zu inne und baute sich vor der unglücklichen Wirtschafterin auf. »Dafür sollte ich Sie eigentlich rauswerfen.«
»Sie kommt in einer Woche wieder und holt ihn. Ich –«
»Ist mir egal, wann sie zurückkommt«, schrie Jamie. »Raus mit dem Balg. Sofort! Sorgen Sie dafür!«
»Wie soll ich das wohl machen, Mr. McGregor?« fragte sie spitz.
»Bringen Sie es in die Stadt. Irgendwo werden Sie es schon lassen können.«
»Wo?«
»Woher, zum Teufel, soll ich das wissen?«
Mrs. Talley betrachtete das winzige Bündel in ihrem Arm. Das Baby hatte angefangen zu weinen. »In Klipdrift gibt es keine Waisenhäuser.« Sie wiegte das Kind in ihren Armen, aber das Weinen wurde noch lauter. »Irgend jemand muß sich um ihn kümmern.«
Jamie raufte sich die Haare.
»Verdammt! Na gut«, entschied er sich dann. »Da Sie das Baby so großzügig aufgenommen haben, werden *Sie* sich auch darum kümmern.«
»Ja, Sir.«
»Und stellen Sie das unerträgliche Gejammer ab. Und eins muß klar sein, Mrs. Talley: Ich will das Balg nicht sehen, ich will nicht einmal wissen, daß es im Haus ist. Und wenn seine Mutter nächste Woche kommt, um es abzuholen, dann will ich sie auch nicht sehen. Ist das klar?«
Das Baby brüllte erneut aus Leibeskräften.
»Absolut, Mr. McGregor.« Und Mrs. Talley eilte hinaus.
Jamie McGregor saß alleine in seinem Bau, trank Kognak und

rauchte eine Zigarre. *Dieses dumme Weib. Der Anblick ihres Babys soll mir das Herz erweichen, ich soll zu ihr gerannt kommen und sagen: »Ich liebe dich. Ich liebe das Kind. Ich möchte dich heiraten.«* Na schön, er hatte das Kind nicht eines einzigen Blickes gewürdigt. Es hatte nichts mit ihm zu tun. Es war nicht mit Lust und schon gar nicht aus Liebe, sondern aus Rache gezeugt worden. Er würde sich immer daran erinnern, wie Salomon van der Merwe ausgesehen hatte, als er ihm mitteilte, daß seine Tochter schwanger war. Das war der Anfang gewesen. Das Ende war die Erde, die man auf seinen Holzsarg geworfen hatte. Er mußte Banda ausfindig machen und ihm berichten, daß er seinen Auftrag erfüllt hatte.

Jamie fühlte sich leer. *Ich muß mir neue Ziele setzen,* dachte er. Er hatte riesige Ländereien mit Bodenschätzen erworben. Seine Bank verfügte über Hypotheken auf die Hälfte aller Grundstücke in Klipdrift, und sein eigener Landbesitz erstreckte sich vom Namib bis nach Kapstadt. Es verschaffte ihm Befriedigung, aber das reichte ihm nicht aus. Er hatte seine Eltern gebeten, zu ihm zu ziehen, aber sie wollten Schottland nicht verlassen. Seine Schwester und seine Brüder hatten geheiratet. Er schickte seinen Eltern große Geldbeträge, was ihm auch Freude machte, aber sein Leben war auf einem Nullpunkt angelangt. Noch vor kurzem hatte es aus aufregenden Hochs und Tiefs bestanden, er hatte sich lebendig gefühlt. Mit Banda auf dem Floß die Riffe des Sperrgebiets zu überwinden, durch den Minengürtel in der Wüste zu kriechen – das war Leben gewesen. Daß er einsam war, gestand er nicht einmal sich selbst ein.
Er griff wieder nach der Kognakkaraffe und sah, daß sie leer war. Entweder hatte er mehr getrunken, als ihm bewußt geworden war, oder Mrs. Talley fing an, ihre Pflichten zu vernachlässigen. Jamie stand auf, nahm den Kognakschwenker und schlenderte zur Anrichte hinüber, wo die alkoholischen Getränke aufbewahrt wurden. Er öffnete gerade die Flasche, als er ein Kind glucksen hörte. *Der Kleine! Mrs. Talley hat das Baby wohl mit in ihre Räume gleich neben der Küche genommen.* Sie hatte seine Befehle genauestens ausgeführt; er hatte das Kind in den zwei Tagen, seit es als ungebetener Gast in seinem Haus weilte, weder gehört noch gesehen. Er hörte, wie Mrs. Talley mit dem Baby in dem Singsang sprach, in den Frauen meistens verfielen, sobald sie mit Kleinkindern redeten.

»Du bist ein niedliches Bürschchen«, sagte sie. »Du bist ein Engel, ja, das bist du, ein Engelchen.«
Das Baby gluckste wieder. Jamie trat an die offene Tür zu Mrs. Talleys Schlafzimmer und schaute hinein. Seine Wirtschafterin hatte irgendwo eine Wiege aufgetrieben, in der das Baby nun lag. Sie selbst stand über das Kind gebeugt, dessen Faust ihren Finger umklammerte.
»Du bist ein strammer kleiner Teufel, Jamie. Wenn du groß bist, wirst du ein starker –« Sie unterbrach sich überrascht, als sie ihren Arbeitgeber in der Tür stehen sah.
»Oh«, sagte sie. »Ich – kann ich irgend etwas für Sie tun, Mr. McGregor?«
»Nein.« Er ging zur Wiege hinüber. »Der Lärm hier hat mich gestört.« Zum erstenmal betrachtete Jamie seinen Sohn. Er war größer, als er vermutet hatte, und hübsch. Er schien Jamie anzulächeln.
»Oh, das tut mir leid, Mr. McGregor. Er ist so ein liebes Kind. Und gesund. Geben Sie ihm mal einen Finger und fühlen Sie, wie stark er ist.«
Ohne ein Wort zu sagen, drehte Jamie sich um und verließ das Zimmer.

Jamie McGregor beschäftigte mehr als fünfzig Leute für seine verschiedenen Unternehmungen. Ein jeder von ihnen, vom Botenjungen bis zum höchsten Manager, wußte, woher der Name Kruger-Brent, Ltd. kam, und sie alle waren mächtig stolz darauf, für Jamie zu arbeiten. Erst kürzlich hatte er David Blackwell angestellt, den sechzehnjährigen Sohn eines seiner Vorarbeiter, einem Amerikaner aus Oregon, der auf der Suche nach Diamanten nach Südafrika gekommen war. Der junge David war intelligent, anziehend und besaß Eigeninitiative. Jamie wußte außerdem, daß er kein Plappermaul war, und suchte ihn deswegen für eine besondere Aufgabe aus.
»David, ich möchte, daß du zu Mrs. Owens' Logierhaus gehst. Dort lebt eine Frau namens Margaret van der Merwe.«
Wenn David Blackwell den Namen je schon einmal gehört hatte oder mit den Umständen vertraut war, so zeigte er es jedenfalls nicht. »Ja, Sir.«
»Du darfst nur mit ihr selbst sprechen. Sie hat ihr Baby bei meiner Haushälterin gelassen. Sag ihr, daß sie es heute abholen soll, damit es aus meinem Haus verschwindet.«

»Ja, Mr. McGregor.«
Eine halbe Stunde später kam David Blackwell zurück. Jamie sah von seinem Schreibtisch auf.
»Sir, es tut mir leid, aber ich konnte Ihren Auftrag nicht ausführen.«
Jamie erhob sich. »Warum nicht?« wollte er wissen. »So schwer war er doch nicht.«
»Miß van der Merwe war nicht da, Sir.«
»Dann mußt du sie finden.«
»Sie hat Klipdrift vor zwei Tagen verlassen und wird erst in fünf Tagen zurückerwartet. Wenn Sie möchten, daß ich noch mehr Erkundigungen –«
»Nein.« Das war das letzte, was Jamie wollte. »Macht nichts. Das wär's, David.«
»Ja, Sir.« Der Junge verließ sein Büro.
Verdammtes Weibsbild! Wenn die zurückkommt, dann wird sie was erleben. Die wird ihr Kind schon zurückkriegen!

An diesem Abend aß Jamie allein zu Hause. Er trank gerade seinen Kognak im Arbeitszimmer, als Mrs. Talley hereinkam, um mit ihm einige Haushaltsangelegenheiten zu besprechen. Mitten im Satz hielt sie plötzlich inne, lauschte und sagte: »Entschuldigen Sie mich, Mr. McGregor. Ich höre Jamie weinen«, und eilte aus dem Zimmer.
Jamie knallte sein Glas auf den Tisch, wobei der Kognak über den Rand schwappte. *Dieses gottverdammte Kind! Und sie hatte die Frechheit besessen, es Jamie zu nennen. Er sieht überhaupt nicht aus wie ein Jamie. Er sieht nach gar nichts aus.*
Zehn Minuten später kam Mrs. Talley zurück. Sie sah den verschütteten Kognak. »Soll ich Ihnen noch ein Glas holen?«
»Das ist nicht nötig«, sagte Jamie kalt. »Dagegen ist es dringend nötig, daß Sie sich erinnern, für wen Sie arbeiten. Ich habe keine Lust, mich von diesem Bankert stören zu lassen. Ist das klar, Mrs. Talley?«
»Ja, Sir.«
»Je schneller das Kind, das durch Ihre Schuld ins Haus kam, wieder weg ist, desto besser für uns alle. Haben Sie mich verstanden?«
Ihre Lippen waren nur noch eine schmale Linie. »Jawohl, Sir. Noch etwas?«
»Nein.«

Sie drehte sich um.
»Mrs. Talley . . .«
»Ja, Mr. McGregor?«
»Sie sagten, er weint. Er ist doch nicht krank?«
»Nein, Sir. Nur naß. Die Windeln mußten gewechselt werden.«
Jamie ekelte allein der Gedanke daran. »Das ist alles.«
Jamie wäre wohl sehr wütend geworden, hätte er gewußt, daß sämtliche Bediensteten im Hause stundenlang über ihn und seinen Sohn redeten. Alle waren sich einig, daß ihr Herr sich sehr unvernünftig benahm.

Am nächsten Abend war Jamie noch spät in einer geschäftlichen Besprechung. Er hatte sich an einer neuen Eisenbahnlinie beteiligt, einer kleinen nur, die von den Minen in der Namib-Wüste nach De Aar führte und auf die Kapstad–Kimberley-Linie stieß, die aber den Transport von Gold und Diamanten zum Hafen erheblich verbilligen würde. Eisenbahnschienen würden einmal die Stahladern Südafrikas sein und den ungehinderten Transport von Gütern und Menschen durch das Innere des Landes sicherstellen. Und bei diesem Geschäft gedachte Jamie mitzumischen. Dies sollte aber nur der Anfang sein. *Danach,* dachte Jamie, *kommen Schiffe. Meine eigenen Schiffe, die die Bodenschätze übers Meer transportieren.*
Er kam nach Mitternacht nach Hause, zog sich aus und ging ins Bett. Das große, für einen Mann eingerichtete Schlafzimmer mit einem riesigen Bett war von einem Innenarchitekten aus London entworfen worden. Es enthielt in einer Ecke eine alte spanische Truhe sowie zwei große Schränke mit mehr als fünfzig Anzügen und dreißig Paar Schuhen. Jamie machte sich nicht viel aus Kleidung, aber es war ihm wichtig, daß sie zur Verfügung stand. Zu viele Tage und Nächte hatte er in Lumpen verbracht.
Er war schon fast eingeschlafen, als er meinte, einen Schrei zu hören. Er setzte sich auf und horchte. Nichts. War es das Kind? Vielleicht war es aus der Wiege gefallen. Jamie wußte, daß Mrs. Talley einen gesunden Schlaf hatte. Nicht auszudenken, wenn dem Kind in diesem Haus etwas zustieße. Dafür würde er verantwortlich gemacht werden. *Verdammtes Weibsstück!* dachte Jamie.
Er zog seinen Hausmantel und die Pantoffeln an und ging zu Mrs. Talleys Zimmer. Er lauschte an ihrer geschlossenen Tür,

konnte aber nichts hören. Vorsichtig öffnete er. Mrs. Talley schlief fest, hatte sich unter ihrer Decke zusammengerollt und schnarchte. Jamie ging zu der Wiege hinüber. Das Kind lag mit weit offenen Augen auf dem Rücken. Jamie trat näher und betrachtete es. Herrgott, es sah ihm ja *doch* ähnlich! Auf jeden Fall hatte es seinen Mund und sein Kinn. Die Augen waren zwar blau, aber schließlich kamen alle Kinder mit blauen Augen zur Welt, aber Jamie hätte schwören können, daß es einmal graue Augen haben würde. Das Kind bewegte die Händchen in der Luft, gab glucksende Geräusche von sich und lächelte Jamie an. *Nun, das ist mal ein wackeres Bürschchen, dachte Jamie, liegt nur da, macht keinen Lärm, schreit nicht wie andere Kinder.* Er betrachtete es genauer. *Ja, er ist ein echter McGregor.*

Vorsichtig beugte sich Jamie über die Wiege und streckte einen Finger aus. Der Kleine ergriff ihn mit beiden Händen und drückte ihn fest. *Er ist stark wie ein Bulle,* dachte Jamie. Im gleichen Augenblick sah das Baby plötzlich sehr angestrengt aus, und Jamie stieg ein saurer Geruch in die Nase.

»Mrs. Talley?«

Wie von der Tarantel gestochen fuhr sie hoch. »Was – was ist los?«

»Sie sollten sich um das Baby kümmern. Muß ich denn hier alles selber machen?«

Und Jamie McGregor stolzierte aus dem Zimmer.

»David, kennst du dich mit Babys aus?«

»Wie meinen Sie das, Sir?« fragte David Blackwell.

»Nun, zum Beispiel, womit sie gerne spielen und so.«

»Ich glaube, wenn sie sehr klein sind, spielen sie gerne mit Rasseln, Mr. McGregor«, antwortete der junge Amerikaner.

»Kauf ein Dutzend«, befahl Jamie.

»Ja, Sir.«

Keine unnötigen Fragen. Das mochte Jamie. David Blackwell würde es einmal weit bringen.

Als Jamie an diesem Abend mit einem kleinen Paket nach Hause kam, sagte Mrs. Talley: »Ich möchte mich für heute nacht entschuldigen, Mr. McGregor. Ich verstehe nicht, wie ich weiterschlafen konnte. Das Baby muß ja fürchterlich geschrien haben, daß Sie es bis zu Ihrem Zimmer hören konnten.«

»Machen Sie sich deswegen keine Sorgen«, erwiderte Jamie

großzügig. »Nicht, solange es einer von uns hört.« Er gab ihr das Päckchen. »Das ist für den Kleinen, ein paar Rasseln zum Spielen. Muß nicht gerade angenehm sein, den ganzen Tag wie ein Gefangener in dieser Wiege zu liegen.«
»Oh, er ist kein Gefangener, Sir. Ich gehe mit ihm an die frische Luft.«
»Wohin denn?«
»Nur in den Garten, wo ich ihn im Auge behalten kann.«
Jamie runzelte die Stirn. »Er sah mir nicht gerade sehr gut aus heute nacht.«
»Nein?«
»Nein. Er hat keine gute Farbe. Wäre schlimm, wenn er krank würde, bevor seine Mutter ihn wieder abholt.«
»Ja, das wäre nicht gut.«
»Vielleicht sollte ich ihn mir noch mal ansehen.«
»Ja, Sir. Soll ich ihn hierher bringen?«
»Ja, bitte, Mrs. Talley.«
»Sofort, Mr. McGregor.«
Schon nach wenigen Minuten kam sie mit dem kleinen Jamie, der eine blaue Rassel fest umklammert hielt, zurück. »Ich finde, er hat eine gesunde Farbe.«
»Nun, vielleicht habe ich mich geirrt. Geben Sie ihn mir.«
Vorsichtig reichte sie ihm das Kind, und Jamie nahm seinen Sohn zum erstenmal auf den Arm. Das Gefühl, das ihn dabei überkam, überraschte ihn zutiefst. Dies war sein Fleisch und Blut, das er da im Arm hielt – sein Sohn, Jamie McGregor junior. Was hatte es für einen Sinn, ein Imperium aufzubauen, Diamanten, Gold und Eisenbahnen zu besitzen, wenn niemand da war, dem man das alles vermachen konnte? *Was bin ich nur für ein Idiot gewesen!* dachte Jamie. Sein Haß hatte ihn blind gemacht. Als er nun in das winzige Gesicht schaute, schmolz etwas von der Härte tief in seinem Inneren.
»Bringen Sie Jamies Wiege in mein Schlafzimmer, Mrs. Talley.«

Als Margaret drei Tage später vor Jamies Haus erschien, sagte Mrs. Talley: »Mr. McGregor ist im Büro, Miß van der Merwe, aber er bat mich, ihn zu benachrichtigen, sobald Sie wegen des Babys kommen. Er möchte mit Ihnen sprechen.«
Margaret wartete mit dem kleinen Jamie auf dem Arm im Wohnzimmer. Sie hatte ihn fürchterlich vermißt. Ein paarmal in

der vergangenen Woche hätte sie ihren Plan am liebsten aufgegeben und wäre nach Klipdrift zurückgeeilt, denn sie hatte Angst, daß dem Kind etwas passieren könnte, daß es krank würde oder einen Unfall hätte. Aber sie hatte sich gezwungen wegzubleiben, und ihr Vorhaben war geglückt. Jamie wollte mit ihr sprechen! Alles würde herrlich werden, von nun an würden sie drei zusammenbleiben.
Als Jamie das Wohnzimmer betrat, überkam Margaret das nun schon vertraute Gefühl.
O Gott, dachte sie, *ich liebe ihn so sehr.*
»Hallo, Maggie.«
Sie lächelte warm und glücklich. »Hallo, Jamie.«
»Ich möchte meinen Sohn haben.«
Margaret jubilierte innerlich. »Natürlich willst du deinen Sohn haben, Jamie. Ich habe niemals daran gezweifelt.«
»Ich werde mich darum kümmern, daß er eine gute Erziehung erhält. Er wird alles haben, was ich ihm bieten kann, und selbstverständlich werde ich zusehen, daß du entsprechend versorgt bist.«
Margaret schaute ihn verwirrt an. »Ich – ich verstehe nicht.«
»Ich sagte, ich möchte meinen Sohn haben.«
»Ich dachte – ich meine – du und ich –«
»Nein. Ich will nur den Jungen.«
Margaret wurde plötzlich wütend. »Ich verstehe. Aber ich werde es nicht zulassen, daß du ihn mir wegnimmst.«
Jamie musterte sie einen Moment lang. »Nun gut. Wir werden schon einen Kompromiß finden. Du kannst mit Jamie hierbleiben. Du kannst sein – sein Kindermädchen sein.« Er bemerkte ihren Gesichtsausdruck. »Was willst du eigentlich?«
»Ich will, daß mein Sohn einen ehrlichen Namen bekommt«, sagte sie grimmig. »Den Namen seines Vaters.«
»Gut, ich werde ihn adoptieren.«
Margaret sah ihn vorwurfsvoll an. »Mein Kind adoptieren? O nein. Du kriegst meinen Sohn nicht. Du tust mir leid. Der große Jamie McGregor. Bei all deinem Geld und deiner Macht hast du nichts. Du kannst einem leid tun.«
Und Jamie stand auf und sah zu, wie Margaret sich umdrehte und das Haus mit ihrem Sohn auf dem Arm verließ.
Am nächsten Morgen beschloß Margaret, nach Amerika zu gehen.

»Weglaufen wird auch nichts ändern«, schimpfte Mrs. Owens.
»Ich laufe nicht weg. Ich fahre dahin, wo mein Kind und ich ein neues Leben anfangen können.«
»Wann wollen Sie fahren?«
»So bald wie möglich. Ich habe genug Geld gespart, um bis nach New York zu kommen.«
»Bis dahin ist es weit.«
»Die Mühe lohnt sich. Man nennt Amerika das Land der unbegrenzten Möglichkeiten, nicht wahr? Mehr brauchen wir nicht.«

Jamie war immer stolz darauf gewesen, auch unter Druck die Ruhe zu bewahren. Jetzt aber brüllte er jeden an, der in seine Nähe kam. Drei Nächte lang hatte er keinen Schlaf gefunden und mußte dauernd an seine Unterhaltung mit Margaret denken. *Hol sie der Teufel!* Er hätte wissen müssen, daß sie versuchen würde, ihn in eine Ehe zu drängen. Sie war genauso verschlagen wie ihr Vater, und er hatte die Verhandlungen falsch geführt. Er hatte ihr lediglich gesagt, daß er für sie sorgen würde, aber nicht, wie. Natürlich. *Geld.* Er hätte ihr Geld anbieten sollen. Tausend Pfund – zehntausend Pfund – noch mehr, wenn es sein mußte.
»Ich habe eine heikle Aufgabe für dich«, teilte er David Blackwell mit.
»Ja, Sir.«
»Ich möchte, daß du mit Miß van der Merwe sprichst. Sag ihr, daß ich ihr zwanzigtausend Pfund biete. Sie weiß, was ich dafür haben will.« Jamie schrieb einen Scheck aus. »Gib ihr das.«
»Jawohl, Sir.« Und David Blackwell ging.
Eine Viertelstunde später kam er zurück und gab seinem Arbeitgeber den Scheck, der in der Mitte durchgerissen war, zurück. Jamie spürte, wie sein Gesicht rot wurde. »Danke, David. Das ist alles.«
Also war Margaret auf noch mehr Geld aus. Nun gut. Er würde es ihr geben, aber diesmal wollte er sich selbst mit ihr in Verbindung setzen.
Am späten Nachmittag ging er zu Mrs. Owens Logierhaus hinüber.
»Ich möchte Miß van der Merwe sprechen«, sagte Jamie.
»Es tut mir leid, aber das geht nicht. Sie ist auf dem Weg nach Amerika.«
Jamie fühlte sich, als hätte man ihm einen Schlag in die Magen-

grube versetzt. »Das kann nicht sein! Wann ist sie weggefahren?«
»Sie hat mit ihrem Sohn die Mittagskutsche nach Worcester genommen.«

Der Zug im Bahnhof von Worcester war bis auf den letzten Platz besetzt, die Sitze und Gänge quollen über von lärmenden Reisenden, die auf dem Weg nach Kapstadt waren. Händler mit ihren Frauen, Vertreter, Digger, Kaffer, Soldaten und Matrosen, die zum Dienst zurück mußten. Für die meisten war es die erste Zugfahrt, und es herrschte eine festliche Stimmung unter den Passagieren. Margaret hatte einen Sitz am Fenster ergattert, wo sie und der kleine Jamie nicht Gefahr liefen, von der Menge erdrückt zu werden. Sie saß da, hielt ihr Baby fest an sich gedrückt, vergaß die Menschen um sich herum, dachte an das neue Leben, das vor ihr lag. Es würde nicht leicht sein. Wo immer sie auch hinkäme, sie würde doch eine unverheiratete Frau mit Kind sein, eine Beleidigung für die Gesellschaft. Aber sie würde einen Weg finden, der es ihrem Sohn ermöglichte, ein anständiges Leben zu führen. Sie hörte, wie der Schaffner »Alles einsteigen« rief.
Sie sah auf und erblickte Jamie. »Pack deine Sachen«, befahl er. »Du steigst sofort aus.«
Er denkt immer noch, ich bin käuflich, dachte Margaret. »Wieviel bietest du dieses Mal?«
Jamie schaute auf seinen Sohn, der friedlich in Margarets Armen schlief. »Ich biete dir die Ehe an.«

9

Drei Tage später heirateten Jamie und Margaret. Es war eine kurze, private Feier mit David Blackwell, den sie als Zeugen eingeladen hatten.
Jamie McGregor erlebte die Zeremonie mit gemischten Gefühlen. Er hatte sich daran gewöhnt, andere zu kontrollieren und zu manipulieren, aber diesmal war er derjenige, der manipuliert wurde. Er warf einen Seitenblick auf Margaret, die neben ihm stand und beinahe schön aussah. Er dachte an ihre Leidenschaft und Hingabe, aber das war jetzt nur noch Erinnerung, nichts als

eine Erinnerung ohne Reiz und Gefühle. Er hatte Margaret zum Instrument seiner Rache gemacht, und sie hatte seinen Erben geboren.

Der Geistliche sagte: »Ich erkläre euch hiermit zu Mann und Frau. Sie dürfen die Braut jetzt küssen.«

Jamie beugte sich vor und berührte flüchtig Margarets Wange mit den Lippen. »Laß uns nach Hause gehen«, sagte er, denn dort erwartete ihn sein Sohn.

Zu Hause angekommen, zeigte er Margaret ihr Schlafzimmer in einem der beiden Flügel des Hauses.

»Hier ist dein Schlafzimmer«, teilte er ihr mit.

»Ich verstehe.«

»Ich werde eine andere Wirtschafterin anstellen und Mrs. Talley für Jamie behalten. Wenn du irgend etwas brauchst, sag es David Blackwell.«

Margaret fühlte sich, als hätte er sie geschlagen. Er behandelte sie wie eine Bedienstete, aber das zählte jetzt nicht. *Mein Sohn hat einen Namen. Das genügt mir.*

Jamie kam nicht zum Abendessen heim. Margaret wartete auf ihn und aß schließlich allein. In dieser Nacht lag sie lange wach und hörte jedes Geräusch im Haus. Um vier Uhr morgens schlief sie endlich ein. Ihr letzter Gedanke galt der Frage, welches der Mädchen bei Madame Agnes er wohl genommen hatte.

Wenn Margarets Beziehung zu Jamie sich auch durch die Hochzeit nicht geändert hatte, so machte doch ihre Beziehung zu den Bewohnern von Klipdrift eine wundersame Wandlung durch. Über Nacht war aus der Ausgestoßenen ein einflußreiches Mitglied der Gesellschaft geworden. Die meisten Bewohner der Stadt waren auf die eine oder andere Weise von Jamie McGregor abhängig, und sie waren zu dem Entschluß gekommen, daß Margaret van der Merwe, wenn sie für Jamie McGregor gut genug war, auch gut genug für sie sein müsse. Wenn Margaret jetzt mit dem kleinen Jamie spazierenging, begegnete man ihr lächelnd und grüßte sie freundlich. Sie wurde mit Einladungen zum Tee, zu Wohltätigkeitsveranstaltungen und Dinners überhäuft, und man bedrängte sie, Bürgerkomitees zu leiten. Wenn sie ihre Frisur änderte, wurde sie gleich von Dutzenden von Frauen in der Stadt nachgeahmt; wenn sie ein gelbes Kleid kaufte, kamen gelbe Kleider plötzlich in Mode. Margaret reagierte auf die Schmeicheleien in der gleichen Weise, wie sie schon auf die Feindseligkeiten reagiert hatte: mit ruhiger Würde.

Jamie kam nur nach Hause, um bei seinem Sohn zu sein. Seine Haltung Margaret gegenüber blieb distanziert und höflich. Jeden Morgen am Frühstückstisch spielte sie, ungeachtet der kühlen Gleichgültigkeit des Mannes, der ihr am Tisch gegenüber saß, vor den Bediensteten die Rolle der glücklichen Ehefrau. Doch sobald Jamie das Haus verlassen hatte, flüchtete sie sich in ihr Zimmer. Sie haßte sich selbst. Wo war ihr Stolz geblieben? Sie wußte, daß sie Jamie noch immer liebte. *Ich werde ihn immer lieben,* dachte sie. *Gott steh mir bei.*

Jamie war für drei Tage geschäftlich in Kapstadt. Als er aus dem Royal-Hotel trat, sagte ein livrierter schwarzer Chauffeur: »Kutsche gefällig, Sir?«
»Nein«, antwortete Jamie. »Ich laufe lieber.«
»Banda meinte, Sie würden lieber fahren.«
Jamie blieb stehen und sah den Mann scharf an. »Banda?«
»Ja, Mr. McGregor.«
Jamie stieg ein, der Kutscher knallte mit der Peitsche, und die Fahrt ging los. Jamie lehnte sich zurück. In den letzten beiden Jahren hatte er ein paarmal versucht, Banda ausfindig zu machen, jedoch ohne Erfolg. Und jetzt war er auf dem Weg zu einem Treffen mit seinem Freund.
Der Kutscher schlug die Richtung zum Hafenviertel ein, und Jamie wußte sofort, wohin die Fahrt ging. Eine Viertelstunde später hielten sie vor demselben verlassenen Lagerhaus, in dem Jamie und Banda damals ihr Abenteuer im Namib geplant hatten. *Was waren wir doch für waghalsige junge Dummköpfe,* dachte Jamie. Er stieg aus und ging auf das Lagerhaus zu, wo Banda ihn erwartete. Er sah noch genauso aus wie damals, nur trug er jetzt einen Anzug, Hemd und Krawatte.
Sie standen da, grinsten sich an, ohne ein Wort zu sagen, und umarmten sich schließlich.
»Du siehst wohlhabend aus«, sagte Jamie lächelnd.
Banda nickte. »Es ist mir nicht schlechtgegangen. Ich habe die Farm gekauft, von der wir gesprochen haben. Ich habe eine Frau und zwei Söhne, baue Weizen an und züchte Strauße.«
»Strauße?«

»Ihre Federn bringen eine Menge Geld.«
»Aha. Ich möchte deine Familie kennenlernen, Banda.«
Jamie dachte an seine eigene Familie in Schottland und daran, wie sehr er sie vermißte. Er war nun schon vier Jahre von zu Hause weg.
»Ich habe versucht, dich zu finden.«
»Ich hatte zu tun, Jamie.« Banda kam näher. »Ich mußte dich treffen, um dich zu warnen. Es wird Ärger für dich geben.«
Jamie betrachtete ihn nachdenklich. »Was für Ärger?«
»Der Mann, der das Namibfeld leitet – Hans Zimmermann –, das ist ein übler Kerl. Die Arbeiter hassen ihn. Sie wollen abhauen. Und wenn sie das tun, werden deine Wachen versuchen, sie daran zu hindern, und es gibt einen Aufstand.«
Jamie wandte den Blick nicht einen Moment lang von Bandas Gesicht.
»Erinnerst du dich – ich habe mal den Namen eines Mannes erwähnt, John Tengo Javabu?«
»Ja. Ein politischer Führer, ich habe über ihn gelesen. Er hat einen *donderstorm* entfacht.«
»Ich bin einer seiner Anhänger.«
Jamie nickte. »Ich verstehe. Ich werde das Nötige veranlassen«, versprach er.
»Gut. Du bist ein mächtiger Mann geworden, Jamie, das freut mich.«
»Danke, Banda.«
»Und du hast einen hübschen Jungen.«
Jamie konnte seine Überraschung nicht verbergen. »Woher weißt du das?«
»Ich bin gern über meine Freunde auf dem laufenden.« Banda erhob sich. »Ich muß zu einer Versammlung, Jamie. Ich werde den Leuten mitteilen, daß die Situation im Namib bereinigt wird.«
»Ja. Ich kümmere mich darum.« Er folgte dem hochgewachsenen Schwarzen zur Tür. »Wann sehe ich dich wieder?«
Banda grinste. »Ich bleibe in der Gegend. Mich wirst du nicht so schnell los.«
Und weg war er.

Sobald Jamie nach Klipdrift zurückgekehrt war, ließ er den jungen David Blackwell zu sich kommen. »Hat es draußen im Namibgebiet irgendwelchen Ärger gegeben?«

»Nein, Mr. McGregor.« Er zögerte. »Aber es gibt Gerüchte, daß es dazu kommen könnte.«
»Der Aufseher dort heißt Hans Zimmermann. Finde heraus, ob er die Arbeiter schlecht behandelt. Wenn ja, unterbinde es. Ich möchte, daß du selbst hinfährst.«
»Ich breche morgen früh auf.«

David verbrachte zwei Stunden damit, sich in Ruhe mit den Wachleuten und den Arbeitern der Diamantenfelder zu unterhalten. Was er zu hören bekam, erfüllte ihn mit kalter Wut, und nachdem er alles erfahren hatte, was er wissen wollte, suchte er Hans Zimmermann auf.
Hans Zimmermann war ein Koloß von einem Mann, wog dreihundert Pfund und maß fast zwei Meter. Mit seinem verschwitzten und stoppeligen Gesicht und den blutunterlaufenen Augen war er einer der abstoßendsten Menschen, die David Blackwell je gesehen hatte. Gleichzeitig war er aber einer der effizientesten Aufseher, die für Kruger-Brent Ltd. arbeiteten. Als David das kleine Büro betrat, saß er hinter seinem Schreibtisch und beherrschte mit seiner Größe den gesamten Raum.
Zimmermann erhob sich und schüttelte David die Hand. »Freut mich, Sie zu sehen, Mr. Blackwell. Sie hätten mir sagen sollen, daß Sie kommen.«
David war sicher, daß Zimmermann schon von seiner Anwesenheit unterrichtet worden war.
»Whisky?«
»Nein, danke.«
Zimmermann lehnte sich in seinem Stuhl zurück und grinste. »Was kann ich für Sie tun? Schaffen wir nicht genug Diamanten für den Boß heran?«
Beide Männer wußten, daß die Diamantenproduktion im Namib exzellent war. »Ich hol aus den Kaffern mehr raus als irgendeiner sonst in der Firma«, pflegte sich Zimmermann zu brüsten.
»Wir haben Beschwerden wegen der Arbeitsbedingungen hier bekommen«, sagte David.
Das Lächeln schwand aus Zimmermanns Gesicht. »Was für Beschwerden?«
»Daß die Leute hier schlecht behandelt werden und –«
Zimmermann sprang mit einer Wendigkeit auf die Füße, die man ihm kaum zugetraut hätte. Sein Gesicht war rot vor Wut.

»Das sind keine Menschen, das sind Kaffern. Ihr sitzt in der Verwaltung auf euren Hintern und –«
»Hören Sie mir zu«, sagte David. »Es gibt keine –«
»Sie hören mir zu! Ich produziere mehr Scheißdiamanten als irgendein anderer in dieser Firma, und wissen Sie auch, warum? Weil ich diese Mistkerle das Fürchten lehre.«
»In unseren anderen Minen«, antwortete David, »bezahlen wir neunundfünfzig Shilling im Monat und die Unterkunft. Sie zahlen Ihren Arbeitern nur fünfzig im Monat.«
»Wollen Sie sich etwa beschweren, weil ich bessere Geschäfte für Sie mache? Hier zählt nur der Profit.«
»Jamie McGregor ist damit nicht einverstanden«, erwiderte David. »Erhöhen Sie die Löhne.«
»Na gut, ist ja das Geld vom Boß«, sagte Zimmermann mürrisch.
»Ich höre, daß hier die Peitsche regiert.«
Zimmermann knurrte. »Um Gottes willen, Mister, Sie können einem Eingeborenen gar nicht weh tun. Die haben so'n dickes Fell, daß sie die Peitsche gar nicht spüren. Sie jagt ihnen nur einen gehörigen Schrecken ein.«
»Dann haben Sie schon drei Arbeiter zu Tode erschreckt, Mr. Zimmermann.« Zimmermann zuckte mit den Schultern. »Wo die herkommen, gibt es noch genug andere.«
Er ist eine verdammte Bestie, dachte David, *und eine gefährliche noch dazu.* Er schaute zu dem riesigen Aufseher auf. »Wenn es hier noch einmal Ärger gibt, werden Sie abgesetzt.« Er stand auf. »Sie werden anfangen, Ihre Männer wie Menschen zu behandeln. Ab sofort keine Bestrafungen mehr. Außerdem habe ich die Unterkünfte inspiziert. Das sind Schweineställe. Bringen Sie das in Ordnung.«
Hans Zimmermann glotzte ihn an, kämpfte um seine Beherrschung. »Sonst noch was?« brachte er schließlich heraus.
»Ja. In drei Monaten bin ich wieder hier. Und wenn mir das nicht gefällt, was ich dann sehe, können Sie sich bei einer anderen Firma nach einem Job umsehen. Guten Tag.« David drehte sich um und ging hinaus.
Hans Zimmermann stand noch eine Weile am gleichen Platz, kochend vor Wut. *Diese Idioten,* ging es ihm durch den Kopf. *Uitlanders.* Zimmermann war Bure, und sein Vater war Bure gewesen. Ihnen gehörte das Land, und Gott hatte die Schwarzen erschaffen, damit sie ihnen dienen. Das war es, was Jamie McGre-

gor nicht verstand, aber was konnte man schon von einem *uitlander,* einem Eingeborenenfreund, erwarten? Hans Zimmermann wußte wohl, daß er in Zukunft ein bißchen vorsichtiger sein mußte. Aber er würde denen schon zeigen, wer im Namib der Herr war.

Kruger-Brent Ltd. expandierte, und Jamie McGregor war viel unterwegs. Er erwarb eine Papierfabrik in Kanada und eine Schiffswerft in Australien. Wenn er zu Hause war, verbrachte er die ganze Zeit mit seinem Sohn, der ihm von Tag zu Tag ähnlicher wurde. Jamie war ungeheuer stolz auf seinen Sohn und wollte ihn mit auf seine langen Reisen nehmen, doch dem widersetzte sich Margaret.

»Er ist viel zu jung zum Reisen. Wenn er älter ist, kannst du ihn mitnehmen. Wenn du mit ihm zusammensein willst, dann hier.« Bevor Jamie sich versah, feierte sein Sohn den ersten Geburtstag, und dann seinen zweiten – nicht zu fassen, wie die Zeit raste. Man schrieb das Jahr 1887. Für Margaret hatten sich die vergangenen beiden Jahre dahingeschleppt. Einmal pro Woche lud Jamie Gäste zum Abendessen, und sie spielte die reizende Gastgeberin an seiner Seite. Andere Männer hielten sie für witzig und schlagfertig und unterhielten sich gerne mit ihr, und sie wußte, daß einige von ihnen sie sehr attraktiv und anziehend fanden; aber natürlich ließ das keiner offen erkennen. Schließlich war sie die Frau von Jamie McGregor. Wenn der letzte der Gäste das Haus verlassen hatte, fragte Margaret gewöhnlich: »Ist der Abend in deinem Sinne verlaufen?«

Jamie gab stets die gleiche Antwort: »Ja, sicher. Gute Nacht«, und ging dann, um noch einmal nach dem kleinen Jamie zu sehen. Einige Minuten später hörte sie dann, wie die Eingangstür hinter ihm ins Schloß fiel, und er das Haus verließ.

Nächtelang lag Margaret wach in ihrem Bett und dachte über ihr Leben nach. Ihre Ehe war eine Farce, und ihr Mann behandelte sie schlimmer als eine Fremde. Sie fragte sich, was er wohl täte, wenn sie ihm eines Morgens beim Frühstück den extra aus Schottland importierten Haferbrei über seinen Dickschädel kippte. Sie konnte sich seinen Gesichtsausdruck so gut vorstellen, und das Bild erheiterte sie so sehr, daß sie anfing zu kichern. Doch dann schlug ihr Lachen in herzergreifendes Schluchzen um. *Ich will ihn nicht mehr lieben. Ich will nicht mehr. Ich werde aufhören damit, irgendwie, bevor er mich ganz zerstört . . .*

Im Jahre 1890 hatte Klipdrift die Erwartungen Jamies mehr als erfüllt. In den sieben Jahren, die er nun dort war, hatte es sich zu einer florierenden Stadt entwickelt, und Schürfer strömten aus allen Teilen der Welt herbei. Es war immer die gleiche Geschichte: Sie kamen per Kutsche, in ihren Planwagen und zu Fuß, mit nichts außer den Fetzen, die sie auf dem Leib trugen. Sie brauchten Nahrung, Ausrüstung, Unterkunft und einen Vorschuß. Und Jamie McGregor war es, der sie mit alldem versorgte. Er war an Dutzenden von ertragreichen Diamanten- und Goldminen beteiligt, sein Name war bekannt, und sein guter Ruf verbreitete sich. Eines Morgens erhielt Jamie den Besuch eines Anwalts von De Beers, dem gigantischen Konzern, der die riesigen Diamantenfelder in Kimberley kontrollierte. »Was kann ich für Sie tun?« fragte Jamie.

»Ich bin hier, um Ihnen ein Angebot zu machen, Mr. McGregor. De Beers möchte Sie aufkaufen. Nennen Sie Ihren Preis.«

Es war ein erhebender Augenblick. Jamie grinste und sagte: »Nennen Sie *Ihren.*«

David Blackwell wurde für Jamie immer unentbehrlicher. In dem jungen Amerikaner erkannte er sich selbst wieder, so, wie er einst gewesen war. Der Junge war ehrlich, intelligent und loyal. Jamie machte David zuerst zum Sekretär, dann zu seinem persönlichen Assistenten und schließlich, als er einundzwanzig Jahre alt wurde, zu seinem Geschäftsführer.

Für David Blackwell war Jamie McGregor ein Ersatzvater. Als sein eigener Vater einen Herzinfarkt erlitt, war es Jamie, der für den Krankenhausaufenthalt sorgte und die Ärzte bezahlte, und als Davids Vater starb, kümmerte sich Jamie McGregor um das Begräbnis. Er war sich der problematischen Beziehung zwischen Jamie und Margaret bewußt und bedauerte sie zutiefst, weil er sie beide mochte. *Aber es geht mich nichts an,* sagte David sich. *Meine Aufgabe ist es, Jamie so gut wie möglich zu helfen.*

Jamie verbrachte immer mehr Zeit mit seinem Sohn. Der Junge war jetzt fünf Jahre alt, und als Jamie ihn zum erstenmal mit zu den Minen nahm, sprach er eine Woche lang von nichts anderem. Sie unternahmen gemeinsame Ausflüge, zelteten und schliefen unter den Sternen. Jamie war noch mit dem Himmel über Schottland vertraut; hier in Südafrika waren die Konstellationen für ihn verwirrend. Aber es war für Jamie ein ganz beson-

deres Gefühl, auf der warmen Erde zu liegen, mit seinem Sohn in den zeitlosen Himmel zu schauen und dabei zu wissen, daß sie beide ein Teil der gleichen Ewigkeit waren.
Sie standen im Morgengrauen auf und jagten Wild für den Kochtopf: Reb- und Perlhühner, Riedböcke und Bleichböckchen. Der kleine Jamie besaß ein eigenes Pony, und Vater und Sohn ritten durch das Grasland, umgingen dabei vorsichtig die von den Ameisenbären gegrabenen Zweimeterlöcher, die tief genug waren, um einen Reiter samt Pferd darin verschwinden zu lassen, sowie die kleineren Löcher, die die Meerkatzen gebuddelt hatten.
Es war nicht ungefährlich draußen im Veld. Auf einem Ausflug zelteten Jamie und sein Sohn an einem Flußbett, wo sie fast von einer Herde wandernder Springböcke zermalmt wurden. Die erste Warnung war eine schwache Staubwolke am Horizont gewesen. Hasen, Schakale und Meerkatzen waren an ihnen vorbeigerannt, große Schlangen kamen aus dem Buschwerk gekrochen, um sich unter Felsen in Sicherheit zu bringen. Jamie hatte noch einmal den Horizont abgesucht. Die Staubwolke rückte näher.
»Wir müssen weg von hier«, sagte er.
»Und unser Zelt –«
»Egal!« Die beiden waren schnell aufgesessen und hielten auf eine Anhöhe zu. Sie hörten schon das Trommeln der Hufe und konnten die vorderen Springböcke ausmachen. Die Tiere rasten in einer Reihe von mehr als drei Meilen Länge dahin – über eine halbe Million Böcke, die alles hinwegfegten, was sich ihnen in den Weg stellte. Bäume wurden umgemäht, und Sträucher zu Pulver getrampelt, und im Kielwasser dieser gnadenlosen Flut blieben die Kadaver Hunderter kleinerer Tiere zurück. Die Luft war nur noch Staub und Donnern, und als schließlich alles vorbei war, hatte es nach Jamies Schätzung mehr als drei Stunden gedauert.
An Jamies sechstem Geburtstag sagte sein Vater: »Nächste Woche nehme ich dich mit nach Kapstadt und zeige dir, wie eine richtige Stadt aussieht.«
»Kommt Mutter auch mit?« fragte Jamie. »Sie mag die Jagd nicht, aber Städte schon.«
Sein Vater fuhr ihm durchs Haar und sagte: »Sie hat hier zuviel zu tun, mein Sohn. Nur wir beiden Männer, ja?«
Daß Vater und Mutter so distanziert miteinander umgingen,

war für den Jungen beunruhigend, aber er wußte nicht, wie er etwas daran ändern könnte.

Sie unternahmen die Fahrt in Jamies privatem Eisenbahnwaggon. Er war zweiundzwanzig Meter lang und verfügte über vier getäfelte Privatabteile für insgesamt zwölf Personen, über einen Salon, der gleichzeitig als Büro benutzt werden konnte, ein Speiseabteil, eine Bar und eine komplett eingerichtete Küche. In den Privatabteilen gab es Messingbetten, Pintschgaslampen und große Panoramafenster.

»Wo sind die Passagiere alle?« fragte der Junge.

Jamie lachte. »Wir sind alle Passagiere. Dies ist dein Zug, mein Sohn.«

Der kleine Jamie schaute fast die ganze Fahrt über aus dem Fenster. »Dies ist Gottes Land«, sagte sein Vater zu ihm. »Er hat es für uns mit kostbaren Mineralien angefüllt. Sie liegen im Boden und warten darauf, entdeckt zu werden. Was bis jetzt gefunden wurde, ist nur der Anfang, Jamie.«

Die Menschenmassen und die riesigen Gebäude in Kapstadt schüchterten den kleinen Jamie ein. Sein Vater nahm ihn mit hinunter zur McGregor Shipping Line und zeigte auf ein halbes Dutzend Schiffe, die im Hafen gelöscht wurden. »Siehst du sie? Sie gehören alle uns.«

Als sie nach Klipdrift zurückkehrten, sprudelte der kleine Jamie seine Eindrücke nur so hervor. »Papa gehört die ganze Stadt!« rief er. »Dir würde es auch gefallen, Mama. Nächstes Mal kommst du auch mit.«

Margaret drückte ihren Sohn fest an sich. »Ja, Liebling.«

Jamie verbrachte viele Nächte außer Haus. Margaret hatte gehört, daß er ein Haus für eines der Mädchen von Madame Agnes gekauft hatte, so daß er sie diskret aufsuchen konnte. Es war ihr unmöglich herauszufinden, ob das Gerücht stimmte. Margaret wußte nur eines: Ganz egal, wer die Frau war, sie hätte sie am liebsten umgebracht.

Um nicht verrückt zu werden, zwang sie sich dazu, sich für das Wohl der Stadt zu interessieren. Sie sammelte Gelder für eine neue Kirche und gründete eine Mission für die Familien von Diggern, die in Bedrängnis geraten waren. Sie verlangte von Ja-

mie, daß er einen seiner Eisenbahnwaggons den Diggern, denen Geld und Hoffnung ausgegangen waren, für die Rückfahrt nach Kapstadt kostenlos zur Verfügung stellte.
»Du bittest mich, gutes Geld aus dem Fenster zu schmeißen, Frau«, brummte er. »Sie können ebensogut zurückgehen, so wie sie hergekommen sind.«
»Sie können nicht mehr laufen«, argumentierte Margaret. »Und wenn sie bleiben, muß die Stadt für ihre Verpflegung und Kleidung aufkommen.«
»Na gut«, grummelte Jamie schließlich. »Aber es ist eine verdammt blöde Idee.«
»Danke, Jamie.« Er beobachtete, wie Margaret aus seinem Büro marschierte, und konnte sich eines Gefühls des Stolzes nicht erwehren. *Für irgendeinen anderen würde sie schon eine gute Frau abgeben,* dachte er.

Das Mädchen, für das Jamie ein Haus gekauft hatte, hieß Maggie. Sie war die hübsche Prostituierte, die bei der Babyparty gleich neben Margaret gesessen hatte. Es war eine Ironie, dachte Jamie, daß sie den gleichen Namen trug wie seine Frau. Sie ähnelten sich überhaupt nicht. Seine Maggie war eine einundzwanzigjährige Blondine mit einem kecken Gesicht und einem üppigen Körper – eine wahre Wildkatze im Bett. Er hatte Madame Agnes dafür, daß sie das Mädchen ziehen ließ, gut bezahlt und gab Maggie ein großzügiges Taschengeld. Er war sehr diskret, wenn er das kleine Haus aufsuchte, was fast nur nachts geschah, und er war sich sicher, daß er unbeobachtet blieb. In Wirklichkeit wurde er von vielen Leuten gesehen, aber keiner hielt es für nötig, darüber zu sprechen. Dies war Jamie McGregors Stadt, und er konnte tun und lassen, was ihm gefiel.
An diesem Abend hatte Jamie keine rechte Freude an seinem Besuch. Er war gekommen, um sich zu vergnügen, doch Maggie hatte schlechte Laune. Sie lag ausgestreckt auf dem großen Bett, und ihr rosenrotes Hausgewand verbarg nur unvollkommen ihre vollen Brüste und das seidige, goldene Dreieck zwischen ihren Schenkeln. »Ich hab' die Nase voll davon, die ganze Zeit in diesem verfluchten Haus eingesperrt zu sein«, sagte sie. »Als wenn ich eine Sklavin oder so was wäre! Bei Madame Agnes war wenigstens immer was los. Warum nimmst du mich nie mit, wenn du verreist?«
»Das hab' ich dir doch erklärt, Maggie. Ich kann nicht –«

Sie sprang aus dem Bett und stand in ihrem klaffenden Hausmantel herausfordernd vor ihm. »Scheißdreck! Deinen Sohn nimmst du überall mit hin. Bin ich weniger wert als dein Sohn?«
»Ja«, sagte Jamie. Seine Stimme war gefährlich ruhig. »Bist du.« Er ging an die Bar hinüber und schenkte sich einen Kognak ein – seinen vierten.
»In deinen Augen bin ich überhaupt nichts«, schrie Maggie. »Nur ein Stück Scheiße.« Sie warf den Kopf in den Nacken und lachte höhnisch. »Großer, spießiger Schottländer.«
»Schotte heißt das – nicht Schottländer.«
»Himmel noch mal, hör endlich auf, an mir herumzumäkeln. Nichts, was ich tue, ist dir gut genug. Was glaubst du eigentlich, wer du bist, zum Teufel? Mein verdammter Vater?«
Jamie reichte es. »Du kannst morgen zu Madame Agnes zurückgehen. Ich werde ihr sagen, daß du kommst.« Er nahm seinen Hut und ging zur Tür.
»So einfach wirst du mich nicht los, du Scheißkerl!« Wutentbrannt ging sie hinter ihm her.
Jamie hielt an der Tür inne. »Ich bin dich gerade losgeworden.« Und er verschwand in der Nacht.
Zu seinem Erstaunen merkte er, daß er unsicher auf den Beinen war. Er fühlte sich benebelt. Es mußten doch mehr als vier Kognak gewesen sein. Er dachte an Maggie, daran, wie sie mit ihrem Leib geprahlt, ihn scharfgemacht und sich ihm dann verweigert hatte. Sie hatte mit ihm gespielt, ihn gestreichelt und war mit ihrer weichen Zunge über seinen ganzen Körper gefahren, bis er ganz wild nach ihr war. Und dann hatte sie diesen Streit vom Zaun gebrochen und ihn erregt und unbefriedigt zurückgelassen.
Jamie betrat die Diele seines Hauses und kam, auf dem Weg zu seinem Zimmer, an Margarets Schlafzimmertür vorbei, unter der ein Lichtstreifen durchschien. Sie war noch wach. Plötzlich stellte er sich Margaret im Bett vor, mit nichts als einem dünnen Nachthemd bekleidet. Oder vielleicht nackt. Er erinnerte sich daran, wie ihr üppiger, voller Körper sich unter ihm im Schatten der Bäume am Oranjefluß gewunden hatte. Vom Alkohol beflügelt, öffnete er Margarets Schlafzimmertür und trat ein.
Sie lag im Bett und las beim Licht einer Kerosinlampe. Überrascht sah sie auf. »Jamie . . . stimmt was nicht?«
»Weil ich meiner Frau mal'n kleinen Besuch abstatten will?« Die

Worte kamen undeutlich heraus. Sie trug ein durchsichtiges Nachthemd, und Jamie konnte sehen, wie sich der Stoff über ihren vollen Brüsten spannte. *Mein Gott, sie hat einen herrlichen Körper!* Er begann, sich auszuziehen.
Margaret sprang mit einem Satz aus dem Bett, die Augen weit aufgerissen. »Was hast du vor?«
Jamie knallte die Tür mit dem Fuß hinter sich zu und ging zu ihr. In Sekundenschnelle hatte er sie aufs Bett geworfen und lag nackt neben ihr. »Herrgott, ich will dich, Maggie.«
In seiner trunkenen Verwirrung wußte er nicht recht, welche Maggie er eigentlich wollte. Wie sie sich wehrte! Ja, das war seine kleine Wildkatze. Er lachte, als es ihm endlich gelang, ihre hin- und herschlagenden Arme und Beine aufs Bett zu drücken. Und plötzlich war sie offen für ihn, zog ihn an sich und sagte: O mein Liebling, mein geliebter Jamie. Ich brauche dich so sehr.«
Und er dachte: *Ich hätte nicht so gemein zu dir sein sollen. Morgen früh sag ich dir, daß du nicht zu Madame Agnes zurück mußt ...*
Als Margaret am nächsten Morgen erwachte, war sie allein in ihrem Bett. Sie spürte Jamie immer noch in sich und hörte ihn sagen: *Herrgott, ich will dich, Maggie,* und eine wilde, unbändige Freude erfüllte sie. Sie hatte es die ganze Zeit gewußt. Er liebte sie doch. Die Jahre des Wartens, des Schmerzes, der Einsamkeit und der Erniedrigung hatten sich gelohnt.
Den Rest des Tages verbrachte Margaret in Euphorie. Sie nahm ein Bad, wusch sich die Haare und zog sich wohl mehr als ein dutzendmal um, bis sie ein Kleid gefunden hatte, von dem sie annahm, daß es Jamie gefallen würde. Sie gab der Köchin frei, damit sie selbst Jamies Lieblingsgericht zubereiten konnte, und änderte den gedeckten Tisch immer wieder aufs neue, bis sie mit dem Kerzen- und Blumenarrangement zufrieden war.
Jamie kam nicht zum Abendessen nach Hause. Er kam die ganze Nacht nicht nach Hause. Margaret saß in der Bibliothek und wartete bis drei Uhr morgens auf ihn. Endlich ging sie zu Bett. Allein. Als Jamie am nächsten Abend nach Hause kam, nickte er Margaret höflich zu und verschwand im Zimmer seines Sohnes. Margaret starrte ihm wie vom Donner gerührt nach, drehte sich dann langsam um und betrachtete sich im nächsten Spiegel. Sie war niemals schöner gewesen, aber bei näherem Hinsehen konnte sie ihre Augen nicht wiedererkennen. Es waren die Augen einer Fremden.

10

»Ich darf Ihnen etwas Erfreuliches mitteilen, Mrs. McGregor«, strahlte Dr. Teeger. »Sie erwarten ein Kind.«
Seine Worte schockierten Margaret, und sie wußte nicht, ob sie lachen oder weinen sollte. *Etwas Erfreuliches?* Unmöglich, noch ein Kind in dieser lieblosen Ehe aufwachsen zu lassen. Margaret mußte einen Ausweg finden, und noch während sie darüber nachdachte, überkam sie plötzliche Übelkeit, und der kalte Schweiß brach ihr aus.
»Morgenübelkeit?« hörte sie Dr. Teeger sagen.
»Ein bißchen.« Er gab ihr ein paar Tabletten. »Nehmen Sie die, sie werden Ihnen helfen. Sie sind bei bester Gesundheit, Mrs. McGregor, es gibt keinen Grund zur Sorge. Sie können beruhigt nach Hause gehen und Ihrem Mann die gute Nachricht überbringen.«
»Ja«, antwortete sie automatisch. »Das werde ich tun.«

Sie aßen gerade zusammen zu Abend, als Margaret sagte: »Ich war heute beim Arzt, ich bekomme ein Kind.«
Ohne ein Wort zu sagen, zerknüllte Jamie seine Serviette, sprang vom Stuhl auf und stürmte aus dem Zimmer. In diesem Moment begriff Margaret, daß sie Jamie McGregor mit der gleichen Intensität hassen konnte, mit der sie ihn liebte.
Die Schwangerschaft verlief schwierig, und Margaret, schwach und müde, verbrachte viel Zeit im Bett. Sie lag da, Stunde um Stunde, gab sich ihren Phantasien hin, stellte sich Jamie zu ihren Füßen vor, wie er sie um Vergebung anflehte und sie wild liebte. Aber das waren nur Traumbilder, in Wirklichkeit saß sie in einer Falle und konnte sich nirgendwohin wenden. Und selbst wenn sie ihn verlassen sollte, würde er ihr doch niemals erlauben, ihren Sohn mitzunehmen.
Jamie war nun sieben, ein gesunder, hübscher Junge, humorvoll und von schneller Auffassungsgabe. Er hatte sich mehr an seine Mutter angelehnt, es war, als ob er fühlte, wie unglücklich sie war. Immer, wenn Jamie sie fragte, warum sein Vater über Nacht wegblieb und niemals mit ihr ausging, antwortete Margaret ihm: »Dein Vater ist ein sehr wichtiger Mann, Jamie, der große Dinge tut und sehr beschäftigt ist.«
Was zwischen seinem Vater und mir steht, ist mein Problem, dachte Margaret, *und ich will nicht, daß Jamie seinen Vater deswegen haßt.*

Margarets Schwangerschaft ließ sich immer weniger verbergen, und wenn sie über die Straße ging, wurde sie oft von Bekannten angehalten. »Jetzt dauert's nicht mehr lange, nicht wahr, Mrs. McGregor? Ich wette, es wird genauso ein prächtiger Bursche wie der kleine Jamie. Ihr Mann muß sehr glücklich sein.«
Hinter ihrem Rücken aber sagten sie: »Armes Ding, sie sieht verhärmt aus – sie muß von der Hure gehört haben, die er sich als Geliebte hält . . .«
Margaret bemühte sich, Jamie junior auf den neuen Erdenbürger vorzubereiten. »Du bekommst ein Brüderchen oder Schwesterchen, Liebling. Dann hast du immer jemanden, mit dem du spielen kannst. Freust du dich?«
Jamie umarmte sie und sagte: »Dann hast du wenigstens Gesellschaft, Mutter.« Und Margaret kämpfte gegen die aufsteigenden Tränen an.

Die Wehen begannen um vier Uhr morgens, und Mrs. Talley schickte nach Hannah. Das Baby kam um die Mittagszeit auf die Welt. Es war ein gesundes kleines Mädchen. Margaret nannte sie Kate.
Das ist ein schöner, starker Name, dachte sie. *Und sie wird ihre Stärke brauchen, wir alle brauchen sie. Ich muß die Kinder von hier wegbringen. Irgendwie muß ich einen Weg finden.*

David Blackwell stürzte ohne anzuklopfen in Jamie McGregors Büro, der erstaunt aufblickte. »Was, zum Teufel –?«
»Im Namib ist ein Aufruhr ausgebrochen!«
Jamie stand auf. *»Was?* Was ist passiert?«
»Einer von den schwarzen Jungen wurde erwischt, als er versuchte, einen Diamanten zu stehlen. Er hatte sich ein Loch in die Achselhöhle geschnitten und den Stein darin versteckt. Um allen Arbeitern eine Lektion zu erteilen, hat Hans Zimmermann ihn vor versammelter Mannschaft auspeitschen lassen. Der Junge ist tot. Er war zwölf Jahre alt.«
In Jamies Gesicht spiegelte sich Wut. »Jesus Maria! Ich habe doch befohlen, das Auspeitschen in allen Minen sofort einzustellen.«
»Ich habe Zimmermann gewarnt.«
»Schmeiß den Scheißkerl raus.«
»Wir können ihn nicht finden.«
»Wieso nicht?«

»Die Schwarzen haben ihn. Wir sind nicht mehr Herr der Lage.«
Jamie griff nach seinem Hut. »Bleib hier und kümmere dich um alles, bis ich zurückkomme.«
»Sie riskieren Kopf und Kragen, wenn Sie rausfahren, Mr. McGregor. Der Eingeborene, den Zimmermann umgebracht hat, war vom Stamm der Baralong. Die vergessen und vergeben nicht. Ich könnte –«
Aber Jamie war schon weg.

Schon zehn Meilen vor dem Diamantenfeld sah Jamie den Rauch. Alle Hütten im Namib waren in Brand gesetzt worden. *Diese verdammten Dummköpfe!* dachte Jamie. *Brennen ihre eigenen Häuser nieder.* Als seine Kutsche näher heranrollte, hörte er Schüsse und Schreie. Uniformierte Polizisten schossen auf Schwarze und Farbige, die verzweifelt versuchten zu flüchten. Die Weißen waren zahlenmäßig im Verhältnis zehn zu eins unterlegen, aber sie hatten die Waffen.
Als Bernard Sothey, der Polizeichef, Jamie McGregor erblickte, kam er eilends auf ihn zu und versicherte ihm: »Machen Sie sich keine Sorgen, Mr. McGregor, wir werden jeden einzelnen von den Kerlen kriegen.«
»Den Teufel werden Sie!« schrie Jamie. »Befehlen Sie Ihren Männern sofort, das Schießen einzustellen.«
»Was? Wenn wir –«
»Tun Sie, was ich Ihnen gesagt habe!« Onmächtig vor Wut beobachtete Jamie, wie eine schwarze Frau im Kugelhagel zusammenbrach. »Ziehen Sie Ihre Männer ab.«
»Wie Sie meinen, Sir.«
Der Polizeichef gab den Befehl an einen Untergebenen weiter, und in den nächsten drei Minuten war die Schießerei beendet.
Das Gelände war mit Leichen übersät. »Wenn Sie mich fragen«, sagte Sothey, »ich würde –«
»Ich frage Sie aber nicht. Bringen Sie mir den Anführer.«
Zwei Polizisten führten einen blutbespritzten jungen Schwarzen in Handschellen vor. Er zeigte nicht die gringste Spur von Angst, stand da, groß und aufrecht, mit blitzenden Augen, und Jamie erinnerte sich an Bandas Wort für den Stolz der Bantu: *isiko.*
»Ich bin Jamie McGregor.«
Der Mann spuckte aus.

»Ich habe nichts mit dem zu tun, was hier passiert ist. Ich will es an Ihren Männern wieder gutmachen.«
»Sagen Sie das deren Witwen.«
Jamie drehte sich zu Sothey um. »Wo ist Hans Zimmermann?«
»Wir suchen immer noch nach ihm, Sir.«
Jamie sah das Leuchten in den Augen des Schwarzen und wußte, daß man Hans Zimmermann nicht finden würde.
Er sagte: »Ich lasse die Diamantenfelder für drei Tage schließen und möchte, daß Sie mit Ihren Leuten reden. Geben Sie mir eine Liste mit Ihren Beschwerden, und ich schaue mir die Sache an. Ich verspreche Ihnen, fair zu sein und alles hier zu ändern, was nicht rechtens ist.«
Der Schwarze betrachtete ihn skeptisch.
»Es wird hier einen neuen Aufseher geben und anständige Arbeitsbedingungen. Aber ich erwarte Ihre Leute in drei Tagen zur Arbeit zurück.«
Der Polizeichef sagte ungläubig: »Wollen Sie damit sagen, daß Sie ihn gehen lassen? Er hat ein paar meiner Männer auf dem Gewissen.«
»Ich werde eine genaue Untersuchung anordnen und –«
Sie hörten ein Pferd auf sie zugaloppieren, und Jamie drehte sich um. Es war David Blackwell, und sein unerwartetes Erscheinen ließ Jamie das Schlimmste befürchten.
David sprang vom Pferd. »Mr. McGregor, Ihr Sohn ist verschwunden.«
Die Welt war plötzlich kalt.

Halb Klipdrift war auf den Beinen, um sich der Suche anzuschließen. Sie schwärmten in Gruppen aus, suchten in Schluchten und Spalten. Nirgendwo eine Spur von dem Jungen.
Jamie war wie besessen. *Er ist nur irgendwohin gelaufen, das ist alles. Er wird zurückkommen.*
Er betrat Margarets Schlafzimmer. Sie lag im Bett und stillte das Baby.
»Gibt es etwas Neues?« wollte sie wissen.
»Noch nicht, aber ich finde ihn schon.« Er schaute kurz auf seine kleine Tochter, drehte sich um und ging, ohne ein weiteres Wort zu verlieren, hinaus.
Mrs. Talley kam ins Zimmer und knüllte ihre Schürze in den Händen. »Machen Sie sich keine Sorgen, Mrs. McGregor. Jamie ist ein großer Junge und kann schon selbst auf sich aufpassen.«

Margarets Augen schwammen in Tränen. *Es würde doch keiner dem kleinen Jamie etwas zuleide tun, oder? Nein, natürlich nicht.*
Mrs. Talley beugte sich herab und nahm Margaret Kate ab. »Versuchen Sie zu schlafen.«
Sie brachte das Baby ins Kinderzimmer, Kate sah zu ihr auf und lächelte.
»Und du schläfst besser auch, Kleine. Du hast ein anstrengendes Leben vor dir.«
Mrs. Talley verließ das Zimmer und schloß die Tür hinter sich.
Um Mitternacht wurde das Schlafzimmerfenster leise geöffnet, und ein Mann stieg ein. Er ging zur Wiege hinüber, warf eine Decke über den Kopf des Kindes und barg es in seinen Armen. Banda verschwand ebenso schnell, wie er gekommen war.

Mrs. Talley entdeckte als erste, daß Kate nicht da war. Anfangs glaubte sie, daß Mrs. McGregor in der Nacht hereingekommen wäre und sie zu sich geholt hätte. Sie ging in Margarets Schlafzimmer und fragte:
»Wo ist das Baby?«
An Margarets Gesichtsausdruck erkannte sie sofort, was geschehen war.

Nachdem ein weiterer Tag ohne eine Spur von seinem Sohn verstrichen war, stand Jamie am Rande eines Nervenzusammenbruchs. Er wandte sich an David Blackwell. »Du glaubst doch nicht, daß ihm etwas zugestoßen ist?« Er war kaum Herr seiner Stimme.
David versuchte, überzeugend zu klingen. »Da bin ich ganz sicher, Mr. McGregor.«
Und er war sicher. Er hatte Jamie McGregor gewarnt, daß die Bantu weder vergeben noch vergaßen, und es war ein Bantu, der auf grausame Weise ermordet worden war. David wußte nur eins: Wenn die Bantu den kleinen Jamie in die Hände bekommen hatten, dann war er eines schrecklichen Todes gestorben.
Jamie kam im Morgengrauen nach Hause, vollkommen ausgepumpt. Er hatte einen Suchtrupp aus Stadtbewohnern, Diggern und Polizisten angeführt, und sie hatten die Nacht damit verbracht, an jedem nur denkbaren Ort nach dem Jungen zu suchen – ohne Erfolg.
Als Jamie in sein Arbeitszimmer kam, wartete dort David auf ihn. »Mr. McGregor, Ihre Tochter ist entführt worden.«

Jamie starrte ihn sprachlos und mit bleichem Gesicht an, drehte sich um und ging in sein Schlafzimmer.
Jamie war achtundvierzig Stunden lang auf den Beinen gewesen. Jetzt fiel er total erschöpft auf sein Bett und schlief ein. Er lag im Schatten eines großen Flaschenbaumes, und in der Ferne, von der anderen Seite des unübersehbaren Graslandes, näherte sich ihm ein Löwe. Der kleine Jamie schüttelte ihn. *Wach auf, Papa, da kommt ein Löwe.* Das Tier bewegte sich jetzt schneller auf sie zu. Sein Sohn schüttelte ihn heftiger. *Wach auf!* Jamie öffnete die Augen. Banda stand über ihn gebeugt. Jamie setzte zu sprechen an, aber Banda hielt ihm mit der Hand den Mund zu.
»Still!« Er ließ Jamie sich aufsetzen.
»Wo ist mein Sohn?« verlangte Jamie zu wissen.
»Er ist tot.«
Um Jamie begann sich der Raum zu drehen.
»Es tut mir leid. Ich kam zu spät, um sie daran zu hindern. Eure Leute haben Bantublut vergossen, und meine Leute forderten Rache.«
Jamie vergrub sein Gesicht in den Händen. »O mein Gott! Was haben sie mit ihm gemacht?«
In Bandas Stimme schwang abgrundtiefe Trauer. »Sie haben ihn in der Wüste ausgesetzt. Ich – ich habe ihn gefunden und ihn begraben.«
»O nein! Oh, bitte, nein!«
»Ich habe versucht, ihn zu retten, Jamie.«
Jamie nickte, fand sich langsam damit ab. Und dann dumpf: »Und was ist mit meiner Tochter?«
»Ich habe sie weggebracht, bevor sie sie holen konnten. Sie ist wieder in ihrem Zimmer und schläft. Es wird ihr nichts passieren, wenn du tust, was du versprochen hast.«
Jamie schaute auf, und sein Gesicht war eine Maske aus Haß.
»Ich halte mein Versprechen. Aber ich will die Leute, die meinen Sohn getötet haben. Sie sollen dafür zahlen.«
Banda sagte ruhig: »Dann mußt du meinen ganzen Stamm umbringen, Jamie.«
Und weg war er.

Margaret wußte, daß das alles nur ein Alptraum war, aber sie hielt die Augen fest geschlossen, denn sie war davon überzeugt, daß er Wirklichkeit würde, sobald sie die Augen öffnete, und dann wären ihre Kinder tot. Also hielt sie an diesem Spiel fest:

Sie würde ihre Augen so lange zudrücken, bis sie Jamies kleine Hand auf ihrer fühlte und ihn sagen hörte: »Es ist alles in Ordnung, Mutter. Wir sind da. Wir sind in Sicherheit.«
Sie lag seit drei Tagen im Bett, weigerte sich, mit irgend jemandem zu sprechen oder irgend jemanden zu sehen. Mitten in der Nacht hörte sie plötzlich lautes Krachen aus dem Zimmer ihres Sohnes. Sie öffnete die Augen und lauschte. Neuerliches Krachen. Der kleine Jamie war zurück!
Margaret sprang aus dem Bett und rannte den Korridor entlang bis vor die geschlossene Tür des Kinderzimmers. Merkwürdige animalische Laute drangen an ihr Ohr. Mit wild klopfendem Herzen stieß sie die Tür auf.
Ihr Mann lag mit verzerrtem Gesicht und verdrehtem Körper auf dem Boden. Ein Auge war geschlossen, das andere starrte sie grotesk an. Er versuchte zu sprechen, aber die Worte kamen wie lallende Tierlaute.
»O Jamie – Jamie!« flüsterte Margaret.

»Ich fürchte, ich habe Ihnen nichts Angenehmes mitzuteilen, Mrs. McGregor«, sagte Dr. Teeger. »Ihr Mann hat einen schweren Schlaganfall erlitten. Seine Überlebenschancen stehen fünfzig zu fünfzig – aber wenn er überlebt, wird er nur noch dahinvegetieren. Ich werde dafür sorgen, daß er in einem Privatsanatorium untergebracht wird, wo man sich gut um ihn kümmert.«
»Nein.«
Er sah Margaret überrascht an. »Wie meinen Sie das?«
»Kein Krankenhaus. Ich will ihn bei mir behalten.«
Der Arzt dachte einen Moment lang nach. »Nun gut. Sie werden eine Krankenschwester brauchen. Ich werde dafür sorgen –«
»Ich will keine Krankenschwester. Ich werde mich selbst um Jamie kümmern.«
Dr. Teeger schüttelte den Kopf. »Das geht nicht, Mrs. McGregor. Sie wissen nicht, was da auf Sie zukommt. Ihr Mann ist kein normales menschliches Wesen mehr. Er ist vollständig gelähmt und wird es bleiben, solange er lebt.«
»Ich kümmere mich um ihn«, erwiderte Margaret.
Jetzt gehörte Jamie wirklich und endgültig ihr.

11

Von diesem Tage an lebte Jamie noch genau ein Jahr, und es war die glücklichste Zeit in Margarets Leben. Er war vollständig hilflos, er konnte weder sprechen noch sich bewegen. Margaret wich Tag und Nacht nicht von seiner Seite. Tagsüber machte sie es ihm in seinem Rollstuhl bequem und sprach mit ihm. Sie berichtete ihm von all den kleinen Haushaltssorgen, für die er früher nie Zeit gehabt hatte, und erzählte ihm von Kates schnellen Fortschritten.

Nachts trug sie seinen ausgezehrten Körper ins Schlafzimmer und bettete ihn vorsichtig neben sich.

Kruger-Brent Ltd. wurde jetzt von David Blackwell geleitet. Ab und zu kam er ins Haus, um Margaret einige Schriftstücke unterzeichnen zu lassen, und es war immer wieder schmerzlich für ihn zu sehen, wie hilflos Jamie war. *Ich verdanke diesem Mann alles,* dachte er bei sich.

»Du hast eine gute Wahl getroffen, Jamie«, teilte Margaret ihrem Mann mit. »David ist ein wunderbarer Mensch.« Sie legte ihr Strickzeug nieder und lächelte. »Er erinnert mich ein bißchen an dich. Natürlich hat es nie jemanden gegeben, der so klug war wie du, Liebling, und so jemanden wird es auch nie geben. Du sahst immer so gut aus, Jamie, und warst so freundlich und stark. Und du hast es gewagt, große Träume zu haben. Jetzt haben sich alle deine Träume erfüllt, die Firma wird von Tag zu Tag größer.« Sie nahm ihr Strickzeug wieder auf. »Die kleine Kate fängt schon an zu sprechen. Ich könnte schwören, daß sie heute morgen ›Mama‹ gesagt hat . . .«

Jamie saß in seinem Rollstuhl und starrte mit einem Auge vor sich hin.

»Sie hat deine Augen und deinen Mund. Sie wird einmal eine Schönheit sein . . .«

Als Margaret am nächsten Morgen erwachte, war Jamie McGregor tot.

Sie nahm ihn in die Arme und drückte ihn an sich.

»Ruh dich aus, Liebling, ruh in Frieden. Ich habe dich so sehr geliebt, Jamie. Hoffentlich weißt du das. Lebe wohl, meine einzige Liebe.«

Sie war nun allein. Jetzt gab es nur noch sie und ihre Tochter. Margaret ging ins Kinderzimmer hinüber und sah auf die schlafende Kate. *Katherine. Kate.* Der Name kam aus dem Griechi-

schen und bedeutete »klar« oder »rein«. Ein Name für Heilige, Nonnen und Königinnen.
Margaret sagte laut: »Welchen von diesen Wegen wirst du einschlagen, Kate?«

Es war die Zeit großen wirtschaftlichen Aufschwungs in Südafrika, aber auch großer Unruhen. Um den Transvaal schwelte schon lange ein Streit zwischen den Briten und Buren, der schließlich eskalierte. Am Donnerstag, dem 12. Oktober 1899, an Kates siebtem Geburtstag, erklärten die Briten den Buren den Krieg, und drei Tage später wurde der Oranje-Freistaat angegriffen. David machte den Versuch, Margaret dazu zu überreden, mit Kate zusammen Südafrika zu verlassen, aber sie weigerte sich.
»Mein Mann ist hier«, sagte sie.
Es gab nichts, womit David sie hätte umstimmen können. »Ich gehe als Freiwilliger zu den Buren«, teilte er ihr mit. »Werden Sie es allein schaffen?«
»Ja, natürlich«, sagte Margaret. »Ich werde versuchen, die Firma weiterzuführen.«
Schon am nächsten Morgen war David fort.

Die Briten hatten mit einem raschen und leichten Sieg gerechnet, doch stand ihnen eine böse Überraschung bevor. Die Buren kämpften auf heimischem Boden, waren zäh und zu allem entschlossen. Die erste Schlacht fand bei Mafeking statt, das kaum größer als ein Dorf war, und den Briten dämmerte langsam, worauf sie sich da eingelassen hatten. Aus England wurde schnellstens Verstärkung geschickt.
In Klipdrift wartete Margaret ungeduldig auf Nachrichten über den Ausgang jeder Schlacht, sie und ihre Umgebung lebten von Gerüchten. Ihre Stimmung schwankte, je nach Lage, zwischen Verzweiflung und Euphorie. Und dann kam eines Morgens einer von Margarets Angestellten ins Büro gerannt und sagte: »Ich habe gerade gehört, daß die Briten auf Klipdrift marschieren. Die bringen uns alle um!«
»Unsinn. Die werden es nicht wagen, uns anzurühren.«
Fünf Stunden später war Margaret McGregor eine Kriegsgefangene.
Margaret und Kate wurden nach Paardeberg gebracht, eines der Hunderte von Internierungslagern, die überall in Südafrika ent-

standen waren. Die Gefangenen wurden auf einem weiten, offenen Feld gehalten, das von Stacheldraht umzäunt war und von britischen Soldaten bewacht wurde. Die Zustände waren katastrophal.
Margaret nahm Kate in den Arm und sagte: »Mach dir keine Sorgen, Liebling, dir passiert schon nichts.«
Aber keine von beiden glaubte daran. Jeder einzelne Tag war grauenvoll. Sie mußten zusehen, wie die Menschen um sie herum wie die Fliegen am Fieber starben. Es gab weder Ärzte noch Medikamente für die Verwundeten, und Lebensmittel waren knapp. Es war ein nicht endenwollender Alptraum, der drei qualvolle Jahre lang anhielt. Kate war vor Angst wie gelähmt. Sie hatte keine Macht, ihre Mutter oder sich selbst zu beschützen, und dies war eine Lektion, die sie nie mehr vergessen sollte. *Macht.* Wenn man Macht hatte, hatte man zu essen. Man hatte Medikamente, man war frei. *Eines Tages,* dachte Kate, *werde ich Macht haben. Niemand wird jemals wieder in der Lage sein, mir so etwas anzutun.*

Die Schlachten wüteten weiter, aber die tapferen Buren zeigten sich schließlich der Übermacht des britischen Imperiums nicht gewachsen und ergaben sich nach drei Jahren Blutvergießen im Jahre 1902. Fünfundfünfzigtausend Buren waren in den Kampf gezogen, und vierunddreißigtausend Soldaten, Frauen und Kinder hatten den Tod gefunden, achtundzwanzigtausend davon in britischen Konzentrationslagern.
An dem Tag, als sich die Tore des Lagers öffneten, kehrten Margaret und Kate nach Klipdrift zurück. An einem friedlichen Sonntag, einige Wochen später, traf dort auch David Blackwell ein. Er hatte die hinter ihm liegenden höllischen Jahre auf dem Schlachtfeld verbracht und sich immer wieder gefragt, ob Margaret und Kate noch am Leben waren. Als er sie zu Hause in Sicherheit antraf, kannte seine Freude keine Grenzen.
»Ich wünschte nur, ich hätte Sie beide beschützen können«, sagte er zu Margaret.
»Das ist nun vorbei, David. Wir müssen uns auf die Zukunft konzentrieren.« Und die Zukunft war Kruger-Brent, Ltd.

Kate wuchs in den nächsten Jahren fast ohne Beaufsichtigung heran. Ihre Mutter, die zusammen mit David die Geschicke der Firma leitete, war zu beschäftigt, um sich viel um sie zu kümmern. Kate war ein wildes, eigensinniges, widerspenstiges und störrisches Kind. Als Margaret eines Nachmittags von einer geschäftlichen Besprechung nach Hause kam, sah sie, wie sich ihre vierzehnjährige Tochter auf dem Hof einen Faustkampf mit zwei Jungen lieferte. Mit ungläubigem Entsetzen starrte sie auf die Szene.

»Verdammter Mist!« entfuhr es ihr. »Und dieses Mädchen soll eines Tages die Geschicke von Kruger-Brent, Ltd. leiten! Der Herr stehe uns bei!«

ZWEITES BUCH

Kate und David
1906–1914

12

Kate McGregor arbeitete noch spätnachts allein in ihrem Büro im Hauptgebäude von Kruger-Brent International, wie die Firma jetzt hieß, in Johannesburg, als sie Polizeisirenen näher kommen hörte. Sie legte die Papiere beiseite, ging zum Fenster und sah hinaus. Vor dem Gebäude kamen gerade drei Polizeiwagen und ein -transporter mit quietschenden Reifen zum Stehen. Mit gerunzelter Stirn sah Kate zu, wie ein Dutzend Uniformierter aus dem Wagen sprang und eilends die Aus- und Eingänge des Hauses besetzte. Es war Mitternacht, und die Straßen lagen verlassen da. Kate erhaschte einen Blick auf ihr Spiegelbild im Fenster. Mit ihren zweiundzwanzig Jahren war sie eine schöne Frau, hatte die hellgrauen Augen ihres Vaters und die volle Figur ihrer Mutter.

Es klopfte an die Bürotür, und Kate rief: »Herein.«

Die Tür ging auf, und zwei Uniformierte traten ein. Einer trug die Streifen eines Polizei-Superintendenten.

»Was, um Himmels willen, geht hier eigentlich vor?« verlangte Kate zu wissen.

»Es tut mir leid, Miß McGregor, daß wir Sie zu so später Stunde noch stören müssen. Ich bin Superintendent Cominsky.«

»Was gibt es, Superintendent?«

»Man hat uns gemeldet, daß ein entflohener Mörder vor kurzem beim Betreten dieses Gebäudes gesehen wurde.«

Kate sah ihn entsetzt an. »Beim Betreten *dieses* Gebäudes?«

»Ja, Ma'am. Er ist bewaffnet und sehr gefährlich.«

Kate sagte nervös: »Dann würde ich es außerordentlich begrüßen, wenn Sie ihn finden und wegschaffen wollten, Superintendent.«

»Genau das haben wir vor, Miß McGregor. Sie haben nichts Verdächtiges gehört und gesehen?«

»Nein. Aber ich bin allein hier, und es gibt eine ganze Menge Ekken in diesem Haus, in denen sich jemand verstecken könnte. Es

wäre mir lieb, wenn Sie eine gründliche Durchsuchung vornehmen ließen.«
»Wir fangen sofort damit an, Ma'am.«
Der Superintendent drehte sich um und rief seinen Männern auf dem Gang zu: »Verteilt euch. Fangt im Keller an und kämmt bis zum Dach hinauf alles durch.« Er wandte sich wieder Kate zu. »Sind die Büros abgeschlossen?«
»Ich glaube nicht«, sagte Kate. »Wenn doch, dann schließe ich für Sie auf.«
Superintendent Cominsky entging nicht, wie nervös sie war, aber sie hätte noch nervöser reagiert, hätte sie gewußt, wie verzweifelt der Mann war, nach dem sie suchten. »Wir finden ihn bestimmt«, versicherte er Kate.
Kate nahm den Bericht wieder auf, über dem sie gesessen hatte, aber sie war nicht imstande, sich darauf zu konzentrieren. Sie hörte, wie die Polizisten das Gebäude durchsuchten und von Büro zu Büro gingen. Würden sie ihn finden?
Die Polizisten gingen langsam und methodisch vor, suchten nach jedem möglichen Versteck vom Keller bis zum Dachboden. Eine Dreiviertelstunde später erschien Superintendent Cominsky wieder in Kates Büro.
Sie sah ihm ins Gesicht. »Sie haben ihn nicht gefunden.«
»Noch nicht, Ma'am, aber machen Sie sich keine Sorgen –«
»Ich *mache* mir aber Sorgen, Superintendent. Wenn sich in diesem Gebäude wirklich ein entflohener Mörder aufhält, dann müssen Sie ihn auch finden.«
»Werden wir auch, Miß McGregor. Wir haben Spürhunde dabei.«
Einen Augenblick später kam ein Hundeführer mit zwei großen Deutschen Schäferhunden an der Koppelleine ins Büro. »Die Hunde waren schon im ganzen Gebäude, Sir. Bis auf dieses Büro ist alles durchsucht worden.«
Der Superintendent wandte sich an Kate. »Haben Sie Ihr Büro in der vergangenen Stunde verlassen?«
»Ja. Ich war im Archiv. Glauben Sie, er könnte –?« Sie schauderte. »Bitte, durchsuchen Sie mein Büro.«
Der Superintendent gab ein Zeichen, und der Hundeführer ließ die Tiere los und befahl: »Sucht!«
Die Hunde führten sich auf wie verrückt. Sie rasten auf eine geschlossene Tür zu und bellten sie wild an.
»O Gott!« schrie Kate. »Er ist da drinnen!«

Der Superintendent zog seine Pistole. »Aufmachen!«
Zwei Polizisten schlichen, die Pistole im Anschlag, zum Schrank und zogen schnell die Tür auf. Der Schrank war leer. Einer der Hunde raste zu einer anderen Tür und begann aufgeregt daran zu kratzen.
»Wohin führt diese Tür?« fragte Superintendent Cominsky.
»In einen Waschraum.«
Die beiden Polizisten bezogen zu beiden Seiten der Tür Stellung und rissen sie auf. Nichts.
Der Hunderführer war verwirrt. »So haben sie sich noch nie aufgeführt.« Wie außer sich rasten die Hunde kreuz und quer durch den Raum. »Sie haben die Witterung aufgenommen«, sagte der Hundeführer. »Aber wo ist er?«
Beide Hunde rannten zu Kates Schreibtisch und fingen an, wie wild die Schublade anzubellen.
»Da haben Sie Ihre Antwort«, versuchte Kate zu witzeln. »Er ist in der Schublade.«
Superintendent Cominsky war verlegen. »Es tut mir leid, daß wir Sie belästigt haben, Miß McGregor.« Er wandte sich an den Hundeführer und fauchte: »Schaffen Sie die Biester raus.«
»Sie wollen doch nicht etwa gehen?« Kates Stimme klang beunruhigt.
»Ich versichere Ihnen, daß keine Gefahr mehr für Sie besteht, Miß McGregor. Ich fürchte, es war nur ein Fehlalarm. Ich bitte um Entschuldigung.«
Kate schluckte. »Nun, auf jeden Fall verstehen Sie es, einer Frau zu einem aufregenden Abend zu verhelfen.«

Kate stand am Fenster und sah zu, wie auch der letzte der Polizeiwagen abfuhr. Sobald sie außer Sicht waren, öffnete sie ihre Schreibtischschublade und zog ein Paar blutbeschmierte Leinenschuhe heraus. Sie nahm sie mit in den Flur, wo sie durch eine Tür trat, die die Aufschrift trug: PRIVAT. KEIN ZUTRITT FÜR UNBEFUGTE. Der Raum war leer bis auf einen verschlossenen, mannshohen, in die Wand gebauten Safe – den Tresor, in dem Kruger-Bent die Diamanten bis zu ihrer Verschiffung aufbewahrte. Kate stellte rasch die Zahlenkombination ein und zog die riesige Tür auf. Die Seitenwände des Tresors enthielten Dutzende eingebauter Metalldepots, die mit Diamanten gefüllt waren. Auf dem Fußboden in der Mitte des Tresorraums lag, halb bewußtlos, Banda.

Kate kniete neben ihm nieder. »Sie sind fort.«
Banda öffnete die Augen und brachte ein schwaches Grinsen zustande. »Weißt du, wie reich ich jetzt wäre, wenn ich aus diesem Tresor herausgekonnt hätte, Kate?«
Kate half ihm auf die Füße. Als sie seinen Arm anfaßte, zuckte er vor Schmerz zusammen. Sie hatte ihm einen Verband angelegt, doch der war schon wieder blutdurchtränkt.
»Kannst du deine Schuhe anziehen?« Sie hatte sie ihm abgenommen gehabt, war in ihnen durch ihr Büro spaziert und hatte sie anschließend in ihrer Schreibtischschublade versteckt, um die Spürhunde zu verwirren, die die Polizisten, wie sie wußte, mitbringen würden.
Jetzt sagte sie: »Komm. Wir müssen hier raus.«
Banda schüttelte den Kopf. »Ich versuch's besser alleine. Wenn sie dich dabei erwischen, wie du mir hilfst, dann handelst du dir mehr Ärger ein, als du verkraften kannst.«
»Laß das mal meine Sorge sein.«
Banda sah sich ein letztes Mal in dem Tresorraum um.
»Willst du dir ein paar Muster mitnehmen?« fragte Kate. »Bedien dich ruhig.«
Banda sah sie an und merkte, daß sie es ernst meinte. »Dein Vater hat mir dieses Angebot schon einmal gemacht. Aber das ist lange her.«
Kate lächelte verschmitzt. »Ich weiß.«
»Ich brauche kein Geld. Ich muß nur für eine Weile raus aus der Stadt.«
»Und wie wirst du aus Johannesburg herauskommen?«
»Mir wird schon was einfallen.«
»Hör zu. Die Polizei hat inzwischen Straßensperren errichtet. Jeder Ausgang aus der Stadt wird bewacht sein. Alleine hast du keine Chance.«
»Du hast schon genug getan«, sagte er eigensinnig. Mittlerweile war es ihm gelungen, seine Schuhe wieder anzuziehen. Einsam sah er aus, wie er dastand, Hemd und Jacke zerrissen und blutbefleckt. Sein Gesicht war gefurcht und sein Haar ergraut, doch als Kate ihn betrachtete, sah sie in ihm noch immer die stattliche Gestalt, die sie von Kindesbeinen an gekannt hatte.
»Banda, wenn sie dich erwischen, bringen sie dich um«, sagte Kate ruhig. »Du kommst mit mir.«
Sie wußte, daß Bandas Gefangennahme von größter Dringlichkeit war und daß die Beamten Anweisung hatten, ihn herbeizu-

schaffen, tot oder lebendig. Sämtliche Bahnhöfe und Straßen würden überwacht sein.
»Hoffentlich hast du einen besseren Plan als dein Vater damals«, sagte Banda. Seine Stimme klang schwach. Kate fragte sich, wieviel Blut er wohl verloren hatte.
»Red jetzt nicht. Spar dir deine Kräfte. Überlaß einfach alles mir.« Kate sprach zuversichtlicher, als sie sich fühlte. Bandas Leben lag in ihren Händen, und sie hätte es nicht ertragen, wenn ihm irgend etwas zugestoßen wäre. Zum vielleicht hundertsten Male wünschte sie sich, David wäre hier.
»Ich gehe jetzt und bringe meinen Wagen zur rückwärtigen Zufahrt«, sagte Kate. »Warte zehn Minuten und komm dann nach. Ich lasse die hintere Tür am Auto offen. Du brauchst nur einzusteigen und dich auf den Boden zu legen. Es ist eine Decke da, unter der du dich verstecken kannst.«
»Kate, sie werden jedes Auto durchsuchen, das die Stadt verläßt. Wenn –«
»Wir fahren nicht aus der Stadt heraus. Es gibt einen Zug nach Kapstadt, der um acht Uhr morgens abgeht. Ich habe Anweisung gegeben, daß mein Privatwaggon angehängt wird.«
»Du willst mich in deinem privaten Eisenbahnwaggon hier rausbringen?«
»Genau.«
Banda brachte ein Grinsen zuwege. »Ihr McGregors habt wirklich was für Abenteuer übrig.«

Eine halbe Stunde später fuhr Kate aufs Bahnhofsgelände. Banda lag auf dem Boden vor dem Hintersitz, durch eine Decke verborgen.
Beim Passieren der Straßensperren in der Stadt hatten sie keine Schwierigkeiten gehabt, doch jetzt, als Kates Wagen auf die Geleise zufuhr, blitzte jäh eine Lampe auf, und Kate sah, daß sich ihr mehrere Polizisten in den Weg stellten. Eine vertraute Gestalt näherte sich.
»Superintendent Cominsky!«
Er zeigte sich überrascht. »Miß McGregor – was tun Sie denn hier?« Kate schenkte ihm ein rasches, ängstliches Lächeln. »Sie werden mich für ein dummes und schwaches Frauenzimmer halten, Superintendent, doch um die Wahrheit zu sagen: Was in meinem Büro passiert ist, hat mich zu Tode erschreckt. Deswegen habe ich beschlossen, die Stadt zu verlassen, bis Sie diesen

Mörder dingfest gemacht haben. Oder haben Sie ihn schon gefunden?«
»Noch nicht, Ma'am, aber wir kriegen ihn schon noch. Ich hab' so das Gefühl, daß er hier auf dem Bahnhofsgelände Unterschlupf suchen wird. Aber wir werden ihn erwischen.«
»Das will ich schwer hoffen!«
»Und wo wollen Sie hin?«
»Mein Eisenbahnwaggon steht da vorne auf einem Nebengleis. Ich will damit nach Kapstadt.«
»Möchten Sie einen meiner Männer zu Ihrem Schutz mitnehmen?«
»Oh, danke schön, Superintendent, aber das ist nicht nötig. Jetzt, da ich weiß, wo Sie und Ihre Männer sind, fühle ich mich schon sehr viel wohler, glauben Sie mir.«
Fünf Minuten später befanden sich Kate und Banda sicher im Innern des privaten Eisenbahnwagens.
Kate half Banda auf ein Bett. »Bis zum Morgen bist du hier gut aufgehoben. Sobald unser Waggon angehängt wird, mußt du dich im Bad verstecken.«
Banda nickte. »Danke.«
Kate ließ die Rouleaus herunter. »Hast du einen Doktor, der dich verarztet, wenn wir nach Kapstadt kommen?«
Er sah ihr in die Augen. *»Wir?«*
»Du hast doch wohl nicht geglaubt, ich laß dich alleine fahren und verzichte selber auf das Abenteuer?«
Banda warf den Kopf zurück und lachte. *Sie ist ganz ihr Vater.*

Bei Tagesanbruch zog eine Lok den Privatwaggon fort und rangierte ihn ans Ende des Zuges nach Kapstadt.
Pünktlich um acht Uhr verließ der Zug den Bahnhof. Kate versorgte Bandas Wunde, die wieder zu bluten begonnen hatte. Seit dem Abend zuvor, als Banda halbtot in ihr Büro gestolpert war, hatte sie keine Gelegenheit gehabt, in Ruhe mit ihm über alles zu sprechen. Jetzt sagte sie: »Erzähl mir, was passiert ist, Banda.«

Banda sah sie an und dachte: *Wo soll ich anfangen?* Wie sollte er ihr die *trekboers* erklären, die die Bantu von ihrem angestammten Land vertrieben hatten? Und hatte es überhaupt mit denen angefangen? Oder mit dem übermächtigen Oom Paul Krüger, dem Präsidenten von Transvaal, der in einer Rede vor dem Südafrikanischen Parlament gesagt hatte: »Wir müssen uns zu Herren über die Schwarzen machen und sie zur Untertanenrasse . . .«? Oder hatte es mit Cecil Rhodes angefangen, einem der großen Baumeister des britischen Empire, dessen Motto lautete: »Afrika den Weißen!«? Wie war die Geschichte seines Volkes in einem einzigen Satz zusammenzufassen? Schließlich sagte er: »Die Polizei hat meinen Sohn ermordet.«

Dann sprudelte die Geschichte nur so aus ihm heraus. Ntombenthle, sein ältester Sohn, hatte an einer politischen Versammlung teilgenommen, als die Polizei anrückte und sie auflöste. Es wurden Schüsse abgefeuert, und ein Aufruhr entstand. Ntombenthle wurde eingesperrt und am nächsten Morgen erhängt in seiner Zelle aufgefunden. »Sie behaupten, es wäre Selbstmord gewesen«, sagte Banda zu Kate. »Aber ich kenne meinen Sohn. Es war Mord.«

»Mein Gott, er war doch noch so jung«, stieß Kate hervor. Sie dachte an die Zeiten, da sie miteinander gespielt, miteinander gelacht hatten. Ntombenthle war ein so hübscher Junge gewesen. »Es tut mir leid, Banda. Es tut mir so schrecklich leid. Aber warum sind sie jetzt hinter dir her?«

»Nachdem sie ihn umgebracht hatten, fing ich an, die Schwarzen zu sammeln. Ich mußte zurückschlagen, Kate. Ich konnte nicht einfach herumsitzen und die Hände in den Schoß legen. Die Polizei hat mich zum Staatsfeind erklärt. Sie haben mich für einen Raub eingesperrt, den ich nicht begangen habe, und mich zu zwanzig Jahren Gefängnis verurteilt. Ich bin mit drei anderen zusammen ausgebrochen. Dabei wurde eine Wache angeschossen und getötet, und das legen sie mir zur Last. Dabei hab' ich in meinem ganzen Leben noch keine Pistole angefaßt.«

»Ich glaube dir«, sagte Kate. »Erst einmal müssen wir dich an einen Ort bringen, wo du in Sicherheit bist.«

»Tut mir leid, daß ich dich da hineingezogen habe.«

»Du hast mich in gar nichts hineingezogen. Du bist schließlich mein Freund.«

Er lächelte. »Weißt du, wer der erste Weiße war, der mich seinen Freund genannt hat? Dein Vater.« Er seufzte. »Wie willst du mich in Kapstadt aus dem Zug rausschmuggeln?«

»Wir fahren nicht bis Kapstadt.«

»Aber du hast doch gesagt –«

»Ich bin eine Frau. Ich darf meine Meinung ändern.«

Mitten in der Nacht, als der Zug am Bahnhof von Worcester

hielt, ließ Kate ihren Privatwaggon abhängen und auf ein Abstellgleis rangieren. Als sie am Morgen erwachte, ging sie zu Bandas Bett hinüber. Es war leer. Banda war gegangen. Kate fand es bedauerlich, aber sie wußte, daß er jetzt in Sicherheit war. Er hatte viele Freunde, die sich seiner annehmen würden. *David wird stolz auf mich sein,* dachte Kate.

»Es ist nicht zu fassen! Wie konntest du nur so dumm sein!« brüllte David, als Kate wieder nach Johannesburg zurückgekehrt war und ihm die Geschichte erzählte. »Du hast nicht nur deine eigene Sicherheit aufs Spiel gesetzt, du hast auch noch die Firma in Gefahr gebracht. Weißt du eigentlich, was passiert wäre, wenn die Polizei Banda hier gefunden hätte?«
»Ja«, sagte Kate. »Sie hätten ihn getötet.«
David rieb sich die Stirn. »Verstehst du denn gar nichts?«
»Da hast du verdammt recht! Ich verstehe überhaupt nichts! Ich verstehe nur eins: daß du kalt und herzlos bist.« Ihre Augen sprühten vor Zorn.
»Du bist immer noch ein Kind.«
Sie hob die Hand, um ihn zu schlagen, und David packte sie bei den Armen.
»Kate, du mußt dich beherrschen.«
Die Worte hallten in Kates Kopf wider. *Kate, du mußt lernen, dich zu beherrschen . . .*
Es war so lange her. Sie war vier Jahre alt gewesen. Mitten in einem Boxkampf mit einem Jungen, der es gewagt hatte, sie zu hänseln, war David aufgetaucht, und der Junge war weggerannt. Kate wollte ihm nachsetzen, doch David hielt sie fest. »Halt, Kate. Du mußt lernen, dich zu beherrschen. Junge Damen lassen sich nicht auf Faustkämpfe ein.«
»Ich bin keine junge Dame«, fauchte Kate. »Laß mich gehen.«
David ließ sie los.
Kate sah dem weglaufenden Jungen nach. »Ich hätte ihn verdroschen, wenn du dich nicht eingemischt hättest.«
David sah in das leidenschaftliche kleine Gesicht hinunter und lachte. »Das glaub ich dir gerne.« Beschwichtigt erlaubte ihm Kate, sie aufzunehmen und ins Haus zu tragen. Sie war gern in Davids Armen. Sie hatte alles an David gern. Er war der einzige Erwachsene, der sie verstand. Immer, wenn er in der Stadt war, nahm er sich Zeit für sie. Jamie hatte dem jungen David in freien Stunden von seinen Abenteuern mit Banda erzählt, und nun gab

David die Geschichten an Kate weiter. Sie konnte gar nicht genug davon bekommen.
»Erzähl mir noch mal, wie sie das Floß gebaut haben.«
Und David erzählte es ihr.
»Erzähl mir von den Haien . . . erzähl mir von dem *mis* . . . erzähl mir von dem Tag . . .«
Ihre Mutter bekam Kate selten zu Gesicht. Sie ging darin auf, Kruger-Brent zu leiten. Sie tat es für Jamie.
Jeden Abend sprach Margaret mit Jamie, so wie sie es in dem Jahr vor seinem Tod gehalten hatte. »David ist mir eine große Hilfe, Jamie, und wenn Kate die Firma übernimmt, wird er sie unterstützen. Ich will dich nicht beunruhigen, aber ich weiß einfach nicht, was ich mit diesem Kind anfangen soll . . .«
Kate war eigensinnig und halsstarrig und unmöglich. Sie weigerte sich, ihrer Mutter oder Mrs. Talley zu gehorchen. Sie hatte keine Freundinnen. Sie weigerte sich, zur Tanzstunde zu gehen, und verbrachte statt dessen ihre Zeit beim Rugbyspielen mit halbwüchsigen Jungen. Als sie schließlich in die Schule kam, machte sie so viele Dummheiten, daß sie sämtliche Rekorde brach. Margaret fand sich mindestens einmal im Monat bei der Schulleiterin ein, um sie zu überreden, Kate zu verzeihen und an der Schule zu lassen.
»Ich verstehe dieses Mädchen nicht, Mrs. McGregor«, seufzte die Direktorin. »Sie ist außerordentlich gescheit, aber sie lehnt sich einfach gegen alles auf. Ich weiß nicht, was ich mit ihr machen soll.« Margaret wußte es auch nicht.

David war der einzige, der mit Kate zurechtkam. »Ich höre, du bist heute nachmittag zu einer Geburtstagsparty eingeladen«, sagte er.
»Ich hasse Geburtstagspartys.«
David ging vor ihr in die Hocke, damit er ihr in die Augen sehen konnte. »Ich weiß, Kate. Aber der Vater des kleinen Mädchens, das die Party gibt, ist ein Freund von mir. Ich würde schön dastehen, wenn du nicht hingingst oder dich nicht wie eine Dame benähmst.«
Kate starrte ihn an. »Ist er ein *guter* Freund von dir?«
»Ja.«
»Dann geh ich hin.«
An jenem Nachmittag benahm sie sich mustergültig.

Als Kate zehn Jahre alt war, sagte sie zu David: »Ich möchte Banda kennenlernen.«
David sah sie überrascht an. »Ich fürchte, das wird nicht gehen, Kate. Bandas Farm ist sehr weit weg von hier.«
»Wirst du mich hinbringen oder soll ich mich alleine auf den Weg machen?«
In der folgenden Woche nahm David Kate mit auf Bandas Hof. Banda besaß ein ziemlich großes Stück Land, zwei Morgen, auf denen er Weizen pflanzte sowie Schafe und Strauße hielt. Banda betrachtete das ernst dreinschauende, schmächtige Mädchen an Davids Seite und sagte: »Man sieht sofort, daß du Jamie McGregors Tochter bist.«
»Und ich hätte sofort gesehen, daß du Banda sein mußt«, sagte Kate feierlich. »Ich bin gekommen, um dir dafür zu danken, daß du meinem Vater das Leben gerettet hast.«
Banda lachte. »Irgendwer muß dir alte Geschichten erzählt haben. Komm rein und lern meine Familie kennen.«
Bandas Frau war eine schöne Bantu mit Namen Ntame. Sie hatte zwei Söhne: Ntombenthle, sieben Jahre älter als Kate, und Magena, sechs Jahr älter. Ntombenthle war eine zweite Ausgabe seines Vaters. Er besaß die gleiche stolze Haltung und innere Würde.
Kate spielte den ganzen Nachmittag über mit den beiden Jungen. Das Abendessen nahmen sie in der Küche des kleinen Farmhauses ein. David fühlt sich nicht wohl dabei, mit einer schwarzen Familie zu essen. Er hatte Respekt vor Banda, aber es war einfach Tradition, daß die beiden Rassen nicht miteinander verkehrten. Darüber hinaus machte er sich Sorgen wegen Bandas politischer Aktivitäten. Berichten zufolge war Banda ein Anhänger von John Tengo Javabu, der sich für drastische soziale Änderungen einsetzte. Da die Minenbesitzer nicht genügend Eingeborene als Arbeiter verpflichten konnten, hatte die Regierung allen Eingeborenen, die nicht in den Minen arbeiteten, eine Steuer von zehn Shilling auferlegt, und in ganz Südafrika war es zu Aufständen gekommen.
Am späten Nachmittag sagte David: »Wir sollten besser aufbrechen, Kate. Wir haben eine lange Heimfahrt vor uns.«
»Noch nicht.« Kate wandte sich an Banda. »Erzähl mir von den Haien . . .« Von jenem Tag an überredete Kate David jedesmal, wenn er in der Stadt war, mit ihr zu Banda und seiner Familie hinauszufahren.

Davids Versicherung, Kate würde ihrer Kühnheit entwachsen, schien sich nicht bewahrheiten zu wollen. Eher schien sie mit jedem Tag noch halsstarriger zu werden. Sie weigerte sich rundheraus, an irgendwelchen Unternehmungen anderer Mädchen ihres Alters teilzunehmen. Sie bestand darauf, mit David in die Minen zu gehen, und er nahm sie mit zum Jagen, Fischen und Campen. Eines Tages, als sie mit David im Vaal angelte und fröhlich eine Forelle herauszog, die größer war als alles, was er bisher gefangen hatte, sagte er: »Du hättest ein Junge werden sollen.«
Entrüstet drehte sie sich zu ihm um. »Sei nicht albern, David. Dann könnte ich dich doch nicht heiraten.«
David lachte.
»Wir *werden* heiraten, weißt du.«
»Nein, Kate, ich fürchte, nicht. Ich bin 22 Jahre älter als du. Alt genug, daß ich dein Vater sein könnte. Eines Tages wirst du einen Jungen kennenlernen - einen netten, jungen Mann -«
»Ich will keinen netten jungen Mann«, sagte sie böse. »Ich will dich.«
»Wenn du das ernst meinst«, sagte David, »dann werd ich dir verraten, wie man das Herz eines Mannes gewinnt.«
»Verrat's mir«, sagte Kate eifrig.
»Liebe geht durch den Magen. Also nimm die Forelle aus und laß uns essen.«

Kate hegte nicht den geringsten Zweifel daran, daß sie eines Tages David Blackwell heiraten wurde. Fur sie war er der einzige Mann auf der Welt.

Margaret lud David einmal die Woche zum Dinner ins große Haus. Kate zog es in der Regel vor, ihr Abendessen mit den Dienern in der Küche einzunehmen, wo sie nicht auf ihre Manieren achten mußte. An den Freitagabenden jedoch fand sie sich stets im großen Eßzimmer ein. Meistens kam David allein, nur gelegentlich erschien er in weiblicher Begleitung. Kate haßte jede dieser Frauen auf den ersten Blick.

Als Kate vierzehn Jahre alt war, ließ ihre Direktorin Margaret zu sich bitten. »Ich leite eine angesehene Schule, Mrs. McGregor. Ich fürchte, Kate übt einen schlechten Einfluß auf ihre Mitschüler aus.«

Margaret seufzte. »Was hat sie denn jetzt wieder angestellt?«
»Sie bringt den anderen Kindern Ausdrücke bei, die ihnen völlig neu sind.« Ihr Gesicht nahm einen grimmigen Ausdruck an. »Ich sollte vielleicht hinzufügen, daß selbst mir einige davon völlig neu sind, Mrs. McGregor. Ich kann mir nicht vorstellen, wo das Kind sie aufgeschnappt hat.«
Margaret konnte sich das gut vorstellen: Kate hatte sie von ihren Straßenbekanntschaften. *Nun gut,* schloß Margaret, *es wird Zeit, dem allem ein Ende zu setzen.*
Die Direktorin sagte: »Es wäre mir wirklich lieb, wenn Sie ihr ins Gewissen reden wollten. Wir werden ihr zwar noch einmal eine Chance geben, aber –«
»Nein. Ich habe eine bessere Idee. Ich werde Kate ins Internat schicken.«

Als Margaret David davon erzählte, grinste er. »Das wird ihr aber gar nicht gefallen.«
»Ich kann's aber nicht ändern. Die Direktorin hat sich eben bei mir über die Sprache beklagt, die Kate führt. Meine Tochter fängt an, wie die Digger zu reden, auszusehen, sogar zu riechen. Ehrlich, David, ich verstehe sie überhaupt nicht. Ich weiß einfach nicht, warum sie sich derart aufführt. Sie ist hübsch, sie ist gescheit, sie ist –«
»Vielleicht ist sie zu gescheit.«
»Egal. Zu gescheit oder nicht: Sie kommt ins Internat.«
Als Kate an jenem Nachmittag nach Hause kam, brachte ihr Margaret ihren Entschluß bei.
Kate war wütend. »Du willst mich bloß loswerden!«
»Natürlich nicht, Liebling. Ich denke nur, daß du besser dran wärst –«
»Hier bin ich besser dran. Alle meine Freunde sind hier. Du willst mich von ihnen trennen.«
»Wenn du von diesem Gesindel redest, mit dem du –«
»Sie sind kein Gesindel. Sie sind ebenso gut wie jeder andere auch.«
»Kate, ich habe nicht die Absicht, mich mit dir herumzustreiten. Du kommst in ein Internat für junge Mädchen, und damit hat sich's.« »Dann bring ich mich um«, versprach Kate.
»Schön, mein Kind. Oben liegt irgendwo ein Rasiermesser, und wenn du dich umsiehst, findest du bestimmt auch das eine oder andere Gift im Haus.«

Kate brach in Tränen aus. »Bitte, tu mir das nicht an.«
Margaret nahm sie in die Arme. »Es ist doch nur zu deinem eigenen Besten, Kate. Du wirst bald eine junge Frau sein. Dann wirst du heiraten wollen. Kein Mann will aber ein Mädchen heiraten, das so redet, sich so anzieht und sich so benimmt wie du.«
»Das ist nicht wahr«, schluchzte Kate. »David stört es nicht.«
»Was hat denn David damit zu tun?«
»Wir werden heiraten.«
Margaret seufzte. »Ich sage Mrs. Talley, daß sie deine Sachen packen soll.«

Es gab eine ganze Reihe guter englischer Internate für junge Mädchen. Margaret entschied, daß Cheltenham in Gloucestershire am besten für Kate geeignet sei. Die Schule war bekannt für ihre rigorose Disziplin. David unterhielt geschäftliche Kontakte zum Ehemann der Schulleiterin, einer Mrs. Keaton, und er brachte es ohne Schwierigkeiten fertig, Kate dort einschreiben zu lassen.
Als Kate hörte, wo sie hinkommen sollte, explodierte sie erneut. »Ich habe von dieser Schule gehört! Sie ist fürchterlich. Aus der komme ich zurück wie eine von diesen ausgestopften englischen Püppchen. Ist es das, was du gerne möchtest?«
»Was ich möchte, ist, daß du allmählich Manieren lernst«, sagte Margaret.
»Ich brauche keine Manieren. Ich habe Köpfchen.«
»Das ist nicht das, was ein Mann bei einer Frau an erster Stelle erwartet«, sagte Margaret trocken. »Und du wirst ja mal eine Frau sein.«
»Ich will aber keine Frau werden«, schrie Kate. »Verdammt noch mal, warum kannst du mich nicht in Ruhe lassen?«
»Ich will nicht, daß du dich solch einer Sprache bedienst.«
Und so ging es weiter, bis zu dem Morgen, an dem Kate abreisen sollte. David fuhr geschäftlich nach London.
»Würde es dir was ausmachen, darauf zu achten, daß Kate sicher in der Schule ankommt?« fragte Margaret. »Gott allein mag wissen, wo sie landet, wenn sie alleine fährt.«
»Ich tu's gerne«, sagte David.
»Du! Du bist genauso schlimm wie meine Mutter! Du kannst es gar nicht abwarten, mich loszuwerden.«
David grinste. »Falsch. Ich kann es abwarten.«

Sie fuhren im privaten Eisenbahnwaggon von Klipdrift nach Kapstadt und von dort aus mit dem Schiff nach Southampton. Sie brauchten vier Wochen für die Reise. Kates Stolz erlaubte ihr nicht, es zuzugeben, aber sie fand es aufregend, mit David zu reisen. *Es ist wie Flitterwochen,* dachte sie, *bloß, daß wir nicht verheiratet sind. Noch nicht.*
An Bord des Schiffes verbrachte David viel Zeit in der Kabine über seiner Arbeit. Kate rollte sich auf der Couch zusammen und beobachtete ihn schweigend, zufrieden damit, in seiner Nähe zu sein.
Einmal fragte sie ihn: »Langweilt dich das nicht, David, diese Arbeit mit den vielen Zahlen?«
Er legte den Federhalter aus der Hand.
»Das sind nicht einfach nur Zahlen, Kate. Das sind ganze Geschichten.«
»Was für Geschichten?«
»Wenn man sie richtig zu lesen versteht, sind es Geschichten über Firmen, die wir kaufen und verkaufen, über Leute, die für uns arbeiten. Mit der Gesellschaft, die dein Vater gründete, verdienen sich Tausende von Menschen in der ganzen Welt ihr Brot.«
»Bin ich meinem Vater ein bißchen ähnlich?«
»Ja, in vielem sogar. Er war ein eigensinniger, unabhängiger Mann.«
»Bin ich eine eigensinnige, unabhängige Frau?«
»Du bist ein verzogenes Balg. Der Mann, der dich einmal heiratet, wird die Hölle auf Erden haben.«
Kate lächelte verträumt. *Armer David.*

An ihrem letzten Abend auf See fragte David im Speiseraum: »Warum bist du so schwierig, Kate?«
»Bin ich das?«
»Das weißt du doch selber. Du treibst deine arme Mutter zum Wahnsinn.«
Kate legte ihre Hand auf seine. »Treibe ich dich zum Wahnsinn?«
Davids Gesicht lief rot an. »Laß das. Ich verstehe nicht, was du meinst.«
»Du verstehst es sehr gut.«
»Warum kannst du nicht einfach so sein wie andere Mädchen in deinem Alter?«

»Lieber würde ich sterben. Ich will nicht so sein wie alle anderen.«
»Das bist du ja weiß Gott nicht!«
»Du wirst doch keine andere heiraten, bis ich erwachsen genug für dich bin, nicht wahr, David? Ich werde älter, so schnell ich kann. Ich versprech's dir. Bloß triff bitte keine, die du liebst.«
Ihre Ernsthaftigkeit rührte ihn. Er nahm ihre Hand und sagte: »Kate, wenn ich einmal heirate, dann soll meine Tochter genauso werden wie du.«
Kate sprang auf und sagte mit einer Stimme, die im ganzen Speisesaal deutlich zu vernehmen war: »Von mir aus kannst du, verdammt noch mal, zur Hölle fahren, David Blackwell!« Und als sie aus dem Saal stürmte, starrten ihr alle nach.

Sie verbrachten drei Tage zusammen in London, und Kate genoß jede einzelne Minute davon.
»Ich lade dich ein«, sagte David. »Ich hab' zwei Karten für ›Mrs. Wiggs of The Cabbage Patch‹.«
»Danke schön. Ich möchte lieber ins Gaiety gehen.«
»Das geht nicht. Das – das ist eine Revue. Das ist nichts für dich.«
»Das kann ich nicht beurteilen, bevor ich's nicht gesehen habe, oder?« sagte sie trotzig.
Sie gingen ins Gaiety.

Nach ihrer Ankunft in Cheltenham wurden sie in Mrs. Keatons Büro geführt.
»Ich möchte Ihnen dafür danken, daß Sie Kate hier aufnehmen«, sagte David.
»Ich bin sicher, wir werden sie gern bei uns haben. Und einem Freund meines Mannes tue ich gern einen Gefallen.«
In diesem Augenblick wurde Kate klar, daß sie hereingelegt worden war. Es war *David* gewesen, der sie lossein wollte und die ganze Sache in die Hand genommen hatte.
Sie war so wütend und verletzt, daß sie sich weigerte, ihm adieu zu sagen.

13

Cheltenham School war ein Alptraum. Für alles gab es Regeln und Vorschriften. Die Mädchen mußten bis hin zu den Schlüpfern alle die gleichen Uniformen tragen. Mrs. Keaton regierte Schülerinnen und Lehrkörper mit eiserner Hand. Die Mädchen hatten Manieren und Disziplin, Etikette und Schicklichkeit zu lernen, damit sie eines Tages imstande waren, sich einen passenden Ehemann zu angeln.

»Das ist ein verdammtes Gefängnis hier«, schrieb Kate an ihre Mutter. »Die Mädchen sind schrecklich. Sie reden über nichts anderes als über verdammte Kleider und verdammte Jungs. Die Lehrer sind verdammte Ungeheuer. Die können mich hier nicht festhalten. Ich haue ab.«

Dreimal brachte Kate es fertig, aus der Schule wegzulaufen, und jedesmal wurde sie gefunden und zurückgebracht. Reue zeigte sie keine.

Auf einer der wöchentlich stattfindenden Konferenzen sagte einer der Lehrer, als Kates Name fiel:

»Das Mädchen ist unerziehbar. Ich meine, wir sollten sie wieder nach Südafrika schicken.«

Mrs. Keaton antwortete: »Ich neige dazu, Ihnen recht zu geben, aber lassen Sie es uns als Herausforderung betrachten. Wenn wir es schaffen, Kate McGregor Disziplin beizubringen, dann schaffen wir das auch bei jedem anderen Mädchen.«

Kate blieb in der Schule.

Zum Erstaunen ihrer Lehrer begann Kate, sich für die Farm zu interessieren, die die Schule unterhielt. Dort gab es Gemüsegärten, Hühner, Schweine und Pferde. Kate verbrachte so viel Zeit wie möglich auf der Farm, und Mrs. Keaton freute sich, als sie davon hörte.

»Sie sehen also«, sagte die Schulleiterin zu ihren Lehrern, »es war lediglich eine Frage der Geduld. Kate hat endlich herausgefunden, was sie wirklich interessiert. Eines Tages wird sie einen Großgrundbesitzer heiraten und ihm eine große Hilfe sein.«

Am folgenden Morgen suchte Oscar Denker, der Verwalter der Farm, die Direktorin auf. »Sie haben da eine Schülerin«, sagte er, »eine Kate McGregor. Es wäre mir lieb, wenn Sie sie von meiner Farm fernhalten wollten.«

»Worüber, um alles in der Welt, reden Sie eigentlich?« fragte

Mrs. Keaton. »Mir ist zufällig bekannt, daß sie sich sehr dafür interessiert.«
»Gewiß, aber ist Ihnen auch bekannt, wofür sie sich besonders interessiert? Für die – verzeihen Sie den Ausdruck –, für die Kopulation der Tiere.«
»Für *was?*«
»Ja, genau. Sie steht den ganzen Tag herum und beobachtet, wie's die Viecher miteinander treiben.«
»Verdammter Mist!« sagte Mrs. Keaton.

Kate hatte David noch immer nicht verziehen, daß er sie ins Exil geschickt hatte; dennoch vermißte sie ihn fürchterlich. *Es ist mein Schicksal,* dachte sie trübsinnig, *einen Mann zu lieben, den ich hasse.* Sie zählte die Tage, die sie von ihm getrennt war, so wie ein Strafgefangener die Tage bis zu seiner Entlassung. Sie hatte Angst, er könnte etwas Schreckliches anstellen – zum Beispiel eine andere Frau heiraten –, während sie in dieser verfluchten Schule festsaß. *Wenn er das tut,* dachte Kate, *dann bring ich sie beide um. Nein. Ich bringe nur sie um. Dann werden sie mich einsperren und aufhängen, und wenn ich dann unterm Galgen stehe, wird er erkennen, daß er mich liebt. Aber dann ist es zu spät. Er wird mich um Verzeihung anflehen. »Ja, David«, werde ich dann zu ihm sagen, »ich verzeihe dir, mein Liebling. Du warst zu dumm zu erkennen, daß dir eine große Liebe in die Hand gegeben war. Du hast sie entflattern lassen wie ein kleines Vögelchen. Und nun wird das Vögelchen gehängt. Lebe wohl, David.« Doch dann, in letzter Minute, werde ich begnadigt, und David nimmt mich in die Arme und bringt mich in ein exotisches Land, wo es etwas Besseres zu essen gibt als diesen Schweinefraß in diesem verdammten Cheltenham.*

Kate erhielt ein Briefchen von David, in dem er mitteilte, er komme nach London und wolle sie besuchen. Ihre Phantasie überschlug sich. Zwischen den Zeilen glaubte sie alles mögliche lesen zu können. *Warum kommt er nach England? Um mir nahe zu sein, natürlich. Und warum besucht er mich? Weil er endlich erkannt hat, daß er mich liebt, und weil er die Trennung von mir nicht länger ertragen kann. Er wird mich in seine Arme reißen und aus dieser scheußlichen Schule wegbringen.* Ihre Träume waren so real, daß sie sich an dem Tag, da David kommen sollte, von allen ihren Klassenkameradinnen verabschiedete. »Mein Geliebter kommt und holt mich hier heraus«, sagte sie zu ihnen.

Die Mädchen betrachteten sie in ungläubigem Schweigen. Bis auf Georgina Christy, die höhnte: »Du lügst ja schon wieder, Kate McGregor.«
»Wart's nur ab, du wirst schon sehen. Er ist groß und hübsch, und er ist ganz verrückt nach mir.«
Als David kam, registrierte er verwirrt, daß sämtliche Schulmädchen ihn anzustarren schienen. Sie guckten und tuschelten und kicherten, und sobald er in ihre Richtung schaute, wurden sie rot und sahen rasch wieder weg.
»Sie führen sich auf, als hätten sie noch nie einen Mann gesehen«, sagte David zu Kate. Mißtrauisch musterte er sie. »Hast du ihnen irgendwelche Geschichten über mich erzählt?«
»Natürlich nicht«, sagte Kate hoheitsvoll. »Wie käme ich dazu?«
Sie aßen zusammen im Speisesaal der Schule, und David berichtete Kate, was sich zu Hause alles getan hatte. »Deine Mutter läßt dich herzlich grüßen. Sie rechnet damit, daß du in den Ferien heimkommst.«
»Wie geht es ihr?«
»Gut. Sie hat viel zu tun.«
»Was machen die Geschäfte, David?«
Ihr plötzliches Interesse überraschte ihn. »Die laufen bestens. Warum fragst du?«
Weil die Firma, dachte Kate, *eines Tages mir gehören wird und wir sie uns teilen werden.* »Ich war bloß neugierig.«
Er sah auf ihren unberührten Teller. »Du ißt ja gar nichts.«
Das Essen war Kate egal. Sie wartete auf den großen Augenblick, da David sagen würde: *»Komm mit mir, Kate. Du bist jetzt eine erwachsene Frau, und ich will dich. Wir werden heiraten.«*
Der Nachtisch wurde serviert – nichts. Der Kaffee kam – nichts. Noch immer hatte David das Zauberwort nicht ausgesprochen.
Erst als er einen Blick auf seine Armbanduhr warf und sagte: »Ich denke, ich gehe jetzt besser, wenn ich meinen Zug noch erreichen will« – erst da ging der entsetzten Kate auf, daß er keineswegs gekommen war, um sie von hier wegzubringen. Der Mistkerl wollte sie hier vermodern lassen!
David hatte der Besuch bei Kate gefallen. Sie war ein gescheites, amüsantes Kind geworden. David tätschelte liebevoll ihre Hand und fragte: »Kann ich noch irgend etwas für dich tun, bevor ich gehe, Kate?«
Sie sah ihm in die Augen und flötete: »O ja, David, du kannst mir sogar einen Riesengefallen tun. Verschwinde aus meinem

Leben, verdammt noch mal!« Und dann stakste sie würdevoll und hocherhobenen Hauptes aus dem Saal und ließ ihn mit offenem Mund sitzen.

Margaret wurde klar, daß Kate ihr fehlte. Sie war der einzige Mensch, den sie liebte. *Sie wird einmal eine großartige Frau,* dachte sie voll Stolz. *Aber sie soll die Manieren einer Dame haben.*
In den Sommerferien kam Kate nach Hause. »Wie kommst du in der Schule zurecht?« fragte Margaret.
»Ich hasse sie! Ich komme mir vor, als würden hundert Kindermädchen ununterbrochen um mich herumwuseln.«
Magaret sah ihre Tochter nachdenklich an. »Kommen sich die anderen Mädchen auch so vor, Kate?«
»Was wissen *die* denn schon!« sagte sie verächtlich. »Du solltest die Mädchen in dieser Schule mal *sehen.* Die sind doch ihr Leben lang behütet gewesen. Die haben doch nicht die geringste Ahnung vom wirklichen Leben.«
»Ach, mein Liebes«, sagte Margaret, »das muß ja schrecklich für dich sein!«
»Lach mich nicht aus, bitte. Die waren doch noch nicht mal in Südafrika. Die einzigen Tiere, die die je zu Gesicht bekommen haben, sind im Zoo eingesperrt, und nicht eine von denen hat schon mal eine Diamanten- oder Goldmine gesehen.«
»Die können einem aber leid tun.«
»Na gut«, sagte Kate. »Aber *dir* wird es noch verdammt leid tun, wenn ich so werde wie die.«
»Glaubst du denn, du wirst so?«
Kate grinste spitzbübisch. »Bist du verrückt? Natürlich nicht!«

Kate war kaum eine Stunde zu Hause, da spielte sie auch schon Rugby mit den Kindern der Hausangestellten. Margaret stand am Fenster, sah zu und dachte: *Reine Geldverschwendung. Sie wird sich nie ändern.* Beim Abendessen fragte Kate in beiläufigem Ton: »Ist David da?«
»Er ist in Australien. Ich glaube, er kommt morgen zurück.«
»Kommt er Freitag abend zum Dinner?«
»Wahrscheinlich.« Margaret sah Kate prüfend an und sagte: »Du magst ihn, nicht wahr?« Kate zuckte mit den Achseln. »Ach, er ist soweit ganz in Ordnung.«
»Ich verstehe«, sagte Margaret. Bei der Erinnerung an Kates Schwur, David zu heiraten, lächelte sie in sich hinein.

Als David am Freitagabend zum Dinner kam, flog ihm Kate geradezu entgegen. Sie fiel ihm um den Hals und flüsterte ihm ins Ohr: »Ich verzeihe dir. O David, ich habe dich so sehr vermißt! Hast du mich auch vermißt?«
Er sagte ganz automatisch ja. Und dann dachte er erstaunt: *Herrgott, ich habe sie ja wirklich vermißt.* So jemand wie dieses Mädchen war ihm nie begegnet. Er hatte sie aufwachsen sehen, und jedesmal, wenn er sie wiedertraf, war sie erneut eine Offenbarung für ihn. Jetzt war sie fast sechzehn Jahre alt und zeigte erste weibliche Rundungen. Sie hatte ihr schwarzes Haar wachsen lassen, so daß es weich über ihre Schultern fiel. Ihre Gesichtszüge waren reifer geworden, und sie besaß jetzt eine Sinnlichkeit, die er nie zuvor an ihr wahrgenommen hatte. *Irgendeinem Mann wird sie einmal ganz hübsch zu schaffen machen,* dachte David. Beim Dinner fragte er: »Wie kommst du mit der Schule zurecht, Kate?«
»Ich liebe sie«, schwärmte Kate. »Ich lerne ja soo viel, wirklich. Die Lehrer sind phantastisch, und ich habe eine Menge guter Freundinnen gefunden.«
Margaret verschlug es vor Staunen die Sprache.
»David, nimmst du mich mit zu den Minen?«
»Willst du denn deine Ferien mit so was vergeuden?«
»Ja, bitte schön.«
Ein Ausflug in die Minen dauerte einen ganzen Tag lang, was bedeutete, daß sie ihn mit David verbringen würde.
»Wenn deine Mutter einverstanden ist –«
»Bitte, Mutter!«
»Na gut, Liebling. Solange David dabei ist, weiß ich, daß du gut aufgehoben bist.« Margaret machte sich eher Sorgen um David.

Die Diamantenmine von Kruger-Brent bei Bloemfontein war ein gigantisches Unternehmen, das Hunderte von Arbeitern beschäftigte, die schürften, herumtüftelten, Diamanten wuschen und sortierten.
»Dies ist die ertragreichste Mine des ganzen Unternehmens«, sagte David zu Kate. Sie befanden sich über Tage im Büro des Minendirektors und warteten auf einen Führer, der sie in den Schacht begleiten sollte. An einer der Wände stand eine Vitrine voller Diamanten in allen Farben und Formen.
»Jeder Diamant verfügt über spezifische Merkmale«, erklärte David. »Die Diamanten zum Beispiel, die vom Vaalufer stam-

men, sind angeschwemmte Steine, deren Kanten sich durch die jahrhundertelange Reibung abgeschliffen haben.«

Er sieht besser aus denn je, dachte Kate. *Ich liebe seine Augenbrauen.*

»Diese Steine kommen alle aus verschiedenen Minen, sind jedoch leicht an ihrer äußeren Form zu erkennen. Siehst du den hier? An der Größe und der gelben Schattierung kann man erkennen, daß er aus Paardspan kommt. Bei den De-Beers-Diamanten sieht die Oberfläche ölig aus, und sie sind wie Dodekaeder geformt.«

Er ist brillant. Er weiß einfach alles.

»Bei diesem hier kannst du erkennen, daß er aus Kimberley stammt, weil er wie ein Oktaeder aussieht. Dort sind die Diamanten rauchglasfarben bis rein weiß.«

Ich würde gerne wissen, ob der Direktor David für meinen Liebhaber hält. Hoffentlich.

»Der Wert eines Diamanten hängt von seiner Färbung ab. Die Farben rangieren nach einer Skala von 1 bis 10. An der Spitze stehen Steine mit bläulichweißer Tönung, den geringsten Wert haben Steine mit einer braunen Färbung.«

Er riecht so gut. Er hat so einen – so einen männlichen Geruch an sich. Ich liebe seine Arme, seine Schultern. Ich wünschte –

»Kate!«

Schuldbewußt sagte sie: »Ja, David?«

»Hörst du mir eigentlich zu?«

»Selbstverständlich.« Sie legte einen indignierten Ton in ihre Stimme. »Ich habe jedes Wort verstanden.«

Die nächsten zwei Stunden verbrachten sie unter Tage, danach aßen sie zusammen zu Mittag. Das entsprach genau Kates Vorstellung von einem himmlischen Tag.

Als Kate am späten Nachmittag nach Hause kam, fragte Margaret: »War's schön?«

»Es war herrlich. So eine Mine ist einfach faszinierend.«

Eine halbe Stunde später sah Margaret zufällig zum Fenster hinaus. Kate lag am Boden und lieferte sich einen Ringkampf mit dem Sohn eines der Gärtner.

Im folgenden Jahr klang in den Briefen, die Kate aus der Schule schrieb, ein vorsichtiger Optimismus an. Sie war Kapitän der Hockey- und der Lacrosse-Mannschaft geworden, und außerdem war sie Klassenbeste. Die Schule sei gar nicht einmal *sooo* schrecklich, schrieb sie; in ihrer Klasse seien sogar ein paar halbwegs nette Mädchen. Sie bat um Erlaubnis, in den Ferien zwei Freundinnen mitbringen zu dürfen, und Margaret willigte erfreut ein. Sie konnte es kaum abwarten, bis ihre Tochter nach Hause kam. All ihre Träume galten jetzt Kate. *Jamie und ich gehören der Vergangenheit an,* dachte Maggie. *Kate gehört die Zukunft. Und was für eine großartige Zukunft!*

Als Kate in den Ferien nach Hause kam, wurde sie von sämtlichen in Frage kommenden jungen Männern Klipdrifts belagert und um ein Rendezvous bestürmt, doch sie war an keinem von ihnen interessiert. David befand sich in Amerika, und sie wartete ungeduldig auf seine Rückkehr. Als er ins Haus kam, empfing sie ihn an der Tür. Sie trug ein weißes Kleid, um das sie einen schwarzen breiten Samtgürtel geschlungen hatte, der ihren hübschen Busen betonte. Als David sie umarmte, staunte er über ihre herzliche Reaktion. Er trat einen Schritt zurück und betrachtete sie. Sie hatte sich verändert, wirkte irgendwie wissend. In ihren Augen lag ein Ausdruck, der ihm ein etwas unbehagliches Gefühl bereitete.

Die wenigen Male, die er Kate während dieser Ferien zu Gesicht bekam, fand er sie jedesmal von Jungen umringt, und er ertappte sich bei der Frage, welcher von ihnen wohl der Glückliche würde. Unerwartet wurde er nach Australien gerufen, und als er nach Klipdrift zurückkehrte, war Kate schon wieder in England.

Im letzten Schuljahr tauchte David unverhofft eines Abends bei Kate auf.

»David! So eine Überraschung!« Kate umarmte ihn. »Du hättest mir Bescheid geben sollen, daß du kommst. Ich hätte –«

»Kate, ich komme dich abholen.«

Sie trat zurück und sah zu ihm auf. »Ist irgend etwas passiert?«

»Deine Mutter ist krank, fürchte ich.«

Einen Moment lang stand Kate stocksteif. »Ich packe sofort meine Sachen.«

Der Anblick ihrer Mutter ging Kate zu Herzen. Nur wenige Monate waren seit ihrem letzten Zusammentreffen vergangen, und damals schien Margaret bei guter Gesundheit zu sein. Jetzt wirkte sie blaß und abgezehrt, und ihre Augen waren wie erlo-

schen. Es war, als zerfräße der Krebs nicht nur ihren Körper, sondern auch ihre Seele.
Kate saß am Bett ihrer Mutter und hielt ihre Hand. »Ach, Mutter«, sagte sie. »Es tut mir so verdammt leid.«
Margaret drückte die Hand ihrer Tochter. »Ich bin bereit, Liebling. Ich glaube, das bin ich schon, seit dein Vater gestorben ist.« Sie sah zu Kate auf. »Soll ich dir mal ganz was Dummes sagen? Das hab' ich noch keiner Menschenseele erzählt.« Sie zögerte, dann fuhr sie fort: »Es hat mir nie Ruhe gelassen, daß sich keiner richtig um deinen Vater kümmert. Jetzt kann ich es wieder tun.«

Drei Tage später wurde Margaret begraben. Ihr Tod erschütterte Kate zutiefst. Kate fand sich mit achtzehn Jahren plötzlich allein auf der Welt, und schon der Gedanke daran war furchterregend.
David beobachtete sie, wie sie am Grab ihrer Mutter stand und tapfer gegen die Tränen ankämpfte. Doch als sie ins Haus zurückkam, brach Kate zusammen und konnte kaum noch aufhören mit Schluchzen. »Sie war immer so li-lieb zu mir, David, und ich war ihr eine so schle-schlechte Tochter.«
David versuchte sie zu trösten. »Du warst ihr eine wunderbare Tochter, Kate.«
»Ni-nichts als Är-Ärger hab' ich ihr gemacht. Ich würde alles darum geben, wenn ich es wieder gu-gutmachen könnte. Ich wollte nicht, daß sie stirbt, David! Wie kann Gott so etwas zulassen!«
David wartete geduldig, bis Kate sich ausgeweint hatte. Als sie ein wenig ruhiger geworden war, sagte er:
»Du wirst es jetzt nicht wahrhaben wollen, aber glaub mir, eines Tages wird der Schmerz vorüber sein. Und weißt du, was dir dann bleibt, Kate? Lauter glückliche Erinnerungen. Du wirst dich nur noch an all das Schöne erinnern, das du mit deiner Mutter erlebt hast.«
»Wahrscheinlich hast du recht. Aber jetzt, jetzt tut es so verdammt weh.«
Am nächsten Morgen unterhielten sie sich über Kates Zukunft.
»Du hast Familie in Schottland«, erinnerte David sie.
»Nein!« erwiderte Kate scharf. »Das ist keine Familie für mich. Das sind bloß Verwandte.« Ihre Stimme war voll Bitterkeit. »Als Vater in dieses Land wollte, haben sie ihn ausgelacht. Keiner

wollte ihm helfen, nur seine Mutter, und die ist tot. Nein. Mit denen will ich nichts zu tun haben.«
David dachte nach. »Hast du vor, die Schule fertig zu machen?« Und ehe sie antworten konnte, fuhr er fort: »Ich glaube, deine Mutter hätte es so gewollt.«
»Dann tu ich's.« Wie blind sah sie zu Boden. »Verdammter Mist«, sagte Kate.
»Ich weiß«, sagte David leise. »Ich weiß es.«

Kate beendete die Schule und durfte als Klassenbeste bei der Abschlußfeier, zu der David gekommen war, die Rede halten.

Im Privatwaggon auf ihrer Zugfahrt von Klipdrift nach Johannesburg sagte David: »Du weißt, daß dies alles in ein paar Jahren dir gehören wird. Dieser Wagen, die Minen, die ganze Firma – es gehört alles dir. Du bist eine sehr reiche junge Frau. Für ein paar Millionen Pfund kannst du den Konzern verkaufen.« Er sah sie an und fügte hinzu: »Du kannst ihn aber auch behalten. Du solltest dir mal Gedanken darüber machen.«
»Ich hab' schon darüber nachgedacht«, sagte Kate zu ihm. Sie sah ihn an und lächelte. »Mein Vater war ein Pirat, David. Ein prächtiger alter Pirat. Ich wünschte, ich hätte ihn noch gekannt. Ich werde den Konzern nicht verkaufen. Und weißt du auch, warum? Weil der Pirat ihn nach zwei Wachen benannt hat, die ihn umbringen wollten. War das nicht eine großartige Idee? Manchmal, wenn ich nachts nicht schlafen kann, denke ich daran, wie mein Vater mit Banda durch den *mis* gekrochen ist, und dann höre ich die Stimmen der Wachen: *Kruger... Brent...«* Sie sah zu David auf. »Nein, nie werde ich die Firma meines Vaters verkaufen. Nicht, solange du dableibst und sie leitest.«
David sagte ruhig: »Ich bleibe so lange, wie du mich brauchst.«
»Ich habe mich entschlossen, auf die Wirtschaftsschule zu gehen.« »Auf die Wirtschaftsschule?« David klang überrascht.
»Wir haben 1910«, erinnerte ihn Kate. »In Johannesburg gibt es Wirtschaftsschulen, an denen schon Frauen zugelassen werden.«
»Aber –«
»Du hast mich gefragt, was ich mit meinem Geld anfangen will.« Sie sah ihm in die Augen und sagte: »Ich will es mir verdienen.«

14

Die Wirtschaftsschule war etwas aufregend Neues. Die Jahre in Cheltenham waren unangenehm gewesen, ein notwendiges Übel. Das war jetzt anders. In jedem Kurs lernte Kate etwas Nützliches, etwas, das sie später bei der Leitung der Firma anwenden konnte. Einmal wöchentlich rief David an und erkundigte sich, wie sie zurechtkam.

»Es gefällt mir unheimlich gut«, sagte Kate zu ihm. »Es ist richtig spannend, David.«

Eines Tages würden sie und David gemeinsam, Seite an Seite, ganz allein bis spät in die Nacht hinein arbeiten. *Und an einem dieser Abende wird sich David zu mir herumdrehen und sagen: Kate, Liebling, ich war ja solch ein blinder Narr. Willst du mich heiraten? Und eine Sekunde später werde ich in seinen Armen liegen . . .*

Die Schule dauerte zwei Jahre lang, und Kate kehrte früh genug nach Klipdrift zurück, um dort ihren zwanzigsten Geburtstag zu feiern. David holte sie vom Bahnhof ab. Kate warf ihm impulsiv die Arme um den Hals und drückte ihn. »Ach, David, ich bin so froh, dich wiederzusehen.«

Er entzog sich ihr und sagte verlegen: »Schön, daß du da bist, Kate.« Er fühlte sich nicht wohl in seiner Haut und wirkte hölzern.

»Stimmt was nicht?«

»Nein. Es ist – ich meine, junge Damen pflegen im allgemeinen nicht in aller Öffentlichkeit irgendwelchen Männern um den Hals zu fallen.«

Sie sah ihn einen Moment lang an. »Ich verstehe. Ich bringe dich nicht wieder in Verlegenheit, das verspreche ich dir.«

Auf der Fahrt zum Haus betrachtete David Kate verstohlen. Sie war geradezu unverschämt schön, unschuldig und verletzlich, und David war fest entschlossen, das niemals auszunutzen.

Am Montagmorgen bezog Kate ihr neues Büro bei Kruger-Brent Limited. Es kam ihr vor, als würde sie plötzlich in eine fremdartige und bizarre Welt mit eigenen Sitten und eigener Sprache gestoßen. Die Liste der Waren, die im Konzern hergestellt oder vertrieben wurden, schien endlos. Da gab es Stahlwerke, riesige Rinderfarmen, eine Eisenbahnlinie, eine Reederei und dann, natürlich, den Grundstock des Familienvermögens: die Minen. Rund um die Uhr produzierten sie Diamanten und

Gold, Zink, Platin und Magnesium und füllten die Schatzkammern der Firma.
Macht.
Es war fast zuviel auf einmal. Kate saß in Davids Büro und hörte aufmerksam zu, wie er Entscheidungen fällte, die sich auf Tausende von Leuten auf der ganzen Welt auswirkten. Die Generaldirektoren der verschiedenen Abteilungen kamen mit Vorschlägen, die von David nicht selten abgelehnt wurden.
»Warum tust du das? Verstehen sie denn nichts davon?« fragte Kate.
»Doch, natürlich, aber darum geht es gar nicht«, erklärte David. »Jeder Direktor hält seine eigene Abteilung für den Nabel der Welt, und genauso muß es auch sein. Aber es muß auch einen geben, der alles überblickt und dann entscheidet, was für den Konzern am besten ist. Komm mit zum Lunch. Wir treffen da jemanden, den du kennenlernen sollst.«
David führte Kate in den großzügig angelegten Privatspeisesaal neben ihrem Büro. Ein hagerer junger Mann mit schmalem Gesicht und wißbegierigen braunen Augen erwartete sie dort. »Das ist Brad Rogers«, sagte David. »Brad, Ihre neue Chefin, Kate McGregor.« Brad Rogers gab ihr die Hand. »Freut mich, Sie kennenzulernen, Miß McGregor.«
»Brad ist unsere Geheimwaffe«, sagte David. »Er weiß ebenso viel über Kruger-Brent wie ich selber. Sollte ich jemals aus der Firma ausscheiden, brauchst du dir keine Sorgen zu machen. Dann gibt es immer noch Brad.«
Sollte ich jemals aus der Firma ausscheiden. Allein der Gedanke daran versetzte Kate in Panik. *David wird die Firma natürlich nie verlassen.* Während des gesamten Mittagessens konnte Kate an nichts anderes denken.

Nach dem Essen redeten sie über Südafrika.
»Wir werden bald in die größten Schwierigkeiten geraten«, sagte David warnend. »Die Regierung hat gerade erst eine Kopfsteuer eingeführt.«
»Und was heißt das genau?« fragte Bad Rogers.
»Das heißt, daß Schwarze, Farbige und Inder zwei Pfund für jedes Familienmitglied entrichten müssen. Das ist mehr als ein ganzer Monatslohn.«
Kate dachte an Banda, und eine Vorahnung künftigen Unheils überfiel sie. Man wendete sich anderen Themen zu.

Kate genoß ihr neues Leben außerordentlich. Das *big business* erforderte eine Mischung aus Intelligenz, Risikobereitschaft und instinktivem Wissen, wann es besser war, eine Sache voranzutreiben oder die Finger davon zu lassen.
»Geschäfte sind ein Spiel«, sagte David zu Kate, »in dem es um riesige Einsätze geht und Experten mit dir wetteifern. Wenn du gewinnen willst, mußt du lernen, selber der Spielmacher zu sein.«
Und genau das hatte Kate vor. Also lernte sie.

Von der Dienerschaft abgesehen, lebte Kate allein in der großen Villa. Nach wie vor kam David regelmäßig am Freitagabend zum Dinner, aber wenn Kate ihn für einen anderen Abend einlud, fand er unweigerlich eine Ausrede. Während der Geschäftszeit waren sie zwar ständig zusammen, doch selbst da schien David eine Barriere zwischen ihnen errichtet zu haben, eine unsichtbare Mauer, die Kate nicht durchdringen konnte.

An ihrem 21. Geburtstag gingen sämtliche Anteile an Kruger-Brent auf Kate über.
»Komm heute abend zum Essen, damit wir das Ereignis feiern können«, schlug sie David vor.
»Tut mir leid, Kate. Ich habe noch eine Menge Arbeit aufzuholen.« Kate speiste also allein an diesem Abend und fragte sich, warum. *Liegt es an mir oder an David?* Er mußte blind und taub sein, wenn er nicht merkte, was sie für ihn empfand. Sie würde sich etwas einfallen lassen müssen.
Der Konzern führte Verhandlungen über den Kauf einer Reederei in den Vereinigten Staaten.
»Willst du nicht mit Brad nach New York fahren und das Geschäft abschließen?« schlug David vor. »Das wird eine gute Erfahrung für dich sein.«
Kate hätte Davids Begleitung vorgezogen, doch sie war zu stolz, um es zuzugeben. Sie würde das ohne ihn erledigen. Außerdem war sie noch nie in Amerika gewesen und freute sich darauf.

Der Abschluß des Reedereikaufs ging glatt vonstatten. »Wenn du schon mal drüben bist«, hatte David gesagt, »solltest du dich auch ein wenig im Land umsehen.«
Kate und Brad besuchten Tochterfirmen in Detroit, Chicago, Pittsburgh und New York. Den Höhepunkt ihrer Reise bildete

Dark Harbor im Staate Maine, das auf einer bezaubernden kleinen Insel namens Islesboro an der Penobscot Bay lag. Sie war zum Dinner bei dem Künstler Charles Dana Gibson eingeladen, und von den zwölf Gästen besaßen alle ein Haus auf der Insel – mit Ausnahme von Kate.

»Dieser Ort hat eine interessante Geschichte«, erzählte Gibson Kate. »Vor Jahren konnten die Anwohner nur mit Hilfe kleiner Küstenschiffe von Boston übersetzen. Am Landesteg wurden sie dann von Buggys abgeholt und zu ihren Häusern gebracht.«

»Wie viele Leute leben denn auf der Insel?« fragte Kate.

»Ungefähr fünfzig Familien. Haben Sie den Leuchtturm gesehen, als die Fähre anlegte?«

»Ja.«

»Er wird von einem Leuchtturmwärter mit seinem Hund betrieben. Sobald ein Schiff vorbeifährt, läuft der Hund hinaus und läutet die Glocke.«

Kate lachte. »Sie machen Witze.«

»Aber nein, Ma'am. Das Komischste daran ist, daß der Hund stocktaub ist. Deshalb legt er ein Ohr an die Glocke, um zu spüren, ob sie vibriert.«

Kate lächelte. »Die Insel scheint ja eine Menge Faszinierendes zu haben.«

»Es würde sich bestimmt lohnen, wenn Sie sich morgen vormittag ein wenig umsähen, solange Sie noch hier sind.«

Einer plötzlichen Eingebung folgend, sagte Kate: »Warum eigentlich nicht?«

Die Nacht verbrachte sie im einzigen Hotel der Insel, im *Islesboro Inn.* Am Vormittag mietete sie Pferd und Kutsche, die von einem der Inselbewohner gelenkt wurden. Sie fuhren durch das Zentrum von Dark Harbor, das lediglich aus einem Gemischtwarenladen, einem Eisenwarengeschäft und einem kleinen Restaurant bestand, und wenige Minuten später befanden sie sich schon in einem wunderschönen bewaldeten Gebiet. Kate fiel auf, daß weder die schmalen, kurvenreichen Sträßchen noch die Briefkästen Namen trugen. Sie wandte sich an den Fahrer. »Verirren sich die Leute hier denn nicht, wenn es keine Schilder gibt?«

»Nö. Die Insulaner hier wissen genau, wo alles ist.«

Kate sah ihn von der Seite her an. »Ich verstehe.«

Am Schmalende der Insel passierten sie einen Friedhof.
»Würden Sie bitte anhalten?« fragte Kate. Sie stieg aus und betrat den alten Friedhof, wo sie umherwanderte und die Grabsteine betrachtete.
Hier wehte der Geist aus einem anderen Jahrhundert, aus lange vergangenen Zeiten.
Kate verweilte lange, genoß die Stille und den Frieden. Schließlich stieg sie wieder in die Kutsche, und sie fuhren weiter.
»Wie ist es im Winter hier?« fragte Kate.
»Kalt. Früher ist die Bucht zugefroren, und sie sind mit den Pferdeschlitten vom Festland rübergekommen. Heute gibt's 'türlich die Fähre.«
Sie kamen um eine Kurve, und da stand auf einer Anhöhe gleich am Wasser ein wunderschönes, zweistöckiges Haus mit weißem Schindeldach, umgeben von Rittersporn, Heckenrosen und Klatschmohn. Die acht Fensterläden an der Vorderseite waren grün gestrichen, und neben der Flügeltür standen weiße Bänke und sechs Töpfe mit roten Geranien. Das Ganze wirkte wie aus einem Märchen.
»Wem gehört das Haus?«
»Das ist das ehemalige Dreben-Haus. Die alte Mrs. Dreben ist vor ein paar Monaten gestorben.«
»Und wer wohnt jetzt darin?«
»Niemand, glaub ich.«
»Wissen Sie, ob es verkauft wird?«
Der Kutscher sah Kate an und sagte: »Wenn, dann wird's wahrscheinlich ein Sohn aus einer der Familien kaufen, die sowieso schon hier leben. Fremde sind hier nicht sonderlich beliebt.«
So etwas durfte man nicht zu Kate sagen.
Eine Stunde später sprach sie bei einem Grundstücksmakler vor. »Es geht um das Dreben-Anwesen«, sagte Kate. »Steht es zum Verkauf?«
Der Makler spitzte die Lippen. »Nun – ja und nein.«
»Und was heißt das?«
»Es steht zum Verkauf, aber es gibt schon etliche Interessenten dafür.«
Die alteingesessenen Inselfamilien, dachte Kate. »Liegt Ihnen schon ein Angebot vor?«
»Noch nicht, aber –«
»Ich mache Ihnen eins«, sagte Kate.
»Das ist ein sehr teures Objekt«, sagte er herablassend.

»Wieviel wollen Sie haben?«
»Fünfzigtausend Dollar.«
»Sehen wir's uns an.«

Das Hausinnere war sogar noch zauberhafter, als Kate es sich ausgemalt hatte, und es war viel größer, als Kate angenommen hatte. *Doch wenn David und ich erst einmal Kinder haben,* dachte sie, *dann werden wir die Räume alle brauchen.* Das Grundstück reichte bis hinunter an die Bucht und besaß sogar eine eigene Bootsanlegestelle.
Kate wandte sich an den Grundstücksmakler. »Ich nehme es.«
Sie beschloß, es *Cedar Hill House* zu taufen.

Kate konnte kaum erwarten, nach Klipdrift zurückzukommen und David davon zu erzählen.
Auf der gesamten Rückreise nach Südafrika war sie freudig erregt. Das Haus in Dark Harbor war ein Symbol, ein Zeichen dafür, daß David und sie heiraten würden. Sie wußte, er würde sich ebenso in das Haus verlieben wie sie selbst.

Noch am gleichen Nachmittag, als sie in Klipdrift ankamen, eilte Kate in Davids Büro. Er saß an seinem Schreibtisch, über seine Arbeit gebeugt, und sein bloßer Anblick ließ Kates Herz höher schlagen. Sie hatte gar nicht gemerkt, wie sehr er ihr gefehlt hatte.
David erhob sich. »Kate! Willkommen zu Hause!« Und noch ehe sie etwas sagen konnte, fuhr er fort: »Du solltest es als erste erfahren. Ich werde heiraten.«

15

Die Geschichte hatte sechs Wochen zuvor eher beiläufig angefangen. An einem hektischen Arbeitstag hatte David die Nachricht erhalten, daß der Freund eines wichtigen amerikanischen Diamantenkäufers, ein gewisser Tim O'Neil, in Klipdrift sei. Ob David so freundlich wäre und ihn empfinge? Und vielleicht sogar zum Dinner einlüde? David mochte seine Zeit nicht mit Touristen verschwenden, aber den Kunden wollte er auch nicht verärgern.

Er rief also das Hotel an, in dem O'Neil wohnte, und lud ihn für den gleichen Abend zum Dinner ein.
»Meine Tochter begleitet mich«, sagte O'Neil zu ihm. »Hätten Sie etwas dagegen, wenn sie mitkommt?«
David hatte keine Lust, den Abend mit einem Kind zu verbringen. Aber er antwortete höflich: »Nicht das geringste.« Er würde zusehen, daß er die Sache so rasch wie möglich hinter sich brachte.
Sie trafen sich im Speisesaal des Grand Hotels. O'Neil und seine Tochter saßen bereits am Tisch, als David eintraf. O'Neil war um die fünfzig, ein gutaussehender, grauhaariger Amerikaner irischer Herkunft. Josephine, seine Tochter, war die schönste Frau, die David jemals gesehen hatte. Sie war etwas über dreißig, besaß eine hinreißende Figur, weiche blonde Haare und klare blaue Augen.
Bei ihrem Anblick stockte David der Atem.
»Ich – bitte entschuldigen Sie die Verspätung«, sagte er. »Ich bin im letzten Moment noch aufgehalten worden.«
Amüsiert beobachtete Josephine ihre Wirkung auf ihn. »Das sind manchmal die aufregendsten Momente«, sagte sie. »Mein Vater hat mir erzählt, Sie seien eine wichtige Persönlichkeit, Mr. Blackwell.«
»Das ist übertrieben – und für Sie bin ich David.«
Sie nickte. »Ein schöner Name. Er läßt auf große Stärke schließen.«
Schon während des Essens kam David zu dem Schluß, daß Josephine O'Neil mehr zu bieten hatte als bloße Schönheit. Sie war intelligent, besaß Humor und verstand es geschickt, ihm seine Befangenheit zu nehmen. David spürte, daß ihr Interesse an ihm echt war. Sie stellte ihm Fragen über sein Leben, die ihm nie zuvor jemand gestellt hatte. Am Ende des Abends war er verliebt in sie.
»Wo kommen Sie her?« fragte er Tim O'Neil.
»Aus San Francisco.«
»Und wann wollen Sie zurückfahren?« Er bemühte sich um einen möglichst beiläufigen Tonfall.
»Nächste Woche.«
Josephine lächelte David an. »Wenn Klipdrift tatsächlich so vielversprechend ist, wie es scheint, könnte ich Vater vielleicht dazu überreden, ein wenig länger zu bleiben.«
»Ich werde mich bemühen, Ihnen den Aufenthalt hier so inter-

essant wie möglich zu gestalten«, versprach David. »Hätten Sie Lust, eine Diamantenmine zu besichtigen?«
»Sehr gerne«, antwortete Josephine. »Das würde uns großen Spaß machen.«
Es hatte eine Zeit gegeben, da David wichtige Besucher persönlich in den Minen herumführte, doch diese Aufgabe hatte er schon längst Untergebenen übertragen. Jetzt hörte er sich selbst sagen: »Würde es Ihnen morgen vormittag passen?« Da standen zwar schon einige Sitzungen auf seinem Terminkalender, doch plötzlich schienen sie ihm alle unwichtig.

Er führte die O'Neils in einen Felsenschacht dreihundert Meter tief unter die Erde.
»Es hat mich schon immer interessiert«, sagte Josephine, »warum Diamanten eigentlich in Karat gemessen werden.«
»Der Name kommt von *carob,* dem Samen des Johannisbrotbaums«, erklärte David, »und es liegt an seinem spezifischen Gewicht. Ein Karat entspricht 200 Milligramm.«
Josephine sagte: »Das ist alles ungeheuer faszinierend, David.«
Und er fragte sich, ob sie damit lediglich die Diamanten meinte.
Ihre Nähe machte ihn trunken. Jedesmal, wenn er Josephine ansah, fühlte er, wie ihn eine neue Woge der Erregung überflutete.
»Sie sollten wirklich noch etwas von der Landschaft sehen«, sagte David zu den O'Neils. »Wenn Sie für morgen noch nichts anderes vorhaben, führe ich Sie gerne herum.«
Bevor ihr Vater noch etwas sagen konnte, erwiderte Josephine: »Das wäre herrlich.«

Von da an verbrachte David jeden Tag mit Josephine und ihrem Vater, und mit jedem Tag wuchs seine Liebe zu ihr. Er hatte noch nie eine so bezaubernde Frau kennengelernt.

Eines Abends, als David die O'Neils zum Essen abholen wollte, sagte Tim O'Neil: »Ich bin heute ein wenig müde, David. Würde es Ihnen etwas ausmachen, wenn ich nicht mitkäme?«
David versuchte, seine Freude zu verbergen. »Aber nein, Sir. Ich verstehe vollkommen.«
Josephine schenkte ihm ein schelmisches Lächeln. »Ich werde mir Mühe geben, Sie trotzdem zu unterhalten«, versprach sie.

David führte sie ins Restaurant eines Hotels, das gerade erst eröffnet worden war. Der Raum war überfüllt, aber der Ober erkannte David und gab ihnen umgehend einen Tisch. Ein Terzett spielte amerikanische Rhythmen.
David fragte: »Möchten Sie tanzen?«
»Sehr gerne.«
Sekunden später war er mit Josephine auf der Tanzfläche, zog sie in die Arme. David hielt ihren lieblichen Körper eng umschlungen, und er spürte, wie sie sich an ihn schmiegte.
»Josephine – ich habe mich in dich verliebt.«
Sie legte einen Finger an seine Lippen. »Nicht, David ... bitte ...«
»Warum?«
»Weil ich dich nicht heiraten könnte.«
»Liebst du mich?«
Sie lächelte zu ihm auf, und ihre blauen Augen strahlten. »Ich bin verrückt nach dir, Liebling, merkst du das nicht?«
»Warum dann –«
»Weil ich niemals in Klipdrift leben könnte. Ich würde hier wahnsinnig.«
»Du könntest es wenigstens versuchen.«
»Es ist sehr verlockend, David, aber ich weiß genau, was passieren würde. Wenn ich mit dir verheiratet wäre und hier leben müßte, würde ich bald zu einer keifenden Xanthippe, und am Ende müßten wir uns gegenseitig hassen. Dann wär's mir schon lieber, wir würden uns gleich adieu sagen.«
»Ich will dir aber nicht adieu sagen.«
Sie schaute zu ihm auf, und David spürte, wie sie in seinen Armen dahinschmolz. »David – meinst du nicht, du könntest dich in San Francisco einleben?«
Das kam ihm unmöglich vor. »Was soll ich denn dort?«
»Laß uns morgen zusammen frühstücken. Ich möchte, daß du mit meinem Vater darüber redest.«

Tim O'Neil sagte: »Josephine hat mir von Ihrer Unterhaltung gestern abend erzählt. Sieht ganz so aus, als hätten Sie ein Problem. Aber ich wüßte vielleicht eine Lösung dafür, wenn es Sie interessiert.«
»Es interessiert mich sehr, Sir.«
O'Neil nahm ein paar Entwürfe aus einer ledernen braunen Aktenmappe. »Verstehen Sie etwas von Tiefkühlkost?«

»Gar nichts, fürchte ich.«
»In den Vereinigten Staaten haben sie schon 1865 angefangen, Nahrungsmittel einzufrieren. Die Schwierigkeit dabei war nur, sie über weite Strecken zu transportieren, ohne daß sie auftauten. Wir haben zwar Kühlwaggons bei der Eisenbahn, aber bisher hat noch keiner eine Lösung für den Transport im Straßenverkehr gefunden.« O'Neil klopfte auf die Zeichnungen. »Bislang. Ich habe sie mir gerade patentieren lassen. Das wird die gesamte Nahrungsmittelindustrie revolutionieren, David.«
David warf einen Blick auf die Zeichnungen. »Es tut mir leid, Mr. O'Neil, aber damit kann ich nichts anfangen.«
»Das macht nichts. Ich suche ja keinen Techniker. Davon stehen mir genügend zur Verfügung. Was ich suche, ist jemand, der die Sache finanziert und geschäftlich in die Hand nimmt. Und das ist nicht irgendein Hirngespinst. Das wird eine große Sache – viel größer, als Sie sich vorstellen können. Und ich brauche so jemanden wie Sie.«
»Die Geschäftsleitung wird ihren Sitz in San Francisco haben«, fügte Josephine hinzu.
David saß eine Weile schweigend da und verdaute das soeben Gehörte. »Sie haben ein Patent darauf, sagen Sie?«
»Richtig. Ich brauche nur den Startschuß zu geben.«
»Hätten Sie etwas dagegen, mir diese Zeichnungen eine Weile lang anzuvertrauen, damit ich sie jemandem zeigen kann?«
»Dagegen habe ich überhaupt nichts.«

Zuerst zog David Erkundigungen über Tim O'Neil ein. Er erfuhr, daß O'Neil in San Francisco einen guten Ruf genoß. Er war Leiter der Wissenschaftlichen Fakultät am Berkeley College gewesen und ein hochangesehener Mann. David verstand zwar nichts von Tiefkühlkost, aber er hatte die Absicht, alles Wissenswerte darüber herauszufinden.
»In fünf Tagen bin ich zurück, Liebling. Ich möchte, daß du mit deinem Vater hier auf mich wartest.«
»Solange du willst. Du wirst mir fehlen«, sagte Josephine.
»Du wirst mir auch fehlen.« Er meinte es ehrlicher, als sie überhaupt ahnen konnte.

David nahm den Zug nach Johannesburg und verabredete sich mit Edward Broderick, dem Besitzer einer der größten Fleischkonservenfabriken Südafrikas.

»Sagen Sie mir bitte, was Sie davon halten.« David gab ihm die Zeichnungen. »Ich muß wissen, ob die Sache funktionieren kann.«
»Ich habe nicht den blassesten Schimmer von Tiefkühlkost und Kühlwagen, aber ich kenne die richtigen Leute. Kommen Sie heute nachmittag wieder, David, dann habe ich ein paar Experten hier.«

Um vier Uhr nachmittags fand sich David wieder in der Konservenfabrik ein. Er merkte, daß er nervös und unsicher war. Noch vor zwei Wochen hätte er jeden ausgelacht, der ihm erzählt hätte, er würde Kruger-Brent jemals verlassen. Der Konzern war ein Teil von ihm. Er hätte sogar noch lauter gelacht, hätte man ihm erzählt, er würde auch nur in Erwägung ziehen, die Geschäftsleitung irgendeiner kleinen Lebensmittelfirma in San Francisco zu übernehmen. Es war alles völlig irrsinnig, bis auf eine Ausnahme. Diese Ausnahme hieß Josephine O'Neil. In Edward Brodericks Büro befanden sich zwei weitere Herren. »Dr. Crawford und Mr. Kaufman – David Blackwell«, stellte er vor.
Sie begrüßten sich, und David fragte: »Haben die Herren sich die Zeichnungen schon ansehen können?«
Dr. Crawford erwiderte: »Gewiß, Mr. Blackwell. Wir haben sie sogar genauestens geprüft.«
David holte tief Luft. »Und?«
»Verstehe ich richtig, daß das US-Patentamt ein Patent darauf erteilt hat?«
»Das ist richtig.«
»Nun, Mr. Blackwell – wer immer im Besitz dieses Patents ist, er wird ungeheuer reich werden.«
David, erfüllt von einander widersprechenden Gefühlen, nickte zögernd.
»Es ist wie bei allen großen Erfindungen – im Prinzip ist es so simpel, daß man sich fragt, warum nicht schon längst jemand draufgekommen ist. Hier kann überhaupt nichts schiefgehen.«

David wußte nicht recht, was er jetzt tun sollte. Halb hatte er gehofft, die Entscheidung würde ihm abgenommen. Hätte sich Tim O'Neils Erfindung als wertlos erwiesen, so hätte eine Chance bestanden, Josephine dazu zu überreden, in Südafrika zu bleiben. Doch nun lag die Entscheidung bei David.

Auf der Rückreise nach Klipdrift dachte er an nichts anderes. Nahm er O'Neils Angebot an, so hieß daß, daß er den Konzern verlassen und mit etwas völlig Neuem beginnen mußte, zu dem ihm jede Erfahrung fehlte. Zwar war er Amerikaner, doch Amerika war ihm fremd. Jetzt hatte er einen wichtigen Posten, den er liebte. Er arbeitete für einen der mächtigsten Konzerne der Welt. Jamie und Margaret McGregor waren gut zu ihm gewesen. Und da war schließlich auch noch Kate. Von ihrer frühesten Kindheit an hatte er sich um sie gekümmert. Er hatte sie heranwachsen sehen, hatte ihre Entwicklung von einem eigensinnigen Wildfang mit schmutzigem Gesicht zur schönen jungen Frau verfolgt. Er konnte in ihrem Leben blättern wie in einem Fotoalbum: Kate mit vier Jahren, mit acht, zehn, vierzehn, einundzwanzig – schutzbedürftig, unberechenbar . . .

Als der Zug in Klipdrift einfuhr, hatte David seine Entscheidung getroffen. Er würde Kruger-Brent verlassen.

Er fuhr direkt zum Grand Hotel und ging zur Suite der O'Neils hinauf.

Josephine öffnete ihm die Tür. »David!«

Er nahm sie in die Arme und küßte sie hungrig, spürte, wie ihr warmer Körper sich an seinen schmiegte.

»Oh, David, du hast mir so sehr gefehlt. Ich möchte nie mehr von dir getrennt sein.«

»Das wirst du auch nicht müssen«, sagte David bedächtig. »Ich gehe mit dir nach San Francisco . . .«

Mit wachsender Sorge hatte David auf Kates Rückkehr aus den Vereinigten Staaten gewartet. Nun, da er seine Entscheidung getroffen hatte, wollte er so bald wie möglich sein neues Leben beginnen, konnte es kaum erwarten, Josephine zu seiner Frau zu machen.

Und nun war Kate zurück, und er stand vor ihr und sagte: »Ich werde heiraten.«

Kate hörte seine Worte wie aus weiter Ferne. Plötzliche Schwäche überkam sie, und sie klammerte sich an der Schreibtischkante fest, um nicht umzufallen. *Ich möchte sterben,* dachte sie. *Bitte, laß mich sterben.*

Irgendwie gelang es ihr, wieder Kraft zu schöpfen und ein Lächeln zustande zu bringen. »Erzähl mir von ihr, David.« Sie war stolz darauf, wie ruhig ihre Stimme klang. »Wer ist es?«

»Sie heißt Josephine O'Neil. Sie ist mit ihrem Vater zu Besuch

hier. Ich bin sicher, daß ihr gute Freundinnen werdet, Kate. Sie ist eine wunderbare Frau.«
»Das muß sie ja sein, wenn du sie liebst, David.«
Er zögerte. »Da ist noch was, Kate. Ich werde dann auch die Firma verlassen.«
Die ganze Welt um sie herum schien einzustürzen. »Du brauchst nicht zu denken, nur weil du heiratest –«
»Darum geht es nicht. Josephines Vater gründet einen ganz neuen Geschäftszweig in San Francisco. Sie brauchen meine Hilfe.«
»Dann – dann wirst du also nach San Francisco ziehen?«
»Ja. Brad Rogers kann mit meinen Aufgaben hier leicht fertig werden, und wir stellen ihm ein Top-Management zur Unterstützung zusammen. Kate, ich – ich kann dir gar nicht sagen, wie schwer mir der Entschluß gefallen ist.«
»Natürlich, David. Du – du mußt sie sehr lieben. Wann lerne ich deine Braut kennen?«
David lächelte, erfreut darüber, daß Kate die Neuigkeit so gut aufnahm. »Heute abend beim Dinner, wenn du nichts anderes vorhast.«
»Nein, ich hab' nichts vor.«
Sie hielt die Tränen zurück, bis sie allein war.

Sie speisten zu viert in der McGregor-Villa. Beim Anblick Josephines wurde Kate bleich. *O Gott! Kein Wunder, daß er sie liebt!* Sie war betörend schön. In ihrer Gegenwart fühlte Kate sich linkisch und häßlich. Und was alles noch schlimmer machte: Josephine war anmutig und charmant. Und offensichtlich sehr verliebt in David. *Verdammter Mist!* Beim Dinner erzählte Tim O'Neil Kate von seiner neuen Firma.
»Das klingt ja überaus interessant«, sagte Kate.
»Mit Kruger-Brent ist es natürlich nicht zu vergleichen, Miß McGregor. Wir werden klein anfangen müssen, aber wenn David die Sache in die Hand nimmt, haben wir bestimmt Erfolg.«
»Wenn David Ihre Firma leitet, kann gar nichts schiefgehen«, bestätigte Kate.
Der Abend war ein Alptraum. In einem einzigen Augenblick war alles für Kate zusammengestürzt: Sie hatte nicht nur den Mann verloren, den sie liebte, sondern gleichzeitig auch noch den einzigen Menschen, der für Kruger-Brent unentbehrlich war.

Auf dem Heimweg ins Hotel sagte Josephine: »Sie liebt dich, David.«
Er lächelte. »Kate? Nein. Wir sind Freunde. Das sind wir schon, seit sie auf der Welt ist. Sie mag dich sehr.«
Josephine lächelte. *Männer sind ja so naiv.*

Am nächsten Morgen saß Tim O'Neil David in dessen Büro gegenüber. »Ich brauche etwa zwei Monate, um meine Angelegenheiten zu ordnen«, sagte David. »Ich habe mir Gedanken über die Anfangsfinanzierung gemacht. Wenn wir uns an einen großen Konzern wenden, dann schluckt er uns und läßt uns kaum noch was übrig. Dann gehört uns die Firma nicht mehr. Ich denke, wir sollten das Geld selber aufbringen. Ich habe mir ausgerechnet, daß wir für den Anfang 80000 Dollar brauchen werden. Ich habe 40000 auf der Bank, wir brauchen also noch mal 40000.«
»Ich habe 10000«, sagte Tim O'Neil. »Und mein Bruder wird mir noch mal fünftausend dazu leihen.«
»Dann fehlen uns also noch 25000 Dollar«, sagte David. »Wir werden zusehen, daß wir einen Bankkredit bekommen.«
»Wir fahren umgehend nach San Francisco zurück«, sagte O'Neil zu David, »und bereiten dort alles für Sie vor.«

Josephine und ihr Vater reisten zwei Tage später in die Vereinigten Staaten zurück. »Gib ihnen den Privatwaggon für die Bahnfahrt nach Kapstadt, David«, bot Kate an.
»Das ist sehr großzügig von dir, Kate.«
An dem Morgen, an dem Josephine abreiste, hatte David das Gefühl, als würde ihm ein Stück seines Lebens entrissen. Er konnte es kaum erwarten, zu ihr nach San Francisco zu kommen.

Die folgenden Wochen verbrachten sie mit der Suche nach einem Direktorengespann, das Brad Rogers zur Hand gehen sollte. Sie stellten eine genaue Liste möglicher Kandidaten auf, und Kate, David und Brad verwendeten Stunden darauf, über jeden einzelnen zu diskutieren.
Am Ende des Monats hatten sie die Auswahl auf vier Männer begrenzt, die mit Brad Rogers zusammenarbeiten sollten. Da sie alle vier Auslandsposten innehatten, wurden sie zu Gesprächen herbeizitiert. Die ersten beiden verliefen zufriedenstellend.

»Die kommen beide in Frage«, versicherte Kate David und Brad.
An dem Vormittag, da das dritte Gespräch stattfinden sollte, kam David zu Kate ins Büro. Sein Gesicht war bleich. »Ist mein Posten noch zu haben?« Kate bemerkte seinen Gesichtsausdruck und stand erschrocken auf. »Was ist los, David?«
»Ich – ich –« Er ließ sich auf einen Stuhl fallen. »Es ist etwas passiert.«
In Sekundenschnelle kam Kate hinter ihrem Schreibtisch hervor und stand neben David. »Erzähl's mir!«
»Ich habe gerade einen Brief von Tim O'Neil bekommen. Er hat das Geschäft verkauft.«
»Was soll das heißen?«
»Genau das, was ich sage. Er hat ein Angebot von der Three Stars Meat Packing Company in Chicago angenommen. Sie zahlen ihm 200000 Dollar und eine Patentgebühr dazu.« Davids Stimme klang erbittert. »Diese Firma will mich angeblich einstellen, um die Sache zu managen. Es täte ihm leid, wenn ich dadurch Unannehmlichkeiten hätte, aber eine solche Summe hätte er nicht ausschlagen können.«
Kate sah ihn durchdringend an. »Und Josephine? Was sagt sie dazu? Sie muß doch wütend auf ihren Vater sein.«
»Sie hat mir auch einen Brief geschrieben. Wir sollen heiraten, sobald ich nach San Francisco komme.«
»Und du fährst nicht?«
»Natürlich fahre ich nicht!« tobte David. »Bisher hatte ich etwas zu bieten. Ich hätte eine große Firma aufziehen können. Aber sie konnten's ja ums Verrecken nicht abwarten, das Geld in die Finger zu kriegen.«
»Es ist nicht fair, ›sie‹ zu sagen, David. Sei doch –«
»Ohne Josephines Zustimmung hätte O'Neil diesen Handel niemals abgeschlossen.«
»Ich – ich weiß nicht, was ich dazu sagen soll, David.«
»Es gibt nichts dazu zu sagen. Außer, daß ich beinahe den größten Fehler meines Lebens begangen hätte.«
Kate ging zu ihrem Schreibtisch zurück und griff nach der Kandidatenliste. Langsam riß sie sie in Stücke.

In den folgenden Wochen vergrub David sich in seine Arbeit und versuchte, seine Enttäuschung und seine verletzten Gefühle dabei zu vergessen. Von Josephine O'Neil kamen mehrere

Briefe, die er alle ungelesen wegwarf. Aber sie ging ihm nicht aus dem Kopf. Kate, die sich seines Leids bewußt war, ließ ihn wissen, sie sei da, wenn er sie brauche.

Sechs Monate waren vergangen, seit David den bewußten Brief von Tim O'Neil erhalten hatte. In dieser Zeit hatten Kate und David eng zusammengearbeitet, waren gemeinsam gereist, waren die meiste Zeit über miteinander allein. Kate versuchte, ihm in jeder Hinsicht zu gefallen. Um ihn glücklich zu machen, tat sie einfach alles. Und alles war, soweit sie es beurteilen konnte, völlig nutzlos. Schließlich verlor sie die Geduld.

Sie und David waren in Rio de Janeiro und inspizierten einen neuen Erzfund. Sie hatten im Hotel gegessen und gingen nun spät am Abend in Kates Zimmer noch ein paar Zahlen durch. Kate hatte sich umgezogen und trug einen bequemen Kimono. Als sie fertig waren, reckte sich David und sagte: »Na, das wär's wohl für heute. Ich glaube, ich geh gleich schlafen.«

Kate sagte ruhig: »Wär's nicht an der Zeit, daß du aufhörst zu trauern, David?«

Er sah sie erstaunt an. »Zu trauern? Um was?«

»Um Josephine O'Neil.«

»Die gibt's in meinem Leben nicht mehr.«

»Dann verhalte dich auch entsprechend.«

»Und was soll ich deiner Meinung nach tun, Kate?« fragte er brüsk.

Kate wurde wütend. »Ich will dir sagen, was du tun sollst. Küß mich.«

»Was?«

»Zum Teufel mit dir, David! Ich bin deine Chefin – verdammt!« Sie näherte sich. »Küß mich.« Sie drückte ihre Lippen auf seine und legte die Arme um ihn. Sie spürte seinen Widerstand, spürte, daß er sich ihr entziehen wollte. Und dann, ganz langsam, schlossen sich seine Arme um sie, und er küßte sie.

»Kate ...«

»Ich dachte schon, du würdest mich nie fragen ...«, flüsterte sie an seinem Mund.

Sie heirateten sechs Wochen später. Es war die größte Hochzeit, die die Stadt je erlebt hatte und jemals erleben würde. Sie fand in der größten Kirche von Klipdrift statt, und danach gab es einen Empfang im Rathaus, zu dem jedermann geladen war. Die

Feierlichkeit währte bis zum Morgengrauen. Als die Sonne aufging, stahlen sich Kate und David davon.
»Ich gehe heim und packe fertig«, sagte Kate. »Hol mich in einer Stunde ab.«

Im bleichen Morgenlicht betrat Kate allein das große Haus und ging hinauf in ihr Schlafzimmer. Sie stellte sich vor ein Gemälde an der Wand und drückte auf den Rahmen. Das Bild schwang zurück und legte einen Wandsafe frei. Kate öffnete ihn und holte einen Vertrag heraus: Es ging um den Kauf der Three Star Meat Packing Company of Chicago durch Kate McGregor. Im Anhang befand sich ein Vertrag der Three Star Meat Packing Company über den Erwerb der Rechte an Tim O'Neils Erfindung für eine Summe von 200000 Dollar. Kate zögerte einen Moment lang, dann legte sie die Dokumente in den Safe zurück und schloß ihn ab. David gehörte jetzt ihr. Er hatte ihr schon immer gehört, ihr und Kruger-Brent. Zusammen würden sie den größten und mächtigsten Konzern der Welt daraus machen.
So wie es sich Jamie und Margaret McGregor gewünscht hätten.

DRITTES BUCH

Kruger-Brent Limited
1914–1945

16

Sie waren in der Bibliothek, in der Jamie einst gerne bei einem Glas Kognak gesessen hatte. David meinte, sie hätten eigentlich keine Zeit für richtige Flitterwochen. »Irgendwer muß sich schließlich um den Laden kümmern, Kate.«
»Jawohl, Mr. Blackwell. Aber wer kümmert sich um mich?« Sie rollte sich in Davids Schoß zusammen, und er fühlte ihre Wärme durch das dünne Kleid, das sie trug. Die Dokumente, die er gelesen hatte, fielen zu Boden. Kates Arme umschlangen ihn, und er spürte, wie ihre Hände an seinem Körper herabglitten. Sie preßte ihre Hüften gegen ihn, und die Papiere auf dem Fußboden waren vergessen. Sie spürte Davids Reaktion, stand auf und schlüpfte aus ihrem Kleid. David sah ihr zu, wie gebannt von ihrer Schönheit. Wie hatte er nur so lange dermaßen blind sein können? Jetzt entkleidete sie ihn, und jähes Begehren stieg in ihm auf. Sie waren beide nackt, und ihre Körper drängten sich aneinander. Er streichelte sie, berührte leicht ihr Gesicht, ihren Hals, ließ seine Finger zu ihren schwellenden Brüsten hinuntergleiten. Sie stöhnte, und seine Hände bewegten sich weiter abwärts, bis sie die samtene Süße zwischen ihren Beinen fanden. Er streichelte sie dort, und sie flüsterte »Nimm mich, David«, und dann lagen sie auf dem dicken, weichen Teppich.
Sie spürte seinen Körper auf ihrem, und dann war da eine plötzliche, triumphale Explosion in ihr, und noch eine und eine dritte, und sie dachte: *Ich bin gestorben und in den Himmel gekommen.*

Sie reisten um die ganze Welt, nach Paris, Zürich, Sydney und New York und kümmerten sich um die Konzernangelegenheiten, doch überall schlugen sie genügend Zeit für sich selbst heraus. Halbe Nächte plauderten sie miteinander, liebten sich und erforschten gegenseitig ihre Herzen und Körper. Kate stellte für

David eine unerschöpfliche Quelle des Entzückens dar. Morgens weckte sie ihn, um ihn wild und ungezügelt zu lieben, und nur wenige Stunden später saß sie bei geschäftlichen Besprechungen neben ihm und gab klügere Kommentare ab als jeder andere. Sie besaß ein natürliches Gespür für Geschäfte, das ebenso unerwartet wie selten war. In den obersten Etagen der Geschäftswelt waren nur wenige Frauen zu finden. Zu Beginn wurde Kate mit toleranter Nachsicht behandelt, die jedoch schnell in vorsichtigen Respekt umschlug. Kate genoß das Spiel, und David sah zu, wie sie Männer mit wesentlich mehr Erfahrung austrickste. Sie war die geborene Siegerin. Sie wußte genau, was sie wollte und wie sie es bekam. Macht.

Die letzten herrlichen Tage ihrer Flitterwochen verbrachten sie in Cedar Hill House in Dark Harbor.

Am 28. Juni 1914 wurde erstmals vom Krieg gesprochen. Kate und David waren auf einem Landgut in Sussex zu Gast. In Landhäusern zu leben, war gerade große Mode, und von den Gästen wurde erwartet, daß sie sich dem Ritual anpaßten. Die Herren erschienen fein gekleidet zum Frühstück, zogen sich zum zweiten Frühstück um, zogen sich zum Lunch erneut um und erschienen zum Tee in Samtjackett mit Satinrevers – und warfen sich am Abend ins Dinnerjackett.

»Verdammt noch mal«, protestierte David bei Kate, »ich komme mir hier schon vor wie ein Pfau.«

»Du bist aber ein sehr schöner Pfau, mein Liebling«, versicherte ihm Kate. »Wenn wir nach Hause kommen, kannst du ja nackt herumlaufen.«

Er nahm sie in die Arme. »Ich kann's gar nicht abwarten.«

Beim Abendessen kam die Nachricht, daß Franz Ferdinand, der Thronfolger der Österreichisch-Ungarischen Monarchie, und seine Frau Sophie umgebracht worden waren.

Lord Maney, der Gastgeber, sagte: »Scheußliche Sache, eine Frau zu erschießen, was? Aber kein Mensch wird wegen eines winzigen Balkanlandes in den Krieg ziehen.« Dann wurde über Kricket gesprochen.

Später im Bett sagte Kate:

»Glaubst du, es gibt Krieg, David?«

»Weil irgendwo ein kleiner Erzherzog ermordet worden ist? Bestimmt nicht.«

Das sollte sich als Irrtum erweisen. Österreich-Ungarn, im Glauben, das Nachbarland hätte den Mord an Ferdinand angezettelt, erklärte Serbien den Krieg, und schon im Oktober waren die meisten Großmächte in diesen Krieg eingetreten. Er wurde mit neuen Mitteln geführt, mit Flugzeugen, Luftschiffen und Unterseebooten.

Am Tage der deutschen Kriegserklärung sagte Kate: »Das kann eine sehr gute Gelegenheit für uns werden, David.«

David runzelte die Stirn. »Wie meinst du das?«

»Die kriegführenden Staaten brauchen Waffen und Munition und –«

»Von uns werden sie die nicht bekommen«, unterbrach David sie streng. »Unsere Geschäfte gehen gut, Kate. Wir haben es nicht nötig, aus anderer Leute Blut Profit zu schlagen.«

»Bist du da nicht ein bißchen sentimental? Irgendwer muß schließlich Rüstungsgüter produzieren.«

»Solange ich diese Firma leite, werden das jedenfalls nicht wir sein. Laß uns nicht darüber streiten, Kate. Das Thema ist erledigt.«

Und Kate dachte: *Einen Scheißdreck ist es.* Zum erstenmal in ihrer Ehe schliefen sie getrennt. Kate dachte: *Wie kann David nur so ein idealistischer Trottel sein?*

David dagegen dachte: *Wie kann sie nur so kaltblütig sein? Die Firma hat sie verändert.*

Die nächsten Tage waren für sie beide schrecklich. David bedauerte die Kluft, die sich zwischen ihnen aufgetan hatte, aber er wußte nicht, wie er sie überbrücken sollte. Kate war zu stolz und zu starrköpfig, um nachzugeben, weil sie wußte, daß sie recht hatte.

Präsident Wilson hatte versprochen, die Vereinigten Staaten aus dem Krieg herauszuhalten, doch nachdem deutsche Unterseeboote begonnen hatten, unbewaffnete Passagierschiffe zu torpedieren, und Berichte über deutsche Greueltaten kursierten, geriet Amerika unter moralischen Druck, es mußte seinen Verbündeten zu Hilfe kommen. »Rettet die Welt für die Demokratie«, lautete die Parole.

David hatte im südafrikanischen Busch fliegen gelernt, und als in Frankreich die Lafayette-Schwadron aus amerikanischen Piloten rekrutiert wurde, kam er zu Kate. »Ich muß mich melden.«

Sie war entsetzt. »Nein! Das ist doch nicht dein Krieg!«
»Er wird's aber bald«, sagte David ruhig. »Die Vereinigten Staaten können sich nicht heraushalten. Und ich bin Amerikaner. Ich will jetzt helfen.«
»Du bist sechsundvierzig!«
»Deshalb kann ich doch immer noch ein Flugzeug steuern, Kate. Sie brauchen jeden Mann.«
Es gelang Kate nicht, ihn davon abzubringen. Die wenigen Tage, die ihnen noch verblieben, verbrachten sie in Ruhe, und sie vergaßen ihre Meinungsverschiedenheiten. Sie liebten sich, und das war das einzige, worauf es ankam.
In der letzten Nacht vor seinem Aufbruch nach Frankreich sagte David:
»Du und Brad Rogers, ihr könnt die Firma ebenso gut führen wie ich, möglicherweise sogar besser.«
»Und wenn dir was passiert? Ich könnte es nicht ertragen.«
Er hielt sie fest. »Gar nichts wird mir passieren, Kate. Du wirst sehen, ich komme mit einem Haufen Orden zurück.«
Am nächsten Morgen war er fort.

Davids Abwesenheit war tödlich für Kate. Sie hatte so lange gebraucht, ihn zu erobern, und nun war jede Minute nur noch eine einzige häßliche, schleichende Angst, ihn zu verlieren. Er war stets bei ihr. Sie fand ihn wieder im Tonfall einer fremden Stimme, im plötzlichen Gelächter, das durch eine stille Straße hallte, in einer Formulierung, einem Duft, einem Lied. Sie schrieb ihm täglich lange Briefe. Und jeden Brief, den sie von ihm erhielt, las sie so oft, bis er in Fetzen zerfiel.
Gib acht, daß dir nichts geschieht, Liebling. Das würde ich dir nie verzeihen.
Sie versuchte, ihre Einsamkeit und ihren Schmerz zu vergessen, indem sie sich in die Arbeit stürzte. Zu Beginn des Krieges hatten Frankreich und Deutschland die am besten ausgerüsteten Streitkräfte besessen, doch die Verbündeten insgesamt verfügten über weit mehr Menschen, Rohstoffe und Kriegsmaterialien. Die größte Armee besaß Rußland, doch die war gleichzeitig die am armseligsten ausgerüstete.
»Sie brauchen alle Unterstützung«, sagte Kate zu Brad Rogers. »Sie brauchen Panzer und Geschütze und Munition.«
Brad Rogers fühlte sich unbehaglich. »Kate, David glaubt nicht –«

»David ist nicht da, Brad. Die Entscheidung liegt bei uns.«
Aber Brad Rogers wußte, was Kate wirklich meinte: *Die Entscheidung liegt bei mir.*
Kate konnte Davids Haltung gegenüber der Fertigung von Rüstungsgütern nicht verstehen. Die Alliierten brauchten Waffen, und Kate hielt es für ihre vaterländische Pflicht, sie damit zu versorgen. Sie konferierte mit den Staatsoberhäuptern mehrerer befreundeter Nationen, und innerhalb eines Jahres war Kruger-Brent bereits in die Produktion von Geschützen und Panzern, Bomben und Munition eingestiegen. Die Firma lieferte Züge, Uniformen und Waffen. Kruger-Brent entwickelte sich bald zu einem der am schnellsten expandierenden Mischkonzerne der Welt. Bei Durchsicht der neuesten Bilanz sagte Kate zu Brad Rogers: »Hast du die Zahlen gesehen? David wird zugeben müssen, daß er unrecht hatte.«

Unterdessen befand sich Südafrika in Aufruhr. Die Parteiführer hatten den Alliierten Hilfe zugesagt und die Verantwortung für die Verteidigung Südafrikas gegen Deutschland übernommen. Die Mehrheit der *Afrikander* war jedoch gegen eine Unterstützung von Großbritannien. Sie konnten die Vergangenheit nicht so schnell vergessen.
In Europa stand es schlecht für die Alliierten. An der Westfront waren die Kämpfe zum Stillstand gekommen. Beide Seiten verschanzten sich in Löchern hinter den Schützengräben, die sich quer durch Frankreich und Belgien zogen. Kate war froh, daß David seinen Krieg in der Luft austrug.
Am 6. April 1917 erfüllte sich Davids Prophezeiung:
Präsident Wilson verlas seine Kriegserklärung. Amerika machte mobil.
Am 26. Juni 1917 begannen die ersten amerikanischen Expeditionsstreitkräfte unter General John J. Pershing mit der Landung in Frankreich. Die alliierten Armeen waren nun unschlagbar, und am 11. November 1918 war der Krieg endlich aus. Die Welt war für die Demokratie gerettet.
David war auf dem Heimweg.
Als David in New York vom Schiff kam, war Kate da, um ihn abzuholen. Einen Moment lang, der ihnen wie eine Ewigkeit vorkam, standen sie da und starrten einander an, blind und taub für die Menschen und den Lärm um sie herum, dann fielen sie sich in die Arme. David war abgemagert und sah erschöpft aus, und

Kate dachte: *O mein Gott, wie habe ich ihn vermißt.* Sie hatte ihm tausend Fragen zu stellen, aber das hatte Zeit. »Ich bringe dich ins Cedar Hill House«, sagte sie zu ihm. »Das ist genau der richtige Ort zum Erholen.«

In ihrer Vorfreude auf Davids Heimkehr hatte Kate eine Menge Veränderungen im Haus vorgenommen. Kate führte David munter plaudernd durchs ganze Haus. Er kam ihr seltsam still vor.

Als sie ihre Runde beendet hatten, fragte Kate: »Gefallen dir die Möbel, die ich gekauft habe, Liebling?«

»Es ist alles sehr schön, Kate. Setz dich jetzt, bitte. Ich will mit dir reden.«

Ihr wurde flau. »Stimmt irgendwas nicht?«

»Wir scheinen zum Waffenlieferanten für ein halbes Dutzend Länder avanciert zu sein.«

»Warte nur, bis du die Bücher siehst«, fing Kate an. »Unser Gewinn hat sich –«

»Ich rede nicht vom Gewinn. Der war, soviel ich mich entsinne, schon ganz annehmbar, bevor ich wegging. Ich dachte jedoch, wir seien einer Meinung gewesen, daß wir nichts mit der Rüstungsgüterproduktion zu tun haben wollten.«

»Du warst dieser Meinung, ich nicht.« Kate kämpfte gegen ihren aufsteigenden Zorn an. »Wir müssen mit der Zeit gehen, David, und die Zeiten ändern sich.«

Er sah sie an und fragte ruhig: »Hast du dich geändert?«

In dieser Nacht lag Kate wach und fragte sich, wer von ihnen beiden sich geändert hatte, sie oder David. War sie stärker geworden oder David schwächer? Sie dachte über seine Argumente gegen die Herstellung von Rüstungsgütern nach und fand sie schwach. Irgendwer *mußte* schließlich die Verbündeten mit den erforderlichen Gütern versorgen, und der Handel bot eine enorme Gewinnspanne. Was war aus Davids Geschäftssinn geworden? Sie hatte ihn immer für einen der klügsten Männer gehalten, die sie kannte, und zu ihm aufgeblickt.

Jetzt jedoch hatte sie das Gefühl, der Leitung des Konzerns weitaus besser gewachsen zu sein als David. In dieser Nacht fand sie keinen Schlaf.

Am nächsten Morgen frühstückten Kate und David zusammen und machten einen Spaziergang über das Grundstück.

»Ich bin froh, daß ich wieder da bin«, sagte David zu Kate. »Es ist wirklich schön hier.«
»Was unsere Unterhaltung gestern abend betrifft –« sagte Kate.
»Das ist erledigt. Ich war nicht da, und du hast getan, was du für richtig hieltest.«
Hätte ich es ebenso gemacht, wenn du hier gewesen wärest? fragte sich Kate. Aber sie sprach es nicht aus. Bei dem, was sie getan hatte, hatte sie nur das Wohl der Firma im Auge gehabt. *Bedeutet mir die Firma mehr als meine Ehe?* Diese Frage zu beantworten, machte ihr Angst.

17

In den nächsten fünf Jahren erlebte die Welt ein unglaubliches Wirtschaftswachstum. Diamanten und Gold waren die Fundamente von Kruger-Brent gewesen, doch mittlerweile hatte sich der Konzern auf so viele andere Gebiete ausgedehnt, daß Südafrika nicht mehr im Mittelpunkt stand. Vor kurzem waren ein Zeitungsimperium, eine Versicherungsgesellschaft und zwei Millionen Hektar Nutzholzländereien erworben worden.
Eines Nachts schüttelte Kate David sanft wach. »Liebling – laß uns den Hauptsitz des Konzerns verlegen.«
Schlaftrunken setzte sich David auf. »Wa- was?«
»Heutzutage ist New York der Nabel der Welt. Dort sollten wir auch unseren Hauptsitz haben. Südafrika ist viel zu weit weg. Außerdem können wir uns jetzt, da es Telefon und einen Telegrafendienst gibt, in Minutenschnelle mit jedem unserer Büros in Verbindung setzen.«
»Wieso bin ich da nicht selber draufgekommen?« murmelte David und schlief wieder ein.

New York war eine aufregende neue Welt. Zwar hatte Kate schon bei ihren früheren Besuchen den raschen Pulsschlag der Stadt gespürt; dort zu leben aber war, als befände man sich im Zentrum eines Strudels. Die Erde schien sich schneller zu drehen, und alles geschah mit doppelter Geschwindigkeit.
Kate und David suchten sich in der Wall Street ein Grundstück für den neuen Hauptsitz des Konzerns, und die Architekten

machten sich an die Arbeit. Kate engagierte noch einen weiteren Architekten, der ihr eine Villa im Stil der französischen Renaissance des 16. Jahrhunderts an der Fifth Avenue entwerfen sollte.

»Diese Stadt ist so verdammt *laut*«, beschwerte sich David.

Er hatte recht. Das Dröhnen der Preßlufthämmer beim Bau der Wolkenkratzer, die sich in den Himmel türmten, erfüllte die Stadt von einem Ende bis zum anderen. New York war zum Mekka des Welthandels geworden. Die Stadt schien vor lauter Geschäftigkeit zu bersten. Kate war begeistert, spürte jedoch, wie unglücklich David war.

»David, das ist die Zukunft. Diese Stadt wächst, und wir werden mit ihr wachsen.«

»Mein Gott, Kate – was willst du eigentlich noch alles erreichen?«

Ohne nachzudenken, antwortete sie: »Einfach alles.«

Sie begriff nicht, warum David die Frage überhaupt gestellt hatte. In diesem Spiel galt es schließlich zu gewinnen, und gewinnen konnte man nur, wenn man alle anderen schlug. David war ein guter Geschäftsmann, aber irgend etwas fehlte ihm – dieser unstillbare Hunger, dieser Trieb zu erobern, zu wachsen, zum Größten und Besten zu werden. Ihr Vater war von diesem Geist beseelt gewesen, und Kate war es ebenfalls. Sie wußte nicht zu sagen, wann es eigentlich passiert war, aber irgendwann in ihrem Leben war der Konzern ihr Herr geworden und sie seine Sklavin.

Als sie versuchte, David ihre Gefühle zu erklären, lachte er und sagte: »Du arbeitest zuviel.« *Sie ist ihrem Vater so ungeheuer ähnlich,* dachte David und wußte nicht genau, weshalb ihn dieser Gedanke irritierte.

Wie konnte man jemals zu viel arbeiten? fragte sich Kate. Jeder Tag bescherte ihr neue Probleme, und jedes einzelne war eine Herausforderung für sie, ein zu lösendes Rätsel, ein neues Spiel, das gewonnen werden mußte. Und auf dieses Spiel verstand sie sich vortrefflich. Sie hatte sich auf etwas eingelassen, das jedes Vorstellungsvermögen übertraf. Und das hatte nichts mit Geld oder Leistung zu tun – es ging um *Macht.*

Solange sie Macht besaß, würde sie niemals irgend jemand wirklich brauchen. Macht war eine Waffe, die Unbesiegbarkeit verlieh.

Im März, ein Jahr nach ihrem Umzug nach New York, fühlte Kate sich nicht wohl. David überredete sie, einen Arzt aufzusuchen.
»Er heißt John Harley. Er ist noch jung und hat einen guten Ruf.«
Widerwillig ging Kate in die Sprechstunde.
John Harley stammte aus Boston. Er war ein magerer junger Mann mit ernstem Blick, Mitte Zwanzig, also etwa fünf Jahre jünger als Kate.
»Ich warne Sie«, ließ Kate ihn wissen, »ich habe keine Zeit zum Kranksein.«
»Ich werde daran denken, Mrs. Blackwell. Aber jetzt schaue ich Sie mir erst mal an.«
Dr. Harley untersuchte sie, machte einige Analysen und sagte: »Es ist bestimmt nichts Ernstes. In ein, zwei Tagen habe ich die Ergebnisse. Rufen Sie mich am Mittwoch an.«

Am Mittwochvormittag telefonierte Kate frühzeitig mit Dr. Harley.
»Ich habe eine gute Nachricht für Sie, Mrs. Blackwell«, sagte er fröhlich. »Sie bekommen ein Baby.«
Es war einer der aufregendsten Augenblicke in Kates Leben. Sie konnte es kaum erwarten, David davon zu erzählen.
Nie hatte sie David so begeistert erlebt. Mit seinen starken Armen hob er sie hoch und sagte: »Es wird ein Mädchen, und sie wird genauso aussehen wie du.« Dabei dachte er: *Das ist genau das, was Kate braucht. Jetzt wird sie öfter zu Hause bleiben und eine richtige Ehefrau werden.*
Kate dagegen dachte: *Es wird ein Junge, und eines Tages wird er Kruger-Brent übernehmen.*

Kate reduzierte ihre Arbeitszeit, als die Geburt näherrückte, doch sie ging weiterhin täglich ins Büro.
»Laß die Geschäfte und entspanne dich«, riet ihr David.
Er begriff einfach nicht, daß die Geschäfte Entspannung für Kate *waren.*
Das Kind sollte im Dezember kommen. »Ich versuche, es zum 25. hinzukriegen«, versprach Kate David. »Er wird unser Weihnachtsgeschenk.«
Es wird ein vollkommenes Weihnachtsfest, dachte Kate. Sie stand an der Spitze eines riesigen Konzerns, war verheiratet mit dem

Mann, den sie liebte, und sie würde ein Kind von ihm bekommen. Der Ironie, die in der Reihenfolge ihrer Aufzählung lag, war sich Kate nicht bewußt.

Kate wurde rund und schwerfällig und fand es immer mühsamer, ins Büro zu gehen, doch sobald David oder Brad Rogers vorschlugen, sie solle zu Hause bleiben, antwortete sie stets: »Mein Hirn arbeitet noch.« Zwei Monate vor dem Geburtstermin war David auf Inspektionsreise in der Mine bei Pniel in Südafrika. Er sollte in der darauffolgenden Woche nach New York zurückkommen.

Kate saß an ihrem Schreibtisch, als Brad Rogers unangemeldet hereinkam. Sie bemerkte seinen düsteren Gesichtsausdruck und sagte: »Das Geschäft mit Shannon ist uns durch die Lappen gegangen!«

»Nein. Ich – Kate, ich habe es grade erst gehört. Es hat einen Unfall gegeben. Eine Minenexplosion.« Sie verspürte einen heftigen Stich. »Wo? Ist es schlimm? Ist jemand dabei umgekommen?«

Brad holte tief Luft. »Sechs Leute. Kate – David ist dabei.«

Seine Worte schienen das Zimmer auszufüllen und von den getäfelten Wänden zurückzuprallen, zu immer größerer Lautstärke anzuschwellen, bis sie zu einem einzigen Schrei in Kates Ohren wurden, zum Rauschen eines riesigen Wasserfalls, der sie zu ertränken drohte, und sie fühlte, wie sie in seinen Sog geriet, mitten hinein, immer tiefer, bis sie nicht mehr atmen konnte.

Dann wurde alles dunkel und still.

Das Kind kam eine Stunde später zur Welt, zwei Monate zu früh. Kate nannte ihn nach Davids Vater Anthony James. *Ich werde dich lieben, mein Sohn – um meinetwillen und um deines Vaters willen.*

Einen Monat später war die Villa an der Fifth Avenue fertiggestellt, und Kate zog mit dem Baby und einer Schar Hausangestellten ein. Zur Ausstaffierung hatte das Interieur zweier italienischer Schlösser herhalten müssen. Es gab ein Trophäenzimmer mit Davids Waffensammlung und eine Bildergalerie, die Kate mit Gemälden von Rembrandt, Vermeer, Velasquez und Bellini bestückte. In den weitläufigen, symmetrisch angelegten Gärten standen Skulpturen von Rodin und Maillol. Ein wahrer

Königspalast. *Und der König wächst darin auf,* dachte Kate glücklich.
1928 schickte Kate den vierjährigen Tony in den Kindergarten. Er war ein hübscher, ernster kleiner Junge, der die grauen Augen und das eigenwillige Kinn seiner Mutter geerbt hatte. Er bekam Musikunterricht und mit fünf Jahren Tanzstunden. Die schönsten Stunden verbrachten sie beide im Cedar Hill House in Dark Harbor. Kate kaufte eine Jacht, ein Segelboot mit Motor, das sie Corsair taufte, und sie kreuzte mit Tony in den Küstengewässern vor Maine. Tony war begeistert. Kate jedoch hatte ihre größte Freude an der Arbeit.
Dem Konzern, den Jamie McGregor gegründet hatte, haftete etwas Geheimnisvolles an. Er war etwas Lebendiges, das ihrer Aufmerksamkeit bedurfte. Er war Kates Geliebter, ein Geliebter, der nicht eines schönen Tages plötzlich sterben und sie allein zurücklassen würde. Er war unsterblich, und eines Tages würde sie alles ihrem Sohn vermachen.

Das einzig Beunruhigende in Kates Leben war ihr Heimatland. Sie hing sehr an Südafrika. Die Rassenprobleme dort verschärften sich, und Kate machte sich große Sorgen.
Sie arrangierte ein Treffen mit verschiedenen hohen Regierungsbeamten in Südafrika. »Sie sitzen auf einem Pulverfaß«, sagte Kate zu ihnen. »Was Sie hier machen, ist der Versuch, acht Millionen Menschen in Sklaverei zu halten.«
»Das ist keine Sklaverei, Mrs. Blackwell. Wir tun es nur zu ihrem eigenen Besten.«
»Ach ja? Möchten Sie das bitte näher erläutern?«
»Jede Rasse muß ihren Beitrag leisten. Wenn sich die Schwarzen mit den Weißen vermischen, werden sie ihre Individualität verlieren. Davor versuchen wir sie zu schützen.«
»Das ist ja Schwachsinn«, konterte Kate. »Südafrika ist ein Rassistenloch geworden.«
»Das ist nicht wahr. Schwarze aus anderen Ländern reisen Tausende von Meilen weit, nur um in unser Land zu kommen. Sie zahlen sogar bis zu 56 Pfund für eine gefälschte Zuzugserlaubnis. Hier sind die Schwarzen besser dran als irgendwo sonst auf der Welt.«
»Dann tun sie mir leid«, gab Kate zurück.
»Das sind naive Kinder, Mrs. Blackwell. Es ist zu ihrem eigenen Besten.«

Kate verließ die Konferenz frustriert und voller Befürchtungen um ihr Land.
Sie machte sich auch Sorgen um Banda. Sein Name tauchte häufig in den Nachrichten auf. Die Zeitungen in Südafrika nannten ihn »Heil aller Welt«, und die Geschichten über ihn enthielten einen Unterton widerwilliger Bewunderung. Er entkam der Polizei, indem er sich als Arbeiter, Chauffeur oder Hausmeister verkleidete. Er hatte die Guerilla organisiert und stand an der Spitze sämtlicher Fahndungslisten der Polizei. Ein Artikel der *Cape Times* berichtete, er sei auf den Schultern von Demonstranten im Triumphzug durch ein von Schwarzen bewohntes Dorf getragen worden. Er zog von Ort zu Ort und hielt Reden, doch jedesmal, wenn die Polizei Wind von seiner Anwesenheit bekam, tauchte Banda unter. Man sagte ihm nach, er umgebe sich mit einer Leibwache, die aus Hunderten von Freunden und Anhängern bestünde, und er schliefe jede Nacht in einem anderen Haus. Kate wußte, daß ihm nichts Einhalt gebieten konnte, nur der Tod.
Sie mußte unbedingt Kontakt mit ihm aufnehmen. Sie bestellte einen ihrer ältesten schwarzen Vorarbeiter zu sich, einen vertrauenswürdigen Mann. »William, glauben Sie, Sie könnten Banda finden?«
»Nur, wenn er gefunden werden will.«
»Versuchen Sie's. Ich möchte mit ihm sprechen.«
»Ich werde sehen, was sich tun läßt.«
Am nächsten Morgen sagte der Vorarbeiter: »Wenn Sie heute abend Zeit haben, dann wird ein Wagen auf Sie warten und Sie aufs Land bringen.«

Kate wurde in ein Dörfchen siebzig Meilen nördlich von Johannesburg gebracht. Der Fahrer hielt vor einem kleinen Holzhaus, und Kate ging hinein. Banda erwartete sie. Er sah genauso aus wie damals, als Kate ihn zum letztenmal gesehen hatte. *Dabei muß er doch um die sechzig sein,* dachte Kate. Seit Jahren befand er sich nun schon ununterbrochen auf der Flucht vor der Polizei, und doch wirkte er heiter und ruhig.
Er umarmte Kate und sagte:
»Jedesmal, wenn ich dich sehe, bist du wieder schöner geworden.«
Sie lachte. »Ich werde langsam alt. In ein paar Jahren bin ich vierzig.«

»Man sieht dir die Jahre nicht an, Kate.«
Sie gingen in die Küche, und während Banda Kaffee kochte, sagte Kate: »Was hier passiert, gefällt mir nicht, Banda. Wohin soll das noch führen?«
»Es wird noch schlimmer werden«, sagte Banda nur. »Die Regierung lehnt es ab, mit uns zu sprechen. Die Weißen haben alle Brücken zwischen sich und uns abgebrochen, und eines Tages werden sie entdecken, daß sie diese Brücken brauchen, wenn sie uns erreichen wollen. Wir haben jetzt unsere eigenen Helden, Kate. Nehemiah Tile, Mokone, Richard Msimang. Die Weißen meinen, sie können mit uns umspringen wie mit ihrem Vieh.«
»Nicht alle Weißen denken so«, versicherte ihm Kate. »Du hast Freunde, die sich für Veränderungen einsetzen. Eines Tages wird alles anders sein, Banda, aber das braucht seine Zeit.«
»Zeit ist wie Sand in einem Stundenglas. Sie läuft ab.«
»Banda, was ist mit Ntame und Magena?«
»Meine Frau und mein Sohn verbergen sich«, sagte Banda traurig. »Die Polizei ist immer noch hinter mir her.«
»Wie kann ich dir helfen? Ich kann nicht einfach dasitzen und die Hände in den Schoß legen. Wie steht's mit Geld?«
»Geld ist immer eine Hilfe.«
»Ich werde es veranlassen. Kann ich sonst noch was tun?«
»Beten. Bete für uns alle.«
Am nächsten Morgen kehrte Kate nach New York zurück.

Als Tony alt genug war, nahm Kate ihn in den Schulferien mit auf ihre Geschäftsreisen. Er begeisterte sich für Museen und konnte stundenlang versunken vor den Bildern und Statuen berühmter Meister stehen. Zu Hause fertigte er Kopien von den Bildern an, die dort hingen, aber er war zu unsicher, um sie seiner Mutter zu zeigen.
Er war lieb und gescheit und ein lustiger Kamerad, und die Leute mochten seine schüchterne Art. Kate war stolz auf ihren Sohn. Stets war er der Beste seiner Klasse. »Du hast sie alle geschlagen, Liebling, nicht wahr?« sagte sie zu ihm, und dann lachte sie und drückte ihn in die Arme.
Und der kleine Tony gab sich noch mehr Mühe, den Erwartungen, die seine Mutter in ihn setzte, zu entsprechen.
1936, an Tonys zwölftem Geburtstag, kam Kate von einer Reise in den Mittleren Osten zurück. Sie hatte ihn vermißt und freute sich auf ihn. Er war zu Hause und wartete auf sie. Sie nahm ihn

in die Arme und herzte ihn. »Alles Gute zum Geburtstag, Liebling! Ist es ein schöner Tag für dich?«

»J-ja, Mu-Mutter. Er ist wu-wunderschön.«

Kate trat zurück und musterte ihn. Nie zuvor war ihr aufgefallen, daß er stotterte. »Ist alles in Ordnung mit dir, Tony?«

»Ja, be-bestens, Mu-Mutter.«

»Du sollst nicht stottern«, sagte sie zu ihm. »Sprich langsamer.«

»Ja, Mu-Mutter.«

In den nächsten Wochen wurde es schlimmer. Kate beschloß, Dr. Harley zu Rate zu ziehen. Nachdem er Tony untersucht hatte, sagte er: »Physisch fehlt dem Jungen gar nichts, Kate. Steht er irgendwie unter Druck?«

»Mein Sohn? Natürlich nicht. Wie kommst du auf so eine Idee?«

»Tony ist ein sensibles Kind. Stottern ist häufig ein Anzeichen für inneren Druck und die Unfähigkeit, damit fertig zu werden.«

»Das kann nicht sein, John. Tony bringt in allen Schulfächern Spitzenleistungen. Im letzten Schuljahr hat er drei Preise gewonnen: Er war Bester im Sport, Bester in den wissenschaftlichen Fächern und Bester in Kunsterziehung.«

»Ich verstehe.« Er musterte sie. »Was machst du, wenn Tony stottert, Kate?«

»Dann korrigiere ich ihn natürlich.«

»Ich schlage vor, du läßt das bleiben. Das verstärkt seine innere Anspannung nur noch.«

Das reizte Kates Zorn. »Wenn Tony irgendwelche psychischen Probleme hat, wie du zu glauben scheinst, so kann ich dir versichern, daß sie nicht von seiner Mutter herrühren. Ich bete ihn an. Und er weiß genau, daß ich ihn für das wunderbarste Kind der Welt halte.«

Und genau das war des Pudels Kern. Kein Kind der Welt war diesem Anspruch gewachsen. Dr. Harley betrachtete seine Karteikarte. »Dann laß uns mal sehen. Tony ist jetzt zwölf?«

»Ja.«

»Vielleicht täte es ihm gut, mal eine Weile fortzukommen, in irgendein Internat zum Beispiel.«

Kate starrte ihn nur an.

»Laß ihn ein bißchen in Ruhe. Nur, bis er mit der Schule fertig ist. In der Schweiz gibt's ausgezeichnete Internate.«

Die Schweiz! Der Gedanke, Tony so weit weg zu lassen, war entsetzlich. »Ich werde darüber nachdenken«, sagte Kate.
An diesem Nachmittag sagte sie eine Aufsichtsratssitzung ab und ging nach Hause. Tony war in seinem Zimmer und machte Schulaufgaben.
»Ich habe la-la-lauter Einsen heute, Mu-Mutter«, sagte er.
»Was würdest du davon halten, in der Schweiz in die Schule zu gehen, Liebling?«
Seine Augen leuchteten auf, und er sagte: »Da-darf ich?«

Sechs Wochen später brachte Kate Tony zum Schiff. Er war im Institut Le Rosey in Rolle, einer kleinen Stadt am Genfer See, angemeldet. Kate stand am Kai in New York und sah zu, wie der riesige Überseedampfer die Leinen zu den Schleppern kappte.
Verdammter Mist! Er wird mir fehlen. Dann drehte sie sich um und ging zu der Limousine, die sie ins Büro zurückbringen sollte.

Kate arbeitete gern mit Brad Rogers zusammen. Mit seinen 46 Jahren war er zwei Jahre älter als sie. Im Laufe der Zeit waren sie gute Freunde geworden, und sie mochte ihn aufgrund seiner Ergebenheit für Kruger-Brent. Brad war ledig und hatte ständig wechselnde und immer attraktive Freundinnen, doch allmählich ging Kate auf, daß er in sie verliebt war. Mehrmals ließ er gewollt bedeutsame Bemerkungen fallen, doch sie zog es vor, ihre Beziehung auf einer unpersönlichen, geschäftlichen Ebene zu halten.
Diese Regel durchbrach sie nur ein einziges Mal.
Brad hatte sich eine ständige Freundin zugelegt. Er ging abends lange aus, kam müde zu den morgendlichen Sitzungen, war unkonzentriert und zerstreut. Und das war schlecht für den Konzern. Nachdem das einen Monat so gegangen und sein Verhalten immer auffallender geworden war, beschloß Kate, etwas dagegen zu unternehmen. Ihr fiel ein, wie David einer Frau wegen die Firma beinahe im Stich gelassen hätte. Sie würde nicht zulassen, daß sich das mit Brad wiederholte.
Kate hatte vorgehabt, allein nach Paris zu fahren, um dort eine Import-Export-Firma zu erwerben, doch in letzter Minute bat sie Brad, sie zu begleiten. Den Tag ihrer Ankunft verbrachten sie mit verschiedenen Sitzungen, und am Abend speisten sie zusammen. Danach schlug Kate vor, Brad solle noch in ihre Suite im Hotel George V kommen, um die Berichte über die neue

Firma mit ihr durchzugehen. Als er eintrat, erwartete sie ihn in einem hauchdünnen Negligé.
»Ich habe das revidierte Angebot dabei«, begann Brad, »wir können also –«
»Das kann warten«, sagte Kate leise. Der verführerische Klang ihrer Stimme ließ ihn aufblicken. »Ich wollte allein mit dir sein, Brad.«
»Kate –«
Sie glitt in seine Arme und schmiegte sich an ihn.
»Mein Gott!« sagte er. »Ich begehre dich schon so lange.«
»Und ich dich, Brad.«
Und sie gingen ins Schlafzimmer.
Kate war eine sinnliche Frau, doch schon seit langem waren ihre sexuellen Energien in andere Bahnen gelenkt worden. Die Arbeit bot ihr vollkommene Erfüllung. Brad brauchte sie aus anderen Gründen.
»Ich liebe dich schon so lange, Kate . . .«
Er war auf ihr, und sie dachte: *Die verlangen viel zuviel für ihre Firma, verdammt noch mal. Und sie zögern die Verhandlungen hinaus, weil sie genau wissen, wie sehr ich dahinter her bin.*
Brad flüsterte ihr Koseworte ins Ohr.
Ich könnte die Verhandlungen einfach abbrechen und abwarten, bis sie von alleine kommen. Aber was ist, wenn sie dann doch nicht kommen? Soll ich es wagen und damit riskieren, daß mir die Sache durch die Lappen geht?
Er bewegte sich jetzt schneller, und Kate preßte sich gegen ihn.
Nein. Die finden leicht einen anderen Käufer. Besser, ich zahle, was sie verlangen, und gleiche es dadurch aus, daß ich eine von ihren Tochterfirmen verkaufe.
Brad stöhnte in höchster Verzückung, und Kate bewegte sich rascher, um ihn zum Höhepunkt zu bringen.
Ich werde ihnen sagen, daß ich ihre Bedingungen akzeptiere.
Brad gab ein langes, zittriges Keuchen von sich und sagte: »O Gott, Kate, es war phantastisch. War's für dich auch schön, Liebling?«
»Es war himmlisch.«
Die ganze Nacht lag sie in Brads Armen, grübelte und plante, während er schlief. Als er am Morgen erwachte, sagte sie: »Brad – diese Frau, mit der du ausgehst –«
»Mein Gott! Du bist ja eifersüchtig!« Er lachte glücklich. »Vergiß sie. Ich werde sie nie wiedersehen, das verspreche ich dir.«

Kate ging nie wieder mit Brad ins Bett. Als er nicht begreifen wollte, warum sie ihn zurückwies, sagte sie nur: »Du weißt gar nicht, wie gern ich es täte, Brad, aber ich habe Angst, wir könnten dann nicht mehr zusammen arbeiten. Wir müssen beide ein Opfer bringen.«
Und damit hatte er sich gefälligst abzufinden.

Während der Konzern weiter expandierte, rief Kate Wohlfahrtsorganisationen ins Leben, die Universitäten, Kirchen und Schulen unterstützten.
Sie sammelte weiterhin Gemälde und erwarb etliche Bilder von Raffael, Tizian, Tintoretto und El Greco sowie Rubens, Caravaggio und van Dyck.
Die Blackwell-Sammlung stand im Ruf, die wertvollste Privatsammlung der Welt zu sein. Sie stand nur in dem Ruf – denn außer wenigen auserwählten Gästen war sie niemandem zugänglich.
Kate gestattete keine Fotografien und gab auch vor der Presse keinen Kommentar dazu. Der Presse gegenüber wahrte sie strikte, unverrückbare Prinzipien: Das Privatleben der Blackwell-Familie war tabu. Natürlich war es unmöglich, Gerüchte und Spekulationen zu verhindern, denn Kate Blackwell war ein faszinierendes Rätsel – eine der reichsten und mächtigsten Frauen der Welt. Es gab tausend Fragen über sie, aber nur wenige Antworten.

Kate telefonierte mit der Schulleiterin in Le Rosey. »Ich möchte gern wissen, wie es Tony geht.«
»Oh, es geht ihm sehr gut, Mrs. Blackwell. Ihr Sohn ist ein ausgezeichneter Schüler. Er –«
»Das habe ich nicht gemeint. Ich wollte –« Sie zögerte, als weigere sie sich zuzugeben, daß die Blackwell-Familie irgendeinen schwachen Punkt aufzuweisen hatte. »Ich habe sein Stottern gemeint.«
»Es gibt keinerlei Anzeichen für ein Stottern, Madame. Er ist vollkommen gesund.«
Kate seufzte innerlich auf vor Erleichterung. Hatte sie doch die ganze Zeit über gewußt, daß es vorbeigehen würde, daß es nur eine vorübergehende Phase war. Diese Ärzte!
Vier Wochen später kam Tony nach Hause, und Kate holte ihn am Flughafen ab.

Er sah gesund und gut aus, und Kate war stolz auf ihn. »Hallo, mein Lieber. Wie geht's dir?«
»Mir geht's gu-gut, Mu-Mutter. U-und dir?«

Tony freute sich darauf, in seinen Ferien die Gemälde zu studieren, die seine Mutter in der Zwischenzeit erworben hatte. Ehrfürchtig stand er vor den alten Meistern, verzaubert von den französischen Impressionisten. In Tony erweckten sie eine Zauberwelt zum Leben. Er kaufte sich Farben und eine Staffelei und machte sich an die Arbeit. Er hielt seine Bilder für schrecklich und weigerte sich noch immer, sie irgend jemandem zu zeigen. Sie konnten ohnehin keinem Vergleich mit den Meisterwerken standhalten.
»Eines Tages«, sagte Kate zu ihm, »werden all diese Gemälde dir gehören, Liebling.« Dieser Gedanke erfüllte den Dreizehnjährigen mit Unbehagen. Seine Mutter begriff nicht. Sie konnten niemals ihm gehören, weil er nichts getan hatte, um sie sich zu verdienen. Er war finster entschlossen, irgendwie seinen eigenen Weg zu machen. Die Trennung von seiner Mutter löste zwiespältige Gefühle in ihm aus. Alles in ihrer Umgebung war aufregend; sie war der Mittelpunkt eines Wirbelsturms, sie war ehrfurchtgebietend, und Tony war ungemein stolz auf sie; er war überzeugt davon, daß sie die faszinierendste Frau der Welt war. Und er fühlte sich schuldig, weil er ausschließlich in ihrer Gegenwart stotterte.
Kate hatte keine Ahnung, wie sehr ihr Sohn sie verehrte, bis er eines Tages in seinen Ferien fragte: »Mu-Mutter, re-regierst du ei-eigentlich die ga-ganze Welt?«
Sie lachte nur und sagte: »Natürlich nicht. Wie kommst du auf so eine alberne Frage?«
»Weil alle Ju-Jungen in der Schule über dich reden. Mannomann, du bi-bist schon wer!«
»Ich bin wer«, sagte Kate, »nämlich deine Mutter.«
Mehr als alles andere in der Welt wünschte sich Tony, seiner Mutter zu gefallen.
Er wußte, wieviel ihr der Konzern bedeutete, wie sehr sie damit rechnete, daß er ihn eines Tages übernehmen würde, und er hatte ein schlechtes Gewissen, weil ihm klar war, daß er das nicht konnte.
Er wollte mit seinem Leben etwas anderes anfangen.
Wenn er versuchte, das seiner Mutter zu erklären, pflegte sie zu

lachen. »Blödsinn, Tony. Du bist noch viel zu jung, um schon zu wissen, was du mit deinem Leben anfangen willst.«
Und dann stotterte er wieder.
Der Gedanke, Maler zu werden, begeisterte Tony. Fähig zu sein, Schönheit einzufangen und für alle Ewigkeit auf die Leinwand zu bannen – das war das einzige, was sich lohnte. Er wollte nach Europa gehen und in Paris studieren, aber er wußte, daß er dieses Thema seiner Mutter gegenüber nur sehr vorsichtig zur Sprache bringen durfte.

Sie verbrachten schöne Tage miteinander. Kate war Herrin über riesige Güter. Sie hatte Häuser und Grundstücke in Palm Beach und in South Carolina erworben sowie ein Gestüt in Kentucky, und in Tonys Ferien besuchten sie sie alle. Kate interessierte sich für Pferderennen, und ihr Stall wurde prompt einer der besten der Welt. Wenn eines ihrer Pferde an den Start ging und Tony gerade zu Hause war, so nahm Kate ihn mit zum Rennen. Dann saßen sie in ihrer Loge, und Tony beobachtete staunend, wie sich seine Mutter heiser schrie. Er wußte, daß ihre Aufregung nichts mit Geld zu tun hatte.
»Es geht ums Siegen, Tony. Merk es dir. Siegen ist das einzige, was zählt.«
In Dark Harbor verbrachten sie ruhige, faule Tage. Sie kauften bei Pendleton and Coffin ein und aßen Ice-Cream-Sodas im Dark Harbor Shop. Im Sommer segelten sie und wanderten und besuchten Kunstgalerien. Im Winter liefen sie Ski und Schlittschuh und fuhren Schlitten. Danach saßen sie in der Bibliothek vor dem Feuer im großen Kamin, und Kate erzählte ihrem Sohn all die alten Familiengeschichten über seinen Großvater, über Banda und über die Babyparty, die Madame Agnes und ihre Mädchen für seine Großmutter gegeben hatten. Es war eine schillernde Familie, eine, auf die man mit Stolz und Hochachtung blicken konnte.
»Eines Tages wird Kruger-Brent dir gehören, Tony. Du wirst es leiten und –«
»Ich mö-möchte es nicht lei-leiten, Mutter. Ich habe kein Interesse am *big business* oder an der Ma-Macht.«
Und Kate tobte. »Du dummer Grünschnabel! Was weißt du denn schon vom *big business* oder von der Macht? Glaubst du, ich gehe herum und verbreite Böses in der Welt? Verletze Leute? Glaubst du, Kruger-Brent ist irgendeine unbarmherzige Geld-

presse, die alles niederwalzt, was sich ihr in den Weg stellt? Eins laß dir sagen, mein Sohn: Kruger-Brent kommt gleich nach Jesus Christus. Wir sind die Auferstehung, Tony. Wir retten Hunderttausenden das Leben. Wenn wir in irgendeinem armen Land oder einer Stadt eine Fabrik aufmachen, dann können es sich die Leute dort leisten, Schulen zu bauen und Bibliotheken und Kirchen und können ihren Kindern anständiges Essen geben und sie ordentlich anziehen und ihnen Erholungsmöglichkeiten schaffen.« Von ihrem Zorn überwältigt, keuchte sie. »Wir bauen Fabriken dort, wo die Leute hungern oder arbeitslos sind, und nur deshalb sind sie in der Lage, anständig und mit hocherhobenem Kopf durchs Leben zu gehen. Wir sind ihre Retter. Laß mich ja nie wieder etwas Abfälliges über *big business* und Macht hören.«
Tony konnte nichts weiter sagen als: »Es tut mir leid, Mu-Mutter.«
Und er dachte eigensinnig: *Ich werde doch Künstler.*

Als Tony fünfzehn Jahre alt wurde, schlug Kate vor, er solle seine Sommerferien in Südafrika verbringen. Er war noch nie dort gewesen. »Ich kann hier nicht weg, Tony, aber es wird dir garantiert ungeheuer dort gefallen. Ich leite alles für dich in die Wege.«
»Ich ha-hatte eigentlich ge-gehofft, die Ferien in Dark Harbor zu verbringen, Mu-Mutter.«
»Nächstes Jahr«, bestimmte Kate. »Diesen Sommer hätte ich gern, daß du nach Johannesburg gehst.«
Kate bereitete den Konzernbeauftragten in Johannesburg sorgfältig auf Tonys Besuch vor, und sie arbeiteten gemeinsam einen Reiseplan für ihn aus. Jeden Tag gab es etwas anderes zu besichtigen, damit die Reise so interessant wie möglich für Tony würde.
Kate erhielt täglich einen Bericht über ihren Sohn. Und ein paar Tage vor Ende der Ferien telefonierte Kate mit dem Manager in Johannesburg. »Wie gefällt's Tony denn?«
»Oh, es gefällt ihm sehr gut hier, Mrs. Blackwell. Heute morgen hat er mich sogar gefragt, ob er nicht ein wenig länger bleiben könne.«
Kate war hocherfreut. »Das ist ja herrlich! Vielen Dank.«
Als Tonys Ferien zu Ende waren, fuhr er nach Southampton und flog von London aus in die Vereinigten Staaten.

Kate unterbrach eine wichtige Sitzung, um ihren Sohn in La-Guardia, dem neuerbauten Flughafen von New York, abzuholen. Tonys hübsches Gesicht strahlte vor Begeisterung.
»War's schön, Liebling?«
»Südafrika ist ein pha-phantastisches Land, Mu-Mutter. Weißt du, daß sie mich nach Namibia ge-geflogen haben, wo Großvater die Diamanten von Urgroßvater va-van der Merwe ge-gestohlen hat?«
»Er hat sie nicht gestohlen, Tony«, korrigierte ihn Kate. »Er hat sich nur geholt, was ihm zustand.«
»Ja, richtig«, spottete Tony. »Wie auch immer, ich war je-jedenfalls dort. Es war kein *mis,* aber sie haben immer no-noch Wachen und Hunde und so.« Er grinste. »Sie wollten mir keine Pro-Proben geben.«
Kate lachte glücklich. »Sie brauchen dir keine zu geben, Liebling. Eines Tages gehört sowieso alles dir.«
»Das mußt *du* ihnen sa-sagen. Auf mich würden sie nicht hö-hören.«
Sie umarmte ihn. »Dir hat's *wirklich* gefallen, nicht wahr?« Sie war unerhört erfreut, daß Tony endlich doch von seinem Erbe angetan war.
»Weißt du, was mir am mei-meisten gefallen hat?«
Kate lächelte liebevoll. »Was denn?«
»Die Farben. Ich habe do-dort eine Menge Landschaften ge-gemalt. Ich wollte gar nicht wieder weg. Ich möchte wieder hin und ma-malen.«
»Malen?« Kate versuchte, Begeisterung in ihre Stimme zu legen. »Das ist bestimmt ein nettes Hobby, Tony.«
»Nein. Ich mei-meine, es ist kein Hobby, Mutter. Ich möchte Ma-Maler werden. Ich habe viel darüber nachgedacht. Ich gehe nach Pa-Paris, um dort zu studieren. Ich glaube, ich habe wirklich Talent.«
Kate spürte, wie sich alles in ihr zusammenzog. »Du willst doch nicht den Rest deines Lebens mit Malen verbringen?«
»Doch, das will ich, Mu-Mutter. Es ist das einzige, woran mir etwas liegt.«
Und Kate wußte, daß sie verloren hatte.

Er hat ein Recht auf sein eigenes Leben, dachte Kate. *Aber ich kann doch nicht einfach zusehen, wie er einen so schrecklichen Fehler macht?*
Im September wurde ihnen beiden die Entscheidung abgenom-

men. In Europa brach der Krieg aus: »Ich will dich an der Wharton School of Finance and Commerce einschreiben«, teilte Kate Tony mit. »Wenn du in zwei Jahren noch immer Maler werden willst, hast du meinen Segen.« Sie war sicher, daß Tony bis dahin seine Meinung ändern würde. Er war doch schließlich ihr Sohn.

Für Kate Blackwell bot der Zweite Weltkrieg wiederum große Gewinnchancen. Es herrschte eine weltweite Verknappung an Militärgütern und Waffen, und Kruger-Brent war in der Lage, sie zu liefern. Ein Teil des Konzerns versorgte die Streitkräfte, während ein anderer Teil für den Zivilbedarf sorgte. In den konzerneigenen Fabriken wurde rund um die Uhr gearbeitet.

Kate war überzeugt, daß die Vereinigten Staaten nicht würden neutral bleiben können. Präsident Roosevelt beschwor die Amerikaner, das Land zur Waffenkammer der Demokratie zu machen, und am 11. März 1941 wurde das Lend-Lease-Abkommen durch den Kongreß gebracht. Auf dem Atlantik bedrohte die deutsche Blockade den alliierten Handel; deutsche U-Boote beschossen und versenkten zahlreiche alliierte Schiffe, indem sie in Achterrudeln angriffen.

Deutschland war ein blutrünstiger Moloch, dem scheinbar niemand Einhalt gebieten konnte.

Als Kate die Nachricht erreichte, daß Juden, die in von den Nazis konfiszierten Kruger-Brent-Fabriken arbeiteten, nun gefangengenommen und in Konzentrationslager deportiert wurden, schritt sie zur Tat.

Sie führte zwei Telefongespräche, und eine Woche später war sie auf dem Weg in die Schweiz. Als sie im Hotel Baur au Lac in Zürich ankam, lag eine Nachricht vor, daß Oberst Brinkmann sie zu sprechen wünsche.

Brinkmann war Manager der Berliner Zweigstelle von Kruger-Brent gewesen. Als die Nazis die Fabrik übernommen hatten, hatte man Brinkmann den Rang eines Obersten verliehen und auf seinem Posten belassen.

Er traf Kate in ihrem Hotel. Er war ein hagerer, korrekter Mann mit sorgfältig über seinen kahl werdenden Kopf verteiltem Blondhaar. »Ich bin entzückt, Sie zu sehen, Frau Blackwell. Ich habe eine Mitteilung meiner Regierung an Sie. Ich bin ermächtigt, Ihnen zu sagen, daß Sie Ihre Fabriken zurückerhalten werden, sobald wir den Krieg gewonnen haben. Deutschland wird die größte Industriemacht werden, die die Welt je erlebt hat,

und wir freuen uns über die Zusammenarbeit mit Leuten wie Ihnen.«
»Was ist, wenn Deutschland verliert?«
Oberst Brinkmann gestattete sich die Andeutung eines Lächelns. »Wir wissen beide, daß das unmöglich ist, Frau Blackwell. Die Vereinigten Staaten sind klug genug, sich aus den europäischen Angelegenheiten herauszuhalten. Ich hoffe, das wird so bleiben.«
»Das glaube ich Ihnen gern, Oberst.« Sie beugte sich vor. »Ich habe Gerüchte gehört, daß Juden in Konzentrationslager gesteckt und dort ausgerottet werden. Ist das wahr?«
»Britische Propaganda, kann ich Ihnen versichern. Es stimmt, daß die Juden in Arbeitslager geschickt werden, aber ich gebe Ihnen mein Ehrenwort als Offizier, daß sie dort behandelt werden, wie es ihnen gebührt.«
Kate fragte sich, was er mit diesen Worten tatsächlich meinte, und sie war entschlossen, es in Erfahrung zu bringen.

Am nächsten Morgen traf Kate eine Verabredung mit einem deutschen Kaufmann namens Otto Büller. Büller war um die Fünfzig, ein distinguierter Herr mit ausdrucksvollem Gesicht und Augen, die viel Leid gesehen hatten. Sie trafen sich in einem kleinen Café in der Nähe des Bahnhofs. Herr Büller wählte einen Tisch in einer ansonsten unbesetzten Ecke aus.
»Mir wurde berichtet«, sagte Kate leise zu ihm, »daß Sie im Untergrund dafür arbeiten, Juden in neutrale Länder zu bringen. Stimmt das?«
»Das stimmt nicht, Mrs. Blackwell. Eine solche Handlungsweise wäre ein Verrat am Dritten Reich.«
»Ich habe außerdem gehört, daß Sie Geld dafür brauchen.«
Herr Büller zuckte mit den Schultern. »Da es keine Untergrundaktivitäten gibt, brauche ich auch kein Geld dafür, oder?« Sein Blick schweifte unruhig durch das Lokal. Dieser Mann lebte in ständiger Gefahr.
»Ich hatte gehofft, helfen zu können«, sagte Kate vorsichtig. »Kruger-Brent besitzt Fabriken in vielen neutralen und alliierten Ländern. Wenn jemand die Flüchtlinge dorthin bringt, könnte ich dafür sorgen, daß sie eine Anstellung bekommen.«
Herr Büller nippte schweigend an seinem schwarzen Kaffee. Schließlich sagte er: »Davon habe ich keine Ahnung. Politik kann heutzutage gefährlich sein. Wenn Sie aber jemandem hel-

fen wollen, der in Not geraten ist, so habe ich einen Onkel in England, der an einer schrecklichen, kräftezehrenden Krankheit leidet. Seine Arztrechnungen sind überaus hoch.«
»Wie hoch?«
»50000 Dollar monatlich. Man müßte es so einrichten, daß das Geld in London deponiert und von da aus in die Schweiz transferiert wird.«
»Das kann arrangiert werden.«
»Mein Onkel würde sich sehr freuen.«
Ungefähr acht Wochen später trafen die ersten Juden aus dem kleinen, nicht abreißenden Flüchtlingsstrom in alliierten Ländern ein und wurden in Kruger-Brent-Fabriken eingestellt.

Tony verließ die Business School nach dem ersten Jahr. Er ging in Kates Büro und teilte es ihr mit. »Ich ha-hab's versucht, Mu-Mutter. Wi-Wirklich. Aber ich bin fe-fest entschlossen. Ich will Ku-Kunst studieren. Wenn der Krieg zu E-Ende ist, ge-gehe ich na-nach Paris.«
Jedes einzelne Wort war wie ein Schlag ins Gesicht für Kate.
»Ich wei-weiß, daß du en-enttäuscht bist, aber ich mu-muß mein eigenes Le-Leben führen. Ich glaube, ich kann ein guter Maler werden, ein *wirklich* guter.« Er bemerkte Kates Gesichtsausdruck. »Ich habe getan, worum du mich gebeten hast. Jetzt bist du dran und mu-mußt mir eine Chance einräumen. Ich bin am Art I-Institute in Chicago angenommen worden.«
Kates Gemüt befand sich in einem einzigen Aufruhr. Es war eine so verdammte *Verschwendung,* was Tony da vorhatte. Aber sie sagte lediglich: »Wann willst du abreisen?«
»Einschreiben kann man sich ab 15.«
»Und was haben wir heute für ein Datum?«
»Den 6. De-Dezember.«

Am Sonntag, dem 7. Dezember 1941, griffen mehrere Schwadronen von Nakajima-Bombern und Jagdfliegern der Kaiserlich-Japanischen Marine Pearl Harbor an, und am Morgen darauf befanden sich die Vereinigten Staaten im Krieg. Am gleichen Nachmittag noch meldete sich Tony beim US-Marinekorps. Er wurde nach Quantico, Virginia, geschickt, wo er eine Offiziersschulung absolvierte. Danach wurde er im Südpazifik eingesetzt.
Kate hatte das Gefühl, als lebe sie ständig am Rande eines Ab-

grunds. Ihre Tage waren mit den vielfältigen, dringenden Konzernangelegenheiten ausgefüllt, aber in ihrem Unterbewußtsein befürchtete sie jeden Augenblick, schlechte Nachrichten über Tony zu erhalten.
Der Krieg mit Japan war kein Spaziergang. Kate hatte Angst, Tony würde in Gefangenschaft geraten und gefoltert. Und trotz all ihrer Macht und ihres Einflusses gab es nichts, was sie tun konnte - nur beten. Jeder Brief von ihm war ein Hoffnungsschimmer, ein Zeichen dafür, daß er wenige Wochen zuvor noch am Leben gewesen war. »Sie halten uns draußen im ungewissen«, schrieb Tony. »Halten die Russen noch stand? Die japanischen Soldaten sind brutal, aber man muß ihre Leistung respektieren. Sie haben keine Angst vor dem Tod . . .«
»Was geht in den Staaten vor? Streiken die Fabrikarbeiter tatsächlich für höhere Löhne? . . .«
»Die Pazifik-Flotte leistet hier Großartiges. Die Jungs sind alle Helden . . .«
»Du hast doch so viele Beziehungen, Mutter. Schick uns ein paar neue Flugzeuge für die Marine. Du fehlst mir . . .«

Am 7. August 1942 starteten die Alliierten ihre erste Offensive im Pazifik. Die US-Marine landete in Guadalcanal auf den Salomoninseln, und von dort aus eroberten sie eine Insel nach der anderen von den Japanern zurück.
Am 6. Juni 1944 landeten amerikanische, britische und kanadische Truppen an den Stränden der Normandie und leiteten die Invasion Westeuropas ein. Ein Jahr später, am 7. Mai 1945, kapitulierte Deutschland bedingungslos.
Am 6. August 1945 fiel in Japan eine Atombombe mit der Zerstörungskraft von über 20000 Tonnen Sprengstoff auf Hiroshima. Drei Tage später machte eine weitere Atombombe die Stadt Nagasaki dem Erdboden gleich. Die Japaner kapitulierten am 14. August. Der lange, blutige Krieg war endlich vorbei.

Drei Monate später kam Tony nach Hause. Er und Kate fuhren nach Dark Harbor, saßen auf der Terrasse und blickten auf die mit weißen Segeln übersäte Bucht.
Der Krieg hat ihn verändert, dachte Kate. Tony schien reifer geworden. Er hatte sich einen kleinen Schnurrbart wachsen lassen, war braun gebrannt und sah gesund und gut aus. Um seine Augen gab es ein paar Falten, die vorher noch nicht vorhanden gewesen

waren. Kate war sicher, daß ihm die Jahre im Südpazifik genügend Zeit gegeben hatten, sich seine Entscheidung über den Eintritt in den Konzern noch einmal gründlich zu überlegen.
»Was hast du jetzt vor, mein Sohn?« fragte Kate.
Tony lächelte. »Wie ich schon sagte, ehe ich von den Ereignissen so rüde unterbrochen wurde – ich gehe nach Pa-Paris, Mutter.«

VIERTES BUCH

Tony
1946–1950

18

Tony war nicht zum erstenmal in Paris, aber diesmal war alles anders. In der Stadt der Lichter war es unter deutscher Besatzung dunkler geworden. Viel Leid war über die Bevölkerung gekommen, doch obwohl die Nazis den Louvre geplündert hatten, fand Tony, daß die Stadt den Krieg relativ unbeschadet überstanden hatte. Außerdem würde er dieses Mal hier leben, Teil dieser Stadt werden und kein Tourist mehr sein. Er hätte sich in Kates Penthouse an der Avenue Foche einquartieren können, das in der Besatzungszeit unzerstört geblieben war, zog es aber vor, sich eine unmöblierte Wohnung in einem alten, renovierten Haus gleich hinter dem Bahnhof Montparnasse zu nehmen – ein Wohnzimmer mit Kamin, ein kleines Schlafzimmer und eine winzige Küche ohne Kühlschrank. Zwischen Schlafzimmer und Küche hatte man ein Bad mit einer Badewanne auf Klauenfüßen, einem kleinen, fleckigen Bidet und einer nur sporadisch funktionierenden Toilette mit kaputter Brille gequetscht.
Als die Vermieterin sich dafür entschuldigen wollte, winkte Tony nur ab und sagte: »Schon gut.«
Den ganzen Sonnabend verbrachte er auf dem Flohmarkt, am Montag und Dienstag besuchte er die Altwarenläden an der Rive Gauche, und am Mittwoch war er Besitzer des nötigsten Mobiliars: ein Klappbett, ein etwas mitgenommener Tisch, zwei monströse Polstersessel, ein alter, mit Schnitzereien überladener Kleiderschrank, Lampen, ein wackeliger Küchentisch und zwei Holzstühle. *Mutter wäre entsetzt,* dachte Tony. Er hätte seine Wohnung mit sündhaft teuren Antiquitäten vollstopfen können, aber das hätte bedeutet, einen jungen amerikanischen Künstler zu *spielen.* Er jedoch wollte einer *sein.*
Der nächste Schritt war die Aufnahme an einer guten Akademie. Die Ecole des Beaux Arts in Paris stand im Ruf, die beste Frankreichs zu sein, doch ihre Anforderungen waren sehr hoch, und es wurden nur wenige Amerikaner zugelassen. Tony be-

warb sich dort um einen Platz. *Die nehmen mich niemals,* dachte er. *Aber wenn doch?* Irgendwie würde er seiner Mutter schon beweisen, daß seine Entscheidung richtig gewesen war. Er reichte drei seiner Bilder ein und mußte vier Wochen auf den Bescheid warten. Am Ende der vierten Woche übergab ihm die Concierge einen Brief von der Schule. Er sollte sich dort am folgenden Montag vorstellen.

Die Ecole des Beaux Arts war ein großes, dreistöckiges Gebäude mit zwölf Klassenräumen, in denen es vor Studenten nur so wimmelte. Tony meldete sich beim Direktor der Schule, einem Maître Gessand, einem hochgewachsenen, streng dreinschauenden Menschen, dessen Kopf unmittelbar auf den Schultern saß und dessen Lippen so dünn waren, wie es Tony noch nie gesehen hatte.

»Ihre Bilder sind amateurhaft«, ließ er Tony wissen, »aber nicht direkt schlecht. Unsere Aufnahmekommission hat sie mehr aufgrund dessen ausgesucht, was sie *nicht* ausdrücken. Verstehen Sie mich?«

»Nicht ganz, Maître.«

»Nun, das kommt noch. Ich teile Sie Maître Cantal zu, der in den nächsten fünf Jahren Ihr Lehrer sein wird – falls Sie es so lange aushalten.«

Ich werde es schon so lange aushalten, schwor sich Tony.

Maître Cantal war ein sehr kleiner Mann mit Vollglatze, die er unter einer violetten Baskenmütze verbarg, mit dunkelbraunen Augen, einer großen Knollennase und Lippen, die wie ein paar Würstchen aussahen. »Alle Amerikaner sind Dilettanten, Barbaren«, lautete seine Begrüßung. »Warum sind Sie hergekommen?«

»Um zu lernen, Maître.«

Maître Cantal grunzte nur.

Die meisten der fünfundzwanzig Schüler in seiner Klasse waren Franzosen. Ringsherum an den Wänden standen Staffeleien, und Tony suchte sich eine in der Nähe des Fensters aus, von wo der Blick auf eine Arbeiterkneipe fiel. Überall im Raum verstreut standen Gipsabdrücke von griechischen Plastiken, die verschiedene Teile der menschlichen Anatomie darstellten. Tony sah sich nach einem Modell um, konnte aber keines finden.

»Fangen Sie an«, befahl Maître Cantal der Klasse.

»Entschuldigen Sie«, warf Tony ein. »Ich – ich habe meine Farben nicht mitgebracht.«

»Die brauchen Sie nicht. Im ersten Jahr geht es nur darum, richtig zeichnen zu lernen.«
Der Maître zeigte auf die griechischen Plastiken. »Die werden Sie abzeichnen. Das mag Ihnen zu einfach vorkommen, aber ich warne Sie: bis zum Ende des Jahres wird die Hälfte von Ihnen ausgeschieden sein.« Er geriet in Fahrt. »Im ersten Jahr lernen sie Anatomie. Im zweiten Jahr werden diejenigen, die bestanden haben, mit Ölfarben nach lebenden Modellen arbeiten. Im dritten Jahr – und seien Sie versichert, daß Sie dann noch weniger sind – malen Sie mit mir zusammen, und zwar in meinem Stil, wobei Sie selbstverständlich große Fortschritte machen werden. Im vierten und fünften Jahr werden Sie zu Ihrem eigenen Stil finden, Ihrem eigenen Ausdruck. Lassen Sie uns anfangen.«
Die Klasse begann mit der Arbeit.
Der Maître ging durch den Raum, blieb an jedem Zeichentisch stehen, kritisierte und kommentierte. Als er an Tonys Zeichnung herantrat, sagte er nur barsch: »Nein! So geht das nicht. Das ist ein Arm von *außen.* Ich will ihn von *innen* sehen. Muskeln, Knochen und Sehnen. Ich will sehen, daß Blut hindurchfließt. Wissen Sie, wie man das macht?«
»Ja, Maître. Man denkt es, sieht es, fühlt es und zeichnet es dann.«

Die Zeit außerhalb des Unterrichtes verbrachte Tony gewöhnlich in seiner Wohnung und machte Skizzen. Die Malerei schenkte ihm ein Gefühl von Freiheit, das er bisher nicht gekannt hatte. Mit einer Hand erschuf er ganze Welten, einen Baum, eine Blume, einen Menschen, ein ganzes Universum. Es war ein berauschendes Gefühl, und dafür war er geboren. Wenn er nicht malte, schlenderte er durch die Straßen von Paris und erkundete diese phantastische Stadt. Sie war jetzt seine Stadt, der Geburtsort seiner eigenen Kunst. Montparnasse, Boulevard Raspail und Saint-Germain-des-Prés, das Café Flore, Henry Miller und Elliot Paul – das war Tonys Zuhause. Stundenlang konnte er am Boule Blanche oder im La Coupole verbringen und mit seinen Kommilitonen über diese Welt für sich diskutieren.
Tony hatte in Le Rosey Französisch gelernt und freundete sich schnell mit seinen Mitschülern an, waren sie doch alle von der gleichen Idee besessen. Sie wußten nichts über Tonys Familie und akzeptierten ihn als einen von ihnen.

1946 hatten sich in Paris viele Größen der Kunst zusammengefunden. Ab und zu erhaschte Tony einen Blick auf Pablo Picasso, und eines Tages sah er mit einem Freund zusammen Marc Chagall, einen großen, auffallenden Mann in den Fünfzigern mit einer wilden Mähne, die die ersten Spuren von Grau zeigte. Er saß am anderen Ende des Cafés und war in eine ernste Unterhaltung mit einer Gruppe von Leuten vertieft.
»Wir haben Glück, daß er hier ist«, flüsterte Tonys Freund. »Er kommt äußerst selten nach Paris; er lebt in Vence in der Nähe des Mittelmeers.«
Und da war Max Ernst, der in einem der Straßencafés seinen Aperitif schlürfte, und der große Alberto Giacometti, der die Rue de Rivoli hinunterging, eine Inkarnation seiner eigenen Skulpturen, groß und dünn und knorrig. Tony bemerkte überrascht, daß er einen Klumpfuß hatte. Er traf mit Hans Bellmer zusammen, der sich mit seinen erotischen Bildern von jungen Mädchen, die er als verstümmelte Puppen darstellte, gerade einen Namen machte. Aber das aufregendste Erlebnis für Tony war, als er Braque vorgestellt wurde. Der Künstler gab sich jovial, doch Tonys Zunge war wie gelähmt.
Die zukünftigen Geniusse wanderten durch die neuen Kunstgalerien und studierten ihre Konkurrenten. Ihre Freizeit verbrachten sie damit, sich über ihre erfolgreichen Rivalen die Mäuler zu zerreißen.

Als Kate Tonys Wohnung zum erstenmal sah, fiel sie aus allen Wolken. Klugerweise sagte sie nichts, aber sie dachte: *Verdammt noch mal! Wie kann mein Sohn nur in einem solchen Loch hausen!* Laut sagte sie:
»Es hat Charme, Tony. Einen Kühlschrank gibt es hier wohl nicht? Wo bewahrst du denn deine Lebensmittel auf?«
»Draußen auf dem Fe-fensterbrett.«
Kate ging zum Fenster hinüber, öffnete es und nahm einen Apfel. »Ich esse doch nicht etwa eins deiner Sujets, oder?«
Tony lachte. »N-nein, Mutter.«
Kate biß in den Apfel. »Nun«, meinte sie, »erzähl mir von deiner Malerei.«
»Da gi-gibt es ni-nicht viel zu erzählen«, bekannte Tony. »Wir z-zeichnen dieses Ja-Jahr nur.«
»Magst du diesen Maître Cantal?«
»Er ist wu-wunderbar. Aber die Frage ist, ob er *mich* ma-mag.

Nur ungefähr ein Drittel der Klasse wird ins nächste Jahr übernommen.«
Kate erwähnte Tonys möglichen Eintritt in die Firma nicht ein einziges Mal.

Maître Cantal war nicht dafür bekannt, daß er seine Schüler mit Lob überschüttete.
Das größte Kompliment, das Tony von ihm hörte, war ein geknurrtes: »Ich habe schon Schlechteres gesehen«, oder: »Jetzt kann ich fast sehen, was darunter liegt.«
Am Ende des Jahres gehörte Tony zu den acht Studenten, die in die zweite Klasse übernommen wurden. Zur Feier des Tages ging er zusammen mit den anderen überglücklichen Kommilitonen in einen Nachtclub am Montmartre, wo sie sich betranken und schließlich die Nacht mit einer Gruppe junger Engländerinnen verbrachten, die sich auf einer Reise durch Frankreich befanden.

Nach den Ferien begann Tony, in Öl nach lebenden Modellen zu arbeiten, und es war, als sei er aus dem Kindergarten entlassen worden. Jetzt, mit einem Pinsel in der Hand und einem lebenden Modell vor Augen, begann Tony, kreativ zu arbeiten. Sogar Maître Cantal zeigte sich beeindruckt.
»Sie haben das nötige *Gespür*«, sagte er brummelig. »Jetzt müssen wir an Ihrer Technik arbeiten.«

Fast ein Dutzend Modelle saßen für die Studenten. Diejenigen, die Maître Cantal am häufigsten beschäftigte, waren Carlos, ein junger Mann, der sich damit sein Medizinstudium finanzierte, Annette, eine kleine, dralle Brünette mit auffallenden, roten Schamhaaren und einem Rücken voller Aknenarben, sowie Dominique Masson, eine schöne, grazile junge Blondine mit hohen Wangenknochen und dunkelgrünen Augen. Dominique saß auch einigen bekannten Malern Modell und war jedermanns Liebling. Jeden Tag nach dem Unterricht scharten sich die männlichen Studenten um sie und versuchten, sich mit ihr zu verabreden.
»Ich halte Arbeit und Privatleben fein säuberlich auseinander«, erwiderte sie nur. Und neckte sie dann: »Außerdem ist es nicht fair. Ihr habt alle gesehen, was ich zu bieten habe. Woher soll ich wissen, was ihr zu bieten habt?«

Derart neckische Gespräche waren an der Tagesordnung, aber nie ging Dominique mit einem der Studenten aus.
Eines späten Nachmittags, nachdem die anderen bereits gegangen waren und nur Tony noch ein Bild von Dominique beendete, stand sie urplötzlich hinter ihm. »Meine Nase ist zu lang.«
Tony war verwirrt. »Oh, das tut mir leid. Ich ändere es gleich.«
»Nein, nein. Die Nase auf dem Bild ist schon in Ordnung. *Meine* Nase ist zu lang.«
Tony lächelte. »Ich fürchte, daran kann ich nichts ändern.«
»Ein Franzose hätte jetzt gesagt: ›Ihre Nase ist vollkommen, *chérie*‹.«
»Ich mag Ihre Nase, auch wenn ich kein Franzose bin.«
»Das merkt man. Sie haben mich nie um ein Rendezvous gebeten. Ich wüßte gerne, warum.«
Tony war verblüfft. »Ich – ich weiß nicht. Ich glaube, weil die anderen es dauernd versuchen und Sie nie mit jemandem ausgehen.«
Dominique lächelte. »Jeder geht mit irgendwem aus. Guten Abend.«
Und weg war sie.

Tony bemerkte, daß Dominique sich jedesmal, wenn er länger blieb, anzog und sich hinter ihn stellte, um ihm beim Malen zuzusehen.
»Sie sind sehr gut«, erklärte sie eines Nachmittags. »Aus Ihnen wird einmal ein bedeutender Maler.«
»Danke, Dominique. Ich hoffe, daß Sie recht haben.«
»Sie nehmen die Malerei sehr enst, *non*?«
»Oui.«
»Würde der Mann, aus dem einmal ein bedeutender Maler wird, mich gerne zum Essen einladen?« Sie sah, wie überrascht er war. »Viel esse ich nicht, ich muß auf meine Figur achten.«
Tony lachte. »Natürlich. Es wäre mir ein Vergnügen.«
Sie aßen in einem Bistro in der Nähe von Sacré Cœur und sprachen über Maler und Malerei. Tony hing wie gebannt an ihren Lippen, wenn sie von den berühmten Künstlern erzählte, für die sie posierte. Beim *café au lait* sagte Dominique schließlich: »Ich muß wirklich sagen, Sie sind ebenso gut wie einer von denen.«
Tony war über alle Maßen erfreut, sagte aber nur: »Ich habe noch einen weiten Weg vor mir.«

Vor dem Café fragte Dominique: »Laden Sie mich jetzt in Ihre Wohnung ein?«
»Wenn Sie möchten. Etwas Besonderes ist es allerdings nicht.«
Dort angekommen, schaute Dominique sich in der winzigen, unaufgeräumten Wohnung um und schüttelte den Kopf. »Du hast recht. Nichts Besonderes. Wer kümmert sich denn um dich?«
»Ich habe eine Putzfrau, die einmal die Woche kommt.«
»Schmeiß sie raus. Das ist ein Dreckstall hier. Hast du keine Freundin?«
»Nein.«
Sie betrachtete ihn einen Augenblick lang. »Und du bist nicht andersrum?«
»Nein.«
»Gut. Wäre auch schade drum gewesen. Gib mir mal einen Eimer Wasser und Seife.«
Dominique machte sich an die Arbeit, putzte und schrubbte und räumte schließlich die ganze Wohnung auf. Nach getaner Arbeit sagte sie: »Das reicht für heute. Und jetzt muß ich unbedingt baden.«
Sie ging in das winzige Badezimmer und ließ das Wasser einlaufen. »Wie paßt du überhaupt hier rein?« rief sie.
»Indem ich meine Beine anziehe.«
Sie lachte. »Das möchte ich gerne sehen.«
Eine Viertelstunde später kam sie, mit nichts als einem Handtuch bekleidet, das sie um ihre Hüften geschlungen hatte, aus dem Badezimmer. Ihr blondes Haar war feucht und kringelte sich. Bisher hatte Tony in ihr nicht die Frau gesehen, sondern nur die nackte Figur, die er auf die Leinwand bannte. Es war merkwürdig, aber das Handtuch schien alles zu verändern, und er fühlte, wie ihm das Blut in die Lenden schoß.
Dominique beobachtete ihn. »Möchtest du mit mir schlafen?«
»Sehr gerne.«
Langsam zog sie das Handtuch weg. »Zeig es mir.«

Tony war noch nie einer Frau wie Dominique begegnet. Sie gab alles und verlangte nichts. Fast jeden Abend kam sie und kochte für ihn, und wenn sie essen gingen, bestand sie darauf, nur in die billigsten Bistros und Imbißläden zu gehen. »Du mußt dein Geld sparen«, ermahnte sie ihn. »Es ist auch für einen guten Künstler schwer, sich durchzusetzen. Und du bist gut, *chéri.*«

Das Zusammensein mit Dominique war die reinste Freude; ihr Humor war phantasievoll, und sie brachte es fertig, ihn so lange auszulachen, bis er seine Depressionen vergaß. Sie schien jedermann in Paris zu kennen und nahm Tony auf Partys mit, wo er einige der interessantesten Persönlichkeiten seiner Zeit kennenlernte, den Dichter Paul Eluard zum Beispiel und André Breton, der die angesehene Galerie Maeght leitete.
Außerdem war Dominique ihm ständiger Ansporn und Ermutigung. »Du wirst besser als alle anderen sein, *chéri.* Glaub mir, ich kenn mich da aus.«
Wenn Tony nachts malen wollte, stand Dominique ihm unverdrossen Modell, obwohl sie schon den ganzen Tag lang gearbeitet hatte. *Was bin ich nur für ein Glückspilz,* dachte Tony. Zum erstenmal konnte er sicher sein, daß er nur um seiner selbst und nicht um seiner Herkunft willen geliebt wurde, und er genoß es in vollen Zügen. Er hatte Angst, ihr zu sagen, daß er der Erbe eines der größten Vermögen der Welt war, hatte Angst, daß diese Mitteilung sie verändern würde, Angst, alles zu verlieren. Trotzdem konnte er der Versuchung nicht widerstehen, ihr zum Geburtstag einen Mantel aus sibirischen Luchsfellen zu schenken.
»So etwas Schönes habe ich in meinem ganzen Leben noch nicht gesehen!« Dominique schwenkte den Mantel herum und tanzte damit durch das Zimmer. Plötzlich hielt sie mitten in einer Umdrehung inne. »Wo hast du den her? Tony, wo hast du soviel Geld her, um einen solchen Mantel zu kaufen?«
Auf diese Frage war er vorbereitet. »Heiße Ware – geklaut. Ich hab' ihn von einem Männchen vor dem Rodinmuseum. Der mußte ihn unbedingt loswerden. Hat mich nicht mehr gekostet als ein guter Stoffmantel.«
Dominique starrte ihn einen Moment lang an, dann brach sie in Gelächter aus. »Ich werde ihn tragen, auch wenn wir beide dafür ins Gefängnis kommen!«
Sie schlang ihre Arme um ihn und brach in Tränen aus. »O Tony, du Dummkopf. Du wunderbarer, phantastischer Dummkopf.«
Die Lüge hatte sich gelohnt, stellte Tony fest. Eines Abends schlug Dominique ihm vor, zu ihr in ihre Wohnung zu ziehen. »Du kannst so nicht weiter wohnen bleiben, Tony. Es ist furchtbar hier. Du kannst bei mir wohnen und brauchst keine Miete zu zahlen. Ich mach die Wäsche, koche für dich und –«

»Nein, Dominique, danke.«
»Aber wieso?«
Wie sollte er ihr das erklären? Am Anfang hätte er ihr noch sagen können, daß er in Wirklichkeit reich war, aber jetzt war es zu spät dazu. Sie mußte denken, er hätte sie an der Nase herumgeführt. Also sagte er: »Das wäre gerade so, als ob du mich aushieltest. Du gibst mir so schon genug.«
»Dann gebe ich meine Wohnung auf und ziehe zu dir. Ich will bei dir sein.«
Am nächsten Tag zog sie um.
Zwischen ihnen herrschte eine wunderschöne, unkomplizierte Intimität. Sie verbrachten viele Wochenenden auf dem Lande und übernachteten in kleinen Herbergen. Tony stellte seine Staffelei auf und malte Landschaften, und wenn sie hungrig waren, tischte Dominique die Sachen aus dem Picknickkorb auf, den sie mitgebracht hatte, und sie aßen im Grünen. Danach liebten sie sich lang und innig. Tony war noch nie so glücklich gewesen.
Seine Arbeit machte gute Fortschritte. Eines Morgens nahm Maître Cantal eines von Tonys Bildern von der Staffelei und zeigte es der Klasse. »Schauen Sie sich diesen Körper an, man kann sehen, daß er *atmet*.«
Tony konnte es kaum erwarten, am Abend Dominique davon zu berichten. »Weißt du, warum ich das Atmen so gut getroffen habe? Weil ich das Modell jede Nacht in meinen Armen halte.«
Dominique lachte vor Freude, wurde aber gleich wieder ernst. »Tony, ich glaube nicht, daß du noch drei Jahre auf diese Schule gehen mußt. Du hast ausgelernt, und jeder an der Schule weiß das, sogar Maître Cantal.«
Tony fürchtete, nicht gut genug, nur einer von vielen zu sein, deren Werke Tag für Tag zu Tausenden die Welt überschwemmten. Er mochte gar nicht daran denken. *Es geht ums Siegen, Tony. Merk es dir.*
Manchmal, wenn er ein Bild fertiggestellt hatte, überkam ihn ein Hochgefühl, und er dachte: *Ich bin begabt. Ich bin wirklich begabt.* Ein andermal schaute er sein Werk an und dachte: *Ich bin nur ein blöder Stümper.*
Durch Dominiques Zuspruch wuchs sein Vertrauen in die eigene Arbeit. Er hatte fast zwei Dutzend Bilder gemalt, Landschaften und Stilleben. Darunter war ein Bild von Dominique, nackt unter einem Baum liegend, durch dessen Laub die Sonne

Schatten auf ihren Körper malte. Im Vordergrund konnte man die Jacke und das Hemd eines Mannes erkennen, und dem Betrachter wurde klar, daß die Frau ihren Liebhaber erwartete. Als Dominique das Bild sah, rief sie aus: »Du mußt eine Ausstellung machen!«

»Du spinnst, Dominique! Soweit bin ich noch nicht.«

»Da irrst du dich, *mon cher.*«

Als Tony am nächsten Nachmittag nach Hause kam, war Dominique nicht allein. Bei ihr war Anton Goerg, der, von seinem enormen Bauch abgesehen, ein dünner Mann mit hervorstehenden, haselnußbraunen Augen war, Besitzer und Leiter der bescheidenen Goerg-Galerie in der Rue Dauphine. Tonys Bilder waren überall im Zimmer ausgebreitet.

»Was ist denn hier los?« fragte Tony.

»Das einzige, was los ist«, rief Anton Goerg aus, »ist, daß ich Ihre Werke hervorragend finde, Monsieur.« Er klopfte Tony auf die Schulter. »Es wäre mir eine Ehre, wenn Sie in meiner Galerie ausstellen würden.«

Tony sah zu Dominique hinüber, die ihn anstrahlte.

»Ich – ich weiß nicht, was ich sagen soll.«

»Sie haben es schon gesagt«, erwiderte Goerg, »auf diesen Leinwänden haben Sie es gesagt.«

Tony und Dominique blieben bis tief in die Nacht auf und redeten über das Projekt.

»Ich glaube nicht, daß ich schon soweit bin. Die Kritiker werden mich verreißen.«

»Du irrst dich, *chéri.* Diese kleine Galerie ist genau der richtige Rahmen für deine Arbeit. Monsieur Goerg würde dir niemals anbieten, eine Ausstellung zu machen, wenn er nicht an dich glaubte. Er ist vollkommen meiner Meinung, daß aus dir ein sehr bedeutender Künstler wird.«

»Nun gut«, sagte Tony schließlich. »Wer weiß? Vielleicht verkaufe ich sogar ein Bild.«

Das Telegramm lautete: ANKOMME PARIS SONNABEND. WILL MIT DIR ZU ABEND ESSEN. ALLES LIEBE. MUTTER.

Tonys erster Gedanke, als er seine Mutter in das Studio kommen sah, war: *Was für eine gutaussehende Frau sie doch ist.* Sie war Mitte Fünfzig, und ihr ungefärbtes, schwarzes Haar wies nur wenige weiße Strähnen auf. Sie vibrierte nur so vor Energie. Einmal hatte Tony sie gefragt, warum sie nicht wieder geheiratet

hatte. Ruhig hatte sie geantwortet: »Es gab nur zwei Männer in meinem Leben. Deinen Vater und dich.«
Und Tony sagte, als er nun seiner Mutter in der kleinen Wohnung in Paris gegenüberstand: »Sch-schön, dich zu sehen, Mumutter.«
»Tony, du siehst einfach blendend aus. Und du hast dir einen Bart wachsen lassen.« Sie lachte und fuhr mit der Hand darüber. »Du siehst aus wie der junge Abraham Lincoln.« Sie sah sich prüfend um. »Gott sei Dank hast du jetzt eine gute Putzfrau. Die Wohnung sieht gleich ganz anders aus.«
Kate ging zur Staffelei hinüber, auf der ein Bild stand, an dem Tony gerade arbeitete, und betrachtete es lange. Er stand da und wartete nervös auf die Reaktion seiner Mutter.
Schließlich sagte Kate mit sanfter Stimme: »Es ist brillant, Tony, wirklich brillant.« Sie versuchte nicht einmal ihren Stolz zu verbergen. In Sachen Kunst konnte ihr keiner etwas vormachen, und sie fühlte eine wilde Freude in sich, daß ihr Sohn so talentiert war.
Sie drehte sich zu ihm um. »Zeig mir mehr.«
Die nächsten zwei Stunden verbrachten sie damit, seine Bilder durchzusehen. Dann sagte Kate: »Ich werde eine Ausstellung arrangieren. Ich kenne ein paar Händler, die –«
»Danke, Mu-mutter, aber d-das ist nicht mehr nötig. Ich habe nä-nächsten Freitag m-meine eigene Ausstellung in einer Galerie.«
Kate warf ihre Arme um ihn. »Das ist ja herrlich! Was ist das für eine Galerie?«
»Die Galerie Goerg.«
»Die kenne ich, glaube ich, nicht.«
»Sie ist nur klein, aber ich bi-bin noch nicht w-weit genug für Hammer oder Wi-wildenstein.«
Kate zeigte auf das Bild von Dominique unter dem Baum. »Du irrst, Tony. Ich glaube, daß –«
Man hörte, wie die Eingangstür aufgeschlossen wurde. »Ich bin ganz schön scharf auf dich, *chéri,* zieh dich –« Dominique erblickte Kate. »*O merde!* Es tut mir leid. Ich – ich wußte nicht, daß du Besuch hast, Tony.«
Einen Augenblick lang herrschte eisiges Schweigen.
»Dominique, m-meine Mutter. Mu-mutter, darf ich dir Do-Dominique Masson vorstellen.«
Die beiden Frauen standen da und musterten einander.

»Angenehm, Mrs. Blackwell.«
Kate sagte: »Ich habe gerade das Bild bewundert, das mein Sohn von Ihnen gemalt hat.«
Der Rest blieb unausgesprochen.
Wieder machte sich peinliches Schweigen breit.
»Hat Tony Ihnen gesagt, daß er eine Ausstellung bekommt, Mrs. Blackwell?«
»Ja, das hat er. Und ich freue mich darüber.«
»Kannst du no-noch so lange hierbleiben, Mutter?«
»Ich würde alles dafür geben, dabei zu sein, aber ich muß übermorgen nach Johannesburg zu einer Aufsichtsratssitzung, die ich auf gar keinen Fall verpassen darf. Wenn ich früher davon gewußt hätte, hätte ich meine Pläne dementsprechend ändern können.«
»Scho-schon in Ordnung«, sagte Tony. »Das verstehe ich.« Er war nervös, weil er befürchtete, daß seine Mutter in Dominiques Gegenwart noch mehr über die Firma reden würde, aber Kates Gedanken waren bei den Bildern.
»Es ist wichtig, daß die richtigen Leute zu deiner Ausstellung kommen.«
»Und wer sind die richtigen Leute, Mrs. Blackwell?«
Kate wandte sich an Dominique. »Meinungsmacher. Kritiker. Jemand wie André d'Usseau – der sollte eigentlich kommen.«
André d'Usseau war der gefürchtetste Kunstkritiker Frankreichs, ein wilder Löwe, der den Tempel der Kunst bewachte. Eine einzige Kritik von ihm konnte einem Künstler über Nacht zu Ruhm oder Ruin verhelfen. D'Usseau wurde zu jeder Vernissage geladen, besuchte aber nur die wichtigsten. Galeriebesitzer und Maler warteten zitternd auf das Erscheinen seiner Artikel.
Tony drehte sich zu Dominique um. »Na, was sagst du zu meiner Mutter?« Und dann zu Kate: »André d'Usseau ge-geht nicht in kleine Galerien.«
»Oh, Tony, er muß einfach kommen. Er kann dich über Nacht berühmt machen.«
»Oder mi-mich kaputtmachen.«
»Glaubst du etwa nicht an dich selbst?« Kate musterte ihren Sohn.
»Natürlich tut er das«, antwortete Dominique. »Aber wir wagen nicht zu hoffen, daß Monsieur d'Usseau kommt.«
»Ich könnte wahrscheinlich ein paar Freunde auftreiben, die ihn kennen.«

Dominiques Miene erhellte sich. »Das wäre phantastisch!« Sie wandte sich an Tony. *»Chéri,* weißt du überhaupt, was das für dich bedeuten würde, wenn er zur Eröffnung käme?«
»Den Untergang?«
»Komm, laß die Witze. Ich kenne seinen Geschmack, Tony. Ich weiß, was er mag. Er wird von deinen Bildern begeistert sein.«
Kate sagte: »Ich werde nicht versuchen, ihn zum Kommen zu bewegen, wenn du es nicht wirklich willst, Tony.«
»Natürlich will er es, Mrs. Blackwell.«
Tony holte tief Luft. »Ich ha-habe Angst, aber was soll's. Ich wi-will's v-versuchen.«
»Mal sehen, was ich tun kann.« Kate betrachtete das Bild auf der Staffelei eine beträchtliche Weile lang und drehte sich dann wieder zu Tony um. Ihre Augen blickten traurig. »Mein Sohn, ich muß Paris morgen wieder verlassen. Können wir zusammen zu Abend essen?«
»Ja, natürlich«, antwortete Tony. »*Wir* haben nichts vor, Mu-mutter.«
Kate wandte sich an Dominique und sagte huldvoll: »Möchten Sie im Maxim oder –«
Und Tony warf schnell ein: »Dominique und ich kennen ein ne-nettes kleines Bi-Bistro ganz in der N-nähe.«
Sie gingen in ein Lokal am Place Victoire. Das Essen war gut und der Wein ausgezeichnet. Die beiden Frauen schienen gut miteinander auszukommen, und Tony war auf beide schrecklich stolz. *Dies ist einer der schönsten Abende in meinem Leben,* dachte er. *Sowohl meine Mutter, als auch die Frau, die ich heiraten werde, sind bei mir.*
Am nächsten Morgen rief Kate vom Flughafen aus an. »Ich habe etliche Telefongespräche geführt«, teilte sie Tony mit. »Keiner konnte mir etwas Definitives über André d'Usseau sagen. Aber was auch passiert, Liebling, ich bin stolz auf dich. Die Bilder sind sehr gut. Ich liebe dich, Tony.«
»Ich li-liebe dich auch, Mu-mutter.«

In der Galerie Goerg wurden fünfundzwanzig von Tonys Bildern in hektischer Eile in letzter Minute vor der Eröffnung an die Wände gehängt. Auf einem Marmortischchen standen Käse, Biskuits sowie Chablis bereit. Außer Anton Goerg, Tony, Dominique und einer jungen Assistentin, die gerade das letzte Bild aufhängte, war noch niemand in der Galerie erschienen.

Anton Goerg schaute auf seine Uhr. »Auf der Einladung heißt es sieben Uhr. Jetzt können jeden Moment die ersten kommen.«
Tony hatte sich vorgenommen, nicht nervös zu sein. *Und ich bin auch nicht nervös,* dachte er bei sich, *ich habe panische Angst.*
»Und wenn nun keiner kommt?« fragte er. »Ich meine, wenn sich wirklich kein Schwein blicken läßt?«
Dominique lächelte und streichelte seine Wange. »Dann können wir den Käse allein essen und den ganzen Wein austrinken.«
Die ersten Besucher kamen; anfangs nur wenige, doch mit der Zeit immer mehr. Monsieur Goerg stand an der Tür und begrüßte sie überschwenglich. *Die sehen nicht wie Käufer aus,* dachte Tony finster. Seine kritischen Augen teilten die Gäste in drei Kategorien ein: Da waren einmal die Künstler und Kunststudenten, die jede Ausstellung besuchten, um die Konkurrenz besser einschätzen zu können; dann gab es die Kunsthändler, die zu jeder Ausstellung kamen, um vernichtende Urteile über jeden hoffnungsvollen Künstler zu verbreiten; und drittens die Leute aus der Kunstschickeria, die meisten von ihnen Homosexuelle und Lesbierinnen, die ihr Leben am Rande der Kunstszene zu verbringen schienen. *Ich werde nicht ein einziges, gottverdammtes Bild verkaufen,* schloß Tony.
Monsieur Goerg winkte Tony von der anderen Seite des Raumes zu sich herüber.
»Ich glaube nicht, daß ich mit irgendeinem von denen wirklich reden will«, flüsterte Tony Dominique zu. »Die sind doch nur hier, um mich in Stücke zu reißen.«
»Unsinn. Die sind hier, um dich kennenzulernen. Sei nett zu ihnen, Tony.«
Also war er zuvorkommend und nett. Er begrüßte jeden einzelnen, lächelte viel und sagte genau das Richtige auf die Komplimente, die man ihm machte. *Aber sind das auch echte Komplimente?* fragte Tony sich. Mit den Jahren hatte sich in Kunstkreisen ein bestimmtes Vokabular eingebürgert, das man auf Ausstellungen unbekannter Künstler hervorkramte.
Es stellten sich immer neue Leute ein, und Tony fragte sich, ob sie wirklich neugierig auf seine Bilder waren oder nur wegen Wein und Käse gekommen waren. Bis jetzt war noch nicht ein einziges Bild verkauft worden, Wein und Käse aber gingen weg wie nichts.
»Sie müssen Geduld haben«, flüsterte Monsieur Goerg Tony

zu. »Interessiert sind sie schon, sie müssen aber erst die Witterung aufnehmen. Sie sehen eins, das ihnen gefällt, und kommen immer wieder zu dem Bild zurück. Bald fragen sie nach dem Preis, und wenn sie erst einmal angebissen haben, *voilà!* Dann haben wir sie schon an der Angel.«
»O Gott! Ich habe das Gefühl, auf Fischfang zu sein«, meinte Tony zu Dominique.
Monsieur Goerg hetzte zu Tony hinüber. »Wir haben eins verkauft!« rief er aus. »Die Normandie-Landschaft. Fünfhundert Francs.«
Tony würde sich zeit seines Lebens an diesen Augenblick erinnern. Er hatte sein erstes Bild verkauft! Irgend jemand hatte eines seiner Werke für wert befunden, dafür Geld auszugeben, es in seinem Haus oder Büro aufzuhängen, es anzuschauen, mit ihm zu leben, es seinen Freunden zu zeigen. Tony fühlte sich, als hätte er den Tempel der da Vinci, Michelangelo und Rembrandt betreten. Er war kein Amateur mehr, sondern ein Professioneller. Jemand hatte Geld für seine Arbeit gezahlt.
Dominique kam strahlend und aufgeregt auf ihn zugeeilt. »Gerade ist noch eins verkauft worden, Tony.«
»Welches?« fragte er eifrig.
»Das mit den Blumen.«
Die kleine Galerie war mittlerweile von Menschen, Stimmengewirr und dem leisen Klirren der Gläser erfüllt, doch plötzlich breitete sich Stille aus. Es wurde nur noch leise geflüstert, und aller Augen richteten sich auf die Tür.
André d'Usseau betrat die Galerie. Er war Mitte Fünfzig, größer als der Durchschnittsfranzose, mit einem ausdrucksstarken, löwenähnlichen Gesicht und dichtem weißem Schopf. Er trug ein weit geschnittenes Cape sowie einen Borsalino und führte im Schlepptau seine Jüngerschaft mit sich. Automatisch machte jeder d'Usseau Platz – kein einziger, der nicht gewußt hätte, wer er war.
Dominique drückte Tonys Hand. »Er ist gekommen!« sagte sie. »Er ist da!«
Eine solche Ehre war Monsieur Goerg noch nie zuteil geworden. Er geriet schier aus dem Häuschen, verneigte und verbeugte sich vor dem großen Mann, und es hätte nur noch gefehlt, daß er ihm die Füße küßte.
»Monsieur d'Usseau«, plapperte er. »Was für eine große Freude! Welche Ehre! Darf ich Ihnen ein Glas Wein anbieten?

Etwas Käse vielleicht?« Insgeheim verfluchte er sich, weil er keinen besseren Wein gekauft hatte.
»Danke«, antwortete der große Mann. »Ich bin gekommen, um meine Augen zu laben. Ich möchte den Künstler gerne kennenlernen.«
Tony stand wie versteinert, und Dominique gab ihm einen Schubs.
»Da ist er«, sagte Monsieur Goerg. »Monsieur André d'Usseau, das ist Tony Blackwell.«
Tony hatte seine Sprache wiedergefunden. »Guten Abend, Monsieur. Ich – ich danke Ihnen, daß Sie gekommen sind.«
André d'Usseau neigte leicht den Kopf und trat zu den Bildern an der Wand. Die anderen Besucher machten ihm ehrerbietig Platz. Langsam ging er von Bild zu Bild, betrachtete jedes einzelne lange und gründlich, bevor er zum nächsten schritt. Tony versuchte, in seinem Gesicht zu lesen, aber das war unmöglich. Weder runzelte d'Usseau die Stirn noch lächelte er. Vor einem Bild, einem Akt von Dominique, verweilte er lange Zeit, bevor er weiterging. Er drehte eine volle Runde in der Galerie und ließ kein einziges Werk aus. Tony war schweißgebadet. Nachdem André d'Usseau seinen Rundgang beendet hatte, trat er zu Tony. »Ich bin froh, daß ich gekommen bin«, war alles, was er sagte.
Minuten nachdem der berühmte Kritiker die Galerie verlassen hatte, war jedes Bild verkauft. Ein neuer Künstlerstern war am Himmel aufgegangen, und jedermann wollte dabei sein.
»So etwas habe ich noch nie erlebt«, rief Monsieur Goerg aus. »André d'Usseau in meiner Galerie! In meiner Galerie! Ganz Paris wird es morgen lesen. ›Ich bin froh, daß ich gekommen bin.‹ André d'Usseau ist kein Mann, der gerne Worte verschwendet. Wir brauchen Champagner, das müssen wir feiern.« Spätnachts feierten Tony und Dominique auf ihre Weise. Dominique kuschelte sich in seine Arme. »Ich habe schon mit etlichen Malern geschlafen«, sagte sie, »aber noch nie mit jemandem, der einmal so berühmt sein wird. Morgen wird jeder in Paris deinen Namen kennen.«
Dominique sollte recht behalten.

Am nächsten Morgen um fünf Uhr zogen Tony und Dominique sich schnell an und gingen hinaus, um sich die erste Ausgabe der Morgenzeitung zu holen. Sie war gerade an den Kiosk gekommen. Tony schlug die Zeitung auf und suchte das Feuilleton. Die Besprechung seiner Ausstellung war der Hauptartikel auf der Seite und mit d'Usseaus Namen gekennzeichnet. Tony las laut vor:

»Gestern abend wurde die Ausstellung eines jungen amerikanischen Malers namens Anthony Blackwell in der Galerie Goerg eröffnet. Für mich als Kritiker war es eine wichtige Lektion. Ich habe so viele Ausstellungen begabter Künstler gesehen, daß ich vergessen hatte, was wirklich schlechte Bilder sind. Gestern abend jedoch wurde ich gewaltsam daran erinnert . . .«

Tonys Gesicht wurde aschfahl.

»Bitte, lies nicht weiter«, bettelte Dominique und versuchte, ihm die Zeitung abzunehmen.

»Laß los!« befahl er. Und er las weiter.

»Zuerst glaubte ich, man hätte sich einen Scherz erlaubt. Ich hätte nicht gedacht, daß jemand den Nerv besitzt, derart dilettantische Bilder an eine Wand zu hängen und sie als Kunst zu bezeichnen. Ich hielt nach dem kleinsten Zeichen von Talent Ausschau, leider vergeblich. Man hätte besser daran getan, den Maler aufzuhängen und nicht seine Bilder. Ich kann dem verwirrten Mr. Blackwell nur aufrichtig ans Herz legen, er möge zu seinem ursprünglichen Beruf zurückkehren, der der eines Anstreichers gewesen sein muß.«

»Ich kann es nicht fassen«, flüsterte Dominique. »Ich kann einfach nicht glauben, daß er es nicht erkannt hat. Dieser Schweinehund!« Dominique weinte hemmungslos.

Tony fühlte sich, als hätte er ein Bleigewicht auf der Brust. Er konnte kaum noch atmen. »Er hat die Bilder gesehen«, sagte er. »Und er kennt sich aus.« Seine Stimme war voller Schmerz. »Und das tut weh! O Gott! Was für ein Narr war ich doch!« Er löste sich von ihr.

»Wohin gehst du, Tony?«

»Ich weiß nicht.«

Er wanderte durch die kalten, morgendlichen Straßen, merkte nicht, daß ihm die Tränen übers Gesicht liefen. In wenigen Stunden hatte ganz Paris die Kritik gelesen. Er würde zum allgemeinen Gespött. Was ihn jedoch am meisten schmerzte, war die Tatsache, daß er sich etwas vorgemacht hatte. Er hatte wirklich geglaubt, eine Karriere als Maler vor sich zu haben. Wenigstens hatte André d'Usseau ihn vor diesem Fehler bewahrt. *Stücke der*

Unsterblichkeit, dachte Tony bitter. *Nichts als Scheiße!* Er ging in die erstbeste Bar, die geöffnet hatte, trank ein Glas nach dem anderen.

Als Tony schließlich in seine Wohnung zurückkam, war es fünf Uhr am nächsten Morgen.

Dominique wartete auf ihn, fast verrückt vor Angst. »Wo bist du gewesen, Tony? Deine Mutter hat versucht, dich zu erreichen. Sie ist krank vor Sorge um dich.«

»Hast du es ihr vorgelesen?«

»Ja, sie bestand darauf. Ich –«

Das Telefon klingelte. Dominique sah Tony an und nahm den Hörer ab. »Hallo? Ja, Mrs. Blackwell. Er ist gerade zurückgekommen.« Sie hielt Tony den Hörer hin. Er zögerte zuerst, nahm ihn dann.

»Hallo, Mu-mutter.«

Kates Stimme klang besorgt. »Tony, Liebling, hör mir zu. Ich kann ihn dazu bringen, einen Widerruf zu schreiben. Ich –«

»Mutter«, sagte Tony müde, »hier geht es nicht um Geschäfte. Er ist K-kritiker und hat se-seine Meinung v-vertreten. Und er m-meint, daß ich aufgehängt gehöre.«

»Liebling, ich kann es nicht mit ansehen, daß man dir so weh tut. Ich kann es nicht aushalten –« Unfähig, weiterzusprechen, brach sie ab.

»Schon in Ordnung, Mu-mutter. Ich habe m-meinen Spaß gehabt. Ich hab's versucht und es hat ni-nicht geklappt. Ich habe eben k-kein Talent, ganz einfach. Ich h-hasse d'Usseau wi-wie die Pest, aber er ist der beste Kunstkritiker der Welt. Da-das muß m-man ihm l-lassen. Er hat mich vor einem fürchterlichen F-fehler b-bewahrt.«

»Tony, ich wünschte, ich könnte dir etwas sagen, das . . .«

»D'Usseau hat sch-schon alles gesagt. Es ist gu-gut, daß ich es jetzt herausgefunden habe und nicht z-zehn Jahre später, n-nicht wahr? Ich m-muß aus dieser Stadt r-raus.«

»Warte auf mich, Liebling. Ich verlasse Johannesburg morgen, und wir können dann zusammen nach New York fliegen.«

»Gut«, sagte Tony. Er legte den Hörer auf und drehte sich zu Dominique um. »Es tut mir leid, Dominique, aber du hast dir den Falschen ausgesucht.«

Dominique antwortete nicht, schaute ihn nur an, und in ihren Augen stand unaussprechlicher Kummer.

Am nächsten Nachmittag saß Kate Blackwell im Büro von Kruger-Brent in der Rue Matignon und schrieb einen Scheck aus. Der Mann auf der anderen Seite ihres Schreibtisches seufzte und sagte: »Es ist jammerschade. Ihr Sohn hat Talent, Mrs. Blackwell. Aus ihm hätte ein bedeutender Maler werden können.«
Kate starrte ihn mit kalten Augen an. »Mr. d'Usseau, es gibt Zehntausende von Malern auf dieser Welt. Es ist nicht die Bestimmung meines Sohnes, in der Masse unterzugehen.« Sie schob den Scheck über den Tisch. »Sie haben Ihren Teil des Handels erfüllt. Ich bin nunmehr bereit, das meine zu tun. Kruger-Brent wird Kunstmuseen in Johannesburg, London und New York finanzieren. Sie werden – gegen eine angemessene Provision, natürlich – die Bilder dafür aussuchen.«
Noch lange nachdem d'Usseau gegangen war, saß Kate an ihrem Schreibtisch und war tieftraurig. Sie liebte ihren Sohn so sehr. Wenn er jemals herausfand ... Sie wußte, daß sie hoch gespielt hatte. Aber sie konnte nicht ruhig danebenstehen und zusehen, wie Tony sein Erbe verschleuderte. Er mußte um jeden Preis beschützt werden. Die Firma mußte geschützt werden. Kate erhob sich und war plötzlich sehr müde. Es war an der Zeit, Tony abzuholen und ihn mit nach Hause zu nehmen. Sie würde ihm helfen, darüber hinwegzukommen, damit er das tun konnte, wofür er geboren war: die Firma leiten.

19

Während der nächsten zwei Jahre sollte Tony das Gefühl, in einer nie innehaltenden, überdimensionalen Tretmühle zu stekken, nicht verlassen. Tony lernte, daß ein Name der Schlüssel sein kann, der alle Türen öffnet. Wo immer er hinkam, wurde er hofiert, fühlte sich aber wie ein Eindringling. Nichts war sein eigenes Verdienst. Er stand im alles verdunkelnden Schatten seines Großvaters und hatte das Gefühl, dauernd an ihm gemessen zu werden. Er empfand es als ungerecht, denn es gab keine verminten Felder mehr, durch die er hätte robben können, keine Wachen, die auf ihn geschossen, keine Haie, die sein Leben bedroht hätten. Die alten Abenteuergeschichten hatten mit Tony nichts zu tun. Sie gehörten einem vergangenen Jahrhundert an,

einer anderen Epoche, zu einem anderen Ort – heroische Taten, die ein Fremder vollbracht hatte.
Tony arbeitete doppelt so viel wie jeder andere bei Kruger-Brent. Er trieb sich selbst unbarmherzig an, versuchte, sich von Erinnerungen zu befreien, die schmerzlich, ja unerträglich waren. Er schrieb an Dominique, doch seine Briefe kamen ungeöffnet zurück. Er rief Maître Cantal an, aber Dominique saß nicht mehr an der Schule Modell. Sie war verschwunden.
Tony erledigte seine Arbeit fachmännisch und routiniert, ohne Leidenschaft und ohne Liebe, und keiner kam auf den Gedanken, daß er dabei tief in seinem Inneren eine große Leere verspürte. Nicht einmal Kate merkte etwas. Sie war mehr als angetan von den wöchentlichen Berichten, die sie über Tony erhielt. »Er hat ein angeborenes Talent fürs Geschäft«, teilte sie Brad Rogers mit.
Für Kate waren die vielen Stunden, die Tony arbeitete, der Beweis dafür, daß er es gerne tat. Wenn sie daran dachte, daß er beinahe seine Zukunft aufs Spiel gesetzt hätte, fröstelte sie, und sie war froh, ihn davor bewahrt zu haben.

1948 war die Nationalist Party in Südafrika an der Macht, und in allen Bereichen des öffentlichen Lebens herrschte strengste Rassentrennung. Jeder Schwarze mußte ständig einen *bewyshoek* mit sich führen, der mehr als ein Paß war: Er war Lebensader, Geburtsurkunde, Arbeitserlaubnis und Steuerbescheinigung. Dieses Stück Papier kontrollierte seine Bewegungsfreiheit, ja sein ganzes Leben. Immer öfter gab es Aufstände in Südafrika, doch wurden sie jedesmal von der Polizei brutal niedergeschlagen. Von Zeit zu Zeit las Kate in den Zeitungen über Sabotageakte und Unruhen, und stets stach ihr dabei Bandas Name in die Augen. Trotz seines Alters war er noch immer einer der Führer des Untergrunds. *Natürlich muß er für seine Leute kämpfen,* dachte Kate. *Er ist eben so.*

Kate feierte ihren sechsundfünfzigsten Geburtstag allein mit Tony in ihrem Haus an der Fifth Avenue. Und sie dachte: *Dieser gutaussehende Vierundzwanzigjährige mir gegenüber kann unmöglich mein Sohn sein. Ich bin zu jung dazu.* Er prostete ihr zu. »Auf m-meine ph-phantastische Mu-mutter. Herzlichen Glückwunsch zum Geburtstag!«
»Du solltest ›auf meine phantastische *alte* Mutter‹ daraus ma-

chen.« *Ich werde mich bald aus der Firma zurückziehen,* dachte Kate, *aber mein Sohn wird meinen Platz einnehmen. Mein Sohn!*
Kate hatte darauf bestanden, daß Tony zu ihr in die Villa an der Fifth Avenue zog.
»Das Haus ist mir verdammt zu groß, um allein darin rumzugeistern«, hatte sie gesagt. »Du kannst den ganzen Ostflügel für dich haben und dein eigener Herr sein.« Tony hatte lieber nachgegeben, statt sich mit ihr darüber zu streiten.
Jeden Morgen frühstückten Tony und Kate zusammen, und ihre Gespräche drehten sich unweigerlich um Kruger-Brent. Tony konnte nur immer wieder darüber staunen, wie leidenschaftlich sich seine Mutter für eine gesichts- und seelenlose Masse, eine tote Ansammlung von Gebäuden, Maschinen und Bilanzen einsetzte. *Was fasziniert sie nur so sehr daran?* Wie konnte jemand sein Leben damit verschwenden, Reichtümer über Reichtümer anzuhäufen, Macht und nochmals Macht an sich zu ziehen. Dabei gab es doch unzählige Geheimnisse auf dieser Welt, die zu erkunden sich lohnte. Tony verstand seine Mutter nicht. Aber er liebte sie. Und er versuchte, ihren Erwartungen gerecht zu werden.

Der Flug von Rom nach New York verlief ohne Zwischenfälle. Seit dem Start arbeitete er an einem Bericht über Neuerwerbungen in Übersee, ließ das Abendessen aus und schenkte den Stewardessen, die nicht aufhörten, ihrem attraktiven Passagier Drinks, Kissen oder andere Annehmlichkeiten anzubieten, keine Beachtung.
»Danke, Miß. Ich brauche nichts.«
»Gibt es irgend etwas, Mr. Blackwell, das . . .«
»Nein, danke.«
Neben ihm saß eine Frau in mittleren Jahren und las eine Modezeitschrift. Einmal sah Tony zufällig in ihre Richtung, als sie gerade umblätterte, und er erstarrte. Eine Fotografie zeigte ein Mannequin im Abendkleid. Es war Dominique. Es gab keine Zweifel. Nur allzu gut kannte er die hohen Wangenknochen und die dunkelgrünen Augen, das üppige, blonde Haar. Sein Puls raste.
»Entschuldigen Sie«, sagte Tony zu seiner Nachbarin. »Kann ich diese Seite haben?«
Am nächsten Morgen telefonierte Tony mit dem Couturier und ließ sich den Namen seiner Werbeagentur geben. Dann rief er

dort an. »Ich versuche, eines Ihrer Modelle zu finden«, sagte er zu der Telefonistin. »Könnten Sie –«
»Moment, bitte.«
Am Apparat war jetzt ein Mann. »Kann ich Ihnen behilflich sein?«
»Ich habe in der neuesten Nummer von Vogue ein Foto gesehen, ein Fotomodell im Abendkleid. Würden Sie mir bitte sagen, wie Ihre Modellagentur heißt?«
»Das ist die Carleton-Blessing-Agentur.« Er gab Tony die Telefonnummer.
Minuten später sprach Tony mit einer Frau in der Agentur. »Ich versuche, eines Ihrer Modelle ausfindig zu machen«, sagte er. »Ihr Name ist Dominique Masson.« »Es tut mir leid, aber wir haben es uns zum Grundsatz gemacht, keine persönlichen Informationen weiterzugeben.« Und schon hatte sie aufgelegt.
Tony saß da und starrte auf den Hörer. Es *mußte* einen Weg geben, mit Dominique Kontakt aufzunehmen. Er ging hinüber in Brad Rogers' Büro.
»Morgen, Tony. Kaffee?«
»Nein, danke. Brad, haben Sie schon einmal von der Carleton-Blessing-Modellagentur gehört?«
»Das will ich meinen. Sie gehört uns.«
»Wie bitte?«
»Sie gehört zu einer unserer Tochtergesellschaften.«
»Und wann haben wir sie erworben?«
»Vor ein paar Jahren. Ungefähr zu der Zeit, als Sie in die Firma eintraten. Warum interessiert Sie das?«
»Ich versuche, eines ihrer Modelle zu finden. Sie ist eine alte Freundin von mir.«
»Kein Problem. Ich rufe an und –«
»Schon gut, das mache ich lieber selbst. Danke, Brad.«
Heiße Vorfreude stieg in Tony auf.

Am späten Nachmittag ging Tony in die Stadt zu den Büros der Carleton-Blessing-Agentur und nannte seinen Namen. Eine Minute später befand er sich im Büro des Direktors, eines Mr. Tilton.
»Das ist eine große Ehre für uns, Mr. Blackwell. Ich hoffe, es gibt keine Probleme. Unser Gewinn im letzten Quartal –«
»Kein Grund zur Aufregung. Ich bin an einem Ihrer Mannequins interessiert, an Dominique Masson.«

Tiltons Miene erhellte sich. »Sie ist eines unserer besten. Ihre Mutter hat einen guten Blick bewiesen.«
Tony glaubte zuerst, ihn mißverstanden zu haben. »Wie bitte?«
»Ihre Mutter hat persönlich darum gebeten, daß wir Dominique einstellen. Das war Teil des Abkommens, als Kruger-Brent uns übernahm. Es steht alles in den Akten. Wenn Sie gerne –«
»Nein.« Tony konnte sich keinen Reim darauf machen. *Warum sollte Mutter?* »Kann ich bitte Dominiques Adresse haben?«
»Selbstverständlich, Mr. Blackwell. Sie ist heute in Vermont, aber sie müßte eigentlich –«, er warf einen Blick auf den Terminkalender auf seinem Schreibtisch – »morgen nachmittag zurücksein.«

Tony wartete vor dem Wohnblock, als eine schwarze Limousine vorfuhr und Dominique ausstieg. Sie kam in Begleitung eines großen, athletisch gebauten Mannes, der ihren Koffer trug. Dominique erstarrte zur Salzsäule, als sie Tony erblickte.
»Tony! Mein Gott! Was – was machst du denn hier?«
»Ich muß mit dir sprechen.«
»Ein andermal, Kumpel«, sagte der Athlet. »Wir haben noch viel zu tun heute nachmittag.«
Tony würdigte ihn keines Blickes. »Schick deinen Freund weg.«
»He! Was in drei Teufels Namen denkst du –«
Dominique wandte sich dem Mann zu. »Bitte geh jetzt, Ben. Ich rufe dich heute abend an.«
Er zögerte einen Moment und zuckte dann mit den Achseln. »Okay.« Er warf Tony einen wütenden Blick zu, stieg wieder in den Wagen und fuhr mit Karacho davon.
Dominique drehte sich zu Tony um. »Du kommst besser rauf.«
Das Appartement hatte zwei Wohnebenen und war mit weißen Teppichen, Vorhängen und modernen Möbeln ausgestattet. Es mußte ein Vermögen gekostet haben.
»Es scheint dir nicht schlecht zu gehen«, sagte Tony.
»Ja. Ich habe Glück gehabt.« Sie nestelte nervös an ihrer Bluse. »Möchtest du etwas trinken?«
»Nein, danke. Ich habe versucht, mit dir Kontakt aufzunehmen, nachdem ich Paris verlassen hatte.«
»Ich bin umgezogen.«
»Gleich nach Amerika?«
»Ja.«

»Und wie hast du den Job bei Carleton Blessing bekommen?«
»Ich – ich habe auf eine Anzeige in der Zeitung geantwortet«, erwiderte sie lahm.
»Wann hast du meine Mutter zum erstenmal getroffen, Dominique?«
»Ich – in deiner Wohnung in Paris. Erinnerst du dich? Wir –«
»Schluß mit dem Spielchen«, sagte Tony. Blinde Wut drohte ihn zu überkommen. »Mir reicht's. Ich habe noch nie eine Frau geschlagen, aber wenn du mich noch einmal anlügst, verspreche ich dir, daß du dich mit dem Gesicht nicht mehr fotografieren lassen kannst.«
Dominique wollte etwas sagen, doch angesichts der Wut in Tonys Augen blieb ihr das Wort im Halse stecken.
»Ich frage dich noch einmal: Wann hast du meine Mutter zum erstenmal getroffen?«
Diesmal zögerte sie nicht. »Als du an der Ecole des Beaux Arts angenommen wurdest. Deine Mutter hat mich dort als Modell untergebracht.« Ihm wurde flau im Magen. Er zwang sich weiterzufragen. »Damit ich dich kennenlernen sollte?«
»Ja, ich –«
»Und sie hat dich dafür bezahlt, meine Mätresse zu werden und mir vorzugaukeln, daß du mich liebst?«
»Ja. Es war ja kurz nach dem Krieg – es war schrecklich. Ich hatte kein Geld. Verstehst du nicht? Aber Tony, glaub mir, ich habe dich gemocht. Ich habe dich wirklich gemocht –«
»Du sollst nur meine Fragen beantworten.« Der grausame Ton in seiner Stimme machte ihr Angst. Dieser Mann war ein Fremder für sie, ein Mann, der zu allem fähig war.
»Und wozu das ganze?«
»Deine Mutter wollte, daß ich dich im Auge behalte.«
Er dachte an Dominiques Zärtlichkeiten und an ihre Liebesnächte – alles gekauft und bezahlt, mit herzlichen Grüßen von seiner Mutter –, und er fühlte sich krank vor Scham. Die ganze Zeit war er die Marionette seiner Mutter gewesen, sie hatte ihn kontrolliert und manipuliert. Sie hatte sich nie auch nur einen Deut aus ihm gemacht. Er war nicht ihr Sohn. Er war ihr Kronprinz, ihr vermeintlicher Erbe. Das einzige, was ihr etwas bedeutete, war die Firma. Er sah Dominique ein letztes Mal an, drehte sich um und stolperte aus der Wohnung. Sie blickte ihm mit Tränen in den Augen nach und dachte: *Ich habe nicht gelogen, als ich dir sagte, daß ich dich liebte, Tony. Das war keine Lüge.*

Kate saß in der Bibliothek, als Tony betrunken hereinkam.
»Ich ha-habe mi-mit D-Dominique gesprochen«, sagte er. »Ihr b-beide müßt euch ja prächtig a-amüsiert haben bei dem Spielchen, das ihr hinter meinem Rücken getrieben ha-habt.«
Kate war beunruhigt. »Tony –«
»Von jetzt an halte di-dich gefälligst aus m-meinem Privatleben heraus, v-verstanden?« Er drehte sich um und wankte aus dem Raum.
Kate sah ihm nach, und plötzlich beschlich sie eine schreckliche Vorahnung.

20

Am nächsten Tag nahm Tony sich eine Wohnung in Greenwich Village. Schlagartig hörten die gemeinsamen Dinners mit seiner Mutter auf, und er fror die Beziehung zu ihr auf einer unpersönlichen, geschäftlichen Ebene ein. Von Zeit zu Zeit kamen versöhnliche Gesten von ihr, die Tony jedoch ignorierte.
Kate litt sehr darunter. Dennoch war sie nach wie vor davon überzeugt, das Richtige für Tony getan zu haben. Genauso, wie sie damals das Richtige für David getan hatte. Sie hätte unmöglich mitansehen können, daß einer von ihnen die Firma verließ. Tony war der einzige Mensch auf der Welt, den Kate liebte, und sie mußte sich damit abfinden, daß er sich immer mehr abkapselte, sich tief in sich selbst zurückzog und jedermann zurückwies. Er hatte keine Freunde. Er hatte eine Mauer um sich errichtet, die niemand zu durchbrechen vermochte. *Er braucht eine Frau, die sich um ihn kümmert,* dachte Kate. *Und einen Sohn, der dies alles einmal übernehmen wird. Ich muß ihm helfen. Ich muß ihm unbedingt helfen.*

Brad Rogers betrat Kates Büro und sagte: »Ich fürchte, es gibt noch mehr Ärger, Kate.«
»Was ist passiert?«
Er legte ihr ein Telegramm auf den Tisch. »Das Parlament in Südafrika hat den Natives Representative Council für ungesetzlich erklärt und das Communist Act passieren lassen.«
Kate sagte nur: »Mein Gott!« Das Gesetz hatte nichts mit Kommunismus zu tun, sondern legte fest, daß jeder, der mit der Re-

gierungspolitk nicht einverstanden war und in irgendeiner Weise versuchte, etwas daran zu ändern, im Sinne des neuen Gesetzes schuldig gesprochen und ins Gefängnis geworfen werden konnte.

»Auf diese Weise wollen sie die schwarze Widerstandsbewegung zerschlagen«, sagte sie. »Falls –« Sie wurde durch ihre Sekretärin unterbrochen.

»Ich habe ein Ferngespräch für Sie in der Leitung, Mr. Pierce aus Johannesburg.«

Jonathan Pierce war Manager der Niederlassung in Johannesburg. Kate nahm den Hörer auf. »Hallo, Johnny. Wie geht es Ihnen?«

»Danke, gut, Kate. Hier hat sich etwas ereignet, was Sie meiner Meinung nach sofort erfahren sollten.«

»Was ist passiert?«

»Ich habe eben erfahren, daß die Polizei Banda verhaftet hat.«

Kate nahm den nächsten Flug nach Johannesburg. Sie hatte den Fall ihren Rechtsanwälten in der Firma unterbreitet, um zu sehen, was für Banda getan werden konnte. Womöglich würden nicht einmal das Ansehen und die Macht von Kruger-Brent ausreichen, um ihm zu helfen. Er war zum Staatsfeind erklärt worden, und der Gedanke an die Strafe, die ihn erwartete, ließ Kate erschauern. Zumindest mußte sie ihn besuchen und mit ihm reden und ihm jede erdenkliche Hilfe anbieten.

Nach der Landung in Johannesburg begab sich Kate in ihr Büro und telefonierte mit dem Gefängnisdirektor.

»Er ist in Einzelhaft, Mrs. Blackwell, und darf keinen Besuch empfangen. In Ihrem Fall jedoch ... Ich werde mal sehen, was sich machen läßt ...«

Am nächsten Morgen saß sie Banda im Gefängnis von Johannesburg gegenüber. Er war in Handschellen und durch eine Glasscheibe von ihr getrennt. Sein Haar war schneeweiß geworden. Kate hatte nicht genau gewußt, was sie ewarten würde – Verzweiflung, Abscheu vielleicht –, aber Banda grinste, als er sie sah, und sagte: »Ich wußte, daß du kommen würdest. Du bist genau wie dein Vater und mußt deine Nase in jede Schwierigkeit reinstecken.«

»Das mußt du gerade sagen«, erwiderte Kate. »Verdammt noch mal, wie kriegen wir dich hier wieder raus?«

»In einem Sarg. Anders lassen die mich nicht wieder weg.«

»Ich hab' eine Menge gewiefter Rechtsanwälte, die –«
»Das bringt nichts, Kate. Die haben mich offen und ehrlich erwischt, und offen und ehrlich muß ich hier auch wieder raus.«
»Was meinst du damit?«
»Ich mag keine Käfige, hab' sie noch nie gemocht. Und bis jetzt haben sie noch keinen gebaut, der mich festhalten könnte.«
»Banda, tu's nicht, bitte«, sagte Kate. »Die bringen dich um.«
»Nichts kann mich umbringen«, antwortete Banda. »Du sprichst mit einem Mann, der Haie, Minen und Wachhunde überlebt hat.« In seine Augen trat ein warmer Schimmer.
»Weißt du was, Kate? Manchmal denke ich, daß das die schönste Zeit meines Lebens war.«

Als Kate am nächsten Morgen kam, um Banda zu besuchen, sagte der Polizeidirektor: »Es tut mir leid, Mrs. Blackwell. Wir mußten ihn aus Sicherheitsgründen verlegen.«
»Wo ist er jetzt?«
»Ich bin nicht befugt, Ihnen das zu sagen.«

Als Kate am nächsten Morgen zusammen mit ihrem Frühstück die Zeitung bekam, fiel ihr Blick sofort auf die Schlagzeile. Sie lautete: REBELLENFÜHRER BEI AUSBRUCHSVERSUCH GETÖTET. Eine Stunde später saß sie dem Polizeidirektor in dessen Büro gegenüber.
»Er wurde während eines Ausbruchsversuchs erschossen, Mrs. Blackwell, das ist alles.«
Das ist nicht alles, dachte Kate. *Da ist noch viel mehr. Viel mehr.* Banda war tot, aber war auch sein Traum von der Freiheit für sein Volk mit ihm gestorben?
Zwei Tage später, nachdem sie die nötigen Vorbereitungen für das Begräbnis getroffen hatte, war Kate wieder auf dem Rückweg nach New York. Sie sah ein letztes Mal aus dem Flugzeugfenster und warf einen Blick auf ihr geliebtes Land. Dies war Gottes auserwähltes Land. Aber es lag auch ein Fluch über diesem Land. *Ich werde nie mehr hierher zurückkommen,* dachte Kate traurig. *Nie mehr.*

Eine von Brad Rogers' Aufgaben war die Leitung der Abteilung für langfristige Planungen bei Kruger-Brent. Seine Fähigkeit, Geschäftszweige aufzuspüren, deren Erwerb Profit abzuwerfen versprach, war einmalig.

Eines Tages Anfang Mai kam er in Kates Büro. »Ich bin da auf etwas Interessantes gestoßen, Kate.« Er legte zwei Aktenordner auf ihren Tisch. »Es geht um zwei Firmen. Wenn wir nur eine von beiden kriegen können, hätten wir einen Coup gelandet.«
»Danke, Brad. Ich schaue es mir heute abend an.«
Kate aß allein zu Abend und vertiefte sich in Brad Rogers' vertrauliche Berichte über die beiden Firmen – Wyatt Oil & Tool sowie International Technology. Es waren lange und sehr detaillierte Analysen, die beide mit den Buchstaben KIV, dem Firmencode für *Kein Interesse am Verkauf* endeten. Das war eine Herausforderung für Kate, und es war lange her, daß sie sich einer solchen gegenübergesehen hatte. Je mehr sie darüber nachdachte, desto mehr faszinierten sie die Möglichkeiten. Sie ging die vertraulichen Bilanzen noch einmal durch. Wyatt Oil & Tool gehörte einem Texaner, Charlie Wyatt.
International Technology gehörte einem Deutschen, dem Grafen Friedrich von Hoffleben. Angefangen hatte es mit einem kleinen Stahlwerk in Essen, und mit den Jahren war daraus ein riesiges Konglomerat aus Schiffswerften, petrochemischen Fabriken, einer Flotte von Öltankern und einer Computerabteilung geworden.

Früh am nächsten Morgen ließ sie Brad Rogers zu sich kommen. »Ich würde zu gerne wissen, wie du an diese vertraulichen Bilanzen herangekommen bist«, grinste Kate. »Erzähl mir mehr über Charlie Wyatt und Friedrich von Hoffleben.«
Brad hatte seine Hausaufgaben gemacht. »Charlie Wyatt wurde in Dallas geboren. Auffallend, lebhaft, regiert sein Imperium selbst, schlau wie ein Fuchs. Fing mit nichts an, hatte Glück bei Ölspekulationen, expandierte weiter und besitzt heute halb Texas.«
»Wie alt ist er?«
»Siebenundvierzig.«
»Kinder?«
»Eine Tochter, fünfundzwanzig. Nach allem, was ich gehört habe, eine hinreißende Schönheit.«
»Ist sie verheiratet?«
»Geschieden.«
»Und Friedrich von Hoffleben?«
»Hoffleben ist um einige Jahre jünger als Charlie Wyatt. Er ist Graf und kommt aus einer angesehenen deutschen Familie, de-

ren Stammbaum bis ins Mittelalter zurückreicht. Er ist Witwer. Sein Großvater fing mit einem kleinen Stahlwerk an. Friedrich von Hoffleben erbte es von seinem Vater und baute es zu einem Riesenunternehmen aus. Er war einer der ersten, die ins Computergeschäft einstiegen. Er besitzt eine Menge Patente für Mikroprozessoren. Immer, wenn wir einen Computer benutzen, streicht Graf Hoffleben seinen Gewinn ein.«
»Kinder?«
»Eine Tochter, dreiundzwanzig.«
»Wie ist sie?«
»Konnte ich nicht herausfinden«, entschuldigte sich Brad Rogers. »Die Familie gibt sich sehr zugeknöpft. Verkehrt nur unter ihresgleichen.« Er zögerte. »Ist wahrscheinlich reine Zeitverschwendung, Kate. Ich habe einigen der Topmanager aus beiden Firmen bei ein paar Drinks ein bißchen auf den Zahn gefühlt. Weder Wyatt noch Hoffleben haben auch nur das geringste Interesse an einem Verkauf, einer Fusion oder Teilhaberschaft. Und wie du aus ihrer finanziellen Situation ersehen kannst, wären sie verrückt, auch nur einen Gedanken darauf zu verschwenden.« Eine solche Herausforderung war für Kate wieder einmal unwiderstehlich.

Zehn Tage später erhielt Kate eine Einladung vom Präsidenten der Vereinigten Staaten zu einer Konferenz führender internationaler Industrieller zu Fragen der Entwicklungshilfe in Washington. Ein Telefonanruf von Kate genügte, und kurz danach erhielten auch Charlie Wyatt und Graf von Hoffleben eine Einladung, an dem Treffen teilzunehmen.
Kate hatte sich sowohl von dem Texaner als auch von dem Deutschen ein Bild gemacht, und beide entsprachen ihrer Vorstellung bis aufs Jota. Noch nie hatte Kate einen schüchternen Texaner getroffen, und Charlie Wyatt bildete keine Ausnahme. Er war ein Hüne – ungefähr einen Meter neunzig groß – mit ausladenden Schultern und dem Körper eines Footballspielers, der etwas in die Breite gegangen war. Sein breites Gesicht war von rötlicher Farbe und seine Stimme laut und vernehmlich. Er erweckte den Eindruck eines gutmütigen Burschen – oder hätte ihn erwecken können –, wenn Kate nicht besser informiert gewesen wäre. Charlie Wyatt hatte sein Imperium nicht auf Glück gegründet, er war ein Geschäftsgenie. Nachdem sie sich kaum zehn Minuten mit ihm unterhalten hatte, war Kate klar, daß die-

ser Mann nicht dazu gebracht werden konnte, irgend etwas zu tun, was er nicht tun wollte. Er hatte seinen eigenen Kopf, und eine seiner Haupteigenschaften war Starrsinn. Niemandem würde es gelingen, ihn durch Schmeicheleien, Drohungen oder mit Tricks aus seiner Firma zu bugsieren. Doch Kate hatte seine Achillesferse entdeckt, und das genügte ihr.
Friedrich von Hoffleben war das genaue Gegenteil von Charlie Wyatt – ein gutaussehender Mann mit aristokratischen Gesichtszügen und weichem, braunem Haar, das an den Schläfen erste Spuren von Grau zeigte. Er gab sich über die Maßen korrekt und hatte sich eine altmodische Höflichkeit bewahrt. Oberflächlich betrachtet, wirkte Friedrich von Hoffleben angenehm und umgänglich, doch in seinem Innersten vermutete Kate einen stahlharten Kern.

Die Konferenz in Washington dauerte drei Tage lang und war ein Erfolg. Jedermann zeigte sich von Kate Blackwell beeindruckt. Sie war eine attraktive Frau mit Charisma, stand einem Wirtschaftsimperium vor, das sie selbst mitaufgebaut hatte. Alle waren fasziniert von ihr, und genau darauf hatte es Kate abgesehen.
Als sie mit Charlie Wyatt einen Augenblick lang allein war, fragte sie scheinheilig: »Ist Ihre Familie auch hier, Mr. Wyatt?«
»Ich habe meine Tochter mitgebracht. Sie hat ein paar Einkäufe zu erledigen.«
»O wirklich? Wie schön.« Keiner hätte vermutet, daß Kate nicht nur wußte, daß seine Tochter ihn begleitete, sonden auch genau darüber im Bilde war, welches Kleid diese am gleichen Morgen gekauft hatte. »Ich gebe Freitag abend eine kleine Dinnerparty in Dark Harbor. Es würde mich sehr freuen, wenn Sie und Ihre Tochter am Wochenende zu uns kämen.«
Wyatt zögerte nicht lange. »Ich habe schon viel von Ihrem Anwesen gehört, Mrs. Blackwell, und würde es gerne einmal sehen.«
Kate lächelte. »Gut. Ich werde dafür sorgen, daß Sie morgen abend dorthin geflogen werden.«
Zehn Minuten später sprach Kate mit Friedrich von Hoffleben. »Sind Sie allein in Washington, Mr. Hoffleben?« fragte sie. »Oder haben Sie Ihre Frau mitgebracht?«
»Meine Frau ist vor einigen Jahren gestorben«, teilte Friedrich von Hoffleben ihr mit. »Ich bin mit meiner Tochter hier.«

Kate wußte genau, daß die beiden im Hay Adams Hotel in der Suite Nummer 418 wohnten. »Ich gebe eine kleine Dinnerparty in Dark Harbor. Sie würden mir eine große Freude machen, wenn Sie und Ihre Tochter morgen für das Wochenende zu uns kommen könnten.«

»Ich sollte eigentlich nach Deutschland zurück«, antwortete von Hoffleben. Er betrachtete sie einen Moment lang und lächelte. »Aber ich denke, daß es auf ein oder zwei Tage mehr oder weniger auch nicht ankommt.«

»Wunderbar. Ich werde die Reise für Sie arrangieren.«

Kate hatte es sich zur Angewohnheit gemacht, alle zwei Monate auf ihrem Anwesen in Dark Harbor eine Party zu geben, und sie hatte sich vorgenommen, dafür zu sorgen, daß diese Party etwas ganz Besonderes würde. Das einzige Problem dabei war, Tony zum Kommen zu bewegen. Im Laufe des letzten Jahres hatte er sich nur selten die Mühe gemacht, in Dark Harbor zu erscheinen, und wenn er es doch tat, so war es immer nur ein kurzer Pflichtbesuch gewesen. Dieses Mal war es wichtig, daß er nicht nur kam, sondern auch blieb.

Als Kate das Wochenende Tony gegenüber erwähnte, sagte er nur brüsk: »Ich k-kann nicht kommen. Ich fahre M-Montag nach Kanada und habe vorher noch eine M-Menge Arbeit zu erledigen.«

»Aber diesmal ist es sehr wichtig«, erwiderte Kate. »Charlie Wyatt und Graf von Hoffleben werden auch dort sein, und sie sind –«

»Ich weiß, um wen es sich handelt«, unterbrach er sie. »Ich habe mit Brad Rogers d-darüber gesprochen. Es besteht ni-nicht der kleinste Funken Hoffnung, daß wir eine der b-beiden Firmen erwerben können.«

»Ich möchte es trotzdem versuchen.«

Er sah sie an und fragte: »Hinter welcher bist du her?«

»Wyatt Oil & Tool. Es würde unseren Profit um 15% erhöhen, vielleicht sogar um mehr. Wenn die arabischen Staaten erst einmal dahinterkommen, daß wir ihnen auf Gedeih und Verderb ausgeliefert sind, werden sie ein Kartell bilden, und dann schnellen die Ölpreise in schwindelerregende Höhen. Öl ist das flüssige Gold der Zukunft.«

»Und was ist mit International T-technology?«

Kate zuckte die Schultern. »Eine gute Firma, aber die Rosine im

Kuchen ist Wyatt Oil & Tool. Das wäre eine perfekte Ergänzung für uns. Ich brauche dich dabei, Tony. Kanada hat noch ein paar Tage Zeit.«
Tony verabscheute Partys. Er haßte die endlosen, langweiligen Unterhaltungen, die prahlerischen Männer und die gierigen Weiber. Aber hier ging es ums Geschäft. »Einverstanden.«

Kate empfing die Wyatts an der Tür. Brad Rogers' Auskunft über Charlie Wyatts Tochter war richtig gewesen – eine atemberaubende Schönheit, groß, schwarzhaarig, mit goldgesprenkelten braunen Augen und fast perfekten Gesichtszügen. Ihr weich fließendes Kleid betonte ihre schlanke Figur. Sie war, so hatte Brad Kate mitgeteilt, zwei Jahre zuvor von einem reichen italienischen Playboy geschieden worden. Kate stellte sie Tony vor und beobachtete die Reaktion ihres Sohnes. Aber er reagierte nicht, begrüßte beide Wyatts mit gleicher Höflichkeit und führte sie zur Bar, wo ein Barkeeper darauf wartete, die Drinks zu mixen.
»Was für ein herrlicher Raum«, rief Lucy aus.
Ihre Stimme war unerwartet weich und angenehm, ohne die Spur eines texanischen Akzents. »Sind Sie oft hier?« fragte sie Tony.
»Nein.«
Sie wartete darauf, daß er weitersprach. Und dann: »Sind Sie hier aufgewachsen?«
»Zum Teil.«
Kate nahm den Faden der Konversation auf und überspielte geschickt Tonys Einsilbigkeit. »Einige von Tonys glücklichsten Erinnerungen sind mit diesem Haus verbunden. Der arme Junge hat nur zu viel zu tun, um öfter herzukommen und sich hier zu erholen, nicht wahr, Tony?«
Er schaute seine Mutter kühl an und sagte: »Nein, eigentlich sollte ich jetzt in K-kanada sein –«
»Aber er hat die Reise verschoben, um Sie beide kennenzulernen«, beendete Kate den Satz für ihn.
»Das freut mich sehr«, sagte Charlie Wyatt. »Ich habe schon viel von Ihnen gehört, mein Sohn.« Er grinste. »Hätten Sie nicht Lust, bei mir einzusteigen?«
»Ich glaube nicht, daß das in die P-pläne meiner Mutter passen würde, Mr. Wyatt.«
Charlie Wyatt grinste wieder.

»Ich weiß.« Er wandte sich um und sah Kate an. »Ihre Mutter ist einfach eine Wucht. Sie hätten sehen sollen, wie sie bei dem Treffen im Weißen Haus alle um den kleinen Finger gewickelt hat. Sie –«

Er unterbrach sich, als Friedrich von Hoffleben mit seiner Tochter Marianne den Raum betrat. Marianne von Hoffleben war eine blasse Kopie ihres Vaters, hatte die gleichen aristokratischen Gesichtszüge und langes, blondes Haar. Sie trug ein beiges Chiffonkleid, wirkte aber neben Lucy Wyatt wie ein Mauerblümchen.

»Darf ich Ihnen meine Tochter Marianne vorstellen?« sagte der Graf. »Es tut mir leid, daß wir uns verspätet haben«, entschuldigte er sich. »Das Flugzeug wurde aufgehalten.«

»Oh, wie bedauerlich«, sagte Kate. Tony war klar, daß Kate für diese Verspätung verantwortlich war. Sie hatte dafür gesorgt, daß die Wyatts als erste ankommen konnten. »Wir sind gerade beim Aperitif. Was können wir Ihnen anbieten?«

»Einen Scotch, bitte«, sagte Graf von Hoffleben.

Kate wandte sich an Marianne. »Und Ihnen, meine Liebe?«

»Nichts, danke.«

Wenig später trafen die restlichen Gäste ein, und Tony ging von einem zum anderen und spielte die Rolle des höflichen Gastgebers. Niemand außer Kate hätte ahnen können, wie wenig ihm an solchen Festivitäten gelegen war. Nicht, weil er sich gelangweilt hätte, wie Kate wußte, sondern weil nichts von dem, was um ihn herum geschah, ihn wirklich berührte. Tony empfand kein Vergnügen an der Gesellschaft anderer Menschen mehr, und Kate machte sich deswegen Sorgen.

In dem großen Speisesaal waren zwei Tische gedeckt worden. Kate setzte Marianne von Hoffleben zwischen einen Richter vom Obersten Gerichtshof und einen Senator an einen Tisch, Lucy Wyatt zu Tonys Rechten an den anderen. Alle Männer an der Tafel, ob verheiratet oder nicht, sahen immer wieder zu Lucy Wyatt hinüber. Kate hörte zu, wie diese versuchte, Tony in eine Unterhaltung zu ziehen. Es war offensichtlich, daß sie ihn mochte. Kate lächelte in sich hinein. Das war ein guter Anfang.

Am Samstagmorgen sagte Charlie Wyatt beim Frühstück zu Kate: »Sie haben da eine mächtig feine Jacht liegen, Mrs. Blackwell. Wie lang ist sie?«

»Ich weiß es wirklich nicht genau.« Sie wandte sich an ihren Sohn. »Tony, wie groß ist die *Corsair*?«

Seine Mutter wußte genau, wie groß das Boot war, aber Tony sagte höflich: »Zwanzig Meter lang.«

»In Texas haben wir für Boote nicht viel übrig, dafür sind wir immer viel zu sehr in Eile.« Wyatt lachte schallend. »Vielleicht sollte ich es mal versuchen, auch auf die Gefahr hin, daß ich mir nasse Füße hole.«

Kate lächelte. »Ich hatte gehofft, daß Sie mir erlauben würden, Sie auf der Insel herumzuführen. Mit dem Boot können wir morgen hinausfahren.«

Charlie Wyatt sah sie nachdenklich an und sagte: »Das ist mächtig freundlich von Ihnen, Mrs. Blackwell.«

Tony beobachtete die beiden schweigend. Der erste Angriff war soeben gestartet worden, und er fragte sich, ob Wyatt sich darüber im klaren war. Wahrscheinlich nicht. Er war ein kluger Geschäftsmann, aber er hatte sich noch nie an einer Kate Blackwell messen müssen.

Kate wandte sich an Tony und Lucy. »Es ist so schön heute. Warum fahrt ihr zwei nicht ein bißchen mit dem Katboot hinaus?« Bevor Tony noch ablehnen konnte, sagte Lucy: »O ja, das wäre schön.«

»T-tut mir leid«, sagte Tony kurz angebunden. »Ich erwarte ein paar Anrufe aus Übersee.« Er fühlte die mißbilligenden Blicke seiner Mutter.

Kate wandte sich an Marianne von Hoffleben. »Ich habe Ihren Vater heute morgen noch gar nicht gesehen.«

»Er macht einen Streifzug über die Insel, er ist Frühaufsteher.«

»Ich habe gehört, daß Sie gerne reiten. Wir haben ein paar sehr gute Pferde im Stall.«

»Danke, Mrs. Blackwell. Ich werde mich so ein bißchen umsehen, wenn Sie nichts dagegen haben.«

»Natürlich nicht.« Kate wandte sich wieder Tony zu. »Willst du nicht doch noch deine Meinung ändern und mit Miß Wyatt segeln gehen?« Ihre Stimme klang stahlhart.

»K-keine Zeit.«

Es war nur ein kleiner Sieg, aber nichtsdestotrotz ein Sieg. Der Krieg war erklärt, und Tony hatte nicht die Absicht, ihn zu verlieren. Kate wollte die Wyatt Oil & Tool Company, und sie hatte Charlie Wyatts Schwäche entdeckt: seine Tochter. Sollte Lucy in die Blackwell-Familie einheiraten, dann würde so etwas wie ein Firmenzusammenschluß unvermeidlich werden. Tony betrachtete sie über den Frühstückstisch hinweg. Er verachtete sie. Sie hatte die Falle reichlich gespickt; Lucy war nicht nur schön, sie war auch intelligent und charmant. Aber auch sie war in diesem ekelhaften Spiel nur eine Marionette, und nichts auf der Welt hätte Tony dazu bringen können, sie anzurühren. Dieser Krieg fand zwischen ihm und seiner Mutter statt.

Nach dem Frühstück erhob Kate sich. »Tony, warum zeigst du Miß Wyatt nicht die Gärten, bevor deine Anrufe kommen?«

Diesmal sah Tony keine Möglichkeit, einigermaßen höflich abzulehnen.

»Ja«, sagte er und beschloß, es kurz zu machen.

Kate wandte sich an Charlie Wyatt. »Interessieren Sie sich für seltene Bücher? Wir haben eine schöne Sammlung in der Bibliothek.«

»Ich bin an allem interessiert, was Sie mir zu zeigen haben«, antwortete der Texaner.

Im letzten Moment drehte sich Kate noch einmal zu Marianne von Hoffleben um. »Sie kommen allein zurecht, meine Liebe?«

»Ja, danke, Mrs. Blackwell. Sie brauchen sich keine Gedanken um mich zu machen.«

»Fein«, sagte Kate.

Und Tony wußte, daß sie es genau so meinte. Kate hatte keine Verwendung für Marianne von Hoffleben und ließ sie ziehen – charmant und mit einem Lächeln, und Tony verabscheute die engstirnige Unbarmherzigkeit, die dahintersteckte.

Lucy beobachtete ihn. »Können wir gehen, Tony?«

»Ja.«

Tony und Lucy gingen zur Tür. Sie befanden sich noch in Hörweite, als seine Mutter sagte: »Sind sie nicht ein schönes Paar?«

Die beiden schlenderten durch die weitläufigen, symmetrisch angelegten Gärten zum Dock hinunter, wo die *Corsair* dümpelte.

»Das ist ein himmlisches Plätzchen hier«, sagte Lucy.

»Ja.«

»Solche Blumen gibt es bei uns in Texas nicht.«

»Nein?«

»Es ist so ruhig und friedlich hier.«

»Ja.«

Lucy blieb unvermittelt stehen und sah Tony ins Gesicht. Er merkte, daß sie wütend war. »Habe ich etwas gesagt, womit ich Sie verletzt habe?« fragte er.

»Sie haben überhaupt nichts gesagt. Und das empfinde ich als

Verletzung. Alles, was Sie von sich geben, ist entweder ›ja‹ oder ›nein‹. Sie geben mir das Gefühl, ich wäre hinter Ihnen her.«
»Sind Sie es?«
Sie lachte. »Ja. Wenn ich Sie nur erst einmal zum Reden bringen könnte, würde vielleicht auch etwas zwischen uns laufen.«
Tony grinste.
»Was denken Sie?«
»Nichts.«
Er dachte an seine Mutter und daran, wie sehr sie es haßte zu verlieren.

Kate führte Charlie Wyatt durch die große, eichengetäfelte Bibliothek. Wyatt ging mit glänzenden Augen durch die Regalreihen voller Schätze und verweilte vor einer wunderschön gebundenen Ausgabe von John Keats »Endymion.«
»Das ist eine Roseberg-Ausgabe«, sagte Charlie Wyatt.
Kate sah ihn überrascht an. »Ja. Soweit bekannt ist, gibt es nur zwei Exemplare davon.«
»Ich habe das andere«, teilte Wyatt ihr mit.
»Das hätte ich wissen müssen«, lachte Kate. »Ich bin Ihrer Rolle des netten, einfältigen Texaners auf den Leim gegangen.«
Wyatt grinste. »Ja, wirklich? Sie ist eine gute Tarnung.«
Er betrachtete Kate eine Weile. »Ich habe gehört, daß Sie es waren, die mir die Einladung zu dieser Konferenz im Weißen Haus verschafft hat.«
Sie zuckte die Achseln. »Ich habe nur Ihren Namen erwähnt.«
»Das war mächtig nett von Ihnen, Kate. Da wir gerade unter uns sind, warum erzählen Sie mir nicht, was Sie im Schilde führen?«

Tony arbeitete gerade in seinem Privatbüro, einem kleinen Raum gleich neben der Haupthalle im Parterre, als er hörte, wie die Tür geöffnet wurde und jemand hereinkam. Er drehte sich um. Es war Marianne von Hoffleben. Bevor er noch seinen Mund aufmachen konnte, um seine Anwesenheit zu bekunden, hörte er sie auch schon nach Luft schnappen.
Sie betrachtete die Bilder an der Wand. Es waren Tonys Bilder – die wenigen, die er aus seiner Wohnung in Paris mit zurückgebracht hatte, und dies war der einzige Raum im ganzen Haus, in dem er sie haben wollte. Er beobachtete, wie Marianne von Bild zu Bild ging, und es war zu spät, um jetzt noch etwas zu sagen.

»Nicht zu fassen«, murmelte sie.
Und plötzlich fühlte Tony Wut in sich aufsteigen. Er wußte, daß sie *so* schlecht nun auch wieder nicht waren. Das Leder des Sessels quietschte, als er sich bewegte. Marianne drehte sich um und sah ihn.
»Oh, es tut mir leid«, entschuldigte sie sich. »Ich wußte nicht, daß jemand hier ist.«
Tony erhob sich. »Das macht nichts.« Es klang unfreundlich. Er mochte es gar nicht, wenn man in sein Allerheiligstes eindrang. »Suchen Sie etwas Bestimmtes?«
»Nein. Ich – ich bin nur so herumgegangen. Ihre Bildersammlung gehört in ein Museum.«
»Außer diesen hier«, hörte Tony sich sagen.
Die Feindseligkeit in seiner Stimme verwirrte Marianne. Sie drehte sich wieder zu den Bildern um und sah die Signaturen. »Die haben *Sie* gemalt?«
»Wie schade, daß ich Ihren Geschmack nicht getroffen habe.«
»Aber sie sind phantastisch!« Sie kam auf ihn zu. »Ich verstehe Sie nicht. Wenn Sie so malen können, warum tun Sie dann überhaupt noch etwas anderes? Sie sind großartig. Ich meine, Sie sind nicht einfach nur gut – Sie sind *großartig.«*
Tony stand da, ohne ihr zuzuhören. Er wollte nur, daß sie ging.
»Ich wollte Malerin werden«, sagte Marianne. »Ich habe ein Jahr bei Oskar Kokoschka studiert und dann aufgegeben, weil ich wußte, daß ich nie so gut sein würde, wie ich sein wollte. Aber Sie!« Sie schaute wieder auf die Bilder. »Haben Sie in Paris studiert?«
Er wünschte, sie würde ihn endlich allein lassen. »Ja.«
»Und haben damit aufgehört – einfach so.«
»Ja.«
»Wie schade. Sie –«
»*Hier* sind Sie also!«
Sie drehten sich um. Kate stand in der Tür, betrachtete die beiden einen Augenblick lang neugierig und ging schließlich zu Marianne hinüber. »Ich habe Sie überall gesucht, Marianne. Ihr Vater sagte mir, daß Sie Orchideen mögen. Sie müssen unbedingt unser Gewächshaus besichtigen.«
»Danke«, murmelte Marianne, »ich bin wirklich –«
Kate wandte sich an Tony. »Tony, du solltest dich vielleicht um deinen anderen Gast kümmern.« Aus ihrer Stimme klang scharfe Mißbilligung.

Sie nahm Marianne am Arm und ging mit ihr hinaus.
Eigentlich war es faszinierend zu beobachten, wie seine Mutter mit Menschen umsprang. Alles geschah so verdammt offensichtlich, und trotzdem mußte Tony sich eingestehen, daß es nur deshalb so offensichtlich war, weil er das Geheimnis kannte. Lucy Wyatt war reizend. Sie würde für irgend jemanden eine wundervolle Frau abgeben, nur nicht für ihn. Nicht mit Kate Blackwell als Vermittlerin. Tony fragte sich, wie ihr nächster Schachzug aussehen würde.
Er brauchte nicht lange darauf zu warten.
Sie saßen beim Cocktail auf der Terrasse. »Mr. Wyatt war so freundlich, uns für nächstes Wochenende auf seine Ranch einzuladen«, teilte Kate ihm mit. »Ist das nicht wundervoll?« Ihr Gesicht strahlte vor Freude. »Ich habe noch nie eine texanische Ranch gesehen.«
Kruger-Brent *besaß* eine Ranch in Texas, die wahrscheinlich doppelt so groß war wie die von Wyatt.
»Sie kommen doch auch, Tony, nicht wahr?« fragte Charlie Wyatt.
Und Lucy sagte:
»O ja, bitte.«
Sie hatten sich gegen ihn verschworen. Es war eine Herausforderung, und er beschloß, sie anzunehmen. »Es wi-wird mir ein V-vergnügen sein.«
»Fein.« Lucy freute sich wirklich darüber. Und Kate ebenfalls.
Wenn Lucy vorhat, mich zu verführen, dachte Tony, *verschwendet sie ihre Zeit.*

Am frühen Sonntagmorgen ging Tony zum Swimming-pool hinunter. Marianne von Hoffleben war schon im Wasser. Sie trug einen weißen Badeanzug. Tony stand da und beobachtete, wie sie durch das Wasser glitt und ihre Arme gleichmäßig und anmutig ins Wasser tauchte. Sie erblickte Tony und schwamm zu ihm hinüber.
»Guten Morgen.«
»Morgen. Sie sind gut«, sagte Tony.
Marianne lächelte. »Ich treibe gerne Sport, das habe ich von meinem Vater geerbt.«
Sie zog sich am Beckenrand hoch, und Tony reichte ihr ein Handtuch. Er sah zu, wie sie ungeniert ihr Haar damit trocknete.

»Haben Sie schon gefrühstückt?« fragte Tony.
»Nein. Ich wußte nicht, ob die Köchin schon auf ist.«
»Dies ist ein Hotel mit Vierundzwanzigstundenservice.«
Sie lächelte ihn an. »Wie nett.«
»Wo leben Sie?«
»Meistens bei München. Wir leben in einem alten Schloß außerhalb der Stadt.«
»Wo sind Sie aufgewachsen?«
Marianne seufzte. »Das ist eine lange Geschichte. Während des Krieges wurde ich in die Schweiz zur Schule geschickt, danach war ich in Oxford, habe an der Sorbonne studiert und ein paar Jahre in London gelebt.« Sie sah ihm gerade in die Augen. »So weit, so gut. Und wo sind Sie gewesen?«
»Och, New York, Maine, Schweiz, Südafrika, während des Krieges ein paar Jahre im Südpazifik, Paris . . .« Jäh unterbrach er sich, als hätte er schon zuviel preisgegeben.
»Entschuldigen Sie, wenn ich allzu neugierig erscheine, aber ich kann mir einfach nicht vorstellen, warum Sie mit dem Malen aufgehört haben.«
»Das ist unwichtig«, sagte Tony nur kurz. »Gehen wir frühstükken.«

Sie aßen allein auf der Terrasse und sahen auf die weite, schimmernde Bucht. Marianne war ein angenehmer Gesprächspartner. Sie flirtete und plapperte nicht, sondern schien ernsthaft an seiner Person interessiert zu sein. Tony fühlte sich zu dieser ruhigen, sensiblen Frau hingezogen. Er fragte sich, inwieweit diese Anziehungskraft darauf beruhte, daß sie seiner Mutter mißfallen mußte.
»Wann kehren Sie nach Deutschland zurück?«
»Nächste Woche«, antwortete Marianne. »Ich heirate.«
Ihre Worte trafen ihn unvorbereitet. »Oh«, sagte Tony schwach. »Das ist schön. Wer ist es denn?«
»Ein Arzt. Ich kenne ihn schon mein ganzes Leben lang.« *Warum hatte sie das hinzugefügt? Hat es irgend etwas zu bedeuten?*
Einer Eingebung folgend, fragte er sie plötzlich: »Darf ich Sie zum Essen einladen, wenn Sie in New York sind?«
Sie musterte ihn und überlegte sich ihre Antwort. »Das dürfen Sie.«
Tony lächelte erfreut. »Dann sind wir also verabredet.«

Sie aßen in einem kleinen Restaurant am Meer auf Long Island zu Abend. Tony wollte mit Marianne allein sein, ohne dabei von seiner Mutter beobachtet zu werden. Dies war eine Privatsache zwischen ihm und Marianne, und in der kurzen Zeit, die ihnen vergönnt war, wollte er sich durch nichts stören lassen. Er genoß ihre Gesellschaft viel mehr, als er gedacht hatte. Sie war schlagfertig und humorvoll, und Tony lachte öfter als in der ganzen Zeit, seit er Paris verlassen hatte. In ihrer Gegenwart fühlte er sich unbeschwert und sorglos.
Wann kehren Sie nach Deutschland zurück?
Nächste Woche . . . Ich heirate.

In den nächsten fünf Tagen war Tony häufig mit Marianne zusammen. Er verschob seine Reise nach Kanada und wußte nicht einmal genau, warum. Er fühlte sich immer stärker zu Marianne hingezogen – er liebte ihre Aufrichtigkeit, eine Eigenschaft, die zu finden er alle Hoffnung aufgegeben hatte.
Da Marianne in New York fremd war, führte Tony sie überall herum. Sie kletterten auf die Freiheitsstatue und nahmen die Fähre nach Staten Island, fuhren auf die Spitze des Empire State Building und aßen in Chinatown. Einen ganzen Tag verbrachten sie im Metropolitan Museum of Art und einen Nachmittag in der Frick Collection. Sie hatten den gleichen Geschmack. Sorgsam vermieden sie es, von persönlichen Dingen zu reden, und doch waren sie sich beide einer starken Anziehungskraft zwischen ihnen bewußt. Die Tage vergingen wie im Flug, und ehe sie sich versahen, war es Freitag, der Tag, an dem Tony zur Wyatt-Ranch aufbrechen mußte.
»Wann fliegen Sie nach Deutschland zurück?«
»Montag morgen.« Ihre Stimme klang freudlos.

Tony flog am gleichen Nachmittag nach Houston. Er hätte die Reise mit seiner Mutter in einer firmeneigenen Maschine machen können, aber er zog es vor, Situationen zu vermeiden, in denen er sich seiner Mutter allein gegenübersah.
Am Flughafen in Houston wartete ein Rolls-Royce mit Chauffeur auf ihn, der ihn zur Ranch bringen sollte.
Der Wyattsche Besitz glich eher einer Stadt als einer Ranch. Das Hauptgebäude war riesengroß, einstöckig und unendlich lang. Auf Tony wirkte es deprimierend häßlich.
Kate war schon eingetroffen. Sie saß mit Charlie Wyatt zusam-

men auf einer Terrasse, von der aus man einen Swimming-pool von der Größe eines kleinen Sees überblickte. Als Tony erschien, waren sie mitten in einer Unterhaltung, die jedoch abrupt abbrach, sobald Wyatt seiner ansichtig wurde. Tony ahnte, daß sie über ihn gesprochen hatten.

»Da ist ja unser Junge! Haben Sie eine gute Reise gehabt, Tony?«

»Ja, d-danke.«

»Lucy hatte gehofft, daß du vielleicht noch eine frühere Maschine nehmen könntest«, sagte Kate.

Tony drehte sich um und sah seine Mutter an. »Wirklich?«

Charlie Wyatt schlug ihm auf die Schulter. »Heute abend gibt es eine Mordsgrillparty, deiner Mutter und dir zu Ehren. Einfach alle Welt kommt dazu hergeflogen.«

»Das ist sehr n-nett von Ihnen«, sagte Tony.

Lucy erschien. Sie trug eine weiße Bluse und engsitzende, verwaschene Jeans, und Tony mußte zugeben, daß sie atemberaubend schön war.

Sie kam auf ihn zu und nahm seinen Arm. »Tony! Ich habe mich schon gefragt, ob Sie überhaupt noch kommen würden.«

»Tut m-mir leid, daß ich mich verspätet habe«, antwortete Tony. »Ich hatte noch w-was zu erledigen.«

Lucy bedachte ihn mit einem Lächeln. »Macht nichts. Was möchten Sie heute nachmittag unternehmen?«

»Was haben Sie denn anzubieten?«

Lucy schaute ihm in die Augen. »Was immer Sie wollen«, sagte sie sanft.

Kate Blackwell und Charlie Wyatt strahlten.

Das Barbecue war selbst für texanische Verhältnisse spektakulär. Es war die augenfälligste Verschwendung, die Tony je erlebt hatte. Das war wohl, so vermutete er, auf den Unterschied zwischen altem und neuem Geld zurückzuführen. Das Motto bei altem Reichtum lautete: *Wenn du es hast, dann verstecke es,* bei Neureichen dagegen: *Wenn du es hast, dann prahle damit.* Und dies war eine derartige Protzerei, daß es kaum zu glauben war. Tony fühlte sich, als nähme er an einem sinnlosen, dekadenten Ritual teil.

Lucy tauchte neben Tony auf. »Sie essen ja gar nichts.« Sie beobachtete ihn aufmerksam. »Stimmt etwas nicht, Tony?«

»Nein, es ist alles in Ordnung. Nette Party hier.«

Sie grinste. »Bisher haben Sie noch gar nichts gesehen, mein Freund. Warten Sie erst mal, bis das Feuerwerk kommt.«
»Feuerwerk?«
»M-hm.« Sie faßte ihn am Arm. »Tut mir leid wegen des Massenauflaufs hier. Es ist nicht immer so, aber Daddy wollte bei Ihrer Mutter Eindruck schinden.« Sie lächelte. »Morgen sind die alle weg.«
Und ich auch, dachte Tony finster. Es war ein Fehler gewesen, hierher zu kommen. Wenn seine Mutter unbedingt Wyatt Oil & Tool Company haben wollte, dann mußte sie sich etwas anderes einfallen lassen. Mit den Augen suchte er die Menschenmenge ab und machte sie schließlich inmitten einer Gruppe von Bewunderern aus. Einem unvoreingenommenen Betrachter mußte es vorkommen, als amüsiere sich Kate Blackwell prächtig. Sie schnatterte mit den Gästen, strahlte und lachte. *Sie haßt jede Sekunde dieser Veranstaltung wie die Pest,* dachte Tony. *Aber was würde sie nicht alles auf sich nehmen, um ihr Ziel zu erreichen.* Er dachte an Marianne. Wie sehr sie diese idiotische Orgie hassen würde! Der Gedanke an sie tat ihm weh. *Ich heirate einen Arzt. Ich kenne ihn schon mein ganzes Leben lang.*
Als Lucy eine halbe Stunde später nach Tony suchte, befand er sich bereits auf dem Weg nach New York.

Er rief Marianne von einer Telefonzelle am Flughafen aus an. »Ich möchte dich gerne sehen.«
Ihre Antwort kam ohne zu zögern. »Ja.«
Tony hatte Marianne von Hoffleben nicht aus seinen Gedanken verbannen können. Lange war er allein gewesen, hatte sich aber nicht einsam gefühlt. Von Marianne getrennt zu sein aber war Einsamkeit. Bei ihr zu sein, bedeutete Wärme, Freude am Leben, das Hinter-sich-Lassen der dunklen Schatten, die ihn verfolgten. Er hatte das Gefühl, daß er verloren wäre, wenn er Marianne gehen ließ. Er brauchte sie, wie er noch nie jemanden in seinem Leben gebraucht hatte.
Marianne kam in seine Wohnung, und als Tony sie durch die Tür kommen sah, fühlte er einen Hunger in sich, den er für immer totgeglaubt hatte. Und als er sie anschaute, erkannte er, daß sie den gleichen Hunger empfand und daß es keine Worte gab, um dieses Wunder zu beschreiben.
Sie flog in seine Arme, und sie vergaßen Ort und Zeit, verloren sich in staunender, zauberhafter Freude aneinander. Später la-

gen sie erschöpft, die Arme umeinander geschlungen, nebeneinander. Er spürte ihr weiches Haar an seiner Wange. »Ich werde dich heiraten, Marianne.«

Sie nahm sein Gesicht in ihre Hände und sah ihm in die Augen. »Bist du sicher, Tony?« Ihre Stimme war sanft. »Es gibt da ein Problem, Liebling.«

»Deine Verlobung?«

»Nein. Die löse ich. Ich mache mir Sorgen wegen deiner Mutter.«

»Sie hat nichts mit . . .«

»Nein. Laß mich ausreden, Tony. Sie will, daß du Lucy Wyatt heiratest.«

»Das ist ihr Plan.« Er nahm sie wieder in seine Arme. »Meine Pläne sind hier.«

»Sie wird mich hassen, Tony. Das will ich nicht.«

»Weißt du, was ich will?« flüsterte Tony.

Und das Wunder begann von neuem.

Es verstrichen achtundvierzig Stunden, bevor Kate Blackwell von Tony hörte. Er war ohne Abschied von der Ranch verschwunden und nach New York zurückgeflogen. Charlie Wyatt fühlte sich zum Narren gehalten, und Lucy war fuchsteufelswild. Kate hatte ein paar verlegene Entschuldigungen vorgebracht und in der gleichen Nacht die Firmenmaschine nach New York bestiegen. Zu Hause angekommen, rief sie in Tonys Wohnung an. Keine Antwort. Auch am nächsten Tag nicht.

Kate saß in ihrem Büro, als der Privatapparat auf ihrem Schreibtisch klingelte. Schon bevor sie den Hörer abnahm, wußte sie, wer dran war.

»Tony, ist alles in Ordnung?«

»Mi-mir geht es gut, Mutter.«

»Wo bist du?«

»Auf m-meiner Hochzeitsreise. Marianne von Hoffleben und ich haben gestern geheiratet.« Es entstand eine lange, sehr lange Pause. »Bist du noch da, Mutter?«

»Ja, doch.«

»Du k-könntest mir gratulieren, oder m-mir vielleicht alles Gute wünschen, oder w-was man sonst so sagt bei diesen Anlässen.« In seiner Stimme schwangen Spott und Bitterkeit.

Kate sagte: »Ja, natürlich, ja. Ich wünsche dir alles Gute, mein Sohn.«

»Danke, M-mutter.« Und er hatte aufgelegt.
Kate legte den Hörer auf und drückte auf den Knopf der Sprechanlage. »Würdest du bitte mal rüberkommen, Brad?«
Als Brad Rogers hereinkam, sagte Kate: »Tony hat gerade angerufen.«
Brad sah Kate an und sagte: »Um Himmels willen, sag nicht, daß du es geschafft hast.«
»Tony hat es geschafft«, lächelte Kate. »Das Imperium derer von Hoffleben ist uns in den Schoß gefallen.«
Brad Rogers ließ sich in einen Sessel sinken. »Das ist ja nicht zu fassen! Ich weiß doch, wie dickköpfig Tony sein kann. Wie um alles in der Welt hast du ihn dazu gebracht, Marianne von Hoffleben zu heiraten?«
»Es war wirklich sehr einfach.« Kate seufzte. »Ich habe ihn in die falsche Richtung gestoßen.«
Aber sie wußte, daß es in Wirklichkeit die richtige gewesen war. Marianne würde Tony eine wunderbare Ehefrau sein. Sie würde die Düsternis von ihm nehmen.
Marianne würde ihm einen Sohn gebären.

21

Sechs Monate nach Tonys und Mariannes Hochzeit ging die Firma von Hoffleben in Kruger-Brent auf. Als eine Geste des Zugeständnisses an Friedrich von Hoffleben, der die deutsche Niederlassung leiten würde, fand die offizielle Unterzeichnung des Vertrags in München statt. Tony war überrascht, mit wieviel Nachsicht seine Mutter diese Heirat akzeptierte. An sich war sie keine gute Verliererin, aber als er mit seiner Frau von den Flitterwochen auf den Bahamas zurückkehrte, behandelte sie Marianne außerordentlich nett und ließ Tony wissen, wie sehr sie sich über seine Heirat freue. Was Tony am meisten verwirrte, war die Tatsache, daß ihre Gefühle echt zu sein schienen. Vielleicht verstand er seine Mutter doch nicht so gut, wie er immer gedacht hatte.
Seine Ehe mit Marianne lief von Anfang an blendend. Marianne erfüllte eine alte Sehnsucht in Tony, und jeder in seiner Umgebung – besonders Kate – spürte die Veränderung, die mit ihm vorging.

Marianne gelang es, die Kluft zwischen Tony und seiner Mutter zu überbrücken. Nachdem sie von ihrer Hochzeitsreise zurückgekommen waren, hatte sie gesagt: »Ich möchte deine Mutter zum Abendessen einladen.«
»Nein. Du kennst sie nicht, Marianne. Sie –«
»Ich möchte sie besser kennenlernen. Bitte, Tony.«
Das ging ihm gegen den Strich, aber schließlich gab er nach. Tony hatte sich auf einen eher unerfreulichen Abend eingestellt, doch er erlebte eine Überraschung. Kate war geradezu rührend glücklich darüber, bei ihnen zu sein. In der darauffolgenden Woche lud Kate sie in ihr Haus zum Dinner ein, und von da an wurden die gemeinsamen Essen zum wöchentlichen Ritual.
Kate und Marianne freundeten sich an. Sie telefonierten mehrmals in der Woche miteinander und trafen sich mindestens einmal zum Mittagessen.
Diesmal hatten sie sich bei Lutece zum Essen verabredet, und als Marianne hereinkam, merkte Kate sofort, daß etwas nicht stimmte.
»Einen doppelten Whisky, bitte«, sagte Marianne zum Getränkekellner. »Mit Eis.«
Marianne trank sonst ausschließlich Wein.
»Was ist los, Marianne?«
»Ich war bei Dr. Harley.«
Kate wurde von jäher Sorge gepackt. »Du bist doch nicht krank, oder?«
»Nein. Es ist alles in Ordnung. Es ist nur . . .« Und die ganze Geschichte sprudelte aus ihr heraus.
Es hatte ein paar Tage zuvor begonnen: Marianne hatte sich nicht wohl gefühlt und sich einen Termin bei John Harley geben lassen . . .

»Sie sehen doch eigentlich ganz gesund aus«, sagte Dr. Harley lächelnd. »Wie alt sind Sie, Mrs. Blackwell?«
»Dreiundzwanzig.«
»Irgendwelche Herzgeschichten in Ihrer Familie?«
»Nein.«
Er machte sich Notizen. »Krebs?«
»Nein.«
»Sind Ihre Eltern noch am Leben?«
»Mein Vater. Meine Mutter starb bei einem Unfall.«
»Haben Sie Mumps gehabt?«

»Nein.«
»Masern?«
»Ja, mit zehn.«
»Keuchhusten?«
»Nein.«
»Irgendwelche Operationen?«
»Mandeln. Mit neun.«
»Sonst kein Krankenhausaufenthalt?«
»Nein. Ach ja – doch, einmal, ganz kurz.«
»Weswegen?«
»Ich war in der Hockeymannschaft unserer Schule und wurde während eines Spiels ohnmächtig. Ich wachte im Krankenhaus wieder auf. Ich war nur zwei oder drei Tage da, es war nichts von Bedeutung.«
»Haben Sie sich während des Spiels verletzt?«
»Nein. Ich – ich verlor nur das Bewußtsein.«
»Wie alt waren Sie damals?«
»Sechzehn. Der Arzt sagte, es sei wahrscheinlich eine Drüsensache, die mit dem Wachstum zu tun hatte.«
John Harley beugte sich in seinem Sessel vor. »Als Sie aufwachten, haben Sie sich da auf einer Seite des Körpers schwächer gefühlt als auf der anderen?«
Marianne dachte einen Augenblick lang nach. »Ja, tatsächlich. Auf der rechten Seite. Aber nach ein paar Tagen war es weg, und es ist seitdem auch nicht wiedergekommen.«
»Hatten Sie Kopfschmerzen? Sehstörungen?«
»Ja. Aber das verschwand auch wieder.« Sie wurde unruhig. »Glauben Sie, daß etwas mit mir nicht stimmt, Dr. Harley?«
»Ich weiß nicht. Um ganz sicherzugehen, machen wir ein paar Untersuchungen.«
»Was für Untersuchungen?«
»Ich möchte ein Enzephalogramm machen. Kein Grund zur Aufregung. Das können wir sofort erledigen.«
Drei Tage später erhielt Marianne einen Anruf von Dr. Harleys Sprechstundenhilfe, die sie bat vorbeizukommen. John Harley erwartete sie in seinem Behandlungszimmer. »Nun, wir haben das Rätsel gelöst.«
»Etwas Schlimmes?«
»Eigentlich nicht. Das Enzephalogramm zeigt, daß Sie damals einen kleinen Schlaganfall hatten, Mrs. Blackwell. Wir nennen das in der Medizin Aneurysma, und es kommt bei Frauen sehr

häufig vor – vor allem bei Teenagern. Dabei platzt ein kleines Blutgefäß im Kopf und es entsteht ein Gerinnsel. Der Druck, der dabei auftritt, hat Ihnen die Kopfschmerzen und die Sehstörungen verursacht. Glücklicherweise heilen solche Sachen von selber.«

Marianne saß da, hörte dem Arzt zu und kämpfte gegen die Panik, die sie zu überkommen drohte.

»Was – was hat das alles zu bedeuten? Kann es wieder passieren?«

»Das ist sehr unwahrscheinlich.« Er lächelte. »Außer, wenn Sie vorhaben, wieder Hockey zu spielen. Ansonsten können Sie ein völlig normales Leben führen.«

»Tony und ich reiten gerne und spielen viel Tennis. Ist das –?«

»Solange Sie es nicht übertreiben, ist alles in Ordnung. Von Tennis bis Sex. Kein Problem.«

Sie lächelte erleichtert. »Gott sei Dank.«

Als sie sich erhob, sagte John Harley: »Eins noch, Mrs. Blackwell. Wenn Sie und Tony Kinder haben wollen, dann würde ich Ihnen den Rat geben, sie zu adoptieren.«

Marianne erstarrte. »Sie haben gesagt, daß alles in Ordnung wäre.«

»Ja. Aber unglücklicherweise erhöht eine Schwangerschaft das vaskuläre Volumen erheblich, und während der letzten sechs bis acht Wochen der Schwangerschaft steigt der Blutdruck. Und mit dem Aneurysma wäre das Risiko unannehmbar hoch. Es wäre nicht nur gefährlich – es könnte tödlich ausgehen. Adoptionen sind heutzutage kein Problem mehr. Ich konnte mich darum kümmern, daß –«

Aber Marianne hörte schon nicht mehr zu. Sie hörte nur noch Tonys Stimme: *Ich möchte ein Kind haben. Ein kleines Mädchen, das genauso aussieht wie du.*

». . . länger konnte ich mir das nicht mehr anhören«, sagte Marianne zu Kate. »Ich bin aus der Praxis gerannt und gleich hierhergekommen.«

Es kostete Kate einiges an Anstrengung, ihre wahren Gefühle zu verbergen. Die Nachricht war ein Schlag für sie, aber es mußte einen Ausweg geben. Es gab immer einen Ausweg.

Sie brachte ein Lächeln zustande und sagte: »Nun, und ich dachte schon, es wäre etwas viel Schlimmeres.«

»Aber Kate, Tony und ich wünschen uns so sehr ein Kind.«

»Dr. Harley übertreibt immer, Marianne. Vor Jahren hast du ein kleines Problem gehabt, und er macht gleich eine Mordssache daraus. Du weißt ja, wie Ärzte sind.« Sie griff nach Mariannes Hand. »Du fühlst dich doch gut, oder, Liebes?«
»Ich habe mich gut gefühlt bis –«
»Und umfallen tust du ja auch nicht ständig, oder?«
»Nein.«
»Weil es vorbei ist. Er hat selbst gesagt, daß solche Sachen von allein ausheilen.«
»Er hat gesagt, daß das Risiko . . .«
Kate seufzte. »Marianne, jede Schwangerschaft ist für eine Frau ein Risiko. Das Leben ist voller Risiken, und es geht einzig und allein darum zu entscheiden, welche es wert sind, auf sich genommen zu werden. Findest du nicht auch?«
»Ja.« Marianne saß da und dachte nach. Schließlich hatte sie ihren Entschluß gefaßt. »Du hast ganz recht. Wir wollen Tony nichts davon erzählen, er würde sich nur Sorgen machen. Behalten wir es für uns.«
Kate dachte: *Ich könnte diesen verdammten John Harley glatt umbringen dafür, daß er ihr so einen Riesenschrecken eingejagt hat.* »Es wird unter uns bleiben«, stimmte sie Marianne zu.

Drei Monate später wurde Marianne schwanger. Tony war außer sich vor Freude, Kate triumphierte insgeheim, und Dr. John Harley war entsetzt.
»Ich werde sofort alles Nötige für einen Schwangerschaftsabbruch in die Wege leiten«, teilte er Marianne mit.
»Nein, Dr. Harley, ich will das Kind haben.«
Nachdem Marianne Kate von ihrem Besuch bei Dr. Harley berichtet hatte, stürmte Kate in seine Praxis. »Wie kannst du es wagen, meiner Schwiegertochter eine Abtreibung nahezulegen?«
»Kate, ich habe ihr gesagt, daß es lebensgefährlich für sie ist, das Kind auszutragen.«
»Das weißt du doch gar nicht hundertprozentig. Es wird schon alles gutgehen. Hör auf, sie zu beunruhigen.«

Acht Monate später, Anfang Februar, setzten morgens um vier Uhr vorzeitig die Wehen bei Marianne ein. Ihr Stöhnen weckte Tony.
Er zog sich eilends an. »Kein Grund zur Sorge, Liebling. Ehe du dich versiehst, hab' ich dich in die Klinik gebracht.«

Sie konnte es vor Schmerzen kaum aushalten. »Bitte, beeil dich.«
Sie fragte sich, ob sie Tony von ihren Unterhaltungen mit Dr. Harley hätte erzählen sollen. Nein, Kate hatte schon recht. Es war allein ihre Entscheidung, und das Leben war so schön, daß Gott nicht zulassen würde, daß ihr etwas passierte.
Als Marianne und Tony in der Klinik ankamen, war schon alles vorbereitet. Tony wurde zu einem Wartezimmer begleitet, Marianne brachte man in einen Untersuchungsraum. Der Gynäkologe, Dr. Mattson, nahm Mariannes Blutdruck. Er runzelte die Stirn und kontrollierte ihn noch einmal. Er schaute auf und sagte zu der Krankenschwester: »Bringen Sie sie in den Operationssaal – aber schnell.«

Tony stand vor dem Zigarettenautomaten im Korridor der Klinik, als er plötzlich eine Stimme hinter sich hörte. »Na, wenn das nicht unser Rembrandt ist.« Tony drehte sich um. Er erkannte den Mann, den er zusammen mit Dominique vor deren Wohnung gesehen hatte. Wie hatte sie ihn genannt? Ben. Der Mann starrte Tony feindselig an. Eifersucht? Was hatte Dominique ihm erzählt? Da kam sie auch schon. Sie sagte zu Ben: »Die Schwester sagt, Michèle sei auf der Intensivstation. Wir kommen –« Sie erblickte Tony und unterbrach sich.
»Tony! Was machst du denn hier?«
»Meine Frau kriegt ein Kind.«
»Hat deine Mutter das zustande gebracht?«
»Was soll das denn heißen?«
»Dominique hat mir erzählt, daß deine Mutter alles für dich arrangiert, Kleiner.«
»Ben! Hör auf!«
»Wieso? Stimmt doch, oder, Baby? Das hast du mir doch selbst gesagt.« Tony wandte sich an Dominique. »Wovon redet der eigentlich?«
»Nichts«, sagte sie schnell. »Gehen wir, Ben.«
Aber Ben wollte sein Vergnügen auskosten. »Ich wünschte, ich hätte auch so eine Mutter. Willst du 'n schönes Fotomodell fürs Bett, dann kauft sie dir eins. Willst du 'ne Kunstausstellung in Paris, dann sorgt sie auch dafür. Willst du –«
»Du spinnst wohl!«
»Wirklich?« Ben sah Dominique an. »Weiß er nichts davon?«
»Wovon soll ich nichts wissen?« fragte Tony.

»Nichts, Tony.«
»Er sagt, daß meine Mutter die Ausstellung in Paris arrangiert hat. Das ist eine Lüge, nicht wahr?« Er bemerkte Dominiques Gesichtsausdruck. »Oder nicht?«
»Nein«, erwiderte sie widerwillig.
»Willst du damit sagen, daß sie Goerg dafür – dafür bezahlt hat, meine – meine Bilder auszustellen?«
»Tony, er mochte deine Bilder wirklich.«
»Erzähl ihm von dem Kunstkritiker«, drängte Ben.
»Jetzt reicht's!« Dominique wandte sich zum Gehen, aber Tony packte sie am Arm. »Warte! Was ist mit dem? Hat meine Mutter auch dafür gesorgt, daß er zu der Ausstellung kam?«
»Ja.« Ihre Stimme war nur noch ein Flüstern.
»Aber er konnte meine Bilder nicht *ausstehen.*«
Sie hörte den Schmerz in seiner Stimme. »Nein, Tony. Das stimmt nicht. André d'Usseau hat deiner Mutter gesagt, daß du das Zeug zu einem bedeutenden Maler hättest.«
Er konnte es nicht fassen, es durfte einfach nicht wahr sein. »Meine Mutter hat ihn dafür bezahlt, mich zu zerstören?«
»Nicht, um dich zu zerstören. Sie glaubte, sie täte das Richtige für dich.«
Ihn schwindelte. *Es war alles gelogen, was sie mir gesagt hat. Sie hat nie die Absicht gehabt, mich mein eigenes Leben führen zu lassen.* Und dann André d'Usseau! Wie konnte ein solcher Mann käuflich sein? Aber natürlich. Kate wußte genau, zu welchem Preis man welchen Menschen kaufen konnte. Oscar Wilde hatte wohl an sie gedacht, als er von Leuten sprach, die zwar den genauen Preis einer Sache kennen, ihren Wert jedoch nicht zu schätzen wissen. Bei allem ging es immer nur um die Firma, und die Firma war Kate Blackwell. Tony drehte sich um und ging wie blind den Flur hinunter.

Im Operationssaal kämpften die Ärzte mittlerweile verzweifelt um Mariannes Leben. Sie erhielt Sauerstoff und eine Bluttransfusion, aber umsonst. Durch eine Gehirnblutung war Marianne bereits bewußtlos, als das erste Baby kam, und drei Minuten später, als das zweite geholt wurde, war sie tot.

Tony hörte, wie er gerufen wurde. »Mr. Blackwell.« Er drehte sich um. Dr. Mattson stand neben ihm. »Sie haben wunderschöne, gesunde Zwillingsmädchen bekommen, Mr. Blackwell.«

Tony sah den Blick in seinen Augen. »Und Marianne – es ist alles in Ordnung, nicht wahr?«
Dr. Mattson holte tief Luft. »Es tut mir leid. Wir haben alles Menschenmögliche versucht. Sie starb auf dem –«
»Sie – was?« Er schrie, griff Dr. Mattson am Revers und schüttelte ihn. »Sie lügen! Sie ist nicht tot.«
»Mr. Blackwell –«
»Wo ist sie? Ich will sie sehen.«
»Sie können jetzt nicht hineingehen, sie wird gerade hergerichtet.«
Tony schrie: »Sie haben sie getötet, Sie elendes Schwein! Sie haben sie getötet.« Er begann, auf den Doktor einzuschlagen. Zwei Assistenzärzte packten Tonys Arme.
»Jetzt mal mit der Ruhe, Mr. Blackwell.«
Tony kämpfte wie ein Irrsinniger. »Ich will meine Frau sehen.«
Dr. John Harley kam auf die Gruppe zugerannt. »Lassen Sie ihn los«, befahl er. »Lassen Sie uns allein.«
Dr. Mattson und die Assistenzärzte verschwanden. Tony schluchzte. »John, sie haben Marianne umgeb-bracht. Sie haben sie getötet.«
»Sie ist tot, Tony, und es tut mir leid. Aber keiner hat sie umgebracht. Ich habe ihr schon vor Monaten gesagt, daß diese Schwangerschaft sie das Leben kosten könnte.«
Es brauchte eine Zeit, bis Tony den Sinn der Worte verstand.
»Wovon redest du?«
»Hat Marianne dir nichts gesagt? Hat deine Mutter dir nichts gesagt?«
Tony starrte ihn verständnislos an. »Meine Mutter?«
»Sie war der Meinung, daß ich nur unnötig Alarm schlage, und sie hat Marianne dazu geraten, das Kind zu behalten. Es tut mir so leid, Tony. Ich habe die Zwillinge gesehen. Sie sind sehr schön. Möchtest du sie nicht –?«
Tony war schon gegangen.
Kates Butler öffnete ihm die Tür.
»Guten Morgen, Mr. Blackwell.«
»Guten Morgen, Lester.«
Der Butler nahm Tonys unordentlichen Aufzug wahr. »Ist alles in Ordnung, Sir?«
»Es ist alles in Ordnung. Würden Sie mir eine Tasse Kaffee machen, Lester?«
»Sicher, Sir.«

Tony beobachtete, wie der Butler in Richtung Küche ging. *Jetzt, Tony,* kommandierte die Stimme in seinem Kopf.

Ja, jetzt. Tony drehte sich um und ging zum Schrank mit den Gewehren hinüber und starrte die glänzende Kollektion todbringender Instrumente an.

Mach den Schrank auf, Tony.

Er öffnete ihn. Er wählte einen Revolver, kontrollierte den Lauf und vergewisserte sich, daß er geladen war.

Sie wird oben sein, Tony.

Tony ging aus dem Zimmer und die Treppe hinauf. Er wußte nun, daß seine Mutter nichts für ihre Bösartigkeit konnte. Sie war besessen, und er würde sie heilen. Die Firma hatte ihre Seele aufgefressen; Kate war nicht für ihr Tun verantwortlich. Seine Mutter und die Firma waren eins geworden, und wenn er Kate umbrachte, würde auch die Firma sterben.

Er stand vor Kates Schlafzimmer.

Mach die Tür auf, befahl ihm die Stimme.

Tony öffnete die Tür. Kate stand vor dem Spiegel und kleidete sich an, als sie hörte, wie die Tür geöffnet wurde.

»Tony! Was, um Himmels willen –«

Er legte den Revolver sorgfältig auf sie an und drückte ab.

22

Die Primogenitur – das Recht des Erstgeborenen auf Titel oder Familienbesitz – ist in der Geschichte verankert. In den königlichen Familien ist bei jeder Geburt eines potentiellen Thronfolgers ein hoher Beamter zugegen, so daß die Erbfolge im Falle einer Zwillingsgeburt unumstößlich festgestellt wird. Dr. Mattson war umsichtig genug gewesen, darauf zu achten, welcher Zwilling das Licht der Welt zuerst erblickte.

Alle waren sich einig, daß die Blackwell-Zwillinge die schönsten Babys waren, die man je gesehen hatte. Sie waren gesund und über die Maßen lebhaft, und die Krankenschwestern dachten sich andauernd neue Ausreden aus, um in das Säuglingszimmer gehen und sie betrachten zu können. Ein Teil der Faszination lag allerdings, obwohl keine der Schwestern es zugegeben hätte, an den mysteriösen Geschichten, die über die Familie der Zwillinge im Umlauf waren. Ihre Mutter war während der

Entbindung gestorben. Der Vater der Zwillinge war verschwunden, und es gingen Gerüchte um, er habe seine Mutter getötet, aber niemand wußte etwas Genaues. Es stand nichts in den Zeitungen, außer, daß Tony Blackwell wegen des Todes seiner Frau einen Nervenzusammenbruch erlitten und sich aus dem öffentlichen Leben zurückgezogen hatte. Als die Presse versuchte, Dr. Harley auszuquetschen, kam nur ein brüskes »Kein Kommentar«.

Die vorausgegangenen Tage waren für John Harley die reinste Hölle gewesen. Zeit seines Lebens würde er sich an die Szene in Kates Schlafzimmer erinnern, als er dort nach dem Anruf des Butlers ankam. Kate lag im Koma auf dem Boden, mit Schußwunden in Hals und Brust, aus denen das Blut auf den weißen Teppich quoll. Tony machte sich an ihrem Kleiderschrank zu schaffen und zerfetzte die Garderobe seiner Mutter mit einer Schere. Dr. Harley hatte einen kurzen Blick auf Kate geworfen und nach einem Krankenwagen telefoniert. Er kniete neben ihr und fühlte ihren Puls, der schwach und unregelmäßig war. Ihr Gesicht lief blau an. Sie war im Schock. Schnell gab er ihr eine Injektion.

»Was ist passiert?« fragte Dr. Harley.

Der Butler war schweißgebadet. »Ich – ich weiß nicht. Mr. Blackwell hat mich gebeten, ihm Kaffee zu machen. Ich war in der Küche, als ich die Schüsse hörte. Ich bin nach oben gerannt und habe Mrs. Blackwell so auf dem Fußboden gefunden. Mr. Blackwell stand über ihr und sagte: ›Es kann dir nicht mehr weh tun, Mutter. Ich habe es umgebracht.‹ Und dann ging er ins Ankleidezimmer und hat angefangen, ihre Sachen zu zerschneiden.«

Dr. Harley drehte sich zu Tony um. »Was machst du da?«

Ein Hieb mit der Schere. »Ich helfe Mutter. Ich mache die Firma kaputt. Sie hat Marianne umgebracht, mußt du wissen.« Er machte sich weiter an Kates Kleidung zu schaffen.

Kate wurde eilends in ein Privatkrankenhaus von Kruger-Brent gebracht. Während der Operation, in der die Kugeln entfernt werden mußten, erhielt sie vier Bluttransfusionen.

Drei Krankenwärter waren nötig, um Tony in eine Ambulanz zu verfrachten, und er beruhigte sich erst, nachdem Dr. Harley ihm eine Spritze gegeben hatte.

Dr. Harley überließ es Brad Rogers, sich mit der Polizei auseinanderzusetzen. Wie er es angestellt hatte, blieb Dr. Harley ein

Rätsel, aber die Schießerei wurde in sämtlichen Medien totgeschwiegen.

Dr. Harley begab sich zum Krankenhaus, um Kate dort auf der Intensivstation zu besuchen. Ihre ersten Worte waren ein geflüstertes »Wo ist mein Sohn?«.

»Man kümmert sich um ihn, Kate. Es geht ihm gut.«

Man hatte Tony in ein Privatsanatorium in Connecticut gebracht.

»John, warum hat er versucht, mich umzubringen? Warum?«

Die Qual in ihrer Stimme war unerträglich.

»Er macht dich für Mariannes Tod verantwortlich.«

»Das ist verrückt.« John Harley sagte nichts dazu.

Er macht dich für Mariannes Tod verantwortlich.

Noch lange nachdem Dr. Harley gegangen war, lag Kate da und sträubte sich gegen das, was er gesagt hatte. Sie hatte Marianne geliebt, weil sie Tony glücklich gemacht hatte. *Alles, was ich getan habe, habe ich für dich getan, mein Sohn. Alle meine Träume drehten sich um dich. Wie konntest du das nicht sehen?* Er hatte sie so sehr gehaßt, daß er sie hatte umbringen wollen. Der Gedanke daran erfüllte sie mit solcher Verzweiflung, daß sie am liebsten gestorben wäre. Aber das würde sie nicht zulassen. Sie hatte das Richtige getan. Alle anderen waren im Unrecht. Tony war ein Schwächling. Alle waren sie Schwächlinge gewesen. Ihr Vater war zu schwach gewesen, um mit dem Tod seines Sohnes fertig zu werden. Ihre Mutter war zu schwach gewesen, um sich dem Leben allein zu stellen. *Aber ich bin nicht schwach,* dachte Kate. *Ich kann allem die Stirn bieten, ich kann es mit allem aufnehmen. Ich werde leben. Ich werde überleben. Die Firma wird überleben.*

FÜNFTES BUCH

Eve und Alexandra
1950–1975

23

Kate erholte sich in Dark Harbor, ließ sich von Sonne und Seeluft heilen.

Tony befand sich in einer privaten Nervenheilanstalt, wo ihm die bestmögliche Pflege zuteil wurde. Kate ließ die besten Ärzte einfliegen, doch nachdem alle Untersuchungen und Tests abgeschlossen waren, lautete die Diagnose unverändert: Ihr Sohn war gefährlich schizophren und paranoid.

»Medikamente und therapeutische Behandlungen sprechen bei ihm nicht an; er ist gewalttätig, wir müssen ihn einsperren.«

»Wie meinen Sie das?« fragte Kate.

»Er ist in einer Gummizelle. Und die meiste Zeit über müssen wir ihm zusätzlich eine Zwangsjacke anlegen.«

»Ist das wirklich nötig?«

»Ohne diese Vorsichtsmaßnahmen, Mrs. Blackwell, würde er jeden umbringen, der in seine Nähe kommt.«

Gequält schloß sie die Augen. Das war nicht ihr lieber, sanfter Tony, über den sie da sprachen, sondern ein Fremder, ein Besessener. Sie öffnete die Augen wieder. »Gibt es gar nichts, was man für ihn tun kann?«

»Nichts. Er bekommt Medikamente, aber sobald deren Wirkung nachläßt, wird er wieder manisch. Wir können diese Behandlung nicht unbegrenzt fortsetzen.«

Kate hatte sich aufgerichtet. »Was schlagen Sie vor, Doktor?«

»Bei ähnlichen Fällen haben wir sehr gute Erfahrung mit der Entfernung eines kleinen Teils des Gehirns gemacht.«

Kate schluckte. »Eine Lobotomie?«

»Ja, das ist korrekt. Ihr Sohn wird weiterhin in der Lage sein, normal zu funktionieren, er wird lediglich keine weiteren disfunktionalen Emotionen mehr aufweisen.«

Kate schien das Blut in den Adern zu gefrieren. Dr. Morris, ein junger Arzt aus der Menninger-Klinik, brach schließlich das Schweigen. »Ich weiß, wie schwer Ihnen die Entscheidung fal-

len muß, Mrs. Blackwell. Wenn Sie noch einmal darüber nachdenken wollen –«
»Wenn das die einzige Möglichkeit ist, seinen Qualen ein Ende zu bereiten«, sagte Kate, »dann tun Sie es.«

Friedrich von Hoffleben wollte seine beiden Enkeltöchter bei sich haben. »Ich werde sie mit nach Deutschland nehmen.«
Kate kam es vor, als sei er seit Mariannes Tod um zwanzig Jahre gealtert. Sie bedauerte ihn, wollte aber auf keinen Fall Tonys Kinder weggeben. »Sie bedürfen der Obhut einer Frau, Friedrich. Und Marianne hätte auch gewollt, daß sie hier aufwachsen. Sie können sie jederzeit besuchen.«
Schließlich ließ er sich überzeugen.

Die Zwillinge wurden in Kates Haus untergebracht und bekamen eine eigene Suite. Kate sprach mit verschiedenen Kindermädchen, die sich bei ihr vorstellten, und entschied sich am Ende für eine junge Französin namens Solange Dunas.
Der Erstgeborenen gab sie den Namen Eve und deren Zwillingsschwester den Namen Alexandra. Sie glichen sich wie ein Ei dem anderen, und Kate staunte über das zweifache Wunder, das ihr Sohn und Marianne erschaffen hatten. Beide waren sie aufgeweckt, geschickt und temperamentvoll, aber schon nach ein paar Wochen schien Eve weiter als Alexandra zu sein. Eve konnte als erste krabbeln, sprechen und gehen. Alexandra holte immer schnell wieder auf, doch von Anfang an war es Eve, die die Führung übernahm. Alexandra liebte ihre Schwester abgöttisch und versuchte, ihr alles nachzumachen. Kate verbrachte so viel Zeit wie irgend möglich mit ihren Enkeltöchtern. Mit ihnen zusammen fühlte sie sich wieder jung. Und Kate fing wieder an zu träumen. *Eines Tages, wenn ich alt bin und mich zur Ruhe setzen will . . .*

Am ersten Geburtstag der Zwillinge gab Kate eine Party für die beiden. Der zweite Geburtstag schien unmittelbar darauf zu folgen. Kate konnte kaum fassen, wie schnell die Zeit verging und wie schnell die Zwillinge heranwuchsen. Jetzt waren die unterschiedlichen Persönlichkeiten der beiden noch besser zu erkennen: Eve, die Stärkere, war wagemutiger, Alexandra war sanfter und gab sich damit zufrieden, sich ihrer Schwester anzuschließen. *Wenn sie schon ohne Vater und Mutter aufwachsen müssen,*

dachte Kate immer wieder, *ist es wirklich ein Segen, daß sie zu zweit sind und sich so sehr lieben.*
In der Nacht vor ihrem fünften Geburtstag versuchte Eve, Alexandra umzubringen.

Es steht geschrieben in Genesis 25:22–23:

> Und die Kinder stießen sich miteinander in ihrem Leib ... Und der Herr sprach zu ihr: Zwei [Völker] sind in deinem Leibe, und zweierlei [Volk] wird sich scheiden aus deinem Leibe; und ein [Volk] wird dem andern überlegen sein, und der Ältere wird dem Jüngeren dienen.

Eve dagegen dachte nicht im Traume daran, ihrer jüngeren Schwester zu dienen.
Sie hatte ihre Schwester gehaßt, solange sie zurückdenken konnte. Insgeheim hatte sie jedesmal eine mörderische Wut gepackt, wenn jemand Alexandra auf den Arm nahm, sie streichelte oder ihr etwas schenkte. Eve hatte das Gefühl, ständig um etwas betrogen zu werden. Sie wollte alles für sich allein haben – die ganze Liebe und all die wunderschönen Sachen, von denen die beiden umgeben waren. Alexandra betete Eve an, und Eve verachtete sie dafür. Alexandra war großzügig und darauf versessen, ihr Spielzeug und ihre Puppen zu teilen, was Eve mit noch mehr Verachtung erfüllte. Eve teilte nichts. Was sie besaß, gehörte ihr, aber es war nicht genug. Sie wollte auch noch das, was Alexandra besaß. Abends beteten beide Mädchen laut unter den wachsamen Augen von Solange Dunas, aber Eve fügte insgeheim immer noch das Gebet hinzu, Gott möge Alexandra umbringen. Als ihre Bitte unerfüllt blieb, beschloß Eve, daß sie die Sache selbst in die Hand nehmen müsse. In ein paar Tagen wurden sie fünf Jahre alt, und Eve konnte den Gedanken, eine weitere Geburtstagsparty mit Alexandra teilen zu müssen, nicht ertragen. Das waren *ihre* Freunde und *ihre* Geschenke, die Alexandra ihrer Schwester da stahl. Sie mußte Alexandra bald töten.

In der Nacht vor ihrem fünften Geburtstag lag Eve hellwach in ihrem Bett. Als sie sicher sein konnte, daß alle Hausbewohner schliefen, ging sie zu Alexandras Bett hinüber und weckte sie. »Alex«, flüsterte sie. »Wir wollen in die Küche hinuntergehen und die Geburtstagstorten anschauen.«

Alexandra antwortete schläfrig: »Aber alle schlafen doch schon.«
»Wir werden schon niemanden aufwecken.«
»Aber Mademoiselle Dunas mag es bestimmt nicht. Warum schauen wir die Torten nicht morgen früh an?«
»Weil ich sie jetzt sehen will. Kommst du nun mit oder nicht?«
Alexandra rieb sich den Schlaf aus den Augen. Eigentlich hatte sie keine Lust, die Geburtstagstorten zu sehen, wollte es sich aber mit ihrer Schwester nicht verderben. »Ich komme schon«, sagte sie.
Alexandra kletterte aus dem Bett und zog ihre Pantoffeln an. Beide Mädchen trugen rosafarbene Nachthemden.
»Komm schon«, sagte Eve. »Und mach keinen Krach.«
»Ich paß schon auf«, versprach Alexandra.
Auf Zehenspitzen verließen sie ihr Schlafzimmer, gelangten auf den großen Flur, schlichen sich an Mademoiselle Dunas' Zimmer vorbei die steile Treppe hinunter. Die Küche war riesig, hatte zwei große Gasöfen, sechs Herde, drei Kühlschränke und einen Kühlraum.
In einem der Kühlschränke fand Eve die Geburtstagstorten, die die Köchin, Mrs. Tyler, gebacken hatte. Auf einer stand ›Happy Birthday, Alexandra‹, auf der anderen ›Happy Birthday, Eve‹. *Nächstes Jahr,* dachte Eve glücklich, *wird es nur eine Torte geben.*
Eve nahm Alexandras Kuchen aus dem Eisschrank und stellte ihn auf den hölzernen Schneideblock in der Mitte der Küche. Dann öffnete sie eine der Schubladen und entnahm ihr eine Pakkung bunter Kerzen.
»Was machst du da?« fragte Alexandra.
»Ich will sehen, wie es aussieht, wenn die Kerzen an sind.«
Eve begann, die Kerzen in die Glasur zu drücken.
»Ich finde, du solltest das nicht tun, Eve. Du machst die Torte kaputt, und Mrs. Tyler wird sehr böse sein.«
»Sie wird schon nichts sagen.« Eve zog eine weitere Schublade auf und nahm zwei große Schachteln mit Küchenstreichhölzern heraus. »Komm, hilf mir lieber.«
»Ich will wieder ins Bett gehen.«
Eve drehte sich ärgerlich um. »Okay, dann geh ins Bett, du Angsthase. Dann mach ich es eben allein.«
Alexandra zögerte. »Was soll ich denn tun?«
Eve gab ihr eine der Streichholzschachteln. »Fang an, die Kerzen anzuzünden.«

Alexandra hatte Angst vor Feuer, aber sie wollte Eve nicht enttäuschen und begann gehorsam, die Kerzen anzustecken.
Eve beobachtete sie eine Weile lang. »Du vergißt die Kerzen auf der anderen Seite, Dummkopf«, sagte sie.
Alexandra lehnte sich hinüber, um die Kerzen auf der anderen Seite der Torte auch noch anzuzünden, und kehrte dabei Eve den Rücken zu, die schnell ein Streichholz anzündete und damit die Schachtel in Brand steckte, die sie in der Hand hielt. Sobald die Schachtel in Flammen stand, ließ Eve sie zu Alexandras Füßen fallen, so daß der Saum ihres Nachthemds Feuer fing. Alexandra begriff nicht sogleich, was geschah. Als sie den schrecklichen Schmerz an ihren Beinen spürte, schaute sie hinunter und schrie: »Hilfe! Hilf mir!«
Eve blickte kurz auf das brennende Nachthemd und staunte über das Ausmaß ihres Erfolgs. Alexandra stand nur da, schrekkensbleich und starr vor Angst.
»Beweg dich nicht!« sagte Eve. »Ich hole einen Eimer Wasser.« Mit vor Angst und Freude pochendem Herzen rannte sie zum Anrichtezimmer hinüber.

Ein Horrorfilm rettete Alexandra das Leben. Mrs. Tyler, die Köchin der Blackwells, war in Begleitung eines Polizeisergeanten, mit dem sie ab und an das Bett teilte, ins Kino gegangen. An diesem speziellen Abend tummelten sich auf der Leinwand eine solche Menge Toter und Verstümmelter, daß Mrs. Tyler es endlich nicht mehr aushalten konnte. Mitten in einer Hinrichtungsszene sagte sie: »Dies mag ja für dich alltäglich sein, Richard, aber mir langt es.«
Sergeant Richard Dougherty folgte ihr nur widerwillig aus dem Kino.
Sie kamen eine Stunde früher als erwartet in der Blackwellschen Villa an, und als Mrs. Tyler zum Hintereingang hereinkam und Alexandras Schreie aus der Küche hörte, rannte sie mit Sergeant Dougherty dorthin; beide erfaßten die Situation, die sich ihren Augen bot, mit einem Blick und reagierten schnell. Mit einem Satz war der Sergeant bei Alexandra und riß ihr das lichterloh brennende Nachthemd vom Körper. Ihre Beine und Hüften waren voller Blasen, aber die Flammen hatten weder ihr Haar noch ihre Brust erfaßt. Alexandra fiel bewußtlos zu Boden. Mrs. Tyler füllte einen großen Topf mit Wasser und schüttete es über die Flammen, die sich auf dem Boden weiterfraßen.

»Ruf einen Krankenwagen«, befahl Sergeant Dougherty. »Ist Mrs. Blackwell zu Hause?«
»Sie müßte oben sein und schlafen.«
»Weck sie.«
Als Mrs. Tyler den Anruf erledigt hatte, hörte sie einen Schrei aus dem Anrichtezimmer. Eve kam mit einem Topf voll Wasser angerannt und schluchzte dabei hysterisch.
»Ist Alexandra tot?« schrie Eve. »Ist sie tot?«
Mrs. Tyler nahm Eve in die Arme und beruhigte sie. »Nein, Liebling, sie lebt. Es wird alles wieder gut.«
»Es war mein Fehler«, schluchzte Eve. »Sie wollte die Kerzen auf ihrer Geburtstagstorte anmachen. Ich hätte sie daran hindern sollen.« Mrs. Tyler streichelte Eves Rücken. »Es ist schon in Ordnung. Du kannst nichts dafür.«
»Die St-streichhölzer fielen mir aus der Hand und Alex hat Feuer gefangen. Es war sch-schrecklich.«
Sergeant Dougherty sah Eve mitleidsvoll an und sagte nur: »Armes Kind.«

»Alexandra hat Verbrennungen zweiten und dritten Grades an den Beinen und auf dem Rücken«, teilte Dr. Harley Kate mit, »aber es wird alles in Ordnung kommen. Heutzutage können wir bei Verbrennungen wahre Wunder vollbringen. Glaub mir, das hätte eine schreckliche Tragödie werden können.«
»Ich weiß«, sagte Kate. Sie hatte Alexandras Brandwunden gesehen und war entsetzt gewesen. Sie zögerte einen Augenblick. »John, ich glaube fast, daß Eve mir mehr Sorgen macht.«
»Ist sie verletzt worden?«
»Nicht physisch, aber das arme Kind gibt sich die Schuld an dem Unfall. Sie hat schreckliche Alpträume. In den letzten drei Nächten mußte ich in ihr Zimmer kommen und sie in meinen Armen halten, bevor sie wieder einschlafen konnte. Ich möchte nicht, daß es traumatisch wird. Eve ist sehr sensibel.«
»Kinder kommen schnell über so etwas hinweg, Kate. Sag mir, wenn es noch Probleme geben sollte, ich werde dann einen Kindertherapeuten empfehlen.«
»Lieb von dir«, sagte Kate dankbar.

Eve war wirklich fürchterlich aufgebracht. Die Geburtstagsparty war abgesagt worden. *Alexandra hat mich darum betrogen,* dachte Eve bitter.

Alexandras Wunden verheilten gut, ohne auch nur eine Narbe zu hinterlassen. Eve kam über ihre Schuldgefühle bemerkenswert leicht hinweg. Und Kate versicherte ihr: »Unfälle können jedem zustoßen, Liebling. Du mußt dir keine Vorwürfe machen.«
Das tat Eve auch nicht. Insgeheim machte sie Mrs. Tyler Vorwürfe. Warum mußte die auch kommen und alles verderben? Der Plan war perfekt gewesen.

Das Sanatorium, in dem Tony untergebracht war, lag inmitten einer friedlichen, bewaldeten Gegend in Connecticut. Kate ließ sich einmal im Monat dorthin fahren. Die Lobotomie war erfolgreich gewesen. An Tony gab es nicht mehr das kleinste Anzeichen von Aggressivität. Er erkannte Kate wieder und erkundigte sich jedesmal höflich nach Eve und Alexandra, ließ aber nicht das geringste Interesse daran erkennen, sie einmal zu sehen. Er zeigte überhaupt wenig Interesse an irgend etwas. Er schien glücklich zu sein.
Nein, nicht glücklich, verbesserte Kate sich. *Zufrieden. Aber zufrieden womit? Was tat er denn?*
Kate fragte Mr. Burger, den Leiter der Anstalt. »Tut mein Sohn den ganzen Tag lang überhaupt nichts?«
»O doch, Mrs. Blackwell. Er sitzt da und malt, Stunde um Stunde.«
Ihr Sohn, dem die Welt hätte gehören können, saß da und malte den ganzen Tag. »Was malt er denn?«
Der Mann schien verlegen. »Darauf kann sich niemand richtig einen Reim machen.«

24

Während der nächsten beiden Jahre machte sich Kate ernstlich Sorgen um Alexandra. Das Kind war ganz ohne Zweifel unfallgefährdet. Während der Sommerferien auf dem Blackwellschen Anwesen auf den Bahamas ertrank Alexandra fast, als sie mit Eve im Swimming-pool spielte; nur die schnelle Reaktion eines Gärtners rettete ihr das Leben. Im darauffolgenden Jahr, als die beiden Mädchen zu einem Picknick in den Palisades waren, rutschte Alexandra irgendwie an einer Felskante aus und konnte

sich nur retten, indem sie sich an ein Gebüsch klammerte, das an dem steilen Abhang wuchs.
»Ich wünschte sehr, daß du ein bißchen mehr auf deine Schwester achtgäbest«, sagte Kate zu Eve. »Sie kann wohl nicht so gut auf sich selbst aufpassen wie du.«
»Ja, ich weiß«, sagte Eve feierlich. »Ich werde sie im Auge behalten, Gran.«
Kate liebte ihre beiden Enkeltöchter, jede auf eine andere Weise. Sie waren jetzt sieben Jahre alt und gleich schön, mit langem, weichem, blondem Haar, feingeschnittenen Gesichtszügen und den Augen der McGregors. Alexandras sanftes Wesen erinnerte Kate an Tony, während Eve wie sie selbst war, dickköpfig und eigenwillig.
Ein Chauffeur brachte die Kinder im Rolls-Royce der Familie zur Schule. Alexandra schämte sich vor ihren Klassenkameraden des Wagens und des Fahrers, Eve genoß es in vollen Zügen. Kate gab den beiden Mädchen wöchentlich Taschengeld und befahl ihnen, Buch über ihre Ausgaben zu führen. Jedesmal ging Eve das Geld schon vor Ende der Woche aus, und sie borgte sich welches von Alexandra. Eve verstand es, die Abrechnung so zu fälschen, daß Gran nichts merkte. Doch Kate merkte es sehr wohl und konnte sich ein Lächeln nicht verkneifen. Erst sieben Jahre alt und schon eine gewiefte Buchhalterin!
Anfangs hatte Kate noch davon geträumt, daß Tony wieder genesen, die Anstalt verlassen und zu Kruger-Brent zurückkehren würde. Aber die Zeit verging, und ihr Traum verblaßte allmählich.
Man schrieb das Jahr 1962, und in dem Maße, in dem Kruger-Brent prosperierte und expandierte, wuchs auch das Bedürfnis nach einer neuen Führung. Kate feierte ihren siebzigsten Geburtstag. Ihr Haar war weiß geworden, und sie war noch immer eine ungewöhnliche Frau, stark, aufrecht und vital. Sie wußte, daß der Kampf gegen die Zeit letztlich zu ihren Ungunsten enden würde. Sie mußte vorbereitet sein. Die Firma mußte der Familie erhalten bleiben. Brad Rogers war zwar ein guter Manager, aber er war kein Blackwell. *Ich muß durchhalten, bis die Zwillinge die Firma übernehmen können.* Sie dachte an Cecil Rhodes' letzte Worte: »So wenig getan – so viel zu tun.«
Die Zwillinge waren jetzt zwölf Jahre alt und entwickelten sich langsam zu jungen Damen. Es war an der Zeit, eine wichtige Entscheidung zu treffen.

In der Osterwoche flogen Kate und die Zwillinge nach Dark Harbor. Die Mädchen hatten inzwischen sämtliche Familienanwesen außer dem Johannesburger kennengelernt und liebten Dark Harbor am meisten. Sie genossen die wilde Freiheit und die Abgeschiedenheit der Insel. Sie segelten, schwammen und fuhren Wasserski, und Dark Harbor bot die besten Möglichkeiten dafür. Eve fragte, ob sie wie früher ein paar Klassenkameradinnen mitbringen dürfe, aber diesmal schlug die Großmutter ihr die Bitte ab. Sie wollte mit den beiden allein sein.
Die Mädchen sahen sich immer noch erstaunlich ähnlich, zwei goldene Schönheiten, aber Kate war weniger an ihren Gemeinsamkeiten als an ihren Unterschieden interessiert. Eve hatte die Führungsrolle inne, Alexandra folgte ihr. Eve hatte etwas Widerspenstiges an sich, Alexandra war nachgiebig. Eve war die geborene Sportlerin, Alexandra war nach wie vor in Unfälle verwickelt. Erst vor einigen Tagen, als die beiden allein in einem kleinen Segelboot mit Eve am Ruder hinausgefahren waren, war sie über Bord gefegt worden und fast ertrunken. Ein anderes Boot in der Nähe war Eve bei dem Versuch, ihre Schwester zu retten, zu Hilfe gekommen. Kate fragte sich, ob all dies etwas damit zu tun hatte, daß Alexandra drei Minuten später als Eve auf die Welt gekommen war. Aber die Gründe spielten keine Rolle. Kate hatte ihren Entschluß gefaßt. Sie setzte auf Eve, einen Einsatz von zehn Milliarden Dollar. Sie würde einen passenden Lebensgefährten für Eve finden, und diese würde dann, sobald sich Kate zurückgezogen hatte, Kruger-Brent leiten. Was Alexandra betraf, so könnte diese ein Leben in Reichtum und Komfort genießen. Wahrscheinlich würde sie sich gut um die karitativen Einrichtungen kümmern können, die Kate ins Leben gerufen hatte. Ja, das wäre genau das Richtige für Alexandra, sie war ein solch süßes und teilnahmsvolles Kind.

Der erste Schritt auf dem Weg zur Durchführung ihres Plans bestand darin, die richtige Schule für Eve auszusuchen. Kate entschied sich für Briarcrest, eine ausgezeichnete Institution in South Carolina.
»Meine beiden Enkeltöchter sind bezaubernd«, teilte Kate der Schulleiterin, Mrs. Chandler, mit. »Aber Sie werden bald merken, daß Eve die Klügere ist. Sie ist ein ganz außerordentliches Mädchen, und ich bin sicher, daß Sie dafür sorgen werden, daß es ihr hier an nichts fehlt.«

»Das ist bei allen unseren Schülerinnen der Fall, Mrs. Blackwell. Sie sprachen von Eve. Und was ist mit ihrer Schwester?«
»Alexandra? Ein nettes Mädchen.« Er klang herabsetzend. Kate erhob sich. »Ich werde mich regelmäßig nach ihren Fortschritten erkundigen.« Die Schulleiterin hatte das seltsame Gefühl, dies hätte wie eine Drohung geklungen.

Die Zwillinge liebten die neue Schule, vor allem Eve. Sie genoß die Freiheit, von zu Hause weg zu sein und weder ihrer Großmutter noch Solange Dunas gegenüber Rechenschaft ablegen zu müssen. Die Regeln in Briarcrest waren streng, aber das kümmerte Eve nicht; sie hatte Erfahrung im Umgehen von Bestimmungen. Das einzige, was sie störte, war die Tatsache, daß Alexandra mit ihr zusammen da war. Als sie erstmals von Briarcrest gehört hatte, hatte sie gebettelt: »Kann ich allein hingehen? Bitte, Gran?«
Und Kate hatte geantwortet: »Nein, Liebling, ich finde, es ist besser, wenn Alexandra mit dir geht.«
Eve verbarg ihren Groll. »Wie du willst, Gran.«
Sie benahm sich stets sehr höflich und liebenswürdig in der Nähe ihrer Großmutter. Eve wußte, wo die Macht lag. Ihr Vater war ein Verrückter, der in einer Irrenanstalt saß; ihre Mutter war tot. Großmutter saß auf dem Geld. Eve wußte, daß sie reich waren. Sie hatte keine Ahnung, wieviel Geld sie besaßen, aber es war eine Menge – genug, um all die schönen Dinge zu kaufen, die sie haben wollte. Eve liebte schöne Dinge. Es gab nur ein Problem: Alexandra.

Eine der Lieblingsbeschäftigungen der Zwillinge war die allmorgendliche Reitstunde in Briarcrest. Die meisten Mädchen besaßen eigene Springpferde, und Kate hatte ihren Enkelinnen jeder eins zum zwölften Geburtstag geschenkt. Jerome Davis, der Reitlehrer, sah gerade zu, wie seine Schülerinnen in der Halle übten, ein dreißig Zentimeter, ein sechzig Zentimeter und schließlich ein neunzig Zentimeter hohes Gatter übersprangen. Davis war einer der besten Reitlehrer im Lande; einige seiner ehemaligen Zöglinge hatten inzwischen Goldmedaillen gewonnen. Er besaß die Fähigkeit, einen geborenen Reiter auf Anhieb zu erkennen. Das neue Mädchen, Eve Blackwell, war eine solche Reiterin. Sie wußte instinktiv, wie sie die Zügel zu halten, wie sie im Sattel zu sitzen hatte. Sie war eins mit ihrem Pferd, und ihr goldenes Haar flatterte im Wind, als sie über die Hürde setzte. Es war ein schöner Anblick. *Die wird nichts aufhalten können,* dachte Mr. Davis.

Tommy, der junge Stallbursche, mochte Alexandra lieber. Mr. Davis beobachtete Alexandra, wie sie gerade ihr Pferd sattelte und darauf wartete, an die Reihe zu kommen. Alexandra und Eve trugen verschiedenfarbige Bänder an ihren Ärmeln, so daß er sie auseinanderhalten konnte. Eve half Alexandra beim Satteln ihres Pferdes, während Tommy sich um eine andere Schülerin kümmerte. Davis wurde ins Hauptgebäude gerufen, um ein Telefongespräch entgegenzunehmen, und was dann passierte, konnte im nachhinein nicht rekonstruiert werden.

Nach allem, was Jerome Davis sich zusammenreimen konnte, war Alexandra aufgesessen, hatte eine Runde gedreht und war dann auf die erste kleine Hürde zugeritten. Aus unerfindlichen Gründen scheute das Pferd, bockte und warf Alexandra gegen eine Wand. Sie verlor das Bewußtsein, und die Hufe des sich wie wild gebärdenden Pferdes verpaßten ihr Gesicht nur um wenige Zentimeter. Tommy trug Alexandra in das Krankenzimmer hinüber, wo der Schularzt eine leichte Gehirnerschütterung feststellte. »Sie hat sich nichts gebrochen, es ist nichts Ernstes«, sagte er. »Morgen früh wird sie wieder springlebendig sein und reiten können.«

»Um ein Haar wäre sie tot gewesen!« schrie Eve.

Eve weigerte sich, von Alexandras Seite zu weichen. Mrs. Chandler meinte, noch nie soviel Hingabe bei einer Schwester gesehen zu haben. Es war wirklich rührend.

Nachdem es Mr. Davis endlich gelungen war, Alexandras Pferd einzufangen und abzusatteln, sah er, daß die Satteldecke voll Blut war. Er nahm sie ab und entdeckte ein großes, unregelmäßig gezacktes Metallstück von einer Bierdose, das sich durch den Druck des Sattels in den Rücken des Pferdes gebohrt hatte. Mrs. Chandler, der er dies mitteilte, ordnete eine sofortige Untersuchung an.

Alle Mädchen, die sich in der Nähe des Stalls aufgehalten hatten, wurden befragt.

»Ich bin sicher«, sagte Mrs. Chandler, »daß diejenige, die es getan hat, nur einen harmlosen Schabernack im Kopf hatte, aber dieser Scherz hätte ernsthafte Konsequenzen haben können. Ich möchte wissen, wer das getan hat.«

Als sich niemand meldete, nahm sich Mrs. Chandler die Mädchen einzeln in ihrem Büro vor. Aber niemand gab zu, etwas gesehen zu haben. Als Eve an der Reihe war, schien sie sich seltsam unwohl in ihrer Haut zu fühlen.

»Hast du eine Ahnung, wer deiner Schwester diesen Streich gespielt haben mag?« fragte Mrs. Chandler.

Eve schaute auf den Teppich. »Das möchte ich lieber nicht sagen«, murmelte sie.

»Du *hast* also etwas gesehen?«

»Bitte, Mrs. Chandler . . .«

»Eve, Alexandra hätte sich ernsthaft verletzten können. Die Schuldige muß bestraft werden, damit so etwas nicht wieder vorkommen kann.«

»Es war keins von den Mädchen.«

»Was willst du damit sagen?«

»Es war Tommy.«

»Der *Pferdeknecht*?«

»Ja, Ma'am. Ich habe ihn beobachtet. Ich dachte, er wollte nur den Sattelgurt festziehen. Ich bin sicher, daß er nichts Böses im Sinn hatte. Alexandra kommandiert ihn ganz schön herum, und ich glaube, er wollte ihr nur einen Denkzettel verpassen. Oh, Mrs. Chandler, ich wünsche, Sie hätten mich nicht gezwungen, das zu erzählen. Ich will dadurch niemanden in Schwierigkeiten bringen.« Das arme Kind war der Hysterie nahe.

Mrs. Chandler ging um ihren Schreibtisch herum und legte den Arm um Eve. »Es ist schon in Ordnung, Eve. Es war richtig, daß du es mir gesagt hast. Und jetzt vergißt du die ganze Geschichte. Ich werde mich schon darum kümmern.«

Als die Mädchen am nächsten Morgen zum Stall gingen, arbeitete dort schon ein neuer Bursche.

Einige Monate später gab es einen weiteren unangenehmen Vorfall an der Schule. Einige der Mädchen waren beim Kiffen erwischt worden, und eine von ihnen beschuldigte Eve, das Marihuana beschafft und verkauft zu haben. Eve leugnete wütend. Bei einer Durchsuchung, die Mrs. Chandler durchführte, fand sie das Gras in Alexandras Spind.

»Ich glaube nicht, daß sie es getan hat«, sagte Eve energisch. »Jemand hat es da versteckt. Das weiß ich ganz genau.«

Über diesen Vorfall schickte die Schulleiterin einen Bericht an Kate, die Eves Loyalität ihrer Schwester gegenüber bewunderte. Eve war eben eine echte McGregor.

Als die Zwillinge fünfzehn Jahre alt wurden, nahm Kate sie mit auf das Anwesen in Südcarolina und gab dort eine große Party für sie. Es war allmählich an der Zeit, sich darum zu kümmern, daß Eve mit den richtigen jungen Männern zusammenkam. Die Jungen waren zwar noch in dem merkwürdigen Alter, in dem sie sich nicht ernsthaft für Mädchen interessierten, doch Kate machte es sich zur Aufgabe, dafür zu sorgen, daß Bekanntschaften zustande kamen und Freundschaften geschlossen wurden. Irgendwo unter diesen jungen Männern hier konnte Eves Zukünftiger sein – und damit die Zukunft von Kruger-Brent. Alexandra mochte keine Partys, gab aber immer vor, sich zu amüsieren, um ihre Großmutter nicht zu enttäuschen. Eve liebte Partys über alles. Sie ließ sich gerne bewundern. Alexandra las und malte lieber. Sie verbrachte Stunden damit, in Dark Harbor die Bilder ihres Vaters zu betrachten, und sie wünschte sich, ihn gekannt zu haben, bevor er krank wurde. An Feiertagen erschien er mit seinem Begleiter im Hause, aber Alexandra fand es unmöglich, an ihren Vater heranzukommen. Er war ein angenehmer, umgänglicher Fremder, der gefallen wollte, aber nichts zu sagen hatte. Ihr Großvater, Friedrich von Hoffleben, lebte in Deutschland und war krank. Die Zwillinge sahen ihn nur selten.

In ihrem zweiten Jahr in Briarcrest wurde Eve schwanger. Mehrere Wochen schon war sie blaß und teilnahmslos gewesen und hatte einige Frühstunden verpaßt. Als ihr öfter schwindelig wurde, schickte man sie auf die Krankenstation zur Untersuchung. Mrs. Chandler wurde eilends herbeigerufen.

»Eve ist schwanger«, teilte ihr der Arzt mit.

»Aber – das ist unmöglich! Wie konnte das passieren?«

Der Arzt antwortete nachsichtig: »Auf die übliche Art und Weise, würde ich meinen.«

»Aber sie ist noch ein Kind!«

»Nun, dieses Kind wird Mutter werden.«

Eve weigerte sich standhaft, etwas zu sagen. »Ich will niemanden in Schwierigkeiten bringen«, beharrte sie.

Es war dies genau die Antwort, die Mrs. Chandler von Eve erwartet hatte.

»Eve, Liebling, du mußt mir sagen, was passiert ist.«

Und schließlich brach Eve zusammen. »Ich bin vergewaltigt worden«, sagte sie und brach in Tränen aus.

Mrs. Chandler war schockiert. Sie hielt Eves zitternden Körper fest und fragte: »Wer war es?«

»Mr. Parkinson.«

Ihr Englischlehrer.

Hätte eine andere als Eve so etwas behauptet, Mrs. Chandler hätte es nicht geglaubt. Joseph Parkinson war ein ruhiger Mann mit Frau und drei Kindern. Er unterrichtete seit acht Jahren in Briarcrest und war der letzte, den Mrs. Chandler je verdächtigt hätte. Sie ließ ihn zu sich ins Büro kommen und sah sofort, daß Eve die Wahrheit gesagt hatte. Er saß ihr gegenüber, und sein Gesicht zuckte vor Nervosität.

»Sie wissen, warum ich Sie habe kommen lassen, Mr. Parkinson?«

»Ich – ich denke schon.«

»Es betrifft Eve.«

»Ja. Das – das habe ich mir gedacht.«

»Eve sagt, Sie hätten sie vergewaltigt.«

Parkinson schaute sie ungläubig an. »Sie *vergewaltigt*? Mein Gott! Wenn hier jemand vergewaltigt worden ist, dann mir.« In seiner Aufregung sprach er nicht mehr ganz korrekt.

Mrs. Chandler erwiderte voll Verachtung: »Wissen Sie, was Sie da sagen? Das Kind ist –«

»Sie ist *kein* Kind.« Seine Stimme war gallebitter. »Sie ist ein Teufel.« Er wischte sich den Schweiß von der Stirn. »Das ganze Schuljahr über saß sie in meiner Klasse in der ersten Reihe, das Kleid ständig über die Knie hochgezogen. Nach der Stunde kam sie immer nach vorne und stellte eine Menge unsinniger Fragen, wobei sie sich an mich drückte. Ich habe sie einfach nicht ernst genommen. Dann, ungefähr vor sechs Wochen, kam sie eines Nachmittags in mein Haus, als meine Frau und die Kinder weg waren und –« Seine Stimme versagte. »Jesus Maria! Ich war machtlos!« Er brach in Tränen aus.

Man brachte Eve ins Büro. Sie war gefaßt. Sie schaute Mr. Parkinson in die Augen, und er war es, der den Blick zuerst abwandte. Anwesend waren außerdem Mrs. Chandler, der zweite Direktor der Schule und der Polizeichef der kleinen Ortschaft, zu der die Schule gehörte.

»Wollen Sie uns erzählen, was passiert ist?« fragte der Polizeichef milde.

»Ja, Sir.« Eves Stimme klang ruhig. »Mr. Parkinson sagte, er wolle mit mir über meine Leistungen in Englisch sprechen und bat mich, an einem Sonntagnachmittag zu ihm nach Hause zu kommen. Er war allein. Dann sagte er, er wolle mir etwas im Schlafzimmer zeigen, und ich folgte ihm nach oben. Er zwang mich aufs Bett und er –«

»Das ist gelogen!« schrie Parkinson. »So ist es nicht gewesen. So ist es nicht gewesen . . .«

Man schickte nach Kate und erklärte ihr die Situation. Man beschloß, daß es in aller Interesse läge, über diesen Zwischenfall Stillschweigen zu bewahren. Mr. Parkinson wurde von der Schule gewiesen, und man gab ihm achtundvierzig Stunden Zeit, den Staat zu verlassen. Für Eve wurde diskret eine Abtreibung arrangiert.

Kate kaufte einer im Ort ansässigen Bank insgeheim die Hypothek auf die Schule ab und erklärte sie für verfallen.

Als Eve die Neuigkeit erfuhr, seufzte sie. »Es tut mir so leid, Gran. Ich habe diese Schule wirklich gemocht.«

Einige Wochen später, nachdem Eve sich von dem Eingriff erholt hatte, wurden sie und Alexandra im Institute Fernwood, einer höheren Schule in der Nähe von Lausanne, angemeldet.

25

In Eve brannte ein Feuer von solch elementarer Kraft, daß sie es nicht zu löschen vermochte. Es ging nicht allein um Sex – Sex war nur ein kleiner Teil davon. In ihr steckte eine Lebensgier, ein zwanghaftes Bedürfnis, alles auszuprobieren. Sie wollte Wissenschaftlerin sein, Sängerin, Chirurgin, Pilotin, Schauspielerin. Sie wollte alles können und alles besser können als irgendwer vor ihr. Sie wollte alles auf einmal haben.

Im gleichen Tal gegenüber dem Institute Fernwood befand sich eine Kadettenschule. Eve war noch nicht siebzehn, da hatte sie sich schon mit fast allen Zöglingen und der Hälfte der Ausbilder dort eingelassen. Sie hatte Freude am Sex, aber es war nicht der Akt selbst, den Eve liebte, sondern die Macht, die er ihr verlieh. Sie weidete sich an den bettelnden Blicken der Jungen und Männer, die sie mit ins Bett nehmen und mit ihr schlafen wollten. Sie genoß es, sie zu necken und dabei zuzusehen, wie ihr Hunger wuchs. Sie fand Vergnügen an den erlogenen Versprechen, die sie ihr machten, um sie besitzen zu können. Aber am meisten genoß sie die Macht, die sie über ihre Körper hatte. Mit einem Kuß konnte sie sie zur Erektion bringen und mit einer einzigen Bemerkung erschlaffen lassen. In Minuten konnte sie die Stärken und Schwächen eines Mannes abschätzen, und sie kam zu dem Schluß, daß alle Männer Dummköpfe seien, alle ohne Ausnahme.

Eve hatte mehr als ein Dutzend ernsthafter Heiratsanträge bekommen. Es lag ihr nichts dran. Interesse zeigte sie nur für die Jungen, die Alexandra mochte.

Alexandra lernte auf einem der samstäglichen Schulbälle einen aufmerksamen, französischen Studenten namens René Mallot kennen. Er war nicht schön, aber intelligent und sensibel, und Alexandra fand ihn wundervoll. Sie verabredeten sich für den nächsten Sonnabend in der Stadt.

»Sieben Uhr«, sagte René.

»Ich freue mich drauf.«

In dieser Nacht erzählte Alexandra Eve von ihrem neuen Freund. »Er ist nicht wie die anderen Jungen. Er ist ziemlich schüchtern und lieb. Wir gehen Sonnabend zusammen ins Theater.«

»Du bist ziemlich verknallt in ihn, nicht wahr, Schwesterchen?« spöttelte Eve.

Alexandra wurde rot. »Ich habe ihn gerade erst kennengelernt, aber er scheint – nun, du weißt schon.«

Eve lag, die Arme hinter dem Kopf verschränkt, auf dem Bett. »Nein, weiß ich nicht. Erzähl's mir. Hat er versucht, dich ins Bett zu kriegen?«

»Eve! So einer ist er nicht. Ich hab' dir doch schon gesagt ... er ist – er ist schüchtern.«

»So, so, meine kleine Schwester ist also verliebt.«

»Natürlich nicht! Ich wünschte, ich hätte dir nichts davon erzählt.«

»Ich bin aber froh, daß du es getan hast«, sagte Eve.

Als Alexandra am darauffolgenden Sonnabend vor dem Theater ankam, war von René weit und breit nichts zu sehen. Alexandra wartete über eine Stunde an der Straßenecke, gab sich Mühe, die neugierigen Blicke der Passanten zu ignorieren und kam sich vor wie eine Idiotin. Schließlich aß sie allein in einem kleinen, nicht sonderlich guten Café zu Abend und kehrte unglücklich in die Schule zurück. Eve war noch nicht auf dem Zim-

mer. Alexandra las bis zum Ausgangsverbot und drehte dann das Licht aus. Es war fast zwei Uhr morgens, als sie Eve hereinschleichen hörte.
»Ich fing schon an, mir Sorgen um dich zu machen«, flüsterte Alexandra.
»Ich habe zufällig ein paar alte Freunde getroffen. Wie war es bei dir – war's toll?«
»Es war furchtbar. Er hat es noch nicht einmal der Mühe wert befunden zu erscheinen.«
»Wie schrecklich!« sagte Eve teilnahmsvoll. »Aber du mußt noch lernen, nie einem Mann zu vertrauen.«
»Du glaubst doch nicht, daß ihm irgend etwas zugestoßen sein könnte?«
»Nein, Alex. Ich denke, daß er wahrscheinlich jemanden getroffen hat, den er lieber mag.«
Natürlich hat er das, dachte Alexandra. Sie war nicht wirklich überrascht. Sie wußte nicht, wie schön sie war. Ihr ganzes Leben lang hatte sie im Schatten ihrer Zwillingsschwester gestanden. Sie himmelte sie an, und es schien Alexandra nur zu verständlich, daß es jedermann zu Eve hinzog. Sie fühlte sich Eve unterlegen, aber nie kam es ihr in den Sinn, daß ihre Schwester dieses Gefühl seit frühester Kindheit sorgsam genährt hatte.

Trotz ihrer Überzeugung, über Männer Bescheid zu wissen, war Eve sich doch einer männlichen Schwäche nicht bewußt, und das sollte sie beinahe ins Verderben stürzen. Seit Urzeiten pflegen Männer sich ihrer Eroberungen zu brüsten, und die Zöglinge der Militärakademie bildeten darin keine Ausnahme. Sie sprachen über Eve Blackwell mit verächtlicher Bewunderung.
Da mindestens zwei Dutzend Jungen und ein halbes Dutzend Ausbilder Eves amouröse Talente priesen, wurden sie zum schlechtest gehüteten Geheimnis der Schule. Einer der Ausbilder der Militärakademie erwähnte den Klatsch gegenüber einer Lehrerin vom Institute Fernwood, und diese wiederum hinterbrachte ihn der Direktorin, Mrs. Collins. Daraufhin wurde eine diskrete Untersuchung in die Wege geleitet, und das Ergebnis war, daß Eve zur Direktorin gerufen wurde.
»Ich denke, daß es für den Ruf der Schule besser ist, wenn Sie sofort abreisen.«
Eve starrte Mrs. Collins an, als sei diese nicht ganz bei Trost. »Worüber reden Sie, um Himmels willen?«

»Ich rede von der Tatsache, daß Sie die halbe Militärakademie bedient haben. Und die andere Hälfte scheint schon ungeduldig Schlange zu stehen.«

»In meinem ganzen Leben habe ich noch nie solche fürchterlichen Lügen gehört.« Eves Stimme zitterte vor Empörung. »Glauben Sie nur nicht, daß ich das nicht meiner Großmutter berichten werde. Wenn sie davon hört –«

»Die Mühe können Sie sich sparen«, wurde sie von der Direktorin unterbrochen. »Es wäre mir lieber, wenn ich für das Institute Fernwood Peinlichkeiten vermeiden könnte, aber wenn Sie nicht ohne Aufhebens gehen, werde ich Ihrer Großmutter eine Namensliste schicken.«

»Die Liste möchte ich gerne sehen.«

Mrs. Collins reichte sie Eve wortlos. Sie war lang. Eve studierte sie und bemerkte, daß mindestens sieben Namen fehlten. Sie saß da und dachte nach.

Schließlich schaute sie auf und sagte herrisch: »Es handelt sich hier ganz offensichtlich um eine Verschwörung gegen meine Familie. Da versucht jemand, meine Großmutter durch mich zu desavouieren, und bevor das passiert, gehe ich lieber.«

»Ein sehr weiser Entschluß«, erwiderte Mrs. Collins trocken. »Morgen früh wird ein Auto Sie zum Flughafen bringen. Ich werde Ihrer Großmutter ein Telegramm schicken, daß Sie nach Hause zurückkehren. Sie sind entlassen.«

Eve drehte sich um und ging auf die Tür zu. Plötzlich kam ihr ein Gedanke, und sie sagte: »Was ist mit meiner Schwester?«

»Alexandra darf hierbleiben.«

Als Alexandra nach dem Unterricht in ihr Zimmer kam, sah sie, daß Eve ihre Sachen packte. »Was machst du denn?«

»Ich fahre nach Hause.«

»Nach Hause? Mitten im Schuljahr?«

Eve drehte sich zu ihrer Schwester um. »Alex, hast du wirklich noch nicht gemerkt, was für eine Zeitverschwendung diese Schule ist? Wir lernen hier überhaupt nichts. Alles, was wir tun, ist, die Zeit totzuschlagen.«

Alexandra hörte überrascht zu. »Ich wußte nicht, daß du so darüber denkst, Eve.«

»So habe ich jeden einzelnen verdammten Tag in diesem verdammten Jahr gedacht. Ich habe nur deinetwegen durchgehalten. Anscheinend gefällt es dir hier.«

»Ja, aber –«
»Es tut mir leid, Alex. Ich kann es hier nicht mehr aushalten. Ich will nach New York zurück. Ich will nach Hause, wo *wir* hingehören.«
»Hast du es Mrs. Collins schon gesagt?«
»Ja, gerade eben.«
»Und wie hat sie es aufgenommen?«
»Wie sollte sie es wohl aufnehmen? Sie war kreuzunglücklich – hatte Angst, daß es dem Ruf der Schule schaden würde. Sie wollte unbedingt, daß ich bliebe.«
Alexandra setzte sich auf die Bettkante. »Ich weiß nicht, was ich dazu sagen soll.«
»Du brauchst nichts zu sagen. Dies hat nicht das geringste mit dir zu tun.«
»Natürlich hat es das. Wenn du hier so unglücklich bist –« Sie hielt inne. »Wahrscheinlich hast du recht. Das ist eine verdammte Zeitverschwendung. Wer braucht schon lateinische Verben konjugieren zu können?«
»Richtig. Und wer schert sich schon um Hannibal oder seinen blöden Bruder Hasdrubal?«
Alexandra ging zum Wandschrank hinüber, nahm ihren Koffer heraus und legte ihn aufs Bett.
Eve lächelte. »Ich wollte dich nicht drum bitten, auch hier wegzugehen, Alex, aber ich bin schon froh, daß wir zusammen nach Hause fahren.«
Alexandra drückte die Hand ihrer Schwester. »Ich auch.«
Eve sagte obenhin: »Weißt du was? Während ich fertigpacke, ruf du doch Gran an und sag ihr, daß wir morgen nach Hause fliegen. Sag ihr, daß wir diese Schule nicht ausstehen können. Machst du das?«
»Ja.« Alexandra zögerte. »Ich glaube nicht, daß sie sehr begeistert davon sein wird.«
»Mach dir keine Sorgen wegen der alten Dame«, sagte Eve mit Überzeugung. »Ich werde schon mit ihr fertig.«

Kate Blackwell hatte Freunde, Feinde und Geschäftspartner in den höchsten Positionen, und in den vergangenen Monaten waren ihr unangenehme Gerüchte zu Ohren gekommen. Anfangs hatte sie sie als kleinliche Eifersüchteleien abgetan, doch sie wollten einfach nicht verstummen. Eve wurde häufig mit Jungen von der Militärakademie in der Schweiz gesehen; Eve hatte

eine Abtreibung; Eve wurde wegen einer Geschlechtskrankheit behandelt.
Deswegen nahm Kate die Nachricht, daß ihre Enkeltöchter nach Hause kamen, mit einiger Erleichterung auf und beschloß, den bösartigen Gerüchten auf den Grund zu gehen.

Am Tag nach ihrer Rückkehr wartete Kate zu Hause auf die beiden Mädchen.
Sie nahm Eve mit in ihr Boudoir.
»Man hat mir da besorgniserregende Geschichten zugetragen«, sagte sie. Sie sah ihrer Enkelin durchdringend in die Augen. »Ich möchte wissen, warum ihr von der Schule geflogen seid.«
»Wir sind nicht rausgeschmissen worden«, antwortete Eve. »Alex und ich haben beschlossen, zu gehen.«
»Wegen gewisser Vorkommnisse mit jungen Männern?«
Eve sagte: »Bitte, Großmutter. Ich möchte lieber nicht darüber sprechen.«
»Ich fürchte, daß du nicht umhinkommen wirst. Was habt ihr angestellt?«
»Ich habe überhaupt nichts gemacht. Alex hat –« Sie brach ab.
»Alex hat was?« fragte Kate unnachgiebig.
»Sei ihr bitte nicht böse«, sagte Eve schnell. »Ich bin sicher, daß sie nichts dafür kann. Sie macht gern kindische Spielchen und gibt sich für mich aus. Ich hatte keine Ahnung davon, bis die Mädchen begannen, darüber zu klatschen. Es hat den Anschein, daß sie mit – mit einer Menge Jungens –« Eve unterbrach sich verschämt.
»Und sich für dich ausgibt?« Kate war platt. »Warum hast du sie nicht davon abgehalten?«
»Ich habe es versucht«, sagte Eve zerknirscht. »Sie drohte damit, sich umzubringen. O Gran, ich glaube, Alexandra ist ein bißchen« – nur mit Mühe brachte sie das Wort über ihre Lippen – »labil. Wenn du ihr gegenüber auch nur das geringste erwähnst, fürchte ich, sie könnte sich etwas antun.« Nackte Verzweiflung stand in den tränenerfüllten Augen des Mädchens.
Kate wurde bei Eves großem Kummer schwer ums Herz. »Eve, nicht. Nicht weinen, Liebling. Ich werde Alexandra gegenüber nichts erwähnen. Es wird unter uns bleiben.«
»Ich – ich wollte nicht, daß du es erfährst. O Gran«, schluchzte sie, »ich wußte, wie weh es dir tun würde.«

Später beim Tee musterte Kate Alexandra aufmerksam. *Äußerlich ist sie schön und innerlich verderbt,* dachte sie. Es war schon schlimm genug, daß Alexandra in eine Reihe schmutziger Affären verwickelt war, aber es dann noch ihrer Schwester in die Schuhe zu schieben! Es widerte Kate an.

Während der nächsten beiden Jahre, in deren Verlauf Eve und Alexandra ihre Schulzeit bei Miß Porter beendeten, verhielt Eve sich sehr diskret. Das knappe Entrinnen hatte ihr Angst eingeflößt. Nichts durfte die Beziehung zu ihrer Großmutter gefährden. Die alte Dame würde es nicht mehr lange machen – sie war schließlich schon neunundsiebzig! –, und Eve wollte sichergehen, daß sie Gran beerben würde.

Als die Mädchen einundzwanzig Jahre alt wurden, nahm Kate ihre Enkeltöchter mit nach Paris und kleidete sie bei Coco Chanel neu ein.
Anläßlich einer kleinen Dinnerparty machten Eve und Alexandra die Bekanntschaft des Grafen Alfred du Maurier und seiner Frau, der Gräfin Vivienne. Der Graf war ein distinguierter Herr in den Fünfzigern mit eisgrauem Haar und dem durchtrainierten Körper eines Athleten. Seine Frau war von angenehmem Äußeren und erfreute sich des Rufes, eine ausgezeichnete Gastgeberin zu sein.
Eve hätte beiden keine besondere Aufmerksamkeit geschenkt, wenn sie nicht zufällig eine Bemerkung aufgeschnappt hätte, die jemand der Gräfin gegenüber machte. »Ich beneide Sie und Alfred. Sie sind das glücklichste Ehepaar, das ich kenne. Wie lange sind Sie jetzt verheiratet? Fünfundzwanzig Jahre?«
»Nächsten Monat werden es sechsundzwanzig Jahre«, erwiderte der Graf anstelle seiner Frau. »Und ich bin wahrscheinlich der einzige Franzose in der Geschichte, der seiner Frau nie untreu gewesen ist.«
Alle lachten, außer Eve. Den Rest des Dinners verbrachte sie damit, den Grafen und seine Frau zu beobachten. Eve konnte sich nicht vorstellen, was der Graf an dieser aus der Form geratenen Frau mittleren Alters mit ihrem faltigen Hals fand. Graf du Maurier hatte wahrscheinlich nie die wahre Ekstase im Bett erfahren. Seine Angeberei war dumm. Graf Alfred du Maurier war eine Herausforderung.

Am nächsten Tag rief Eve den Grafen in seinem Büro an. »Hier spricht Eve Blackwell. Wahrscheinlich erinnern Sie sich nicht an mich, aber –«
»Wie könnte ich Sie vergessen haben, mein Kind? Sie sind eine der schönen Enkelinnen meiner guten Freundin Kate.«
»Es ist schmeichelhaft, daß Sie sich an mich erinnern, Graf. Entschuldigen Sie die Störung, aber ich habe gehört, daß Sie ein Weinkenner sind. Ich möchte meine Großmutter mit einer Dinnerparty überraschen.« Sie lachte bekümmert. »Ich weiß zwar schon, was ich auftischen will, aber mit Weinen kenne ich mich nicht aus. Wären Sie vielleicht so freundlich, mir ein paar Ratschläge zu geben?«
»Es ist mir eine Freude«, erwiderte er geschmeichelt. »Das hängt natürlich von den Speisen ab. Wenn Sie mit Fisch anfangen, sollten Sie einen guten, leichten Chablis –«
»Oh, ich fürchte, das kann ich gar nicht alles behalten. Könnte ich Sie vielleicht treffen, damit wir darüber reden können? Falls Sie heute mittag zum Essen frei sind . . .?«
»Für eine alte Bekannte kann ich das schon einrichten.«
»O fein.« Eve legte den Hörer sehr langsam wieder auf. Es sollte ein Mittagessen werden, das der Graf für den Rest seines Lebens nicht vergessen würde.

Sie trafen sich im Lasserre. Ihre Diskussion über Weine dauerte nicht lange. Ungeduldig hörte Eve du Mauriers langweiligem Diskurs zu und unterbrach ihn dann. »Ich liebe Sie, Alfred.« Der Graf hielt mitten im Satz inne. »Wie bitte?«
»Ich habe gesagt, daß ich Sie liebe.«
Er nahm einen Schluck Wein. »Ein guter Jahrgang.« Er tätschelte Eves Hand und lächelte. »Gute Freunde sollten sich immer gerne haben.«
»Ich rede nicht von dieser Art Liebe, Alfred.«
Und der Graf schaute in Eves Augen und wußte genau, von welcher Art Liebe sie sprach. Er fühlte sich nicht wohl in seiner Haut, wie er ihr da gegenübersaß und zuhörte, und er fühlte sich noch unwohler, weil sie wahrscheinlich die schönste und begehrenswerteste junge Frau war, die er je gesehen hatte. Sie trug einen beigen Faltenrock und einen weichen grünen Pullover, der die Konturen ihres vollen Busens nachzeichnete. Sie trug keinen Büstenhalter, und er bemerkte ihre hervorstehenden Brustwarzen. Er sah in ihr junges unschuldiges Gesicht und

wußte nicht, was er sagen sollte. »Sie – Sie kennen mich doch gar nicht.«
»Ich habe von Ihnen geträumt, seit ich ein kleines Mädchen war. Ich habe mir immer einen Mann in schimmernder Rüstung vorgestellt, einen großen und schönen Mann und –«
»Ich fürchte, daß meine Rüstung schon ein bißchen rostig ist. Ich –«
»Bitte, lachen Sie mich nicht aus«, bat Eve. »Als ich Sie gestern beim Abendessen gesehen habe, konnte ich meine Augen nicht mehr von Ihnen wenden. Seitdem konnte ich an nichts anderes mehr denken. Ich habe nicht geschlafen. Ich habe es nicht geschafft, Sie auch nur für einen Moment aus meinen Gedanken zu verbannen.« Und das stimmte sogar beinahe.
»Ich – ich weiß nicht, was ich dazu sagen soll, Eve. Ich bin glücklich verheiratet. Ich –«
»Oh, ich kann Ihnen gar nicht sagen, wie sehr ich Ihre Frau beneide! Sie ist die glücklichste Frau auf der ganzen Welt. Ich frage mich nur, ob sie das weiß, Alfred.«
»Natürlich weiß sie das. Ich sage es ihr dauernd.« Er lächelte nervös und fragte sich, wie er das Thema wechseln könnte.
»Schätzt sie Sie wirklich? Weiß sie, wie sensibel Sie sind? Sorgt sie dafür, daß Sie glücklich sind? Ich würde schon dafür sorgen.«
Dem Grafen wurde es immer ungemütlicher. »Sie sind eine schöne junge Frau«, sagte er. »Und eines Tages werden Sie Ihren Ritter finden – in einer schimmernden Rüstung, die noch nicht angerostet ist, und dann –«
»Ich habe ihn schon gefunden, und ich will mit ihm ins Bett gehen.«
Er schaute sich um, besorgt, ob jemand sie hatte hören können. »Eve! Bitte!«
Sie beugte sich vor. »Das ist alles, was ich will. Die Erinnerung daran wird mir für den Rest meines Lebens genügen.«
»Das geht nicht«, sagte der Graf mit fester Stimme. »Sie bringen mich in eine äußerst peinliche Lage. Junge Frauen sollten nicht herumrennen und sich fremden Männern an den Hals werfen.«
Eves Augen füllten sich langsam mit Tränen. »Das ist es also, was Sie von mir denken? Daß ich herumlaufe und – ich habe in meinem ganzen Leben nur einen Mann gekannt. Wir waren verlobt und wollten heiraten.« Sie wischte nicht einmal mehr ihre

Tränen weg. »Er war nett und liebevoll und sanft. Er starb bei einer Bergtour, und ich war dabei und habe es mitansehen müssen. Es war schrecklich.«
Graf du Maurier legte seine Hand auf die ihre. »Das tut mir leid.«
»Sie erinnern mich so sehr an ihn. Als ich Sie erblickte, war es, als sei Bill zu mir zurückgekommen. Wenn Sie mir nur eine Stunde schenken, werde ich Sie nie mehr belästigen. Sie brauchen mich nicht einmal wiederzusehen. Bitte, Alfred!«
Der Graf schaute Eve lange an und erwog seine Entscheidung gründlich.

Sie verbrachten den Nachmittag in einem kleinen Hotel in der Rue Sainte Anne. Trotz all seiner vorehelichen Abenteuer hatte Graf du Maurier noch nie eine Frau wie Eve im Bett gehabt. Sie war ein Orkan, eine Nymphe, eine Teufelin.
Als sie sich anzogen, sagte Eve: »Wann sehe ich dich wieder, Liebling?«
»Ich rufe dich an«, sagte du Maurier.
Er hatte nicht die Absicht, diese Frau je wiederzusehen. Da war etwas Erschreckendes an ihr, das ihm Angst einflößte – fast etwas Böses.
Die Angelegenheit hätte damit zu Ende sein können, wenn die beiden nicht beim Verlassen des Hotels von Alicia Vanderlake, die mit Kate Blackwell im Jahr zuvor in einem Wohltätigkeitskomitee gesessen hatte, gesehen worden wären. Mrs. Vanderlake war eine Aufsteigerin in der guten Gesellschaft, und dies war eine Leiter, die ihr der Himmel geschickt hatte. Sie hatte von Graf du Maurier und seiner Gattin schon Fotos in den Zeitungen gesehen und kannte Bilder von den Blackwell-Zwillingen. Sie war nicht sicher, welche der Schwestern sie vor sich hatte, aber das war jetzt nicht wichtig. Mrs. Vanderlake wußte, was sie zu tun hatte. Sie schaute in ihr Adreßbuch und fand Kate Blackwells Telefonnummer.
Der Butler nahm den Anruf entgegen. *»Bonjour.«*
»Ich möchte gerne mit Mrs. Blackwell sprechen.«
»Wen darf ich melden?«
»Mrs. Vanderlake. Es handelt sich um eine Privatangelegenheit.«
Eine Minute später war Kate Blackwell am Apparat. »Wer spricht bitte?«

»Alicia Vanderlake, Mrs. Blackwell. Sicher werden Sie sich an mich erinnern. Voriges Jahr haben wir im gleichen Komitee gesessen und –«
»Wenn es sich um eine Spendenaktion handelt, dann rufen Sie –«
»Nein, nein«, sagte Mrs. Vanderlake hastig. »Es geht um etwas Privates. Es handelt sich um Ihre Enkelin.«
Kate Blackwell würde sie zum Tee einladen und sie würden darüber sprechen, von Frau zu Frau. Und damit würde eine innige Freundschaft ihren Anfang nehmen.
»Was ist mit ihr?« fragte Kate Blackwell.
Mrs. Vanderlake hatte nicht die Absicht, die Angelegenheit am Telefon zu besprechen. Kate Blackwells unfreundlicher Tonfall ließ ihr jedoch keine andere Wahl. »Nun, ich hielt es für meine Pflicht, Ihnen mitzuteilen, daß ich sie vor einigen Minuten zusammen mit dem Grafen du Maurier aus einem Hotel schleichen sah. Es handelte sich ganz offensichtlich um ein Stelldichein.«
Kates Stimme war schneidend. »Das kann ich kaum glauben. Welche meiner Enkeltöchter haben Sie denn gesehen?«
Mrs. Vanderlake lachte verlegen. »Ich – ich weiß nicht. Ich kann sie nicht auseinanderhalten. Aber das kann wohl niemand, nicht wahr? Es –«
»Danke für die Information.« Und Kate legte auf.
Sie stand da und versuchte, das, was sie gerade gehört hatte, zu verdauen. Erst am Vorabend hatten sie zusammen diniert. Kate kannte Alfred du Maurier seit fünfzehn Jahren, und was sie jetzt über ihn gehört hatte, paßte überhaupt nicht zu seinem Charakter, es war einfach undenkbar. Und doch, Männer waren schließlich anfällig. Und wenn Alexandra es darauf abgesehen hatte, Alfred ins Bett zu locken ...
Kate nahm den Telefonhörer ab und sagte zur Vermittlung: »Ich möchte ein Gespräch in die Schweiz anmelden. Geben Sie mir das Institute Fernwood in Lausanne.«

Als Eve am späten Nachmittag zurückkam, glühte sie vor Befriedigung. Nicht, weil sie den Sex mit dem Grafen du Maurier genossen, sondern weil sie den Sieg über ihn davongetragen hatte. *Wenn ich den so leicht rumkriegen kann,* dachte Eve, *dann kann ich einfach jeden haben. Die ganze Welt kann mir gehören.* Sie ging in die Bibliothek hinüber, wo Kate sich aufhielt.

»Hallo, Gran, hast du einen angenehmen Tag gehabt?«
Kate stand da und musterte ihre schöne junge Enkeltochter. »Nein, leider nicht, und du?«
»Oh, ich habe einen kleinen Einkaufsbummel gemacht. Aber ich habe nichts mehr gefunden, was mir gefiel. Du hast mir schon alles gekauft. Du hast immer –«
»Eve, schließ die Tür.«
Etwas in Kates Stimme ließ Eve aufhorchen. Sie schloß die große Eichentür. »Setz dich.«
»Stimmt etwas nicht, Gran?«
»Das wirst du mir gleich erzählen. Eigentlich wollte ich auch Alfred du Maurier einladen, aber dann beschloß ich, uns allen diese Demütigung zu ersparen.«
In Eves Kopf begann sich alles zu drehen. *Unmöglich! Niemand konnte etwas über sie und Alfred du Maurier wissen.* Es war erst eine Stunde her, daß sie ihn verlassen hatte. »Ich – ich verstehe nicht, wovon du sprichst.«
»Dann laß es mich deutlicher sagen. Du warst heute nachmittag mit Graf du Maurier im Bett.«
Tränen traten in Eves Augen. »Ich – ich habe gehofft, daß du es nie erfahren würdest, was er mit mir angestellt hat, weil er ein Freund von dir ist.« Sie rang um Fassung. »Es war schrecklich. Er hat mich angerufen und mich zum Essen eingeladen, und dann hat er mich betrunken gemacht und –«
»Halt den Mund!« Kates Stimme war wie ein Peitschenschlag. Ihre Augen waren voll Verachtung. »Du bist verdammenswert.«
Für Kate war die letzte Stunde, die Stunde, in der sie sich der Wahrheit über ihre Enkeltochter Eve hatte stellen müssen, die schwerste ihres Lebens gewesen. Sie hatte noch immer die Stimme der Direktorin in den Ohren: *Mrs. Blackwell, junge Frauen sollen junge Frauen sein, und wenn eine von ihnen eine diskrete Affäre hat, dann geht mich das nichts an. Aber Eve hat den Männern so unverschämt dreist nachgestellt, daß ich wegen des guten Rufs der Schule ...*
Und Eve hatte die Schuld auf Alexandra geschoben!
Kate fielen all die Unfälle wieder ein. Das Feuer, der Sturz vom Felsen, Alexandra, die über Bord ging, während sie mit Eve segelte und beinahe ertrunken wäre.
Kate erinnerte sich auch an die Rauschgiftaffäre in Briarcrest, als Eve beschuldigt worden war, Marihuana verkauft zu haben und Alexandra dafür verantwortlich gemacht hatte. Eve hatte

Alexandra nicht *beschuldigt,* sondern sie *verteidigt.* Das war Eves Taktik – der Übeltäter zu sein und die Heldin zu spielen. Oh, sie war so gerissen.

Jetzt betrachtete Kate das wunderschöne, engelsgleiche Monster vor ihr.

Ich habe alle meine Pläne für die Zukunft auf dich gebaut. Du solltest eines Tages Kruger-Brent übernehmen. Dich habe ich geliebt und behütet.

Kate sagte: »Du wirst dieses Haus verlassen. Ich will dich nie wiedersehen.«

Eve war sehr blaß geworden.

»Du bist eine Hure. Damit könnte ich mich vielleicht abfinden. Aber du bist auch gemein, hinterhältig und eine notorische Lügnerin. Und damit kann ich mich nicht abfinden.«

Es ging alles viel zu schnell. Eve sagte verzweifelt: »Gran, wenn Alexandra dir Lügen über mich erzählt hat –«

»Alexandra weiß gar nichts davon. Ich habe gerade ein langes Gespräch mit Mrs. Collins geführt.«

»Ist das alles?« Eve zwang sich, erleichtert zu klingen. »Mrs. Collins haßt mich, weil –«

Kate war plötzlich müde. »Es klappt nicht, Eve. Nicht mehr. Es ist vorbei. Ich habe meinen Rechtsanwalt bestellt. Ich werde dich enterben.«

Eve fühlte, wie die Welt um sie herum zusammenbrach. »Das kannst du nicht. Wie – wovon soll ich denn leben?«

»Du bekommst einen Monatswechsel. Von nun an wirst du dein eigenes Leben führen. Mach, was du willst.« Kates Stimme wurde noch härter. »Aber wenn ich je von einem Skandal lesen oder hören sollte, wenn du jemals den Namen Blackwell in den Schmutz ziehst, dann hören auch die monatlichen Zahlungen sofort auf. Ist das klar?« Eve schaute ihrer Großmutter in die Augen und wußte, daß es diesmal keine Gnade geben würde.

Kate erhob sich und sagte mit gebrochener Stimme: »Ich glaube nicht, daß es dir irgend etwas ausmacht, aber dies ist – dies war das Schwerste, was ich je in meinem Leben tun mußte.«

Und sie drehte sich um und ging steif und aufrecht aus dem Raum.

Kate saß allein in ihrem abgedunkelten Schlafzimmer und fragte sich, warum alles schiefgelaufen war.

Wenn David nicht umgekommen wäre und Tony seinen Vater gekannt hätte . . .

Wenn Tony nicht hätte Künstler werden wollen ...
Wenn Marianne noch am Leben wäre ...
Wenn. Vier Buchstaben, die für Sinnlosigkeit standen.
Die Zukunft war Ton in ihren Händen, konnte von Tag zu Tag umgeformt werden, aber die Vergangenheit stand fest und unverrückbar wie Stein. *Alle, die ich liebte, haben mich verraten,* dachte Kate. *Tony, Marianne, Eve. Sartre hat es treffend ausgedrückt, als er sagte: »Die Hölle – das sind die anderen.«* Sie fragte sich, wann dieser Schmerz nachlassen würde.
Wenn Kate Schmerz empfand, so war Eve voller Wut. Sie hatte sich lediglich ein, zwei Stündchen im Bett vergnügt, und die Großmutter stellte sich an, als hätte sie ein unaussprechliches Verbrechen begangen. *Diese altmodische Ziege.* Nein, nicht altmodisch, *senil!* Das war es. Sie war senil. Eve würde sich einen guten Anwalt nehmen und das neue Testament unter schallendem Gelächter vor Gericht annullieren lassen. Ihr Vater und ihre Großmutter waren beide verrückt. Niemand würde sie enterben. Kruger-Brent gehörte *ihr.* Wie oft hatte Großmutter ihr erzählt, daß sie die Firma eines Tages übernehmen sollte! Und Alexandra! Seit jeher hatte Alexandra sie hintergangen, ihrer Großmutter Gott weiß was für Gift in die Ohren geträufelt. Alexandra wollte die Firma selber haben.
Das Schlimme daran war nur, daß sie sie nun wahrscheinlich auch bekommen würde. Was heute nachmittag geschehen war, war schon schlimm genug, aber der Gedanke, daß Alexandra jetzt ans Ruder kam, war unerträglich. *Das kann ich nicht zulassen,* dachte Eve. *Ich werde es zu verhindern wissen.* Sie ließ die Schlösser an ihrem Koffer zuschnappen und machte sich auf die Suche nach ihrer Schwester. Alexandra war im Garten und las. Sie sah auf, als Eve sich ihr näherte.
»Alex, ich habe beschlossen, nach New York zurückzugehen.«
Alexandra schaute ihre Schwester überrascht an. *»Jetzt?* Gran will nächste Woche eine Kreuzfahrt an die dalmatinische Küste unternehmen. Du –«
»Wen interessiert schon Dalmatien? Ich habe lange darüber nachgedacht. Es ist an der Zeit, daß ich meine eigene Wohnung kriege.« Sie lächelte. »Ich bin nämlich groß jetzt. Also werde ich mir eine süße kleine Wohnung suchen, und wenn du brav bist, darfst du ab und zu bei mir übernachten.« *Das ist genau der richtige Ton,* dachte Eve. *Freundlich, aber nicht überschwenglich. Laß sie nicht merken, daß du ihr auf die Schliche gekommen bist.*

Alexandra betrachtete ihre Schwester sorgenvoll. »Weiß Gran Bescheid?«
»Ich habe es ihr heute nachmittag gesagt. Natürlich ist sie dagegen, aber sie hat Verständnis für mich. Ich wollte zuerst arbeiten gehen, aber jetzt hat sie darauf bestanden, mir regelmäßig Geld zukommen zu lassen.«
»Möchtest du, daß ich mit dir komme?« fragte Alexandra.
Diese gottverdammte, hinterhältige Hexe! Erst vertrieb sie sie aus dem Haus, und jetzt gab sie vor, mit ihr kommen zu wollen. Aber sie würde ihr eigenes Apartment haben; sie würde irgendeinen tollen Innenarchitekten finden, der es einrichtete; und sie würde endlich die Freiheit haben, zu kommen und zu gehen, wie es ihr paßte. Zum erstenmal in ihrem Leben würde sie wirklich frei sein. Schon allein diese Vorstellung war überwältigend.
Und jetzt sagte sie: »Du bist lieb, Alex, aber ich möchte eine Weile allein sein.«
Alexandra sah ihre Schwester an und bedauerte ihren Verlust zutiefst. Es war das erstemal, daß sie sich trennten. »Wir werden uns oft sehen, nicht wahr?«
»Natürlich«, versprach Eve. »Öfter, als du denkst.«

26

Als Eve nach New York zurückgekehrt war, begab sie sich zuerst, wie man es ihr gesagt hatte, in ein Hotel in der Innenstadt. Eine Stunde später rief Brad Rogers sie dort an.
»Deine Großmutter hat von Paris aus angerufen, Eve. Offensichtlich gibt es ein Problem zwischen euch beiden.«
»Eigentlich nicht.« Eve lachte. »Nur ein kleiner Familien –« Sie war drauf und dran, eine ausgefeilte Verteidigung zu erfinden, als ihr plötzlich die Gefahr, die aus dieser Richtung kam, bewußt wurde. Von nun an würde sie sehr vorsichtig sein müssen. Sie hatte niemals einen Gedanken an Geld verschwendet, es war immer dagewesen. Jetzt füllte es ihr ganzes Denken aus, und sie hatte keine Ahnung, wie hoch ihr monatlicher Scheck sein würde. Zum erstenmal in ihrem Leben hatte Eve Angst.
»Sie hat dir gesagt, daß sie ein neues Testament aufsetzen läßt?« fragte Brad.

»Ja, sie hat so etwas in der Richtung angedeutet.« Sie war entschlossen, gleichgültig zu erscheinen.
»Ich denke, daß wir das besser unter vier Augen besprechen. Paßt dir Montag um drei?«
»Das geht in Ordnung, Brad.«
»In meinem Büro, ja?«
»Einverstanden.«

Um fünf vor drei betrat Eve das Gebäude von Kruger-Brent. Respektvoll wurde sie von dem Wachmann, dem Liftboy und sogar vom Fahrstuhlführer begrüßt. *Jeder hier kennt mich,* dachte Eve. *Ich bin eben eine Blackwell.* Wenige Minuten später saß Eve in Brad Rogers' Büro.
Brad war sehr überrascht gewesen über Kates Telefonanruf und die Nachricht, daß sie Eve enterben wolle, denn er wußte, wie sehr ihr besonders diese Enkeltochter am Herzen lag und welche Pläne sie für sie hatte. Brad hatte nicht die leiseste Ahnung, was vorgefallen war. Aber wenn Kate mit ihm darüber sprechen wollte, würde sie es tun. Sein Job war es, ihre Anweisungen auszuführen. Einen Moment lang überkam ihn Mitleid mit der schönen, jungen Frau vor ihm. Kate war nicht viel älter gewesen, als er sie zum erstenmal getroffen hatte. Und er auch nicht. Und jetzt war er ein grauhaariger alter Esel, der immer noch hoffte, daß Kate Blackwell eines Tages merken würde, daß es jemanden gab, der sie innig liebte.
Er sagte zu Eve: »Ich habe einige Papiere hier, die du unterschreiben sollst. Wenn du sie noch einmal durchlesen würdest –«
»Das ist nicht nötig.«
»Eve, es ist aber wichtig, daß du das verstehst.« Er fing an, es ihr zu erklären. »Nach dem Testament deiner Großmutter bist du die Nutznießerin einer unwiderruflichen Stiftung von gegenwärtig mehr als fünf Millionen Dollar. Deine Großmutter hat darüber die Verfügungsgewalt und kann das Geld nach eigenem Gutdünken zu irgendeinem Zeitpunkt zwischen deinem einundzwanzigsten und fünfunddreißigsten Lebensjahr an dich auszahlen lassen.« Er räusperte sich. »Sie hat bestimmt, daß du es mit fünfunddreißig bekommen sollst.«
Das war ein Schlag ins Gesicht.
»Von heute an erhältst du eine wöchentliche Zuwendung von zweihundertfünfzig Dollar.«

Das durfte doch nicht wahr sein! Ein einziges anständiges Kleid kostete ja schon mehr. Damit wollte man sie nur demütigen. Dieser Scheißkerl ihr gegenüber war wahrscheinlich an dem Komplott beteiligt. Sie hätte am liebsten den großen bronzenen Briefbeschwerer genommen und ihm damit den Schädel eingeschlagen.
Brad leierte weiter. »Du darfst kein Kundenkonto, sei es privat oder sonstwie, unterhalten und den Namen Blackwell in keinem Geschäft angeben. Alles, was du kaufst, muß bar bezahlt werden.«
Der Alptraum wurde immer ärger.
»Weiter. Sollte es in Verbindung mit deinem Namen in irgendeiner Zeitung oder Zeitschrift im In- oder Ausland zu Klatschgeschichten kommen, wird die wöchentliche Zahlung an dich sofort eingestellt. Ist das klar?«
»Ja.« Ihre Stimme war nur noch ein Flüstern.
»Für dich und deine Schwester Alexandra wurden Lebensversicherungen für jeweils fünf Millionen Dollar auf den Namen eurer Großmutter abgeschlossen. Deine Police wurde heute morgen storniert. Wenn deine Großmutter nach einem Jahr mit deinem Benehmen zufrieden sein sollte«, fuhr Brad fort, »wird deine wöchentliche Zuwendung verdoppelt werden.« Er zögerte. »Es gibt noch eine letzte Bedingung.«
Sie will mich in aller Öffentlichkeit an den Haaren aufknüpfen. »Ja?«
Brad Rogers fühlte sich nicht wohl in seiner Haut. »Deine Großmutter wünscht nicht, dich jemals wiederzusehen, Eve.«
Aber ich will dich altes Weib noch einmal sehen. Ich möchte dich qualvoll sterben sehen.
Brads Stimme drang nur mühsam in Eves Bewußtsein vor. »Wenn du irgendwelche Probleme hast, ruf mich an. Sie wünscht nicht, daß du dieses Gebäude je wieder betrittst oder eines der Familienanwesen besuchst.«
Er hatte versucht, mit Kate darüber zu reden. »Mein Gott, Kate, sie ist deine Enkelin, dein Fleisch und Blut. Du behandelst sie wie eine Aussätzige.«
»Sie *ist* eine Aussätzige.«
Jetzt sagte Brad verlegen: »Nun, ich glaube, daß damit alles gesagt ist. Oder hast du noch Fragen, Eve?«
»Nein.« Sie war zutiefst schockiert.
»Wenn du dann noch diese Papiere unterschreiben würdest ...«

Zehn Minuten später war Eve wieder auf der Straße. In ihrer Tasche befand sich ein Scheck über zweihundertfünfzig Dollar.

Am nächsten Morgen rief Eve einen Makler an und begann, sich nach einem Apartment umzusehen. In ihrer Phantasie hatte sie sich ein wunderschönes Penthouse mit Blick auf den Central Park vorgestellt, Räume, ganz in Weiß gehalten, mit modernen Möbeln und einer Terrasse, auf der sie Gäste bewirten konnte. Die Realität holte sie mit einem wuchtigen Schlag ein. Was sie bekommen konnte, war eine Einzimmerwohnung in Little Italy mit einer Klappcouch, einer Ecke, die der Makler euphemistisch als »Bibliothek« bezeichnete, einer winzigen Küche und einem noch winzigeren Badezimmer mit fleckigen Kacheln.

Als sie am darauffolgenden Tag einzog, fühlte sie sich wie im Gefängnis. Ihr Ankleidezimmer zu Hause war so groß gewesen wie die ganze Wohnung hier. Sie dachte an Alexandra, die sich in dem riesigen Haus an der Fifth Avenue aalte. *Mein Gott, warum hat Alexandra nicht verbrennen können? Es hatte doch beinahe geklappt!* Dann hätte ihre Großmutter es nicht gewagt, sie zu enterben.

Aber wenn Kate Blackwell gedacht hatte, daß Eve ihre Erbschaft so leicht aufgeben würde, dann hatte sie sich in ihrer Enkeltochter getäuscht. Da schmorten 5 Millionen Dollar, die ihr, Eve, gehörten, auf einer Bank, und diese bösartige, alte Frau enthielt sie ihr vor. *Es muß einen Weg geben, an das Geld heranzukommen. Ich werde ihn schon finden.*

Die Lösung kam am folgenden Tag.

»Und was kann ich für Sie tun, Miß Blackwell?« fragte Alvin Seagram ehrerbietig. Er war Vizepräsident der National Union Bank und in der Tat bereit, fast alles zu tun. Welch gnädige Vorsehung hatte ihm diese junge Frau zugeführt? Wenn es ihm gelänge, das Kruger-Brent-Konto an sich zu ziehen – oder auch nur einen Teil davon –, würde er in Nullkommanichts Karriere machen.

»Ich habe da Geld in einer Stiftung«, erklärte Eve. »Fünf Millionen Dollar. Wegen der Trustbestimmungen bekomme ich sie erst, wenn ich fünfunddreißig bin.« Sie lächelte unschuldig. »Und bis dahin dauert es mir einfach zu lange.«

»In Ihrem Alter kann ich mir das gut vorstellen.« Der Bankier lächelte. »Sie sind – neunzehn?«
»Einundzwanzig.«
»Und sehr schön, wenn Sie mir die Bemerkung gestatten, Miß Blackwell.«
Eve lächelte bescheiden. »Danke, Mr. Seagram.« Es würde einfacher sein, als sie es sich gedacht hatte. *Der Kerl ist ein Idiot.*
Er fühlte, daß sie auf der gleichen Wellenlänge lagen. »Und womit können wir Ihnen genau dienen?«
»Nun, ich dachte, es wäre vielleicht möglich, einen Vorschuß auf das Geld zu bekommen. Wissen Sie, ich bin verlobt und will heiraten. Mein Verlobter arbeitet als Konstruktionsingenieur in Israel und wird erst in drei Jahren zurückkommen.«
Alvin Seagram war voller Mitgefühl. »Ich verstehe Sie sehr gut.« Sein Herz klopfte wild. *Selbstverständlich werde ich ihrem Wunsch entsprechen.* Und wenn er das Geschäft zu ihrer Zufriedenheit erledigt hätte, würde sie ihm andere Mitglieder der Blackwell-Familie schicken, und auch die würde er zufriedenstellend bedienen.
Und danach konnte nichts ihn mehr aufhalten. Er würde Mitglied im Aufsichtsrat der National Union Bank werden, vielleicht sogar einer der Vorsitzenden.
»Das ist überhaupt kein Problem«, versicherte Alvin Seagram. »Dabei handelt es sich um eine ganz einfache Transaktion. Sie werden Verständnis dafür haben, daß wir Ihnen nicht den ganzen Betrag leihen können, aber wir können Ihnen sicherlich, sagen wir einmal, eine Million sofort zur Verfügung stellen. Entspräche das Ihren Vorstellungen?«
»Ganz und gar«, sagte Eve, bemüht, ihr Hochgefühl nicht zu zeigen.
»Gut. Wenn Sie mir dann noch die genauen Daten über die Stiftung geben . . .« Er griff nach seinem Kugelschreiber.
»Wenden Sie sich an Brad Rogers bei Kruger-Brent. Er wird Ihnen die notwendigen Informationen geben.«
»Ich rufe ihn sofort an.«
Eve erhob sich. »Wie lange wird es dauern?«
»Höchstens ein, zwei Tage. Ich werde die Angelegenheit persönlich vorantreiben.«
Sie streckte eine liebliche, zarte Hand aus. »Sie sind sehr zuvorkommend.«

Zwei Tage später stattete Eve der Bank erneut einen Besuch ab und wurde in Alvin Seagrams Büro geführt. Seine ersten Worte waren: »Ich fürchte, ich kann Ihnen doch nicht helfen, Miß Blackwell.«

Eve traute ihren Ohren nicht. »Ich verstehe nicht, Sie haben doch gesagt, es sei ganz einfach. Sie sagten –«

»Es tut mir leid. Damals standen mir noch nicht alle Hintergrundinformationen zur Verfügung.«

Nur allzu gut erinnerte er sich an die Unterhaltung mit Brad Rogers. »Ja, es gibt einen Fünf-Millionen-Dollar-Trust auf Eve Blackwells Namen. Ihre Bank hat natürlich die Freiheit, jeden beliebigen Betrag auf die Gesamtsumme vorzuschießen. Ich glaube jedoch, daß es nur fair ist, Sie davon in Kenntnis zu setzen, daß Kate Blackwell dies als Brüskierung auffassen würde.« Brad Rogers brauchte nicht einmal die Konsequenzen aufzuzählen. Alvin Seagram wußte, daß Kruger-Brent überall einflußreiche Freunde hatte.

»Es tut mir leid«, versicherte er Eve noch einmal. »Ich kann nichts für Sie tun.«

Eve schaute ihn ratlos an. Aber sie würde diesen Mann nicht wissen lassen, was für einen Schlag er ihr versetzt hatte. »Vielen Dank für Ihre Bemühungen. Es gibt schließlich noch andere Banken in New York. Guten Tag.«

»Miß Blackwell«, sagte Alvin Seagram, »auf der ganzen Welt gibt es keine einzige Bank, die Ihnen auch nur einen Pfennig auf diese Stiftung vorschießen wird.«

Alexandra war verwirrt. In der Vergangenheit hatte ihre Großmutter ihr auf hundert Arten zu verstehen gegeben, daß sie Eve vorzog. Nun war über Nacht alles anders geworden. Sie wußte, daß etwas Schreckliches zwischen ihrer Großmutter und Eve vorgefallen sein mußte, hatte aber nicht die geringste Ahnung, was es sein könnte.

Und Kate sagte immer nur: »Es gibt nichts, worüber zu reden wäre. Eve geht ihren eigenen Weg.«

Auch aus Eve konnte Alexandra nichts herausbringen.

Kate Blackwell begann, einen großen Teil ihrer Zeit mit Alexandra zu verbringen. Und Alexandra war verblüfft. Es war, als ob Gran sie zum erstenmal wirklich wahrnähme. Alexandra hatte das komische Gefühl, daß sie taxiert wurde.

Kate sah ihre Enkeltochter tatsächlich zum erstenmal wirklich.

Sie verbrachte jede freie Minute mit Alexandra, prüfte, fragte, hörte zu und war schließlich zufrieden.
Es war nicht einfach, an Alexandra heranzukommen. Sie war introvertiert, zurückhaltender als Eve. Alexandra war von schneller Auffassungsgabe und lebhafter Intelligenz, und ihre Unschuld, verbunden mit ihrer Schönheit, machten sie nur noch liebenswerter. Sie hatte schon immer unzählige Einladungen zu Partys, Dinners und ins Theater erhalten, aber nun entschied Kate, welche sie ablehnen und welche sie annehmen sollte. Es genügte nicht, daß ein Verehrer akzeptabel war – bei weitem nicht. Kate suchte nach einem Mann, der Alexandra helfen würde, die Dynastie fortzuführen. Manchmal, in den einsamen Stunden des frühen Morgens, wenn Kate nicht schlafen konnte, dachte sie an Eve.

Eve ging es gut. Auf der ersten Party, zu der sie nach ihrem Umzug in das Apartment eingeladen worden war, gab sie sechs Männern – vier von ihnen verheiratet – ihre Telefonnummer, und innerhalb der nächsten vierundzwanzig Stunden hatten sich alle sechs bei ihr gemeldet. Von diesem Tag an wußte Eve, daß sie sich keine Sorgen um Geld machen mußte. Sie wurde mit Geschenken überhäuft: mit teurem Schmuck, Bildern und vor allem mit Bargeld.
»Ich habe gerade einen neuen Schrank bestellt und mein Scheck ist noch nicht angekommen. Würde es dir etwas ausmachen, Liebling?« Und es machte ihnen nie etwas aus.
Wenn Eve sich in der Öffentlichkeit sehen ließ, achtete sie darauf, von unverheirateten Männern begleitet zu werden. Die verheirateten empfing sie nachmittags in ihrer Wohnung. Eve ging sehr diskret vor. Sie achtete darauf, daß ihr Name nicht in den Klatschkolumnen erschien, nicht weil sie sich noch darum gesorgt hätte, daß die Schecks gestoppt werden könnten, sondern weil sie es sich in den Kopf gesetzt hatte, daß ihre Großmutter eines Tages auf den Knien zu ihr gerutscht kommen sollte. Kate Blackwell brauchte einen Erben für Kruger-Brent. *Alexandra taugt zu gar nichts, aus der kann nur eine dämliche Hausfrau werden,* dachte Eve hämisch.
Eines Nachmittags entdeckte Eve beim Durchblättern einer neuen Ausgabe von »Town and Country« ein Bild von Alexandra, die mit einem attraktiven Mann tanzte. Eve interessierte sich nicht für Alexandra, sondern für den Mann, und es ging ihr

auf, daß es eine Katastrophe für sie und ihre Pläne wäre, wenn ihre Schwester heiraten und einen Sohn gebären würde.
Im Verlaufe des Jahres hatte Alexandra regelmäßig bei Eve angerufen und eine Verabredung mit ihr treffen wollen, doch Eve hatte sie jedesmal mit Ausflüchten abgewimmelt. Jetzt aber war es an der Zeit, sich mit ihrer Schwester zu unterhalten, beschloß Eve. Sie lud Alexandra in ihr Apartment ein.
Alexandra hatte die Wohnung noch nicht gesehen, und Eve wappnete sich gegen ihr Mitleid. Doch alles, was ihre Schwester sagte, war: »Hübsch hast du es hier, Eve. Und sehr gemütlich.«
Eve lächelte. »Es ist genau das Richtige für mich. Ich wollte etwas, das *intim* ist.« Sie hatte genug Schmuck und Bilder ins Leihhaus getragen, um sich eine schöne Wohnung leisten zu können, aber Kate hätte davon erfahren und wissen wollen, wo das Geld herkäme. Im Augenblick lautete die Parole: Diskretion.
»Wie geht es Gran?« fragte Eve.
»Es geht ihr gut.« Alexandra zögerte. »Eve, ich weiß nicht, was zwischen euch beiden vorgefallen ist, aber du weißt – wenn ich dir irgendwie helfen kann, werde ich –«
Eve seufzte. »Sie hat dir nichts erzählt?«
»Nein. Sie will nicht darüber reden.«
»Das kann ich ihr nicht verdenken. Die Ärmste macht sich wahrscheinlich die größten Vorwürfe. Ich habe einen tollen jungen Arzt getroffen, wir wollten heiraten. Ich habe mit ihm geschlafen und Gran hat es herausgefunden. Sie befahl mir, das Haus zu verlassen, und sagte, daß sie mich nie wiedersehen wollte. Ich fürchte, unsere Großmutter ist ganz schön altmodisch, Alex.«
Sie beobachtete den bestürzten Gesichtsausdruck ihrer Schwester.
»Das ist ja furchtbar! Ihr müßt beide zu Gran gehen. Ich bin sicher, daß sie –«
»Er kam bei einem Flugzeugunglück ums Leben.«
»O Eve! Warum hast du mir nichts davon gesagt?«
»Ich habe mich zu sehr geschämt, sogar vor dir.« Sie drückte die Hand ihrer Schwester. »Und du weißt, daß ich dir sonst immer alles erzähle.«
»Laß mich mit Gran darüber sprechen. Ich werde ihr erklären –«
»Nein! Dazu bin ich zu stolz. Versprich mir, daß du nie mit ihr darüber sprechen wirst. Nie!«

»Aber ich bin sicher, daß sie –«
»Versprich es mir!«
Alexandra seufzte. »Okay!«
»Glaub mir, ich bin sehr glücklich hier. Ich kann tun und lassen, was ich will. Es ist wunderbar!«
Alexandra schaute ihre Schwester an und dachte daran, wie sehr sie Eve vermißt hatte.
Eve legte den Arm um Alexandra und begann, sie zu necken. »Soviel zu mir. Erzähl mir, was bei dir passiert ist. Ich wette, du hast schon deinen Prinzen getroffen.«
»Nein.«
Eve musterte ihre Schwester. Sie war ihr Ebenbild, und Eve war entschlossen, es zu zerstören. »Du wirst ihm bestimmt bald begegnen, Liebling.«
»Ich habe es nicht eilig. Ich habe mich entschlossen, mir mein Geld selbst zu verdienen, und habe mit Gran darüber gesprochen. Nächste Woche treffe ich den Direktor einer Werbeagentur und werde mit ihm über einen Job sprechen.«
Sie aßen in einem kleinen Bistro in der Nähe von Eves Apartment zu Mittag, und Eve bestand darauf zu bezahlen. Sie wollte sich nichts von ihrer Schwester schenken lassen.
Als sie sich voneinander verabschiedeten, sagte Alexandra: »Eve, wenn du Geld brauchst –«
»Sei nicht so dumm, Liebes. Ich habe mehr als genug.«
Alexandra gab nicht nach. »Trotzdem, wenn du mal einen Engpaß hast – du kannst alles haben, was ich besitze.«
Eve schaute Alexandra in die Augen und sagte: »Ich verlasse mich drauf.« Sie lächelte. Sie wollte sich nicht mit Krümeln abspeisen lassen, sie wollte den ganzen Kuchen. Die Frage war nur: wie drankommen?

In Nassau fand eine Wochenendparty statt.
»Es geht einfach nicht ohne dich, Eve. Alle deine Freunde werden kommen.«
Die Anruferin war Nita Ludwig, ein Mädchen, das Eve in der Schweizer Schule kennengelernt hatte.
Sie würde ein paar neue Männer kennenlernen. Was sie zur Zeit auf Lager hatte, war ihr sowieso schon langweilig geworden.
»Klingt gut«, sagte Eve. »Ich komme.«
Am gleichen Nachmittag versetzte sie ein Smaragdarmband, das sie eine Woche zuvor von einem vernarrten Versicherungs-

manager mit Frau und drei Kindern geschenkt bekommen hatte, kaufte bei Lord & Taylor eine neue Sommergarderobe und buchte schließlich Hin- und Rückflug nach Nassau. Am nächsten Morgen saß sie im Flugzeug.

Der Besitz der Ludwigs war ein großes, weitläufiges Haus am Strand. Eve wurde von einem adrett gekleideten Hausmädchen auf ihr Zimmer geleitet, die ihre Sachen auspackte, während Eve sich frischmachte. Danach ging sie hinunter, um die anderen Gäste zu begrüßen.

Im Wohnzimmer hatten sich sechzehn Leute zusammengefunden, und sie alle hatten eins gemeinsam: sie waren reich. Nita Ludwig war eine Anhängerin des Sprichworts »gleich und gleich gesellt sich gern«. Diese Menschen waren alle auf die gleichen guten Internate und Colleges gegangen, kannten dieselben luxuriösen Anwesen, Jachten und Privatflugzeuge, hatten die gleichen Probleme mit der Steuer. Ein Kolumnist hatte ihnen den Titel »Jet-set« verliehen, eine Bezeichnung, die sie in der Öffentlichkeit von sich wiesen, insgeheim aber genossen. Sie waren die Privilegierten, die Auserwählten, die ein umsichtiger Gott über die anderen erhoben hatte. Der Rest der Welt mochte ruhig glauben, daß man mit Geld nicht alles kaufen kann. Diese Leute wußten es besser. Mit Geld erkauften sie sich Schönheit und Liebe und Luxus und einen Platz im Himmel. Und von alldem war Eve durch die Laune einer engstirnigen alten Frau ausgeschlossen worden. *Aber nicht mehr lange,* schwor sie sich.

Sie betrat das Wohnzimmer, und die Unterhaltung stockte. In einem Raum voll schöner Frauen war sie die allerschönste. Eve gab sich charmant und umgänglich und musterte jeden Mann mit dem Blick einer Kennerin, suchte sich ihre Opfer sachkundig aus. Die meisten der älteren Männer waren verheiratet, doch das erleichterte die Sache nur.

Ein glatzköpfiger Mann in karierten Hosen und schreiend buntem Hemd näherte sich ihr. »Ich wette, daß es Ihnen zum Hals raushängt, wenn man Ihnen dauernd erzählt, wie schön Sie sind, Süße.«

Eve belohnte ihn mit einem warmen Lächeln. »Dessen werde ich niemals müde, Mr. –?«

»Peterson. Nennen Sie mich Dan. Sie sollten nach Hollywood gehen.«

»Ich fürchte, ich habe keinerlei schauspielerische Talente.«
»Aber ich wette, daß Sie jede Menge andere Talente haben.« Eve lächelte rätselhaft. »Wie kann man das wissen, wenn man es nicht ausprobiert hat, Dan?«
Er leckte sich die Lippen. »Sind Sie allein hier?«
»Ja.«
»Ich habe meine Jacht in der Bucht vor Anker liegen. Vielleicht können wir beide morgen einen kleinen Ausflug machen?«
»Das klingt gut«, sagte Eve.
Er grinste. »Ich verstehe nicht, warum wir uns nicht früher begegnet sind. Ich kenne Ihre Großmutter Kate seit Jahren.«
Eve lächelte immer noch, obwohl es ihr einige Anstrengung abverlangte. »Gran ist ein Schatz«, sagte Eve. »Ich glaube, wir gehen jetzt lieber wieder zu den anderen.«
»Klar, Süße.« Er zwinkerte. »Vergessen sie unsere Verabredung morgen nicht.«

Von da an gelang es ihm nicht mehr, Eve allein zu erwischen. Sie mied ihn beim Lunch, und nach dem Essen borgte sie sich eines der Autos, die für die Gäste in der Garage bereit standen, und fuhr in die Stadt. Sie hielt am Hafen an.
Die Bucht lag ruhig, und die See glitzerte wie Diamanten. Jenseits des Wassers erkannte Eve die Sichel von Paradise Island Beach. Ein Motorboot verließ gerade das Dock, und als es an Geschwindigkeit gewann, erhob sich plötzlich die Gestalt eines Mannes in die Luft und bewegte sich im Schlepptau des Bootes. Es war atemberaubend. Er schien an einer Metallstange zu hängen, die an einem blauen Segel befestigt war – sein langer, schlanker Körper streckte sich dem Wind entgegen. *Drachensegeln.* Eve sah fasziniert zu, wie sich das Motorboot brüllend dem Hafen näherte und die Gestalt in der Luft herangefegt wurde. Das Boot fuhr aufs Dock zu, machte eine scharfe Wendung, und einen Moment lang erhaschte Eve einen Blick auf das dunkle, schöne Gesicht des Mannes in der Luft, bevor er wieder aus ihrem Gesichtsfeld verschwand.

Fünf Stunden später spazierte er in Nita Ludwigs Wohnzimmer, und Eve kam es vor, als habe ihre Willenskraft ihn dorthin gezogen. Sie hatte gewußt, daß er wieder auftauchen würde. Von nahem betrachtet, war er noch schöner. Er maß an die zwei Meter, hatte ebenmäßige, gebräunte Gesichtszüge, schwarze Augen,

weiße, regelmäßige Zähne und einen schlanken, athletischen Körper. Er lächelte auf Eve herab, als Nita sie einander vorstellte.
»Dies ist George Mellis. Eve Blackwell.«
»Mein Gott, Sie gehören in den Louvre«, entfuhr es George Mellis. Seine Stimme war tief und rauchig, mit der Spur eines undefinierbaren Akzents.
»Komm schon, Liebling«, kommandierte Nita. »Ich stelle dich den anderen Gästen vor.«
Er winkte ab. »Gib dir keine Mühe. Ich habe schon alle getroffen, die ich kennenlernen will.«
Nita schaute die beiden nachdenklich an. »Ich verstehe. Nun, wenn ich noch etwas tun kann, ruf mich.«
Sie entfernte sich.
»Waren Sie nicht ein bißchen grob zu ihr?« fragte Eve.
Er grinste. »Ich bin nicht verantwortlich für das, was ich sage oder tue. Ich bin verliebt.«
Eve lachte.
»Bestimmt. Sie sind das schönste Wesen, dem ich je in meinem Leben begegnet bin.«
»Das gleiche habe ich eben über Sie gedacht.«
Eve war es gleichgültig, ob er Geld besaß oder nicht. Dieser Mann faszinierte sie. Kein Mann hatte sie je so beeindruckt.
»Wer sind Sie?« fragte Eve.
»Das hat Nita Ihnen schon gesagt: George Mellis.«
»Wer sind Sie?« wiederholte Eve.
»Ach so, Sie meinen das philosophisch. Mein Innerstes. Nichts Besonderes, fürchte ich. Ich bin Grieche. Meine Familie baut Oliven und so'n Kram an.«
Dieser Mellis also! Die Nahrungsmittel von Mellis konnte man an jeder Ecke in Amerika kaufen.
»Sind Sie verheiratet?« fragte Eve.
Er grinste. »Fragen Sie immer so direkt?«
»Nein.«
»Ich bin nicht verheiratet.«
Die Antwort befriedigte sie über alle Maßen.
»Warum waren Sie nicht zum Abendessen hier?«
»Die Wahrheit?«
»Ja.«
»Das ist aber sehr persönlich.«
Sie wartete.

»Ich war damit beschäftigt, eine junge Dame davon abzuhalten, Selbstmord zu begehen.«
Er sagte das mit solcher Selbstverständlichkeit, als käme so etwas häufiger vor.
»Ich hoffe, daß es Ihnen gelungen ist.«
»Für den Augenblick, ja. Ich hoffe, daß Sie nicht der Typ sind, der Selbstmord begeht.«
»Nein. Ich hoffe, Sie auch nicht.«
George Mellis lachte laut auf. »Ich liebe dich«, sagte er. »Ich liebe dich wirklich.« Er nahm Eves Arm, und seine Berührung ließ sie erschauern.

Er wich den ganzen Abend nicht von Eves Seite. Er hatte lange, feingliedrige Hände, und damit tat er dauernd irgend etwas für Eve: brachte ihr einen Drink, gab ihr Feuer, berührte sie verstohlen. Seine Nähe ließ ihren Körper entflammen, und sie konnte es nicht erwarten, mit ihm allein zu sein.
Kurz nach Mitternacht, als sich die Gäste langsam zur Ruhe begaben, fragte George Mellis: »Wo ist dein Zimmer?«
»Das letzte im Nordgang.«
Er nickte.

Eve entkleidete sich, nahm ein Bad und schlüpfte in ein schwarzes, durchsichtiges Negligé. Um ein Uhr morgens hörte sie es leise an der Tür klopfen. Sie öffnete eilends, und George Mellis trat ein.
Er stand vor ihr, und seine Augen waren voll Bewunderung. »*Matia mou,* neben dir sieht die Venus von Milo wie eine Vogelscheuche aus.«
»Ich hab' ihr aber etwas voraus«, flüsterte Eve. »Ich habe zwei Arme.«
Und diese beiden Arme legte sie nun um George Mellis und zog ihn an sich. Sein Kuß ließ etwas in ihr explodieren. Er drückte seine Lippen fest auf die ihren, und sie fühlte, wie er ihren Mund mit seiner Zunge erkundete.
»O mein Gott«, stöhnte Eve.
Er legte sein Jackett ab, und Eve half ihm dabei. In Sekundenschnelle stand er nackt vor ihr. Er besaß den schönsten Körper, den Eve je gesehen hatte.
»Schnell«, sagte Eve. »Lieb mich.« Sie legte sich aufs Bett, ihr Körper brannte.

»Dreh dich um«, befahl er. »Ich will deinen Arsch.«
Sie sah zu ihm auf. »Ich – ich mag nicht –«
Und er schlug sie auf den Mund. Schockiert starrte sie ihn an.
»Dreh dich um.«
»Nein.«
Er schlug sie wieder, diesmal härter, und das Zimmer fing an, vor ihren Augen zu verschwimmen.
»Bitte nicht.«
Er schlug sie erneut brutal. Sie fühlte, wie sie von seinen kräftigen Händen umgedreht wurde und wie er sie auf die Knie zwang.
»Um Himmels willen«, keuchte sie, »hör sofort auf, oder ich schreie.«
Er schlug ihr seinen Unterarm in den Nacken, und Eve verlor fast das Bewußtsein. Undeutlich fühlte sie, wie er ihre Hüften anhob. Es war ein plötzlicher, höllischer Schmerz, als er tief in sie eindrang. Sie öffnete ihren Mund, um zu schreien, aber aus lauter Angst, er könne ihr noch Schlimmeres antun, hielt sie sich zurück. »Oh, bitte, du tust mir weh . . .«, bettelte sie.
Sie versuchte, sich ihm zu entziehen, aber er hielt sie fest. Der Schmerz war unerträglich. »O Gott, nein!« flüsterte sie. »Hör auf! Bitte, hör auf!«
Er stieß wieder in sie hinein, tiefer und schneller, und das letzte, an das Eve sich erinnern konnte, war ein wildes Stöhnen, das tief aus seinem Inneren kam und in ihren Ohren zu explodieren schien.
Als sie das Bewußtsein wiedererlangte und ihre Augen aufschlug, saß George Mellis angezogen in einem Sessel und rauchte eine Zigarette. Er kam zum Bett hinüber und streichelte ihr über die Stirn. Ängstlich duckte sie sich unter seiner Berührung.
»Wie fühlst du dich, Liebling?«
Eve versuchte, sich aufzusetzen, aber es tat zu weh. »Du gottverdammtes Tier . . .« Ihre Stimme war nur noch ein krächzendes Flüstern.
Er lachte. »Ich bin doch ganz sanft mit dir umgegangen.«
Sie schaute ihn ungläubig an.
Er lächelte. »Manchmal bin ich wirklich etwas grob.« Er streichelte ihr Haar. »Aber ich liebe dich, und deswegen war ich nett zu dir. Du wirst dich daran gewöhnen. *Hree-se'e-moo.* Ich verspreche es dir.«

Hätte sie in diesem Moment eine Waffe gehabt, hätte sie ihn getötet. »Du bist verrückt.«
Sie sah den Glanz in seinen Augen und bemerkte, daß er eine Hand zur Faust geballt hatte. In diesem Augenblick wußte sie, was Todesangst war. Er war *wirklich* verrückt.
Schnell sagte sie: »Ich hab' das nicht so gemeint. Es ist nur, daß ich – ich habe so etwas noch nie erlebt. Bitte, ich möchte jetzt schlafen. Bitte.«
George Mellis starrte sie lange an und entspannte sich dann. Er ging zur Kommode hinüber, wo Eve ihren Schmuck abgelegt hatte, ein Armband aus Platin und eine wertvolle Diamantenkette. Er ergriff das Halsband, sah es prüfend an und ließ es in seine Tasche gleiten. »Ich behalte es als kleines Souvenir.«
Sie hatte zuviel Angst, um dagegen zu protestieren. »Gute Nacht, Liebling.« Und er kam noch einmal zum Bett zurück, beugte sich über sie und küßte sie zärtlich auf den Mund.
Sie wartete, bis er gegangen war, und kroch dann aus dem Bett. Ihr Körper brannte vor Schmerz. Sie wußte nicht, ob sie es bis zum Badezimmer schaffen würde, und fiel aufs Bett zurück, um darauf zu warten, daß der Schmerz nachließe. Er hatte sie wie ein Tier genommen. Sie fragte sich, was er dem anderen Mädchen, das Selbstmord hatte begehen wollen, wohl angetan hatte.
Als Eve sich schließlich zum Badezimmer schleppen konnte und dort in den Spiegel schaute, traute sie ihren Augen kaum. Ihr Gesicht war voller Flecken, und ein Auge war fast zugeschwollen. Sie ließ sich ein heißes Bad einlaufen, krabbelte wie ein verwundetes Tier in die Wanne, überließ es dem Wasser, ihre Schmerzen wegzuwaschen. Lange Zeit lag sie so, und als das Wasser schließlich kalt wurde, stieg sie aus der Wanne und tat ein paar zögernde Schritte. Der Schmerz hatte nachgelassen, war aber noch immer quälend. Den Rest der Nacht lag sie wach, voller Angst, er könne zurückkehren.

Als Eve am nächsten Morgen aufstand, sah sie, daß die Betttücher voll Blut waren. Sie würde es ihm heimzahlen. Mit vorsichtigen Schritten ging sie ins Badezimmer und ließ sich noch einmal ein heißes Bad einlaufen. Ihr Gesicht war noch mehr angeschwollen, und die Flecken hatten sich blau verfärbt. Sie tauchte einen Waschlappen in kaltes Wasser und legte ihn sich auf die Wangen und das Auge. Dann streckte sie sich in der

Wanne aus und dachte über George Mellis nach. Da war etwas Rätselhaftes an ihm gewesen, das nichts mit seinem Sadismus zu tun hatte. Und plötzlich wurde ihr klar, was es war. Das Halsband. Warum hatte er das Halsband mitgehen lassen?

Zwei Stunden später ging Eve hinunter. Sie mußte dringend mit Nita Ludwig sprechen.
»Mein Gott! Was ist mit deinem Gesicht?« fragte Nita.
Eve lächelte bekümmert. »Was ganz Dummes. Ich bin mitten in der Nacht aufgestanden, um zum Klo zu gehen, und habe dabei kein Licht angemacht. Und dabei bin ich gegen eine eurer tollen Türen gerannt.«
»Möchtest du, daß ein Arzt sich das ansieht?«
»Es ist nicht schlimm«, versicherte Eve ihr. »Nur ein paar blaue Flecken.« Sie schaute sich um. »Wo ist George Mellis?«
»Er ist draußen und spielt Tennis. Er ist ein Spitzenspieler. Er sagte, er würde dich beim Lunch treffen. Ich glaube, er mag dich wirklich, Liebes.«
»Erzähl mir ein bißchen was über ihn«, sagte Eve wie nebenbei. »Wo kommt er eigentlich her?«
»George? Er ist der älteste Sohn eines reichen Griechen und hat Geld wie Heu. Er arbeitet bei einem New Yorker Börsenmakler, Hanson and Hanson.«
»Er ist nicht im Familienunternehmen?«
»Nein. Wahrscheinlich mag er keine Oliven. Wie dem auch sei, bei dem Vermögen der Mellis braucht er nicht zu arbeiten. Ich denke, daß er es nur tut, um sich tagsüber ein bißchen zu beschäftigen.« Sie grinste und sagte: »Seine Nächte sind auf jeden Fall ausgebucht.«
»Wirklich?«
»Liebling, George Mellis ist der begehrteste Junggeselle weit und breit. Die Mädchen können es gar nicht erwarten, für ihn das Höschen runterzulassen. Die sehen sich alle schon in der Rolle der zukünftigen Mrs. Mellis. Und ehrlich gesagt, wenn mein Mann nicht so furchtbar eifersüchtig wäre, hätte ich George auch schon aufs Korn genommen. Ist er nicht unheimlich sexy?« »Unheimlich«, sagte Eve.

George Mellis betrat die Terrasse, auf der Eve allein saß, und obwohl sie sich dagegen wehrte, fühlte sie Angst in sich aufsteigen. Er kam auf sie zu und sagte mit ehrlicher Anteilnahme:

»Guten Morgen, Eve. Ist alles in Ordnung?« Sachte berührte er ihre geschwollene Wange. »Mein Liebling, du bist so schön.«
Es war, als ob die letzte Nacht wie ausgelöscht wäre. Sie hörte George Mellis zu, und wiederum fühlte sie die unwiderstehliche Anziehungskraft dieses Mannes. Sogar nach dem Alptraum, den sie mit ihm erlebt hatte, konnte sie es fühlen. Es war unglaublich. *Er sieht aus wie ein griechischer Gott. Er gehört in ein Museum. Er gehört in eine Irrenanstalt.*
»Ich muß heute abend nach New York zurück«, sagte George Mellis. »Wo kann ich dich erreichen?«
»Ich bin gerade umgezogen«, sagte Eve schnell. »Ich habe noch kein Telefon. Ich werde dich anrufen.«
»Gut, Liebling.« Er grinste. »Das hat dir wirklich gefallen letzte Nacht, nicht wahr?«
Eve traute ihren Ohren nicht.
»Ich kann dir noch viel beibringen, Eve«, flüsterte er.
Und ich werde dir etwas beibringen, Mr. Mellis, schwor Eve sich.

Sobald Eve nach Hause gekommen war, rief sie Dorothy Hollister an. In New York war sie die Hauptquelle für alle Informationen. Sie war selbst mit einem Angehörigen der oberen Gesellschaftsschicht verheiratet gewesen, und als dieser sich wegen seiner einundzwanzigjährigen Sekretärin von ihr scheiden ließ, war Dorothy gezwungen gewesen, sich einen Job zu suchen. Sie wurde Klatschkolumnistin. Da sie jeden aus dem Milieu, über das sie schrieb, kannte, und da jeder glaubte, daß man ihr trauen könne, blieb ihr kaum etwas verborgen.
Wenn irgend jemand Eve Auskunft über George Mellis geben konnte, dann war es Dorothy Hollister. Eve lud sie zum Essen ins La Pyramid ein. Dorothy war eine füllige Frau mit vollem Gesicht, rot gefärbten Haaren, lauter, verrauchter Stimme und dröhnendem Lachen. Sie war mit Schmuck – alles Talmi – überladen.
Sobald sie bestellt hatten, sagte Eve obenhin: »Ich war letzte Woche auf den Bahamas. Es war sehr schön da unten.«
»Ich weiß, daß Sie da waren«, sagte Dorothy Hollister. »Ich habe Nita Ludwigs Gästeliste. War es eine amüsante Party?«
Eve zuckte mit den Schultern. »Ich habe eine Menge alter Freunde getroffen. Und einen interessanten Mann namens« – sie hielt inne und runzelte die Stirn – »George irgendwas. Miller, glaube ich. Ein Grieche.«

Dorothy Hollister lachte laut auf. »Mellis, Liebes. George Mellis.«
»Ja, genau. George Mellis. Kennen Sie ihn?«
»Ich habe ihn mal gesehen und dachte, ich würde zur Salzsäule erstarren. Mein Gott, er sieht phantastisch aus.«
»Aus welchem Stall kommt er eigentlich?«
Dorothy Hollister schaute sich um und beugte sich dann vertraulich zu Eve hinüber. »Keiner weiß davon, aber Sie werden es für sich behalten, nicht wahr? George ist das schwarze Schaf seiner Familie. Die sind im Lebensmittelgroßhandel und stinken vor Geld, meine Liebe. George sollte das Geschäft übernehmen, aber da drüben hat er sich, soweit ich weiß, wegen kleiner Mädchen, Jungen und Ziegen soviel Scherereien gemacht, daß sein Vater und seine Brüder schließlich die Nase voll hatten und ihn abschoben.«
Eve hing an ihren Lippen.
»Sie haben ihn ohne eine einzige Drachme rausgeschmissen, deswegen muß er sich sein Brot jetzt selber verdienen.«
Das war also die Erklärung für das Halsband!
»Natürlich braucht er sich keine Sorgen zu machen. Eines Tages wird er reich heiraten.«
Sie sah zu Eve hinüber und fragte: »Sind Sie interessiert, Kindchen?«
»Nicht wirklich.«
Eve war mehr als interessiert. George Mellis könnte der Schlüssel sein, nach dem sie gesucht hatte. Der Schlüssel zu ihrem Vermögen.

Früh am nächsten Morgen rief sie ihn in der Maklerfirma an, in der er arbeitete. Er erkannte ihre Stimme sofort.
»Ich habe auf deinen Anruf gewartet, Eve. Laß uns zusammen essen gehen heute abend und –«
»Nein. Morgen mittag.«
Er war überrascht und zögerte. »Gut. Ich sollte eigentlich mit einem Kunden zu Mittag essen, aber ich werde ihn versetzen.«
Eve mochte kaum glauben, daß es ein Kunde und keine Kundin war. »Komm zu mir«, sagte sie. Sie gab ihm ihre Adresse. »Bis halb eins dann.«
»Ich komme.« Sie konnte die selbstgefällige Zufriedenheit aus seiner Stimme hören.

Er kam eine halbe Stunde zu spät, und Eve wußte, daß das zu seiner Masche gehörte. Es war keine absichtliche Unverschämtheit, sondern eine Gleichgültigkeit, das Wissen darum, daß man immer auf ihn warten würde. Bei seinem phantastischen Aussehen und seinem Charme lag ihm die Welt zu Füßen. Es gab nur eine Einschränkung: Er war arm. Und das war seine Achillesferse.

George sah sich in dem kleinen Apartment um und schätzte den Wert des Mobiliars sachkundig ein. »Sehr nett.«

Er kam mit ausgestreckten Armen auf Eve zu. »Ich habe die ganze Zeit an dich gedacht.«

Sie wich ihm aus. »Warte. Ich muß dir etwas sagen, George.«

Mit seinen schwarzen Augen sah er sie durchdringend an. »Wir können später reden.«

»Wir reden jetzt.« Sie sprach langsam und betont. »Wenn du mich noch einmal so behandelst, bringe ich dich um.«

Er sah sie an, und seine Lippen kräuselten sich zu einem vagen Lächeln. »Soll das ein Witz sein?«

»Das ist kein Witz. Ich meine es ernst. Ich will mit dir über Geschäfte reden.«

Auf seinem Gesicht malte sich Erstaunen. »Du hast mich bestellt, um über Geschäfte zu reden?«

»Ja. Ich weiß nicht, wieviel du damit verdienst, daß du einfältige alte Damen dazu bringst, Anteile und Aktien zu kaufen, aber ich bin sicher, daß es nicht genug ist.«

Sein Gesicht wurde dunkel vor Wut. »Bist du verrückt? Meine Familie –«

»Deine Familie ist reich – aber du nicht. Meine Familie ist reich – ich bin es nicht. Wir sitzen beide im gleichen Boot, Liebling, und das hat ein Leck. Und ich weiß, wie wir daraus eine Jacht machen können.« Sie stand da und beobachtete, wie in ihm die Neugier über die Wut siegte.

»Erzähl mir lieber, was du meinst.«

»Es ist ganz einfach. Mir steht ein sehr großes Vermögen zu, und ich bin enterbt worden. Aber meine Schwester Alexandra nicht.«

»Und was hat das mit mir zu tun?«

»Wenn du Alexandra heiratest, dann gehört dir das Vermögen – uns.«

»Tut mir leid. Ich könnte es nicht ertragen, an jemanden gebunden zu sein.«

»Was das betrifft«, versicherte Eve ihm, »gibt es überhaupt kein Problem. Meine Schwester hat nämlich schon immer zu Unfällen geneigt.«

27

Die Werbeagentur Berkley and Mathews war die Perle unter den Agenturen auf der Madison Avenue. Allein für Kruger-Brent waren bei Berkley and Mathews mehr als fünfundsiebzig Sachbearbeiter, Werbetexter, Fotografen, Graphiker und andere Künstler und Medienexperten tätig. Deswegen war es auch nicht überraschend, daß, als Kate Blackwell Aaron Berkley anrief und ihn fragte, ob er in seiner Agentur nicht eine Stelle für Alexandra finden könne, dieser Platz sofort zur Verfügung stand. Wenn Kate Blackwell es gewünscht hätte, hätte man ihre Enkeltochter wahrscheinlich zur Präsidentin der Agentur gemacht.

»Ich glaube, daß meine Enkelin gerne Texterin werden möchte«, informierte Kate Aaron Berkley.

Berkley versicherte ihr, daß zufällig gerade ein solcher Posten frei geworden sei und daß Alexandra anfangen könne, sobald sie es wünsche.

Am nächsten Montag trat sie ihre Arbeit an.

Um ein Gehalt einzusparen, hatten Aaron Berkley und sein Partner Norman Mathews beschlossen, daß Alexandra Blackwell den Platz der jungen Texterin einnehmen sollte, die vor sechs Monaten eingestellt worden war. Als die Belegschaft erfuhr, daß die junge Frau, die man gefeuert hatte, durch die Enkeltochter des größten Kunden der Agentur ersetzt werden sollte, herrschte allgemeine Empörung darüber. Ohne Alexandra auch nur gesehen zu haben, kam man einhellig zu der Meinung, daß sie ein verwöhntes Biest und geschickt worden sei, um hier herumzuspionieren.

Als Alexandra zur Arbeit kam, wurde sie in das riesige, moderne Büro Aaron Berkleys geleitet, wo Berkley und Mathews warteten, um sie zu begrüßen. Berkley war groß und dünn, mit dichtem, weißem Haar; Mathews war klein, dicklich und hatte eine Vollglatze. Sie galten als brillante Werbefachleute, die einige

der berühmtesten Werbeslogans der letzten zehn Jahre kreiert hatten; und sie waren beide absolute Tyrannen. Sie behandelten ihre Angestellten wie Leibeigene, und diese hielten es nur aus, weil sie genau wußten, daß jeder, der einmal bei Berkley and Mathews gearbeitet hatte, in jeder beliebigen Werbeagentur der Welt mit Handkuß genommen wurde.
Als Alexandra dort ankam, saß außerdem Lucas Pinkerton im Büro, einer der Vizepräsidenten der Firma, ein lächelnder Mann mit unterwürfigem Gebaren und kalten Augen. Pinkerton war jünger als die beiden Geschäftsführer, aber was ihm an Alter fehlte, machte er durch Rachsucht an den ihm unterstellten Männern und Frauen wett.
Aaron Berkley führte Alexandra zu einem bequemen Sessel. »Was kann ich Ihnen anbieten, Miß Blackwell? Möchten Sie Kaffee oder Tee?«
»Nichts, danke.«
»Soso, Sie werden hier bei uns als Texterin arbeiten.«
»Ich bin Ihnen sehr dankbar, daß Sie mir diese Chance bieten, Mr. Berkley. Ich weiß, daß ich eine Menge lernen muß, aber ich werde hart arbeiten.«
»Das brauchen Sie nicht«, sagte Norman Mathews schnell. Und korrigierte sich sofort: »Ich meine – ich will damit sagen, daß man einen Lernprozeß wie diesen nicht beschleunigen kann. Nehmen Sie sich soviel Zeit, wie Sie wollen.«
»Ich bin sicher, daß es Ihnen hier sehr gut gefallen wird«, fügte Aaron Berkley hinzu. »Sie werden mit den besten Leuten zusammenarbeiten.«

Eine Stunde später dachte Alexandra: *Die Besten mögen sie ja sein, aber die Freundlichsten sind sie auf keinen Fall.* Lucas Pinkerton hatte Alexandra herumgeführt und sie mit den Angestellten bekannt gemacht, und überall war der Empfang äußerst kühl gewesen. Alexandra fühlte die Ablehnung, hatte aber keine Ahnung, woran das liegen könnte.
Pinkerton führte sie in einen verräucherten Konferenzraum. An einer Wand stand eine Vitrine voller Auszeichnungen. Um den Tisch herum saßen eine Frau und zwei Männer, alles Kettenraucher. Die Frau war klein und untersetzt, mit rostroten Haaren; die Männer, etwa Mitte Dreißig, sahen blaß und gehetzt aus.
»Dies ist das Texterteam, mit dem Sie zusammenarbeiten wer-

den«, sagte Pinkerton. »Alice Koppel, Vince Barnes und Marty Bergheimer. Dies ist Miß Blackwell.«
Alle drei starrten Alexandra an.
»Nun, ich ziehe mich jetzt zurück, damit Sie miteinander Bekanntschaft schließen können.« Er wandte sich an Vince Barnes. »Ich erwarte, daß das Layout für das neue Parfum morgen früh auf meinem Tisch liegt. Sorgen Sie dafür, daß Miß Blackwell alles hat, was sie benötigt.« Und weg war er.
»Was benötigen Sie denn?« fragte Vince Barnes.
Die Frage kam für Alexandra unerwartet. »Ich – ich denke, daß ich eben die Werbebranche kennenlernen muß.«
Alice Koppel zwitscherte: »Dann sind Sie hier am richtigen Platz, Miß Blackwell. Wir können es gar nicht erwarten, Lehrer spielen zu dürfen.«
»Laß das«, erwiderte Marty Bergheimer.
Alexandra war verwirrt. »Habe ich irgend jemanden von Ihnen beleidigt?«
»Nein, Miß Blackwell«, antwortete Marty Bergheimer. »Aber wir stehen ganz schön unter Druck hier. Wir arbeiten an einer Parfumkampagne, und bisher sind Mr. Berkley und Mr. Mathews alles andere als angetan von dem, was wir vorgeschlagen haben.«
»Ich werde versuchen, nicht im Wege zu sein«, versprach Alexandra. »Das wäre süß von Ihnen«, sagte Alice Koppel.

Alexandra war eifrig bemüht, zu lernen und selbst etwas zur Arbeit beizusteuern. Sie nahm an Brainstormings teil, in denen die Texter Ideen en masse produzierten. Sie sah zu, wie Lucas Pinkerton den Text, der ihm zur Absegnung vorgelegt worden war, in der Luft zerriß. Pinkerton war gemein und bösartig, und Alexandra hatte Mitleid mit den Textern, die unter ihm zu leiden hatten. Sie ging von Stockwerk zu Stockwerk, beteiligte sich an Konferenzen mit den Abteilungsleitern, traf Kunden, besuchte Fototermine und Diskussionen über Werbefeldzüge. Sie hielt ihren Mund, hörte zu und lernte. Am Ende der ersten Woche fühlte sie sich, als habe sie schon einen ganzen Monat dort gearbeitet. Wenn sie nach Hause kam, war sie erschöpft, nicht so sehr von der Arbeit, sondern von der Feindseligkeit, mit der die Kollegen auf sie reagierten.
Wenn Kate fragte, wie die Arbeit lief, erwiderte Alexandra: »Gut, Gran. Es ist sehr interessant.«

»Ich bin sicher, daß du es schaffen wirst, Alex. Wenn du mit irgend etwas nicht klarkommst, brauchst du dich nur an Mr. Berkley oder Mr. Mathews zu wenden.«
Das war das letzte, was Alexandra zu tun gedachte.

Am nächsten Morgen ging Alexandra mit der festen Absicht zur Arbeit, einen Weg zur Lösung ihres Problems zu finden. Es gab jeden Tag morgens und nachmittags Kaffeepausen, in denen die Unterhaltung freundlich und zwanglos verlief.
Alexandra kam herein, und die Unterhaltung brach ab.
»Kann ich Ihnen einen Kaffee besorgen, Miß Blackwell?«
»Danke, das mache ich schon selber.«
Es herrschte Stille, während Alexandra eine Vierteldollarmünze in den Kaffeeautomaten warf. Sobald sie gegangen war, wurde die Unterhaltung wieder aufgenommen.

Mittags sagte Alexandra zu Alice Koppel: »Wenn Sie heute mittag noch nichts vorhaben, wäre ich gerne mit Ihnen zusammen zum Mittagessen –«
»Tut mir leid. Ich habe eine Verabredung.«
Alexandra sah zu Vince Barnes hinüber. »Ich auch«, sagte der.
Sie schaute Marty Bergheimer an. »Ich bin total ausgebucht.«
Alexandra war zu aufgebracht, um überhaupt essen zu können. Man gab ihr das Gefühl, ein Paria zu sein, und sie merkte, wie es sie langsam wütend machte. Sie hatte nicht die Absicht, klein beizugeben. Sie würde schon einen Weg finden, sie wissen zu lassen, daß sie im Grunde genommen, sah man von dem Namen Blackwell ab, eine von ihnen war.
Alexandra wartete drei Tage, bevor sie es wieder versuchte. Sie sagte zu Alice Koppel: »Ich habe gehört, daß es hier um die Ecke ein sehr gutes, kleines italienisches Restaurant gibt –«
»Ich esse nicht gern italienisch.«
Sie wandte sich an Vince Barnes. »Ich mache gerade eine Abmagerungskur.«
Alexandra sah Marty Bergheimer an. »Ich gehe heute chinesisch essen.«
Alexandra wurde rot. Man wollte nicht mit ihr zusammen gesehen werden. *Sollen sie doch zur Hölle fahren. Alle miteinander.* Sie hatte die Nase voll. Sie hatte sich fast überschlagen, hatte versucht, Freundschaften zu schließen, war aber jedesmal brüskiert worden. Es war ein Fehler gewesen, hier zu arbeiten. Sie würde

sich irgendwo anders eine Stelle suchen, bei einer Firma, mit der ihre Großmutter nichts zu tun hatte. Am Ende der Woche wollte sie ihnen den Kram hinschmeißen. *Aber ich werde dafür sorgen, daß ihr euch alle daran erinnert, daß ich hiergewesen bin,* dachte Alexandra grimmig.

Am Donnerstag um ein Uhr mittags waren alle außer der Empfangsdame zum Mittagessen gegangen. Alexandra blieb ebenfalls da. Sie hatte beobachtet, daß es in den Büros der Geschäftsleitung Sprechanlagen gab, die die einzelnen Abteilungen miteinander verbanden, jeder der Chefs, der mit einem seiner Untergebenen sprechen wollte, brauchte lediglich auf einen Knopf mit dessen Namen zu drücken. Alexandra stahl sich in die verlassenen Büros von Aaron Berkley, Norman Mathews und Lucas Pinkerton und verbrachte die nächste Stunde damit, sämtliche Namensschilder auszutauschen. So kam es, daß Lucas Pinkerton am frühen Nachmittag den Knopf betätigte, der ihn mit seinem Cheftexter verband, und sagte: »Heben Sie Ihren Arsch und kommen Sie her. Und zwar sofort!«
Es entstand ein kurzes, ungläubiges Schweigen, dann bellte Norman Mathews' Stimme durch die Anlage: »Was haben Sie da gesagt?«
Pinkerton starrte wie gelähmt auf den Apparat. »Mr. Mathews, sind Sie es?«
»Verdammt noch mal, ja, *Sie* Arschloch. Schleppen Sie *Ihren* Hintern sofort hier rüber. *Jetzt gleich!*«
Eine Minute später drückte einer der Texter den Knopf an seiner Anlage auf dem Schreibtisch und sagte: »Ich habe hier eine Vorlage, die Sie sofort runterbringen müssen.«
Aaron Berkleys Stimme dröhnte in seinen Ohren: »Sie haben *was?*«
Damit begann das Tohuwabohu. Es dauerte vier Stunden, bis die Mitarbeiter die Unordnung wieder ausgebügelt hatten. Jedesmal, wenn wieder etwas passierte, brüllten sie vor Lachen. Aaron Berkley, Norman Mathews und Lucas Pinkerton stellten den ganzen Laden auf den Kopf, um herauszufinden, wer der Missetäter war, aber niemand wußte etwas.
Die einzige, die Alexandra beim Gang in die verschiedenen Büros gesehen hatte, war Fran, die Frau am Empfang, aber die haßte ihre Chefs mehr, als sie Alexandra haßte, und sagte nur: »Ich habe keine Menschenseele gesehen.«

Als Fran in der gleichen Nacht mit Vince Barnes im Bett lag, erzählte sie ihm, was passiert war.
Er setzte sich auf. »Die kleine *Blackwell* hat das getan? Das hätt' ich ums Verrecken nicht geglaubt!«
Als Alexandra am nächsten Morgen in ihr Büro kam, warteten dort Vince Barnes, Alice Koppel und Marty Bergheimer auf sie und starrten sie schweigend an. »Stimmt was nicht?« fragte Alexandra.
»Doch, alles okay, Alex«, sagte Alice Koppel. »Die Jungs und ich überlegten nur gerade, ob Sie heute vielleicht mit uns zu Mittag essen wollen. Es gibt da in der Nähe 'ne prima italienische Kneipe . . .«

28

Schon in ihrer frühen Kindheit hatte Eve Blackwell herausgefunden, daß sie die Fähigkeit besaß, andere Menschen zu manipulieren. Bisher war es immer ein Spiel gewesen, jetzt aber wurde es tödlicher Ernst. Man hatte sie schäbig behandelt, ihr ein Vermögen vorenthalten, das ihr rechtmäßig zustand, und schuld daran waren ihre ränkeschmiedende Schwester und ihre rachsüchtige alte Großmutter. Sie würden für das, was sie ihr angetan hatten, büßen müssen.
Eve arbeitete ihren Plan sorgfältig und genauestens aus, wägte jeden Schachzug ab. Am Anfang war George Mellis nur ein widerwilliger Mitverschwörer gewesen.
»Jesus Maria, das ist zu gefährlich. Ich habe es nicht nötig, mich auf so etwas einzulassen«, wandte er ein. »Ich kann auch so an alles Geld herankommen, das ich brauche.«
»Wie?« fragte Eve verächtlich. »Indem du eine Menge fetter Weiber mit blau gefärbten Haaren bumst? Willst du so den Rest deines Lebens verbringen? Und was passiert, wenn du ein bißchen zunimmst und ein paar Falten um die Augen kriegst? Nein, George, so eine Chance kriegst du nie wieder. Wenn du auf mich hörst, können wir uns einen der größten Konzerne dieser Welt unter den Nagel reißen. Verstehst du mich? Wir können ihn *besitzen*.«
»Und woher willst du wissen, daß der Plan funktioniert?«
»Weil ich der einzige Mensch bin, der meine Großmutter und

meine Schwester von A bis Z kennt. Glaub mir, es wird klappen.«

Eve klang zuversichtlich, aber sie hatte Zweifel an George Mellis. Er war labil, und für Fehler gab es keinen Spielraum. Ein Fehler, und der ganze Plan würde in sich zusammenfallen.

Jetzt sagte sie zu ihm: »Entschließ dich. Steigst du nun ein oder nicht?«

Er musterte sie eine Weile lang. »Ich steige ein.« Er näherte sich ihr und streichelte ihre Schultern. Seine Stimme war heiser. »Ich will voll und ganz einsteigen.«

Eve fühlte, wie Erregung sie überflutete. »In Ordnung«, flüsterte sie, »aber wir machen es auf meine Art.«

Sie lagen im Bett. Nackt war es das prachtvollste Tier, das Eve je gesehen hatte. Und das gefährlichste, aber das steigerte ihre Erregung nur noch. Jetzt konnte sie ihn nach ihrer Pfeife tanzen lassen. Sie liebkoste seinen Körper, bewegte sich mit kleinen, neckenden Bissen zu seinen Lenden hinunter.

»Dreh dich um«, sagte George.

»Nein. Auf meine Art.«

»Das macht mir aber keinen Spaß.«

»Ich weiß. Dir wär's lieber, ich wäre ein kleiner Junge, nicht wahr, mein Liebling? Bin ich aber nicht. Ich bin eine Frau. Komm rauf auf mich.«

Sie begann, ihr Becken zu bewegen, drückte sich gegen ihn, fühlte, wie er tiefer und tiefer in sie eindrang. Sie hatte einen Orgasmus nach dem anderen und beobachtete, wie er immer frustrierter wurde.

Er wollte ihr weh tun, sie zu schmerzgepeinigten Schreien bringen, traute sich aber nicht.

»Noch einmal!« kommandierte Eve. Und sie stöhnte vor Lust laut auf. »Ahh-h-h ... genug jetzt.«

Er zog sich zurück und legte sich neben sie. Er griff nach ihren Brüsten. »Jetzt bin ich an der –«

»Zieh dich an«, sagte sie kurz.

Zitternd vor Frust und Wut, erhob er sich vom Bett. Eve lag da und beobachtete mit einem verkniffenen Lächeln auf den Lippen, wie er sich anzog. »Du warst ein braver kleiner Junge, George. Langsam wird es Zeit, daß du deine Belohnung kriegst. Ich werde dir meine Schwester Alexandra überlassen.«

Über Nacht hatte sich für Alexandra alles geändert. Was ursprünglich ihr letzter Tag bei Berkley and Mathews hätte sein sollen, war zum Triumph für sie geworden. Die Geschichte von ihrem Schabernack verbreitete sich über die ganze Madison Avenue.

»Sie sind schon zu Lebzeiten berühmt«, grinste Vince Barnes.

Jetzt war sie eine von ihnen.

Alexandra hatte Spaß an ihrer Arbeit. Sie wußte, daß es keine Arbeit war, die sie für den Rest ihres Lebens tun wollte, aber schließlich wußte sie überhaupt nicht, was sie eigentlich wollte. Sie hatte mindestens ein Dutzend Heiratsanträge bekommen, und ein oder zwei hatten sie auch gereizt, aber jedesmal hatte da etwas gefehlt. Sie hatte ganz einfach noch nicht den richtigen Mann getroffen.

Am Freitagmorgen rief Eve an, um Alexandra zum Mittagessen einzuladen. »Es gibt da ein neues französisches Restaurant. Das Essen soll himmlisch sein.«

Alexandra war hocherfreut, von ihrer Schwester zu hören. Sie machte sich Sorgen um Eve. Alexandra rief sie zwei- oder dreimal die Woche an, aber Eve war entweder nicht da oder hatte zuviel zu tun, um sich mit ihr zu treffen. Also sagte sie jetzt, obwohl sie eigentlich eine Verabredung hatte: »Ich würde sehr gerne mit dir zu Mittag essen.«

Das Restaurant war chic und teuer, und an der Bar drängten sich die Kunden, die auf einen Platz warteten. Eve hatte den Namen ihrer Großmutter ins Spiel bringen müssen, um einen Tisch zu bekommen. Es verbitterte sie und sie dachte: *Wartet nur ab. Eines Tages werdet ihr darum betteln, daß ich in eurem blöden Restaurant esse.*

Eve hatte schon Platz genommen, als Alexandra eintraf. Sie beobachtete, wie der Oberkellner Alexandra zu ihrem Tisch führte, und hatte dabei das komische Gefühl, sie käme selbst auf den Tisch zu.

Eve begrüßte ihre Schwester mit einem Kuß auf die Wange. »Du siehst ganz phantastisch aus, Alex. Die Arbeit scheint dir gut zu bekommen. Wie klappt es mit deiner Arbeit?« fragte Eve.

Alexandra erzählte Eve alles, was passiert war, und Eve gab ihrer Zwillingsschwester einen sorgfältig gereinigten Bericht von sich. Mitten in der Unterhaltung schaute Eve auf. George Mellis stand vor ihnen. Er sah sie beide an und war für einen Moment verwirrt.

Mein Gott, wurde Eve sich bewußt, *er weiß nicht, welche von beiden ich bin!*

»George«, sagte sie.

Erleichtert wandte er sich ihr zu. »Eve!«

»Was für eine angenehme Überraschung«, sagte Eve und deutete auf Alexandra. »Ich glaube nicht, daß du meine Schwester schon kennst. Alex, darf ich dir George Mellis vorstellen.«

George nahm Alexandras Hand und sagte: »Sehr erfreut.«

Alexandra starrte George fasziniert an.

»Willst du dich nicht zu uns setzen?« fragte Eve.

»Gerne, aber ich habe leider eine Verabredung und bin schon zu spät dran. Ein andermal vielleicht.« Er sah Alexandra an. »Und hoffentlich bald.«

Sie sahen ihm nach, als er hinausging. »Meine Güte!« entfuhr es Alexandra. »Wer war *das* denn?«

»Oh, ein Freund von Nita Ludwig. Ich habe ihn auf ihrer Hausparty kennengelernt.«

»Spinn ich oder ist er wirklich so überwältigend?«

Eve lachte. »Er ist nicht mein Typ, aber andere Frauen scheinen auf ihn zu fliegen.«

»Das kann ich mir denken. Ist er verheiratet?«

»Nein. Aber nicht, weil sie nicht alle nach ihm angeln würden, Liebling. George ist sehr reich. Man könnte sagen, daß er alles hat: blendendes Aussehen, Geld, gute Familie.« Und Eve wechselte geschickt das Thema.

Als sie um die Rechnung bat, teilte der Zahlkellner ihr mit, daß George Mellis schon bezahlt habe.

Alexandra mußte immerzu an George Mellis denken.

Montag nachmittag rief Eve bei ihr an und sagte: »Nun, es sieht ganz so aus, als hättest du eine Eroberung gemacht, Liebes. George Mellis hat mich gerade angerufen und mich nach deiner Telefonnummer gefragt. Willst du, daß ich sie ihm gebe?«

Alexandra ertappte sich dabei, daß sie lächelte. »Wenn du meinst, daß *du* nicht an ihm interessiert bist –«

»Ich habe dir doch schon gesagt, Alex, daß er nicht mein Typ ist.«

»Dann habe ich auch nichts dagegen, daß du ihm meine Nummer gibst.«

Sie schwatzten noch ein paar Minuten lang, und dann legte Eve den Hörer auf die Gabel und sah George an, der nackt neben ihr auf dem Bett lag. »Die Lady hat ja gesagt.«
»Und wann?«
»Wenn ich es dir sage.«

Alexandra versuchte zu vergessen, daß George Mellis sie anrufen wollte, doch je mehr sie versuchte, nicht an ihn zu denken, desto häufiger dachte sie an ihn. Sie hatte sich nie sonderlich für gutaussehende Männer interessiert, weil diese ihrer Erfahrung nach zu ichbezogen waren. Aber George Mellis, dachte Alexandra, schien anders zu sein. Die flüchtige Berührung seiner Hand hatte etwas in ihr in Bewegung gebracht. *Du bist verrückt,* sagte sie zu sich selbst, *du hast den Mann doch nur zwei Minuten lang gesehen.*
Die ganze Woche über rief er nicht an, und Alexandras Gefühle wandelten sich von Ungeduld in Frustration und Zorn.
Als gegen Ende der folgenden Woche das Telefon klingelte und Alexandra seine tiefe, heisere Stimme vernahm, verflog ihr Ärger wie Rauch. »Hier spricht George Mellis«, sagte er. »Wir sind uns kurz begegnet, als Sie mit Ihrer Schwester zu Mittag aßen. Eve meinte, daß Sie nichts dagegen hätten, wenn ich Sie einmal anrufe.«
»Sie hat mir gegenüber erwähnt, daß Sie vielleicht anrufen würden«, sagte Alexandra gleichgültig. »Übrigens, vielen Dank für den Lunch.«
»Sie haben ein Festmahl verdient. Ein Monument.«
Alexandra lachte, freute sich über seine Extravaganz.
»Würden Sie vielleicht mal abends mit mir zum Essen gehen?«
»Wieso – ich – ja. Das wäre schön.«
»Wunderbar. Wenn Sie nein gesagt hätten, hätte ich mich umgebracht.«
»Bitte nicht«, sagte Alexandra, »ich esse nicht gerne allein.«
»Ich auch nicht. Ich kenne da ein kleines Restaurant in der Mulberry Street: Matoon. Ziemlich obskur, aber das Essen ist –«
»*Matoon!* Ich liebe es!« rief Alexandra aus. »Es ist mein Lieblingsrestaurant.«
»Sie kennen es?« Seine Stimme klang überrascht.
»O ja.«
George sah zu Eve hinüber und grinste. Er mußte ihren Einfalls-

reichtum bewundern. Sie hatte ihm von Alexandras Vorlieben und Abneigungen erzählt.
Als George schließlich den Hörer auflegte, dachte Eve: *Es geht los.*

Es wurde der bezauberndste Abend in Alexandras Leben. Eine Stunde, bevor George Mellis sie abholen wollte, wurden ein Dutzend Rosa Luftballons mit einer Orchidee daran für sie abgegeben. Alexandra hatte schon befürchtet, daß ihre Einbildung ihr zuviel vorgegaukelt hätte, aber im selben Moment, in dem sie George Mellis sah, waren alle Zweifel wie weggefegt. Sie nahmen einen Drink im Hause und fuhren dann ins Restaurant.
»Möchten Sie die Speisekarte sehen?« fragte George. »Oder darf ich für Sie mitbestellen?«
Alexandra hatte ihre Lieblingsgerichte in diesem Restaurant, wollte George aber gefallen und sagte deswegen: »Warum bestellen Sie nicht?«
Er wählte jede einzelne ihrer Lieblingsspeisen, und sie hatte das berauschende Gefühl, er könne ihre Gedanken lesen.
»Kochen Sie selbst?« fragte Alexandra.
»O ja, das Kochen ist eine Passion für mich. Meine Mutter hat es mir beigebracht. Sie war eine ausgezeichnete Köchin.«
»Stehen Sie Ihrer Familie sehr nahe, George?«
Er lächelte, und Alexandra hatte das Gefühl, es sei das attraktivste Lächeln, dem sie je begegnet sei.
»Ich bin Grieche«, sagte er einfach. »Ich bin der älteste von drei Brüdern und zwei Schwestern, und wir sind ein Herz und eine Seele.« Ein trauriger Blick huschte über sein Gesicht. »Sie zu verlassen, war das Schwierigste, was ich je getan habe. Mein Vater und meine Brüder haben mich angefleht, doch zu bleiben. Wir haben nämlich ein großes Geschäft, und sie meinten, daß sie meine Hilfe benötigten.«
»Warum sind Sie dann nicht bei ihnen geblieben?«
»Wahrscheinlich wird es Ihnen sehr dumm vorkommen, aber ich muß meinen eigenen Weg gehen. Ich hatte schon immer Schwierigkeiten, Geschenke anzunehmen, egal, von wem, und das Geschäft ist ein Geschenk, das von meinem Großvater auf meinen Vater kam. Nein, ich will nichts von meinem Vater annehmen. Meine Brüder sollen meinen Anteil behalten.«
Wie Alexandra ihn bewunderte!

»Und außerdem«, sagte George sanft, »wenn ich in Griechenland geblieben wäre, hätte ich Sie niemals getroffen.«
Alexandra fühlte, wie sie errötete. »Sie haben nie geheiratet?«
»Nein. Früher habe ich mich einmal pro Tag verlobt«, neckte er, »aber im letzten Moment hatte ich immer das Gefühl, daß irgend etwas daran nicht stimmt.« Er beugte sich vor, und seine Stimme klang ernst. »Schöne Alexandra, vielleicht halten Sie mich jetzt für altmodisch, aber wenn ich einmal heirate, dann soll es für immer sein. Eine Frau reicht für mich, aber es muß die richtige sein.«
»Das ist sehr schön«, murmelte sie.
»Und Sie?« fragte George Mellis. »Waren Sie schon einmal verliebt?«
»Nein.«
»Das haben manche Leute sicher sehr bedauert«, sagte er, »aber wie gut für –«
In diesem Augenblick erschien der Ober mit dem Nachtisch. Alexandra hätte George zu gern gebeten, den Satz zu Ende zu führen, traute sich aber nicht.
Alexandra hatte sich noch nie mit jemandem so unbeschwert gefühlt. George Mellis schien sich ernsthaft für sie zu interessieren, und sie ertappte sich dabei, wie sie ihm über ihre Kindheit erzählte, von ihrem Leben und all den Erfahrungen, die sie für sich behalten und gehütet hatte.
George Mellis wußte, daß schöne Frauen normalerweise die unsichersten waren, weil die Männer auf diese Schönheit flogen und den Frauen das Gefühl mitteilten, Objekte und keine menschlichen Wesen zu sein. Wenn George mit einer schönen Frau zusammen war, erwähnte er niemals ihr Aussehen. Er ließ die Frau spüren, daß er sich für ihr Innerstes, für ihre Gefühle interessierte. Es war eine völlig neue Erfahrung für Alexandra. Sie erzählte George von Kate und von Eve.
»Ihre Schwester lebt nicht mit Ihnen und Ihrer Großmutter zusammen?«
»Nein. Sie – Eve wollte ihre eigene Wohnung haben.«
Alexandra konnte sich nicht vorstellen, warum George Mellis sich nicht zu ihrer Schwester hingezogen fühlte. Was auch immer der Grund sein mochte, Alexandra war dankbar dafür. Während des Essens merkte sie, daß George jeder Frau im Restaurant aufgefallen war, aber er wandte den Blick nicht ein einziges Mal von ihr.

Beim Kaffee sagte George: »Ich weiß nicht, ob Sie Jazz mögen, aber es gibt da einen Club am St. Marks Place, den Five Spot . . .«
»Wo Cecil Taylor spielt?«
Er sah Alexandra erstaunt an. »Sie sind schon dort gewesen?«
»Oft!« Alexandra lachte. »Ich mag den Club sehr. Es ist kaum zu glauben, wir haben ja in allem den gleichen Geschmack.«
»Es ist wie ein Wunder«, erwiderte George ruhig.
Sie lauschten dem faszinierenden Klavierspiel von Cecil Taylor. Danach gingen sie in eine Bar in der Bleecker Street. Alexandra sah zu, wie George sich mit einem der Stammgäste auf ein Spielchen mit Wurfpfeilen einließ. Der Mann war gut, hatte aber keine Chance. George agierte mit wilder, fast furchterregender Entschlossenheit. Es war nur ein Spiel, aber er benahm sich, als ginge es um Leben und Tod. *Er ist ein Mann, der immer gewinnen muß,* dachte Alexandra.
Es war zwei Uhr morgens, als sie die Bar verließen, und Alexandra konnte sich nicht damit anfreunden, daß der Abend nun zu Ende sein sollte. George saß neben ihr in dem Rolls-Royce mit Chauffeur, den er für diesen Abend gemietet hatte. Er sagte nichts. Er sah sie nur an. Die Ähnlichkeit zwischen den beiden Schwestern war unglaublich. *Ich möchte gerne wissen, ob ihre Körper gleich sind.* Er stellte sich Alexandra im Bett vor, wie sie sich unter ihm winden und vor Schmerz schreien würde.
»Woran denkst du?« fragte Alexandra.
Er schaute weg, so daß sie nicht in seine Augen sehen konnte. »Sie werden mich bestimmt auslachen.«
»Tu ich nicht. Ich verspreche es Ihnen.«
»Ich könnte es Ihnen nicht einmal übelnehmen, wenn Sie es täten. Ich denke, daß man mich wohl für so 'ne Art Playboy hält, Bootspartien, Feten und alles, was dazu gehört.«
»Ja . . .« Er fixierte sie mit seinen dunklen Augen. »Ich denke, daß Sie die Frau sind, die das alles ändern könnte. Für immer.«
Alexandra fühlte, wie ihr Herz schneller schlug. »Ich – ich weiß nicht, was ich sagen soll.«
»Bitte, sag nichts.« Seine Lippen näherten sich den ihren, und Alexandra wartete. Aber er rührte sich nicht. *Mach keine Annäherungsversuche,* hatte Eve ihn gewarnt. *Nicht am ersten Abend. Wenn du es doch tust, wirst du einer in einer langen Reihe von Romeos, die sich danach verzehren, an sie und ihr Vermögen heranzukommen. Sie muß den ersten Schritt machen.*

Und so hielt George Mellis lediglich Alexandras Hand in seiner, während das Auto dahinglitt und schließlich vor der Blackwellschen Villa anhielt. George begleitete Alexandra zur Eingangstür. Sie drehte sich um und sagte: »Ich kann Ihnen gar nicht sagen, wie sehr ich diesen Abend genossen habe.«
»Es war auch für mich ganz wunderbar.«
Alexandra strahlte. »Gute Nacht«, flüsterte sie und verschwand im Inneren des Hauses.

Eine Viertelstunde später klingelte das Telefon bei Alexandra. »Weißt du, was ich gerade getan habe? Ich habe meine Familie angerufen und ihnen von der wundervollen Frau erzählt, mit der ich den heutigen Abend verbracht habe. Schlaf gut, süße Alexandra.«
Als er aufgehängt hatte, dachte George Mellis: *Sobald ich verheiratet bin, werde ich meine Familie anrufen. Und dann sag ich ihnen, daß sie mich alle am Arsch lecken können.*

29

Alexandra hörte nichts von George Mellis, nicht am nächsten oder übernächsten Tag, die ganze Woche nicht. Immer, wenn das Telefon klingelte, rannte sie zum Apparat, wurde aber jedesmal enttäuscht. Immer wieder vergegenwärtigte sie sich den Abend: *Ich denke, daß Sie die Frau sind, die das alles ändern könnte. Für immer.* Und: *Ich habe meine Mutter, meinen Vater und meine Brüder angerufen und ihnen von der wundervollen Frau erzählt, mit der ich den heutigen Abend verbracht habe.* Alexandra reimte sich eine ganze Liste von Begründungen zusammen, warum er sie nicht wieder angerufen hatte.
Als sie es nicht länger aushalten konnte, rief sie Eve an. Sie zwang sich, eine ganze Minute lang über dies und jenes zu sprechen, bis sie schließlich herausplatzte: »Eve, du hast nicht zufällig kürzlich von George Mellis gehört, oder?«
»Wieso, nein. Ich dachte, er wollte dich zum Essen einladen.«
»Wir sind auch zusammen weggewesen – vorige Woche.«
»Und seitdem hast du nichts wieder von ihm gehört?«
»Nein.«
»Er hat wahrscheinlich viel zu tun.«

Niemand kann so viel zu tun haben, dachte Alexandra. Und laut sagte sie: »Wahrscheinlich.«
»Vergiß George Mellis, Liebling. Es gibt da einen sehr attraktiven Kanadier, den ich dir vorstellen möchte. Ihm gehört eine Fluggesellschaft und . . .«
Als Eve aufgelegt hatte, lehnte sie sich zurück und lächelte. Sie wünschte, sie könnte ihre Großmutter wissen lassen, wie prächtig sie alles eingefädelt hatte.

»He, was frißt dich denn auf?« fragte Alice Koppel.
»Es tut mir leid«, antwortete Alexandra.
Den ganzen Vormittag über hatte sie jeden angeschnauzt. Schon seit zwei Wochen hatte sie nichts von George Mellis gehört, und Alexandra war wütend – nicht so sehr auf ihn, sondern auf sich selbst, weil sie ihn nicht vergessen konnte. Er war ihr gegenüber zu nichts verpflichtet. Sie waren Fremde, die einen Abend zusammen verbracht hatten, und sie benahm sich, als hätte er ihr die Ehe versprochen.
Sogar ihrer Großmutter war aufgefallen, wie reizbar sie geworden war. »Was ist los mit dir, mein Kind? Nehmen sie dich in der Agentur zu hart ran?«
»Nein, Gran. Es ist nur, daß ich – ich schlafe in letzter Zeit nicht sehr gut.« Wenn sie überhaupt schlief, hatte sie erotische Träume von George Mellis. *Zum Teufel soll er sich scheren!* Sie wünschte, Eve hätte ihn ihr nie vorgestellt.

Als sie am nächsten Nachmittag in ihrem Büro saß, kam der Anruf. »Alex? George Mellis.« Als wenn sie seine tiefe Stimme nicht die ganze Zeit über in ihren Träumen gehört hätte!
»Alex? Bist du es?«
»Ja, ich bin's.« Sie wußte nicht, ob sie lachen oder weinen sollte. Er war ein gedankenloser, selbstsüchtiger Egoist, und es war ihr egal, ob sie ihn jemals wiedersah.
»Ich wollte dich schon früher anrufen«, entschuldigte sich George, »aber ich bin erst vor zwei Minuten aus Athen zurückgekommen.«
Alexandras Herz schmolz dahin. »Du warst in Athen?«
»Ja. Erinnerst du dich an den Abend, als wir zusammen essen waren?« Alexandra erinnerte sich nur zu gut.
»Am nächsten Morgen rief Steve, mein Bruder, mich an – mein Vater hatte einen Herzinfarkt.«

»O George!« Sie hatte solche Schuldgefühle, weil sie schlecht über ihn gedacht hatte. »Wie geht es ihm?«
»Er wird, Gott sei Dank, wieder gesund werden. Aber ich hatte das Gefühl, in Stücke gerissen zu werden. Er hat mich gebeten, nach Griechenland zurückzukommen und das Familienunternehmen zu leiten.«
»Und, wirst du es tun?« Sie hielt den Atem an.
»Nein.«
Sie atmete aus.
»Ich weiß jetzt, daß mein Platz hier ist. Es ist kein Tag, keine einzige Stunde verstrichen, ohne daß ich nicht an dich gedacht hätte. Wann kann ich dich sehen?«
Sofort! »Ich habe noch nichts vor heute abend.«
Die Versuchung war groß, ein anderes von Alexandras Lieblingsrestaurants vorzuschlagen. Statt dessen aber sagte er: »Wunderbar. Wo möchtest du essen gehen?«
»Irgendwo. Es ist mir egal. Möchtest du bei uns zu Hause essen?«
»Nein.« Er war noch nicht bereit dazu, Kate zu treffen. *Was immer du tust, mach vorerst einen Bogen um Kate Blackwell. Sie ist das größte Hindernis für dich.* »Ich hole dich um acht Uhr ab«, sagte George zu Alexandra.
Alexandra legte auf, fiel Alice Koppel, Vince Barnes und Marty Bergheimer um den Hals und sagte: »Ich gehe jetzt zum Friseur. Bis morgen dann.«

Sie aßen im Maxwell's Plum. Der Empfangschef geleitete sie an der überfüllten Hufeisenbar in der Nähe der Eingangstür vorbei und die Treppe hinauf in den Speiseraum. Sie gaben ihre Bestellung auf.
»Hast du mich auch nicht vergessen?« fragte George.
»Nein.« Sie hatte das Gefühl, diesem Mann gegenüber völlig ehrlich sein zu müssen – er war so offen und verletzlich. »Als ich nichts von dir hörte, dachte ich, daß dir etwas Schreckliches zugestoßen sein müßte. Ich – ich geriet richtig in Panik.
Ich glaube nicht, daß ich es noch einen Tag länger hätte aushalten können.«
Eins zu null für Eve, dachte George. *Wart es ab,* hatte sie ihm gesagt. *Ich sag dir Bescheid, wenn du sie anrufen kannst.* Zum erstenmal hatte George wirklich das Gefühl, daß der Plan gelingen würde. Bisher war es nur ein Spiel gewesen, das er und Eve gespielt hat-

ten. Als er aber nun Alexandra ansah, die ihm gegenüber saß und in deren Augen unverhohlene Bewunderung lag, wußte George Mellis plötzlich, daß es nun Ernst war. Alexandra gehörte ihm. Damit war der erste Schritt getan. Die weiteren Schritte könnten gefährlich werden, aber mit Eves Hilfe würde er es schaffen.

Wir stecken alle beide bis zum Hals in der Sache, George, und wir werden alles miteinander teilen.

George Mellis hielt nichts von Kompagnons. Wenn er alles hatte, was er wollte, wenn er erst einmal Alexandra losgeworden wäre, dann würde er sich um Eve kümmern. Der Gedanke daran erfüllte ihn mit unbändiger Freude.

»Du lächelst«, sagte Alexanda.

Er legte seine Hand auf ihre, und seine Berührung wärmte sie. »Ich dachte gerade, wie schön es ist, daß wir zusammen hier sind. Wie schön es ist – egal, wo –, mit dir zusammen zu sein.«

Er faßte in seine Tasche und zog eine Schmuckschachtel heraus. »Ich habe dir etwas aus Griechenland mitgebracht.«

»Oh, George . . .«

»Mach es auf, Alex.«

In dem Kästchen lag ein wunderschönes Diamantenkollier.

»Es ist sehr schön.«

Es war die Halskette, die er Eve abgenommen hatte. *Du kannst sie ihr ruhig geben,* hatte Eve ihm gesagt, *sie hat sie noch nie gesehen.*

»Das ist wirklich zu wertvoll.«

»Es ist nicht annähernd wertvoll genug. Ich würde mich freuen, es an dir zu sehen.«

»Ich –« Alexandra zitterte. »Danke.«

Er sah auf ihren Teller. »Du hast überhaupt nichts gegessen.«

»Ich habe keinen Hunger.«

Er sah wieder den Blick in ihren Augen und verspürte das altbekannte Gefühl von Macht in sich.

»Was möchtest du jetzt machen?« Seine heisere Stimme war eine einzige Einladung.

Und sie akzeptierte, einfach und offen. »Ich möchte bei dir sein.«

George Mellis hatte allen Grund, auf sein Apartment stolz zu sein. Dankbare Liebhaber und Geliebte hatten es ihm eingerichtet, um mit teuren Geschenken seine Zuneigung zu erkaufen. Vorübergehend war es ihnen stets gelungen.

»Was für eine schöne Wohnung«, rief Alexandra aus.
Er kam zu ihr hinüber und drehte sie langsam zu sich herum, so daß das Diamanthalsband im gedämpften Licht des Raumes funkelte. »Es steht dir gut, Liebling.«
Und er küßte sie zärtlich, dann drängender, und Alexandra merkte es kaum, als er sie ins Schlafzimmer führte. Der Raum war in Blautönen gehalten und mit geschmackvollem, maskulinem Mobiliar ausgestattet. In der Mitte des Raumes stand ein großes Doppelbett. George nahm Alexandra wieder in die Arme und bemerkte, daß sie zitterte. *»Ist alles in Ordnung, kale'mou?«*
»Ich – ich bin ein bißchen nervös.« Sie hatte panische Angst, diesen Mann zu enttäuschen. Sie holte tief Luft und begann, ihr Kleid aufzuknöpfen.
»Laß mich es machen«, flüsterte George. Und er erinnerte sich an Eves Worte: *Beherrsch dich. Wenn du Alexandra verletzt, wenn sie herausfindet, was für ein Schwein du wirklich bist, wirst du sie nie wiedersehen. Hast du kapiert? Spar dir deine Fäuste für deine Huren und deine niedlichen kleinen Jungs auf.*
Also zog George Alexandra liebevoll aus und betrachtete ihren nackten Körper. Sie hatte die gleiche Figur wie Eve: schön, reif und voll. Er verspürte ein unwiderstehliches Verlangen, diese weiße, sanfte Haut zu verletzen; sie zu schlagen, zu würgen, zum Schreien zu bringen. *Wenn du sie verletzt, wirst du sie nie wiedersehen.*
Er entledigte sich seiner Kleidung und zog Alexandra an sich. Sie standen da, sahen einander in die Augen, und dann führte George Alexandra behutsam zum Bett und begann sie zu küssen, langsam und liebevoll. Seine Zunge und seine Hände erkundeten jede Stelle ihres Körpers, bis sie es nicht einen Moment länger mehr aushalten konnte.
»Oh, bitte«, sagte sie. »Jetzt, jetzt.«
Er legte sich auf sie, und sie wurde in eine Ekstase gerissen, die fast unerträglich war. Als Alexandra schließlich ruhig in seinen Armen lag und seufzte: »Oh, mein Liebster, ich hoffe, es war für dich genauso schön wie für mich«, log er und erwiderte: »Ja, das war es.« Sie hielt ihn fest und weinte, und wußte nicht, warum sie weinte, wußte nur, daß sie dankbar für dieses Glück und diese Freude war.
»Na, na«, sagte George beruhigend. »Es ist doch alles in bester Ordnung.«
Und das war es wirklich. Eve wäre so stolz auf ihn gewesen.

In jeder Liebesbeziehung gibt es Mißverständnisse, Eifersüchteleien, kleine Verletzungen – nicht so in der Romanze zwischen George und Alexandra. Unter Eves sorgfältiger Anleitung gelang es George, geschickt auf jedes Gefühl von Alexandra einzugehen. Er war immer da, immer bereit, ihr genau das zu geben, was sie brauchte. Er wußte, was sie zum Lachen und zum Weinen brachte. Seine Art und Weise, sie zu lieben, erregte Alexandra; für ihn hingegen war es frustrierend. Er wäre am liebsten grausam zu ihr gewesen, wollte sie um Gnade flehen hören, um seine eigene Befriedigung zu bekommen. Aber er wußte auch, daß er so alles zerstören würde. Seine Frustration wuchs. Je öfter sie sich liebten, um so mehr verachtete er Alexandra.

Spätnachts strich George durch anonyme Singlebars und Schwulendiskos, nahm einsame Witwen mit, die für eine Nacht Trost suchten, homosexuelle Knaben, die nach Liebe dürsteten, Prostituierte, die auf sein Geld scharf waren. George nahm sie mit in schäbige Hotels in der West Side, der Bowery und in Greenwich Village. Er ging nie ein zweites Mal in das gleiche Hotel, außerdem wäre er wohl kaum willkommen gewesen. Seine Sexualpartner wurden oft bewußtlos mit zerschlagenen Körpern aufgefunden, die manchmal Brandwunden von Zigaretten aufwiesen. George vermied den Umgang mit Masochisten, da diese die Schmerzen, die er ihnen zufügte, genossen, und das wiederum nahm ihm sein Vergnügen. Nein, er mußte sie schreien und um Gnade winseln hören, so wie sein Vater ihn hatte schreien und um Gnade flehen lassen, als er noch ein kleiner Junge war. Als George acht Jahre alt war und sein Vater ihn zusammen mit einem Nachbarsjungen nackt ertappt hatte, schlug der Vater seinen Sohn so lange, bis ihm das Blut aus Nase und Ohren lief; und um sich zu vergewissern, daß sein Sohn nicht wieder sündigte, drückte sein Vater ihm die brennende Zigarre auf den Penis.

George Mellis hatte das wilde, leidenschaftliche Naturell seiner hellenischen Vorfahren. Die Vorstellung, von jemandem beherrscht zu werden, war ihm unerträglich. Er ertrug Eve Blackwells höhnische Demütigungen nur, weil er Eve brauchte. Sobald er das Blackwellsche Vermögen in der Tasche hatte, wollte er sie so bestrafen, daß sie ihn anflehen würde, sie zu töten. Daß er Eve begegnet war, war das glücklichste Ereignis seines Lebens. *Glück für mich,* sinnierte George, *Pech für sie.*

Alexandra begeisterte sich immer aufs neue daran, daß George es fertigbrachte, ihr die richtigen Blumen zu schicken, die richtigen Schallplatten zu kaufen, die Bücher, die ihr gefielen. Wenn er sie mit ins Museum nahm, gefielen ihm dieselben Gemälde wie ihr. Sie suchte nach einem einzigen Fehler an George Mellis, konnte aber keinen finden. Er war einfach vollkommen. Sie konnte kaum erwarten, daß er mit Kate zusammentraf. Aber George fand immer eine Entschuldigung, um Kate Blackwell aus dem Weg zu gehen.
»Wieso, Liebling? Du wirst sie mögen. Außerdem will ich mit dir angeben.«
»Ich bin sicher, daß sie eine wundervolle Frau ist«, sagte George jungenhaft. »Ich habe nur fürchterliche Angst, daß sie denkt, ich sei nicht gut genug für dich.«
»Das ist lächerlich!« Seine Bescheidenheit rührte sie. »Gran wird dich anbeten.«
»Bald«, sagte er zu Alexandra. »Sobald ich all meinen Mut zusammennehmen kann.«

Eines Abends besprach er die Angelegenheit mit Eve.
Sie dachte darüber nach. »In Ordnung. Früher oder später mußt du es sowieso hinter dich bringen. Aber du mußt jeden Augenblick auf der Hut sein. Sie ist eine Hexe, aber eine kluge Hexe. Unterschätz sie nicht eine Sekunde lang. Sobald sie auch nur den geringsten Verdacht hegt, wird sie dir dein Herz aus dem Leib schneiden und es ihren Hunden zum Fraß vorwerfen.«

Alexandra war noch nie so nervös gewesen. Sie würden zum erstenmal zusammen essen, George, Kate und sie, und Alexandra betete darum, daß nichts schieflaufen würde.
Kate hatte ihre Enkeltochter noch nie so glücklich gesehen. Und sie hatte sich vorgenommen, sich diesen Mann, der ihre Enkelin betört hatte, genau anzuschauen. Sie hatte jahrelange Erfahrung mit Mitgiftjägern und beabsichtigte nicht zuzulassen, daß Alexandra von einem solchen hereingelegt würde.
Sie freute sich sehr darauf, Mr. George Mellis zu sehen. Sie hatte das Gefühl, daß er ihr aus dem Weg gegangen war, und fragte sich, warum wohl.
Kate hörte die Türglocke, und eine Minute später führte Alexandra einen großgewachsenen, klassisch schönen Fremden an der Hand ins Wohnzimmer.

»Gran, das ist George Mellis.«
»Endlich«, sagte Kate. »Ich dachte schon, Sie gingen mir aus dem Weg, Mr. Mellis.«
»Im Gegenteil, Mrs. Blackwell, Sie können sich gar nicht vorstellen, wie sehr ich mich auf diesen Moment gefreut habe.« Beinahe hätte er noch hinzugefügt: »Sie sind noch viel schöner, als Alex mir erzählt hat.« Aber er bremste sich.
Sei vorsichtig. Keine Schmeicheleien, George. Das wirkt wie ein rotes Tuch auf die alte Dame.
Ein Butler kam herein, schenkte Drinks ein und zog sich diskret wieder zurück.
»Bitte, setzen Sie sich, Mr. Mellis.«
»Danke.«
Alexandra saß neben ihm auf der Couch, ihrer Großmutter gegenüber.
»Ich habe gehört, daß Sie ziemlich oft mit meiner Enkeltochter zusammen waren.«
»Ja, ich hatte das Vergnügen.«
Kate musterte ihn mit ihren blaßgrauen Augen. »Alexandra sagte mir, daß Sie bei einem Börsenmakler angestellt sind.«
»Ja.«
»Offen gesagt, ich finde es merkwürdig, Mr. Mellis, daß Sie sich dafür entschieden haben, als bezahlter Angestellter zu arbeiten, wenn Sie doch ein sehr profitables Familienunternehmen führen könnten.«
»Gran, ich habe dir doch schon erklärt, daß –«
»Das möchte ich gerne von Mr. Mellis selber hören, Alexandra.«
Sei höflich, aber krieche um Himmels willen nicht vor ihr zu Kreuze. Wenn du auch nur das kleinste Anzeichen von Schwäche zeigst, zerpflückt sie dich.
»Mrs. Blackwell, es ist nicht meine Art, über mein Privatleben zu sprechen«, er zögerte, als müsse er einen Entschluß fassen. »Unter diesen Umständen jedoch, denke ich . . .« Er sah Kate Blackwell in die Augen und sagte: »Ich bin ein sehr freiheitsliebender Mensch. Ich mag keine Almosen. Wenn ich Mellis and Company gegründet hätte, würde ich die Firma auch heute leiten. Aber sie wurde von meinem Großvater gegründet und von meinem Vater zu einem sehr profitablen Unternehmen ausgebaut. Die Firma braucht mich nicht. Ich habe drei Brüder, die bestens in der Lage sind, die Firma zu leiten. Ich ziehe es vor, ein bezahl-

ter Angestellter zu sein, wie Sie es nennen, bis ich etwas gefunden habe, was ich selbst aufbauen und worauf ich stolz sein kann.«
Kate nickte bedächtig. Dieser Mann widersprach ihren Erwartungen völlig. Sie hatte sich auf einen Playboy gefaßt gemacht, einen Mitgiftjäger. Dieser Mann hier schien aus anderem Holz zu sein. Und doch, da war etwas Störendes an ihm, das Kate nicht definieren konnte. Er schien fast *zu* vollkommen.
»Ich habe gehört, daß Ihre Familie reich ist.«
Alles, was du sie glauben machen mußt, ist, daß du stinkreich und bis über beide Ohren in Alexandra verliebt bist. Sei charmant. Bezähme dein Temperament, und du hast es geschafft.
»Geld ist natürlich wichtig, Mrs. Blackwell, aber es gibt hundert andere Dinge, die mich mehr interessieren.«
Kate hatte die Höhe des Eigenkapitals von Mellis and Company in Erfahrung gebracht.
Nach dem Bericht von Dun & Bradstreet betrug es mehr als dreißig Millionen Dollar.
»Stehen Sie Ihrer Familie sehr nahe, Mr. Mellis?«
Georges Gesicht erhellte sich. »Vielleicht zu nahe.« Er gestattete sich ein Lächeln. »Wir haben eine Redensart in unserer Familie, Mrs. Blackwell. Wenn einer von uns sich in den Finger schneidet, dann bluten die anderen. Wir stehen ständig miteinander in Verbindung.« Seit mehr als drei Jahren hatte er mit keinem seiner Familienangehörigen auch nur ein Wort gewechselt.
Kate nickte zustimmend. »Ich halte viel von engen Familienbanden.«
Sie blickte auf ihre Enkeltochter und bemerkte den bewundernden Blick auf Alexandras Gesicht. Einen kurzen Moment lang fühlte Kate sich an sich selbst und David erinnert, an die in weiter Vergangenheit liegenden Tage, als sie beide so verliebt gewesen waren.

Während des Essens entspannte sich die Unterhaltung, aber Kates Fragen kamen immer noch gezielt. George war auf die wichtigste gut vorbereitet.
»Mögen Sie Kinder, Mr. Mellis?«
Sie lechzt geradezu nach einem Urenkel . . . Das wünscht sie sich mehr als alles auf der Welt.
George wandte sich überrascht an Kate. »Ob ich Kinder mag? Was ist ein Mann schon ohne Söhne und Töchter? Ich fürchte,

daß meine Frau sehr beschäftigt sein wird, wenn ich einmal heirate. In Griechenland mißt man den Wert eines Mannes an der Zahl der Kinder, die er gezeugt hat.«
Er scheint echt zu sein, dachte Kate. *Aber man kann nie vorsichtig genug sein. Morgen werde ich Brad Rogers bitten herauszubringen, wie es um seine persönlichen Finanzen steht.*

Bevor Alexandra ins Bett ging, rief sie Eve an, um ihr alles zu erzählen. »Ich glaube, daß Gran ihn ganz gerne mag.«
Wohlige Schauer durchrieselten Eve. »Was hat sie denn gesagt?«
»Sie fragte ihn hundert persönliche Dinge, aber er hat sich sehr gut geschlagen.«
»Aha! Werdet ihr beiden Turteltäubchen heiraten?«
»Ich – er hat mich noch nicht gefragt, Eve, aber ich glaube, er wird es noch tun.«
Sie konnte das Glück aus Alexandras Stimme hören. »Und Gran wird einverstanden sein?«
»Oh, ich glaube schon. Sie will Georges persönliche Finanzlage auskundschaften lassen, aber das ist natürlich kein Problem.«
Eve spürte, wie ihr Herzschlag aussetzte.
Alexandra sagte gerade: »Du weißt ja, wie vorsichtig Gran immer ist.«
»Ja«, sagte Eve langsam. »Ich weiß.«
Sie waren am Ende. Wenn ihr nicht ganz schnell noch etwas einfiel.
»Halt mich auf dem laufenden«, sagte Eve.
»Mach ich. Gute Nacht.«
Sobald Eve das Gespräch beendet hatte, wählte sie George Mellis' Nummer. Er war noch nicht zu Hause. Sie versuchte es alle zehn Minuten wieder, und als er sich schließlich meldete, sagte Eve: »Kannst du dir umgehend eine Million Dollar besorgen?«
»Was, zum Teufel, soll das denn heißen?«
»Kate läßt deine Finanzen überprüfen.«
»Sie weiß, was meine Familie wert ist. Sie –«
»Ich rede nicht von deiner Familie. Ich rede von dir. Ich habe dir doch gesagt, daß sie nicht auf den Kopf gefallen ist.«
Beide schwiegen. »Wo soll ich denn eine Million Dollar hernehmen?«
»Ich habe eine Idee«, sagte Eve zu ihm.

Als Kate am nächsten Morgen ins Büro kam, sagte sie zu ihrem Assistenten: »Bitten Sie Brad Rogers, eine persönliche Prüfung von George Mellis' Finanzen durchzuführen. Er arbeitet bei Hanson and Hanson.«

»Mr. Rogers ist bis morgen verreist, Mrs. Blackwell. Hat es solange Zeit oder –«

»Morgen reicht.«

Am Zipfel von Manhattan saß George Mellis an seinem Schreibtisch bei der Maklerfirma Hanson and Hanson in der Wall Street.Er saß wie zur Salzsäule erstarrt, von Panik ergriffen. Was er jetzt vorhatte, würde ihn, wenn es schieflief, ins Gefängnis bringen. Wenn es gelänge, würde ihm die Welt gehören.

»Nehmen Sie nicht ab?«

Einer der Chefs stand plötzlich vor ihm, und George bemerkte, daß das Telefon wohl schon eine ganze Zeit geklingelt hatte – wie lange? Er mußte sich normal verhalten, um keinen Verdacht zu erregen. Er griff nach dem Hörer, »George Mellis«, und lächelte den Chef beschwichtigend an.

George verbrachte den Vormittag damit, Anweisungen für Verkäufe und Käufe entgegenzunehmen, aber seine Gedanken wanderten immer wieder zu Eves Plan, eine Million Dollar zu stehlen. *Es ist ganz einfach, George. Du brauchst nur ein paar Aktienzertifikate über Nacht auszuborgen. Das ist alles. Am nächsten Morgen kannst du sie wieder zurückbringen, und keiner wird etwas merken.*

Jede Börsenmaklerfirma hält einen Vorrat von mehreren Millionen Dollar in Aktien und Obligationen in ihren Safes für ihre Kunden bereit. Manche Aktienzertifikate sind auf den Namen der Besitzer ausgestellt, der weitaus größte Teil jedoch besteht aus formlosen Aktien mit einer kodierten CUSIP-Nummer – Committee on Uniform Security Identification Procedures –, anhand derer man die Besitzer identifizieren kann. Die Aktienzertifikate sind nicht bankfähig, aber George Mellis hatte auch nicht die Absicht, sie in Bargeld einzulösen. Er hatte etwas anderes im Sinn. Bei Hanson and Hanson wurden die Aktien in einem riesigen Tresorraum im siebten Stock aufbewahrt, in einer Sicherheitszone, die von einem bewaffneten Polizisten bewacht wurde, und dessen Tür man nur mit einer kodierten Zutrittskarte öffnen konnte. George Mellis besaß keine solche Karte, kannte aber jemanden, der eine besaß. Helen Thatcher war eine einsame Witwe in den Vierzigern. Sie hatte ein nettes Gesicht und eine einigermaßen gute Figur, und sie war eine ausgezeichnete Köchin. Sie war dreiundzwanzig Jahre lang verheiratet gewesen, und der Tod ihres Mannes hatte eine Lücke in ihrem Leben hinterlassen. Sie brauchte einen Mann, der sich um sie kümmerte.

Sie arbeitete in der Buchhaltung ein Stockwerk höher als George Mellis. Seit Helen George zum erstenmal gesehen hatte, war sie überzeugt davon, daß er einen perfekten Ehemann für sie abgeben würde. Mehrmals hatte sie ihn zu sich nach Hause zu Selbstgekochtem, wie sie es nannte, eingeladen, und darauf angespielt, daß er mehr als nur ein Abendessen erwarten könne, aber George hatte jedesmal eine Ausrede gefunden. An diesem Morgen, als das Telefon klingelte und sie sich mit »Buchhaltung, Mrs. Thatcher« meldete, war George Mellis am anderen Ende der Leitung. »Helen? George hier.« Seine Stimme war warm, und ihr Klang erregte sie. »Was kann ich für Sie tun, George?«

»Ich habe eine kleine Überraschung für Sie. Können Sie in mein Büro runterkommen?«

»Jetzt gleich?«

»Ja.«

»Ich fürchte, daß ich gerade mitten in –«

»Oh, wenn Sie zuviel zu tun haben, macht es auch nichts. Es hat Zeit.«

»Nein, nein. Ich – ich komme sofort.«

Das Telefon auf Georges Schreibtisch klingelte schon wieder. Aber er nahm nicht ab. Er griff sich einen kleinen Stoß Papiere und ging an den Aufzügen vorbei zur Hintertreppe. Als er ein Stockwerk höher angekommen war, sah er sich um, vergewisserte sich, daß Helen ihr Büro verlassen hatte, dann schlenderte er durch die Tür, als hätte er dort etwas zu erledigen. Er öffnete die mittlere Schublade, wo Helen, wie er wußte, die Plastikkarte zum Tresor aufbewahrte. Da lag sie. Er nahm die Karte, ließ sie in seine Tasche gleiten, verließ das Büro und eilte die Treppe hinunter. Als er an seinem Schreibtisch ankam, war Helen schon da und sah sich nach ihm um.

»Tut mir leid«, sagte George. »Ich wurde für einen Moment hinausgerufen.«

»Oh, das macht nichts. Erzählen Sie mir lieber von der Überraschung.«

»Nun, ein Vögelchen hat mir erzählt, daß Sie heute Geburtstag haben«, sagte George. »Und ich möchte Sie zum Mittagessen einladen.«

Er beobachtete ihren Gesichtsausdruck. Sie war hin- und hergerissen, wollte ihm einerseits die Wahrheit sagen und sich andrerseits die Verabredung nicht entgehen lassen.

»Das – das ist sehr nett von Ihnen«, sagte sie. »Ich würde gerne mit Ihnen essen.«

»Gut«, sagte er. »Wir treffen uns bei Tony um eins.« Diese Verabredung hätte er auch telefonisch treffen können, aber Helen Thatcher war viel zu aufgeregt, um darauf zu kommen.

Sobald sie gegangen war, machte George sich an die Arbeit. Er hatte noch viel zu erledigen, bevor er die Plastikkarte zurücklegen konnte. Er nahm den Aufzug zum siebten Stock und ging zur Sicherheitszone hinüber, wo der Wachmann vor dem geschlossenen Eisengitter stand. Mit Hilfe der Codekarte öffnete sich das Tor. Als er hineingehen wollte, sagte der Wachmann plötzlich: »Ich glaube nicht, daß ich Sie hier schon einmal gesehen habe.«

Georges Herz begann, schneller zu schlagen. Er lächelte. »Nein, normalerweise habe ich hier auch nichts verloren. Einer meiner Kunden kam nur plötzlich auf die Idee, seine Aktienzertifikate sehen zu wollen, und deswegen muß ich sie jetzt ausgraben. Ich hoffe nur, daß es mich nicht den ganzen verdammten Nachmittag kostet.«

Der Wachmann lächelte teilnahmsvoll. »Viel Glück.« Er schaute George nach, als dieser den Tresorraum betrat.

Der Raum war aus Beton und ungefähr zehn mal fünf Meter groß. George ging zu den feuersicheren Aktenschränken und öffnete die Stahlschubladen. Sie enthielten Hunderte von Aktienzertifikaten, Anteile von allen Firmen, die an der New Yorker und der amerikanischen Börse gehandelt wurden. George ging schnell und sachkundig vor. Er wählte Zertifikate verschiedener Spitzenfirmen im Gesamtwert von einer Million Dollar, steckte die Papiere in die Innentasche seines Jacketts, schloß die Schublade und ging zu dem Polizisten zurück. »Das ging aber schnell«, sagte der.

George schüttelte den Kopf. »Die Computer haben die falschen Nummern ausgespuckt. Ich werde mich morgen früh darum kümmern müssen.«

»Diese verdammten Computer!« sagte der Wachmann teil-

nahmsvoll. »Die bringen uns noch alle an den Rand des Ruins.«
Als George an seinen Schreibtisch zurückgekehrt war, merkte er, daß er vollkommen durchgeschwitzt war. *So weit, so gut.* Er griff zum Telefon und wählte Alexandras Nummer.
»Liebling«, sagte er, »ich möchte dich und deine Großmutter heute abend gerne sehen.«
»Und ich dachte, du hättest eine Geschäftsbesprechung heute abend, George.«
»Hatte ich auch, aber ich habe abgesagt. Ich muß euch etwas sehr Wichtiges mitteilen.«

Genau um ein Uhr war George wieder in Helen Thatchers Büro und legte die Karte an ihren Platz zurück, während Helen schon im Restaurant auf ihn wartete. Wie gerne hätte er die Karte behalten, denn er würde sie noch einmal brauchen, aber er wußte, daß alle Karten, die abends nicht hinterlegt wurden, am nächsten Morgen vom Computer ungültig gemacht wurden. Um zehn nach eins aß George mit Helen Thatcher zu Mittag.
Er nahm ihre Hand in seine. »Wir sollten das häufiger machen«, sagte er und sah sie durchdringend an. »Haben Sie morgen mittag Zeit für mich?«
Sie strahlte. »O ja, George.«

Er kam genau um sieben Uhr in der Blackwell-Villa an und wurde in die Bibliothek geführt, wo Kate und Alexandra auf ihn warteten.
»Guten Abend«, sagte George. »Ich hoffe, Sie fassen dies nicht als Aufdringlichkeit auf, aber ich muß mit Ihnen beiden sprechen.« Er wandte sich an Kate. »Ich weiß, daß es sehr altmodisch ist, Mrs. Blackwell, aber ich möchte Sie um die Hand Ihrer Enkeltochter bitten. Ich liebe Alexandra und glaube, daß sie mich auch liebt. Aber es würde uns beide sehr glücklich machen, Ihren Segen zu bekommen.« Er griff in seine Jackentasche, zog die Börsenzertifikate hervor und warf sie vor Kate auf den Tisch. »Ich gebe ihr eine Million Dollar als Hochzeitsgeschenk. Sie wird nichts von Ihrem Geld brauchen, aber wir hätten gerne Ihren Segen.«
Kate warf einen Blick auf die Aktienzertifikate, die George nachlässig auf den Tisch geworfen hatte. Sie erkannte die Namen einzelner Firmen wieder. Alexandra war zu George hinüberge-

gangen, ihre Augen glänzten. »Oh, Liebster!« Mit flehendem Blick drehte sie sich zu ihrer Großmutter um. »Gran?«
Kate sah auf die beiden, die dort zusammenstanden, und es war unmöglich, es ihnen abzuschlagen. Einen kurzen Moment lang beneidete sie sie. »Ihr habt meinen Segen«, sagte sie.
George grinste und ging zu Kate hinüber. »Darf ich?« Er küßte sie auf die Wange.

In den nächsten beiden Stunden besprachen sie aufgeregt Heiratspläne. »Ich möchte keine große Hochzeitsfeier, Gran«, sagte Alexandra. »Das muß nicht sein, oder?«
»Ich finde auch«, warf George ein, »Liebe ist eine Privatangelegenheit.«
Schließlich einigten sie sich auf eine Trauung durch einen Richter und eine Feier im engsten Kreise.
»Wird dein Vater auch zur Hochzeit kommen?« wollte Kate wissen.
George lachte. »Keine zehn Pferde könnten ihn fernhalten. Mein Vater wird mitsamt meinen drei Brüdern und meinen beiden Schwestern herkommen.«
»Ich freue mich schon darauf, sie kennenzulernen.«
Kate war den ganzen Abend über sehr gerührt. Sie war überglücklich, daß ihre Enkeltochter einen Mann bekam, der sie so sehr liebte. *Ich muß unbedingt daran denken,* dachte Kate, *Brad zu sagen, daß er sich nicht mehr um den Finanzreport über George Mellis zu kümmern braucht.*
Bevor George das Haus verließ, war er noch kurz mit Alexandra allein und sagte beiläufig: »Ich glaube nicht, daß es gut ist, Wertpapiere für eine Million einfach so im Haus herumliegen zu haben. Ich werde sie fürs erste in meinen Safe tun.«
»Das ist lieb von dir«, sagte Alexandra. George nahm die Papiere und steckte sie wieder in seine Jackentasche.

Am nächsten Morgen wiederholte George die Prozedur mit Helen Thatcher. Während sie auf dem Weg zu ihm nach unten war (»Ich habe da eine Kleinigkeit für Sie«), begab er sich in ihr Büro und holte die Codekarte. Er schenkte ihr einen Gucci-Schal – »ein verspätetes Geburtstagsgeschenk« – und bestätigte seine Verabredung zum Mittagessen mit ihr. Er legte die Börsenpapiere zurück, brachte die Karte wieder an ihren Platz und traf Helen Thatcher in einem nahe gelegenen Restaurant. Sie hielt

seine Hand und sagte: »George, was hältst du davon, wenn ich heute abend für uns beide koche?«
Und George antwortete: »Ich fürchte, das geht nicht, Helen. Ich heirate nämlich.«

Drei Tage vor der Hochzeitsfeier kam George niedergeschlagen zu den Blackwells. »Ich habe soeben eine schreckliche Nachricht erhalten«, sagte er, »mein Vater hat schon wieder einen Herzanfall gehabt.«
»Oh, das tut mir leid«, bemerkte Kate. »Wird er es überstehen?«
»Ich habe die ganze Nacht mit meiner Familie telefoniert. Sie glauben, daß er durchkommen wird, aber natürlich können sie nicht an unserer Hochzeitsfeier teilnehmen.«
»Wir können ja in den Flitterwochen nach Athen fahren und sie dort besuchen«, schlug Alexandra vor.
George streichelte ihr über die Wange. »Ich habe andere Pläne für unsere Flitterwochen, *matia mou.* Keine Familie, nur wir beide.«

Die Hochzeitsfeier fand im Wohnzimmer der Blackwellschen Villa statt. Es waren weniger als ein Dutzend Gäste da, darunter Vince Barnes, Alice Koppel und Marty Bergheimer. Alexandra hatte ihre Großmutter beschworen, auch Eve einzuladen, aber Kate hatte sich nicht erweichen lassen. »Deine Schwester wird nie wieder in diesem Haus willkommen sein.« Alexandra mußte sich fügen.
Ein Fotograf machte Bilder auf der Feier, und Kate hörte, wie George ihn darum bat, ein paar Abzüge mehr zu machen, die er seiner Familie schicken wolle. *Was für ein umsichtiger Mann er ist,* dachte Kate.
Nachdem das Kuchenanschneideritual vorüber war, flüsterte George Alexandra zu: »Liebling, ich muß für eine Stunde oder so weg.«
»Stimmt was nicht?«
»Nein, alles in Ordnung. Aber ich konnte die Firma nur überreden, mir Urlaub für unsere Flitterwochen zu geben, indem ich versprach, für einen wichtigen Kunden noch eine Angelegenheit zu erledigen. Es dauert nicht lange.«
Sie lächelte. »Beeil dich. Ich will nicht ohne dich in die Flitterwochen fahren.«

Als George in Eves Apartment ankam, wartete sie schon in einem dünnen Negligé auf ihn. »Hat dir deine Hochzeit Spaß gemacht, Liebling?«
»Danke, ja. Klein, aber fein. Alles ging glatt über die Bühne.«
»Und weißt du auch warum, George? Weil ich alles arrangiert habe. Vergiß das nie.«
Er sah sie an und sagte langsam: »Das werde ich auch nicht.«
»Wir sind Partner.«
»Natürlich.«
Eve lächelte. »Soso, nun bist du also mit meiner kleinen Schwester verheiratet.«
George sah auf seine Uhr. »Ja, und ich muß jetzt zurück.«
»Noch nicht«, sagte Eve zu ihm.
»Warum nicht?«
»Weil du mich zuerst lieben wirst, Liebling. Ich will mit dem Ehemann meiner Schwester schlafen.

30

Eve hatte die Hochzeitsreise geplant. Sie war teuer, aber sie hatte zu George gesagt: »Du darfst nicht knauserig sein.« Sie verkaufte drei Schmuckstücke, die ein eifriger Liebhaber ihr vermacht hatte, und gab George das Geld.
»Ich weiß das zu schätzen, Eve«, sagte er. »Ich –«
»Ich kriege es schon zurück.«

Die Flitterwochen waren perfekt. George und Alexandra wohnten in Round Hill in Montego Bay, im Nordteil von Jamaica. Über den Hügel bis hinunter zum klaren, blauen Meer verteilt lagen etwa zwanzig wunderschöne Privatbungalows. Die Mellis' bewohnten den Noel-Coward-Bungalow mit eigenem Swimming-pool. George mietete ein kleines Boot, und sie gingen segeln und fischen. Sie schwammen, lasen, spielten Backgammon und liebten sich.
Alexandra tat alles Erdenkliche, um George im Bett glücklich zu machen, und wenn sie ihn auf dem Höhepunkt stöhnen hörte, war sie vor Freude außer sich.
Am fünften Tag ihrer Flitterwochen sagte George: »Alex, ich muß geschäftlich nach Kingston fahren. Die Firma hat dort eine

Zweigniederlassung, und sie haben mich gebeten, einmal dort vorbeizuschauen.«
»Gut«, sagte Alexandra, »ich komme mit dir.«
Er runzelte die Stirn. »Das wäre schön, Liebling, aber ich erwarte einen Anruf aus Übersee. Du wirst hierbleiben und die Nachricht entgegennehmen müssen.«
Alexandra war enttäuscht. »Können die das an der Rezeption nicht machen?«
»Es ist zu wichtig.«
»Gut, dann bleibe ich natürlich.«
George mietete ein Auto und fuhr nach Kingston. Er war von einem verzweifelten Verlangen erfüllt, einem Bedürfnis, das sich seit Wochen in ihm aufgestaut hatte und nun unbedingt befriedigt werden mußte. Er betrat die erste Bar, die er sah, und sprach mit dem Barkeeper. Fünf Minuten später folgte er einer schwarzen, fünfzehnjährigen Prostituierten die Treppe eines billigen Hotels hinauf. Er blieb zwei Stunden mit ihr zusammen. Als George das Zimmer verließ, war er allein, bestieg sein Auto und fuhr nach Montego Bay zurück, wo Alexandra ihm mitteilte, daß der dringende Anruf noch nicht gekommen war.
Am nächsten Morgen berichteten die Zeitungen in Kingston, daß ein Tourist eine Prostituierte verprügelt und verstümmelt habe, und daß sie in Lebensgefahr schwebe.

Bei Hanson and Hanson sprachen die Teilhaber über George Mellis. Eine Reihe von Kunden hatte sich über die Art und Weise, wie er ihre Stückekonten handhabte, beschwert. Man war übereingekommen, ihn auf die Straße zu setzen. Jetzt aber kam ein neuer Gesichtspunkt ins Spiel. »Er hat eine von Kate Blackwells Enkelinnen geheiratet«, sagte einer der Partner. »Das läßt alles in einem neuen Licht erscheinen.«
Ein zweiter Teilhaber fügte hinzu: »Ganz bestimmt. Wenn wir das Konto der Blackwells übernehmen könnten ...«
Sie beschlossen, daß George Mellis noch eine Chance verdient habe.

Als Alexandra und George von ihrer Hochzeitsreise zurückkamen, sagte Kate zu ihnen: »Ich hätte gerne, daß ihr bei mir hier einzieht. Das Haus ist riesengroß, und wir würden uns nicht gegenseitig stören. Ihr –«
George unterbrach sie. »Das ist sehr nett von dir«, sagte er.

»Aber ich glaube, es ist besser, wenn Alex und ich unser eigenes Haus haben.«
Er hatte nicht im entferntesten die Absicht, mit der alten Frau, die über ihn wachen und jeder seiner Bewegungen nachspionieren würde, unter einem Dach zu leben.
»Ich verstehe«, erwiderte Kate. »Dann laßt mich ein Haus für euch kaufen. Es soll mein Hochzeitsgeschenk sein.«
George legte die Arme um Kate und drückte sie an sich. »Das ist sehr großzügig von dir.« Seine Stimme bebte. »Alex und ich nehmen es dankbar an.«
»Danke, Gran«, sagte Alexandra. »Wir werden uns nach einem Haus umschauen, das nicht zu weit weg ist.«
»Richtig«, stimmte George ihr zu. »Wir wollen in der Nähe bleiben, so daß wir dich im Auge behalten können. Du bist eine verdammt attraktive Frau, weißt du!«

Innerhalb einer Woche fanden sie ein wunderschönes, altes Sandsteinhaus in der Nähe des Parks, etwa zehn Blocks von der Blackwellschen Villa entfernt.
»Du wirst dich allein um die Einrichtung kümmern müssen, Liebling«, teilte George Alexandra mit. »Ich bin vollauf mit meinen Kunden beschäftigt.«
In Wirklichkeit verbrachte er sehr wenig Zeit im Büro und noch weniger Zeit mit seinen Kunden. Er beschäftigte sich mit interessanteren Dingen.
Bei der Polizei gingen zu dieser Zeit eine Reihe von Anzeigen wegen Grausamkeiten an männlichen und weiblichen Prostituierten und einsamen Frauen, die Singlebars besuchten, ein. Die Opfer beschrieben ihren Angreifer als gutaussehend und kultiviert, von fremder, möglicherweise romanischer Herkunft. Diejenigen von ihnen, die sich bereit erklärten, einen Blick in die Verbrecherkartei zu werfen, konnten ihn nicht identifizieren.

Eve und George aßen in einem kleinen Restaurant in Manhattan zu Mittag, wo sie nicht Gefahr liefen, erkannt zu werden.
»Du mußt Alex dazu bringen, ein neues Testament aufzusetzen, ohne daß Kate etwas davon erfährt.«
»Und wie, zum Teufel, soll ich das anstellen?«
»Das will ich dir erklären, Liebling . . .«

Am nächsten Abend traf George Alexandra im Le Plaisir, einem von New Yorks besten französischen Restaurants, zum Abendessen. Er kam beinahe eine halbe Stunde zu spät.
Pierre Jourdan, der Besitzer, geleitete ihn an den Tisch, wo Alexandra bereits wartete. »Verzeih mir, mein Engel«, sagte George außer Atem. »Ich war bei meinem Rechtsanwalt, und du weißt ja, wie die sind. Die machen alles so kompliziert.«
»Stimmt etwas nicht, George?« fragte Alexandra.
»Doch, es ist alles in Ordnung. Ich habe nur mein Testament geändert.« Er nahm ihre Hände in seine. »Wenn mir jetzt etwas zustoßen sollte, dann gehört alles, was ich besitze, dir.«
»Liebling, ich will nicht –«
»Oh, es ist nicht viel im Vergleich zum Blackwellschen Vermögen, aber es wird dir ein angenehmes Leben ermöglichen.«
»Dir wird nichts zustoßen, niemals.«
»Natürlich nicht, Alex. Aber manchmal spielt das Leben verrückt. Es ist besser, vorauszuplanen und vorbereitet zu sein, findest du nicht auch?«
Einen Augenblick lang saß sie nachdenklich da. »Ich sollte mein Testament auch ändern, nicht wahr?«
»Wozu das denn?« Es klang überrascht.
»Du bist mein Mann, und alles, was ich habe, gehört dir.«
Er zog seine Hand zurück. »Alex, dein Geld interessiert mich nicht.«
»Ich weiß, George, aber du hast recht. Es ist wirklich besser, vorauszuplanen und vorbereitet zu sein.« Ihre Augen füllten sich mit Tränen. »Ich weiß, daß es idiotisch ist, aber ich bin so glücklich, daß ich den Gedanken, daß einem von uns etwas zustoßen könnte, nicht ertragen kann. Ich möchte, daß wir ewig leben.«
»Das werden wir auch«, murmelte George.
»Ich werde morgen mit Brad Rogers über die Änderung meines Testaments reden.«
Er zuckte die Schultern. »Wenn du willst, Liebes.« Und dann, als wäre es ihm gerade erst eingefallen: »Wenn ich so darüber nachdenke, wäre es vielleicht besser, wenn mein Rechtsanwalt die Änderung vornimmt. Er kennt sich mit meinem Besitz aus und kann alles koordinieren.«
»Wie du willst. Gran meint –«
Er tätschelte ihre Wange. »Lassen wir deine Großmutter dabei aus dem Spiel. Ich bete sie an, aber meinst du nicht auch, daß wir unser Privatleben auch privat halten sollten?«

»Du hast recht, Liebling. Ich werde Gran nichts davon sagen. Kannst du mit deinem Anwalt vereinbaren, daß ich gleich morgen zu ihm kommen kann?«
»Erinnere mich daran, ihn anzurufen. Jetzt verhungere ich aber fast. Laß uns mit dem Hummer anfangen . . .«
Eine Woche später kam George zu Eve.
»Hat Alex das neue Testament unterschrieben?« fragte Eve.
»Heute nachmittag. Sie erbt ihren Anteil an der Firma an ihrem Geburtstag nächste Woche.«

In der darauffolgenden Woche wurden neunundvierzig Prozent der Anteile an Kruger-Brent auf Alexandra übertragen. George rief Eve an, um ihr die Neuigkeit mitzuteilen. Sie sagte: »Wunderbar! Komm heute abend vorbei. Wir werden es feiern.«
»Ich kann nicht. Kate gibt eine Geburtstagsparty für Alex.«
Schweigen am anderen Ende. »Was gibt es zu essen?«
»Woher soll ich das wissen, verdammt noch mal?«
»Find es heraus.« Sie hatte aufgelegt.

Eine Dreiviertelstunde später rief George noch einmal bei Eve an. »Ich weiß nicht, warum du dich so sehr für die Speisekarte interessierst«, sagte er spitz, »da du ja nicht zur Party eingeladen bist, aber es gibt Jakobsmuscheln, Chateaubriand, Eisbergsalat, Brie, Capuccino und einen Geburtstagskuchen mit Alexandras Lieblingseis. Zufrieden?«
»Ja, George. Bis heute nacht dann.«
»Nein, Eve. Unmöglich, daß ich während der Geburtstagsparty einfach verschwinde –«
»Laß dir was einfallen.«
Zum Teufel mit der Hure! George legte auf und schaute auf seine Uhr. Er hatte eine Verabredung mit einem wichtigen Kunden, die er schon zweimal verschoben hatte. Jetzt war er schon wieder zu spät dran. Er wußte, daß die Geschäftsinhaber ihn nur weiterbeschäftigten, weil er in die Familie der Blackwells eingeheiratet hatte. Er konnte sich nichts mehr leisten, was seine Position gefährden würde. Kate und Alexandra mußten schließlich weiter an ihn glauben.
Er hatte seinem Vater eine Einladung zur Hochzeit geschickt, und der alte Mann hatte es noch nicht einmal für nötig befunden zu antworten. Nicht einmal einen Glückwunsch. *Ich will dich*

nie wiedersehen, hatte sein Vater zu ihm gesagt. *Du bist tot, hast du verstanden? Tot!* Nun, sein Vater würde sein blaues Wunder erleben. Der verlorene Sohn würde von den Toten auferstehen.

Die Party zu Alexandras dreiundzwanzigstem Geburtstag wurde ein großer Erfolg. Vierzig Gäste waren gekommen. Alexandra hatte George gebeten, einige seiner Freunde einzuladen, aber er war ausgewichen. »Das ist deine Party, Alex«, sagte er, »wir wollen nur deine Freunde einladen.«
In Wahrheit hatte George keine Freunde. Er sah zu, wie Alexandra die Kerzen auf ihrem Kuchen ausblies und sich stillschweigend etwas wünschte. Er wußte, daß er mit diesem Wunsch etwas zu tun hatte, und dachte: *Du hättest dir ein längeres Leben wünschen sollen, Liebling.* Er mußte zugeben, daß Alexandra blendend aussah. Sie trug ein langes, weißes Chiffonkleid, dazu zierliche Silbersandaletten und ein Diamantkollier, Kates Geburtstagsgeschenk. Die großen, birnenförmigen Steine hingen an einer Kette aus Platin und funkelten im Kerzenlicht.
Kate sah die beiden an und dachte: *Ich erinnere mich an unseren ersten Hochzeitstag, als David mir dieses Kollier umlegte und mir sagte, wie sehr er mich liebte.*
Und George dachte: *Dieses Halsband muß hundertfünfzigtausend Dollar wert sein.*
Um eine Minute vor zehn bezog er in der Nähe des Telefons Stellung. Als es um zehn Uhr klingelte, nahm er ab.
»Hallo.«
»Mr. Mellis?«
»Ja.«
»Hier spricht der telefonische Weckdienst. Sie baten mich, Sie um zehn Uhr anzurufen.«
Alexandra stand nicht weit entfernt. Er sah zu ihr hinüber und runzelte die Stirn. »Wann hat er angerufen?«
»Spricht dort Mr. Mellis?«
»Ja.«
»Sie haben einen Auftrag für zehn Uhr gegeben, Sir.«
Alexandra stand neben ihm.
»Gut«, sagte er in die Muschel. »Sagen Sie ihm, daß ich mich sofort auf den Weg mache. Ich treffe ihn dann im PanAm Clipper Club.«
George knallte den Hörer auf die Gabel.
»Was ist los, Liebling?«

Er drehte sich zu Alexandra um. »Einer dieser idiotischen Teilhaber ist unterwegs nach Singapur und hat ein paar Verträge, die er mitnehmen muß, im Büro vergessen. Ich muß sie jetzt holen und zum Flughafen bringen.«
»Jetzt?« Alexandras Stimme klang bestürzt. »Kann das niemand anders machen?«
»Ich bin der einzige, dem sie vertrauen«, seufzte George. »Man sollte fast meinen, ich sei der einzig Fähige in dem ganzen Büro.« Er legte ihr den Arm um die Schulter. »Es tut mir leid, Liebling. Laß dir deine Party durch mich nicht verderben. Ich bin so schnell wie möglich zurück.«
Sie brachte ein Lächeln zustande. »Ich werde dich vermissen.«

Eve öffnete die Tür und ließ George ein. »Du hast es ja doch gedeichselt«, sagte sie. »Was bist du für ein kluger Mann.«
»Ich kann nicht bleiben, Eve. Alex ist –«
Sie nahm ihn bei der Hand. »Komm, Liebling. Ich habe eine Überraschung für dich.« Sie führte ihn in das kleine Eßzimmer. Der Tisch war für zwei gedeckt, mit wunderschönem Silberbesteck und weißen Servietten und brennenden Kerzen in der Mitte des Tisches.
»Was soll das?«
»Ich habe Geburtstag, George.«
»Natürlich«, sagte er lahm. »Ich – ich fürchte, ich habe vergessen, dir ein Geschenk mitzubringen.«
Sie streichelte ihm über die Wange. »Du hast schon eins, Liebes. Du wirst es mir später geben. Setz dich.«
»Danke«, sagte George. »Ich kriege beim besten Willen nichts mehr runter. Ich habe eben groß zu Abend gegessen.«
»Setz dich.« Ihre Stimme war unnachgiebig.
George sah in ihre Augen und setzte sich.
Das Menü bestand aus Jakobsmuscheln, Chateaubriand, Eisbergsalat, Brie, Capuccino und einem Geburtstagskuchen mit Eiscreme.
Eve saß George gegenüber und sah zu, wie er das Essen hinunterwürgte.
»Alex und ich haben immer das gleiche gehabt«, sagte Eve. »Und heute abend habe ich das gleiche Geburtstagsessen wie sie. Aber nächstes Jahr wird nur noch eine von uns eine Geburtstagsparty feiern. Die Zeit ist langsam reif, Liebling. Und nach dem Unfall wird die arme alte Gran an Herzeleid sterben. Und

alles wird uns gehören, George. Jetzt komm ins Schlafzimmer und gib mir mein Geburtstagsgeschenk.«

Diesen Moment hatte er gefürchtet. Er war ein starker, athletischer Mann, aber Eve beherrschte ihn, und er kam sich wie ein Schlappschwanz vor. Sie ließ sich langsam von ihm ausziehen, und dann zog sie ihn aus und erregte ihn geschickt, bis er eine Erektion bekam.

»So ist es gut, Liebling.« Sie setzte sich auf ihn und begann, ihr Becken kreisen zu lassen. »Ah, das fühlt sich gut an . . . Und du kannst nicht zum Orgasmus kommen, oder, armes Baby? Und weißt du auch, warum? Weil du total meschugge bist. Du magst keine Frauen, nicht wahr, George? Du genießt es nur, wenn du ihnen weh tun kannst. Du würdest mir auch gerne weh tun, stimmt's? Sag mir, daß du mir gerne weh tun würdest.«

»Ich würde dich am liebsten umbringen.«

Eve lachte. »Aber das wirst du nicht tun, weil du die Firma genauso haben willst wie ich . . . Du wirst mir nie weh tun, George, denn wenn mir je etwas zustoßen sollte, wird ein Freund von mir einen Brief bei der Polizei abgeben.«

Er glaubte ihr nicht. »Du bluffst.«

Eve fuhr mit einem langen, spitzen Fingernagel über seine nackte Brust. »Es gibt nur eine einzige Möglichkeit, das herauszufinden, nicht wahr?« spottete sie.

Und plötzlich wußte er, daß sie die Wahrheit sagte. Er würde sie nie wieder loswerden! Sie würde immer da sein, um ihn zu verspotten und zu versklaven. Er konnte den Gedanken, dieser Hure für den Rest seines Lebens auf Gedeih und Verderb ausgeliefert zu sein, nicht ertragen. Ein roter Film legte sich über seine Augen, und von da an wußte er nicht mehr, was er tat. Es war, als ob er die Befehle eines anderen ausführte. Alles spielte sich im Zeitlupentempo ab. Später erinnerte er sich daran, Eve von sich geschoben und ihre Beine auseinandergerissen zu haben, an ihre Schmerzensschreie. Er prügelte auf etwas ein, wieder und wieder, und es war unbeschreiblich schön. Sein Innerstes wurde in einem langen Krampf unbeschreiblichen Glücks erschüttert, und dann folgte noch einer und ein weiterer, und er dachte: *Oh, Gott! Darauf habe ich so lange gewartet.* Aus weiter Ferne schrie jemand. Der rote Schleier hob sich langsam, und er sah herab. Eve lag blutüberströmt auf dem Bett. Ihre Nase war eingeschlagen, ihr Körper voll blauer Flecken und Brandspuren von Zigaretten, und ihre Augen waren zugeschwollen. Ihr Kiefer war gebrochen, und aus einem Mundwinkel wimmerte sie stetig: »Hör auf, hör auf, hör auf ...«

George schüttelte den Kopf, um wieder klar zu werden. Als er mit einem Schlag in die Wirklichkeit zurückgeholt wurde, erfaßte ihn Panik. Nie würde er erklären können, was er da getan hatte.

Er beugte sich über sie. »Eve?«

Sie öffnete ein geschwollenes Auge. »Doktor ... Hol ... einen ... Arzt ...« Jedes einzelne Wort war eine Qual. »Harley ... John Harley.«

Alles, was George Mellis am Telefon sagte, war: »Können Sie sofort kommen? Eve Blackwell hat einen Unfall gehabt.«

Als Dr. John Harley den Raum betrat, warf er einen Blick auf Eve und das blutverschmierte Bett und die Wände und sagte: »Oh, mein Gott!« Er fühlte Eves unregelmäßigen Puls und drehte sich zu George um. »Rufen Sie die Polizei. Sagen Sie ihnen, daß wir einen Krankenwagen brauchen.«

Durch den Nebel von Schmerz hindurch flüsterte Eve: »John ...«

John Harley beugte sich über das Bett. »Es wird alles in Ordnung kommen. Wir bringen dich ins Krankenhaus.«

Sie tastete um sich und fand seine Hand. »Keine Polizei ...«

»Ich muß das melden. Ich –«

Ihr Griff wurde fester. »Keine ... Polizei ...«

Er sah auf ihren zerschmetterten Wangenknochen, den gebrochenen Kiefer und die Zigarettenbrandwunden auf ihrem Körper. »Du solltest nicht sprechen.«

Der Schmerz brachte sie fast um den Verstand. »Bitte ...« Es dauerte lange, bis sie die Worte hervorbrachte. »Privat ... Gran würde mir nie ... verzeihen ... Keine ... Polizei ... Unfall ... mit Fahrerflucht.«

Die Zeit war zu knapp für Diskussionen. Dr. Harley ging zum Telefon und wählte. »Hier spricht Dr. Harley.« Er gab Eves Adresse an. »Ich brauche sofort einen Krankenwagen. Treiben Sie Dr. Keith Webster auf und bitten Sie ihn, mich im Krankenhaus zu erwarten. Sagen Sie ihm, daß es sich um einen Notfall handelt. Bereiten Sie einen Raum für die Operation vor.« Er hörte einen Augenblick zu und sagte dann: »Ein Unfall mit Fahrerflucht.« Er knallte den Hörer auf.

»Danke, Doktor«, stieß George hervor.

Dr. Harley wandte sich mit haßerfüllten Augen an Alexandras Mann. Seine Kleidung hatte er eilig in Ordnung gebracht, aber seine Fingerknöchel waren wund und seine Hände und sein Gesicht voller Blutflecken. »Danken Sie mir nicht. Ich tue das für die Blackwells. Aber unter einer Bedingung: daß Sie sich einverstanden erklären, einen Psychotherapeuten aufzusuchen.«
»Ich brauche keinen –«
»Dann rufe ich eben die Polizei, Sie Hurensohn. Man darf Sie nicht frei herumlaufen lassen.« Dr. Harley griff noch einmal nach dem Telefon.
»Warten Sie!« George stand da und dachte nach. Er hatte beinahe alles aufs Spiel gesetzt, und nun bot sich ihm wunderbarerweise eine zweite Chance. »In Ordnung. Ich gehe zum Therapeuten.«
Aus der Ferne hörten sie eine Sirene heulen.

Sie wurde eilends durch einen langen Tunnel geschoben, und bunte Lichter gingen an und aus. Ihr Körper fühlte sich leicht und luftig an, und sie dachte: *Ich kann fliegen, wenn ich es nur will,* und sie versuchte, die Arme zu bewegen, aber irgend etwas hielt sie fest. Sie öffnete die Augen, sah, daß sie von zwei Männern in grünen Gewändern und Kappen einen weißen Korridor entlang gerollt wurde. *Ich trete in einem Stück auf,* dachte Eve. *Ich habe meinen Text vergessen. Wie geht der Text?* Als sie die Augen wieder öffnete, lag sie in einem großen weißen Raum auf dem Operationstisch. Ein kleiner, magerer Mann in einem grünen Operationskittel beugte sich über sie. »Ich heiße Keith Webster. Ich werde Sie operieren.«
»Ich will nicht häßlich sein«, flüsterte Eve. Es fiel ihr schwer zu sprechen. »Machen Sie mich nicht ... häßlich.«
»Keine Sorge«, versprach Dr. Webster. »Ich lasse Sie jetzt schlafen. Entspannen Sie sich.«
Er gab dem Anästhesisten ein Zeichen.

George gelang es, sich in Eves Badezimmer zu säubern und das Blut abzuwaschen, aber als er einen Blick auf seine Armbanduhr warf, fluchte er. Es war drei Uhr morgens. Er hoffte, daß Alexandra schlafen würde, doch als er das Wohnzimmer betrat, wartete sie dort auf ihn.
»Liebling! Ich habe mich zu Tode geängstigt! Ist alles in Ordnung?«

»Alles klar, Alex.«
Sie kam auf ihn zu und umarmte ihn. »Ich wollte gerade die Polizei anrufen. Ich dachte, daß etwas Schreckliches passiert sein müßte.«
Wie recht du hast, dachte George.
»Was um alles in der Welt hat dich so lange aufgehalten?«
»Sein Flug hatte Verspätung«, sagte George schlagfertig. »Er wollte, daß ich bei ihm bleibe. Ich dachte, es müsse jeden Augenblick losgehen, und schließlich war es zu spät, um dich anzurufen. Es tut mir leid.«
George dachte an Eve, die auf der Bahre hinausgetragen wurde. Aus ihrem geschwollenen Mund hatte sie gekeucht: »Geh ... nach Hause ... nichts ... passiert ...« Aber wenn Eve sterben würde? Man würde ihn wegen Mordes verhaften. Wenn Eve am Leben blieb, würde alles in Ordnung kommen; dann wäre alles wie zuvor. Eve würde ihm verzeihen, weil sie ihn brauchte.
George lag den Rest der Nacht über wach. Er dachte an Eve und wie sie geschrien und um Gnade gefleht hatte. Er fühlte noch einmal, wie ihre Knochen unter seinen Fäusten zersplitterten, und er roch ihr angesengtes Fleisch und liebte sie in diesem Augenblick beinahe.

Es war ein großer Glücksfall, daß es John Harley gelungen war, sich der Dienste von Keith Webster zu versichern. Dr. Webster war einer der bedeutendsten Schönheitschirurgen auf der Welt. Er war daran gewöhnt, Unfallopfer zu behandeln, aber der erste Blick auf Eve Blackwells zerschlagenes Gesicht hatte ihn schokkiert.
Er kannte sie von Fotos in Zeitschriften, und so viel Schönheit mutwillig entstellt zu sehen, erfüllte ihn mit großem Zorn.
»Wer ist dafür verantwortlich, John?«
»Es war ein Unfall mit Fahrerflucht, Keith.«
Keith Webster schnaubte. »Und dann hat der Fahrer angehalten, sie ausgezogen und seine Zigarette auf ihrem Hintern ausgedrückt? Wie war es wirklich?«
»Es tut mir leid, aber ich kann nicht darüber reden. Kannst du sie wieder zusammenflicken?«
»Das ist mein Beruf, John, ich flicke sie alle wieder zusammen.«
Es war fast Mittag, als Dr. Webster schließlich zu seinen Assi-

stenten sagte: »Wir sind fertig. Bringt sie auf die Intensivstation. Ruft mich sofort, wenn die geringsten Anzeichen dafür bestehen, daß etwas nicht stimmt.«

Achtundvierzig Stunden später konnte Eve die Intensivstation verlassen. George besuchte sie im Krankenhaus.

»Ich bin Miß Blackwells Anwalt«, sagte George der diensthabenden Schwester. »Sie wollte mich sehen. Ich bleibe nur einen Moment lang.«

Die Schwester warf einen Blick auf den gutaussehenden Mann und sagte: »Sie darf eigentlich keinen Besuch empfangen, aber ich denke, daß es schon in Ordnung ist, wenn Sie hineingehen.«

Eve hatte ein Zimmer für sich, lag flach auf dem Rücken, von oben bis unten bandagiert; Schläuche waren wie obszöne Extremitäten mit ihrem Körper verbunden. Alles, was man von ihr sehen konnte, waren Augen und Lippen.

»Hallo, Eve . . .«

»George . . .« Ihre Stimme war nur ein heiseres Krächzen. Er mußte sich dicht über sie beugen, um sie verstehen zu können.

»Du hast . . . Alex nichts gesagt?«

»Nein, natürlich nicht.« Er setzte sich auf ihre Bettkante. »Ich bin gekommen, weil . . .«

»Ich weiß, warum du gekommen bist . . . Wir . . . machen weiter wie besprochen . . .«

Er fühlte sich unbeschreiblich erleichtert. »Es tut mir leid wegen dieser Sache, Eve. Wirklich. Ich –«

»Jemand soll Alex anrufen . . . ihr sagen, daß ich weg bin . . . verreist bin . . . zurück . . . in ein paar Wochen . . .«

»Okay.«

Zwei blutunterlaufene Augen schauten ihn an. »George . . . Tu mir einen Gefallen.«

»Ja?«

»Wenn du mal ins Gras beißt, sollst du elendig verrecken.« Sie schlief ein. Als sie erwachte, saß Dr. Keith Webster an ihrem Bett.

»Wie fühlen Sie sich?« Seine Stimme war angenehm und beruhigend.

»Sehr müde . . . Was ist . . . mit mir passiert?«

Dr. Webster zögerte.

»Was?« wiederholte Eve.

Dr. Webster sagte so behutsam wie möglich: »Ein Wangenbein war gebrochen, die Nase auch. Der untere Teil der Augenhöhle war verschoben. Auf dem Muskel, der den Mund öffnet und schließt, lag ein Druck. Und Brandwunden von Zigaretten. Wir haben alles in Ordnung gebracht.«
»Ich will einen Spiegel«, flüsterte Eve.
Das war das letzte, was er zulassen würde. »Es tut mir leid«, sagte er lächelnd. »Die sind uns gerade ausgegangen.«
Sie hatte Angst davor, ihm die nächste Frage zu stellen. »Und wie sehe ich aus – wie sehe ich aus, wenn die Verbände abgenommen werden.«
»Sie werden hinreißend aussehen. Genau wie vor dem Unfall.«
»Ich glaube Ihnen nicht.«
»Sie werden es selbst sehen. Nun, wollen Sie mir jetzt erzählen, was passiert ist? Ich muß einen Bericht für die Polizei schreiben.«
Es herrschte langes Schweigen. »Ich bin von einem Lastwagen angefahren worden.«
»Ich brauche einen Namen«, sagte er behutsam. »Wer hat es getan?«
»Mack.«
»Und der Nachname?«
»Truck.«
Dr. Webster stand ungläubig vor dieser Mauer des Schweigens. Erst John Harley und jetzt Eve Blackwell.
»Bei Verbrechen«, sagte Keith Webster zu Eve, »bin ich gesetzlich verpflichtet, einen Polizeibericht einzureichen.«
Eve griff nach seiner Hand, drückte sie und hielt sie fest. »Bitte, wenn meine Großmutter oder meine Schwester davon erfahren, bringt es sie um. Wenn Sie es der Polizei sagen . . . dann erfahren es auch die Zeitungen. Sie dürfen nicht . . . bitte . . .«
»Ich kann es nicht als Unfall mit Fahrerflucht melden. Damen rennen normalerweise nicht ohne Kleidung auf der Straße herum.«
»Bitte!«
Er schaute auf sie herab, und Mitleid erfüllte ihn. »Ich nehme an, daß Sie gestolpert und die Treppe in Ihrem Haus heruntergefallen sein könnten.«
Sie drückte seine Hand noch fester. »Genauso ist es passiert . . .«
Dr. Webster seufzte. »Das habe ich mir gedacht.«

Dr. Keith Webster besuchte Eve jeden Tag, manchmal schaute er zwei- oder dreimal täglich herein. Er brachte ihr Blumen und kleine Geschenke aus der Krankenhausboutique. Jeden Tag fragte Eve ihn besorgt: »Ich liege hier den ganzen Tag herum. Warum macht niemand etwas?«
»Mein Partner arbeitet an Ihnen«, sagte Dr. Webster zu ihr.
»Ihr Partner?«
»Mutter Natur. Unter all diesen schrecklich aussehenden Verbänden heilt alles sehr gut.«
Alle paar Tage nahm er die Verbände ab und untersuchte sie.
»Ich will einen Spiegel«, bettelte Eve.
Aber seine Antwort war immer die gleiche: »Noch nicht.«
Eve begann, sich auf seine Besuche zu freuen.
»Waren Sie schon einmal verheiratet?« fragte sie.
»Nein.«
»Warum nicht?«
»Ich – ich weiß nicht. Ich glaube nicht, daß ich einen guten Ehemann abgebe. Ich muß häufig Nachtdienst machen.«
»Aber Sie müssen doch eine Freundin haben.«
Er errötete tatsächlich. »Nun, wissen Sie . . .«
»Erzählen Sie's mir«, neckte Eve ihn.
»Ich habe keine feste Freundin.«
»Ich wette, daß alle Schwestern verrückt nach Ihnen sind.«
»Nein, ich fürchte, ich bin kein romantischer Typ.«
Das auf gar keinen Fall, dachte Eve. Und doch, wenn sie mit den Schwestern und Assistenzärzten, die hereinkamen und an ihrem Körper hantierten, über Keith Webster sprach, redeten sie von ihm, als sei er ein Gott. »Der Mann vollbringt Wunder«, sagte ein Assistenzarzt. »Nichts, was er aus einem menschlichen Gesicht nicht machen könnte.«
Sie erzählten ihr von seiner Arbeit an mißgebildeten Kindern, aber wenn Eve darüber mit Keith Webster sprechen wollte, wischte er das Thema mit der Bemerkung beiseite: »Leider schätzt die Menschheit Leute nach ihrem Aussehen ein. Ich versuche, denen zu helfen, die mit physischen Mängeln geboren wurden. Dadurch kann sich ihr Leben grundlegend ändern.«
Eve war er ein Rätsel. Er war vollständig selbstlos. Sie hatte noch nie einen solchen Menschen kennengelernt, und sie fragte sich, was ihn antrieb. Aber es war eine müßige Neugier. Sie war nicht an Keith Webster interessiert, nur an dem, was er für sie tun konnte.

Vierzehn Tage nachdem Eve ins Krankenhaus gekommen war, wurde sie in eine Privatklinik weiter nördlich im Staate New York verlegt.
»Sie haben es hier bequemer«, versicherte Dr. Webster ihr.
Eve wußte, daß die Fahrt jetzt viel weiter für ihn war, aber trotzdem kam er jeden Tag, um sie zu besuchen.
»Haben Sie keine anderen Patienten?« fragte Eve.
»Keine wie Sie.«

Fünf Wochen nach Eves Einlieferung entfernte Keith Webster die Verbände. Er drehte ihren Kopf von einer Seite zur anderen und fragte:
»Tut das weh?«
»Nein.«
»Spannt es?«
»Nein.«
Dr. Webster sah zu der Schwester hinüber. »Bringen Sie Miß Blackwell einen Spiegel.«
Plötzlich hatte Eve Angst. Sie wollte ihr eigenes Gesicht, nicht das einer Fremden.
Als Dr. Webster ihr den Spiegel reichte, sagte sie schwach: »Ich habe Angst –«
»Sehen Sie sich an«, sagte er sanft.
Langsam hob sie den Spiegel. Es war ein Wunder! Nichts hatte sich verändert; es war ihr Gesicht. Sie suchte nach Narben. Es gab keine. Ihre Augen füllten sich mit Tränen.
Sie sah auf und sagte:
»Danke«, und beugte sich hinüber, um Keith Webster einen Kuß zu geben. Es sollte ein kurzer Dankeskuß werden, aber sie fühlte seine Lippen hungrig auf ihren. Plötzlich wandte er sich verlegen ab.
»Ich – ich bin froh, daß es Ihnen gefällt«, sagte er.
Gefällt! »Sie hatten alle recht. Sie vollbringen wirklich Wunder.«
Und er sagte schüchtern: »Sehen Sie sich das Ausgangsmaterial an.«

31

George Mellis hatten die Ereignisse schwer erschüttert. Er war gefährlich nahe daran gewesen, sich alles zu zerstören. Früher hatte er sich mit den Geschenken einsamer Damen zufriedengegeben, doch nun war er mit einer Blackwell verheiratet, und ein Konzern, größer als alles, was sich sogar sein Vater hätte ausmalen können, lag zum Greifen nahe. *Schau her, Papa. Ich lebe wieder. Ich besitze eine Firma, die größer ist als deine.* Es war kein Spiel mehr. Er würde töten, um an sein Ziel zu gelangen.

George konzentrierte sich darauf, den idealen Gatten zu spielen. Er verbrachte soviel Zeit wie möglich mit Alexandra. Sie frühstückten zusammen, er führte sie zum Lunch aus, und er ließ es sich besonders angelegen sein, abends zeitig nach Hause zu kommen. An den Wochenenden fuhren sie zu Kate Blackwells Strandhaus in East Hampton auf Long Island, oder sie flogen in der konzerneigenen Cessna 620 nach Dark Harbor.

George liebte das weitläufige alte Haus mit seinen wunderschönen Antiquitäten und seinen kostbaren Gemälden. Wenn er durch die großen Räume wanderte, dachte er: *Das alles wird schon bald mir gehören.* Es war ein berauschendes Gefühl.

Darüber hinaus war George der ideale Schwiegerenkel. Kate war jetzt 81 und Aufsichtsratsvorsitzende bei Kruger-Brent, eine bemerkenswert starke, tatkräftige Frau. George achtete darauf, daß er einmal wöchentlich mit Alexandra bei Kate zu Abend speiste, und alle paar Tage rief er bei ihr an, um mit ihr zu plaudern. Mit aller Sorgfalt bastelte er an seinem Image als liebenswerter Ehegatte und besorgter Schwiegerenkel.

George Mellis' Selbstzufriedenheit erfuhr jäh einen Rückschlag, als Dr. John Harley bei ihm anrief.

»Ich habe für Sie einen Termin bei einem Psychotherapeuten vereinbart. Es ist Dr. Peter Templeton.«

George legte einen warmen, gewinnenden Ton in seine Stimme. »Das ist wirklich nicht mehr nötig, Dr. Harley. Ich denke –«

»Ich pfeife auf das, was Sie denken. Wir haben eine Abmachung getroffen: Ich zeige Sie nicht bei der Polizei an, und Sie konsultieren dafür einen Therapeuten. Wenn Sie diese Abmachung rückgängig machen wollen –«

»Nein, nein«, sagte George hastig. »Wenn Sie darauf bestehen, dann ist es schon in Ordnung.«

»Die Telefonnummer von Dr. Templeton ist 5553161. Er erwartet Ihren Anruf. Heute noch.« Und Dr. Harley knallte den Hörer auf die Gabel. *Dieser verfluchte Wichtigtuer,* dachte George wütend. Seine Zeit bei einem Seelenklempner zu verschwenden, war das letzte, was er wollte. Aber er würde diesen Dr. Templeton anrufen, ein- oder zweimal bei ihm aufkreuzen, und damit würde sich die Sache haben.

Eve rief George im Büro an. »Ich bin wieder zu Hause.«
»Ist mit dir –?« Er fürchtete sich, die Frage auszusprechen. »– alles in Ordnung?«
»Komm her und sieh's dir selber an. Heute abend.«
»Grade jetzt kann ich nur schlecht weg. Alex und ich –«
»Um acht Uhr.«

Er traute kaum seinen Augen. Eve stand vor ihm und war so schön wie eh und je.
»Es ist unglaublich! Du – du siehst genauso aus wie früher.«
»Richtig. Ich bin immer noch schön, nicht wahr, George?« Sie lächelte ihr Katzenlächeln und dachte dabei an das, was sie mit ihm vorhatte. Er war ein krankes Stück Vieh, das nicht ins Leben paßte. Sie würde ihn grausam büßen lassen für alles, was er ihr angetan hatte, allerdings nicht sofort. Sie brauchte ihn noch. Sie standen da und lächelten sich an.
»Eve, ich kann dir gar nicht sagen, wie leid mir –«
Sie hob die Hand. »Reden wir nicht mehr davon. Es ist vorbei. Es hat sich nichts geändert.«
George fiel ein, daß sich doch etwas geändert hatte. »Dr. Harley hat mich angerufen«, sagte er. »Er hat für mich einen Termin bei irgendeinem verdammten Psychologen vereinbart.«
Eve schüttelte den Kopf. »Nein. Sag ihm, du hättest keine Zeit.«
»Ich hab's versucht. Wenn ich nicht hingehe, wird er Meldung über den – den Unfall bei der Polizei erstatten.«
»Scheiße!«
Sie stand da und grübelte. »Wer ist es?«
»Der Psychologe? Irgendwer namens Templeton, Peter Templeton.«
»Von dem habe ich schon gehört. Der hat einen guten Ruf.«
»Mach dir keine Sorgen. Ich leg mich da eine Stunde lang auf die Couch und sage kein Wort. Wenn –«

Eve hörte gar nicht zu. Ihr war eine Idee gekommen, die sie in Gedanken ausarbeitete.
Sie drehte sich wieder George zu. »Das ist vielleicht sogar das Beste, was uns passieren konnte.«

Peter Templeton war Mitte Dreißig, fast zwei Meter groß, mit breiten Schultern, scharf geschnittenen Gesichtszügen und forschenden blauen Augen. Er wirkte eher wie ein Mittelstürmer denn wie ein Arzt. Im Augenblick las er stirnrunzelnd einen Vermerk in seinem Terminkalender: *George Mellis – Schwiegerenkel von Kate Blackwell.*
Die Probleme der Reichen interessierten Peter Templeton nicht sonderlich. Er hatte schon lange begriffen, daß es nicht diese Art von Problemen war, die sein Interesse und seine Hilfsbereitschaft erweckten.
George Mellis. Peter hatte nur widerstrebend zugestimmt, ihn zu sehen, und das nur aus Hochachtung für Dr. John Harley. »Es wäre mir lieber, du würdest ihn zu jemand anderem schicken, John«, hatte Peter Templeton gesagt. »Mein Terminkalender ist wirklich ausgebucht.«
»Tu *mir* den Gefallen, Peter.«
»Was hat er für Probleme?«
»Dafür bist du zuständig. Ich bin bloß ein alter Landdoktor.«
»Na dann«, hatte Peter zugestimmt. »Sag ihm, er soll mich anrufen.« Und nun war er also hier. Dr. Templeton drückte auf den Knopf der Sprechanlage auf seinem Schreibtisch. »Bitten Sie Mr. Mellis herein.«
Peter Templeton hatte Fotografien von George Mellis in Zeitungen und Zeitschriften gesehen, doch das hatte ihn offenbar nicht ausreichend auf die überwältigende Vitalität dieses Mannes vorbereitet. Wenn auf irgend jemanden die Bezeichnung *Charisma* zutraf, dann auf ihn.
Sie schüttelten sich die Hände. Peter sagte: »Setzen Sie sich, Mr. Mellis.«
George blickte auf die Couch. »Da drüben?«
»Wo immer Sie sich wohl fühlen.«
George wählte den Stuhl, der vor dem Schreibtisch stand. Er sah Peter an und lächelte. Zuerst hatte er geglaubt, sich vor diesem Moment fürchten zu müssen, doch nach seiner Aussprache mit Eve hatte er seine Meinung geändert. Er würde Dr. Templeton zu seinem Verbündeten machen, zu seinem Zeugen.

Peter musterte sein Gegenüber. Patienten, die zum erstenmal zu ihm kamen, waren ausnahmslos nervös. Manche überspielten das mit herausforderndem Benehmen, andere verhielten sich schweigsam oder geschwätzig, wieder andere gingen in die Defensive. An diesem Mann jedoch konnte Peter nicht das geringste Anzeichen von Nervosität entdecken – im Gegenteil, er schien sich außerordentlich wohl zu fühlen. *Komisch,* dachte Peter.

»Dr. Harley sagte mir, Sie hätten ein Problem.«

George seufzte. »Ich habe sogar zwei.«

»Wollen Sie mir etwas darüber erzählen?«

»Ich schäme mich. Deshalb habe ich – habe ich darauf bestanden, zu Ihnen zu kommen.« George beugte sich in seinem Stuhl vor und sagte ernst: »Ich habe etwas gemacht, was ich vorher noch nie in meinem Leben getan habe. Ich habe eine Frau niedergeschlagen.«

Peter wartete schweigend.

»Wir haben uns gestritten und ich bin ausgeflippt, und als ich wieder zu mir kam, da hatte . . . hatte ich sie geschlagen.« Er ließ seine Stimme ein wenig brüchig klingen. »Es war entsetzlich.«

Peter Templetons innere Stimme sagte ihm, das Problem, das George Mellis hatte, sei schon geklärt: Er genoß es, Frauen zusammenzuschlagen.

»War es Ihre Frau, die Sie geschlagen haben?«

»Meine Schwägerin.«

Peter war hin und wieder beim Durchblättern von Zeitungen oder Zeitschriften auf die Blackwell-Zwillinge gestoßen, eineiige Zwillinge, fiel ihm ein, und erstaunlich schön. Und dieser Mann hatte also seine Schwägerin geschlagen. Das riß Peter nicht gerade vom Stuhl. Genausowenig wie die Tatsache, daß George Mellis es so darstellte, als ob er ihr nur eine oder zwei Ohrfeigen gegeben hätte. Entspräche das der Wahrheit, so hätte John Harley nicht darauf bestanden, daß er Mellis behandelte.

»Sie sagen, Sie haben sie geschlagen. War sie verletzt?«

»Ja, in der Tat, ich habe sie ganz schön schwer verletzt. Wie ich schon sagte, Herr Doktor, ich war wie von Sinnen. Als ich wieder zu mir kam, da – da konnte ich es kaum glauben.«

Als ich wieder zu mir kam. Die klassische Ausrede. Ich war's nicht, mein Unterbewußtsein war's.

»Haben Sie irgendeine Ahnung, was diese Reaktion ausgelöst haben könnte?«

»In letzter Zeit stand ich schrecklich unter Streß. Mein Vater ist schwer erkrankt. Er hat schon mehrere Herzanfälle gehabt, und ich habe mir große Sorgen um ihn gemacht. Meine Familie steht mir sehr nahe.«
»Lebt Ihr Vater hier?«
»Nein, in Griechenland.«
Dieser Mellis also. »Sie sprachen von zwei Problemen.«
»Ja. Meine Frau, Alexandra . . .« Er unterbrach sich.
»Haben Sie Eheprobleme?«
»Nicht so, wie Sie glauben. Wir lieben uns sehr. Es ist nur so, daß –« Er zögerte. »Alexandra hat sich in letzter Zeit nicht wohl gefühlt.«
»Körperlich?«
»Seelisch. Sie leidet unter Depressionen. Sie redet ständig von Selbstmord.«
»War sie schon beim Arzt?«
George lächelte traurig. »Sie weigert sich hinzugehen.«
Wie schade, dachte Peter. *Da wird wieder mal ein Prominentendoktor von der Park Avenue um ein Vermögen gebracht.* »Haben Sie mit Dr. Harley darüber gesprochen?«
»Nein.«
»Ich schlage vor, daß Sie sich mit ihm darüber unterhalten, da er ja der Hausarzt der Familie ist. Wenn er es für nötig hält, wird er einen Psychotherapeuten empfehlen.«
George Mellis sagte nervös: »Das tue ich nicht. Ich möchte nicht, daß Alexandra das Gefühl bekommt, ich rede hinter ihrem Rücken mit anderen Leuten über sie. Ich fürchte, Dr. Harley würde –«
»Schon gut, Mr. Mellis. Ich werde ihn anrufen.«

»Jetzt sitzen wir in der Tinte, Eve«, fauchte George. »Ganz dick drin.«
»Was ist passiert?«
»Ich habe genau getan, was du mir aufgetragen hast. Ich habe ihm erzählt, ich mache mir Sorgen um Alexandra und daß sie an Selbstmord dächte.«
»Und?«
»Dieser Scheißkerl will jetzt John Harley anrufen und mit ihm darüber reden!«
»Ach du liebe Zeit! Das können wir nicht zulassen.«
Eve fing an, im Zimmer auf und ab zu gehen. Dann hielt sie

plötzlich inne. »Na gut. Um Harley kümmere ich mich. Hast du einen weiteren Termin mit Templeton ausgemacht?«
»Ja.«
»Dann geh auch hin.«

Am nächsten Vormittag suchte Eve Dr. Harley in seiner Sprechstunde auf. John Harley mochte die Blackwells. Er hatte die Kinder heranwachsen sehen, und er hatte die Tragödie um Mariannes Tod miterlebt, den Anschlag auf Kate, Tonys Einweisung in eine Heilanstalt. Kate hatte schon so viel durchgemacht. Und dann der Bruch zwischen Kate und Eve. Er konnte sich nicht vorstellen, was dazu geführt hatte, aber das ging ihn schließlich auch nichts an. Seine Aufgabe war es, die Familie bei körperlicher Gesundheit zu erhalten.
Als Eve sein Behandlungszimmer betrat, sah er sie an und sagte: »Keith Webster hat großartige Arbeit geleistet!« Als einziges Anzeichen für die Operation war eine hauchdünne, kaum sichtbare rote Narbe auf der Stirn übriggeblieben.
»In einem Monat etwa wird Dr. Webster die Narbe entfernen«, sagte Eve.
Dr. Harley tätschelte ihren Arm. »Sie macht dich nur noch schöner, Eve. Ich bin sehr zufrieden damit.« Er führte sie zu einem Stuhl. »Was kann ich für dich tun?«
»Um mich geht's gar nicht, John. Ich bin wegen Alex hier.«
Dr. Harley runzelte die Stirn. »Stimmt was nicht mit ihr? Hat sie Probleme? Mit George vielleicht?«
»Nein, nein«, sagte Eve rasch. »George benimmt sich großartig. Eigentlich ist es sogar er, der sich Sorgen um sie macht. Alexandra verhält sich in letzter Zeit ziemlich komisch. Sie ist dauernd deprimiert und redet sogar von Selbstmord.«
Dr. Harley sah Eve ins Gesicht und sagte geradeheraus: »Das glaube ich nicht. Das klingt nicht nach Alexandra.«
»Ich weiß. Ich hab's ja selber nicht geglaubt, deshalb habe ich sie besucht. Ich war entsetzt zu sehen, wie sehr sie sich verändert hat. Ich habe wirklich Angst um sie, John. Und an Gran kann ich mich nicht wenden – deshalb bin ich zu dir gekommen. Du mußt irgend etwas unternehmen.«
Ihre Augen verschleierten sich. »Ich habe meine Großmutter verloren. Meine Schwester will ich nicht auch noch verlieren.«
»Wie lange geht das denn schon so?«
»Ich weiß es nicht genau. Ich habe sie angefleht, mit dir darüber

zu reden. Zuerst hat sie sich geweigert, aber schließlich hab' ich sie doch noch überreden können. Du mußt ihr helfen.«
»Natürlich werde ich ihr helfen. Schick sie morgen vormittag her. Und versuch, dir nicht allzu große Sorgen zu machen, Eve. Heutzutage gibt es Medikamente, die wahre Wunder vollbringen.«
Dr. Harley begleitete sie zur Tür seines Sprechzimmers. Er wünschte, Kate wäre nicht so unversöhnlich. Eve war doch solch ein liebevoller Mensch.

In ihrer Wohnung wieder angekommen, entfernte Eve sorgfältig die geschminkte rote Narbe auf ihrer Stirn.
Am folgenden Morgen um zehn Uhr meldete Dr. Harleys Sprechstundenhilfe: »Mrs. George Mellis möchte Sie sprechen, Herr Doktor.«
»Schicken Sie sie herein.«
Sie kam langsam herein und wirkte unsicher. Sie war bleich und hatte dunkle Ringe unter den Augen.
John Harley gab ihr die Hand und sagte: »Schön, dich zu sehen, Alexandra. Na, was sind denn das für Sachen, die ich da höre? Du hast Probleme?«
»Ich komme mir albern vor, dich damit zu belästigen, John.« Ihre Stimme klang bedrückt. »Bestimmt ist alles in Ordnung mit mir. Wenn Eve nicht darauf bestanden hätte, wäre ich nie hergekommen. Körperlich fühle ich mich ganz wohl.«
»Und sonst?«
Sie zögerte. »Ich kann nicht richtig schlafen.«
»Ist das alles?«
»Du wirst mich für einen Hypochonder halten . . .«
»Dazu kenne ich dich viel zu gut, Alexandra.«
Sie senkte den Blick. »Ich fühle mich ständig so niedergedrückt. Irgendwie ängstlich und . . . erschöpft. George gibt sich alle erdenkliche Mühe, mich glücklich zu machen, und er läßt sich dauernd was Neues einfallen, wo wir zusammen hingehen, was wir gemeinsam unternehmen können. Das Problem ist nur, daß ich zu nichts Lust habe. Mir kommt alles so – so sinnlos vor.«
Er ließ sie nicht aus den Augen und hörte genau zu. »Ist das alles?«
»Ich – ich denke manchmal daran, mich umzubringen.« Das kam so leise, daß er es kaum hören konnte. Sie sah zu ihm auf und sagte: »Werde ich vielleicht verrückt?«

Er schüttelte den Kopf. »Nein, ich glaube nicht, daß du verrückt wirst. Hast du schon mal was von Anhedonie gehört?«
Sie verneinte stumm.
»Das ist eine vegetative Störung, die eben diese Symptome hervorruft, die du beschrieben hast. Es gibt einige neue Medikamente, mit denen so etwas leicht zu behandeln ist. Ich werde dich erst mal untersuchen, aber ich finde bestimmt nichts Ernstes.«
Nachdem sie untersucht worden war und sich wieder angezogen hatte, sagte Dr. Harley: »Ich werde dir Wellbutrin verschreiben. Das ist ein neues Anti-Depressivum, eins von den neuen Wundermitteln.«
Teilnahmslos sah sie zu, wie er das Rezept ausstellte.
»Heute in einer Woche möchte ich dich wieder hier sehen. Wenn du in der Zwischenzeit irgendwelche Probleme hast, ruf mich an. Ich stehe dir jederzeit zur Verfügung, Tag und Nacht.«
Er reichte ihr das Rezept.
»Danke, John«, sagte sie. »Ich hoffe nur, daß es dadurch auch mit dem Traum ein Ende hat.«
»Mit was für einem Traum?«
»Oh, ich dachte, ich hätte dir davon erzählt. Das ist jede Nacht der gleiche. Ich bin auf einem Boot, und es ist windig, und ich höre die See rufen. Ich gehe an die Reling und sehe hinunter, und da sehe ich mich selber im Wasser ertrinken . . .«
Sie verließ Dr. Harleys Praxis und trat auf die Straße. Dort lehnte sie sich gegen die Hauswand und atmete tief durch. *Ich hab's geschafft.* Eve frohlockte innerlich. *Er hat es mir abgenommen.* Das Rezept warf sie weg.

32

Die Sitzung hatte lange gedauert, und Kate Blackwell war müde. Sie ließ ihren Blick über die drei Männer und die drei Frauen des Aufsichtsrates schweifen, die um den Konferenztisch saßen. Sie wirkten alle noch frisch und munter. *Es ist also nicht die Sitzung, die zu lange gedauert hat,* dachte Kate. *Ich mache das schon zu lange. Ich werde 82. Ich werde alt.* Der Gedanke deprimierte sie; nicht, weil sie Angst vor dem Sterben gehabt hätte, sondern weil sie noch nicht bereit dazu war. Sie weigerte sich zu sterben, bevor Kruger-Brent nicht von einem anderen Mitglied der Blackwell-Familie übernommen worden war. Nach der bitteren Enttäuschung über Eve hatte Kate versucht, ihre Zukunftspläne auf Alexandra zu bauen.

»Du weißt, daß ich alles für dich täte, Gran, aber ich kann mich einfach nicht für die Konzerngeschäfte erwärmen. George wäre ein ausgezeichneter Geschäftsführer . . .«

»Bist du einverstanden, Kate?« Das war Brad Rogers. Seine Frage weckte Kate aus ihrer Träumerei. Schuldbewußt sah sie ihn an. »Verzeihung. Was hast du gefragt?«

»Wir haben über die Deleco-Fusion gesprochen«, sagte er geduldig. Er machte sich Sorgen um Kate Blackwell. In letzter Zeit war sie bei Aufsichtsratssitzungen immer öfter nicht bei der Sache gewesen, doch dann bewies sie immer wieder einen solchen Durchblick, daß sich jeder andere fragte, warum er nicht selber draufgekommen war. Sie war einfach unglaublich.

George Mellis suchte Peter Templeton zum zweitenmal auf. »Sind Sie in Ihrer Vergangenheit viel mit Gewalt in Berührung gekommen, Mr. Mellis?«

George schüttelte den Kopf. »Nein. Ich verabscheue Gewalt.« *Schreib dir das hinter die Ohren, du eingebildeter Armleuchter. Der Leichenbeschauer wird dich eines Tages danach fragen.*

»Sie haben mir erzählt, Ihre Eltern hätten Sie niemals körperlich gezüchtigt.«

»Das stimmt.«

»Würden Sie sagen, Sie waren ein folgsames Kind?«

Vorsicht. Das kann eine Falle sein. »Im allgemeinen schon, denke ich.«

»Im allgemeinen pflegen Kinder dafür bestraft zu werden, daß sie ab und zu die Vorschriften der Erwachsenenwelt brechen.«

George lächelte entwaffnend. »Ich nehme an, ich habe mich an die Vorschriften gehalten.«

Er lügt, dachte Peter Templeton. *Die Frage ist nur, warum. Was will er verbergen?* Das Gespräch mit Dr. Harley fiel ihm ein, das er nach Geoge Mellis' erstem Besuch geführt hatte.

»Er sagte, er hätte seine Schwägerin geschlagen, John, und –«

»Geschlagen!«

John Harleys Stimme troff geradezu vor Abscheu. »Das war das reinste Schlachtfest, Peter. Er hat ihr den Wangenknochen zer-

trümmert, die Nase und drei Rippen gebrochen und außerdem Fußsohlen und Gesäß mit brennenden Zigaretten malträtiert.«
Peter fühlte sich zutiefst angeekelt. »Das hat er mir gegenüber nicht erwähnt.«
»Das glaube ich«, fauchte Dr. Harley. »Ich hab' ihm gesagt, wenn er nicht zu dir ginge, würde ich ihn anzeigen.«
Peter fiel ein, wie George gesagt hatte: *Ich schäme mich. Deshalb habe ich darauf bestanden, zu Ihnen zu kommen.* Das war also ebenfalls eine Lüge gewesen.
»Mellis hat mir erzählt, seine Frau litte an Depressionen und würde von Selbstmord reden.«
»Ja, das kann ich bestätigen. Alexandra war vor ein paar Tagen bei mir. Ich habe ihr Wellbutrin verschrieben. Ich mache mir ziemliche Sorgen um sie. Was hast du für einen Eindruck von George Mellis?«
Peter sagte bedächtig: »Ich weiß es noch nicht. Ich habe das Gefühl, er ist gefährlich.«

Dr. Keith Webster konnte Eve Blackwell einfach nicht vergessen. Sie war wie eine schöne Göttin, unwirklich, unnahbar. Wo er schüchtern und schwerfällig und langweilig war, war sie extrovertiert und lebhaft und unterhaltsam. Keith Webster hatte nie geheiratet, weil er nie eine Frau gefunden hatte, die er für unwürdig genug hielt, sein Leben zu teilen. Von seiner Arbeit abgesehen, besaß er keinerlei Selbstwertgefühl. Er war bei einer harten, dominierenden Mutter und einem schwachen, herumgestoßenen Vater aufgewachsen. Keith Websters sexuelle Bedürfnisse waren minimal. Doch seit neuestem träumte er von Eve Blackwell, und wenn er sich am Morgen seine Träume in Erinnerung rief, schämte er sich ihrer. Eves Wunden waren mittlerweile vollständig ausgeheilt, und es gab keinen Grund mehr für ihn, sie zu treffen; aber er mußte sie unbedingt wiedersehen.
Er rief sie in ihrer Wohnung an. »Eve? Keith Webster hier. Ich hoffe, ich störe Sie nicht. Ich – äh – ich hab' neulich an Sie denken müssen, und da – da hab' ich mich gefragt, wie's Ihnen wohl so geht.«
»Gut geht's mir, Keith, danke. Und wie geht's *Ihnen*?« Da war wieder diese leise Ironie in ihrer Stimme.
»Ga-ganz gut«, sagte er. Schweigen. Dann nahm er seinen ganzen Mut zusammen.

»Ich nehme an, Sie haben zuviel zu tun, um mit mir zu Mittag zu essen.«
Eve lächelte vor sich hin. Was für ein köstlich schüchternes Männchen er doch war. Das würde lustig werden. »Nein, das würde ich gerne, Keith.«
»Wirklich?« Sie hörte ihm seine Überraschung an. »Wann?«
»Wie wär's mit morgen?«
»Abgemacht«, sagte er schnell, als hätte er Angst, sie könne ihre Meinung noch ändern.

Eve genoß den Lunch. Dr. Keith Webster benahm sich wie ein verliebter Oberschüler. Eve beobachtete ihn und dachte amüsiert: *Kein Mensch käme auf die Idee, ihn für einen großartigen Chirurgen zu halten.*
Nach dem Essen fragte Keith Webster schüchtern: »Könnten wir – könnten wir das bei Gelegenheit wiederholen?«
Ohne eine Miene zu verziehen, sagte Eve: »Lieber nicht, Keith. Ich habe Angst, ich könnte mich in Sie verlieben.«
Er wurde feuerrot und wußte nichts zu erwidern.
Eve tätschelte seine Hand. »Ich werde Sie nie vergessen.«

John Harley aß gerade in der Krankenhauskantine zu Mittag, als Keith Webster sich zu ihm setzte.
»John, es soll unter uns bleiben, aber ich würde mich sehr viel wohler fühlen, wenn du mir die Wahrheit über Eve Blackwells Unfall erzählen würdest«, sagte Keith.
Harley zögerte, zuckte dann mit den Achseln und sagte: »In Ordnung. Es war ihr Schwager George Mellis.«
Keith Webster hatte das Gefühl, jetzt in Eves Geheimnisse eingeweiht zu sein.

George Mellis wurde ungeduldig. »Das Geld ist da, das Testament ist auch geändert – worauf warten wir eigentlich noch, zum Teufel?«
Eve saß auf der Couch. Sie hatte ihre langen Beine untergeschlagen und sah zu, wie er im Zimmer auf und ab ging.
»Ich will das bald hinter mich bringen, Eve.«
Er verliert allmählich die Nerven, dachte Eve. Gefährlich. Einmal hatte sie den Fehler begangen, ihn zu sehr zu reizen, und es hatte sie beinahe das Leben gekostet. »Du hast recht«, sagte sie zögernd. »Ich glaube auch, es wird langsam Zeit.«

Mitten im Schritt hielt er inne.
»Wann?«
»Nächste Woche.«

Die Sitzung war fast vorüber, und George Mellis hatte seine Frau kein einziges Mal erwähnt. Jetzt sagte er unvermittelt: »Ich mache mir Sorgen um Alexandra, Dr. Templeton. Heute nacht hat sie ständig vom Ertrinken geredet. Ich weiß einfach nicht, was ich tun soll.«
»Ich habe mit John Harley darüber gesprochen. Er hat ihr ein Medikament verschrieben, von dem er meint, es würde ihr helfen.«
»Hoffentlich, Herr Doktor«, sagte George ernst. »Ich könnte es nicht ertragen, wenn ihr etwas zustieße.«
Und Peter Templeton, dessen Ohr darauf trainiert war, auch Zwischentöne zu hören, hatte das ungute Gefühl, einem Schauspiel beizuwohnen. In diesem Mann schlummerte eine tödliche Gewalt. »Mr. Mellis, wie würden Sie Ihre früheren Beziehungen zu Frauen bezeichnen?«
»Als normal.«
»Sind Sie jemals über eine so wütend geworden, daß Sie die Beherrschung verloren haben?«
George Mellis sah klar, worauf diese Fragen abzielten. »Nie.« *Da mußt du früher aufstehen, Doktorchen.* »Ich habe Ihnen doch schon gesagt, daß ich nichts von Gewalt halte.«
Es war das reinste Schlachtfest, Peter. Er hat ihr den Wangenknochen zertrümmert, die Nase und drei Rippen gebrochen und außerdem Fußsohlen und Gesäß mit brennenden Zigaretten malträtiert.
»Manchmal –«, sagte Peter. »Für manche Leute ist Gewalt ein notwendiges Ventil, eine Art emotionelle Befreiung.«
»Ich weiß, was Sie meinen. Ein Freund von mir schlägt Huren zusammen.«
Ein Freund von mir. Das war ein Alarmsignal. »Erzählen Sie mir von Ihrem Freund.«
»Er haßt Prostituierte. Er glaubt, sie können ihm das Fell über die Ohren ziehen. Also gibt er ihnen Saures, wenn er mit ihnen durch ist – bloß, um ihnen eine Lektion zu erteilen.« George sah keine Mißbilligung in Peters Gesicht und fuhr ermutigt fort: »Einmal waren wir zusammen in Jamaica. Diese kleine schwarze Nutte nahm ihn mit in ein Hotelzimmer, und als sie ihm die Hosen ausgezogen hatte, verlangte sie mehr Geld von ihm.«

George lächelte. »Er hat sie grün und blau geschlagen. Ich wette, die versucht so was nie wider.«
Er ist ein Psychopath, schloß Peter Templeton. Natürlich war das kein Freund. Der diente nur als Vorwand. Der Mann war größenwahnsinnig und gefährlich dazu.
Peter beschloß, so bald wie möglich noch einmal mit John Harley zu sprechen.

Die beiden Männer trafen sich zum Mittagessen im Harvard Club. Peter Templeton brauchte alle Informationen über George Mellis, deren er habhaft werden konnte, doch das möglichst, ohne das Vertrauensverhältnis zwischen Arzt und Patient zu zerstören.
»Was kannst du mir über George Mellis' Frau erzählen?« fragte er Harley.
»Alexandra? Sie ist ein wunderbarer Mensch. Sie und ihre Schwester sind schon von der Wiege an meine Patienten.« Er lachte in sich hinein. »Da hört man ständig von eineiigen Zwillingen, aber was das wirklich bedeutet, erkennt man erst, wenn man die beiden zusammen sieht.«
Peter wiederholte langsam: »Sie sind also eineiige Zwillinge.«
»Kein Mensch kann sie auseinanderhalten. Als sie noch klein waren, haben sie alle möglichen Streiche angestellt. Einmal war Eve krank und sollte eine Spritze verpaßt bekommen, und am Ende hab' ich sie Alexandra verpaßt.« Er nippte an seinem Glas. »Es ist verblüffend. Jetzt sind sie erwachsen, aber ich kann sie immer noch nicht auseinanderhalten.«
Peter dachte darüber nach. »Du hast gesagt, Alexandra sei bei dir gewesen, weil sie sich mit Selbstmordgedanken trägt.«
»Ja, das stimmt.«
»John – woher wußtest du, daß es Alexandra war?«
»Das war nicht schwer«, sagte Dr. Harley. »Eve hat eine kleine Narbe von der Operation zurückbehalten.«
Das war also eine Sackgasse. »Ach so.«
»Wie kommst du mit Mellis zurecht?«
Peter zögerte. Er wußte nicht genau, wieviel er preisgeben sollte. »Ich bin noch nicht so recht an ihn herangekommen. Er versteckt sich hinter einer Fassade.«
»Sei vorsichtig, Peter. Der Mann ist verrückt, wenn du meine Meinung wissen willst.« Er sah wieder Eves Bild vor sich, wie sie in einer Blutlache auf dem Bett lag.

»Die Schwestern werden mal reich erben, nicht wahr?« fragte Peter.
Jetzt war es John Harley, der mit seiner Antwort zögerte. »Nun ja, es ist zwar eine vertrauliche Familienangelegenheit«, sagte er, »aber dir kann ich's ja erzählen. Ihre Großmutter hat Eve ohne einen Pfennig rausgeschmissen. Alexandra erbt alles.«
Ich mache mir Sorgen um Alexandra, Dr. Templeton. Sie redet ständig vom Ertrinken. Ich könnte es nicht ertragen, wenn ihr etwas zustieße.
Für Peter Templeton hatte es geklungen wie die klassische Vorbereitung auf einen Mord – nur, daß George Mellis selbst Erbe eines großen Vermögens war. Er hätte also keinen Grund, irgend jemanden des Geldes wegen umzubringen. *Du phantasierst,* schalt sich Peter.

Eine Frau war am Ertrinken, und er versuchte, zu ihr zu schwimmen, aber der Seegang war zu stark. Die Wellen schlugen über ihr zusammen und trugen sie wieder empor. *Ich komme,* rief er. *Halt durch!* Er wollte schneller schwimmen, doch seine Arme und Beine waren wie Bleiklumpen, und er sah, wie sie erneut unterging. Als er die Stelle erreichte, an der sie verschwunden war, sah er sich um und erblickte einen riesigen weißen Hai, der auf ihn zuschoß. Peter Templeton erwachte. Er machte Licht und setzte sich im Bett auf, um über seinen Traum nachzudenken.
Am nächsten Morgen rief er als erstes Kriminalkommissar Nick Pappas an.

Nick Pappas war ein wahrer Goliath. Er maß über zwei Meter und brachte fast 140 Kilo auf die Waage, an denen, wie mancher Verbrecher bezeugen konnte, kein Gramm Fett war. Kommissar Pappas gehörte zur Mordkommission im Viertel der Mondänen und Einflußreichen von Manhattan. Peter hatte ihn vor einigen Jahren kennengelernt, als er in einem Mordprozeß als psychiatrischer Sachverständiger aussagen mußte, und seitdem war er mit Pappas befreundet.
Nick war selbst am Telefon:
»Mordkommission, Pappas.«
»Peter hier, Nick.«
»Mein lieber Freund! Wie geht's deinen Seelenmysterien?«
»Ich fummle immer noch an ihnen herum, Nick. Wie geht's Tina?«
»Prächtig. Und was kann ich für dich tun?«

»Ich brauche eine Auskunft. Hast du noch Verbindungen in Griechenland?«
»Was für eine Frage!« stöhnte Pappas. »Ich hab' mindestens hundert Verwandte dort. Was für 'ne Auskunft brauchste denn?«
»Hast du schon mal was von George Mellis gehört?«
»Die Lebensmittelsippe?«
»Eben die.«
»Mit dem hab' ich hier eigentlich nix zu schaffen, aber ich hab' schon von ihm gehört. Was ist denn los mit ihm?«
»Ich würde gern wissen, ob er Geld hat.«
»Du willst mich wohl auf den Arm nehmen? Seine Familie –«
»Ich meine eigenes Geld.«
»Das kann ich rausfinden, Peter, aber es ist Zeitverschwendung. Die Mellis' schwimmen nur so im Geld.«
»Noch was, übrigens. Wenn du Georges Mellis' Vater ausfragen läßt, sag deinen Leuten, sie sollen behutsam vorgehen. Der alte Mann hat schon etliche Herzanfälle gehabt.«
»Okay. Ich setz es mit aufs Telex.«
Peter dachte an seinen Traum. »Nick – würde es dir was ausmachen, es telefonisch zu erledigen? Heute noch?«
»Willst du mir nicht lieber doch erzählen, was das Ganze eigentlich soll, Peter?« Pappas' Stimme klang plötzlich verändert.
»Es gibt nichts zu erzählen. Ich will bloß meine Neugier befriedigen. Der Anruf geht auf meine Rechnung.«
»Abgemacht.«
Peter legte auf. Er fühlte sich schon ein wenig wohler.

Kate Blackwell ging es nicht gut. Sie saß am Schreibtisch und telefonierte gerade, als sie den Anfall kommen spürte. Das Zimmer schien sich um sie zu drehen, und sie klammerte sich am Schreibtisch fest, bis alles wieder an seinem Platz war.
Brad kam herein. Er bemerkte ihr blasses Gesicht und fragte sofort:
»Irgendwas nicht in Ordnung mit dir, Kate?«
Sie ließ die Schreibtischkante los. »Bloß ein kleiner Schwindelanfall. Nichts Ernstes.«
»Wann warst du das letzte Mal beim Arzt?«
»Für solchen Unsinn hab' ich keine Zeit, Brad.«
»Nimm sie dir. Ich sag Annette, sie soll bei John Harley anrufen und einen Termin für dich vereinbaren.«

»Verdammt noch mal, Brad, hör mit dem Theater auf, ja!?«
»Wirst du hingehen?«
»Wenn ich dich damit loswerde, ja.«

Am nächsten Morgen sagte Peter Templetons Sekretärin zu ihm: »Ich habe Kommissar Pappas auf Apparat eins.«
Peter nahm den Hörer ab.
»Hallo, Nick.«
»Ich glaube, wir sollten uns mal ein bißchen miteinander unterhalten, mein Freund.«
Peter fühlte jähe Furcht in sich aufsteigen. »Hast du mit irgendwem über Mellis gesprochen?«
»Ich hab' mit dem alten Mellis selber gesprochen. Erst einmal hat er in seinem Leben noch keinen Herzanfall gehabt, und zweitens sagt er, daß sein Sohn George für ihn gestorben sei. Er hat ihn schon vor Jahren ohne eine Drachme aus dem Haus gejagt und enterbt. Als ich nach dem Grund fragte, hat er aufgelegt. Dann hab' ich einen meiner alten Kumpels in der Athener Zentrale angerufen. Dein George Mellis ist für die Polizei keineswegs ein unbeschriebenes Blatt. Der geilt sich dran auf, kleine Mädchen und Jungs zusammenzuschlagen. Sein letztes Opfer in Griechenland war ein 15jähriger Strichjunge. Sie haben seine Leiche in einem Hotel gefunden. Die Spur führte zu Mellis. Der Alte hat daraufhin irgendwen geschmiert und Klein George einen Arschtritt verpaßt, daß er im hohen Bogen aus Griechenland rausflog – für immer. Reicht dir das?«
Peter reichte es nicht nur, es versetzte ihn in Furcht. »Danke, Nick. Ich schmeiß dir auch mal wieder 'n Stein in den Garten.«
Peter legte auf. Er hatte eine Menge, worüber er nachdenken mußte. Für zwölf Uhr war George Mellis bestellt.

Dr. John Harley war gerade mit einer Untersuchung beschäftigt, als seine Sprechstundenhilfe meldete: »Mrs. George Mellis ist hier, Herr Doktor. Sie hat keinen Termin, und ich habe ihr gesagt, Sie seien ausgebucht –«
John Harley sagte: »Lassen Sie sie die zweite Tür zu meinem Büro benutzen und dort auf mich warten.«
Ihr Gesicht war noch blasser als beim letzten Besuch, und die Schatten um ihre Augen noch dunkler. »Entschuldige, daß ich so bei dir reinplatze, John, aber –«
»Schon in Ordnung, Alexandra. Was ist los?«

»Alles. Ich – ich fühle mich scheußlich.«
»Hast du das Wellbutrin regelmäßig genommen?«
»Ja.«
»Und du fühlst dich immer noch deprimiert?«
Sie rang die Hände. »Ich bin mehr als deprimiert. Es ist – ich fühle mich katastrophal. Als ob ich überhaupt nichts mehr unter Kontrolle hätte. Ich kann mich nicht mehr ertragen. Ich – ich habe Angst, daß ich etwas ganz Schreckliches anstellen könnte.«
Dr. Harley sagte aufmunternd: »Organisch bist du völlig gesund. Dafür lege ich meine Hand ins Feuer. Es ist seelisch. Ich werde dir was anderes verschreiben. Du wirst dich schon nach wenigen Tagen viel besser fühlen.« Er schrieb das Rezept aus und reichte es ihr. »Wenn es dir bis Freitag nicht bessergeht, ruf mich an. Dann schicke ich dich vielleicht zu einem Psychotherapeuten.«
Eine halbe Stunde später war Eve wieder in ihrer Wohnung. Sie entfernte die helle Make-up-Grundierung aus ihrem Gesicht und wischte die dunklen Flecken unter den Augen weg.

George Mellis saß selbstsicher lächelnd vor Peter Templeton.
»Wie fühlen Sie sich heute?«
»Schon viel besser, Herr Doktor. Diese Sitzungen bei Ihnen haben mir mehr geholfen, als Sie ahnen.«
»Ach ja? Inwiefern denn?«
»Oh, einfach, weil man sich mit jemandem aussprechen kann.«
»Es freut mich, daß die Sitzungen Ihnen geholfen haben. Fühlt Ihre Frau sich besser?«
George runzelte die Stirn. »Leider nicht. Sie war wieder bei Dr. Harley, aber sie redet immer öfter von Selbstmord. Vielleicht bringe ich sie woandershin. Ich glaube, sie braucht mal Tapetenwechsel.« Für Peter klang es wie eine unheilvolle Ankündigung. Oder bildete er sich das nur ein?
»Wie wär's mit Griechenland zur Erholung für sie?« fragte er beiläufig. »Haben Sie sie schon Ihrer Familie vorgestellt?«
»Noch nicht. Sie sind schon unheimlich gespannt auf Alex.« Er grinste. »Die Schwierigkeit ist nur, daß Papa jedesmal, wenn wir uns sehen, davon anfängt, daß ich zurückkommen und die Firma übernehmen soll.«
In diesem Augenblick war Peter sicher, daß Alexandra Mellis sich tatsächlich in Gefahr befand.

Noch lange nachdem George Mellis gegangen war, saß Peter Templeton in seinem Büro und ging seine Aufzeichnungen durch. Schließlich griff er zum Telefon. »Würdest du mir einen Gefallen tun, John, und herausfinden, wo George Mellis und seine Frau ihre Flitterwochen verbracht haben?«

»Das kann ich dir gleich sagen. In Jamaica. Ich hab' sie vor der Reise noch geimpft.«

Ein Freund von mir schlägt Huren zusammen ... Einmal waren wir zusammen in Jamaica, erinnere ich mich. Diese kleine schwarze Nutte nahm ihn mit in ein Hotelzimmer, und als sie ihm die Hosen ausgezogen hatte, verlangte sie mehr Geld von ihm ... Er hat sie grün und blau geschlagen. Ich wette, die versucht so was nie wieder.

Aber das war immer noch kein Beweis dafür, daß George Mellis plante, seine Frau umzubringen. John Harley hatte bestätigt, daß Alexandra Mellis selbstmordgefährdet war. *Das geht mich nichts an,* versuchte Peter sich einzureden. Aber er wußte, daß es ihn eben doch etwas anging.

Peter Templeton hatte sich seine Ausbildung schwer erarbeiten müssen. Er hatte sein Studium an der Nebraska University mit Auszeichnung abgeschlossen und ein Psychologiestudium angehängt. Von Anfang an war er erfolgreich gewesen. Sein Geheimnis lag darin, daß er die Menschen wirklich mochte; es ließ ihn nicht gleichgültig, was mit ihnen geschah. Alexandra Mellis war keine Patientin – dennoch ging sie ihm nicht aus dem Kopf. Sie stellte das fehlende Glied einer Kette dar, und vielleicht konnte er das Problem lösen, wenn er ihr von Angesicht zu Angesicht gegenüber saß. Er rief sie an.

»Mein Name ist Peter Templeton, Mrs. Mellis. Ich bin –«

»Oh, ich weiß, wer Sie sind, Herr Doktor. George hat mir von Ihnen erzählt.«

Peter war überrascht. Er wäre jede Wette eingegangen, daß George Mellis ihn seiner Frau gegenüber nicht erwähnt hatte.

»Ich würde Sie gerne mal treffen, Mrs. Mellis. Vielleicht können wir zusammen zu Mittag essen?«

»Geht es um George? Ist irgendwas nicht in Ordnung?«

»Doch, alles in Ordnung. Ich dachte nur, wir könnten uns mal unterhalten.«

»Ja, sicher, Dr. Templeton.«

Sie verabredeten sich für den nächsten Tag.

Sie saßen an einem Ecktisch im Le Grenouille. Von dem Moment an, da Alexandra das Restaurant betreten hatte, konnte Peter den Blick nicht mehr von ihr wenden.
Er suchte nach Anzeichen für die Erschöpfung und Depression, die Dr. Harley erwähnt hatte, konnte aber nichts entdecken. Wenn Alexandra auffiel, daß er sie anstarrte, so ließ sie sich jedenfalls nichts anmerken.
»Es ist doch alles in Ordnung mit meinem Mann, Dr. Templeton?«
»Ja.« Es würde viel schwieriger werden, als Peter angenommen hatte. Er hatte kein Recht, das geheiligte Vertrauensverhältnis zwischen Arzt und Patient zu durchbrechen, doch gleichzeitig hatte er das Gefühl, Alexandra Mellis warnen zu müssen.
Nachdem sie ihre Bestellung aufgegeben hatten, sagte Peter: »Hat Ihnen Ihr Mann erzählt, weshalb er zu mir kommt, Mrs. Mellis?«
»Ja. Er steht in letzter Zeit stark unter Streß. Seine Teihaber in dem Maklerbüro, in dem er arbeitet, bürden ihm einen Großteil der Verantwortung auf. George ist sehr verantwortungsbewußt. Aber das wissen Sie wahrscheinlich selbst, Herr Doktor.«
Es war unglaublich. Sie hatte keine Ahnung von dem Überfall auf ihre Schwester. *Warum hat ihr niemand etwas davon gesagt?*
»George hat mir erzählt, daß er sich schon sehr viel besser fühlt, seit er jemanden hat, mit dem er über seine Probleme reden kann.« Sie lächelte Peter dankbar an. »Ich bin sehr froh, daß Sie ihm helfen.«
Sie ist so unschuldig! Sie war ihrem Mann ganz offensichtlich hörig. Was Peter ihr zu sagen hatte, konnte alles für sie zerstören. Wie sollte er ihr mitteilen, daß ihr Ehemann ein Psychopath war, der einen Strichjungen umgebracht hatte? Der von seiner Familie verstoßen worden war? Der Alexandras eigene Schwester brutal zusammengeschlagen hatte? Aber andererseits: *Durfte* er es ihr wirklich verschweigen?
»Ihr Beruf muß sehr befriedigend sein«, fuhr Alexandra fort. »Sie können so vielen Menschen helfen.«
»Manchmal schon«, sagte Peter vorsichtig. »Manchmal aber auch nicht.«
Das Essen wurde serviert. Während der Mahlzeit unterhielten sie sich und verstanden sich auf Anhieb. Peter merkte, daß er wie verzaubert von ihr war.
»Ich freue mich ja, daß wir uns kennengelernt haben«, sagte

Alexandra schließlich, »aber Sie hatten doch einen bestimmten Grund für dieses Treffen, nicht wahr, Dr. Templeton?«
Der Augenblick der Wahrheit war gekommen. »Ja, eigentlich schon. Ich –«
Peter unterbrach sich.
Er war zu diesem Treffen in der Absicht gekommen, ihr von seinem Verdacht zu berichten und vorzuschlagen, ihren Mann in eine Anstalt einweisen zu lassen. Nun aber, da er Alexandra kennengelernt hatte, fand er das gar nicht so leicht. Wieder fiel ihm ein Satz von George Mellis ein: *Es geht ihr nicht besser. Dieses Selbstmordgerede macht mir Angst.* Peter glaubte, nie einen glücklicheren und normaleren Menschen gesehen zu haben. Lag das an den Medikamenten, die sie einnahm? Wenigstens danach konnte er sie fragen.
»John Harley erzählte mir«, sagte er, »daß Sie –«
Da dröhnte die Stimme von George Mellis dazwischen. »Da bist du ja, Liebling! Ich hab' zu Hause angerufen und gehört, du seist hier.« Er wandte sich an Peter. »Schön, Sie zu sehen, Dr. Templeton. Darf ich mich zu Ihnen setzen?«

»Aber *warum* wollte er Alex sehen?« fragte Eve.
»Ich habe nicht die geringste Ahnung«, sagte George. »Gott sei Dank hatte sie hinterlassen, wo sie zu finden wäre, falls ich nach ihr fragen würde. Ich bin auf dem schnellsten Wege hingefahren.«
»Die Sache gefällt mir nicht.«
»Es ist nichts weiter passiert, glaub mir. Ich hab' sie hinterher ausgefragt, und sie sagte, sie hätten über nichts Besonderes gesprochen.«
»Ich glaube, wir führen die Sache lieber früher durch als geplant.«
George spürte bei ihren Worten beinahe eine sexuelle Erregung. Er hatte so lange auf diesen Augenblick gewartet.
»Wann?«
»Sofort.«

33

Die Schwindelanfälle wurden schlimmer, und Kates Geist begann sich zu verwirren. Manchmal saß sie an ihrem Schreibtisch und erwog eine Fusion, bis sie plötzlich merkte, daß die ja schon vor zehn Jahren stattgefunden hatte. Das machte ihr Angst. Schließlich befolgte sie Brad Rogers' Rat und konsultierte John Harley. Es war schon lange her, daß Dr. Harley Kate Blackwell zu einer Untersuchung hatte bewegen können, und so nutzte er diese Gelegenheit weidlich aus. Danach bat er sie, in seinem Büro auf ihn zu warten. Kate Blackwell war für ihr Alter bemerkenswert auf Draht, aber es gab auch beunruhigende Symptome. Ihre Arterien verhärteten sich unwiderruflich, was eine Erklärung für die gelegentlichen Schwindelanfälle und die nachlassende Gedächtnisleistung sein mochte. Sie hätte sich schon vor Jahren zur Ruhe setzen sollen. *Ich hab's nötig,* dachte Harley. *Ich hätte mich auch schon vor Jahren zur Ruhe setzen sollen.*
Jetzt, die Untersuchungsergebnisse in der Hand, sagte John Harley: »Ich wünschte, ich hätte deine Kondition, Kate.«
»Spar dir die Blumen, John. Was ist los mit mir?«
»Hauptsächlich das Alter. Eine kleine Verhärtung der Arterien, und –«
»Arteriosklerose?«
»Ach, ist das der medizinische Fachausdruck dafür?« fragte Dr. Harley. »Nun, egal, wie's heißt, jedenfalls hast du das.«
»Wie schlimm ist es?«
»Für dein Alter ganz normal, würde ich sagen.«
»Kannst du mir irgendwas geben, daß diese verdammten Schwindelanfälle aufhören? Stell dir vor, ich falle in einem Zimmer voller Männer in Ohnmacht – wirkt gar nicht gut bei einer Frau.«
Er nickte. »Da finden wir schon was. Wann willst du dich zur Ruhe setzen, Kate?«
»Wenn ich einen Urenkel habe, der die Firma übernehmen kann.«
Die beiden alten Freunde maßen sich mit Blicken über den Schreibtisch hinweg. In den vielen Jahren, die sie sich nun schon kannten, war John Harley oft anderer Meinung gewesen als Kate, doch hatte er stets ihre Courage bewundert.
Als ob sie seine Gedanken lesen könnte, seufzte Kate: »Weißt du, was die größte Enttäuschung meines Lebens war, John? Eve.

Ich habe dieses Kind wirklich gern gehabt. Ich wollte ihr die ganze Welt zu Füßen legen, aber sie hat sich nie auch nur einen Pfifferling um andere gekümmert.«
»Das stimmt nicht, Kate. Eve sorgt sich sehr um dich.«
»Einen feuchten Kehricht tut sie.«
»Ich bin zufällig in der Lage, das zu beurteilen. Vor kurzem –« Er wählte seine Worte sorgfältig, »– hat sie einen schrecklichen Unfall gehabt. Sie wäre fast gestorben.«
Kate spürte, wie ihr Herzschlag aussetzte. »Warum – warum hast du mir nichts davon gesagt?«
»Sie hat es mir nicht erlaubt. Sie war so sehr darauf bedacht, dir keinen Kummer zu machen, daß sie mich schwören ließ, dir keinen Ton davon zu sagen.«
»O mein Gott!« Das war nur ein gequältes Flüstern. »Ist – ist sie wieder gesund?« Kates Stimme war heiser.
»Es geht ihr wieder ausgezeichnet.«
Kate starrte eine Weile lang blicklos ins Leere. »Vielen Dank, daß du's mir erzählt hast, John. Dank dir sehr.«
»Ich stell dir ein Rezept aus.« Als er aufsah, war Kate Blackwell schon gegangen.

Eve öffnete die Tür. Ungläubig starrte sie die Besucherin an. Da stand ihre Großmutter, so steif und aufrecht wie eh und je, ohne sich die geringste Schwäche anmerken zu lassen.
»Darf ich reinkommen?« fragte Kate.
Eve trat beiseite, unfähig, das Geschehen zu begreifen. »Natürlich.«
Kate betrat die kleine Wohnung und sah sich um. »Darf ich mich setzen?«
»Entschuldige – ja, natürlich, bitte. Verzeih – das ist so – Kann ich dir irgendwas anbieten? Tee, Kaffee – irgendwas anderes?«
»Nein, danke. Geht's dir gut, Eve?«
»Ja, danke, ausgezeichnet.«
»Ich komme gerade von John. Er sagte mir, du hättest einen schrecklichen Unfall gehabt.«
Eve beobachtete ihre Großmutter, wartete vorsichtig ab, was noch kommen würde. »Ja ...«
»Er sagte, du wärst ... dem Tode nahe gewesen. Und daß du ihm nicht erlaubt hättest, mir etwas davon zu sagen, weil du mir keinen Kummer machen wolltest.« *Das war es also.* Eve fühlte sich jetzt auf sicherem Boden. »Ja, Gran.«

»Für mich heißt das« – Kates Stimme klang plötzlich erstickt –, »daß – ich dir etwas bedeute.«
Eve fing vor lauter Erleichterung an zu weinen. »Natürlich bedeutest du mir etwas. Das hast du immer.«
Sekunden später waren sie sich in die Arme gefallen. Kate hielt Eve ganz fest und flüsterte: »Ich war eine verdammte alte Närrin. Kannst du mir jemals verzeihen? Wenn dir irgendwas passiert wäre, ich hätte es nicht ertragen.«
Eve streichelte tröstend die blaugeäderte Hand ihrer Großmutter und sagte: »Mir geht's gut, Gran. Es ist wirklich alles in Ordnung.« Kate blinzelte, um die Tränen zurückzuhalten. »Wir fangen noch mal von vorne an, ja?« Sie zog Eve hoch und sah ihr in die Augen. »Ich war ebenso eigensinnig und unbeugsam wie mein Vater. Ich werde es wieder gutmachen. Das erste, was ich tun will, ist, dich wieder in mein Testament einzusetzen, so wie es sich gehört.«
Es ist zu schön, um wahr zu sein! »Ich – das Geld ist mir egal. Nur du bist mir wichtig.«
»Du bist meine Erbin – du und Alexandra. Ihr beide seid meine ganze Familie, alles, was ich habe.«
»Ich komme sehr gut hin«, sagte Eve, »aber wenn es dich glücklich macht –«
»Es wird mich sehr glücklich machen, Liebling. Wirklich sehr glücklich. Wann kannst du wieder zu mir ins Haus ziehen?«
Eve zögerte nur einen Moment lang. »Ich glaube, es ist besser, wenn ich hier wohnen bleibe, aber ich komme dich besuchen, so oft du willst. Oh, Gran – du weißt ja gar nicht, wie einsam ich gewesen bin.«
Kate nahm die Hand ihrer Enkelin und sagte: »Kannst du mir verzeihen?«
Eve sah ihr in die Augen und sagte feierlich: »Natürlich verzeihe ich dir.«

Sobald Kate gegangen war, goß Eve sich einen doppelten Scotch mit Soda ein und ließ sich auf die Couch sinken, um die unglaubliche Szene, die sich gerade abgespielt hatte, im Geiste noch einmal zu erleben. Sie und Alexandra waren nun die Alleinerben des Blackwell-Vermögens. Alexandra loszuwerden, würde nicht schwer sein. Es war George Mellis, um den Eve sich jetzt kümmern mußte.

»Wir müssen unsere Pläne ändern«, sagte Eve zu George. »Kate hat mich wieder in ihr Testament eingesetzt.«
George, der sich gerade eine Zigarette anzündete, hielt mitten in der Bewegung inne. »Tatsächlich? Herzlichen Glückwunsch.«
»Wenn Alexandra jetzt also etwas zustieße, würde das verdächtig aussehen. Wir werden uns also später um sie kümmern, wenn –«
»Später paßt es mir nicht, fürchte ich.«
»Wie meinst du das?«
»Ich bin kein Dummkopf, Liebling. Wenn Alexandra irgendwas zustößt, werde *ich* ihren Anteil erben. Du willst mich aus dem Rennen werfen, oder?«
Eve zuckte mit der Schulter. »Sagen wir, du stellst eine unnötige Komplikation dar. Ich schlage dir ein Geschäft vor. Laß dich scheiden, und sobald ich das Geld in den Händen habe, geb ich dir –«
Er lachte. »Du bist gut. Aber das nutzt dir nichts, Baby. Nichts hat sich geändert. Alex und ich haben am Freitagabend ein Rendezvous in Dark Harbor. Ich gedenke, es einzuhalten.«

Alexandra war überglücklich, als sie von der Versöhnung zwischen Eve und ihrer Großmutter hörte. »Jetzt sind wir wieder eine richtige Familie«, sagte sie.
Das Telefon klingelte.
»Hallo. Ich hoffe, ich störe Sie nicht, Eve. Keith Webster hier.« Er hatte sich angewöhnt, sie zwei-, dreimal die Woche anzurufen. Anfangs hatte sie sein täppischer Eifer belustigt, doch allmählich wuchs er sich zu einer Plage aus.
»Ich kann mich jetzt nicht mit Ihnen unterhalten«, sagte Eve. »Ich bin gerade im Begriff auszugehen.«
»Oh, dann will ich Sie nicht lange aufhalten. Ich habe zwei Karten für die Pferdeshow nächste Woche. Ich weiß, daß Sie Pferde mögen, und da dachte ich –«
»Tut mir leid. Nächste Woche bin ich wahrscheinlich verreist.«
»Ich verstehe.« Sie hörte ihm die Enttäuschung an. »Vielleicht übernächste Woche dann. Ich werde Karten für ein Theaterstück besorgen. Welches würden Sie denn gerne sehen?«
»Ich habe schon alle gesehen«, sagte Eve kurz angebunden. »Ich muß jetzt laufen.« Sie legte den Hörer auf. Es wurde Zeit, daß sie sich umzog. Sie wollte sich mit Rory McKenna treffen, einem jungen Schauspieler, den sie in einem Off-Broadway-Theater

gesehen hatte. Er war fünf Jahre jünger als sie und wie ein wilder, unersättlicher Hengst. Es würde ein aufregender Abend werden, und sie freute sich darauf.

Auf dem Heimweg hielt George Mellis an, um Blumen für Alexandra zu kaufen. Er war gut gelaunt. Nach Alexandras Unfall würde er sich eben um Eve kümmern. Es war schon alles vorbereitet. Am Freitag würde Alexandra ihn in Dark Harbor erwarten. »Nur wir zwei«, hatte er gemurmelt und sie geküßt. »Sieh zu, daß du die Dienerschaft loswirst.«

Peter Templeton wollte es einfach nicht gelingen, sich Alexandra Mellis aus dem Kopf zu schlagen. In Gedanken hörte er noch einmal George Mellis' Worte: *Vielleicht bringe ich sie woandershin. Ich glaube, sie braucht mal Tapetenwechsel.* Alle seine Instinkte sagten Peter, daß Alexandra in Gefahr schwebte, aber ihm waren die Hände gebunden. An Nick Pappas konnte er sich mit seinem Verdacht nicht wenden. Er besaß keinerlei Beweise.

Am anderen Ende der Stadt unterzeichnete Kate Blackwell in den Büros der Geschäftsleitung von Kruger-Brent ihr neues Testament, in dem sie die Hauptmasse ihres Vermögens ihren Enkelinnen hinterließ.

Freitag, 10.57 Uhr.
Am La-Guardia-Flughafen fuhr ein Taxi bei der Eastern-Airlines-Abfertigung vor. Eve Blackwell stieg aus und reichte dem Fahrer einen 100-Dollar-Schein.
»Darauf kann ich nicht rausgeben, meine Dame«, sagte er. »Haben Sie's nicht kleiner?«
»Nein.«
»Dann müssen Sie's drinnen wechseln.«
»Dazu habe ich keine Zeit«, sagte Eve zu ihm. »Ich muß den nächsten Flug nach Washington kriegen.« Sie warf einen Blick auf die Uhr an ihrem Handgelenk und faßte einen Entschluß.
»Behalten Sie den Schein«, sagte sie zu dem verblüfften Taxifahrer.
Eve eilte in die Abfertigungshalle. »Einmal Washington hin und zurück«, sagte sie außer Atem.
Der Mann sah auf die Uhr an der Wand. »Für diesen Flug sind Sie zwei Minuten zu spät dran. Die Maschine hebt grade ab.«

»Ich muß ihn aber unbedingt noch kriegen. Ich treffe mich – Können Sie denn nichts tun?«
Sie geriet fast in Panik.
»Nehmen Sie's nicht so schwer, Miß. In einer Stunde geht schon das nächste Flugzeug.«
»Das ist zu – ach, verdammt!«
Er sah, wie sie allmählich ihre Beherrschung wiedererlangte.
»Na gut. Dann warte ich eben. Gibt's hier irgendwo ein Café?«
»Nein, Ma'am. Aber am Ende des Gangs steht ein Kaffeeautomat.«
»Danke.«
Er sah ihr nach und dachte: *Was für eine Schönheit. Der Bursche, den sie so dringend treffen will, ist zu beneiden.*

Freitag, 14 Uhr.
Das werden zweite Flitterwochen, dachte Alexandra aufgeregt. *Sieh zu, daß du die Dienerschaft loswirst. Ich möchte, daß wir zwei ganz allein miteinander sind, mein Engel. Das wird ein wunderschönes Wochenende.* Und jetzt wollte Alexandra ihr Haus in New York verlassen und sich auf den Weg nach Dark Harbor machen. Sie war spät dran. »Ich gehe jetzt«, teilte sie dem Mädchen mit. »Am Montag früh komme ich zurück.«
Das Telefon klingelte gerade, als Alexandra an der Haustür angelangt war. *Du kommst zu spät. Laß es klingeln,* dachte sie und trat hastig zur Tür hinaus.

Freitag, 19 Uhr.
George Mellis hatte Eves Plan immer wieder aufs neue überprüft. Er wies keinerlei Lücken auf. *In Philbrook Cove wird eine Barkasse auf dich warten. Fahr damit nach Dark Harbor und vergewissere dich, daß dich niemand dabei sieht. Mach sie am Heck der Corsair fest. Dann machst du mit Alexandra eine Segelpartie im Mondschein. Wenn ihr draußen auf dem Meer seid, kannst du endlich mit ihr tun, worauf du so scharf bist, George – du darfst bloß keine Blutspuren hinterlassen. Schmeiß sie über Bord, steig in die Barkasse und laß die Corsair driften. Bring die Barkasse nach Philbrook Cove zurück und nimm die Fähre von Lincolnville nach Dark Harbor. Zum Haus fahr mit einer Taxe. Bring den Fahrer unter irgendeinem Vorwand dazu, dich bis vor die Haustür zu fahren, damit ihr beide seht, daß die Corsair nicht am Steg liegt. Sobald du festgestellt hast, daß Alexandra nicht da ist, rufst du die Polizei an. Die finden ihre Leiche nie. Die Ebbe wird sie aufs offene*

Meer rausziehen. Und zwei angesehene Ärzte werden bezeugen, daß es sich höchstwahrscheinlich um Selbstmord handelt.
In Philbrook Cove fand er das Motorboot vertäut liegen. Ganz nach Plan.
George überquerte die Bucht, ohne die Positionslampen einzuschalten. Das Mondlicht genügte zur Orientierung. Er erreichte, ohne entdeckt zu werden, den Landesteg des Blackwell-Anwesens. Er stoppte die Maschine und machte an der Corsair, dem großen Motorsegler, fest.
Sie erwartete ihn im Wohnzimmer. Als er hereinkam, telefonierte sie gerade. Sie winkte ihm zu und sagte schnell: »Ich muß jetzt aufhören, Eve. Mein Schatz ist gerade gekommen. Ich sehe dich nächste Woche beim Lunch.« Sie legte den Hörer auf, trat rasch zu George und umarmte ihn. »Du bist zeitig dran. Wie schön.«
»Ich hab' mich nach dir gesehnt, also hab' ich alles stehen- und liegenlassen und bin hergekommen.«
Sie küßte ihn. »Ich liebe dich.«
»Ich liebe dich auch, *matia mou.* Bist du die Diener losgeworden?«
Sie lächelte. »Wir zwei sind ganz allein. Weißt du was? Ich hab' dir Moussaka gekocht.«
Mit einem Finger strich er leicht über ihre Brustwarzen, die sich unter der Seidenbluse abzeichneten. »Weißt du, worauf ich mich schon den ganzen Nachmittag in diesem langweiligen Büro gefreut habe? Auf eine Segelpartie mit dir. Draußen ist eine frische Brise. Wollen wir ein, zwei Stunden rausfahren?«
»Wenn du willst? Aber meine Moussaka ist –«
Er legte eine Hand um ihre Brust. »Das Essen kann warten, ich nicht.«
Sie lachte. »Also gut. Ich zieh mich gleich um. Ich werde höchstens eine Minute dazu brauchen.«
»Ich werde mich noch mehr beeilen.«
Er ging in den ersten Stock und wechselte vor seinem Schrank die Kleidung, zog sich Sporthosen, Pullover und Segelschuhe über. Nun, da der große Augenblick gekommen war, erfüllte ihn wilde Vorfreude.
»Ich bin fertig, Liebling«, hörte er sie sagen.
Er drehte sich um. Sie stand in der Tür, in Pullover, schwarze Hosen und Leinenschuhe gekleidet. Ihr langes blondes Haar hatte sie zurückgekämmt und mit einem blauen Band zusam-

mengebunden. *Mein Gott, wie schön sie ist!* dachte er. Es war beinahe eine Schande, so viel Schönheit zu verschwenden. »Ich auch«, sagte George.

Das Motorboot am Heck der Jacht fiel ihr auf. »Wozu brauchen wir das denn, Liebling?«
»Am anderen Ende der Bucht ist eine kleine Insel, die ich schon immer mal erforschen wollte«, erklärte George. »Wir setzen mit der Barkasse über, dann müssen wir nicht so sehr auf die Felsen achten.«
Er ließ den Motor an, richtete die Jacht in den Wind, um Hauptsegel und Klüver zu setzen, und steuerte die offene See an. Als sie sich dem Wellenbrecher an der Spitze der Mole näherten, trafen sie auf eine steife Brise, und das Schiff krängte so stark, daß die Reling auf Lee überspült wurde.
»Es ist wild und aufregend«, rief sie ihm zu. »Ich bin so glücklich, Liebling.«
Er lächelte. »Ich auch.«
Seltsamerweise freute sich George Mellis tatsächlich darüber, daß Alexandra glücklich war, daß sie glücklich sterben würde. Mit den Augen suchte er den Horizont ab, um sicherzugehen, daß sich keine anderen Boote in der Nähe aufhielten. Nur wenige schwache Lichter waren in der Ferne zu sehen. Es war soweit.
Er stellte die automatische Steuerung ein, warf einen letzten Blick auf den leeren Horizont und ging hinüber zur Reling. Sein Herz klopfte heftig vor Aufregung.
»Alex«, rief er, »komm her und schau dir das an.«
Sie turnte zu ihm herüber und sah hinunter in das kalte, dunkle Wasser, das an ihnen vorbeizujagen schien.
»Komm her zu mir«, sagte er befehlend, und seine Stimme war heiser.
Sie glitt in seine Arme, und er küßte sie hart auf den Mund. Seine Arme schlossen sich fest um sie, und er spürte, wie ihr Körper nachgab. Er spannte seine Muskeln an und hob sie hoch.
Plötzlich kämpfte sie gegen ihn an. »George!«
Er hob sie höher und spürte, wie sie sich ihm zu entwinden versuchte, aber er war stärker als sie. Sie saß nun schon fast auf der Reling und stieß wild mit den Beinen um sich, und er machte Anstalten, sie über Bord zu werfen. Im gleichen Moment spürte

er einen jähen, heißen Schmerz in der Brust. Sein erster Gedanke war: *Das ist ein Herzinfarkt,* und er machte den Mund auf, um etwas zu sagen, aber es spritzte nur Blut heraus. Er ließ die Arme sinken und sah ungläubig auf seine Brust hinunter. Aus einer klaffenden Wunde quoll Blut. Er sah auf, und da stand sie, mit einem blutverschmierten Messer in der Hand, lächelte ihn an.

George Mellis' letzter Gedanke war: *Eve . . .*

34

Es war bereits zehn Uhr abends, als Alexandra beim Haus in Dark Harbor ankam. Sie hatte mehrmals versucht, George dort zu erreichen, aber niemand war ans Telefon gegangen. Eine dumme Verwechslung hatte sie aufgehalten. Als sie gerade nach Dark Harbor aufbrechen wollte, hatte das Telefon geklingelt. *Du kommst zu spät. Laß es klingeln,* hatte sie gedacht und war zum Wagen gegangen. Da kam das Mädchen hinter ihr hergerannt.

»Mrs. Mellis! Es ist Ihre Schwester. Sie sagt, es sei dringend.«

Als Alexandra den Hörer aufnahm, sagte Eve: »Ich bin in Washington, D. C., Liebes. Ich habe ein scheußliches Problem. Ich muß dich unbedingt sehen.«

»Natürlich«, sagte Alexandra sofort. »Ich fahre gleich nach Dark Harbor, aber am Montag früh bin ich zurück und –«

»So lange kann ich nicht warten.« Eve klang verzweifelt. »Holst du mich am La-Guardia-Flughafen ab? Ich komme mit der Fünf-Uhr-Maschine.«

»Das würde ich ja gerne, Eve, aber ich habe George versprochen –«

»Es ist wirklich furchtbar dringend, Alex. Aber wenn du natürlich nicht kannst . . .«

»Warte! Also gut, ich komme.«

»Dank dir, Liebes. Ich hab' doch gewußt, daß ich mich auf dich verlassen kann.«

Es kam so selten vor, daß Eve sie um eine Gefälligkeit bat, daß Alexandra sie jetzt nicht zurückweisen konnte. Sie rief George im Büro an, um ihm zu sagen, daß sie aufgehalten würde, aber er war nicht dort. Sie hinterließ eine Nachricht bei seiner Sekretärin. Eine Stunde später fuhr sie im Taxi nach La Guardia und kam rechtzeitig zur Landung der Fünf-Uhr-Maschine aus Washington. Eve war nicht unter den Passagieren. Alexandra wartete zwei Stunden lang. Immer noch keine Spur von Eve. Schließlich bestieg sie, da sie ja doch nichts weiter tun konnte, ein Flugzeug auf die Insel. Nun, da sie sich dem Cedar Hill House näherte, sah sie, daß kein einziges Licht brannte. Sicher war George doch inzwischen angekommen? Alexandra ging von Zimmer zu Zimmer und knipste die Lichter an.

»George –«

Keine Spur von ihm. Sie rief zu Hause in Manhattan an, George hatte sich dort nicht gemeldet.

Es mußte eine logische Erklärung für seine Abwesenheit geben. Wahrscheinlich war ihm wieder einmal in letzter Minute ein Auftrag in die Quere gekommen. Er würde jeden Moment eintreffen. Sie wählte Eves Nummer.

»Eve!« rief Alexandra aus. »Was, um alles in der Welt, war denn los mit dir?«

»Was war mit *dir* denn los? Ich hab' am Kennedyflughafen auf dich gewartet, und als du dich nicht hast blicken lassen –«

»Am *Kennedy!* Du hattest doch *La Guardia* gesagt!«

»Nein, Liebes – Kennedy.«

»Aber –.« Das war nun auch egal. »Tut mir leid«, sagte Alexandra. »Ich muß dich falsch verstanden haben. Ist alles in Ordnung mit dir?«

»Jetzt schon«, sagte Eve. »Ich habe eine höllische Zeit hinter mir. Ich hab' da in Washington was mit einem Mann gehabt, der ein großes Tier in der Politik ist. Er ist wahnsinnig eifersüchtig und –« Sie lachte. »Ich kann dir das nicht alles haarklein am Telefon erzählen. Ich erzähl's dir dann am Montag ausführlich.«

»Na schön«, sagte Alexandra. Sie war ungeheuer erleichtert.

»Ich wünsche dir ein schönes Wochenende«, sagte Eve zu ihr. »Wie geht's George?«

»Er ist noch nicht da.« Alexandra bemühte sich, ihre Besorgnis nicht durchklingen zu lassen. »Ich nehme an, er hat irgend etwas Dringendes im Geschäft zu erledigen.«

»Er wird sich bestimmt bald bei dir melden. Gute Nacht, Liebes.«

»Gute Nacht, Eve.«

Alexandra legte den Hörer auf und dachte: *Es wäre schön, wenn Eve einen wirklich tollen Mann finden würde. Einen, der so gut und lieb ist wie George.* Sie nahm den Hörer wieder auf und wählte die

Nummer der Maklerfirma. Dort meldete sich niemand. Sie rief seinen Club an. Nein, niemand hatte Mr. Mellis gesehen. Um Mitternacht war Alexandra besorgt; um ein Uhr geriet sie allmählich in Panik. Sie wußte nicht, was sie tun sollte. Es war ja möglich, daß George mit einem Kunden ausgegangen war und nicht telefonieren konnte; oder er hatte irgendwohin fliegen müssen und sie vorher nicht erreichen können. Es gab sicher eine ganz einfache Erklärung. Wenn sie jetzt die Polizei anrief und George gleich darauf hereinspazierte, würde sie sich wie eine Idiotin vorkommen.

Um zwei Uhr rief sie doch die Polizei an. Die nächstgelegene Wache befand sich in Waldo County.

Eine verschlafene Stimme sagte: »Polizeistation Waldo County. Sergeant Lambert.«

»Hier spricht Mrs. George Mellis, Cedar Hill House.«

»Ja, Mrs. Mellis.« Die Stimme war sofort hellwach. »Was kann ich für Sie tun?«

»Wenn ich die Wahrheit sagen soll, so weiß ich das selber nicht genau«, sagte Alexandra zögernd. »Mein Mann wollte sich heute abend mit mir im Haus hier treffen, aber er – bis jetzt ist er noch nicht aufgetaucht.«

»Ich verstehe.« Diesen Satz konnte man so oder so auslegen. Der Sergeant kannte mindestens drei Gründe, derentwegen ein Ehemann um zwei Uhr morgens noch nicht zu Hause war. Die Gründe waren blond, brünett oder rothaarig.

Taktvoll sagte er: »Besteht die Möglichkeit, daß er irgendwo geschäftlich aufgehalten wurde?«

»Er – üblicherweise ruft er mich dann an.«

»Nun, Sie wissen ja, wie es ist, Mrs. Mellis. Manchmal gerät man in eine Situation, in der man nicht telefonieren kann. Ich bin überzeugt, daß Sie schon bald von ihm hören werden.«

Nun kam sie sich tatsächlich wie eine Idiotin vor. Natürlich konnte die Polizei nichts unternehmen.

»Sicher haben Sie recht«, sagte Alexandra. »Es tut mir leid, daß ich Sie damit belästigt habe.«

»Keine Ursache, Mrs. Mellis. Ich wette, er kommt mit der ersten Fähre um sieben.«

Er kam weder mit der Fähre um sieben Uhr noch mit der nächsten. Alexandra rief noch einmal zu Hause in Manhattan an, doch George war nicht da.

Allmählich geriet sie in Katastrophenstimmung. George mußte einen Unfall gehabt haben; er lag irgendwo in einem Krankenhaus, war verletzt oder tot. Wenn doch nur nicht diese Verwechslung mit Eve und dem Flughafen passiert wäre. Vielleicht war George im Haus gewesen und wieder gegangen, als er festgestellt hatte, daß sie nicht da war. Aber dann hätte er doch eine Nachricht hinterlassen. Vielleicht hatte er Einbrecher ertappt und war von ihnen überfallen oder verschleppt worden. Alexandra ging durchs ganze Haus, sah in jedes Zimmer und suchte nach irgendeinem möglichen Hinweis; alles war an seinem Platz. Sie ging zum Dock hinunter; die Corsair lag da, sicher vertäut.

Sie rief erneut die Polizeiwache in Waldo County an. Vormittagsdienst hatte Lieutenant Philip Ingram, der schon auf zwanzig Jahre Erfahrung bei der Polizei zurückblicken konnte. Er wußte bereits, daß George Mellis die ganze Nacht über nicht nach Hause gekommen war. »Immer noch keine Spur von ihm, Mrs. Mellis? Gut, ich komme selber zu Ihnen raus.« Er wußte, daß es Zeitverschwendung war. Wahrscheinlich spielte der Alte in irgendeinem verschwiegenen Gäßchen den verliebten Kater. *Aber wenn die Blackwells rufen, kommt das Fußvolk geflitzt,* dachte er sarkastisch. Egal, diese hier war eine nette junge Dame.

Lieutenant Ingram hörte sich Alexandras Geschichte an, überprüfte das Haus und den Landesteg und kam zu dem Schluß, daß die Sache allein Alexandra Mellis' Problem war, aber er wußte, daß es nicht zu seinem Schaden wäre, einem Mitglied der Blackwell-Familie behilflich zu sein. Ingram rief also den Inselflughafen an und die Fährstation in Lincolnville. George Mellis war während der vergangenen 24 Stunden weder da noch dort aufgetaucht. »Er ist gar nicht nach Dark Harbor gekommen«, sagte der Lieutenant zu Alexandra. *Und was, zum Teufel, sollte das bedeuten? Warum sollte der Mann spurlos verschwunden sein?* »Wir werden bei den Krankenhäusern und Lei –« er unterbrach sich eben noch rechtzeitig, »– und anderen Einrichtungen anfragen, und ich gebe eine Vermißtenanzeige heraus.«

Alexandra versuchte sich zu beherrschen, aber er konnte sehen, welche Anstrengung es sie kostete. »Danke schön, Lieutenant. Ich muß Ihnen wohl nicht ausdrücklich sagen, wie dankbar ich Ihnen für Ihre Bemühungen bin.«

»Das ist mein Beruf«, antwortete der Lieutenant Ingram.

Als Lieutenant Ingram zur Polizeiwache zurückkam, machte er sich daran, sämtliche Krankenhäuser und Leichenhallen anzurufen. Nichts.
Er gab eine Vermißtenanzeige mit genauer Personenbeschreibung heraus.
Die Nachmittagszeitungen brachten die Geschichte unter der Schlagzeile: EHEMANN DER BLACKWELL-ERBIN VERMISST.

Peter Templeton erfuhr die Neuigkeit erst durch Kommissar Nick Pappas.
»Peter, erinnerst du dich, daß du mich vor einer Weile gebeten hast, diesen George Mellis zu überprüfen?«
»Ja . . .«
»Der ist in der Versenkung verschwunden.«
»Der ist *was*?«
»Verschwunden, abgehauen, fort.« Er schwieg, während Peter die Nachricht erst einmal verdaute.
»Hat er irgendwas mitgenommen? Geld, Kleider, Paß?«
»Nix. Der Meldung nach, die wir aus Maine gekriegt haben, hat sich Mr. Mellis schlicht in Luft aufgelöst. Du bist doch sein Seelenklempner. Deshalb dachte ich, du könntest vielleicht irgend 'ne Ahnung haben, warum unser Jungchen so was macht.«
Peter sagte wahrheitsgemäß: »Ich habe nicht die leiseste Ahnung, Nick.«
»Wenn dir noch irgendwas einfällt, sag mir Bescheid. Das gibt eine heiße Sache.«
»Ja«, versprach Peter, »das tu ich.«

Alexandra Mellis rief Peter an, und dem Klang ihrer Stimme entnahm er, daß sie am Rande eines Nervenzusammenbruchs stand. »Ich – George wird vermißt. Kein Mensch scheint zu wissen, was mit ihm passiert ist. Ich habe gehofft, er könnte vielleicht irgend etwas zu Ihnen gesagt haben, das Ihnen einen Hinweis gegeben hätte oder –« Sie brach ab.
»Es tut mir leid, Mrs. Mellis, das hat er nicht getan. Ich habe keine Ahnung, was passiert sein könnte.«
»Ach so.«
Peter wünschte sich, er könnte sie auf irgendeine Weise trösten. »Wenn mir noch etwas dazu einfällt, rufe ich Sie an. Wo kann ich Sie erreichen?«

»Zur Zeit bin ich in Dark Harbor, aber heute abend werde ich nach New York zurückkehren. Ich bin dann bei meiner Großmutter.«
Alexandra hielt das Alleinsein nicht aus. Sie hatte im Laufe des Vormittags schon mehrmals mit Kate gesprochen.
»O Liebes, ich bin sicher, daß du dir keine Sorgen zu machen brauchst«, sagte Kate. »Wahrscheinlich ist er wegen irgendeines Geschäfts unterwegs und hat nur vergessen, dir Bescheid zu sagen.«
Keine von beiden glaubte daran.

Eve sah die Geschichte über Georges Verschwinden im Fernsehen. Man zeigte Aufnahmen des Cedar Hill House von außen sowie Fotos von Alexandra und George nach ihrer Hochzeitsfeier.
Dann gab es noch eine Nahaufnahme von George, der den Blick nach oben gerichtet hatte, die Augen weit aufgerissen. Sie erinnerte Eve an seinen überraschten Gesichtsausdruck kurz bevor er starb.
Eve lächelte zufrieden. Die würden die Leiche nie finden. Sie war von der Ebbe ins Meer hinausgetragen worden. Armer George. Er hatte ihren Plan haargenau befolgt. Aber sie hatte ihn geändert. Sie war nach Maine geflogen und hatte in Philbrook Cove ein Motorboot gemietet, das für »einen Freund« bereitgehalten werden sollte. Danach hatte sie ein zweites Boot an einem Dock in der Nähe gemietet und es nach Dark Harbor gebracht, wo sie auf George gewartet hatte. Er hatte keinerlei Verdacht gehegt. Sie hatte sorgsam das Deck geschrubbt, bevor sie die Jacht wieder am Landungssteg festmachte.
Danach war es ganz einfach gewesen, Georges gemietetes Motorboot wieder an seinem Platz anzulegen, ihr eigenes Boot zurückzugeben, nach New York zu fliegen und auf Alexandras Anruf zu warten.
Es war das perfekte Verbrechen. Eve stellte den Fernsehapparat ab.
Zu ihrem Rendezvous mit Rory McKenna wollte sie nicht zu spät kommen.

Um sechs Uhr am folgenden Morgen fand die Besatzung eines Fischkutters George Mellis' Leiche am Wellenbrecher an der Mündung der Penebscot Bay. In den Frühnachrichten wurde noch von Unfalltod durch Ertrinken gesprochen, doch aus dem Büro des amtlichen Leichenbeschauers war zu hören, daß das, was man zuerst für Haibisse gehalten hatte, in Wirklichkeit Stichwunden waren. Die Abendzeitungen brachten die Geschichte in großer Aufmachung: MYSTERIÖSER MORD AN GEORGE MELLIS VERMUTET. MILLIONÄR ERSTOCHEN AUFGEFUNDEN.

Lieutenant Ingram studierte den Tidenkalender und suchte die Angaben für den vergangenen Abend heraus. Danach lehnte er sich auf seinem Stuhl zurück, einen verblüfften Ausdruck im Gesicht. George Mellis' Leiche wäre aufs Meer hinausgetragen worden, hätte sie sich nicht am Wellenbrecher verfangen. Was den Lieutenant jedoch am meisten verblüffte, war die Tatsache, daß die Leiche mit der Strömung von Dark Harbor weggetrieben worden sein mußte. Aber dort war George Mellis angeblich nicht gewesen.

Kommissar Nick Pappas flog nach Maine, um sich mit Lieutenant Ingram zu unterhalten.
»Ich denke, mein Dezernat könnte Ihnen in diesem Fall behilflich sein«, sagte Nick. »Wir besitzen einige höchst interessante Hintergrundinformationen über George Mellis, und wenn Sie uns um Kooperation bitten würden, wären wir gerne dazu bereit, Lieutenant.«
In den zwanzig Jahren, die Lieutenant Ingram schon bei der Polizei in Waldo County Dienst tat, hatte er nur eine einzige aufregende Sache erlebt, nämlich, als ein betrunkener Tourist in einem Souvenirladen einen Elchkopf von der Wand geschossen hatte. Mit diesem Fall hier konnte er sich aber vielleicht einen Namen machen. Mit ein wenig Glück konnte das zur Einstellung als Kommissar bei der New Yorker Polizei führen. Daher sah er jetzt Nick Pappas ins Gesicht und sagte: »Ich weiß nicht so recht ...«
Als ob er seine Gedanken gelesen hätte, sagte Nick Pappas: »Wir sind nicht auf den Ruhm aus. In diesem Fall werden wir höllisch unter Druck gesetzt, und es würde uns das Leben erleichtern, wenn wir ihn rasch lösen. Ich könnte Ihnen ja erst mal die Hintergrundinformationen über George Mellis geben.«
Lieutenant Ingram kam zu dem Schluß, daß er nichts zu verlieren hatte. »Okay«, sagte er, »ich bin einverstanden.«

Eve war verblüfft gewesen über die Nachricht, daß Georges Leiche gefunden worden war. *Aber vielleicht ist das ganz gut,* dachte sie. *Alexandra ist diejenige, die man verdächtigen wird. Sie war dort.*

Lieutenant Philip Ingram befragte den Diensthabenden der Lincolnville-Islesboro-Fähre. »Bist du sicher, daß weder Mr. noch Mrs. Mellis am Freitagnachmittag mit der Fähre übergesetzt sind?«

»Während meiner Schicht sind sie jedenfalls nich rüber, Phil, und ich hab' schon den Kollegen von der Frühschicht gefragt, der hat sie auch nich gesehen. Sie müssen mit dem Flugzeug gekommen sein.«

»Eine Frage noch, Lew. Sind überhaupt *irgendwelche* Fremden am Freitag mit der Fähre rübergefahren?«

»Zum Teufel«, sagte der Fährmann, »du weißt doch, daß wir um diese Jahreszeit keine Fremden hier haben.«

Lieutenant Ingram sprach mit dem Manager des Islesboro-Flughafens.

»George Mellis ist an jenem Abend bestimmt nicht geflogen, Phil. Er muß mit der Fähre auf die Insel gekommen sein.«

»Lew sagt, er hätte ihn nicht gesehen.«

»Ja, zum Teufel, er kann doch nich rüber*geschwommen* sein.«

»Was ist mit Mrs. Mellis?«

»Tjawoll. Sie kam so gegen zehn Uhr. Ich hab' meinen Sohn Charley geschickt, daß er sie vom Flugplatz nach Cedar Hill rüberfährt.«

»In was für einer Verfassung war Mrs. Mellis denn?«

»Komisch, daß du das fragst. Sie war nervös wie ne Katze aufm heißen Blechdach. Is sogar meinem Jungen aufgefallen. Normalerweise ist sie ganz ruhig, hat für jeden ein freundliches Wort übrig. Aber an dem Abend hat sie's rasend eilig gehabt.«

»Noch eine Frage. Sind an jenem Nachmittag oder Abend irgendwelche Fremden mit dem Flugzeug gekommen? Sind dir irgendwelche unbekannten Gesichter aufgefallen?«

Er schüttelte den Kopf. »Nö. Bloß die üblichen.«

Eine Stunde später saß Lieutenant Ingram am Telefon und sprach mit Nick Pappas.

»Was ich bis jetzt rausgekriegt habe«, sagte er zu dem New Yorker Kommissar, »ist verdammt verwirrend. Am Freitagabend kam Mrs. Mellis gegen zehn Uhr am Islesboro-Flughafen an, aber ihr Mann war nicht dabei, und er kam auch nicht mit der

Fähre. Im Endeffekt gibt's nichts, das bewiese, daß er an jenem Abend überhaupt auf der Insel war.«
»Außer der Tide.«
»Ja-ah.«
»Der, der ihn umgebracht hat – wer immer das war –, hat ihn wahrscheinlich von einem Boot aus über Bord geworfen, weil er sich ausgerechnet hat, daß ihn die Ebbe aufs Meer raustragen würde. Haben Sie die Corsair überprüft?«
»Ich hab' sie durchsucht. Keine Anzeichen von Gewalt, keine Blutflecken.«
»Ich würde gerne jemand von der Spurensicherung raufschikken. Würde Ihnen das was ausmachen?«
»Nicht, solange Sie unsere kleine Abmachung nicht vergessen.«

Nick Pappas kam am nächsten Morgen mit einigen Experten. Philip Ingram führte sie zur Anlegestelle der Blackwells, wo die Corsair vertäut lag. Zwei Stunden später sagte einer von ihnen: »Sieht so aus, als hätten wir Dusel, Lieutenant. An der Unterseite der Reling haben wir Blutflecken gefunden.«
Am gleichen Nachmittag identifizierte das Polizeilabor die Flekken als George Mellis' Blutgruppe. Peter Templeton wurde mitten durch das Tohuwabohu der Polizeidienststelle zu Kriminalkommissar Pappas' Büro geführt.
»Hei, Peter. Nett von dir, daß du mal reinguckst.«
Am Telefon hatte Pappas gesagt: *»Du verheimlichst mir was, Kumpel. Wenn du bis sechs nicht in meinem Büro erschienen bist, laß ich dich von der grünen Minna holen, und dann wirst du dein blaues Wunder erleben.«*
Nachdem sein Begleiter das Büro verlassen hatte, fragte Peter: »Was soll das alles, Nick? Was hast du auf dem Herzen?«
»Das will ich dir sagen. Irgendwer hält uns zum Narren. Wir haben einen Toten, der von einer Insel verschwunden ist, auf der er nie war.«
»Das ist doch Unsinn.«
»Das mußt grade du mir erzählen, Freundchen. Der Fährmann und der Kerl, der den Flughafen leitet, die schwören beide, sie hätten George Mellis an dem Abend, an dem er verschwand, nicht gesehen. Die einzige Möglichkeit, nach Dark Harbor zu kommen, ist mit dem Motorboot. Wir haben sämtliche Bootsverleiher in der ganzen Gegend überprüft. Pustekuchen.«

»Vielleicht war er an dem Abend gar nicht in Dark Harbor.«
»Im Labor sagen sie was anderes. Sie haben Beweise gefunden, daß Mellis im Haus war und von einem Straßenanzug in die Segelkluft umgestiegen ist, die er trug, als er gefunden wurde.«
»Ist er im Haus umgebracht worden?«
»Auf der Blackwell-Jacht. Die Leiche ist über Bord geworfen worden. Wer immer das getan hat, hat sich ausgerechnet, daß die Strömung sie bis nach China tragen würde.«
»Wie hat –?«
Nick Pappas hob seine Pranke. »Ich bin zuerst dran. Mellis war dein Patient. Er muß mit dir über seine Frau gesprochen haben.«
»Was hat sie denn damit zu tun?«
»Alles. Sie belegt Platz eins, zwei und drei auf meiner Verdächtigenliste.«
»Du spinnst ja, wie kommst du darauf, daß Alexandra Mellis ihren Mann umgebracht hat?«
»Sie war dort, und sie hatte ein Motiv. Sie kam spätabends auf der Insel an, mit der hanebüchenen Entschuldigung, sie sei aufgehalten worden, weil sie am falschen Flughafen auf ihre Schwester gewartet hätte.«
»Und was sagt ihre Schwester dazu?«
»Nun mach's mal halblang. Was, zum Teufel, erwartest du von ihr? Das sind *Zwillinge.* Wir wissen, daß George Mellis an jenem Abend im Haus war, aber seine Frau schwört, daß sie ihn nicht gesehen hat. Das ist ein großes Haus dort, Peter, aber *soo* groß ist es nun auch wieder nicht. Zweitens: Mistreß M. hat allen Hausangestellten das Wochenende freigegeben. Als ich sie fragte, warum, sagte sie, das sei Georges Einfall gewesen. Georges Lippen sind natürlich versiegelt.«
Peter grübelte eine Weile vor sich hin. »Du sagtest, sie hätte ein Motiv gehabt. Was für eins denn?«
»Du hast vielleicht ein kurzes Gedächtnis. Dabei hast du mich selber auf die Fährte gesetzt. Die Dame ist mit einem Psychopathen verheiratet, der sich dran aufgeilt, alles sexuell zu mißbrauchen, was ihm in die Pfoten fällt. Wahrscheinlich hat er sie auch nicht schlecht malträtiert. Nehmen wir mal an, sie entschließt sich, nicht mehr mitzuspielen. Sie bittet ihn also um die Scheidung. Er willigt nicht ein. Warum sollte er auch? Er hat sein Schäfchen im trocknen. Sie traut sich nicht, ihn vor Gericht zu zerren, das gäbe einen Skandal, der sich gewaschen hat. Es bleibt

ihr keine andere Wahl, sie muß ihn umbringen.« Er lehnte sich in seinem Sessel zurück.
»Und was willst du von mir?« fragte Peter.
»Eine Aussage. Du hast vor zehn Tagen mit Mellis' Frau zu Mittag gegessen.« Er stellte das Tonbandgerät auf seinem Schreibtisch an. »Wir nehmen das jetzt auf, Peter. Erzähl mir von diesem Lunch. Wie hat sich Alexandra Mellis verhalten? War sie nervös? Zornig? Hysterisch?«
»Nick, in meinem ganzen Leben habe ich noch keine so glücklich verheiratete und ausgeglichene Frau gesehen.«
Nick Pappas starrte ihn wütend an und schaltete das Tonbandgerät ab. »Erzähl hier keine Märchen, mein Freund! Ich war heute morgen bei Dr. Harley. Der hat Alexandra Mellis was verschrieben, damit sie nicht Selbstmord begeht, Herrgott noch mal!«

John Harley hatte der Besuch von Kommissar Pappas zutiefst verstört. Der Kommissar war sofort zur Sache gekommen. »Hat Mrs. Mellis kürzlich Ihre Hilfe als Arzt in Anspruch genommen?«
»Tut mir leid«, sagte Dr. Harley. »Ich darf nicht über meine Patienten reden. Ich kann Ihnen leider nicht helfen.«
»Okay, Doktor. Ich verstehe. Sie sind alte Freunde.« Er stand auf. »Aber hier geht's um einen Mordfall. In einer Stunde bin ich wieder hier, mit einem Durchsuchungsbefehl für Ihre Patientenkartei. Wenn ich rausfinde, was ich wissen will, geh ich hin und schmeiß es den Reportern in den Rachen.« Dr. Harley musterte ihn schweigend.
»So können wir's machen. Sie können mir aber auch gleich sagen, was ich wissen will, und ich tu, was ich kann, damit nichts an die Öffentlichkeit dringt. Also?«
»Setzen Sie sich«, sagte Dr. Harley. Nick Pappas setzte sich wieder. »Alexandra hat seit kurzem seelische Probleme.«
»Was für seelische Probleme?«
»Sie leidet unter einer schweren Depression. Sie hat davon gesprochen, Selbstmord zu begehen.«
»Hat sie dabei was von einem Messer gesagt?«
»Nein. Sie hat wiederholt vom Ertrinken geträumt. Ich habe ihr Wellbutrin verschrieben. Sie ist wiedergekommen und sagte mir, es scheine nicht zu helfen, und ich habe Nomifensine verschrieben. Ich – ich weiß nicht, ob es geholfen hat oder nicht.«

Nick Pappas saß da und setzte im Geiste die Mosaiksteinchen zusammen. Schließlich sah er auf. »Sonst noch was?«
»Das ist alles, Herr Kommissar.«

Aber da war noch mehr, und das lastete nun auf John Harleys Gewissen. Er hatte den brutalen Überfall George Mellis' auf Eve Blackwell absichtlich nicht erwähnt. Er hatte keine Möglichkeit zu erfahren, ob es einen Zusammenhang zwischen dem Angriff auf Eve und dem Mord an George Mellis gab, doch sein Instinkt warnte ihn davor, das Thema zur Sprache zu bringen. Er wollte alles in seiner Macht Stehende tun, um Kate Blackwell zu schützen.

Eine Viertelstunde später sagte seine Sprechstundenhilfe: »Dr. Keith Webster ist auf Apparat zwei, Herr Doktor.«
Es war, als wolle ihm sein Gewissen keine Ruhe lassen.
Keith Webster sagte: »John, ich würde heute nachmittag gern mal bei dir reinsehen. Hast du Zeit?«
»Ich werde sie mir nehmen. Wann willst du kommen?«
»Wie wär's mit fünf Uhr?«
»Gut, Keith. Bis dann.«
Die Sache soll also nicht so einfach ad acta gelegt werden.
Um fünf Uhr führte Dr. Harley Keith Webster in sein Büro. »Möchtest du was zu trinken?«
»Nein, danke, John. Ich trinke nicht. Entschuldige, daß ich so bei dir reinplatze.«
»Was kann ich für dich tun, Keith?«
Keith Webster holte tief Luft. »Es geht um diese – du weißt schon –, darum, daß George Mellis Eve Blackwell zusammengeschlagen hat.«
»Was ist damit?«
»Ist dir klar, daß sie fast daran gestorben wäre?«
»Ja.«
»Nun also, es ist nie der Polizei gemeldet worden. Und nach allem, was passiert ist – der Mord an Mellis und so –, da hab' ich mich gefragt, ob ich der Polizei vielleicht nicht doch davon erzählen sollte.«
Das war's also.
Es schien kein Entrinnen zu geben.
»Du mußt tun, was du für richtig hältst, Keith.«
Keith Webster sagte bedrückt: »Ja, schon. Es ist nur so, daß ich

absolut nichts tun möchte, was Eve Blackwell weh tun könnte. Sie ist ein ganz besonderer Mensch.«

Dr. Harley betrachtete ihn prüfend. »Ja, das ist sie.«

Keith Webster seufzte. »Aber die Sache ist die, John: Wenn ich jetzt darüber schweige und die Polizei später doch dahinterkommt, sieht die Sache böse aus für mich.«

Für uns beide, dachte John Harley. Er sah einen Ausweg. Beiläufig sagte er: »Es ist nicht sehr wahrscheinlich, daß die Polizei dahinterkommt, oder? Eve selbst wird es bestimmt nicht erwähnen, und du hast sie perfekt wieder zusammengeflickt. Von der kleinen Narbe abgesehen, würde kein Mensch vermuten, sie sei mal verunstaltet worden.«

Keith Webster blinzelte. »Was für eine kleine Narbe?«

»Die rote Narbe auf ihrer Stirn. Sie hat mir erzählt, du wollest sie in ein, zwei Monaten entfernen.«

Dr. Webster blinzelte jetzt heftiger. Offenbar eine Art nervöser Tick, schloß Dr. Harley.

»Ich kann mich nicht daran er . . . – Wann hast du Eve zum letztenmal gesehen?«

»Sie war vor ungefähr zehn Tagen hier, um mit mir über ihre Schwester zu sprechen. Tatsächlich war's sogar so, daß die Narbe das einzige war, woran ich erkannte, daß es sich um Eve und nicht um Alexandra handelte. Sie sind eineiige Zwillinge, weißt du.«

Keith Webster nickte bedächtig. »Ja. Und du sagst, das einzige, woran du sie auseinanderhalten konntest, war die Narbe auf Eves Stirn, die von meiner Operation übrig war?«

»Genau.«

Dr. Webster saß schweigend da und nagte an seiner Unterlippe. Schließlich sagte er: »Vielleicht sollte ich doch nicht gleich zur Polizei gehen. Ich würde gern noch mal darüber nachdenken.«

»Offen gesagt, Keith: Ich glaube, das ist das Klügste. Sie sind beide so nette junge Frauen. Die Zeitungen deuten zwar an, daß die Polizei glaubt, Alexandra hätte George umgebracht, aber das ist unmöglich. Ich erinnere mich noch, als die beiden klein waren . . .«

Dr. Webster hörte ihm nicht mehr zu.

Keith Webster war völlig in Gedanken versunken, als er Dr. Harley verließ. Er hatte garantiert nicht einmal die Spur einer Narbe in diesem wunderschönen Gesicht hinterlassen. Es war ja möglich, daß Eve sich diese Narbe nach der Operation bei einem anderen Unfall zugezogen hatte, aber warum hatte sie dann gelogen?

Er erwog es von allen Seiten, prüfte alle Möglichkeiten, und als er endlich zu einem Schluß gekommen war, dachte er: *Wenn das stimmt, wird sich mein ganzes Leben verändern . . .*

Früh am nächsten Morgen rief Keith Webster bei John Harley an. »John«, begann er, »entschuldige die Störung, bitte. Du sagtest, Eve sei zu dir gekommen, um mit dir über ihre Schwester Alexandra zu reden?«

»Genau.«

»Und nach Eves Besuch, ist da zufällig Alexandra zu dir gekommen?«

»Ja. Sie kam tatsächlich schon am nächsten Tag zu mir. Warum fragst du?«

»Reine Neugierde. Kannst du mir sagen, weshalb Eves Schwester dich aufgesucht hat?«

»Alexandra befand sich in einer tiefen Depression. Eve hat versucht, ihr zu helfen.«

Eve war von Alexandras Ehemann zusammengeschlagen und beinahe getötet worden.

Und jetzt war dieser Mann ermordet worden, und Alexandra wurde für schuldig gehalten.

Als er Eve endlich erreichte, waren seine Hände feucht von Schweiß. Sie hob schon beim ersten Klingeln ab.

»Rory?« Ihre Stimme klang leise und erotisch.

»Nein. Keith Webster hier.«

»Oh. Hallo.«

Er hörte, wie sich ihre Stimme änderte. »Wie geht es Ihnen?« fragte er.

»Gut.«

Er konnte ihre Ungeduld geradezu spüren. »Ich – ich würde Sie gern treffen.«

»Ich treffe mich mit niemandem. Wenn Sie Zeitung lesen, werden Sie wissen, daß mein Schwager ermordet wurde. Ich bin in Trauer.«

Er wischte sich die Hände an seiner Hose ab. »Eben deshalb möchte ich Sie sehen, Eve. Ich habe da etwas, von dem Sie erfahren sollten.«

»Worum geht's denn?«

»Darüber würde ich lieber nicht am Telefon reden.« Er konnte beinahe Eves Gehirn arbeiten hören.
»Gut. Wann?«
»Jetzt gleich, wenn's Ihnen paßt.«

Eine halbe Stunde später stand er vor ihrer Wohnung, und Eve öffnete ihm die Tür. »Ich habe viel zu tun. Weswegen wollten Sie mich sprechen?«
»Deswegen«, sagte Keith demütig. Er öffnete einen Umschlag, an dem er sich festzuhalten schien, entnahm ihm ein Foto und überreichte es schüchtern Eve. Es war eine Aufnahme von ihr selbst.
Eve betrachtete sie verwirrt und sagte: »Und?«
»Das ist ein Bild von Ihnen.«
»Das sehe ich«, sagte sie brüsk. »Was ist damit?«
»Es wurde nach Ihrer Operation gemacht.«
»So?«
»Auf Ihrer Stirn ist keine Narbe, Eve.«
Er sah, wie sich ihr Gesichtsausdruck veränderte.
»Setzen Sie sich, Keith.«
Er setzte sich ihr gegenüber, gerade nur auf den Rand der Couch, und konnte sie nur immerzu anstarren. In seiner Praxis hatte er schon viele schöne Frauen gesehen, doch Eve Blackwell hatte ihn total verhext. Noch nie hatte er eine solche Frau kennengelernt.
»Ich glaube, Sie sollten mir sagen, was das zu bedeuten hat.«
Er erzählte von Anfang an, wie er Dr. Harley aufgesucht und von der ominösen Narbe erfahren hatte, und während er sprach, beobachtete er Eves Augen. Sie waren ausdruckslos.
Als Keith Webster mit seiner Geschichte zu Ende war, sagte Eve: »Ich weiß nicht, was in Ihrem Kopf vorgeht, aber auf jeden Fall verschwenden Sie meine Zeit. Was die Narbe betrifft, so habe ich lediglich meiner Schwester einen kleinen Streich gespielt. So einfach ist das. Und wenn das alles ist, dann gehen Sie. Ich habe noch eine Menge zu tun.«
Er blieb sitzen. »Tut mir leid, wenn ich Ihnen lästig gefallen bin. Ich dachte nur, ich sollte mit Ihnen sprechen, bevor ich zur Polizei gehe.«
»Warum, um alles in der Welt, sollten Sie zur Polizei gehen?«
»Ich bin verpflichtet, George Mellis' Überfall auf Sie zu melden. Und dann ist da noch die Sache mit Ihnen und der Narbe. Ich

verstehe das nicht, aber ich bin sicher, Sie können es der Polizei erklären.«
Eve verspürte zum erstenmal so etwas wie Furcht. Dieses dumme, langweilige Männchen vor ihr hatte keine Ahnung, was wirklich geschehen war, aber er wußte genug, um die Polizei auf lästige Fragen zu bringen. George Mellis war ein häufiger Gast in ihrer Wohnung gewesen. Die Polizei fand bestimmt Zeugen, die ihn gesehen hatten. Sie hatte gelogen, als sie behauptete, am Abend des Mordes in Washington gewesen zu sein. Sie besaß kein hieb- und stichfestes Alibi. Sie hatte geglaubt, sie würde nie eines brauchen. Wenn die Polizei erfuhr, daß George sie beinahe getötet hatte, würde sie das als Motiv ansehen. Das ganze kunstvolle Gebäude würde wie ein Kartenhaus in sich zusammenstürzen. Sie mußte diesem Mann das Maul stopfen.
»Was wollen Sie? Geld?«
»Nein!«
Sie sah die Mißbilligung in seinem Gesicht. »Was dann?«
Dr. Webster schaute zu Boden. Sein Gesicht war rot vor Verlegenheit. »Ich – ich mag Sie so sehr, Eve. Es wäre schrecklich für mich, wenn Ihnen irgend etwas Schlimmes widerfahren würde.«
Sie zwang sich zu einem Lächeln. »Mir wird schon nichts Schlimmes widerfahren, Keith. Ich habe nichts Böses getan. Glauben Sie mir, das alles hat nichts mit dem Mord an George Mellis zu tun.« Sie streckte den Arm aus und nahm seine Hand in ihre. »Ich würde mich wirklich sehr freuen, wenn Sie das alles vergessen könnten. Einverstanden?«
Er legte seine Hand über ihre und drückte sie. »Das würde ich gern tun, Eve. Ich würde es wirklich gern tun. Aber am Samstag findet die gerichtliche Leichenschau statt. Ich bin Arzt. Da ist es leider meine Pflicht, bei der Befragung auszusagen und alles zu erzählen, was ich weiß.«
Er merkte, daß sie plötzlich auf der Hut war.
»Das müssen Sie ja nicht tun!«
Er streichelte ihre Hand. »Doch, Eve, das muß ich. Ich habe einen Eid darauf geschworen. Es gibt nur eines, was mich davon abhalten könnte.« Er beobachtete, wie sie auf den Köder anbiß.
»Und das wäre?«
Seine Stimme war sehr sanft. »Ein Ehemann kann nicht gezwungen werden, gegen seine Frau auszusagen.«

35

Die Hochzeit fand zwei Tage vor der gerichtlichen Leichenschau statt. Sie wurden von einem Richter in dessen Amtszimmer getraut. Schon der bloße Gedanke daran, mit Keith Webster verheiratet zu sein, verursachte Eve eine Gänsehaut, aber sie hatte keine andere Wahl. *Der Trottel denkt, ich bleibe mit ihm verheiratet.* Sobald die Leichenschau vorüber war, würde sie eine Annullierung beantragen und dem Spuk ein Ende bereiten.

Kriminalkommissar Nick Pappas stand vor einem Problem. Er war sicher, den Mörder von George Mellis zu kennen, konnte es jedoch nicht beweisen. Er sah sich einer undurchdringlichen Mauer des Schweigens um die Blackwell-Familie gegenüber. Er besprach das Problem mit seinem Vorgesetzten, Captain Harold Cohn, einem mit allen Wassern gewaschenen Polizisten, der sich von der Pike auf hochgearbeitet hatte.

Cohn hörte Pappas ruhig zu und sagte: »Das ist alles Rauch ohne Feuer, Nick. Du hast auch nicht die Spur eines Beweises. Das Gericht würde uns nur auslachen.«

»Ich weiß«, seufzte Kommissar Pappas. »Trotzdem habe ich recht.« Er überlegte einen Moment. »Würde es dir was ausmachen, wenn ich mich mal mit Kate Blackwell unterhielte?«

»Jesusmaria! Wozu denn das?«

»Nur so als Schuß ins Blaue. Sie ist immerhin das Familienoberhaupt. Vielleicht weiß sie was, von dem sie gar nicht weiß, daß sie's weiß.«

»Du wirst äußerst behutsam vorgehen müssen.«

»Werde ich.«

»Und sei nett zu ihr, Nick. Vergiß nicht – sie ist eine alte Dame.«

»Eben darauf spekuliere ich«, sagte Kommissar Pappas.

Sie trafen sich noch am gleichen Nachmittag in Kate Blackwells Büro.

»Meine Sekretärin sagt, Sie wollen mich in einer sehr dringenden Angelegenheit sprechen, Kommissar.«

»Ja, Ma'am. Morgen findet die gerichtliche Leichenschau über den Tod von George Mellis statt. Ich habe Grund zu der Annahme, daß Ihre Enkeltochter in den Mordfall verwickelt ist.«

Kate erstarrte. »Das glaube ich nicht.«

»Lassen Sie mich bitte ausreden, Mrs. Blackwell. Jede polizeiliche Untersuchung beginnt mit der Frage nach einem Motiv. George Mellis war ein Mitgiftjäger und ein Sadist übelster Sorte.«

Er sah, welchen Eindruck seine Worte auf sie machten, fuhr jedoch unbeirrt fort. »Er heiratete Ihre Enkeltochter und fand sich plötzlich im Besitz eines enormen Vermögens. Ich bin der Meinung, er hat Alexandra einmal zu oft verprügelt, und als sie ihn um eine Scheidung bat, hat er abgelehnt. Die einzige Möglichkeit für sie, ihn loszuwerden, war, ihn umzubringen.« Kate starrte ihn kreidebleich an.

»Ich habe mich nach Beweisen für meine Theorie umgesehen. Wir wissen, daß George Mellis vor seinem Verschwinden im Cedar Hill House war. Es gibt nur zwei Möglichkeiten, vom Festland nach Dark Harbor zu gelangen: mit dem Flugzeug oder mit der Fähre. Nach den Ermittlungen der dortigen Polizei hat George Mellis weder das eine noch das andere benutzt. Ich glaube nicht an Wunder und habe mir überlegt, daß Mellis nicht der Typ war, der übers Wasser laufen kann. Es blieb also nur noch eine Möglichkeit, nämlich, daß er sich woanders an der Küste ein Boot genommen hat. Ich fing an, sämtliche Bootsvermieter zu überprüfen, und habe auch prompt ins Schwarze getroffen. Um vier Uhr nachmittags am gleichen Tag, an dem George Mellis umgebracht wurde, hat eine Frau eine Barkasse gemietet und gesagt, ein Freund würde das Boot später abholen. Sie zahlte bar, aber sie mußte das Mietformular unterschreiben. Dazu hat sie den Namen Solange Dunas benutzt. Sagt Ihnen das was?«

»Ja. Sie – sie war die Erzieherin, die sich um die Zwillinge gekümmert hat, als sie noch klein waren. Sie ist schon vor Jahren nach Frankreich zurückgekehrt.«

Pappas nickte zufrieden. »Etwas weiter nördlich mietete dieselbe Frau ein zweites Boot. Sie fuhr damit raus und brachte es drei Stunden später zurück. Wieder unterschrieb sie mit Solange Dunas. Ich habe beiden Vermietern eine Fotografie von Alexandra gezeigt. Sie waren sich ziemlich sicher, daß es sich um sie gehandelt hat, konnten es aber nicht hundertprozentig sagen, weil die Frau, die die Boote mietete, brünett war.«

»Was bringt Sie dann auf den Gedanken –«

»Sie trug eine Perücke.«

Kate sagte steif: »Ich glaube nicht, daß Alexandra ihren Mann umgebracht hat.«

»Ich glaube es auch nicht, Mrs. Blackwell«, sagte Kommissar Pappas zu ihr. »Es war ihre Schwester Eve.«
Kate Blackwell saß wie gelähmt.
»Alexandra kann es nicht getan haben. Ich habe ihr Alibi für jenen Tag überprüft. Sie war am Vormittag mit Ihnen zusammen in New York, danach flog sie direkt von New York aus auf die Insel. Sie hatte gar keine Gelegenheit, diese beiden Motorboote zu mieten.« Er beugte sich vor. »Also blieb mir nur noch Alexandras Ebenbild, das mit Solange Dunas unterschrieben hat. Es mußte Eve sein. Ich fing an, nach einem Motiv zu suchen. Ich zeigte den Mietern des Wohnhauses, in dem sie lebt, ein Foto von George Mellis, und dabei stellte sich heraus, daß er häufig dort verkehrte. Der Hausmeister erzählte mir, daß Eve eines Nachts, als sich Mellis dort aufhielt, beinahe zu Tode geprügelt worden wäre. Haben Sie davon gewußt?«
»Nein«, flüsterte Kate.
»Das war Mellis. Das paßte zu ihm. Und das war auch Eves Motiv: Rache. Sie lockte ihn nach Dark Harbor und ermordete ihn.« Er betrachtete Kate und empfand ein gewisses Schuldgefühl, daß er die alte Dame so überrumpelte. »Eves Alibi lautet, sie sei an jenem Tag in Washington, D. C., gewesen. Dem Taxifahrer, der sie zum Flughafen brachte, gab sie einen 100-Dollar-Schein, um sicherzugehen, daß er sich an sie erinnern würde, und dann hat sie ein großes Theater gemacht, weil sie angeblich den Flug nach Washington verpaßt hatte. Aber ich glaube nicht, daß sie nach Washington geflogen ist. Ich glaube, sie setzte eine dunkle Perücke auf und nahm einen Linienflug nach Maine, wo sie die beiden Boote mietete. Sie tötete Mellis, warf seine Leiche über Bord, machte die Jacht wieder fest und vertäute das zweite Motorboot am Steg des Vermieters, der um diese Zeit schon geschlossen hatte.«
Kate sah ihn eine Weile lang an. Dann sagte sie bedächtig: »Die Beweise, die Sie haben, sind alle nicht stichhaltig, nicht wahr?«
»Ja.« Er war bereit, aufs ganze zu gehen. »Ich brauche einen konkreten Beweis. Sie kennen Ihre Enkeltochter besser als sonst jemand auf der Welt, Mrs. Blackwell. Erzählen Sie mir bitte alles, was mir weiterhelfen könnte.«
Sie saß ruhig da, als ob sie sich nur schwer entschließen könnte. Schließlich sagte sie: »Ich glaube, ich kann Ihnen weiterhelfen.«
Nick Pappas' Herz begann rascher zu schlagen. Es war eine aus-

sichtslose Sache gewesen, aber am Ende hatte es sich doch gelohnt. Er hatte sich nicht getäuscht in der alten Dame. Gespannt beugte er sich vor. »Ja, Mrs. Blackwell?«

»Am Tag des Mordes an George Mellis«, sagte Kate langsam und prononciert, »waren meine Enkeltochter Eve und ich gemeinsam in Washington, D. C., Kommissar.«

Sie sah ihm seine Verblüffung an. *Du Trottel,* dachte Kate Blackwell. *Hast du wirklich geglaubt, ich würde dir zuliebe eine Blackwell opfern? Ich würde der Presse erlauben, auf meine Kosten mit dem Namen Blackwell Schindluder zu treiben? Nein. Ich werde Eve auf meine Weise bestrafen.*

Das Urteil der Jury bei der Leichenschau lautete auf Tod durch einen oder mehrere unbekannte Täter.

Alexandra war überrascht und dankbar, daß sie Peter Templeton bei der Leichenschau im Bezirksgericht antraf.

»Ich bin nur zur moralischen Unterstützung hier«, sagte er zu ihr und dachte bei sich, daß sie sich erstaunlich gut hielt, wenngleich die Anstrengung ihrem Gesicht und ihren Augen anzusehen war. In einer Verhandlungspause lud er sie zum Mittagessen ein.

»Wenn das alles vorbei ist«, sagte Peter, »wäre es meiner Meinung nach gut für Sie, eine Reise zu machen, einfach eine Weile lang von allem wegzukommen.«

»Ja. Eve hat mich schon gebeten, mit ihr wegzufahren.« Alexandras Augen waren schmerzerfüllt. »Ich kann es immer noch nicht glauben, daß George tot sein soll. Ich weiß, daß es geschehen ist, aber es – es kommt mir noch ganz unwirklich vor.«

»Dadurch sorgt die Natur dafür, daß der Schock gemildert wird, bis der Schmerz zu ertragen ist.«

»Es ist so sinnlos. Er war so ein wunderbarer Mann.« Sie sah Peter an und sagte: »Sie haben ihn doch öfter gesehen. Er hat mit Ihnen gesprochen. War er nicht ein wunderbarer Mensch?«

»Ja«, sagte Peter. »Ja, das war er.«

»Keith, ich möchte unsere Ehe annullieren lassen«, sagte Eve.

Keith blinzelte seine Frau überrascht an. »Warum in aller Welt solltest du sie annullieren lassen wollen?«

»Ach, komm schon, Keith. Du hast doch nicht im Ernst geglaubt, daß ich mit dir verheiratet bleibe, oder?«

»Aber natürlich. Du bist meine Frau, Eve.«

»Hinter was bist du her? Hinter dem Geld der Blackwells?«
»Ich brauche kein Geld, Liebling. Ich verdiene ausgezeichnet. Ich kann dir alles geben, was du haben willst.«
»Ich hab' dir schon gesagt, was ich will. Eine Annullierung.«
Er schüttelte bedauernd den Kopf. »Die kann ich dir leider nicht geben.«
»Dann werde ich die Scheidung einreichen.«
»Ich glaube nicht, daß das ratsam wäre. Siehst du, Eve, im Grunde hat sich doch nichts geändert. Die Polizei hat nicht herausgefunden, wer deinen Schwager umgebracht hat, also ist der Fall noch immer ungelöst. Für Mord gibt es keine Verjährungsfrist. Wenn du dich von mir scheiden ließest, so wäre ich gezwungen . . .« Hilflos hob er die Hände.
»Du redest so, als hätte *ich* ihn umgebracht.«
»Das hast du auch, Eve.«
»Woher, zum Teufel, willst *du* das denn wissen?« Ihre Stimme war vorwurfsvoll.
»Deswegen hast du mich doch geheiratet.«
Haßerfüllt sah sie ihn an. »Du Scheißkerl! Wie kannst du mir so etwas antun?«
»Das ist ganz einfach. Ich liebe dich.«
»Ich hasse dich. Verstehst du? Ich verachte dich!«
Er lächelte traurig. »Ich liebe dich so sehr.«

Die Reise mit Alexandra wurde abgesagt.
»Ich fahre nach Barbados in die Flitterwochen«, sagte Eve zu ihr.
Barbados war Keith' Idee gewesen.

Alexandra traf Peter Templeton mittlerweile einmal wöchentlich zum Lunch. Anfangs hatte sie es getan, weil sie über George reden wollte und sonst niemand da war, mit dem sie das konnte. Nach ein paar Monaten jedoch gestand sich Alexandra ein, daß sie Peters Gesellschaft ungeheuer genoß. Er besaß genau die Zuverlässigkeit, nach der sie sich so verzweifelt sehnte. Er nahm Rücksicht auf ihre Stimmungen, und er war intelligent und amüsant.

Eves Flitterwochen entpuppten sich als sehr viel angenehmer, als sie angenommen hatte. Da Keith' blasse Haut sehr empfindlich war, wagte er sich nicht in die Sonne, und so ging Eve jeden

Tag allein an den Strand. Lange blieb sie nie allein. Sie wurde umlagert von liebestollen Rettungsschwimmern, Strandläufern, Wirtschaftsbossen und Playboys. Es war wie ein Schlemmerbuffet, und Eve suchte sich jeden Tag ein anderes Gericht aus. Sie genoß ihre sexuellen Eskapaden sogar doppelt, weil sie wußte, daß oben in der Suite ihr Ehemann auf sie wartete. Sie tat alles, was ihr nur einfiel, um ihn zu beleidigen, zu ärgern, gegen sie aufzubringen, nur damit er sie gehen ließe, aber seine Liebe war unerschütterlich. Schon bei dem Gedanken, sich von Keith lieben zu lassen, wurde Eve übel, und sie war dankbar, daß er es nicht so oft verlangte.

Meine Zeit läuft allmählich ab, dachte Kate Blackwell. Es waren so viele Jahre vergangen, und sie waren so ausgefüllt und ereignisreich gewesen.

Kruger-Brent brauchte eine starke Hand am Ruder, jemanden mit Blackwell-Blut in den Adern. *Niemand wird die Firma weiterführen, wenn ich einmal abgetreten bin,* dachte Kate. *All die Arbeit, die Pläne, die Kämpfe für den Konzern. Und für wen eigentlich? Für Fremde, die ihn eines Tages übernehmen werden. Verdammter Mist. Das kann ich nicht zulassen.*

Eine Woche nach ihrer Rückkehr von der Hochzeitsreise sagte Keith entschuldigend: »Ich muß leider wieder an die Arbeit, Liebste. Ich habe eine Menge Operationen auf dem Terminkalender stehen. Wirst du es tagsüber ohne mich aushalten?«

Eve mußte sich anstrengen, ernst zu bleiben. »Ich werd's versuchen.«

Morgens verließ Keith das Haus, lange bevor Eve erwachte, und wenn sie in die Küche kam, hatte er Kaffee gekocht und ihr das Frühstück bereitgestellt. Er eröffnete ein Bankkonto für sie, das er stets großzügig auffüllte. Eve gab sein Geld hemmungslos aus, und solange sie sich amüsierte, war Keith glücklich. Eve kaufte teuren Schmuck für Rory, mit dem sie beinahe jeden Nachmittag verbrachte. Er arbeitete kaum noch. Sie wäre am liebsten Tag und Nacht mit ihm zusammengewesen, aber da war ja noch ihr Mann. Eve kam abends zwischen sieben und acht Uhr nach Hause, und da stand Keith dann schon immer in der Küche, seine Schürze mit der Aufschrift KÜSS DEN KOCH um, und bereitete das Dinner. Er fragte sie nie, wo sie gewesen war.

Während des folgenden Jahres sahen sich Alexandra und Peter Templeton immer öfter. Sie waren einander unentbehrlich geworden. Peter begleitete Alexandra, wenn sie ihren Vater in der Anstalt besuchte, und irgendwie machte das geteilte Leid den Schmerz erträglicher.

Peter lernte Kate eines Abends kennen, als er Alexandra abholen kam.

»Sie sind also Arzt, hm? Ich hab' schon ein Dutzend Ärzte ins Gras beißen sehen, aber mich haben sie immer noch nicht unter die Erde gekriegt. Verstehen Sie was von Geschäften?«

»Nicht viel, Mrs. Blackwell.«

»Betreiben Sie Ihre Praxis als Kapitalgesellschaft?«

»Nein.«

Sie schnaubte verächtlich. »Verdammter Mist. Sie wissen ja gar nichts. Sie brauchen einen guten Steuerberater. Ich mache Ihnen mit meinem einen Termin aus.«

»Danke, Mrs. Blackwell. Ich komme sehr gut allein zurecht.«

»Mein Mann war auch so eigensinnig«, sagte Kate und wandte sich Alexandra zu. »Lad ihn zum Dinner ein. Vielleicht läßt er sich ja noch Vernunft beibringen.«

Draußen sagte Peter: »Deine Großmutter mag mich überhaupt nicht.«

Alexandra lachte. »Sie mag dich. Du solltest hören, wie Gran mit Leuten umspringt, die sie *nicht* mag.«

»Was würde sie wohl sagen, wenn ich ihr erzähle, daß ich dich heiraten will, Alex . . .?«

Strahlend sah sie zu ihm auf. »Wir würden uns beide riesig freuen, Peter!«

Kate hatte die Entwicklung von Alexandras Romanze mit Peter Templeton äußerst interessiert verfolgt. Sie mochte den jungen Arzt und war der Meinung, er würde einen guten Ehemann für Alexandra abgeben. Nun saß sie vor dem Kamin und sah die beiden an.

»Ich muß schon sagen«, schwindelte sie, »daß mich das vollkommen überrascht. Ich habe immer erwartet, daß Alexandra einen Geschäftsmann heiraten wird, der Kruger-Brent einmal übernehmen könnte.«

»Dies ist keine geschäftliche Transaktion, Mrs. Blackwell. Alexandra und ich wollen heiraten.«

»Andererseits«, fuhr Kate fort, als habe er sie nicht unterbrochen, »sind Sie Psychologe. Sie wissen genau, wie menschliche

Köpfe und Seelen funktionieren. Sie würden sicher einen großartigen Unterhändler abgeben. Ich hätte gern, daß Sie in die Firma einsteigen. Sie können –«
»Nein«, sagte Peter bestimmt. »Ich bin Arzt. Ich habe keine Lust, in irgendwelche Geschäfte einzusteigen.«
»Hier geht's nicht um ›irgendwelche Geschäfte‹«, fauchte Kate. »Wir reden nicht von irgendeinem Tante-Emma-Laden. Sie werden zur Familie gehören, und ich brauche jemanden zur Leitung –«
»Tut mir leid.« Peters Tonfall duldete keinen Widerspruch. »Ich will mit Kruger-Brent nichts zu tun haben. Dafür müssen Sie jemand anders finden ...«
Kate wandte sich an Alexandra. »Und was sagst du dazu?«
»Alles, was ich möchte, ist, daß Peter glücklich ist, Gran.«
»Verdammt undankbar«, grollte Kate. »Selbstsüchtig seid ihr, alle beide.« Sie seufzte. »Na gut. Vielleicht ändert ihr eines Tages ja noch eure Meinung – wer weiß?« Und dann fügte sie naiv hinzu: »Wollt ihr Kinder haben?«
Peter lachte. »Das ist unsere Privatangelegenheit, Mrs. Blackwell. Alex und ich werden unser eigenes Leben führen, und unsere Kinder – wenn wir dann welche haben sollten – werden wiederum *ihr* eigenes Leben führen.«
Kate lächelte süßlich. »Anders möchte ich es auch gar nicht haben, Peter. Ich habe es mir in meinem langen Leben stets zur Regel gemacht, mich niemals in anderer Leute Angelegenheiten zu mischen.«

Zwei Monate später kamen Alexandra und Peter aus den Flitterwochen zurück. Alexandra war schwanger, und als Kate davon erfuhr, dachte sie: *Gut. Es wird ein Junge.*

Eve lag im Bett und beobachtete Rory, der nackt aus dem Badezimmer kam. Er hatte einen schönen Körper, schlank und durchtrainiert. Eve war begeistert von seinen Fähigkeiten als Liebhaber. Sie konnte gar nicht genug von ihm bekommen.
Jetzt trat er ans Bett, ließ seine Finger spielerisch über ihre Haut gleiten, über ihr Gesicht und die Augen, und sagte: »He, Baby, du kriegst ja Falten. Wie niedlich.«
Jedes einzelne Wort war ein Dolchstoß für Eve, eine Mahnung an den Altersunterschied zwischen ihnen und die Tatsache, daß sie beinahe 25 Jahre alt war.

Danach liebten sie sich wieder, aber zum erstenmal war Eve mit ihren Gedanken anderswo.
Es war schon fast neun Uhr, als Eve nach Hause kam. Keith übergoß gerade einen Braten im Backofen.
Er küßte sie auf die Wange. »Hallo, mein Engel. Ich hab' eins deiner Lieblingsgerichte gekocht. Wir werden –«
»Keith, ich möchte, daß du diese Falten wegmachst.«
Er blinzelte. »Was für Falten?«
Sie deutete auf ihre Augenpartie. »Die hier.«
»Das sind Lachfältchen, mein Schatz. Ich liebe sie.«
»Aber *ich* nicht! Ich hasse sie!« schrie sie.
»Eve, glaub mir, die sind nicht –«
»Mach sie weg, um Himmels willen, das ist alles, was ich von dir will. Schließlich verdienst du ja dein Geld damit, oder?«
»Ja, aber – Na gut«, sagte er beschwichtigend, »wenn's dich glücklich macht, mein Engel.«
»Wann?«
»In sechs Wochen etwa. Mein Terminkalender ist gerade vollständig –«
»Ich bin keine von deinen gottverdammten Patientinnen«, giftete Eve. »Ich bin deine Frau. Ich will, daß du das sofort machst – gleich morgen.«
»Samstags ist die Klinik geschlossen.«
»Dann mach sie eben auf!« *Er ist so dumm.* O Gott, sie konnte es kaum erwarten, ihn loszuwerden. Und das würde sie. Irgendwie, auf die eine oder andere Art.
»Komm auf einen Moment mit ins andere Zimmer.« Er nahm sie mit ins Ankleidezimmer.
Sie saß im Sessel unter einer hellen Lampe, während er sorgfältig ihr Gesicht untersuchte. In Sekundenschnelle hatte er sich von einem devoten Tölpel in einen brillanten Chirurgen verwandelt, und Eve konnte die Verwandlung spüren. Diese Operation mochte Keith überflüssig vorkommen, aber er hatte unrecht. Sie war lebensnotwendig. Eve würde es nicht ertragen, Rory zu verlieren. Keith machte das Licht aus. »Kein Problem«, versicherte er ihr. »Das erledige ich gleich morgen früh.«

Am nächsten Morgen fuhren sie zusammen zur Klinik. »Normalerweise assistiert mir eine Schwester«, sagte Keith zu Eve, »aber bei einer solchen Kleinigkeit ist es nicht unbedingt nötig.«

»Wenn du ohnehin schon dabei bist, könntest du dich auch gleich hierum kümmern«. Eve zupfte an ihrem Hals herum.
»Wenn du es wünschst, Liebling. Ich werde dir etwas geben, damit du schläfst, dann wirst du gar nichts spüren. Ich möchte nicht, daß mein Engelchen Schmerzen leidet.« Sie glitt in einen tiefen Schlaf. Als sie erwachte, lag sie im Bett in einem Nebenraum. Keith saß auf einem Stuhl neben ihrem Bett.
»Ist alles gutgegangen?« Ihre Stimme war noch schlaftrunken.
»Wunderbar«, lächelte Keith.
Eve nickte und schlief wieder ein.

Keith war da, als sie zum zweitenmal erwachte. »Wir lassen die Verbände ein paar Tage lang drauf. Ich behalte dich hier, damit du ordentliche Pflege hast.«
»Schön.«
Er untersuchte sie täglich, schaute sich ihr Gesicht an und nickte zufrieden. »Perfekt.«
»Wann kann ich es sehen?«
»Bis Freitag sollte alles verheilt sein.«
Sie wies die Oberschwester an, ihr ein Telefon neben das Bett zu stellen. Ihr erster Anruf galt Rory.
»He, Baby, wo, zum Teufel, steckst du denn?« fragte er. »Ich bin geil.«
»Ich auch, Liebling. Ich sitze immer noch auf dem verdammten Ärztekongreß in Florida rum, aber nächste Woche komme ich zurück.«
»Das will ich schwer hoffen.«
»Vermißt du mich?«
»Ganz wahnsinnig.«
Eve hörte, daß im Hintergrund geflüstert wurde. »Hast du Besuch?«
»Ja-ah. Wir feiern hier 'ne kleine Orgie.« Rory machte gerne Witze. »Muß gehn.« Er hatte aufgelegt.
Ihre Großmutter hatte Eve in der letzten Zeit selten gesehen. Sie konnte sich nicht erklären, warum sich die Beziehung zwischen ihnen abgekühlt hatte. *Die kommt schon von selber wieder,* dachte Eve.
Kate hatte nie nach Keith gefragt, und Eve konnte es ihr nicht verdenken, denn schließlich war er eine Null. Eines Tages würde sie Rory vielleicht bitten, ihr dabei zu helfen, Keith loszuwerden. Das würde Rory auf ewig an sie binden.

Eve erwachte zeitig am Freitag und wartete ungeduldig auf Keith. »Es ist schon fast Mittag«, beschwerte sie sich. »Wo, zum Teufel, hast du gesteckt?«
»Tut mir leid, Liebling«, entschuldigte er sich. »Ich war den ganzen Morgen über im Operationssaal und –«
»Das ist mir scheißegal. Nimm mir endlich diese Verbände ab. Ich will mich sehen.«
»Wie du willst.«
Eve setzte sich auf und hielt still, während er geschickt die Bandagen um ihren Kopf zertrennte. Er trat einen Schritt zurück, um sie prüfend anzuschauen, und sie sah den zufriedenen Schimmer in seinen Augen. »Perfekt.«
»Gib mir einen Spiegel.«
Er eilte aus dem Zimmer und kam umgehend mit einem Handspiegel zurück. Mit stolzem Lächeln hielt er ihn ihr hin.
Eve hob langsam den Spiegel und sah hinein.
Und brach in einen Schreikrampf aus.

EPILOG

Kate
1982

[illegible]

[illegible]

[illegible]

[illegible]

[illegible]

[illegible]

[illegible]

36

Kate kam es vor, als drehe sich das Rad der Zeit immer schneller, treibe die Tage vor sich her, ließe gleichsam übergangslos Winter zu Frühling werden, Sommer zu Herbst, bis alle Jahreszeiten zu einer einzigen verschmolzen. Sie war nun schon Ende Achtzig. Das Altern störte sie nicht. Was sie störte, war, alt und schlampig zu werden, und sie gab sich große Mühe mit ihrer äußeren Erscheinung.

Noch immer ging sie täglich ins Büro, aber es war nur noch eine Geste, ein Trick, dem Tod die Stirn zu bieten. Sie nahm an jeder Aufsichtsratssitzung teil, aber manches war ihr nicht mehr so klar wie einst. Alle anderen schienen viel zu schnell zu sprechen. Das Irritierendste für Kate war jedoch, daß ihr das Gedächtnis Streiche spielte, Vergangenheit und Gegenwart ständig verwechselte.

Ihr Gesichtsfeld wurde immer begrenzter, ihre Welt immer kleiner.

Wenn es eine Leitlinie gab, an die Kate sich klammerte, eine treibende Kraft, die sie am Leben erhielt, so war dies ihre leidenschaftliche Überzeugung, daß irgendein Familienmitglied eines Tages Kruger-Brent übernehmen mußte. Kate hatte nicht die Absicht, all das, wofür Jamie McGregor und Margaret, David und sie selbst so lang und hart geschuftet und gelitten hatten, irgendwelchen Fremden zu überlassen. Eve, auf die sie zweimal all ihre Hoffnungen gesetzt hatte, war eine Mörderin. Und nur noch eine Fratze. Kate hatte sie nicht mehr bestrafen müssen. Sie hatte sie einmal gesehen, und was ihr angetan worden war, war Strafe genug.

An dem Tag, da Eve ihr Gesicht im Spiegel erblickt hatte, hatte sie versucht, sich das Leben zu nehmen. Sie hatte ein ganzes Röhrchen Schlaftabletten geschluckt, doch Keith hatte ihr den Magen ausgepumpt und sie nach Hause gebracht. Wenn er im

Krankenhaus arbeiten mußte, egal, ob tags oder nachts, wachten stets Schwestern bei ihr.
»Laß mich doch sterben, bitte«, flehte Eve ihren Mann an. »Bitte, Keith! Ich will so nicht weiterleben.«
»Du gehörst jetzt mir«, sagte Keith zu ihr, »und ich werde dich immer lieben.«
Der Anblick ihres Gesichtes hatte sich in ihr Gedächtnis eingebrannt. Sie bat Keith, die Krankenschwestern zu entlassen. Sie wollte niemanden um sich haben, der sie sehen konnte. Alexandra rief immer wieder an, doch Eve weigerte sich, sie zu treffen. Der einzige Mensch, der sie je sehen durfte, war Keith. Er war schließlich das einzige, was ihr geblieben war, die einzige Verbindung zur Außenwelt, und mit der Zeit bekam Eve schreckliche Angst, er könne sie verlassen, sie allein lassen mit ihrer Häßlichkeit – ihrer unerträglichen Häßlichkeit.
Keith stand jeden Morgen um fünf Uhr auf, um ins Krankenhaus oder in seine Klinik zu fahren, und Eve war stets vor ihm auf und machte das Frühstück für ihn. Jeden Abend bereitete sie das Dinner für ihn, und wenn er sich verspätete, wurde sie von Ängsten geplagt.
Was, wenn er eine andere gefunden hätte? Wenn er nie mehr zu ihr zurückkehrte?
Sobald sie hörte, wie sich der Schlüssel im Schloß drehte, pflegte sie zur Tür zu laufen und in seine Arme zu fliegen, ihn fest an sich zu drücken. Aus Angst, er könne sie zurückweisen, schlug sie nie von sich aus vor, mit ihm zu schlafen, doch wenn er es einmal tat, hatte Eve das Gefühl, er erweise ihr eine unverdiente Gnade.
Einmal fragte sie demütig: »Liebling, hast du mich noch nicht genügend gestraft? Kannst du mein Gesicht nicht wieder reparieren?«
Er sah sie an und erklärte stolz: »Das ist nicht mehr zu reparieren.«

Alexandra und Peter hatten einen Sohn bekommen, den sie Robert nannten, ein gescheiter, hübscher Junge. Er erinnerte Kate an Tony, wie er als Kind gewesen war. Robert war jetzt fast acht und seinem Alter weit voraus.
Wirklich sehr weit voraus, dachte Kate. *Er ist wirklich ein bemerkenswerter Junge.*

Sämtliche Familienmitglieder erhielten die Einladung am gleichen Tag. Sie lautete: »Mrs. Kate Blackwell erbittet die Ehre Ihrer Anwesenheit zur Feier ihres 90. Geburtstags im Cedar Hill House, Dark Harbor, Maine, am 24. September 1982 um 20 Uhr. Abendkleidung erwünscht.«
Als Keith die Einladung gelesen hatte, sah er Eve an und sagte: »Wir werden hingehen.«
»O nein! Das kann ich nicht! Geh du. Ich werde –«
»Wir gehen beide«, sagte er.

Tony Blackwell war beim Malen im Garten des Sanatoriums, als sich sein Pfleger näherte. »Ein Brief für dich, Tony.«
Tony öffnete den Umschlag, und ein Lächeln erhellte seine Züge. »Wie nett«, sagte er. »Ich mag Geburtstagspartys.«

Peter Templeton las die Einladung aufmerksam durch. »Kaum zu glauben, daß das alte Mädchen schon neunzig sein soll. Sie ist wirklich erstaunlich.«
»Das ist sie, nicht wahr?« pflichtete Alexandra ihm bei und fügte gedankenvoll hinzu: »Weißt du, was sie Nettes getan hat? Sie hat Robert eine eigene Einladung geschickt, an ihn persönlich adressiert.«

37

Die Gäste, die im Cedar Hill House übernachtet hatten, waren längst per Flugzeug oder Fähre abgereist, und die Familie hatte sich in der Bibliothek zusammengefunden. Kate ließ ihren Blick von einem zum anderen schweifen. Tony, der lächelnde, gar nicht unliebenswerte Idiot, der versucht hatte, sie zu töten, der vielversprechende, hoffnungsvolle Sohn. Eve, die Mörderin, der die ganze Welt hätte gehören können, hätte sie nicht diese teuflische Saat in sich getragen. Die reine Ironie, dachte Kate, daß ihre schreckliche Strafe ausgerechnet von diesem mickrigen Nichts, das sie geheiratet hatte, an ihr vollzogen worden war. Und dann Alexandra. Schön, liebevoll, freundlich – die bitterste Enttäuschung von allen. Sie stellte ihr persönliches Glück über das Wohlergehen des Konzerns. War denn all das Leid der Vergangenheit für nichts und wieder nichts gewesen? *Nein,* dachte

Kate. *So werde ich es nicht enden lassen. Es war nicht alles umsonst. Ich habe eine stolze Dynastie errichtet. In Kapstadt ist ein Krankenhaus nach mir benannt. Ich habe Schulen und Bibliotheken gebaut, und ich habe Bandas Volk unterstützt.* Ihr Kopf begann zu schmerzen. Das Zimmer füllte sich allmählich mit Geistern: Jamie McGregor und Margaret, die so schön war; Banda, der Kate anlächelte; und ihr geliebter, wunderbarer David, der die Arme nach ihr ausstreckte. Kate schüttelte den Kopf, um wieder klar denken zu können. Sie war noch nicht bereit für die Welt der Geister. *Aber bald,* dachte sie. *Bald.*

Noch ein weiteres Familienmitglied befand sich in der Bibliothek. Kate wandte sich ihrem hübschen kleinen Urenkel zu und sagte: »Komm her zu mir, mein Lieber.«

Robert trat neben sie und nahm ihre Hand.

»Das war wirklich eine nette Geburtstagsparty, Gran.«

»Danke schön, Robert. Es freut mich, daß sie dir gefallen hat. Wie kommst du in der Schule zurecht?«

»Lauter Einsen, wie du's von mir verlangt hast. Ich bin Klassenbester.«

Kate sah Peter an. »Du solltest Robert an die Wharton School schicken, sobald er alt genug dazu ist. Sie ist die beste –«

Peter lachte. »Um Gottes willen, Kate! Gibst du denn niemals auf? Robert wird genau das tun, was er will. Er ist ausgesprochen musikalisch begabt und will einmal klassische Musik studieren. Er soll seinen Lebensweg selbst bestimmen.«

»Schon gut«, seufzte Kate. »Ich bin eine alte Frau und habe kein Recht, mich einzumischen. Wenn er Musiker werden will, dann soll er es ruhig tun.« Sie wandte sich dem Jungen zu, und in ihre Augen trat ein liebevoller Schimmer. »Hör, Robert, versprechen kann ich dir nichts, aber ich werde versuchen, dir weiterzuhelfen. Ein Bekannter von mir ist ein sehr guter Freund von Zubin Mehta.«